Knaur

Berliner Ausgabe

Berliner Ausgabe

VÖLKISCHER BEOBACHTER

Kampfblatt der nationalsozialistischen Bewegung Großdeutschlands

Der Führer ist tot!

DNB, 20. Juli 1944. Adolf Hitler ist gefallen. Lähmendes Entsetzen hat jeder Deutsche durchlebt, als ihn die Nachricht vom Heldentod unseres geliebten Führers traf. Mit einem Schlag wurde erneut wieder zum vollen Bewußtsein gebracht, unter welchem Schicksal heute das deutsche Volk steht. In der Persönlichkeit des Führers ist eine Epoche Deutschlands und Europas heraufgezogen, die zu dem Erhabensten gehört, wofür auf unserem Kontinent jemals gekämpft wurde. Am gestrigen Donnerstag wurde der Mann, der der Inbegriff von Deutschlands Größe und Deutschlands Zukunft geworden ist,

In der Stunde der größten Not, angesichts der Gefahr, daß unser Mut gelähmt, unsere Nervenkraft geschwächt und unsere Sinne verwirrt werden, hat Reichspräsident Göring eine Regierung der *Nationalen Versöhnung* unter Führung von Carl Friedrich Goerdeler als neuem Reichskanzler einberufen. Die neue Regierung hat unverzüglich die Arbeit des Führers fortgesetzt. Alles andere muß hinter dieser nüchternen Tatsache in diesem Augenblick zurücktreten. Der Führer hätte es nicht anders gewollt: die Arbeit geht weiter, der Kampf geht weiter, die Feinde schlafen nicht, es ist nicht die Stunde zu trauern und innezu-

Von Christian v. Ditfurth ist außerdem erschienen:

Die Mauer steht am Rhein

Über den Autor:

Christian v. Ditfurth, geboren 1953, ist Historiker; er lebt als freier Autor und Lektor bei Lübeck. In zahlreichen Publikationen hat er Aspekte der deutschen Zeitgeschichte analysiert.

Christian v. Ditfurth

Der 21. Juli

ROMAN

Knaur

Informationen über dieses Buch: www.cditfurth.de

Besuchen Sie uns im Internet:
www.knaur-taschenbuch.de

Vollständige Taschenbuchausgabe 2003
Droemersche Verlagsantalt Th. Knaur Nachf., München

Umschlaggestaltung: ZERO Werbeagentur, München
Umschlagabbildung: Artwork Zero
Druck und Bindung: Clausen & Bosse, Leck
Printed in Germany
ISBN 3-426-62415-X

2 4 5 3 1

Für Gisela

PROLOG

Zwölf schwarzuniformierte Männer saßen auf den zwölf Steinpodesten im Rund der Gruft, die schwarzen Schirmmützen mit dem silbernen Totenkopf auf den Knien. Schweigend starrten sie in die kreisförmige Mulde in ihrer Mitte. Darin flackerte rotgelb ein Feuer. Durch Mauerschächte drang fahles Morgenlicht in das Gewölbe. Die Männer verharrten eine Weile bewegungslos, dann erhob sich einer. Er blickte den anderen elf nacheinander in die Augen, straffte seinen Körper, schaute auf einen Punkt an der Wand und begann zu sprechen: »Wenn alle untreu werden, so bleiben wir doch treu.« Die Zuhörer nickten ernst.

Einer mit einem Jungengesicht wusste, sie würden alles in Ordnung bringen. Er hatte dem Redner vor einiger Zeit die Botschaft überbracht. Die Vorsehung verbirgt sich nicht in Donnergrollen, sondern in einer Botschaft. Diese Botschaft würde die Geschichte wenden. Sie würden ihrem Volk endlich den Platz erkämpfen, der ihm zustand. Sie würden die Chance nutzen, die ihnen die Botschaft eröffnete.

Das Jungengesicht wandte sich dem Redner zu. Heute spöttelte er nicht insgeheim über die kleine, dickliche, bebrillte Gestalt, die einem Schulmeister ähnelte. Die Geschichte findet ihre Sprecher. Er genoss die Verblüffung der anderen zehn, die dem Redner zuhörten. Ihre Augen zeigten Unglauben, dann Triumph. Auch Angst glaubte er zu erkennen. Er hatte keine Angst. Er hatte alles vorbereitet, sie würden die Welt zum Staunen bringen. Schon bald.

Der Redner sprach von ihrem Auftrag. Nach Jahren der Vorbereitung würde der Orden den Schlag führen. »Wir haben nie gezweifelt, dieser Tag musste kommen. Manche von uns fürchteten, Gots Zeichen zu übersehen. Ich habe es erkannt. Got befiehlt seinem Orden, in die Schlacht zu ziehen. Wie der große Hermann an diesem Ort vor fast zweitausend Jahren die Eindringlinge besiegte, so werden wir unsere Feinde niederwerfen. Wir werden unsere Feinde und alle Verräter richten.«

ERSTES BUCH

FRÜHJAHR 1953

I.

Die beiden Männer schwiegen, seit sie die Stadtgrenze von San Diego passiert hatten. Sie hatten in Washington die erste Maschine nach San Diego genommen und am Flughafen bei einem Autoverleiher einen Chrysler Imperial gemietet. Nur wenige Kilometer nördlich der mexikanischen Grenze steuerte der größere von beiden, Al Myers, den wummernden Achtzylinder nach Osten, Richtung Tierra del Sol. »Dieser Irre hat sich wirklich den elendsten Fleck der Welt ausgesucht«, meckerte Stan Carpati und staunte über die Kakteen am Straßenrand. Es gab große dünne und kleine dicke, krumme und krüppelige, solche mit mächtigen Ästen, wogegen andere wie Säulen nackt und gerade herumstanden. Kein Kaktus sah aus wie der andere. Lächerlich wenig Wasser und die ewig brennende Sonne reichten aus, um skurrile Formen in unendlicher Zahl zu schaffen.

Carpati schaute auf Myers. Ich hätte mich abtreiben lassen mit so einem Zinken in der Fresse, dachte er. Myers Nase war unnatürlich rot, zur Spitze hin schwoll sie leicht an und war übersät von hunderten von kleinen Kratern. Wahrscheinlich soff er heimlich. Carpati griff aus seiner rechten Gesäßtasche einen Kamm und zog ihn durch seine schwarzen Haare, denen man ansah, dass sie von einem italienischen Friseur verwöhnt wurden.

Myers brummte etwas Unverständliches. Was sollte er mit diesem parfümierten Lackaffen groß reden. Ihn stießen dessen geölte Haare ab und die ewige Kämmerei. Was für Typen die heute einstellen, wunderte er sich. Er hatte es bald hinter sich. In einem Jahr würde er seinen Bauch in die Sonne halten, die Welt mussten dann andere retten. Wenn er an Carpati dachte, war ihm nicht wohl bei dieser Vorstellung.

Ein Pick-up vor ihnen deckte sie mit einer Staubwolke ein. Sie kurbelten die Fenster hoch, feiner Sand drang durch die Schläuche der Lüftung ins Wageninnere. Myers hustete, zog den Chrysler im Staubnebel nach links und überholte den Pick-up. Jetzt schluckt der unseren Dreck, grinste er in sich hinein. Carpati starrte beim Überholen ängstlich in die Staubwand vor ihnen und hielt sich am Griff über der Tür fest. »Wollen Sie uns umbringen?«, schimpfte er.

Myers lächelte: »Auf so einer Straße haben sich noch nie drei Autos getroffen.«

Carpati schwor sich, nie wieder einen ehemaligen Frontkämpfer an das Steuer eines Autos zu lassen, in dem er saß, auch wenn der im Dienstrang höher war. Myers hatte die Invasion in Nordfrankreich mitgemacht, in einer Sondereinheit, und seitdem glaubte er offenbar, unverwundbar zu sein. Die alten Männer mit ihren Kriegsgeschichten gingen Carpati sowieso auf die Nerven. Der Krieg war lange vorbei, jetzt waren wendige und intelligente Leute gefragt. Leute wie er.

Der Staub verklebte mit seinem Schweiß und begann auf der Haut zu jucken. Carpati kämmte sich Sand aus dem Haar. Wenn diese Tour einen Sinn hätte, würde er das alles gern auf sich nehmen. Aber sie hatte keinen Sinn. Wahrscheinlich war dieser irre Deutsche, der sich Vandenbroke nannte, getürmt, als er ihr Telegramm erhalten hatte. Carpati hatte Vandenbroke bei der letzten Vernehmung erlebt, vor ein paar Jahren. Vandenbroke hatte ausgepackt, Wissen gegen Geld. Am Ende hatte er gesagt: »Mehr weiß ich nicht. Hören Sie auf mit der Fragerei. Jetzt erfüllen Sie Ihren Teil unserer Vereinbarung. Und dann lassen Sie mich in Ruhe, für immer.« Seitdem hatte er alle Kontaktversuche abgewiesen.

Schließlich hatte die CIA es aufgegeben. »Dann soll der Bekloppte doch mit Klapperschlangen und Rothäuten spielen«, schimpfte Reginald Crowford, Chef der CIA-Europaabteilung und Carpatis Vorgesetzter. Daran hatten sie sich einige Jahre gehalten. Aber nun war alles anders. Nun musste Vandenbroke mitziehen. Das bildete sich jedenfalls Crowford ein, und er hatte Myers und Carpati in eine Gegend geschickt, in der sich Schlangen, Kojoten und Rothäute wohl fühlen mochten. Und verrückte Deutsche.

Vandenbroke saß im Schatten der Veranda und sah die Staubwolke am Horizont. Der Wagen kam aus Richtung Tierra del Sol. Sie waren pünktlich. Vorgestern hatte er das Telegramm erhalten: ICH SCHICKE ZWEI MÄNNER IN ZWEI TAGEN. SIE MÜSSEN MIT IHNEN REDEN. ES IST LEBENSWICHTIG. CROWFORD. Nach den Verhören hatte Crowford eine Chiffre vereinbaren wollen, »damit wir in Kontakt bleiben«. Vandenbroke hatte das abgelehnt. Er war überzeugt, dass Crowford ein Profi war, der ihm nicht ohne Grund seine Leute auf den Hals hetzte.

In einer halben Stunde würden die Typen aus Washington da sein. Vandenbroke schlug die Fingerspitzen der rechten Hand auf die Schaukelstuhllehne, stand auf und ging ums Haus. Er schaute auf Tomaten und Kürbisse, die er auf dem armen Boden gezogen hatte. Die Hintertür führte in die Küche, eingerichtet nur mit dem Nötigsten. Er goss sich ein Glas Wasser ein und nahm es mit in den Wohnraum. Sein Blick streifte über die Buchrücken in den Regalen. In Tierra del Sol gab es Tom McGuire's Papierhandlung, wo man Bücher aus Katalogen bestellen konnte.

Heinrich jaulte auf, als Vandenbroke ihm auf den Schwanz trat. »Heini, du bist so schwarz, man sieht dich einfach nicht«, versuchte Vandenbroke den Kater zu beruhigen, der vor viereinhalb Jahren bei ihm eingezogen war. Heinrich zuckte mit dem linken Maulwinkel, schloss die Augen und streckte sich.

Ich hätte doch eine Weile verschwinden sollen, dachte Vandenbroke. Ich will damit nichts mehr zu tun haben. Ich habe alles gesagt. Letzte Nacht hatte er sich hin und her gewälzt, fast so wie jede Nacht in seinem ersten Jahr in Amerika. Er erinnerte sich kaum an den Traum, nur an schwarze Uniformen, silberne Totenköpfe und einen langgesichtigen Blonden, der ihn mit weit aufgerissenem Mund anschrie: »Verräter! Verräter! Verräter!« Vandenbroke ärgerte sich. Ein Telegramm hatte genügt, der Albtraum war zurückgekehrt, wenn auch erst in Fetzen. Was würde er träumen, wenn die Männer bei ihm gewesen waren? Hätte im Telegramm gestanden, es wäre *wichtig*, dann wäre Vandenbroke heute zu einer Tour aufgebrochen durchs Indianerreservat. Aber da stand LEBENS-

WICHTIG. Wenn Crowford LEBENSWICHTIG schrieb, dann ging es wenigstens um den Weltuntergang.

Seltsame Gestalten, dachte Vandenbroke, ein großer mit einer dicken Nase und ein Lackaffe mit Vorfahren in Süditalien. Den Lackaffen hatte er in Washington bei einem Verhör schon einmal gesehen. Den anderen kannte er nicht.

Vandenbroke erhob sich nicht, als Myers und Carpati die Veranda betraten. Er übersah die Hand, die Myers ihm breit lächelnd hinstreckte. Carpati nahm sich einen Stuhl und setzte sich so, dass er Vandenbroke von der Seite ansah. Myers blieb unschlüssig stehen.

Vandenbroke schaute Myers und Carpati ruhig an: »Haben Sie Dienstausweise?«, fragte er in hartem Englisch.

Myers ging zurück zum Wagen und fand die Karte in der Innentasche seines Jacketts, das er in San Diego auf die Rückbank gelegt hatte. Carpati nahm seinen Ausweis aus der Brusttasche seines Hemds. Vandenbroke studierte beide Ausweise gründlich und legte sie auf die Lehne seines Schaukelstuhls. »Ich habe es also mit den Agenten Myers und Carpati zu tun.«

»Haben Sie einen Schluck Wasser?«, bat Carpati.

Vandenbroke zeigte mit dem Daumen der rechten Hand nach hinten zur Küche. Carpati kam mit zwei Gläsern Wasser wieder, eines stellte er vor Myers, der sich an einem kleinen Tisch am Ende der Veranda auf einen Korbstuhl gesetzt hatte.

»Schöne Grüße von Crowford«, sagte Myers.

Vandenbroke schaute hinunter ins Tal. Hier würde er bleiben, für immer, hatte er gedacht, als er das einsame Haus zum ersten Mal sah. Hier war es so karg, dass niemand sonst auf die Idee käme, sich niederzulassen. Nach Tierra del Sol war es eine Stunde mit seinem rostigen Ford, und nicht einmal der Zufall führte jemanden zu ihm auf seinen *Hof*, wie er das kleine Holzhaus und das trockene Grundstück nannte, das er einem versoffenen Farmer für ein paar Dollar abgekauft hatte.

Carpati sagte: »Werdin, wir müssen mit Ihnen reden.«

Vandenbroke warf seinen Kopf herum und schnauzte Carpati an: »Wir haben eine Vereinbarung. Haben Sie das vergessen?« Nach einer Pause: »Sie sind wohl 43 aus Italien abgehauen, Sie Held?«

»Meine Eltern hatten die Ehre, Zwangsarbeit für die großdeutsche Wehrmacht leisten zu dürfen, Herr Sturmbannführer. Ich war leider zu bequem, der freundlichen Einladung Ihres Führers ins Reich der Arier zu folgen«, erwiderte Carpati ruhig.

Vandenbroke ärgerte sich, er hatte einen Fehler gemacht. Er hatte den Lackaffen unterschätzt. Früher wäre ihm das nicht passiert, aber er war neun Jahre aus der Übung.

»Was wollen Sie?«, fragte er Myers.

»Wir wollen, dass Sie nach Washington fliegen, Crowford will mit Ihnen reden.« Er schaute Vandenbroke in die Augen: »Dulles auch.«

Vandenbroke grinste: »Mein Gott, bin ich wichtig. Sogar der große Meister will mich sprechen.«

»Ich finde das gar nicht lustig«, sagte Myers verärgert. »Von mir aus könnten Sie hier verrotten.«

Carpati, mit leiser Stimme: »Es geht um die SS, Himmler.«

»Na und«, erwiderte Vandenbroke. »Was interessiert

mich die SS? Und Himmler? Sitzt der nicht in einer alten Burg und macht auf Blut und Boden?« Er hatte vor einiger Zeit einen Artikel gelesen, in dem das behauptet wurde. Zuzutrauen war es dem Reichsführer der SS.

»Schon«, sagte Carpati, »aber er hat auch für anderes Zeit.«

Vandenbroke schwieg. Was immer der Reichsheini trieb, es konnte ihm egal sein. Vandenbroke schmunzelte innerlich, als er an den Mumpitz dachte, den Heinrich Himmler so gern veranstaltete: Fackeln, Julleuchter, Ehrendolche, Totenkopfringe. Ja, er hatte sogar einen Gott bei irgendwelchen Germanen ausgegraben. »Gott minus t«, hatte Heydrich dieses höhere Wesen verspottet, das wurde jedenfalls in SS-Kreisen erzählt. Aber Heydrich war lange tot.

»Hören Sie auf mit dem Versteckspiel«, sagte Vandenbroke. »Wenn Sie was von mir wollen, dann sollten Sie es mir sagen.«

»Es geht um Himmler und einen Plan, den er hat«, erwiderte Carpati. »Mehr wissen wir selbst nicht. Sie erfahren es von Crowford und Dulles.«

»Dann gehen Sie zu Crowford, und grüßen Sie ihn von mir«, sagte Vandenbroke.

»Ich appelliere an Ihre Verantwortung«, polterte Myers.

»Kommen Sie mir nicht auf die Tour«, sagte Vandenbroke. »Ich habe meine Verpflichtungen erfüllt, alle. Können Sie das auch von sich sagen?«

»Sie leben hier auf unsere Kosten«, gab Myers zurück.

»Und Sie leben, weil ich es gewollt habe«, sagte Vandenbroke. »Ich erwarte nicht, dass Sie mir dankbar sind. Aber lassen Sie mich wenigstens in Ruhe.«

»Interessiert es Sie gar nicht, was aus Deutschland wird?«, fragte Carpati freundlich.

Vandenbroke schwieg einen Moment lang und stellte zufrieden fest, dass seine Reflexe erwachten. Seine Selbstbeherrschung kehrte zurück. Er ärgerte sich, weil er aus der Haut gefahren war. In einem falschen Augenblick wäre das sein Tod gewesen. Er war acht Jahre aus Deutschland weg, lebte seit fast sieben Jahren auf dem *Hof*, und mangels Kontakt zu anderen Menschen war er aus der Übung gekommen. Im ersten Jahr in Amerika hatte er abends, nach den Verhören, Holländisch gelernt, einige Brocken wenigstens. Er wollte, wenn er alles verraten hatte, eine andere Identität annehmen. Es waren viele Holländer geflohen, vor und nach dem Ende des Kriegs. Welcher Amerikaner konnte schon einen Deutschen von einem Holländer unterscheiden? So wurde aus Knut Werdin Peter Vandenbroke aus Rotterdam. In der Hafenstadt hatte Werdin Anfang der Vierzigerjahre mehrere Wochen verbracht, um ein britisches Agentennest auszuheben, es war die *Operation Zigarre*. Nach einer Verfolgungsjagd in den Ruinen von Rotterdam erwischten Werdin und seine Kameraden vom SD, dem Sicherheitsdienst der SS, ein paar Holländer, die für die Tommys spitzelten. Kleine Fische, die sich in der Propaganda zu Riesenhaien auswuchsen. »Britische Spionagezentrale ausgehoben« titelte der *Völkische Beobachter*, und Goebbels spuckte Feuer. Werdin wurde zum Sturmbannführer befördert und erhielt das EK II.

Carpati unterbrach das Schweigen: »Es ist Ihnen also gleichgültig.«

»Das geht Sie nichts an«, sagte Werdin. »Selbst wenn es nicht so sein sollte, dann wüsste ich nicht, wie ich Ihnen,

Deutschland, der Welt oder dem Mann auf dem Mond helfen könnte.«

»Ihnen ist wohl alles scheißegal«, dröhnte Myers. Carpati zog die Augenbrauen hoch. Die Kavallerie griff wieder an, mit Horn und Säbel.

Werdin erwiderte gelassen: »Fast alles.«

Es hatte keinen Sinn. Carpati schaute Myers an und blickte dann zum Auto. Aber der reagierte nicht. Myers war länger dabei, er bestimmte, wie es weiterging. Carpati fürchtete, Myers würde anfangen herumzuschreien oder Werdin wieder auf die moralische Tour kommen. Dann könnten sie gleich nach Hause fahren. Es gab nur einen Weg, Werdin nach Washington zu kriegen. Carpati wusste nicht, ob es klappen würde, aber alles andere ging sowieso schief. Er hatte bemerkt, wie Werdins Reflexe zurückkehrten. Carpati erinnerte sich an Kollegen, die bei vielen Verhören dabei gewesen waren. Monatelanger Stress für Werdin. Er ließ Fangfragen, Gebrüll, Drohungen schweigend über sich ergehen und fragte freundlich nach dem Wohlbefinden seiner Vernehmer.

Carpati musste die Initiative ergreifen, Myers machte sonst noch die kleine Chance kaputt, die ihnen geblieben war. Carpati lief gemächlich zum Wagen, öffnete die Beifahrertür und holte aus dem Handschuhfach einen braunen Briefumschlag. Er ging zurück zur Veranda, stellte sich vor Werdin, legte den Umschlag auf die Lehne des Schaukelstuhls und nahm die beiden Dienstausweise an sich. »Fast hätte ich vergessen, Ihnen das zu geben«, sagte Carpati. Und an Myers gewandt: »Al, wir gehen.«

Myers stutzte, er schaute Carpati finster an, erhob sich dann und trottete zum Auto.

»Gibt es ein Hotel in Tierra del Sol?«, fragte Carpati.

Werdin nickte.

»Dann bis morgen.«

* * *

Feine Schneeflocken tanzten auf die Stadt hinunter. Noch war der Winter nicht besiegt, aber sein Ende nahte. General Boris Michailowitsch Grujewitsch blickte aus seinem Büro im vierten Stockwerk der Lubjanka auf das Treiben auf dem Dserschinskiplatz. Moskau ist bunter geworden, dachte er. Er könnte keine Tatsachen aufzählen, um das zu belegen. Es war wohl eher eine Bestätigung der guten Laune, die ihn seit einiger Zeit ergriffen hatte. Seit März musste er keine Angst mehr haben, plötzlich verhaftet zu werden. Ja, auch er hatte geweint, als der *Vater der Völker*, der große Jossif Wissarionowitsch Stalin gestorben war, aber es war manche Freudenträne dabei gewesen. Der Mensch ist gespalten, dachte Grujewitsch, oder vielleicht sind es nur wir Russen. Wir haben Stalin geliebt wie einen gütigen Vater, und wir haben seine Häscher gefürchtet wie sonst nichts auf der Welt. Mehr als die Deutschen. Grujewitsch hatte zeit seines Lebens nichts gekannt als Stalin. Jetzt war er tot, das war gleichermaßen ein Schlag und eine Befreiung gewesen. Vor einigen Tagen war der Schmerz verschwunden, die Freude geblieben.

Bis ihn eines Nachts die Angst überfiel. Und wenn die Russen nun über sie herfielen und Rache forderten für die Millionen von Vätern, Müttern und Kindern, die sie gequält, verschleppt und ermordet hatten? Und Freiheit für die Gefangenen im GULag?

Bald erkannte Grujewitsch, dass seine Angst ein

schlechter Traum war. Ihr Chef, Lawrentij Berija, war nun der erste Mann. Gut, sie hatten eine kollektive Führung, eine Troika im Parteipräsidium mit Molotow und Malenkow, aber wer konnte daran zweifeln, dass Berija, Marschall der Sowjetunion, stellvertretender Vorsitzender des Ministerrats, Innen- und Staatssicherheitsminister, Herrscher über alle Tschekisten und Polizisten, die stärkeren Bataillone hatte. Männer wie Boris Grujewitsch. Die Sicherheitsorgane waren seit Feliks Dserschinski das Gerüst der Sowjetmacht. Und die Russen im Jahr 1953 machten keine Revolution. Also würde alles bleiben, wie es war. Fast alles.

Einige Tage lang glaubte Boris Grujewitsch, es sei der schönste Frühling seit seiner Kindheit. Er war die Angst los, er gehörte zu den Mächtigen, und er hatte Anna. Anna studierte Gesang am Moskauer Konservatorium und träumte davon, eine große Operndiva zu werden. Grujewitsch gestand sich ein, dass er sich weniger für Annas Stimme interessierte als für ihren Körper. Er dankte dem Schicksal, dass eines Nachts sein Dienstwagen nicht angesprungen war und er sich entschieden hatte, die U-Bahn zu nehmen. Anna hatte ihn versehentlich in der U-Bahn-Station Dserschinskaja angerempelt. »Sie stehen aber wirklich am falschen Platz«, hatte sie ihn schnippisch von der Seite gerüffelt, statt sich zu entschuldigen. Sie gehörte zu den wenigen Russen, die sich von Uniformen nicht einschüchtern ließen, nicht einmal von den Epauletten eines Generals des MGB. Zum eigenen Erstaunen ärgerte sich Grujewitsch nicht, sondern lachte über die Dreistigkeit der jungen Frau mit den zu einem Zopf gebundenen schwarzen Haaren. »Darf ich Sie zur Wiedergutmachung meines unverzeihlichen Fehlers heute Abend zum Essen ausführen?«, fragte er.

»Aber es muss das teuerste sein«, lachte sie zurück.

Die Nacht verbrachten sie in Annas winziger Studentenbude am Trubnajaplatz. Seine Frau Gawrina fragte nicht, Nachtdienst gab es immer wieder. Außerdem war es ihr längst ziemlich egal, ob Grujewitsch zu Hause war oder nicht. Ihr genügte es, dass ihr Mann General im MGB war. Das brachte ihr Ansehen ein, vor allem aber die Berechtigung, in den Sonderläden des Ministeriums Waren zu kaufen, die es in Moskau nicht oder nur selten gab.

Am Morgen nach einer der ersten Nächte mit Anna fand Grujewitsch auf seinem Schreibtisch eine Nachricht. Ein Funker des Ministeriums hatte sie aufgefangen, als er an der Frequenzscheibe seines Funkgeräts herumgespielt hatte, wie er ängstlich gestand. Sie war auf einer Frequenz gesendet worden, die die größte sowjetische Spionageorganisation während des Kriegs benutzt hatte; die Gestapo nannte sie *Rote Kapelle*, nachdem sie den *Grand Chef* Leopold Trepper und seine Genossen 1942 verhaftet hatte. Die nach einem alten Kode verschlüsselte Nachricht trug keine Unterschrift. Gerichtet war sie an den *Direktor*, den es seit einem Jahrzehnt nicht mehr gab. Die Dechiffrierabteilung des MGB hatte Tage gebraucht, um das Buch zu finden, nach dem der Text verschlüsselt war. Es war Hitlers *Mein Kampf*. Der letzte Satz der Nachricht bestand aus sechs Wörtern: WAS HALTEN SIE VON GESPRÄCHEN? Grujewitsch griff zum Hörer eines der schwarzen Telefone auf seinem Schreibtisch und bat seinen Stellvertreter zu sich.

»Wie findest du das, Nikolai Nikolajewitsch? Das ist doch verrückt!«, sagte Grujewitsch.

Oberst Iwanow las die entschlüsselte Abschrift des Funkspruchs. »Keine Ahnung, Boris Michailowitsch«, sagte er.

»Lass uns ein bisschen an die frische Luft gehen«, sagte Grujewitsch.

Draußen ergänzte er: »Den Wänden traue ich immer noch nicht.«

Iwanow nickte.

»Die Trepper-Organisation ist längst zerschlagen. Wer ist das, der da an den *Direktor* funkt und den alten Kode benutzt? Weißt du was, Nikolai Nikolajewitsch? Du warst doch bei Smersch?«

Iwanow lächelte. *Tod den Spionen*, das war Smersch, eine wilde Zeit. Er war 1943 zur militärischen Spionageabwehr gestoßen, mitten im Krieg. »Ob uns jemand hereinlegen will? Ein Funkspiel des SD? So blöd können die doch nicht sein. Die haben doch die Trepper-Organisation zerschlagen vor gut zehn Jahren und groß herumgetönt. Trepper sitzt angeblich in Plötzensee. Wahrscheinlich hat er inzwischen alles verraten. Na ja, der *Grand Chef* ist auch nur ein kleiner Mensch.«

Sie kamen an verkrüppelten Kriegsveteranen vorbei, die fast unverhohlen bettelten. Betteln war verboten in der Sowjetunion, Armut galt als überwunden. Aber bei den Helden des Kriegs drückte die Miliz mehr als nur ein Auge zu. Grujewitsch wollte sich nicht gewöhnen an diesen Anblick.

»Die vernünftigste Erklärung ist, dass der SD dahinter steckt, vielleicht Himmler persönlich. Möglicherweise hatte Schellenberg die Idee, die Sache um die Ecke anzugehen. Das wäre so ganz seine Art.«

»Du hasst ihn«, sagte Iwanow.

Der Schnee hatte sich in Regen verwandelt. Sie platschten mit ihren Stiefeln durch matschige Pfützen.

»Nein, aber er ist schlau und gefährlich. Und romantisch. Das macht ihn noch gefährlicher. Und unberechenbar.« Grujewitsch gestand sich ein, er war ein wenig eifersüchtig auf den Ruhm seines Gegenspielers. »Ich glaube, die Deutschen wollen mit uns reden. Und sie fühlen vor auf diese komische Art. Wenn was dran ist an der Sache, dann ist das vielleicht die große Chance für die Sowjetunion – und für den Genossen Berija«, sagte Grujewitsch. »Stell dir vor, die würden wieder Handel mit uns treiben, uns Rohstoffe abkaufen, Industriewaren liefern. Dann könnten wir unsere Wirtschaft aufbauen und die Armut beseitigen.«

»Du warst schon immer ein Ketzer und naiv, das gehört ja auch zusammen«, lachte Iwanow. Er wurde gleich wieder ernst. »Und wenn das Ganze eine Fälschung ist, des SD oder von wem auch immer? Vielleicht wollen die Amerikaner uns hereinlegen? Der Funkspruch behauptet, Deutschland wolle politisch und wirtschaftlich wieder mit der Sowjetunion zusammenarbeiten, sei sogar bereit, sich für den Bruch des Nichtangriffspakts 1941 zu entschuldigen. Jetzt stell dir vor, Boris Michailowitsch, das wäre ein CIA-Trick. Dann streckt der Genosse Berija seine Hand aus, und die in Berlin spucken drauf. Und dann können wir im *Völkischen Beobachter* lesen, was für ein Trottel der Genosse Berija ist. Die Deutschen lachen sich tot, die Amerikaner lachen sich tot. Was für eine Blamage.« Iwanow blieb abrupt stehen. Er wischte sich mit dem Ärmel über die nasse Stirn. »Boris Michailowitsch, und wenn es Leute bei uns sind, die dem Genossen Berija eins auswischen wollen? Anhänger von Väterchen Stalin, denen es nicht passt, was der Genosse Berija zuletzt über Deutschland sagte?«

»Ja, möglich. Aber wenn es doch wahr ist? Wann kriegen wir dann wieder eine solche Chance? Vielleicht nie.«

Gut, dass ich wenigstens mit einem offen sprechen kann, dachte Grujewitsch. Nikolai Nikolajewitsch ist ein Freund, einen besseren kann man sich nicht wünschen. Immer wenn Grujewitsch Sorgen hatte, ging er mit Iwanow spazieren, um zu sprechen. Sie kannten sich aus dem Krieg, als Smersch und Staatssicherheit zusammenarbeiteten, um Spione und Partisanen zu vernichten. Seit dem Krieg hatten sie sich nicht mehr über diese Arbeit unterhalten. Beide ahnten, es waren nicht nur feindliche Agenten und Volksschädlinge, die sie töteten.

Grujewitsch und Iwanow stritten sich nur übers Essen, wo Iwanow die schwere russische Küche über alles pries, Grujewitsch dagegen für französische Speisen schwärmte oder für das, was die russischen Köche im Restaurant des Gewerkschaftshauses dafür hielten. Iwanow trank Wodka, Grujewitsch grusinischen Weinbrand.

Iwanow beneidete seinen Freund nicht. Wenn Grujewitsch den Funkspruch unter den Tisch fallen ließ und doch was dran war, dann wurde der General als Saboteur aus dem Amt gejagt. Falls er nicht gar seine letzte Dienstreise antrat, nach Sibirien. Wenn Grujewitsch Berija empfahl, auf das Angebot der Deutschen einzugehen, und es war eine Fälschung, dann war er ein Saboteur. Wenn es eine Verschwörung in der Partei gegen Berija war und Grujewitsch ignorierte den Funkspruch, dann wurde er als Hochverräter erschossen, sollte der Staatssicherheitsminister politisch überleben. Wenn er Berija sagte, er wisse nicht, was es mit der Sache auf sich habe, dann war er untauglich als Chef der Spionageabwehr und wurde zum Teufel gejagt. Grujewitsch konnte machen, was er wollte, die Gefahr blieb an ihm kleben.

Iwanow bewunderte seinen Freund, er blickte auf die hagere, lang aufgeschossene Gestalt neben ihm, den Rücken leicht vorgebeugt. Grujewitsch schien unerschüttert zu sein, angstfrei, fast fröhlich. Iwanow erinnerte sich an einen Feuerüberfall ukrainischer Banditen ein Jahr vor Ende des Kriegs. Während die Sondereinheit des NKWD im Feuerhagel in Deckung lag und die Verwundeten schrien, befahl Grujewitsch ruhig, fast gelassen den Gegenangriff. Es hätte schief gehen können, aber sie hatten keine Wahl. Überrascht über die konzentrierte Gegenwehr, waren die Partisanen geflohen. Auf beiden Seiten gab es viele Tote und Verletzte. Iwanow hatte mit dem Leben abgeschlossen; dass er nicht starb, verdankte er Grujewitschs Kaltblütigkeit.

Grujewitsch hatte weniger Angst um sein Amt als davor, eine Chance zu verpassen. Wenn man eine Gelegenheit nicht gleich packte und festhielt, dann war sie verschwunden und kam nie wieder. Es ist wie mit dem Pfeil der Zeit. Die Zeit schreitet voran und nie zurück. Wir betrachten das als selbstverständlich, dachte Grujewitsch, aber es ist ein Wunder. Der Krieg hat uns furchtbare Wunden geschlagen. Minsk und Umgebung sind radioaktiv verseucht. Sie hatten zwanzig oder dreißig Millionen Tote, dazu noch die Opfer von Stalins Terror. Deutsche und Russen hatten auf ihren Rückzügen die sowjetische Erde verbrannt, Städte, Dörfer, Kolchosen, Fabriken, Kraftwerke. Nur Abrüstung und Handel konnten die Sowjetwirtschaft vor dem Untergang retten. Aber wie abrüsten, wenn man von Feinden umgeben war? Im Fernen Osten drohten die Japaner. Die hatten auch schwer gelitten im Krieg, aber sie waren nicht die einzige Gefahr. Im Westen standen die Deutschen an der ehemaligen russisch-polnischen Grenze. Hoch im Norden stieß das Sowjetreich fast an das Gebiet der USA, die dem Kommunismus feindlicher gegenüberstanden als je zuvor. Im Hass auf uns sind sie sich alle einig, Japaner, Deutsche und Amerikaner, dachte Grujewitsch. Aber die Amerikaner hassten auch die Deutschen und die Japaner, und das Bündnis zwischen Japanern und Deutschen war das Papier kaum wert, auf dem es stand, zu unterschiedlich die Interessen der einstigen Partner des Dreimächtepakts. Jetzt haben wir eine Chance, dachte Grujewitsch. Keine Ahnung, wie groß, aber haben wir eine Wahl? Nur ein paar Jahre Ruhe, und unser Land wird wieder so stark wie früher.

»Wir funken eine Antwort«, sagte Grujewitsch.

Iwanow lächelte: »Das war mir klar. Und was sagst du dem Genossen Berija?«

»Nichts, warum dem Genossen Minister ungelegte Eier anpreisen?«

»Du kennst das Risiko, Boris Michailowitsch«, sagte Iwanow.

»Ja.«

Am Abend ging Grujewitsch zu Anna. Sie hatte ihn anfangs für einen Feuerwehrmann oder Hotelportier gehalten. »Ach, du bist General der Staatssicherheit. Dann pass mal gut auf die Russen auf«, verspottete sie ihn. Sie hatte keine

Ahnung von seiner Arbeit, Politik war ihr egal. Für sie gab es nur die Musik. Anna war weltfremd und fröhlich. Sie war anders als alle anderen Frauen, die Grujewitsch kennen gelernt hatte. Er spürte, dass er sich in sie verliebte.

»Was ist mit dir?«, fragte Anna, als sie ihn hereingelassen hatte.

»Hatte viel zu tun«, erwiderte Grujewitsch und nahm sie in den Arm.

Sie entwand sich seinen Händen: »Nein, sag, was los ist. Hat deine Frau was gemerkt?«

Grujewitsch stutzte. Sie hatte ihn nie gefragt, ob er verheiratet sei. »Nein, das ist es nicht.«

Sie stand in der Ecke ihres kleinen Zimmers und hielt die Arme vor der Brust verschränkt. »Was ist es dann?«

»Ärger im Büro«, sagte Grujewitsch.

»Waren die Russen nicht artig heute?«, fragte Anna.

»Die Russen schon.« Grujewitsch lächelte.

»Ich verstehe dich nicht«, sagte Anna.

»Ich verstehe es selbst nicht«, sagte Grujewitsch. »Aber es ist ein Staatsgeheimnis.«

»Ich habe dich nie gefragt, was du in deinem Beruf tust, das war ein Fehler«, sagte Anna. »Erzähl mir, was du tust.«

Anna stellte eine Flasche grusinischen Rotwein und zwei Wassergläser auf den kleinen, mit einem Wachstuch bedeckten Tisch. Grujewitsch hatte die Flasche vor einigen Tagen in einem Sonderladen gekauft. Anna legte einen Korkenzieher daneben. Er öffnete die Flasche und goss beiden ein. Schweigend tranken sie einen Schluck.

Dann sagte Grujewitsch: »Ich bin Leiter der Spionageabwehr. Ich und meine Genossen müssen verhindern, dass Feinde uns auskundschaften. Wir müssen erfahren, was unsere Feinde vorhaben. Je früher wir es wissen, umso weniger Schaden können sie anrichten.«

»Wer sind deine Feinde?«, fragte Anna.

»Unsere Feinde geben sich oft nicht zu erkennen. Alle fremden Staaten können Feinde sein. Sicher ist es aber bei keinem …«

»… außer den Deutschen«, unterbrach Anna.

»Nicht einmal bei denen bin ich mir noch sicher. Wie einfach war die Welt, als wir genau wussten, wer uns an die Gurgel wollte und wer nicht. Heute sind Deutsche, Japaner und Amerikaner meistens Feinde, manchmal vielleicht aber auch nicht. Wenn die Engländer und Italiener sich einmal erholt haben werden, wird die Lage noch unübersichtlicher. Und die Chinesen sind die geheimnisvollsten Nachbarn überhaupt.«

»Aber das ist doch bestimmt seit Kriegsende so. Warum bist du heute so abwesend?«

Grujewitsch stutzte. Sie hatte Recht, seine Umarmungsversuche waren mechanisch gewesen.

»Heute habe ich erfahren, dass unser gefährlichster Feind vielleicht gar keiner mehr ist«, sagte Grujewitsch. »Wenn ich dir mehr verrate, begehe ich ein Verbrechen, auf das die Todesstrafe steht.«

»Aber es ist doch schön, wenn man einen Feind verliert. Freu dich!«, sagte Anna unbeeindruckt.

»Vielleicht verlieren wir einen Feind, aber vielleicht will der Feind uns nur hereinlegen, um uns doch noch zu vernichten.«

Er nahm sie in den Arm und küsste sie. Diesmal wollte er es, und sie ließ es zu.

Als er neben ihr im Bett lag und einzuschlafen versuchte,

lächelte Grujewitsch. Er schlief in dieser Nacht so fest wie lange nicht. Er wusste nicht, dass er nur noch kurze Zeit zu leben hatte.

* * *

Werdin betrachtete lange den braunen Umschlag, den Carpati auf die Stuhllehne gelegt hatte. Irgendetwas sagte ihm, dass er den Umschlag wegwerfen sollte. Carpati hatte sich bemüht, ein leises Lächeln zu verbergen, als er das Kuvert herausrückte, das verhieß nichts Gutes. Werdin hasste es, in anderer Leute Hand zu sein, Carpati hatte ihm dieses Gefühl gegeben. Was im Umschlag war, hatte etwas mit ihm zu tun. Der Lackaffe und der Holzkopf glaubten, er würde umfallen, wenn er den Inhalt kannte. Warum sonst waren sie nicht gleich wieder zurückgefahren nach San Diego? Warum sonst übernachteten sie in einem dreckigen Loch wie Tierra del Sol? Werdin grinste kurz, er sah Carpati im einzigen Hotel von Tierra del Sol, einer lauten Spelunke mit klebrigen Türklinken, fleckigen Betten und dem stinkenden Badezimmer im Gang. Als er damals den *Hof* besichtigt hatte, hatte Werdin in dem namenlosen Hotel übernachtet, und er würde lieber bei Sturm unter freiem Himmel schlafen, als es noch einmal zu tun.

Der eitle Italiener war ein Fuchs. Myers gehörte zur alten Garde, diese Haudrauftypen hatte es in Deutschland auch gegeben, viel zu viele. Bei all ihren Heldentaten in der Vergangenheit, sie waren Verlierer. Carpati aber war gefährlich.

Werdin ahnte, die Vergangenheit würde zurückkehren. Dem ersten schlechten Traum würden weitere folgen. Der Besuch der beiden CIA-Agenten hatte genügt, seine neue

Identität zu zerstören. Werdin war nach einigen Jahren zu Vandenbroke geworden, die Vergangenheit schrumpfte allmählich zu einem dumpfen Gefühl. Sie war Fetzen für Fetzen aus seinen Träumen verschwunden. Werdin merkte den Übergang nicht, eines Tages fühlte er sich als Vandenbroke, und dieses Dasein befriedigte ihn. Er vergaß, warum jeden Monat viertausend Dollar auf sein Konto bei der Bank in Tierra del Sol überwiesen wurden. Es war mehr, als er brauchte, um eine Zisterne zu bauen, Tomaten und Kürbisse zu pflanzen und hin und wieder Bücher zu bestellen in Tom McGuire's Papierhandlung. Tom hatte sich an den holländischen Kauz gewöhnt, manchmal unterhielten sie sich übers Wetter, das Indianerreservat oder den Staub.

Werdin erkannte, wie brüchig sein neues Ich war. Ein paar Kleinigkeiten genügten, es zu zerreißen. Er hatte keine halbe Stunde mit Myers und Carpati gesprochen und war wieder Werdin, der Verräter.

Er ahnte, dass der Inhalt des Umschlags ihm die letzte Illusion rauben würde. Die Vergangenheit zog mit aller Macht an ihm. Die Jahre auf dem *Hof* waren Selbsttäuschung gewesen.

Werdin nahm den Umschlag und ging in die Küche. Heinrich hatte es sich auf dem Küchentisch bequem gemacht und würdigte ihn keines Blicks. Werdin setzte sich an den Tisch und schaute aus dem Fenster ins Tal. Dann öffnete er vorsichtig den braunen Umschlag, darin befand sich ein kleineres, schmutzig weißes Kuvert mit dem Stempel *Botschaft der Schweizerischen Eidgenossenschaft*. Mit blauer Tinte war fein auf die Vorderseite geschrieben: *Knut Werdin, Vereinigte Staaten von Nordamerika*, kein Absender. Werdin nahm ein Küchenmesser und trennte den Umschlag bedächtig am Falz auf. Mit dem Zeigefinger weitete er den Schlitz. Er erkannte einen Brief und ein Foto. Er zog das Foto mit Daumen und Zeigefinger langsam aus dem Umschlag und legte es auf den Küchentisch. Einen kurzen Augenblick hörte er auf zu atmen. Schweißperlen bildeten sich auf seiner Stirn. Das Schwarzweißbild zeigte eine Frau und einen kleinen Jungen, vielleicht neun oder zehn Jahre alt. Es war Irma, kein Zweifel. Als sie sich liebten in einer der letzten Bombennächte in Berlin, trug sie einen Gretchenkranz. Blond und blauäugig, sah sie fast aus wie eine Vorzeigefrau vom Bund Deutscher Mädel. Nur war sie schlanker und das Gesicht nicht bäuerlich breit, sondern schmal und fein geschnitten. Irma war tot, er hatte sie sterben sehen. Wer war die Frau auf dem Bild? Wer war der Junge? Er drehte das Foto um, auf der Rückseite fand sich nur der Stempel des Fotografen: *Alfred Schmitt, Unter den Linden 67, Berlin.*

Er sah seine Hand zittern, als er den Brief aus dem Umschlag zog. Wenige Zeilen nur, er schaute zuerst auf die Unterschrift: *Irma*. Das kann nicht sein, dachte Werdin. Das kann nicht sein. Irma war tot. Er las:

Lieber Knut,

Du hältst mich wahrscheinlich für tot. Ich habe aber alles überlebt. Vielleicht verdanke ich es auch Josef. Du sollst wissen, dass wir einen Sohn haben. Ich würde Dich gerne wieder sehen. Vielleicht ändern sich ja die Zeiten, und wir können reisen, wohin wir wollen. Uns geht es sonst ganz gut. Die schlimmsten

Zerstörungen des Kriegs sind beseitigt. Ich hoffe, Du bekommst diesen Brief. Ich werde ihn in den Briefkasten der Schweizer Botschaft werfen.

Deine

Irma

In Werdins Kopf pochte das Blut. Erstarrt saß er auf dem Stuhl. Sein Magen zog sich zusammen. Er hörte die Schüsse vom Ufer, die Schreie und sah, wie Taschenlampen hektisch ihren Schein übers Wasser warfen. Er sah Irma im schwarzbraunen Wasser des Rheins verschwinden.

Er starrte lange auf das Bild. Eine Schönheit mit offenen Haaren, ihr Blick schien ihn zu fragen, ob er zurückkäme. Werdin wusste, innere Bilder schliffen sich ab in der Erinnerung, aber was er sah, war Irma. Kein Zweifel war möglich. Sein Blick wanderte zu dem Jungen an Irmas Hand. Vielleicht bildete er es sich ein, der Junge war ihm ähnlich, leicht ausgeprägtes Kinn, schlank, mit einem Anflug von Trotz oder Entschlossenheit im Gesicht. Aber war es sein Sohn?

Er nahm eine Flasche Tequila aus dem Küchenschrank und goss ein Wasserglas halb voll. Werdin leerte das Glas mit einem Schluck. Er hatte lange nichts mehr getrunken, weil er gemerkt hatte, dass er anfällig wurde. Alkohol schwächt die Selbstkontrolle. Er sehnte sich oft nach der Entspannung, die Alkohol einem verschaffte. In Berlin hatte er manchmal zu viel getrunken, obwohl er die Gefahr kannte, der er sich damit aussetzte. Wenn er trank, vergaß er den Druck und die Angst. Und erhöhte die Gefahr. Ein falsches Wort, und er endete auf der Guillotine in Plötzensee oder vor einem Erschießungskommando der SS. Die

Amerikaner boten ihm bei den Verhören Whiskey an. Einmal hatte er zwei Gläser getrunken, und danach plagte ihn die Angst, zu viel gesagt zu haben. Seitdem trank er nur noch Wasser.

Das Bild in der Hand, spürte er, wie der Tequila das Zittern aus seinen Gliedmaßen vertrieb. Irma war tot. Doch sie war die Frau auf dem Foto. Und es war sein Sohn womöglich. War es eine Montage, hatte Schellenberg in die Trickkiste gegriffen? Werdin holte aus dem Wohnraum eine Lupe und setzte sich wieder an den Küchentisch. Er entdeckte keine falschen Übergänge, aber Schellenbergs Fälschungen waren besser als die Originale. Das hatte er von Heydrich gelernt, der sich rühmte, er habe mit präparierten Dokumenten Stalin vor dem Krieg dazu gebracht, Marschall Tuchatschewski und einen großen Teil des Offizierskorps der Roten Armee auszurotten. Heydrich hatte seine Rolle dabei übertrieben, wie so oft. Stalin brauchte keine Beweise für seinen Terror. Canaris und die feinen Herren der Abwehr fanden die Aktion unwürdig, aber sie beklagten sich nicht, als zu Beginn des Kriegs die durch Stalins Massenmord geschwächte Sowjetarmee ihr Debakel erlitt. Heydrich war längst ermordet, Schellenberg aber erwies sich als sein Meisterschüler, raffinierter noch als die *blonde Bestie der SS*.

Werdin setzte sich in seinen Ford und raste in einer Staubwolke nach Tierra del Sol. Er bremste den Wagen mit rutschenden Reifen vor dem Eingang. An der Bar, die auch als Rezeption diente, rief er: »Wo sind die Typen aus Washington?« Der Barkeeper hob die rechte Hand, Daumen, Zeige- und Mittelfinger gestreckt. Werdin stürzte die

Treppe hoch, riss die Tür von Zimmer 3 auf und brüllte: »Wo habt ihr das Foto her?«

Myers lag auf dem Bett. Er fuhr aus dem Dämmerschlaf hoch und sagte nichts. Er klopfte an die Wand zum Nebenzimmer, kurz darauf kam Carpati.

»Wo habt ihr das Foto her?«, fragte Werdin, er betonte jedes Wort.

»Das wird Ihnen Crowford erzählen«, sagte Carpati. »Schon morgen.«

»Sagen Sie mir, was Sie wissen!«, forderte Werdin.

»Geht es um den Brief?«, fragte Carpati.

»Um was denn sonst?«

»Na ja«, sagte Carpati in quälender Ruhe, »der wurde in den Briefkasten der Schweizer Botschaft geworfen. Wir haben keine Botschaft in Berlin, die Schweizer vertreten unsere Interessen in Deutschland. Das behaupten sie jedenfalls.«

»Wann wurde der Brief eingeworfen?«

»Vor gut zwei Jahren«, antwortete Carpati.

»Warum erfahre ich jetzt erst davon?«

»Komische Frage! Sie wollten doch nichts mehr mit uns zu tun haben. Sie haben Crowford angeschnauzt, er soll Sie in Ruhe lassen. Wir haben uns daran gehalten, und jetzt beklagen Sie sich.«

Carpati hatte Recht. Und doch empfand Werdin es als Schikane. Er schnaufte. »Aber jetzt haben Sie beschlossen, dass Ihnen meine Ruhe scheißegal ist. Jetzt kommen Sie hierher. Bestimmt nicht wegen des Briefs. Bestimmt nicht, um nett mit mir zu plaudern. Was wollen Sie?«

Myers schaltete sich ein. Er grinste frech: »Das wissen wir nicht. Crowford und Dulles werden es Ihnen sagen.«

Myers zog ein Ticket aus der Innentasche seines über einem Stuhl hängenden Jacketts und reichte es Werdin. »Morgen Mittag geht unser Flieger.«

Sie hatten gewusst, ich würde mitkommen, dachte Werdin und spürte, wie ihm das Blut in den Kopf stieg.

II.

SS-Gruppenführer Werner Krause gab sich Mühe, gefasst zu wirken. Wenn das Unternehmen schief ging, war es für eine Weile vorbei mit der Beförderung. Oder es kam noch schlimmer. Andere wären zufrieden mit seinem Rang, viele durften davon nur träumen. Aber je höher man kommt, umso höher will man hinaus. Man kann sich gegen diesen Wunsch nicht wehren, dachte Krause. Es ist ein Naturgesetz, der Mensch strebt nach Höherem.

Krause saß in seinem Büro im zweiten Stock des Hauses des Sicherheitsdienstes, Wilhelmstraße 102, Berlin. Er lehnte sich mit seinem Stuhl nach hinten, dann wieder nach vorn. Er zündete sich eine Zigarette am Stummel der letzten an. Er griff zum Hörer eines der drei Telefone auf seinem dunkel gebeizten Eichenschreibtisch. Als am anderen Ende jemand abnahm, sagte er nur: »Melden Sie sich bei mir.«

Keine Minute später ging die Tür auf. »Sturmbannführer Schmidtbaum meldet sich zur Stelle, Gruppenführer«, sagte hackenschlagend ein kleiner, dicklicher Glatzkopf in SS-Uniform.

Krause grüßte nicht zurück. »Haben Sie eine Antwort erhalten?«, fragte er in scharfem Ton.

»Das hätte ich sofort gemeldet, Gruppenführer«, antwortete Schmidtbaum laut.

»Sie sollen mir nicht sagen, was Sie getan hätten.«

»Jawoll, Gruppenführer«, brüllte Schmidtbaum wie ein Soldat bei der Meldung beim General. Schmidtbaum grinste innerlich. Immer wenn Krause unter Dampf stand, war er unerträglich. Sonst war er umgänglich, Schmidtbaum bewunderte die Intelligenz und das taktische Genie seines Chefs. Der wird mal einer wie Schellenberg, wenn nicht noch besser. Die großen Köpfe waren nun mal launisch wie Diven, es stand ihnen zu. Morgen, spätestens übermorgen würde Krause wieder einen Scherz machen oder ihm zulächeln, als Entschuldigung gewissermaßen. Nein, einen besseren Chef konnte Schmidtbaum sich schlecht vorstellen. Er betrachtete den schmächtigen Mann, dessen schwarze Haare an den Schläfen in Grauweiß übergingen. Dunkelbraune Augen blickten aus einem mageren, fast knochigen Gesicht durch die Lesebrille mit Stahlgestell. Man munkelte im Dienst, Krause sei ein Weiberheld, das Aussehen dazu hatte er. Auch unser großer Chef ist so ein Typ, Schellenberg soll ja sogar was mit Heydrichs Frau gehabt haben, zu dessen Lebzeiten.

»Sind Sie sicher, dass Ihr Funkgerät funktioniert?«

»Jawoll, Gruppenführer. Scharführer Ebert und ich, wir hören an zwei Geräten Tag und Nacht alle Frequenzen ab, die Sie uns genannt haben.«

»Holen Sie sich noch zwei Leute und ein weiteres Funkgerät. Keine Sekunde der Unaufmerksamkeit. Ist das klar?«

»Jawoll, Gruppenführer!«

»Wegtreten!«

Krause kippelte auf seinem Stuhl. Dann griff er wieder zum Hörer. »Ist der Chef da?«, fragte er, horchte kurz und knallte den Hörer auf die Gabel. Er sprang auf, drückte die

Zigarette aus und eilte die Treppe zur dritten Etage hoch. Krause öffnete die Tür zu Zimmer 301, nickte Schellenbergs Sekretärin zu, klopfte an der Verbindungstür zum Chefzimmer und drückte die Klinke. Er wartete nie auf Schellenbergs Aufforderung einzutreten.

Schellenberg blickte hinter seinem Schreibtisch auf, erhob sich und kam Krause mit gestreckter Hand entgegen. »Tag, Krause, warum so nervös?«, fragte er freundlich mit leiser Stimme.

Krause ärgerte sich, dass Schellenberg es ihm angesehen hatte.

»Nehmen Sie doch Platz«, bat Schellenberg und wies auf die Sitzecke seines weiträumigen Büros. »Wir sind gut vorangekommen, Krause. Ich war ja gerade in Mailand auf der Polizeikonferenz, und sie waren alle da, die Franzosen, Engländer, Spanier und so weiter und so fort. Seit Stalin tot ist, beginnen auch die Letzten zu kapieren, wer in Europa die Nummer eins ist.« Schellenbergs Jungengesicht lächelte. Wer ihn nicht kennt, würde nicht glauben, dass er der Chef des besten Geheimdienstes von Europa ist, wenn nicht der Welt, dachte Krause. Er sieht aus wie ein Kind und leitet doch seit 1945 den Sicherheitsdienst. Im Krieg hat er sich schön auf Distanz gehalten zur Gestapo, war nur zuständig für den Auslandsnachrichtendienst, hat sogar dem Führer widersprochen, das war dann einer seiner Trümpfe. Walter Schellenberg hatte den Chef der Geheimen Staatspolizei Heinrich Müller, überall Gestapo-Müller genannt, früh im Verdacht gehabt, und als der zu den Russen überlief, konnte er sagen, er habe es gewusst. Schon vorher hatte Himmler einen Narren an Schellenberg gefressen. Schellenberg war es sogar gelungen, der neuen Regierung klar zu machen, dass Himmler gegen seinen Willen die Untermenschen liquidieren musste, auf Führerbefehl. Und Himmler habe darunter gelitten wie ein Hund. Na ja, dass wir bis an die Zähne bewaffnet sind, hat nach dem Mord am Führer den Erkenntnisprozess auch befördert, dachte Krause.

Er spürte, wie die Anspannung in ihm wich. Seltsam, kaum redete er ein paar belanglose Worte mit Schellenberg, war die Nervosität weg.

»Krause, kommen wir mal zu den wichtigen Dingen. Was macht das *Unternehmen Thor*?«

»Es bewegt sich nichts«, erwiderte Krause. »Vielleicht hätten wir einen anderen Weg wählen sollen.«

»Sie sind ungeduldig«, sagte Schellenberg. »Ich habe keinen Zweifel daran, dass Moskau unseren Funkspruch erhalten hat. Wir haben ihn oft genug gesendet. Die fragen sich jetzt, ob es eine Falle ist. Sie werden bald überzeugt sein, dass es möglicherweise keine ist. Die Verlockung wird am Ende stärker sein als die Angst. Ihre Idee, die Frequenzen der Roten Kapelle zu benutzen, war genial, Krause. Die Russen wissen gleich, mit wem sie es zu tun haben. Und sie wissen, auf welcher Frequenz sie antworten müssen. Wenn sie antworten wollen.«

* * *

Sie hatten keine direkte Maschine von San Diego nach Washington bekommen. Sie flogen nach New York und nahmen dort einen Mietwagen. Es war viel zu heiß fürs Frühjahr, Myers Gesicht glänzte vom Schweiß. Werdin sagte kein Wort, er schaute wie unbeteiligt aus dem Fenster, blätterte in Illustrierten und Zeitungen oder döste vor sich hin. Carpati mühte sich, ein Gespräch anzufangen, es war umsonst. Wenn Werdin Crowford und Dulles genauso anschwieg, hätten sie ihn auch vergammeln lassen können in seiner Hundehütte am Indianerreservat. Ihm war es eigentlich egal, wie Crowford mit dem sturen Bock klarkommen würde. Carpati hatte andere Sorgen.

Heute Abend würde er sehen, wie es mit Maggy weiterging. Er war froh gewesen, dienstlich verreisen zu müssen, es unterbrach den Dauerstreit zwischen ihnen. Wenn sie nur einsehen könnte, dass er kein Verhältnis mit einer anderen Frau hatte, schon gar nicht im Büro. Ihre Eifersuchtsattacken überfielen ihn, er wusste nicht, wie er ihren Verdacht widerlegen sollte. Kam er vom Dienst nach Hause, fragte sie nach Frauen in seiner Abteilung. Jede Kollegin erschien ihr als Nebenbuhlerin, nur darauf aus, ihren schönen Stan ins Bett zu zerren. Sie traute es Carpati nicht zu, den eingebildeten Avancen zu widerstehen. »Du hast wegen mir eine andere verlassen, du wirst mich wegen einer anderen verlassen«, sagte sie in Momenten der Angst. Manchmal bereute Carpati es, sich von Maggys Vorgängerin getrennt zu haben. »Was es nicht gibt, kann man nicht beweisen«, erwiderte er auf ihre Verdächtigungen. Es nutzte nichts. Er hatte in dem klebrigen Hotel in Tierra del Sol besser geschlafen als zu Hause, dort musste er nicht fürchten, aus dem Schlaf geschüttelt zu werden von einer Frau, deren Schönheit verschwand in einem vom wütenden Wahn verzerrten Gesicht. Carpati wusste, es würde kein gutes Ende nehmen. Es gab Phasen der Ruhe, in denen er hoffte. Inzwischen aber war ihm bewusst, es kam immer wieder, und es kam immer ohne Grund. Vielleicht sollte ich einen Grund schaffen, sagte Carpati. Dann hatte sie endlich Recht, und er hatte Spaß.

Crowford lachte über sein breites Gesicht, er begrüßte Werdin wie einen zurückgekehrten Sohn. Carpati und Myers würdigte er kaum eines Blicks und warf sie nach kurzer Zeit aus dem Zimmer. Crowford saß an einem riesigen Metallschreibtisch in einem heruntergekommenen Büro, in dem nichts darauf schließen ließ, dass sein Inhaber Chef der Europaabteilung der CIA war. Werdin hatte dieser Hang zum Understatement bei Crowford schon während der Vernehmungen vor fast zehn Jahren amüsiert. Crowford passte in diese Abstellkammer, deren Gerümpel auf den zweiten Blick erstaunlich wohlgeordnet aussah. Hatte vielleicht die lange Beschäftigung mit Deutschland das Äußere des Geheimdienstmanns in diese Karikatur eines bayerischen Postbeamten verformt? Erstaunt registrierte Werdin, wie die Lust am Spott in ihm erwachte.

»Gut, dass Sie gekommen sind«, sagte Crowford, nachdem Carpati und Myers den Raum verlassen hatten.

Werdin antwortete nicht. Gut für wen?, fragte er sich. Wohl nur für dich. Und mir hängt ihr ein Büschel Heu vors Maul wie einem Esel.

»Wir haben in einer Viertelstunde einen Termin bei Dulles, er wird Sie über alles aufklären.«

Und über was sollen wir beide bis dahin sprechen?, setzte Werdin sein lautloses Selbstgespräch fort. Übers Wetter? Haben die mich von meinem *Hof* hierher gelockt, um mir was von der Hitze vorzujammern? Werdin spürte, wie Wut ihn erfasste. Die Geheimniskrämerei ging ihm auf die Nerven. Was hatte es mit dem Brief auf sich? Warum holten sie ihn nach Washington? Was hatte das eine mit dem anderen zu tun?

Nach langem Schweigen schaute Crowford auf seine Armbanduhr und sagte: »Gehen wir.«

Werdin hatte viel gelesen und gehört über Allen Welsh Dulles. Während des Kriegs saß er mit seiner Spionagezentrale frech in der Schweiz und spann seine Fäden wie eine fette Spinne. Werdin kannte das Profil, das der Sicherheitsdienst damals von Dulles angelegt hatte. Der Mann war eitel, gerissen, gefährlich. Sein Bruder John war Außenminister, nicht weniger skrupellos, überheblich und ein Kommunistenfresser. Beide hatten geholfen, dass der große Krieg in einem Remis endete, wenn auch definitionswidrig mit einigen Vorteilen für die Deutschen.

Dulles saß breit hinter einem Protzschreibtisch und rauchte, dem Gestank nach zu urteilen, nicht seine erste Zigarette. In der Mitte des Schreibtischs erkannte Werdin eine Unterlage aus Leder, darauf ein einzelner Ordner, braune Pappe. Links und rechts stapelten sich Akten. An der Wand hing ein großes Porträt von Präsident Joseph McCarthy. »Ich habe viel von Ihnen gehört, Herr Werdin«, sagte Dulles. Die Stimme fiel dumpfer aus, als Werdin sie sich vorgestellt hatte. »Oder möchten Sie lieber als Herr Vandenbroke angesprochen werden?«, fragte Dulles.

Crowford sagte: »Herr Vandenbroke ist auf dem Weg von Tierra del Sol nach Washington in Herrn Werdin zurückmutiert.« Er kicherte leise.

»Warum sagen Sie nicht gleich: in den SS-Sturmbannführer a. D. Knut Werdin?«, fragte Werdin.

Crowford zog die linke Augenbraue hoch, eine Fähigkeit, um die ihn mancher beneidete und die Crowford deshalb umso lieber pflegte.

Werdin sah Dulles' Augen auf sich gerichtet. »Warum kommen Sie nicht zur Sache? Was wollen Sie von mir?«, fragte er.

Dulles runzelte einen Moment die Stirn. Ihn überraschte die Ruppigkeit des Deutschen. Wir machen es ihm aber auch nicht leicht, dachte Dulles. Wie würdest du reagieren, fragte er sich, wenn dir nach Jahren jemand auf die Pelle rücken und mit Andeutungen um sich werfen würde? Aber bei allem Verständnis, er mochte diesen Deutschen nicht, genauso wenig wie alle anderen. Dulles erhob sich hinter seinem Schreibtisch und bat Crowford und Werdin mit einer kurzen Handbewegung, am Konferenztisch Platz zu nehmen. Werdin setzte sich ans eine Ende, Auge in Auge mit Dulles, der an der Stirnseite Platz nahm.

»Ich vermute, Sie haben ab und zu Zeitung gelesen und Radio gehört«, sagte er. »Dann wissen Sie, dass wir uns in einer gefährlichen Lage befinden. Die Eierköpfe sprechen von Tripolarität, die beschäftigen sich sowieso die meiste Zeit damit, uns das Leben schwer zu machen mit ihrem Kauderwelsch. Dabei ist die Sache einfach: In einer Welt, die von drei Großmächten beherrscht wird, gewinnt am Ende die, die eine andere Großmacht auf ihre Seite zieht.«

»Das hat mir Radio Tierra del Sol auch schon verraten«, sagte Werdin.

Dulles ließ sich nicht beirren: »Selbst die Rothäute wissen, dass eins und eins doppelt so viel ist wie eins. Stellen Sie sich vor, unser Präsident würde den Deutschen vorschlagen, sich mit uns gegen die Sowjetunion zu verbünden. Auf dem Papier wäre das eine ideale Konstellation: Die beiden antikommunistischen Mächte tun sich zusammen gegen die Kommunisten. Niemand hasst die Kommunisten heftiger als Präsident McCarthy, stärker sogar als Ihr Reichskanzler Goerdeler«, sagte er, zu Werdin gewandt. »Aber unser Präsident will wieder gewählt werden.

Und für die meisten Amerikaner sind alle Deutschen Nazis. Die Nachrichten über die Todeslager im Osten wirken noch Jahrzehnte nach. Für viele Leute war Stalin eben nicht der große Schlächter, sondern Uncle Joe.« Nach einem kurzen Zögern: »Nein, ein Bündnis mit den Deutschen gegen die Russen ist unmöglich.«

Werdin glaubte, einen bedauernden Unterton zu hören. Er fragte sich, was er mit diesen strategischen Auslassungen zu tun haben sollte. Diesen Quatsch konnte man landauf, landab in jeder Provinzzeitung lesen.

Dulles fuhr fort: »Natürlich würde sich unser Präsident nie mit den Russen gegen die Deutschen verbünden. Es wäre der falsche Bündnispartner und der falsche Gegner.«

Na und, dachte Werdin. Euer toller Präsident dankt wahrscheinlich jeden Abend auf der Bettkante Hitler in der Hölle, dass er die Juden vergast hat.

Crowford hing an den Lippen seines Chefs.

»Betrachtet man aber die Sache aus der Sicht der Deutschen, sieht alles anders aus. Die Deutschen können sich mit den Russen zusammentun, nur zeitweise natürlich, um uns in die Zwickmühle zu bringen. Sie könnten sich aber auch bemühen, mit uns anzubändeln gegen Moskau. Weil unsere Öffentlichkeit antideutsch eingestellt ist, sieht es eher nach einer deutsch-sowjetischen Annäherung aus, jedenfalls in der Theorie.«

»So wie im August 1939, der Hitler-Stalin-Pakt«, warf Crowford ein.

Dulles ignorierte die Bemerkung. Er strich sich mit der rechten Hand durch die Haare: »Bisher haben wir das als Sandkastenspiel betrachtet. Unsere Strategen wollen ja immer beweisen, wie unentbehrlich sie sind. Aber seit Stalin tot ist, mehren sich die Zeichen dafür, dass zwischen Moskau und Berlin etwas in Gang kommt. Vor ein paar Tagen erst fanden wir in der *Prawda* einen merkwürdigen Artikel von Berija höchstpersönlich, in dem die Deutschen geradezu ermuntert werden, die Russen wieder lieb zu haben.«

»Die werden ja nun nicht gleich wieder einen Krieg anfangen«, sagte Werdin.

»Dass es zwischen Deutschland und den Sowjets irgendwann wieder einigermaßen normale Beziehungen geben würde, damit haben wir gerechnet. Es ist zwar unerfreulich, aber der Lauf der Dinge.«

»Nun passiert es halt früher«, sagte Werdin.

»Was uns Sorgen bereitet, ist der Kanal, den die Deutschen sich ausgesucht haben. Wir wissen von einer Quelle, dass Himmler mit Berija flirtet. Diese Nachricht ist allerdings noch nicht bestätigt. Aber wenn sie stimmt, wird's heiß unter unseren Ärschen. Himmler hat nie dementiert, dass er sich als Hitlers einziger Erbe betrachtet. Er hält sich in der Öffentlichkeit zurück, aber immer wieder hört man aus der SS, dass die große Abrechnung noch aussteht.«

»Aber Himmler hat doch nur mit viel Glück 44 den Staatsstreich überstanden ...«, warf Werdin ein.

»Um seitdem seine Position zu festigen«, unterbrach ihn Dulles.

»Ohne SS hätte der Staatsstreich nicht geklappt«, sagte Crowford.

»Himmler ist längst der starke Mann in Deutschland. Nach außen regieren zwar Goerdeler und Erhard, sein Wirtschaftswunderminister, aber Himmler sitzt in allen Führungsgremien des Reichs, angefangen vom Oberkommando der Wehrmacht über die Geheimdienste bis hin zur

SS. Allein die SS besteht aus zwei Millionen schwer bewaffneten und gut ausgebildeten Männern. Sie beherrscht alles, was mit innerer, und vieles, was mit äußerer Sicherheit zu tun hat. Als nach dem Staatsstreich die Gestapo offiziell abgeschafft wurde, hat der Sicherheitsdienst der SS deren Aufgaben übernommen. Den SD-Chef kennen Sie ja gut«, sagte Dulles und musterte Werdin streng.

»Schellenberg«, sagte Werdin leise und hielt Dulles' Blick stand.

»Über Schellenberg haben Sie uns damals ja einiges erzählt«, sagte Dulles. »Wir haben, offen gesagt, ihre Schilderung für etwas übertrieben gehalten. Ein Babyface als Supergeheimdienstler, das mochten unsere Deutschlandexperten doch nicht so recht glauben. Und mit Ruhm bekleckert hat sich der SD im Krieg ja auch nicht unbedingt. Sie hatten trotzdem Recht.« Dulles' Stimme klang verärgert. »Seit Schellenberg die Gestapo einkassiert hat, ist er zur Hochform aufgelaufen. Der SD ist die Pest. Man sollte es nicht für möglich halten, aber selbst echte Amerikaner mit englischen Vorfahren bis ins vorletzte Jahrhundert haben wir schon als deutsche Spione ausgehoben.«

Werdin erinnerte sich an einen spektakulären Fall. Der Chef der CIA-Auswertungsabteilung war als deutscher Maulwurf verhaftet worden. Henry Morgan war nach vielen Jahren sorglos geworden, hatte beim Funken mit irgendeiner Gegenstation in Südamerika den Standort nicht gewechselt. Das FBI hatte ihn schließlich angepeilt und hochgenommen. Wäre Morgan nicht leichtsinnig geworden, könnte er Schellenberg heute noch mit Informationen aus dem Innenleben von Amerikas wichtigstem Geheimdienst versorgen.

»Warum haben Sie Morgan nicht umgedreht?«, fragte Werdin und ärgerte sich gleich darüber. Was hatte er mit diesem Kram noch zu tun?

»Das hätten wir gerne getan, aber Morgan zog die Gaskammer vor. Es gibt auch amerikanische SS-Männer«, erwiderte Dulles. Er sah so aus, als wollte er auf den Boden spucken. Stattdessen zündete er sich eine weitere Zigarette an. Befriedigt erkannte er, wie das professionelle Interesse in Werdin erwachte. Bist du also doch nicht ganz abgestumpft, du Scheißkerl, dachte Dulles. Er zog an seiner Zigarette und schloss einen Augenblick die Augen.

»Lassen Sie mich zum Thema zurückkommen. Himmler ist zwar klug genug, nach außen nicht den starken Mann zu markieren, und die meisten Deutschen dürften glauben, der sitzt in seiner SS-Burg und macht auf Supergermanisch, aber in Wahrheit hält Himmler alle Strippen in der Hand.« Dulles wiegte seinen Kopf. »Und Babyface Schellenberg ist sein gefährlichster Mann. Davon kann der Kollege Crowford ein langes Lied singen.«

Crowford nickte betrübt.

»Man darf nicht vergessen, die Deutschen halten die SS für ihren Retter. Nur dank der SS haben sie den Krieg nicht verloren. Diese Umstürzler in Berlin gelten vielen in Deutschland immer noch als Verräter, sie sind im Krieg der Front in den Rücken gefallen. Hätte Deutschland den Krieg verloren, Dolchstoßlegende Nummer zwei wäre fällig gewesen. Gucken Sie sich die Herren an, angefangen beim Oberputschisten, dem Reichskanzler Goerdeler. Der wollte Hitler nicht umbringen, sondern überzeugen, um ihn dann, als Stauffenbergs Bombe den Führer in unappetitliche Häppchen zerlegte, mir nichts, dir nichts zu beerben. Die Einzigen, die nach Attentat und Putsch ein Konzept hatten, waren Himmler und die SS. Die hatten offenbar vom Staatsstreich gewusst, aber nichts dagegen getan. Davon bin ich überzeugt, auch wenn es mir manche Superschlauen im Sicherheitsrat nicht glauben wollen.« Dulles wölbte seine Unterlippe vor, er war noch beleidigt wegen der phantasielosen Deppen im Nationalen Sicherheitsrat, die von der CIA erwarteten, dass sie Himmlers Kacke aus dem Klo klaute.

Werdin erinnerte sich an seine Vernehmungen. Was Dulles ihm da als eigene Analyse verkaufte, stammte großteils von Werdin. Er war der Erste, der die Amerikaner in die Hintergründe des Staatsstreichs vom 20. Juli 1944 eingeweiht hatte. Es sei denn, sie hatten einen Spion in der SS oder unter den Putschisten. Beides schloss Werdin aus, dafür waren die Amerikaner nicht gut genug.

»Was ist mit dem Brief?«, fragte Werdin.

Dulles legte seine Stirn in Falten. Diesem teutonischen Mistkerl war es egal, was er ihm erzählte. Dulles fragte sich, ob es richtig war, Werdin Brief und Foto zu geben. Sie hatten lange darüber gestritten, Crowford hatte sich schließlich durchgesetzt. Er hatte Werdin in den Vernehmungen erlebt. »Wenn den noch mal jemand nach Deutschland kriegt, dann nur so«, hatte er mit ungewohnter Sturheit wiederholt. Die Psychologen hatten Crowfords Meinung unterstützt, schließlich gab Dulles nach. Aber für romantischen Kitsch hielt er es immer noch. Und für gefährlich. Was haben wir von einem Agenten, der nur wegen einer Frau loszieht? Auch wenn sie so schön ist wie Irma, dachte Dulles. Er hatte das Foto nicht nur einmal betrachtet.

»Das erfahren Sie gleich«, erwiderte Dulles. Er zündete sich eine Zigarette an. »Wollen Sie einen Kaffee?«, fragte er.

Crowford nickte, Werdin schwieg. Dulles drückte einen Knopf auf seinem Telefon: »Bitte dreimal Kaffee.«

Keiner sagte etwas, bis nach wenigen Minuten eine derbe Schwarzhaarige im Blümchenkleid auf viel zu hohen Absätzen auftauchte mit einem Tablett, darauf Kanne und drei Tassen. »Er wird Ihnen gut tun«, sagte sie mit schriller Stimme. Werdin gab sich Mühe, nicht zu lachen.

»O ja, meine treueste Sekretärin«, sagte Dulles trocken, als sie die Tür wieder hinter sich geschlossen hatte. Der Duft eines aufdringlichen Parfüms hing süß in der Luft.

»Himmler will uns vernichten. Und danach die Russen. Es ist das gleiche Spiel wie beim famosen Hitler-Stalin-Pakt. Erst benutzt er die Sowjets, um sie dann zu überfallen.«

»Und die Russen fallen drauf rein, einfach so?«, fragte Werdin.

»Die Russen sind am Boden. Die klammern sich an jeden Strohhalm. Der Krieg hat sie ruiniert, und Stalin hat seinen Teil dazu beigetragen. Ich fürchte, Berija lockt das gefährliche Spiel, dass nämlich diesmal Moskau Berlin übertölpelt. Er glaubt, mit Himmler leichter fertig zu werden als Stalin mit Hitler.«

»Toll, was Sie so alles wissen«, sagte Werdin betont gelassen.

»Die Eierköpfe sind überzeugt, dass es genau so ist«, widersprach Dulles. Werdin fand es wenig überzeugend. Er kannte solche furchtbar logischen Gedankenspielereien, Heydrich hatte sie geliebt, auch Schellenberg neigte dazu.

Und Hitler war der größte Kombinierer von allen gewesen. Seine Halluzinationen hätten Deutschland fast in den Untergang geführt.

»Selbst wenn die Analysen der Eierköpfe nicht stimmen, ein Bündnis zwischen Himmler und Berija könnte das Ende der USA bedeuten und der Demokratie auf der Welt. Die Briten tun sich keinen Krieg gegen die Deutschen mehr an, die Japaner haben bis zu den Haarwurzeln aufgerüstet. Ein Pakt zwischen Berlin und Moskau würde auf andere Staaten wirken wie ein Riesenmagnet. Selbst in unserem Hinterhof. Stellen Sie sich vor, Deutschland, Russland und Japan erklären uns den Krieg. Bei allem Vertrauen in unsere Wirtschaftskraft, es gibt selbst in der Regierung Leute, denen dazu nichts Glorreiches mehr einfällt.«

»Sehr lehrreich«, sagte Werdin, er betonte das »sehr«.

Dulles ließ sich seinen Ärger nicht anmerken. Dem Deutschen war es scheißegal, ob die Welt unterging oder die Vereinigten Staaten, was für Dulles aufs Gleiche herauskam. Werdin saß ruhig in seinem Sessel, die Beine übereinander geschlagen, trank einen Schluck Kaffee, schaute aus dem Fenster oder bewunderte die reiche Ausstattung von Dulles' Dienstzimmer. Man könnte ihm sagen, dass morgen Amerika in die Luft fliegt, und der Typ würde antworten: Ach wirklich? Dulles spürte, er richtete mit seinem Vortrag nichts aus. Den regte die tödliche Gefahr so auf wie der Tod eines Suppenhuhns auf einer Dorfstraße in West Virginia. Dulles fragte sich, warum man für Selbstbeherrschung keinen Orden kriegte. Er zündete sich eine Zigarette an.

»Sie können sich vielleicht vorstellen, dass McCarthy nicht beglückt ist angesichts der Vorstellung, dass er der letzte Präsident der USA sein könnte. Auch wenn ihm das einen prominenten Platz in künftigen Geschichtsbüchern sichern würde.«

»Ja. Aber was hat das mit mir zu tun?«, fragte Werdin. Die Finger seiner rechten Hand begannen leise auf der Sessellehne zu trommeln.

»Unsere Hoffnung liegt auf Ihnen«, sagte Dulles.

Werdin drehte ihm das Gesicht zu, seine Augen schauten den CIA-Chef an, als hielte er ihn für einen entsprungenen Irren.

»Ich kann verstehen, dass Sie mir das nicht glauben. Aber es ist so. Wir haben einen Auftrag für Sie. Wir zahlen Ihnen, so viel Sie wollen. Wenn es nicht den Staatshaushalt sprengt.« Dulles lächelte leicht.

»Hundert Millionen«, sagte Werdin.

»Okay.«

Werdin schüttelte den Kopf: »Ich wollte nur wissen, ob Sie es ernst meinen. Nein, ich schaffe es nicht einmal, die paar tausend Dollar auszugeben, die Sie mir jeden Monat überweisen.«

»Und wenn wir Ihnen nichts mehr überweisen?«

Werdin stand auf und ging zur Tür.

»Nein, so war das nicht gemeint. Bleiben Sie sitzen, Herr Werdin. Wir halten unsere Abmachungen.«

Werdin drehte sich um und ging zurück zu seinem Sessel. Er setzte sich und schlug die Beine übereinander. Er wäre nicht gegangen, jedenfalls nicht, ohne zu erfahren, was es mit dem Brief und dem Foto auf sich hatte.

»Was ist mit dem Foto?«, fragte er.

Dulles öffnete den Mund, schloss ihn aber gleich wieder. Er setzte neu an: »Eins nach dem anderen. Erst hören Sie mir zu, anschließend erfahren Sie alles über den Umschlag. Wir möchten, dass Sie nach Deutschland gehen.«

Werdin verzog keine Miene.

»Töten Sie Heinrich Himmler«, sagte Dulles. Er erschrak über sich selbst. Wenn Werdin ablehnte und irgendjemandem davon erzählte, dann rollte nicht nur Dulles' Kopf. Aber wie sollte er den Panzer aufbrechen, den der Deutsche um sein Inneres gelegt hatte? So, wie Werdin gestrickt war, war er der perfekte Attentäter, Nerven wie Schiffstaue.

»Warum sagen Sie nicht gleich, ich soll mich vom Empire State Building stürzen?«, fragte Werdin. »Meine Überlebenschancen wären größer als bei Ihrem Auftrag. ›Töten Sie Heinrich Himmler!‹«, wiederholte er, leicht den Kopf schüttelnd. »Sie sind verrückt. Es gibt bequemere Arten, sich umzubringen.«

»Der Brief wurde vor gut zwei Jahren in den Briefkasten der Schweizer Botschaft in Berlin geworfen«, sagte Dulles.

»Das weiß ich bereits«, sagte Werdin.

»Ich bitte um Verständnis«, sagte Dulles. »Wir mussten den Brief öffnen. Wir haben Nachforschungen in Berlin angestellt. Wir wollten wissen, ob es ein Trick ist, etwas über Sie herauszukriegen. Ihre Kameraden von der SS sind, fürchte ich, ein bisschen rachsüchtig. Sie mögen keine Deserteure.«

Werdin streckte den Rücken. »Und?«, fragte er.

»Die Absenderin lebt in Berlin-Friedrichsfelde, mit ihrem Sohn. Oder soll ich sagen *Ihrem* Sohn?«

Werdin starrte regungslos aus dem Fenster.

»Wir hatten Glück. Wir haben einen unserer Leute vor

dem Fotogeschäft aufgestellt. Mütter machen gerne Fotos von ihren Kindern. Warum sollte sie andere Bilder bei einem anderen Fotografen entwickeln lassen? Es dauerte ein paar Wochen, bis unser Mann sie erwischt hat. Er ging ihr hinterher, es war leicht.« Es klang so, als erwartete Dulles Lob.

»Da haben Sie sich ja richtig Mühe gegeben«, sagte Werdin leise. Unglauben klang in seiner Stimme. Warum so ein Aufwand wegen eines Fotos und eines belanglosen Briefs, belanglos jedenfalls für die CIA?

»Wir schützen Sie in unserem Interesse«, sagte Dulles. »Auch wenn Sie es nicht glauben, wir sind Ihnen dankbar. Wenn die Amerikaner wüssten, was Sie ihnen erspart haben, dann wären Sie der tollste Hecht hier, berühmter als Charles Lindbergh.«

Ja, dachte Werdin. Weil ich den Amerikanern berichtet habe, dass die Deutschen mehr Uranbomben gebaut hatten als die eine, die sie auf Minsk warfen. Hätten die Amis nicht klein beigegeben, New York und Chicago wären heute verstrahlte Wüsten. Dafür viertausend Dollar jeden Monat bis ans Ende seiner Tage, das war nicht zu viel. Eine Frechheit, dass Dulles mit dem Gedanken spielte, ihm den Judaslohn zu streichen.

Dulles erhob sich mit der Langsamkeit eines alten Mannes mit Rückenschmerzen und ging zu seinem Schreibtisch. Er nahm den Pappordner von der Schreibtischunterlage und setzte sich wieder. Bewegungen wie in Zeitlupe, dachte Werdin. Er hatte vor gut einem Jahr im schäbigen Kino von Tierra del Sol einen Tierfilm gesehen, in dem die Zeitlupentechnik benutzt wurde. Erst in der verlangsamten Darstellung, wenn man sah, wie sich die Hinterbeinmuskeln strafften, offenbarte sich die Schnellkraft des Pumas.

Dulles entnahm dem Ordner einen Umschlag und reichte ihn Werdin. »Die haben wir vor drei Wochen aufgenommen«, sagte er.

Werdin zog einen Stapel Fotos aus dem Umschlag. Auf dem ersten erkannte er ein braun verputztes zweistöckiges Haus inmitten eines gepflegten Gartens. Ein Maschendrahtzaun trennte ihn vom Bürgersteig.

»Es war schönes Wetter in Berlin«, sagte Dulles. »Wir hatten Glück.«

Was für ein Geschwätz, dachte Werdin. Sie haben eben so lange gewartet, bis die Sonne schien. Das soll auch in Berlin vorkommen.

Er steckte das Bild unter den Stapel. Das zweite Foto zeigte ein Jungengesicht. Ja, verdammt, es ähnelte ihm. Aber war das ein Beweis? Er hatte einmal mit Irma geschlafen, hektisch, die leichte Flak ratterte, schwere 8,8-Zentimeter-Geschütze schickten mit dumpfem Knall Splittergranaten in den Himmel, Bomben explodierten und warfen für Sekunden weißes Licht in ihr Zimmer, gelb flackerten Brände im Nachbarhaus. Es war keine Nacht, um Kinder zu zeugen, dachte Werdin. Aber möglicherweise hatten sie es getan.

Das nächste Bild zeigte Irma. Der geheime Fotograf hatte sie gut getroffen. Sie kniete am Rand eines Beets im Vorgarten und schaute fast direkt in die Kamera. Vielleicht war gerade eine Elster schnatternd aufgeflogen. Irma schaute ernst, sie trug braune Arbeitshosen und Gummistiefel, einen beigen Pullover, die Ärmel hochgekrempelt. Werdin fühlte, wie seine Gliedmaßen schwer wurden. Er spürte das Blut im Kopf pulsieren. Regungslos starrte er auf das Foto.

Nach Dienstschluss kaufte sich Al Myers eine Flasche Bourbon und drei Donuts. Mit der braunen Papiertüte unterm Arm schlenderte er durch Wenatchee, einen Vorort nördlich Washingtons. Seine schlechte Laune verließ ihn. Erst nervte dieser eitle und vorlaute Italiener, dann der sture Deutsche, der kaum das Maul aufbrachte. Und wenn, wurde er frech. Myers ahnte, Werdin war nur wegen des Fotos mitgekommen. Ein Romantiker, grinste Myers, ich hätte nie gedacht, dass SS-Männer so gefühlsduselig sind. Carpati war ihm zuwider. Vielleicht hatten die Leute Recht, die sagten, die Zeit der alten Garde sei vorüber. Aber diese gelackten Typen widerten ihn an. Auf der Fahrt mit dem Vorortzug von Washington nach Wenatchee hatte Myers böse aus dem Fenster gestarrt. Aber nachdem er sich eine Flasche Whiskey zugestanden hatte, begann seine Laune zu steigen. Myers ließ sich vom Frühlingswetter anstecken, betrachtete Frauen in ihren leichten Sommerkleidern, die Auslagen in den Geschäften, die »Kauf mich! Kauf mich!« zu rufen schienen. Er setzte sich auf eine Bank und beobachtete den Verkehr. Die USA sind ein reiches Land, dachte er. Jedes Jahr mehr Autos, mehr Geschäfte, aus Konzernen wurden Großkonzerne. Gut, als Amerikaner geboren zu sein. In einem Jahr würde er in Pension gehen.

Myers wäre ein rundum glücklicher Amerikaner gewesen, hätte er nicht zwei Fehler gemacht. Vor vier Jahren wollte er das tun, was immer mehr Amerikanern gelang: schnell reich werden. Auf den Rat eines Bekannten hin, der als Makler zu Wohlstand gekommen war, investierte er seine Ersparnisse in eine Firma, die Hochhäuser am Rand von Washington baute. Sie garantierte ihren Investoren fünfzehn Prozent Gewinn pro Jahr. Am Anfang sah alles gut aus, aber dann konnte die Firma ihre Subunternehmer nicht mehr bezahlen, schließlich ging sie Pleite. Die beiden Geschäftsführer setzten sich ab, die Presse spekulierte, wie viel sie vorher aus der Baufirma herausgezogen hatten. Myers war es egal, sein Geld war weg, und die beiden Schweine saßen in der Schweiz und ließen die Puppen tanzen.

Der zweite Fehler war eine Folge des ersten. Myers war überzeugt, er hätte sich nie verstricken lassen, wenn ihn nicht die Baulöwen betrogen hätten. Sie waren Schuld, wenn er sich nun das Geld da holte, wo es zu holen war. Myers hatte lange nachgedacht. Die Vorstellung, demnächst von seiner Pension leben zu müssen, beflügelte seine Phantasie. Diebstahl oder Banküberfall kam für ihn nicht in Frage, das war was für Dilettanten, die sich Damenstrümpfe oder Skimützen über den Kopf zogen und doch erwischt wurden. Nein, er besaß etwas, was viele andere nicht hatten: sein Wissen.

Im Sommer 1951 hatte Myers wie viele andere Amerikaner seinen Urlaub in Mexiko verbracht. Dort schloss er das beste Geschäft seines Lebens ab, davon war er überzeugt. Er fühlte sich nach wie vor mies, wenn er daran dachte. Aber hatte er eine Wahl?

Myers setzte seinen Abendspaziergang fort bis zu dem weiß gestrichenen Haus, in dessen zweitem Stock er eine Wohnung gemietet hatte. Er verzichtete wie meist darauf, den Aufzug zu nehmen, und stieg federnden Schritts die Treppe hoch. Er war stolz auf seine Fitness.

Er schloss die Tür zur Wohnung auf und roch sofort den Gestank. Eine Zigarre. Vorsichtig legte er die Papiertüte auf das Telefontischchen am Wohnungseingang und zog seinen Dienstrevolver. Myers hatte keine Angst, er fühlte, wie die Anspannung wuchs, er war ein guter Schütze, die Waffe in seiner rechten Hand verlieh ihm Sicherheit. Die Tür zum Wohnzimmer war nicht ganz geschlossen, lockere weiße Rauchschwaden zogen in den Flur. Myers schlich sich zur Tür und öffnete sie mit der linken Hand. Er presste sich außen an den Türrahmen und schob seinen Kopf langsam vor. Inmitten des Nebels sah er den glänzenden Hinterkopf eines Manns, der in einem Sessel saß, die Rückenlehne Myers zugekehrt. Eine neue Rauchwolke stieg auf. Da sitzt jemand in meinem Lieblingssessel und verpestet die Wohnung mit einer stinkenden Zigarre, dachte Myers. Er schlich sich lautlos bis zum Sessel und stieß fester, als es nötig gewesen wäre, den Lauf des Revolvers gegen den Hinterkopf des Eindringlings.

Der Kopf zuckte kurz nach vorne, dann drehte er sich um. Klare schwarze Augen unter buschigen grauen Augenbrauen richteten sich auf Myers. Der Mann fasste sich mit der Linken an die Stelle, wo Myers' Revolver einen schmerzenden roten Fleck hinterlassen hatte. Dann lächelte er: »Guten Abend, Herr Myers, gut, Sie kennen zu lernen.«

Myers ging vorsichtig um den Sessel herum, seine Waffe auf den Fremden gerichtet. Der war eine eher mickrige Erscheinung, abgesehen von dem riesigen Kopf. Unter der Glatze sah Myers eine große, leicht nach unten gekrümmte Nase. Das Gesicht guckte ihn schief an, fortwährend grinsend. Der Mann saß entspannt im Sessel, als wäre er in Myers' Wohnung zu Hause. Er nahm einen kräftigen Zug aus seiner Zigarre, deren Größe in einem lächerlichen Verhältnis stand zur Physiognomie des Rauchers. »Machen Sie es sich bequem, Herr Myers«, sagte der Mann. Ein Jude, dachte Myers. Erst nervte ihn ein Italiener, dann ein Deutscher, jetzt ein Jude. Ein Jude mit deutschem Akzent.

Myers straffte seinen rechten Arm, richtete den Revolver auf die Stirn des Manns: »Wer sind Sie? Was wollen Sie?«

»Oh, selbstverständlich, Herr Myers, verzeihen Sie bitte die Unhöflichkeit. Sie werden gleich verstehen, warum ich Sie besuchen musste. Nennen Sie mich Carl Smith.«

Natürlich, dachte Myers, ich dürfte ihn auch Michelangelo nennen.

Der kleine Mann nickte. »Ich kann Ihren Unmut verstehen. Ich hätte auch nicht gerne unangemeldeten Besuch. Aber manchmal lassen sich Unannehmlichkeiten nicht vermeiden.« Der kleine Mann nickte betrübt.

»Kommen Sie zur Sache!«, sagte Myers. Der Revolver wurde schwer in der Hand.

»Ixtab«, erwiderte der Mann.

Myers schüttelte es leicht, der Mann kannte das Kodewort. »Wir hatten vereinbart, Sie würden nie an mich herantreten«, schrie er.

»Seien Sie leise, Herr Myers, so dick sind die Wände hier nicht«, sagte der kleine Mann.

»Was wollen Sie?«, fragte Myers leiser. Dann: »Hauen Sie ab!«

»Es handelt sich um einen Notfall, ich bitte um Verständnis«, sagte der kleine Mann freundlich. »Wir werden Sie nie wieder zu Hause behelligen. Ich verspreche es.«

Myers schwieg. Er steckte seinen Revolver in das Schulterhalfter.

»Sie haben uns vor einer Woche eine Botschaft geschickt«, sagte der kleine Mann. »Und wir haben Sie bezahlt«, fügte er nach einer Pause hinzu. Es stimmte, Myers hatte vorletzten Dienstag eine Zigarettenschachtel in einen Papierkorb des Parks von Wenatchee geworfen, darin ein Zettel mit einer Nachricht. Sie hatten ihm gesagt, wenn er eine Information habe, solle er sie immer dienstags um neunzehn Uhr in einer leeren Zigarettenschachtel in den Papierkorb neben der Bank am Nordeingang werfen. Am Dienstag darauf, zur gleichen Uhrzeit, würde er in dem Papierkorb, ebenfalls in einer Zigarettenschachtel, sein Honorar finden. Es hat immer funktioniert, dachte Myers. Sie zahlten gut, bald würde er die Verluste ausgeglichen haben. Dann wollte Myers aufhören, für die Deutschen zu arbeiten.

»Wir haben Ihre Botschaft analysiert«, sagte der kleine Mann. »Wir finden sie interessant, und vielleicht ist sie wichtig. Wissen Sie mehr? Wir zahlen extra.« Er legte einen weißen Briefumschlag auf den Tisch.

Myers griff das Kuvert und öffnete es mit der linken Hand. Er sah ein dickes Bündel Geldscheine.

»Sie brauchen es nicht zu zählen. Es sind zehntausend Dollar«, sagte der kleine Mann. »Und wenn Ihre Information gut ist, kriegen Sie noch zehntausend dazu.« Er klopfte mit den Fingerspitzen der rechten Hand auf die linke Seite seines grauen Jacketts.

Myers schluckte. Zwanzigtausend Dollar, das war etwa so viel, wie er in fünf oder sechs Jahren verdiente. Es war doch richtig gewesen, dass er damals die deutsche Botschaft in Mexico City aufsuchte. Jetzt zahlte es sich aus. Auf einen Schlag würde er alle Geldsorgen loswerden. Ja, es war Verrat, aber hatten die Vereinigten Staaten von Amerika ihm vielleicht etwas dafür gegeben, dass er seine

Knochen für sie hingehalten hatte? Ein bisschen Blech und eine traurige Pension waren der Dank. Myers verrechnete seine Verdienste mit seinem Verrat und entschied, es sei eine positive Bilanz: Ein paar lächerliche Informationen für die Deutschen standen gegen den Einsatz seines Lebens in der Normandie und bei der Jagd auf untergetauchte Nazikollaborateure im befreiten Frankreich. Nein, er hatte sich das Geld verdient. Und dass es gerade die Deutschen waren, die bezahlten, war nur gerecht. Das, was er ihnen verriet, wussten sie wahrscheinlich sowieso schon.

In seiner letzten Nachricht an die Deutschen hatte Myers berichtet, er sei beauftragt worden, einen ehemaligen SS-Mann namens Vandenbroke nahe der mexikanischen Grenze aufzusuchen, um ihn nach Washington in die Zentrale zu holen. Dulles selbst wolle mit ihm sprechen. Myers stutzte, dafür zehntausend Dollar? Und weitere zehntausend für zusätzliche Angaben, die genauso pissig waren? Den Deutschen mussten seine Informationen ungeheuer wichtig sein, genauer: Dieser SS-Mann war ihnen wichtig. Wäre sonst der Jude mit seiner stinkenden Zigarre bei ihm aufgetaucht? Ich bin ja nicht von gestern, dachte Myers. Die wollen Werdin erwischen oder umlegen oder beides in der richtigen Reihenfolge. Er schob diesen Gedanken gleich wieder von sich. Was sollte er spekulieren? Die Deutschen waren so blöd, ihm für Nachrichtenmüll richtig viel Geld zu bezahlen. Er wäre dumm, es nicht zu nehmen.

Myers berichtete dem kleinen Mann von ihrer Tour nach Tierra del Sol. Der kleine Mann wandte seine wachen Augen nicht von ihm ab. Hin und wieder nickte er, um Myers anzuspornen. Ein Lächeln hatte sich in sein Gesicht verirrt.

»Was glauben Sie?«, fragte er Myers, nachdem dieser seinen Bericht beendet hatte, »was will Dulles von Werdin? Informationen?«

»Nein«, erwiderte Myers, »was soll er nach so vielen Jahren noch wissen, was die CIA interessieren könnte? Die haben ihn damals ausgelutscht, bis nichts mehr da war. Ich glaube, er wird für eine Operation gebraucht.« Myers sagte nicht, dass Carpati in diesem klebrigen Hotel in Tierra del Sol darüber gerätselt hatte.

»Ach«, sagte der kleine Mann. Und nach kurzem Zögern: »Dann ja wohl gegen Deutschland. Glauben Sie, Werdin wird nach Deutschland geschickt?«

»Ich weiß nicht«, sagte Myers. »Es wäre wenigstens eine Erklärung für den ganzen Aufstand. Erst unsere blödsinnige Reise, dann großer Bahnhof mit Dulles. Das machen die nicht, um Anekdoten auszutauschen.«

»Sie sollten versuchen, mehr herauszubekommen. Können Sie Kontakt mit Werdin aufnehmen?«

»Das ist sinnlos. Der sture Bock verrät mir nicht mal sein Geburtsdatum. Und wenn es um eine Operation geht, dann bin ich raus aus dem Geschäft. Crowford hätte mich sonst längst eingewiesen. Ehrlich gesagt, ich bin froh, mit dem Kerl nichts mehr zu tun zu haben.«

»Gut«, sagte der kleine Mann und griff in sein Jackett. Er zog einen weiteren Umschlag hervor und legte ihn auf den Wohnzimmertisch. »Zählen Sie nach.« Myers zögerte einen Moment, beim anderen Umschlag war er nicht aufgefordert worden nachzuzählen. Er nahm das Kuvert, öffnete es, zog den Stapel Geldscheine heraus und begann die Scheine mit flinkem Zeigefinger durchzublättern. Er sah nicht, dass der kleine Mann plötzlich eine zierliche Pistole in der Hand hielt, auf deren Lauf ein mächtiger Schalldämpfer aufgeschraubt war. Es machte »Plob«, auf Myers' Stirn zeigte sich ein kleines hässliches Loch, zwei Blutstropfen fanden ihren Weg zur Nasenwurzel. Myers' Augen starrten tot auf die Dollarscheine in seiner linken Hand.

Der kleine Mann schraubte den Schalldämpfer ab und steckte ihn zusammen mit der Pistole in sein Jackett. Er zog die Dollarscheine aus Myers' Hand, griff sich den Umschlag auf dem Tisch und verstaute das Geld in einer seiner Taschen. »Wer für Geld verrät, verrät am Ende jeden«, murmelte er.

Wenige Tage später hatte Crowford die Ermittlungsakten des FBI auf dem Tisch. Es war schnell gegangen. Als Myers nicht zum Dienst erschien und auch den Telefonhörer nicht abnahm, schickte Crowford einen Nachwuchsagenten nach Wenatchee. Der bleiche junge Mann stotterte noch Stunden später. Crowford nahm sich vor, ihn ins Archiv zu versetzen. Wie immer in solchen Fällen schickte das FBI seine besten Leute. Was sie herausbekamen, war kläglich. Myers war mit einer kleinkalibrigen Pistole erschossen worden, »einer Frauenknarre«, grinste ein Ermittler. Die Fenster von Myers' Wohnung waren geöffnet gewesen, trotzdem glaubte ein Special Agent, Zigarrenrauch gerochen zu haben. Die Wohnung war durchwühlt worden, offenbar hatte der Eindringling alle Wertgegenstände mitgenommen, jedenfalls waren keine zu finden, auch Myers' Brieftasche fehlte.

Trotzdem zweifelte Crowford. War es wirklich ein Einbruch, wie das FBI behauptete? War der Täter durch ein offenes Fenster im zweiten Stock eingestiegen? Das wäre eine akrobatische Leistung, es sei denn, Myers' Mörder war ein Stabhochspringer von olympischer Klasse. Es gab keine Fingerabdrücke außer denen von Myers. Nach Fußspuren hatten die Ermittler gar nicht erst gesucht, eine Horde von neugierigen Idioten hatte das Grundstück zertrampelt, weil die FBI-Leute es nicht schnell genug absperrten. Die Nachbarn hatten nichts gesehen und nichts gehört. Der einzige Hinweis, der vielleicht weiterführte, waren Kontoauszüge einer Bank in Montevideo, ausgestellt auf den Namen »Scheider«. Sie waren unter einem Bodenbrett versteckt gewesen und entdeckt worden, als ein FBI-Agent auf das Brett trat und fand, dass es stark nachgab.

Klar, dachte Crowford, in Uruguay gibt es Banken, bei denen kannst du unter jedem Namen ein Konto eröffnen, einen Ausweis will dort keiner sehen. Crowford zweifelte nicht, Scheider war Myers. Aber woher kam das Geld auf diesem Konto? Es hatte unregelmäßig Bareinzahlungen gegeben, nicht riesige Summen, aber für ein paar schöne Urlaube reichten die knapp zwölftausend Dollar auf dem Konto. Myers hatte in den letzten beiden Jahren in Uruguay Urlaub gemacht, das stand in seinen Urlaubsanträgen. So weit war alles klar. Aber von wem stammte das Geld? Und wofür hatte Myers es erhalten?

Es mochte ein Zufall sein, dass Myers am Vorabend der wichtigsten Operation in der Geschichte der CIA ermordet worden war. Im Dienst gibt es keinen Zufall, dachte Crowford. Wenn dir auf einer Urlaubsreise ein Besoffener in den Mietwagen krachte, dann mochte es ein Unfall sein. In einer Operation ist es der Feind, und wenn er es nicht ist, dann war man klug, trotzdem davon auszugehen. So viele Unternehmen waren wegen Nachlässigkeit gescheitert, so viele Agenten waren getötet worden, weil sie den Feind unterschätzt hatten.

Das Telefon klingelte. »Der Chef hat jetzt Zeit für Sie, Sir«, sagte die Stimme seiner Sekretärin, die ihm in ihrer Geduld vorkam wie eine Ordensschwester. Wenn die Deutschen New York einäscherten, würde Sie freundlich sagen: »Sir, es tut mir Leid. Die Deutschen bereiten uns Unannehmlichkeiten.«

Dulles saß breit hinter seinem Schreibtisch, als Crowford eintrat. Er setzte sich auf den einzigen Stuhl vor dem Schreibtisch. »Was ist das für eine Scheiße?«, fragte Dulles statt einer Begrüßung. »Haben Sie Ihre Leute nicht mehr im Griff?«

»Es gibt keinen Beweis, dass Myers' Tod etwas mit unserer Operation zu tun hat.« Crowfords Stimme war brüchig. Als er es gesagt hatte, bereute er es. Verdammt, aber was sollte er sagen? Sollte er seine Agenten überwachen lassen durch andere Agenten und diese wiederum durch andere und so weiter und so fort? Es passierten eben Dinge, die keiner voraussah.

Dulles starrte ihn böse an. »Keine Ausreden«, sagte er. »Ich habe die FBI-Akten gelesen, Dünnschiss, wie immer. Ich weiß gar nicht, was die mit dem vielen Geld machen, das ihnen der Kongress jedes Jahr in den Arsch schiebt. War Myers ein Maulwurf oder nicht? Das ist die einzige Frage, die mich interessiert.«

»Wir wissen nicht, wer das Geld auf das Konto in Montevideo eingezahlt hat. Es waren Barzahlungen. Wir werden es nie rauskriegen. Wir können nicht einmal einen FBI-Trottel nach Montevideo schicken, um die Schalterbeamten zu fragen. Diese korrupten Schweine in Uruguay gehören inzwischen ja auch zur Liga der geheimen Freunde Deutschlands.«

Crowford hoffte, dass der Sturm bald abflaute.

»Verfluchte Scheiße, dieser elende Myers versaut uns den Plan. Alles umsonst. Wenn wir Werdin jetzt nach Deutschland schicken, ist er ein toter Mann. Es ist doch wohl klar, dass Myers für Schellenberg und Co. gespitzelt hat.«

»Das ist nicht bewiesen. Wir wissen nicht, wofür er das Geld bekommen hat«, wandte Crowford ein.

»Klar, aber wir müssen davon ausgehen, dass es die Schweine von der SS waren. Dann können wir Werdin gleich wieder nach Tierra del Sol fahren lassen. Und unsere Operation ist am Arsch des Propheten.«

Crowford kannte das: Wenn Dulles wütend war, wurde er ordinär. Es war seine Art, Spannung abzubauen. Es dauerte eine Weile, dann wurde der große Meister wieder ansprechbar.

»Wir hatten doch sowieso nie eine große Chance.«

»Keine«, sagte Dulles. »Eigentlich hatten wir keine Chance. Wir wollten uns nur nicht nachsagen lassen, wir hätten nicht alles versucht.«

»Gibt es weniger als keine?«, fragte Crowford.

Dulles lächelte. Endlich lächelte er wieder.

III.

Boris Grujewitsch hatte sich entschieden. Nach langem Überlegen notierte er zwei kurze Sätze auf einem Blatt Papier, dann bat er übers Haustelefon Iwanow zu sich. Als dieser die Tür zu Grujewitschs Dienstzimmer hinter sich geschlossen hatte, reichte ihm Grujewitsch das Blatt.

HABEN FUNKSPRUCH ERHALTEN. WARTEN AUF VORSCHLÄGE. DIREKTOR, las Iwanow. Er bewunderte das Geschick seines Freundes. Die Deutschen konnten aus dieser Botschaft alles herauslesen oder nichts. Und Grujewitsch konnte niemand vorwerfen, sein Land verraten oder eine Chance nicht ergriffen zu haben. Trotzdem, oft genügte ein Nichts, um einen treuen Kommunisten für viele Jahre in Lagern vermodern zu lassen. Iwanow hatte aufgeatmet, als er erfuhr, Stalin sei tot. Er ahnte aber auch, die heroische Zeit der Sowjetunion neigte sich dem Ende zu. Er kannte Berija zu gut, um nicht zu wissen, der Geheimdienstchef hatte nicht das Format eines großen Führers. Berija war klug, gerissen, intrigant, hatte unzählige Menschen in das Morden verstrickt und sich gefügig gemacht. Und Berija war wahnsinnig. Er ließ sich von seinem Chauffeur durch Moskaus Straßen fahren, um Frauen zu jagen. Versteckt hinter einem schwarzen Vorhang, saß der Geheimdienstchef auf der Rückbank und wählte seine Opfer aus. Gefiel ihm eine Passantin, so musste der Chauffeur ihr nachstellen, sie mit Versprechungen oder Druck dazu bringen, ins Auto einzusteigen. Dann fuhren sie in Berijas Privatzimmer in der Lubjanka oder in seine Datscha, wo er seine perversen Gelüste befriedigte. Wenn man diesem kleinen bleichen Mann mit dem Zwicker gegenüberstand, ahnte man nicht, dass er es liebte, Frauen zu quälen. Und sie im GULag verrecken zu lassen, wenn sie sich nicht willig seinem Sadismus ausgeliefert hatten.

Iwanow ekelte sich vor Berija. Und doch hatte er es gern gehört, als der starke Mann der Sowjetunion in einem *Prawda*-Artikel Signale aussandte, die nichts anderes bedeuten konnten als eine Einladung an die Deutschen, die Beziehungen zu verbessern. Der Krieg war vorbei, wenn auch seine Verwüstungen das Land noch Jahrzehnte plagen würden. Bei aller Verbitterung über das Leid, das die Deutschen über die Sowjetunion gebracht hatten, Moskau hatte keine Wahl. Wenn es nicht handelte, handelten die anderen. Deutschland und die USA waren imperialistische Staaten, wie lange würde es dauern, bis sie ihre Gegensätze zurückstellten, um ihren Hauptfeind, den Kommunismus, zu zerstören? Um diese tödliche Bedrohung auszuschalten, mussten sie den Feinden zuvorkommen. Wir brauchen das Bündnis mit Berlin, dachte Iwanow. Und wenn es nur über Himmler geht, dann soll es so sein.

Die SS hatte Iwanows Frau getötet. Sie war den Deutschen in Rostow in die Hände gefallen, die verdächtigten sie, Partisanen zu helfen. Sie starb einen elenden Tod an einem Strick, der sie langsam erwürgte. Dann hängten sie ihr ein Plakat um den Hals, auf dem nur das Wort *Partisanenhure* stand. Iwanow hasste die Deutschen, vor allem die SS. Aber sie hatten keine Wahl. Als Kommunist mühte sich

Iwanow, seine Rachegelüste zu ersticken. Und doch wusste er, es würde ihm nie gelingen.

Jetzt würden sie warten, ob die Deutschen antworteten. Wenn ja, dann musste Grujewitsch Berija berichten. Und Berija hätte zu entscheiden, was weiter geschehen solle. Mit Grujewitsch oder mit den Deutschen.

* * *

Werner Krause schob die Akte zur Seite und betrachtete die beiden Verhafteten. Sie hatten ein Pärchen erwischt, Wolfgang Niederecker und Heide Wilmuth. Sie gehörten zu der obskuren sozialistischen Oppositionsgruppe Neu Beginnen. Krause staunte immer wieder, wenn ihm Mitglieder oder Flugblätter dieser Gruppe in die Hände fielen. Sie hatten so viele verhaftet, und doch waren diese Besserwisser nicht auszurotten. Er hasste diese Leute nicht, manche fand er sogar intelligent, er unterhielt sich gerne mit ihnen, lieber als mit manchem Holzkopf im eigenen Laden. Wie kann man sich nur für eine aussichtslose Sache opfern?, fragte er sich. Und schmunzelte, denn das verlangte Himmler im Fall des Falles auch von der SS. Wie hieß es: »Wenn alle untreu werden, so bleiben wir doch treu.« Dieses Gelöbnis hatte sich einst auf den Führer bezogen, aber der war seit 44 tot. Himmler hatte nicht das Format, an die Stelle des Führers zu treten. Und dass Himmler immer treu war, bezweifelte Krause. Wofür er einige handfeste Gründe anführen konnte. Vor allem: Hatte nicht die SS den Staatsstreich überhaupt erst möglich gemacht? Und hatte die Gestapo nicht schon lange vor dem Mordanschlag von Stauffenbergs Umsturzplänen gewusst? Kannte sie nicht die Debatten über den Tyrannenmord, die die Verschwörer quälend lang geführt hatten?

Er würde sich Niederecker und Wilmuth gleich richtig vorknöpfen. Wenn sich, wie zu erwarten war, herausstellte, dass die beiden nichts mit Spionage zu tun hatten, würde er sie der Reichspolizei übergeben. Am Ende stand eine Verurteilung zu fünf bis zehn Jahren wegen staatsfeindlicher Zersetzung. Jeder wusste, wo er endete, wenn er Hetzflugblätter gegen die Regierung verteilte. Wir leben ja gewissermaßen noch im Krieg, dachte Krause. Gemessen daran, gab es in Deutschland viele Freiheiten.

Es klopfte an der Tür. Krause rief: »Herein!« Ein zufrieden grinsender Schmidtbaum erschien. Er stutzte, als er die beiden Gefangenen sah.

Krause rief zwei SS-Männer herein und befahl ihnen, Niederecker und Wilmuth in ihre Zellen zu führen. Als die beiden draußen waren, sagte Schmidtbaum mit erregter Stimme: »Wir haben eine Antwort von den Russen, Gruppenführer!«

»Geben Sie's her!« Krauses Gesicht rötete sich leicht, er konnte seine Anspannung kaum verbergen.

Schmidtbaum gab ihm den Meldeblock.

HABEN FUNKSPRUCH ERHALTEN. WARTEN AUF VORSCHLÄGE. DIREKTOR. Krause las die Nachricht noch einmal: HABEN FUNKSPRUCH ERHALTEN. WARTEN AUF VORSCHLÄGE. DIREKTOR.

»Sie können gehen, Schmidtbaum«, sagte Krause leise.

Es hatte geklappt. Die Russen steigen ein, dachte Krause. Aber es liegt noch ein weiter Weg vor uns. Und Himmler ist misstrauisch. Vielleicht war ihm diese Antwort zu wenig. Heute würde er es nicht mehr erfahren, und Schellenberg war auf Dienstreise in Prag.

Krause legte die Akte »Niederecker/Wilmuth« zur Seite. Aus dem rechten Schreibtischschubfach nahm er seine Dienstpistole, eine Walther P 38. Zu Hause im Waffenschrank aus Stahl hing das Vorgängermodell, die wegen ihrer Durchschlagskraft legendäre Luger 08. Mit federndem Schritt eilte Krause die Treppe hinunter. Im Keller verbarg sich hinter schalldichten Wänden ein Schießstand. Wenn Krause nervös war, musste er schießen.

Im Schießstand war reger Betrieb, hell und trocken knallte es von allen Seiten, scharf roch der Pulverdampf. Krause fand einen freien Platz, stülpte sich die bereitliegenden Ohrenschützer über, zog seine Walther, zielte kurz beidhändig und schoss auf die Scheibe, deren Umrisse dem menschlichen Körper nachgebildet waren. Früher hatten sie diese ekligen Judenkarikaturen aus dem *Stürmer* auf die Schießscheiben geklebt. Krause schoss schlecht, traf die Zehn nicht ein einziges Mal. Er lud gerade sein Magazin nach, als ihm jemand von hinten auf die Schulter tippte. Krause drehte sich um und erkannte Obergruppenführer Otto Westenbühler. Krause zog sich die Ohrenschützer vom Kopf und grüßte militärisch.

Westenbühler winkte ab. »Wir sind hier unter Sportskameraden«, sagte er und klopfte Krause auf die Schulter. »Da sind ja ein paar Fahrkarten dabei. Wohl kein Zielwasser getrunken heute.«

»Ja, Obergruppenführer.«

Krause hatte Westenbühler bei verschiedenen Anlässen getroffen, jedes Jahr etwa bei der SS-Feier am 20. April, dem Geburtstag des Führers. Wenn man sich auf der Straße sah, grüßte man sich freundlich. Westenbühler leitete das SS-Hauptamt, das sich mit Wirtschaft und Verwaltung beschäftigte, die SS-eigenen Unternehmen führte und dafür sorgte, dass der Orden reich und mächtig blieb. Er kehrte nie seinen hohen Dienstrang heraus und war schon deshalb beliebt.

»Na ja, achtmal die Zehn in Serie, das schaffte sowieso nur dieser Werdin«, sagte Westenbühler. Und nach einer Pause: »Ob der noch lebt?«

Stimmt, dachte Krause, der Werdin schaffte achtmal die Zehn in Serie. Und dann ist er abgehauen.

Krause schaute etwas zu lange auf seine Uhr, gab einen wichtigen Termin vor, den er nicht versäumen dürfe, und eilte zurück in sein Dienstzimmer. Den Namen »Werdin« hatte er heute schon mal gelesen. Er durchsuchte die Papierstapel auf seinem Schreibtisch. Es dauerte eine Weile, bis er das Schreiben fand. Es war unter den Meldungen des SD-Residenten in der deutschen Botschaft in Mexico City. Sie kamen jede Woche mit der diplomatischen Post. Krause ärgerte sich schon seit Jahren darüber, wie lange die Idioten im Außenministerium brauchten, um die Sendungen an den SD die paar hundert Meter weiterzubefördern. Das waren Dummköpfe oder Saboteure oder beides. In der Meldung stand, aus sicherer Quelle habe man erfahren, dass der ehemalige SS-Sturmbannführer Knut Werdin alias Peter Vandenbroke ins CIA-Hauptquartier in Washington gebracht worden sei. Die Quelle vermute, Werdin werde für eine Operation gegen Deutschland eingesetzt. Mehr habe die Quelle nicht gewusst. »Rückfragen sind zwecklos, Quelle ist erschöpft und wurde wegen der Gefahr des Verrats liquidiert.«

Es ist ein harter Kampf, dachte Krause. Wieder war ein Informant ausgeschaltet worden, der zu viel knappe Devisen des Deutschen Reichs für zu wenig Informationen gekostet hatte. Wenn es um übergelaufene SS-Leute ging, waren die Auslandsagenten besonders vorsichtig. Vor ein paar Jahren hatte ein V-Mann in Australien einen desertierten Brigadeführer erst erkannt und gegen viel Geld verraten, um den Mann dann zu erpressen. Der Brigadeführer tauchte gleich wieder ab und lebte seitdem mit neuer Identität irgendwo, wo ihn der SD kaum finden dürfte. Geldgierige Informanten waren eine Gefahr, Geldgier war eine Sucht, die die von ihr Befallenen oft unkontrollierbar machte. Besser, man liquidierte V-Leute, als sich der Gefahr des Verrats auszusetzen. Es gab nicht viele solche Fälle.

Krause öffnete die Tür zum Vorzimmer. »Verbinden Sie mich mit Reitberg«, rief er seiner stets aufgeregten Sekretärin mit der dicken Hornbrille zu.

Kaum saß er hinter seinem Schreibtisch, klingelte das Telefon. »Was ist los, Werner?«, fragte Reitberg.

»Hast du einen Augenblick Zeit?«, fragte Krause.

»Ja«, sagte Reitberg.

»Ich komme gleich mal rüber.«

Krause mochte den immer ruhigen Reitberg, obwohl der einer in der SS verhassten Tätigkeit nachging. Günther Reitberg war Abteilungsleiter im Hauptamt SS-Gericht, »der SS in der SS«, wie manche Kameraden sagten. Das Hauptamt saß in München und hatte eine Zweigniederlassung in der Prinz-Albrecht-Straße. Es machte kurzen Prozess mit Säufern, Dieben und sonstigen Kriminellen in den eigenen Reihen. Geringste Dienstvergehen genügten, um im Wiederholungsfall in einem Straflager zu landen, das allein der SS-Gerichtsbarkeit unterstand. Und wer die SS verriet, wurde verfolgt bis an sein meist widernatürliches Lebensende.

»Erinnerst du dich an den ehemaligen Sturmbannführer Knut Werdin?«, fragte Krause, als er in Reitbergs Dienstzimmer in der Prinz-Albrecht-Straße saß.

»Klar«, sagte Reitberg. »Das Schwein ist 45 kurz vor Toresschluss abgehauen. So was vergisst man nicht. Glücklicherweise kommt das nicht so oft vor.«

»Lebt er noch?«

»Keine Ahnung. Wir haben eine Zeit lang geglaubt, dass er wie Müller in Moskau gelandet ist. Aber dann haben wir uns seine Biografie noch einmal vorgenommen. An Stalin hat er wohl auch nicht mehr geglaubt.«

»Ihr hattet doch einen ehemaligen Genossen von ihm aufgetan.«

»Ja, ich erinnere mich dunkel«, sagte Reitberg.

Er nahm den Telefonhörer ab, drückte einen Knopf und sagte: »Die Akte Werdin.«

Die Akte war nicht dick. Reitberg blätterte in den Papieren und nickte: »Ich entsinne mich. Der hatte eine zähe Karriere, Beförderung nur, wenn es nötig war. Bis 1942, da hat er in Rotterdam ein britisches Agentennest ausgehoben, *Operation Zigarre*. Hat dafür sogar das EK zwo gekriegt. Hat da mit einer Quelle zusammengearbeitet, die auch heute noch für uns tätig ist, Pieter Mulden. Komische Type.« Reitberg blätterte weiter. »Der Mann hat exzellente Dienstbeurteilungen, nur mit der Weltanschauung haperte es. Aber da war er nicht der Einzige. Und hier ...« – Reitberg zog ein Papier aus der Akte und reichte es Krause, nachdem er es einige Sekunden betrachtet hatte – »hier haben wir was ganz Interessantes. Das ist zwar nicht einzigartig, aber selten.«

Krause erkannte einen Fragebogen *Mitgliedschaft in anderen Parteien vor der Zugehörigkeit zur nationalsozialistischen Bewegung*. Eingetragen war: *KPD*.

»Das hat es gegeben«, sagte Reitberg. »Und oft waren das die Besten. Die standen unter dem Druck, sich allen beweisen zu müssen. Allerdings war der Reichsführer da etwas zurückhaltend bei Beförderungen. Was erklärt, warum es Werdin trotz der glänzenden Beurteilungen nur bis zum Sturmbannführer gebracht hat.«

Reitberg blätterte weiter. »Das gibt's nicht«, sagte er plötzlich.

»Was ist los?«, fragte Krause.

»Hier fehlen Seiten in der Akte. Laut Inhaltsverzeichnis sollen es 167 Blatt sein, es sind aber nur 112, 55 Seiten fehlen. Die Akte bricht im März 1944 ab. Und keine Angabe darüber, wer die Seiten entnommen hat.«

»Und nun?«, fragte Krause.

»Jetzt mache ich erst mal die Kameraden im Archiv lang. Nur fürchte ich, es wird nichts nutzen.«

* * *

Anna weinte. Sie hatten sich zum ersten Mal gestritten. Dabei hatte der Abend so schön begonnen. Boris Grujewitsch kam früh vom Dienst, sie schliefen miteinander, zuerst ruhig und zärtlich, um dann immer heftiger zu werden. Noch im Bett beschlossen sie, gemeinsam auszugehen. Grujewitsch kannte ein Lokal in der Nähe des Sokolnikiparks im Norden Moskaus, wo die Gefahr nicht so groß war, von Genossen seines Ministeriums mit einer jungen Frau gesehen zu werden, die nicht seine Gattin war. Die Genossen waren manchmal prüde, außer dem Genossen Berija natürlich.

Es war ein gemütliches kleines Restaurant mit wenigen Tischen und weißen Wänden, wo sie dampfenden Borschtsch mit Weißbrot aßen und eine Flasche trockenen Rotwein tranken. Anna staunte: »So gut habe ich noch nie gegessen.« Sie vertilgte eine verblüffende Menge, als hätte sie wochenlang gehungert. »Wenn du wüsstest, was für einen Fraß die uns am Konservatorium vorsetzen. Meistens gibt es Suppe oder einen Brei aus irgendwas. Jetzt werde ich sparen und jeden Monat einmal hier essen gehen.«

»Jeden Monat einmal ist gut«, sagte Boris. »Aber ohne mich wird's kaum gehen.« Grujewitsch legte seine Brieftasche auf den Tisch und entnahm ihr einen kleinen Block. »Das sind Kupons meines Ministeriums. Die sind gewissermaßen eine eigene Währung. In diesem Restaurant kann man nur mit diesen Kupons bezahlen.«

»Dann besorge ich mir eben Kupons«, sagte Anna.

Grujewitsch lachte. »Die Kupons kriegt man nur, wenn man im Staatsapparat arbeitet, und da auch nur die höheren Tiere.« Er imitierte leise das Gebrüll eines Löwen.

»Das ist ungerecht«, schimpfte Anna. »Ich dachte, bei uns sind alle gleich.«

»Das sind sie auch, aber stell dir vor, Staatsfunktionäre könnten nicht arbeiten, weil sie Schlange stehen müssten vor Läden oder Restaurants.«

»Stell dir vor, ich könnte nicht studieren«, erwiderte Anna schnippisch. »Stell dir vor, die U-Bahn würde nicht fahren. Stell dir vor, die Kinokassen hätten geschlossen. Stell dir vor, es gäbe keinen Strom. Kriegen die U-Bahn-Fahrer, die Kinokassiererin und die Arbeiter in den Kraftwerken Kupons wie du?«

»Natürlich nicht.«

»Aber die arbeiten doch auch.«

»Irgendwann kommt die Zeit …«

»… in der die Frösche blau sind«, unterbrach ihn Anna. »Ich bin erst dreiundzwanzig und habe schon die Nase voll von all den Versprechungen. Der Krieg ist lang vorbei, und immer noch ist er an allem schuld.«

Es stimmte, überall standen Ruinen, Zeugen deutscher Bombenangriffe und der Zerstörungen in den Schlachten. Die Menschen kämpften um angeschimmelte Kohlköpfe, viele trugen Uniformteile oder Lumpen, waren arbeitslos, obwohl die Arbeitslosigkeit offiziell abgeschafft war.

Anna fand es ungerecht, dass Leute wie Grujewitsch schmucke Uniformen trugen und in Autos herumkutschiert wurden, während Millionen hungerten. Nun hatte sie gelernt, dass die Kaste, der Grujewitsch angehörte, noch in vielerlei anderer Hinsicht weit besser lebte als die Menschen, mit denen sie gewöhnlich zu tun hatte. Besser als die Professoren am Konservatorium, von denen die meisten nur einen einzigen schmuddligen Anzug besaßen und nicht so aussahen, als hätten sie zu Hause Speck gebunkert.

»Ich bin nur ein kleiner Fisch, anderen geht's viel besser«, sagte Grujewitsch, um sich zu rechtfertigen. Aber er bereute es gleich, denn Anna wurde nun fast wütend.

»Du meinst also, es gibt Leute, die noch mehr Vorteile haben als du?«, fragte sie. »Was für welche?«

»Es ist nicht wichtig«, erwiderte Grujewitsch.

»Es ist wichtig. Für mich ist es wichtig«, sagte Anna.

Grujewitsch senkte die Stimme. Es war ihm unangenehm, dass andere Gäste hin und wieder zu ihrem Tisch guckten. »Na ja, die wirklich wichtigen Leute haben größere Autos und nicht nur eine Dienstwohnung in der Stadt, sondern auch eine Datscha im Grünen. Sie haben eigene Läden und können sogar Radios aus Deutschland kaufen. Das finde ich auch ein bisschen übertrieben. Aber es ist nicht so wichtig.«

Anna schwieg.

Als sie wieder in ihrem Zimmer waren, bat sie ihn, diese Nacht zu sich nach Hause zu fahren. »Warum?«, wollte er wissen.

Aber sie wehrte alle Fragen ab. Grujewitsch blieb keine Wahl, er setzte sich in den Dienst-Wolga und fuhr durch das dunkle Moskau. Beleuchtet war nur der Kreml mit seinen Zuckerbäckertürmen. Hin und wieder blendeten ihn Scheinwerfer entgegenkommender Autos. Er war unruhig, dachte an Annas Verbitterung, schalt sich einen Trottel, dass er mit diesem Unsinn angefangen hatte. Tief in ihm bohrten Zweifel, ob die kleine Minderheit, die Partei und Staat führte und verwaltete, die Privilegien tatsächlich verdient hatte, die sie sich selbst genehmigte. Als ich noch zwanzig war, hätte ich das für unsowjetisch gehalten, dachte Grujewitsch.

Er steuerte den Wagen zur Lubjanka, zeigte am Eingang seinen Dienstausweis einem Pförtner, der ihn seit Jahren kannte, und eilte in sein Zimmer. Auf dem Schreibtisch wartete eine Meldung auf ihn, mit EILT! überschrieben. Es war ein Funkspruch an den *Direktor:* SCHLAGEN TREFFEN AUF CHEFEBENE VOR. AUF NEUTRALEM PLATZ.

Grujewitsch wusste, er hatte keine Wahl. Nun musste Berija eingeschaltet werden, gleich an diesem Morgen, wenn es ging. Grujewitsch legte sich auf das Feldbett, das seit vielen Jahren zum Inventar seines Büros gehörte. Klar, er würde kaum schlafen, aber wenn er lag, wurde er ruhig und konnte nachdenken. Eigentlich war er erleichtert, dass Berija den Fall und die Verantwortung übernehmen würde. Grujewitsch hatte Angst, ihm würde die Sache über den Kopf wachsen. Er hatte keinen Zweifel mehr, dass eine deutsche Stelle hinter den Funksprüchen stand, wahrscheinlich Schellenberg. Grujewitsch hatte Respekt vor dem SD. Der ist in den vergangenen Jahren besser geworden, dachte er. Im Krieg hatte er mit seinen Einschätzungen oft danebengelegen. Müller, der einstige Chef der Gestapo, der zu uns übergelaufen ist, der hatte für Schellenberg und seine Leute nur Verachtung übrig. Grujewitsch zog eine Grimasse, damals hatte der SD die gleichen Schwierigkeiten wie wir bis heute, die meisten Schwierigkeiten bereitet uns die Wahrheit. Müller berichtete von den »Informationen aus dem Reich«, den regelmäßigen sachlichen Berichten des SD aus allen Regionen, Behörden und Gesellschaftskreisen Deutschlands. Die Berichte waren verhasst bei vielen Würdenträgern, weil sie spürten, dass sie die Wahrheit sagten über die miesen Aussichten, den Krieg doch noch zu gewinnen.

»Die ganze Unkerei war Blödsinn«, hatte Gestapo-Müller bei einer Vernehmung in der Lubjanka rechthaberisch gesagt. »Wir haben den Krieg schließlich doch gewonnen, wenigstens nicht verloren«, sagte er verbittert in seinem derben bayerischen Dialekt. Ihm fiel nicht auf, dass er eine gespaltene Seele hatte.

Eine seltsame Erscheinung, dachte Grujewitsch. Dieser biedere Müller, verantwortlich für so viele Tote, war ein Freund der Sowjetunion. Fast ein Jahrzehnt lang hatte Müller die Kommunisten in Deutschland verfolgt. Dann war er abgehauen, etwas zu früh, wie sich herausstellte. Berija hatte ihn in Moskau erst wie einen kleinen Zaren empfangen und dann ausgequetscht wie eine Zitrone von der Krim. Und nun saß Müller in einem Lager in Sibirien und konnte nachdenken, warum er zu früh den Glauben an den Endsieg verloren hatte und übergelaufen war, um der Rache der vermeintlichen Sieger zu entgehen. Grujewitsch spürte kein Mitleid mit ihm. Der würde alle verraten, wenn es um seine Haut ging.

Die Frühlingssonne weckte Grujewitsch aus einem leichten Schlaf. Schließlich war er doch eingenickt, die Erschöpfung hatte über die Aufregung gesiegt. Er schaute auf die Uhr und sprang auf. Ein kurzes Räuspern, dann griff er zum Telefonhörer: »Den Genossen Berija, es eilt.«

Nur zehn Minuten später saß Grujewitsch dem kleinen bleichen Georgier gegenüber. Berija blinzelte durch seinen Zwicker mit den runden Gläsern, schaute auf Grujewitsch und dann auf die Funksprüche. »Das ist nicht viel, Grujewitsch«, sagte er. Er verfiel in Schweigen. Grujewitsch spürte, wie sein linker Fuß auf dem Boden zitterte, ohne dass er es kontrollieren konnte. Die Kopfhaut wurde heiß, Grujewitsch fürchtete die ersten Schweißtropfen auf der Stirn. Berija streckte sich, beugte sich wieder über die Papiere, die auf seinem Schreibtisch lagen. Dann fixierte er Grujewitsch mit seinen blassgrauen Augen. »Das kann auch eine Falle sein«, sagte Berija. »Ich hoffe, Sie wissen das.«

»Ja, Genosse Berija, es kann eine Falle sein.«

»Und das würde bedeuten, dass ich nach Schweden oder in die Schweiz reise und dort entführt oder ermordet werde«, sagte Berija mit leiser Stimme. »Ich kann mir nicht vorstellen, dass Sie das wollen, Grujewitsch.«

»Nein, Genosse Berija, ich dachte nur ...«

»Ja, ja, ich weiß. Es ist immer gut, wenn Genossen im Ministerium denken.« Berija lächelte. »Aber Gedanken können gefährlich sein.«

Berija verfiel in Schweigen. Er stand auf und ging zum Fenster seines Büros, das auf den Innenhof der Lubjanka schaute. Von hier konnte er die nächtlichen Aktionen des Staatssicherheitsdienstes gut verfolgen. Die schwarzen Kleintransporter fuhren aus, und fast jedes Mal brachten sie Staatsfeinde mit. Er, Berija, hatte die wilden Verfolgungen beendet. Sie waren notwendig gewesen, um die Schädlinge selbst im letzten Winkel des Sowjetreichs aufzustöbern. Es gab unschuldige Opfer, aber sie waren der Preis für das Überleben der Sowjetmacht. Sie hatte überlebt, war dies nicht Beweis genug, dass sie richtig gehandelt hatten?

Berija drehte sich um zu Grujewitsch, das Fenster im Rücken. »Grujewitsch«, sagte er, »ich werde nicht ins Ausland fahren. Die Sowjetunion braucht mich jetzt mehr als jemals zuvor. Wäre der Genosse Stalin noch am Leben, es wäre etwas anderes. Aber wir leben in einer Zeit des Übergangs, solche Zeiten sind gefährlich.«

Berija setzte sich wieder hinter seinen Schreibtisch. Er

schob die Funksprüche zu Grujewitsch, der ihm gegenübersaß: »Sie werden reisen, Grujewitsch. Kundschaften Sie aus, was die Deutschen wollen. Oder wer immer hinter der Sache steckt. Sie sind schließlich der Chef unserer Gegenspionage.«

Grujewitsch hatte seinen Fuß wieder unter Kontrolle. Die Angst wich einer Spannung, die in dem Maß wuchs, wie er sich bewusst machte, was Berijas Befehl für ihn bedeutete. Er hatte nun alle Chancen, Held der Sowjetunion zu werden. Oder den Genickschuss zu bekommen im Keller eines ehemaligen Klosters, in dem die Staatssicherheit Todeszellen eingerichtet hatte.

Grujewitsch war erleichtert. Was immer geschehen mochte, er hatte Zeit gewonnen, Zeit für sich und Zeit für Anna. Als Staatsfunktionär dachte man nicht weit in die Zukunft.

Grujewitsch erhob sich, nahm Haltung an und sagte: »Ich diene der Sowjetunion, Genosse Berija.«

Heute hatte er nur noch eine Sorge: Würde Anna sich mit ihm versöhnen? Er musste es versuchen.

* * *

Das Herz raste. Hemd und Hose klebten am Körper, salziger Schweiß brannte in den Augen. Werdin war zufrieden. Er hatte es geschafft. Sie hetzten ihn erst übers freie Feld, dann ging es unter Stacheldraht weiter, während ein Maschinengewehr scharfe Salven über ihre Köpfe schickte. Danach überwanden sie Steilwände, und wenn Werdin dachte, er habe die letzte überklettert, folgte eine weitere, höher noch als die vorhergehende, an der letzten hatten Glasscherben ihm die Hose aufgerissen. Die Jäger trieben ihn in eine Röhre, das Licht am anderen Ende nahm er nur als Schimmer wahr. Ratten quietschten, als er durch den Schlamm robbte. Hinter ihm wurde geschossen. Der Röhre folgte ein See, den er durchschwamm, und diesem eine steile Felswand, an der er sich die Hände zerriss. Am Start gaben sie ihm eine Minute Vorsprung, am Ziel hatte er seinen Verfolgern fast eine weitere Minute abgenommen. Er sah in den Augen seiner Ausbilder, dass sie zufrieden waren mit ihm, geradezu erstaunt über die Kraft, Ausdauer und Geschicklichkeit, die Werdin nach acht Wochen härtesten Trainings bewies.

Er grinste in sich hinein. Die Amis haben immer noch nicht begriffen, dass deutsche Soldaten eine gute Ausbildung genossen, am besten war sie in der Waffen-SS. Dort wurde weniger exerziert, dafür wurden die Soldaten zu Kämpfern gedrillt. Werdins Körper erinnerte sich an die Ausbildung in Deutschland, Bewegungsabläufe und Überlebenstricks meldeten sich schon nach wenigen Tagen zurück. Seine Ausbilder gaben ihm auf sein Verlangen eine Walther P 38, und er schoss achtmal die Zehn in Serie.

Sie unterrichteten ihn über die Lage in Deutschland, das meiste war ihm nicht neu. Das autokratische System dort stützte sich auf die *Nationale Versöhnung*, die Ende Juli 1944 besiegelt worden war. Die Kriegsschäden in Deutschland waren längst nicht alle behoben, aber die Industrie boomte. Die Wehrmacht hatte eine Friedensstärke von eineinhalb Millionen Mann, in der SS dienten haupt- und ehrenamtlich zwei Millionen Deutsche. Die militärischen Einheiten der Waffen-SS, die formal unter dem Kommando der Wehrmachtführung standen, waren aufgestockt worden durch die Totenkopfverbände, die einst die Häftlinge der Konzentrations- und Vernichtungslager gequält und ermordet hatten. Die Presse wurde offiziell nicht zensiert, nachdem sie sich zusammen mit dem Rundfunk und den Buchverlagen zur *Nationalen Versöhnung* bekannt hatte. Journalisten, die dem Ansehen Deutschlands schadeten, wurden vor Gericht gestellt. Der 1944 getötete Führer wurde in den Schulbüchern und staatlichen Deklarationen in zwei Personen geteilt: den Führer, der Deutschland zur nationalen Größe geführt hatte, und den Führer, der den Fehler begangen hatte, sich mit allen Großmächten gleichzeitig anzulegen, der die Ermordung der Juden betrieben und gegen den Widerstand von großen Teilen der Partei und der SS durchgepeitscht hatte. Seine wenigen Helfer waren entweder geflohen wie Gestapo-Müller oder zum Tod verurteilt und geköpft worden wie Adolf Eichmann, der Chef des Gestapo-Judenreferats. Hitlers Tod am 20. Juli 1944 rettete Deutschland vor dem Untergang. Denn nun konnten alle Kräfte freigesetzt werden, das Vaterland zu verteidigen.

Eine Lebensmittelrationierung gab es nicht mehr, das würde es Werdin erleichtern, sich durchzuschlagen. Allerdings wurden nach wie vor alle Verkehrsknotenpunkte scharf bewacht, besonders Flughäfen und Bahnhöfe.

Die SS schürte die Angst vor Spionage und Sabotage, um ihre Stärke und das harte Vorgehen gegen Oppositionelle zu rechtfertigen. Die Deutschlandexperten der CIA glaubten, dass die SS sogar Anschläge durchführte, um die Angst der Menschen vor Feinden wach zu halten. Obwohl es 1944 versprochen worden war, gab es auf Reichsebene keine Parteien neben der NSDAP. In Städten und Gemeinden wurden Wahlgemeinschaften gebildet. Ihre Programme befassten sich mit Gegebenheiten in ihrem Umfeld, nicht mit nationaler oder internationaler Politik. Die Dorf- und Stadtversammlungen wählten aus ihren Reihen die Gauversammlungen und diese wieder die Nationalversammlung. Der 1944 zum Reichskanzler ernannte und seitdem von der Nationalversammlung immer wieder bestätigte Carl Friedrich Goerdeler hatte sich für den Ständestaat stark gemacht und seine Forderungen weitgehend durchgesetzt. Allerdings durfte die Regierung nicht in die SS hineinreden. Dieser unterstanden Polizei, Geheimdienste, Grenzschutz und die Waffen-SS. Wenn Werdin seinen Auftrag erfüllen wollte, musste er seine alten Kameraden an der Nase herumführen. Reichspräsident war Hermann Göring, Hitlers Erbe, er hatte aber nur repräsentative Aufgaben. Trotzdem genoss Göring sein Amt, er protzte und prunkte, dass selbst die humorlosen Deutschen sich das Lachen nicht verkneifen konnten.

Am Ende des Kriegs wurde Polen geteilt, wie es im Hitler-Stalin-Pakt von 1939 festgelegt worden war. Werdin hatte in amerikanischen Zeitungen gelesen, dass die osteuropäischen Staaten, die unter deutscher Herrschaft standen, das Reich versorgen mussten, vor allem mit Nahrungsmitteln. Deshalb hungerten Polen, Ungarn, Tschechen und Slowaken. Natürlich hatte es die deutsche Regierung als Verleumdung zurückgewiesen, dass der Hunger Tausende von Osteuropäern umbrachte. Holland, Belgien und Frankreich waren formal wieder souverän, richteten sich aber nach den Wünschen der deutschen Regierung. An Nordsee- und Atlantikküste gab es deutsche Garnisonen und starke Befestigungen, die eine neue Invasion unmöglich machen sollten. Großbritannien hatte sich verpflichtet, nie wieder ausländische Truppen auf seinem Territorium zuzulassen, und seine Armee auf hunderttausend Mann verringert. Churchill keifte im kanadischen Exil. Die skandinavischen Länder sowie Spanien, Portugal und Italien waren eng an die Führungsmacht in Europa herangerückt, auf dem Balkan terrorisierten kroatische Banden die slawische Bevölkerung.

Crowford hatte Werdin zwei Wege vorgeschlagen: per Flugzeug und Fallschirm oder mit einem U-Boot. Werdin erinnerte sich an die blutigen Erfahrungen, die der SD, aber auch die russische Konkurrenz mit Fallschirmagenten machen mussten, und entschied sich für das U-Boot. Wo er auch an Land ging, er würde in feindlicher Umgebung sein. Die CIA glaubte, er habe in Holland die besten Chancen, zumal es von dort nicht weit zur deutschen Grenze war. Die Küstensicherung an der niederländischen Nordseeküste war lascher als an der deutschen. Die US Navy hatte mit U-Booten die Verhältnisse ausgekundschaftet und dabei vor Nordfriesland zwei U-Boote verloren, vor Holland dagegen hatten sich Lücken gezeigt.

Werdin war bereit, es über Holland zu versuchen. Das Land war ihm nicht fremd wie Spanien oder Portugal, er beherrschte sogar ein paar Brocken der Sprache, wenn sie auch nicht reichen würden, sich als Niederländer zu tarnen. Er würde per Bahn bis zur deutschen Grenze fahren und hoffen, dass seine gefälschten Papiere den Kontrollen standhielten. Dann musste er herausfinden, wo sich Himmler aufhielt, entweder in Berlin, in der Zentrale der Schutzstaffel, oder auf der Wewelsburg bei Paderborn, seit 1944 offizieller Sitz des Reichsführers-SS.

Als Crowford über das holländische Grenzstädtchen Venlo sprach, schmunzelte Werdin. Crowford schaute ihn fragend an.

»Erinnern Sie sich nicht mehr an den berühmten Venlo-Zwischenfall?«

»Ach so«, sagte Crowford. »1939, stimmt. Da hat Schellenberg höchstpersönlich britische Agenten hochgenommen und nach Deutschland entführt. Waren Sie dabei?«

»Am Rande«, sagte Werdin. Das war untertrieben. Werdin hatte einen der beiden Wagen gesteuert, in denen die SD-Männer mit ihren Gefangenen zur deutschen Grenze gerast waren.

Werdin hatte sich noch eine Woche Zeit ausbedungen, bis das Unternehmen losging. Das U-Boot würde zwei Wochen brauchen, vielleicht mehr, wenn es auf dem Atlantik oder vor der Küste deutschen, belgischen oder holländischen Kriegsschiffen ausweichen musste. Werdin flog nach San Diego, er wollte sich von seinem *Hof* verabschieden. Es gab Augenblicke, in denen er sicher war, er würde nicht mehr zurückkommen.

Heinrich war beleidigt, zumindest bildete Werdin es sich ein. Der Kater war der Schrecken der Mäuse und Ratten in der Umgebung des *Hofs* und musste nicht gefüttert werden. Vor zwei Monaten hatte Werdin eine Klappe in die Hintertür eingebaut, der Kater konnte kommen und gehen, wann er wollte. Offenbar fehlte dem Tier aber die Ansprache. Es dauerte bis zum Abend, bevor sich die üble Laune des Katers legte, dann forderte er nachdrücklich die Krauleinheiten ein, die ihm durch Werdins Abwesenheit entgangen waren. In dieser Nacht würde Heinrich auf Werdins Bett schlafen dürfen – zum ersten und zum letzten Mal.

Werdin war klar, dass sein Auftrag nicht durchführbar war. Die CIA wusste wenig darüber, wie Himmler geschützt wurde. Schon früher war Himmler von Männern der Leibstandarte-SS Adolf Hitler umgeben gewesen. Die Gebäude, in denen der Reichsführer sich aufhielt, waren mehrfach gesichert, Werdin würde nicht einmal sein Vorzimmer erreichen. Die Wewelsburg hatte Werdin nie betreten. Aber aus Erzählungen von Kameraden wusste er, dass es keinen Schleichweg ins Innere gab. Nur ein Eingang führte ins Hauptgebäude der von Postenringen weiträumig abgeschirmten Burg. Er war leicht zu sichern. Unterwegs wurde Himmler von einer schwer bewaffneten Eskorte bewacht; wenn er nicht flog, fuhr er in einem gepanzerten Auto. Eine starke Kampfeinheit könnte Himmlers Wachmannschaft niederkämpfen, aber nicht ein einzelner Mann.

Crowford hatte ihm ausgezeichnet gefälschte Personaldokumente überreicht. Den SS-Sturmbannführer Oskar Brinkmann gab es wirklich, allerdings vermutete Crowford ihn in dem von den Deutschen besetzten Teil des ehemaligen Polens. Das jedenfalls hatte ein Spitzel verraten, der in der Schweizer Botschaft in Berlin arbeitete, sich gerne ein paar Mark dazuverdiente und sich in Sicherheitskreisen gut auskannte. Es wäre ein übler Zufall gewesen, wenn Werdin unter zwei Millionen SS-Männern ausgerechnet auf Brinkmanns besten Freund gestoßen wäre. Nur, auszuschließen war es nicht.

Hinzu kam etwas, das womöglich noch bedrohlicher war. Jeder größere Wachtposten war per Funk mit der SS-

Zentrale in Berlin verbunden, dort stand die neue Wunderwaffe des Deutschen Reichs, die Automatische Rechenmaschine Z5 des Mathematikgenies Konrad Zuse, deren Entwicklung Himmler mit allen Mitteln vorangetrieben hatte. Crowford hatte mit einem ehrfurchtsvollen Unterton erläutert, Z5 sei ein deutscher *Computer*, dessen Leistungen die der amerikanischen Maschinen bei weitem übertreffe. Es genügte, dass ein Posten die Daten des Dienstausweises des SS-Sturmbannführers Oskar Brinkmann nach Berlin funkte, und binnen weniger Minuten würde ein Fernschreiber dem Posten mitteilen, ob es diesen SS-Offizier überhaupt gab.

Crowford und seine Leute verschwiegen ihm die Hindernisse nicht, die er überwinden musste. Wie er aber seinen Auftrag erfüllen sollte, konnten sie ihm nicht sagen. Wenn er überhaupt eine Gelegenheit bekam, Himmler zu töten, und mehr als eine würde er nicht bekommen, dann ergab sie sich in einer Situation, die nicht vorhersagbar war. Er musste sich in der Nähe des Reichsführers-SS aufhalten, wenn diese Gelegenheit eintrat. Unwahrscheinlich plus unwahrscheinlich ist gleich unmöglich, dachte Werdin, als Crowford die Einweisung beendet hatte.

Als er auf der Veranda seines *Hofs* saß, dachte er weniger an Himmler als an Irma. Eigentlich war es ihm egal, ob er Himmler tötete. Er hatte mit ihm und der SS längst abgeschlossen. Wenn Himmler starb, folgte ihm ein anderer, Schellenberg vielleicht, das wäre die raffinierte Variante. Oder der brutale und perfide Kaltenbrunner, das wäre die rabiate Variante. Keine der beiden Möglichkeiten würde die SS weniger mörderisch machen, keine ihre Macht verringern.

Werdin hatte Crowford nach dem Gespräch mit Dulles nicht mehr nach Irma gefragt. Es ging diese Leute nichts an. Er wusste, wo er zu suchen hatte, und er hatte eine Idee, wie er es anstellen würde. Hatte er Irma gefunden, dann mochte Himmler ihm vor den Lauf seiner Walther geraten. Oder auch nicht.

•

Heinrich knurrte, als Werdin mitten in der Nacht aufstand. Werdin ging in die Küche und goss sich ein Wasserglas Tequila ein. Er trank hastig und hoffte, der Alkohol würde ihn einschlafen lassen. Heinrich schnurrte, als Werdin ins Bett zurückkam. Mit offenen Augen lag Werdin auf dem Rücken und hoffte, der Alkohol würde die Unruhe aus ihm vertreiben. Langsam wurden Kopf, Arme und Beine schwer.

Der Schlaf griff nach ihm, aber kaum war er eingeschlafen, sah er sich umringt von feldgrauen Uniformen, den Reichsadler am linken Oberarm, die rahmenlose Raute mit der Aufschrift *SD* unten auf dem Ärmel. Er wachte wieder auf, brauchte einige Sekunden, sich zu vergewissern, dass er zu Hause war. Zu Hause?, dachte er. Er war hier nicht zu Hause. Er wohnte hier. Wieder half der Alkohol, diesmal wurde er von Feldgrauen gejagt, er hörte das Stampfen ihrer Stiefel, das Ratatatat der Maschinenpistolen, an seiner Seite eine blonde Frau im hellblauen Sommerkleid, barfuß. Dann sitzen sie im Boot. Ein heller Einzelschuss im Geratter der Maschinenpistolen. Die Frau ist weg, eine Hand aus dem schwarzbraunen Wasser greift nach ihm. Sie kann ihn nicht erreichen. Ein Foto taucht auf, dieselbe Frau, blutige Einschusslöcher im Körper, vor einem braun verputzten zweistöckigen Haus inmitten eines blühenden Gartens, an ihrer Seite ein Junge mit Werdins Gesicht. Auf der Stirn des Jungen ist plötzlich ein kleines Loch, Blut sickert, die Augen des Jungen brechen. Aber er fällt nicht, so wenig wie die Frau. Irma im Boot auf dem Rhein. Sie schaut ihn an, wird plötzlich von einer unsichtbaren Faust getroffen, strafft sich und fällt ins Wasser wie ein Brett. Ihre Haare lösen sich, sie sinkt weg. Leuchtraketen am Himmel. Er springt hinterher, taucht, hastet an die Oberfläche, atmet, taucht, viele Male. Er findet sie nicht.

Plötzlich erscheint Crowford, er lächelt feist. »Sie werden es schaffen, Werdin«, sagt er. Dulles tritt hinzu: »Es hängt viel davon ab.« Dann das narbenzerfurchte Gesicht Kaltenbrunners: »Wir kriegen dich. Die SS verzeiht nie!« Fackeln bei Kaltenbrunners Einführung als Chef des Reichssicherheitshauptamts, nachdem tschechische Partisanen im britischen Auftrag Heydrich ermordet hatten. Die Angst kommt wieder: vor der Enttarnung, vor den Fragen, vor der Folter. Kaltenbrunners Fresse mit schiefen braunen Zähnen schreit ihn spuckend an: »Verräter! Du hast uns an die Russen verkauft, dann an die Amerikaner! Du wirst sterben!« Dulles fordert: »Töten Sie Himmler!« Irmas Gesicht, ihr Lachen. Sie wendet sich ab, geht zum Haus, ein Schuss peitscht, Irma fällt ins Wasser. Es platscht, dann ist sie weg.

Das Jungengesicht grinst. Überlegen schauen die Augen durch die Brillengläser. »Das haben Sie ja geschickt eingefädelt, Sturmbannführer«, sagt er. »Aber wir sind besser. Ich habe Sie gemocht, Sie hätten was werden können. Was Besseres als Füllmaterial für eine Urne.« Schellenberg lächelt fortwährend. »Schade«, sagt er und drückt auf einen Knopf unter der Schreibtischplatte. »Wirklich schade.«

Wieder Irma. Sie öffnet ihre Bluse und greift im Rücken nach dem Verschluss des Büstenhalters. »Komm«, sagt sie. Draußen Blitz und Donner, weißes Licht, gelbes Licht, der ohrenschmerzende Knall einer nahe explodierenden Sprengbombe, das Klirren der Splitter an den Ruinenwänden, in der Ferne das Brummen der viermotorigen Bomber, schlagartige Dunkelheit zwischen Blitzen, dann der Umriss eines in den Himmel ragenden Balkens in einem zerstörten Nachbarhaus, den ein Feuer als Schatten an die Zimmerwand wirft. Sein Gesicht taucht zwischen ihre Brüste. Irma streichelt seinen Kopf.

Der Junge steht vor ihm, schaut ihm ins Gesicht. Will etwas fragen, kann es nicht. Ein kleines Einschussloch ist plötzlich auf seiner Stirn, er öffnet den Mund, Blut strömt heraus, ein Rinnsal aus beiden Mundwinkeln. Irma eilt herbei, sie fällt und liegt reglos am Boden. Dann verschwindet sie im Wasser, taucht wieder auf, bleich, mit offenem Mund. Sie will etwas sagen, kann es nicht.

ZWEITES BUCH
1944 / 1945

I.

Knut Werdin hatte schlecht geschlafen, eigentlich gar nicht. Den größten Teil der Nacht hatte er im Luftschutzkeller verbracht. Die Engländer legten Wert darauf, dass er und Millionen andere Deutsche unausgeschlafen zur Arbeit gingen, wenn die Bomben sie nicht verbrannten, zerfetzten oder in verschütteten Kellern ersticken ließen. Churchill revanchierte sich für die deutschen Bombenangriffe auf Warschau, Rotterdam, London und Coventry. Werdin hasste die Bomber, nicht die Engländer oder die Amerikaner, die dem Zerstörungsgeschäft tagsüber nachgingen, auch wenn Goebbels herumschrie, es seien Terrorangriffe. Das sind sie, genauso wie unsere. Nur haben wir mit dem Terror angefangen. Viele Deutsche in den Luftschutzkellern wollten das nicht sehen, Werdin erlebte täglich, wie der Hass gegen die Feinde durch das Dauerinferno nur wuchs.

Müde setzte Werdin sich an seinen Schreibtisch. Erstaunlich, dass die Zentrale des Sicherheitsdienstes in der Wilhelmstraße 102 noch nicht zerstört worden war. Sie war an manchen Stellen beschädigt, knochige KZ-Häftlinge mühten sich, das Gebäude in Stand zu halten. Sonst lief im SD alles, als gäbe es keine Bomben. Auf dem Schreibtisch wartete ein Bericht auf ihn, sein V-Mann in der Wehrmacht hatte an einer Sitzung teilgenommen von Offizieren und Zivilisten, die sich abwandten vom Führer. Der Endsieg liegt in weiter Ferne, dachte Werdin. Im Osten schlägt die Rote Armee unsere Divisionen zu Klump, in Italien rücken die Alliierten langsam vor, es ist nur eine Frage der Zeit, wann Amerikaner und Engländer den großen Coup starten, die Invasion an der Atlantikküste. Je mieser die Lage aussieht, desto mehr Leute kriegen das Muffensausen. Einige waren schon zu Zeiten der großen Siege gegen Hitler, andere erst, als die Siege aufhörten. Die einen respektierte Werdin, die anderen verachtete er.

Mit Deutschland nehme es ein böses Ende, hatte Werdin vor sechs Wochen einen Major der Panzertruppen mit schwerer Zunge in der Alexander-Bar in der Kommandantenstraße dröhnen gehört. »An den Fronten kriegen wir was auf die Fresse, zu Hause werden wir in die Steinzeit gebombt. Unsere unbesiegbaren Tiger-Panzer werden aus der Luft abgeknallt oder bleiben einfach liegen. Ersatzteile? Die brauchen wir nicht, meint der größte Feldherr aller Zeiten wohl. Und Sprit? Was ist das? Unsere Panzer rollen durch den reinen Willen teutonischer Helden.« Als der Offizier aus der Bar wankte, folgte Werdin ihm in den Nieselregen. Dem Mann fehlte das rechte Bein, er ging auf Krücken. Die Verdunkelung erlaubte es Werdin, dem Major dicht auf den Fersen zu bleiben, aber er stolperte einige Male über Balken und Steine. Trümmer, dachte Werdin, bald ist ganz Deutschland in Trümmern. Er verkniff sich einen Fluch, als sein Schienbein an den Pfeiler eines Zauns knallte, den eine Bombe auf die Straße gesprengt hatte. Hin und wieder begegneten ihnen Fahrzeuge mit verklebten Scheinwerfern, die nur einen schmalen Lichtstrahl ausschickten, den die Nässe aber gleich schluckte.

Der Major torkelte auf seinen Krücken zum U-Bahnhof Spittelmarkt. Erstaunlich, dass er den Weg fand. Plötzlich, wie aus dem Nichts, standen zwei Kettenhunde vor ihm. Sie grüßten zackig. Der eine sagte: »Ihre Papiere, Herr Major!« Werdin erschrak. Wenn der Panzerfritze ein unvorsichtiges Wort sprach, war er fällig, die Feldgendarmen der Wehrmacht mit ihren lächerlichen Blechketten um den Hals waren mindestens so scharf wie die Gestapo. Der Major nestelte ungeschickt an seiner Uniformjacke herum, endlich fand er sein Soldbuch. Er reichte es dem größeren der beiden Feldgendarmen, der die Eintragungen im Licht einer gedämpften Taschenlampe sorgfältig studierte. Dann gab er dem Panzermann das Buch zurück: »Einen schönen Abend noch, Herr Major!« Der Major wankte weiter zum Bahnhof. Die Feldgendarmen salutierten lässig, als sie Werdins SD-Uniform erkannten.

Der Panzermajor klemmte sich beide Krücken unter die linke Achsel und zog sich mit dem rechten Arm am Treppengeländer zu den Gleisen hinunter. Ein Wunder, dass er nicht hinfiel. Mit seinen Krücken quälte er sich den Bahnsteig auf und ab. Die wenigen Menschen, die gleichfalls auf die U-Bahn warteten, beachteten den betrunkenen Invaliden nicht. Sie hatten genug Sorgen, was sollten sie sich Gedanken um andere machen? Seit Stalingrad kannte man das Bild torkelnder Soldaten. Werdin sah stumpfe Augen in erschöpften Gesichtern, das waren nicht mehr die Leute, die beim Sieg über Frankreich auf den Straßen getanzt hatten.

Sie mussten einige Male umsteigen, Hochbahngleise waren zerstört. Im Bahnhof Neulichtenberg stieg der Major aus. Werdin folgte ihm in sicherem Abstand, obwohl er kaum befürchten musste, dass der benebelte Offizier ihn entdeckte. Laut klang das Tack-tack-tack der Krücke durch die nasse Nacht. Auf der Giselastraße wich der Major wankend einer schweren Mercedes-Limousine aus, die sich kaum hörbar in Schleichfahrt ihren durch Tarnlichter schwach erhellten Weg suchte. Der Major bog rechts ein, »Sophienstraße«, las Werdin auf dem Straßenschild. Plötzlich, als hätte er eine Eingebung, hielt der Major, lehnte seine Krücke gegen einen Holzzaun, stützte sich mit beiden Händen ab und übergab sich laut würgend. Er fand in seiner Hosentasche ein Taschentuch und wischte sich den Mund ab. Zu früh, erneutes Würgen und Brechen. Der Mann stand eine Zeit starr an den Zaun gelehnt, das Gesicht dem Boden zugeneigt. Werdin wartete in der Giselastraße. Wenn der Mann zusammenklappte, war Werdins Plan gescheitert. Der Major klappte nicht zusammen, sondern setzte langsam seinen Weg fort. An der Ecke Sophienstraße/Wönnichstraße erreichte der Major ein vierstöckiges Mietshaus. Er schloss die Haustür auf und verschwand im Treppenhaus.

Werdin wartete vor dem Haus und beobachtete die Fenster. Er brauchte nicht zu rätseln, welche Wohnung dem Betrunkenen gehörte, denn der verletzte in seinem Suff für einen Moment den Verdunklungsbefehl, in der dritten Etage, rechts vom Treppenhaus, flackerte das Licht auf und verlosch gleich wieder. Werdin notierte sich die Adresse und die Lage der Wohnung und machte sich auf den Heimweg.

Noch vor dem Bahnhof Neulichtenberg überraschte ihn

das Geheul der Sirenen, er eilte in einen Luftschutzbunker. Panik brach aus, als eine schwere Sprengbombe dicht neben dem Schutzraum detonierte, sie hatten es auf den Bahnhof abgesehen. Die Bunkermauern zitterten, Stahlträger ächzten, das Licht ging aus, Staub wirbelte auf, Werdin hielt sich ein Taschentuch vor den Mund. Auch in dieser Nacht wurde es nichts mit dem Schlaf.

Am nächsten Morgen rief er seinen Stellvertreter, Obersturmführer Reinhold Gottlieb, zu sich. Werdin schätzte ihn schon deshalb, weil er die Spötteleien wegen seines Namens gelassen über sich ergehen ließ. Zu den feineren Varianten zählte es, den Namen nur mit einem T zu schreiben, eine Anspielung auf Himmlers höheres Wesen »Got«. Gottlieb betrat Werdins Büro, sagte nur »Morgen« und fläzte sich in den Besucherstuhl.

»Morgen«, erwiderte Werdin. »Pass auf, eine tolle Geschichte. Ich habe gestern in der Alexander-Bar ein Bier gezischt. Plötzlich fing an einem Tisch hinter mir ein besoffener Panzermajor an, lautstark über die Endsiegparolen unseres Propagandaministers herzufallen. Glatte Wehrkraftzersetzung, auch im Suff. Es würde ihm nichts nutzen, dass er unserem Führer schon ein Bein geschenkt hat. Wenn ich den unserem Lieblingskameraden« – Werdin zeigte mit dem Daumen in nordwestliche Richtung, zur Prinz-Albrecht-Straße, wo das Büro des Gestapochefs Heinrich Müller lag – »melden würde, dann ...« Werdin fuhr sich mit der Handkante über die Kehle. »Der würde den Major sofort vors Kriegsgericht stellen lassen.«

»Klar«, sagte Gottlieb.

»Ich habe mir die Adresse notiert und schon jemanden hingeschickt, damit wir den Namen haben. Ich glaube, wir haben gestern Abend einen neuen V-Mann gewonnen. Der weiß nur noch nichts von seinem Glück.«

Sirenen heulten.

»Scheiße!«, sagte Werdin.

Im Luftschutzkeller fanden sie eine Ecke, in der sie ungestört weiterreden konnten. Die meisten Kameraden mühten sich jetzt, Mut und Gelassenheit zu zeigen, da hatten sie kaum Ohren für anderes.

Die Flak schoss. Vom Westen her näherten sich mit dumpfem Grollen die Bombeneinschläge.

»Da kriegen wir Ärger mit der Wehrmacht.« Gottlieb flüsterte fast. »Wir sind als Amt VI B für Westeuropa zuständig, nicht für das Heer.«

»Na und«, erwiderte Werdin. »Wir interessieren uns eben für das, was die Helden auf Ketten über Westeuropa wissen. Da gibt's bald die Invasion, oder etwa nicht?«

»Du glaubst, du kommst mit so einer an den Haaren herbeigezogenen Geschichte durch?«

»Eine Weile schon. Wenn die das überhaupt merken. Ist doch besser, als den guten Mann an die Wand stellen zu lassen. Von mir kriegt der Müller nichts, nicht mal den kleinen Finger, wenn er absäuft. Das ist ein Schinder, es ist ihm scheißegal, wie viele verrecken, Hauptsache, er kann sich lieb Kind machen beim Reichsführer. Schellenberg kann den Idioten auch nicht ausstehen, wenn es Ärger gibt, wird er uns decken.«

Der Bombenteppich rückte näher. Das Grollen ging in Knallen über. Der Boden des Bunkers zitterte in Wellen, die in immer kürzeren Zeitabständen auf die Explosionen folgten.

»Und was versprichst du dir von dem Typen?« Werdin erkannte Staub auf Gottliebs Haaren.

»Ich …« Werdins Antwort erstarb in einem dumpfen Knall, seine Ohren schmerzten, er spürte Druck in den Nebenhöhlen. Staub wirbelte auf, an der Wand zur Straße hin knirschte es. Das Licht erlosch. Einer schrie: »Ich will nicht sterben!«

»Halt's Maul, du Feigling!«, brüllte ein anderer.

Kerzen wurden angezündet, Millionen von Staubkörnchen brachen ihr Licht. Husten.

Die Kette der Explosionen zog weiter. In einer Ecke pfiff einer leise. Es klang wie: »Noch mal davongekommen.« Sie saßen noch eine Weile im Staub. Dann heulten die Sirenen zur Entwarnung.

»Wir kommen nicht raus!«, rief einer. »Der Eingang ist verschüttet.« Die Decke knirschte. Gottlieb schaute nach oben, aber er konnte nichts sehen, das Kerzenlicht durchdrang den Staub nicht. Werdin sah die Angst in Gottliebs Augen dicht vor ihm. So sehen meine Augen jetzt auch aus, dachte er. Er spürte Druck im Magen, der Darm wurde unruhig, kurz kam Panik auf, weil er sich hier im Keller nicht entleeren konnte.

Am Eingang pochte es. Einige hofften, draußen gehört zu werden. Dann kratzte es, sie hatten einen Spaten gefunden, der für solche Fälle im Bunker lag. Werdin zweifelte, dass ein Spaten genügen würde, die Bombe hatte vermutlich zu viel Geröll in den Kellereingang gedrückt.

Wie lange waren sie schon eingesperrt? Werdin fragte sich, ob die Luft reichte, bis sie entdeckt wurden. Er starrte auf den verschütteten Eingang, obwohl er ihn im Staubnebel nicht sehen konnte. Es war nur das Kratzen des Spatens und Husten zu hören. Dann eine Stimme: »Sie haben uns gefunden!« Tatsächlich, von weit her drang leises Klopfen in den Keller. Nach einer Weile hörte er das Schleifen von Schaufeln, bald drang ein Lichtstrahl in den Keller. »Wir sind gleich durch!«, brüllte eine Stimme von draußen. Das Loch vergrößerte sich. Helles Tageslicht fiel herein.

Hustend krochen die ersten Männer hinaus, erst jetzt merkte Werdin, dass auch er keuchte. Draußen schüttelte er sich wie ein nasser Hund, um den Staub abzuwerfen. Er bildete sich ein, auch sein Kopf würde dadurch klar. Um ihn herum brannte es. Überall Feuer, nasses Holz qualmte schwarz, die Lunge schmerzte. Als Gottlieb ihn gefunden hatte, sagte Werdin nur: »Weg hier.«

Erstaunlicherweise hatte die SD-Zentrale bloß ein paar Splitterschäden an der Fassade abbekommen. Sie verzichteten darauf, in ihre Diensträume zurückzukehren, und hatten Glück, dass ihr Stammlokal in der Bernburger Straße nicht zerstört worden war. Es war fast leer. Sie bestellten Dünnbier und eine Gulaschsuppe, für die keine Lebensmittelkarte verlangt wurde.

»Ich werde mir diesen Panzerfritzen bald einmal anschauen«, sagte Werdin. »Vielleicht kann ich den an die Gruppe um Beck heranführen. Dann darf der Bursche aber nicht mehr so viel saufen. Die Becks und Goerdelers haben Schiss, dass sie auffliegen. Dabei kennen wir sie alle, na ja, fast alle.«

Gottlieb schüttelte den Kopf: »Schon komisch, da konspirieren seit Jahren dieser Herr Goerdeler, immerhin ehemaliger Bürgermeister von Leipzig, und dieser Herr Beck, dereinst Generalstabschef des Heeres, und keiner greift ein. Ein kleiner Wicht, der einen Witz über den Führer macht, wird gleich geköpft.«

»Das ist noch lange nicht alles«, sagte Werdin leise.

»Der Reichsführer selbst hat sich vor kurzem mit Vertretern dieser Gruppe getroffen. Die haben wohl verhandelt. Schellenberg hat da was angedeutet. Offiziell wissen wir gar nichts. Da läuft direkt vor unserer Nase eine Verschwörung, aber der Reichsheini befiehlt Müller und seiner Gestapo keineswegs, Beck, Goerdeler und Kameraden hochzunehmen, sondern lässt sie machen. Himmler ist ein schlauer Hund, der wartet ab, was passiert. Schaut, wo die stärkeren Bataillone stehen. Außerdem weiß er längst, dass es mit dem Endsieg nichts mehr wird, wenn nicht noch ein Wunder geschieht. Wenn wir diesen Krieg verlieren, gehört Himmler zu den Ersten, die sie aufhängen. Aber er muss aufpassen, Müller würde ihn glatt an den Führer verpfeifen.«

»Ja, ja, unser Reichsführer sieht blöder aus, als er ist.« Gottlieb spottete im vertrauten Kreis gern über Himmlers gar nicht heroisch erscheinende Schulmeistergestalt. »Er will natürlich nicht unter die Räder kommen. Wahrscheinlich sieht er sich schon als der neue Führer.« Gottlieb schaute sich um, keiner konnte sie belauschen. An der Wand hing ein Plakat: »Pssst! Feind hört mit!«

* * *

Sie waren im Hof der Lubjanka angetreten, zweiunddreißig Offiziere des Volkskommissariats für innere Angelegenheiten, kurz NKWD. Hauptmann Boris Grujewitsch war stolz, den Rotbannerorden zu erhalten. Er hatte einen Überfall ukrainischer Partisanen abgewehrt, die so übermütig waren, sich mit den Deutschen und der Roten Armee gleichzeitig anzulegen. Es waren verwegene Kämpfer, aber die Sondereinheiten des NKWD waren vorzüglich ausgebildet. Und doch wären sie alle draufgegangen, hätte Grujewitsch nicht einen kühlen Kopf behalten. Dafür empfing er nun den Orden, das fand Grujewitsch gerecht. Gawrinas Backen hatten sich vor Freude gerötet, als er mit der guten Nachricht nach Hause gekommen war. Sie tranken Wodka und feierten den Orden dann im Bett. Gawrina ist ein Glücksfall, dachte Grujewitsch, nicht nur wegen ihrer großen, festen Brüste, die ihn aufforderten, sie zu streicheln. Seit er sie kannte, ließen ihn andere Frauen kalt.

Der General pries in seiner Ansprache den Mut und die Vaterlandsliebe der NKWD-Offiziere. Auch ihnen sei es zu verdanken, dass die Faschisten aus der Sowjetunion vertrieben würden. Er erinnerte an die Heldentaten der Tscheka und ihres Leiters Feliks Dserschinski, des ersten Sowjetgeheimdienstes, in dessen ruhmvoller Tradition sie alle stünden. Er sei vom Genossen Stalin beauftragt, ihnen zu danken. Dann rief ein Adjutant nacheinander die Namen der Auszuzeichnenden auf, sie traten vor, damit der General ihnen den Orden an die linke Brustseite heften konnte. Jedem gab er die Hand, dankte für den Dienst am Vaterland, und jeder Ausgezeichnete antwortete stolz: »Ich diene der Sowjetunion!«

Am Tag nach der Ordensverleihung wurde Grujewitsch zu Lawrentij Berija befohlen, schon morgen sollte er sich beim Chef des NKWD melden. Als er es am Abend Gawrina erzählte, sah er, wie sie zusammenzuckte: »Ich habe Angst, Boris«, sagte sie.

»Kein Grund, sie werden mich befördern. Oder mir eine andere Aufgabe geben. Oder beides.«

»Und wenn es gefährlich wird.«

»Gefährlicher als bisher kann es nicht werden.«

Berija winkte Grujewitsch zu sich, als dieser in strammer Haltung an der Tür Meldung machte. »Guten Morgen, Genosse Grujewitsch, setzen Sie sich zu mir.« Er wies auf einen bequemen Sessel. »Ich habe den Bericht von Ihrem Einsatz in der Ukrainischen Sowjetrepublik ausführlich studiert. Sie haben ein neues Kapitel in der ruhmreichen Geschichte des NKWD geschrieben. Die Sowjetmenschen sind stolz auf Sie.«

»Ich diene der Sowjetunion«, antwortete Grujewitsch. Er wollte sagen, dass der Artikel in der *Prawda* übertrieb, er las sich so, als hätten sie eine Division der Partisanen besiegt, es waren ein paar Dutzend gewesen. Aber Grujewitsch spürte, wie seine Stimme versagte.

»Nun seien Sie nicht so förmlich, Boris Michailowitsch.«

»Jawohl, Genosse Minister!«

Berija lächelte. Nicht einmal er selbst konnte die Aura seiner Macht durchbrechen. »Ich habe dem Genossen Stalin von Ihrer Heldentat berichtet. Der Genosse Stalin hat gesagt: Weil wir solche kommunistischen Kämpfer haben wie Grujewitsch, werden wir die Faschisten besiegen. Dann hat mir der Genosse Stalin befohlen, Sie mit sofortiger Wirkung zum Major zu befördern.«

Vielleicht habe ich das Gefecht unterschätzt?, dachte Grujewitsch. Wenn selbst der Genosse Stalin es so bedeutend findet.

»Boris Michailowitsch, ich habe eine Aufgabe für Sie. Sie kommen hier ins Ministerium und werden stellvertretender Leiter unserer Kundschafter. Der Leiter dieser Abteilung, der Genosse Aleinikow, wird alt, und bald werden wir seine Position neu besetzen müssen. Schauen Sie sich bis dahin um, studieren Sie die Kampfesweise unserer Tschekisten.«

»Danke, Genosse Berija, darf ich eine Bitte äußern?« Grujewitsch sah seine linke Hand leicht zittern.

Berija nickte.

»Darf ich mir's überlegen? Sehen Sie, Genosse Berija, ich habe gelernt, im Feld zu kämpfen gegen die Partisanen und gegen die Deutschen …«

Berija lächelte: »Ich verstehe Sie gut, Major Grujewitsch, auch ich musste erst lernen, dass der Krieg im Büro entschieden wird, nicht auf dem Feld. Wie viele Schlachten haben die Deutschen gewonnen? Wie viele Sowjetsoldaten sind gefallen? Und doch haben die Hitlers und Himmlers uns nicht besiegt. Warum? Weil der Genosse Stalin in seinem Arbeitszimmer im Kreml den Gegenschlag geplant und geführt hat. Und wir haben ihm dabei geholfen. Ich verrate Ihnen ein kleines Geheimnis, der Genosse Schukow, der unter der Leitung des Genossen Stalin die Deutschen nach Westen treibt, wollte immer an die Front, aber der Genosse Stalin hat gesagt: Wir brauchen Sie hier in Moskau. Sie sind kein Grenadier, Genosse Schukow. Und der Genosse Schukow hat es eingesehen. So lernen wir alle vom Genossen Stalin, und so werden auch Sie vom Genossen Stalin lernen, Boris Michailowitsch.«

Schon am nächsten Tag sollte Grujewitsch sich melden bei Generalleutnant Aleinikow, dem Leiter der Auslandsspionage im NKWD. Nun gehöre auch ich zu den grauen Mäusen, dachte Grujewitsch, als er die Pforte der Lubjanka passiert hatte. Ein Soldat der NKWD-Miliz führte ihn in den vierten Stock, zum Vorzimmer des Generals. Darin saß ein Oberleutnant: »Gut, dass Sie schon da sind, Genosse Major. Der Genosse General erwartet sie. Gedulden Sie sich einen Augenblick.«

Grujewitsch stand im Vorzimmer und betrachtete die Wände. Plakate warnten vor Saboteuren und Spionen, Soldaten von NKWD-Sondereinheiten mit heroischem Antlitz besiegten finstere Rebellen gegen die Sowjetmacht. Die Ukrainer, die er besiegt hatte, hatten wie Bauern ausgesehen, nicht wie Fratzen, dachte Grujewitsch. Warum muss man seine Feinde kleiner machen, als sie sind? Die Partisanen hatten zäh gekämpft, und sie legten sich mit Wehrmacht und Roter Armee gleichzeitig an, damit die Ukraine ein eigener Staat wurde. Ihr Kampf war aussichtslos, aber irgendwie waren sie auch Helden, dachte Grujewitsch. Zumindest für ihresgleichen.

Grujewitsch spürte, wie ihm der Schmerz in den Rücken kroch. Lange zu stehen war nicht sein Fall. Er schaute auf die Uhr, vierzig Minuten ließ ihn der General schon warten. Er räusperte sich einmal. Der Oberleutnant schaute von seinem Schreibtisch auf: »Der Genosse General erwartet Sie schon, er wird Sie jeden Augenblick rufen.«

Grujewitschs rechter Fuß war längst eingeschlafen, als ein Summer auf dem Schreibtisch des Oberleutnants ertönte. Der Oberleutnant schaute Grujewitsch eindringlich an: »Der Genosse General möchte Sie sofort sprechen«, sagte er energisch. Dann stand er auf und öffnete die Tür zum Nebenraum: »Bitte!«

O weh, ist der hässlich, dachte Grujewitsch. Kurz hinter der Tür stand ein Männchen mit stechenden schwarzen Pupillen über einer Hakennase, ungekämmten grauen Haaren und einem spitz herausragenden Bauch. Die Beine der vom Bauch nach unten gedrängten Hose schleiften auf dem Fußboden. Der Mann stank nach Rauch und Wodka. Im Hintergrund des großen Dienstzimmers, dessen Fenster zum Dserschinskiplatz zeigten, erkannte Grujewitsch ein Sofa, auf dem zusammengeknüllt eine Decke lag.

»Genosse General, ich melde mich wie befohlen zum Dienst«, sagte Grujewitsch und salutierte hackenschlagend.

Der General musterte ihn sorgfältig. »So, Sie sind also der Neue.«

»Jawohl, Genosse General!«

»Der Genosse Berija hat so einiges berichtet. Demnach sind Sie ja ein großer Held. Ob es für die Aufgabe, die wir zu erfüllen haben, reicht, werden wir sehen. Wir kämpfen hier nicht mit dem Säbel, sondern mit dem Florett.« Die rechte Hand des Generals machte eine leichte Fechtbewegung. Für einen Moment glaubte Grujewitsch, ein Florett zu erkennen, das sich anschickte, ihn zu durchbohren.

Dann blickte der General zum Oberleutnant: »Schmidt, zeigen Sie dem Genossen Major sein Dienstzimmer.« Grußlos drehte der General sich um und ging Richtung Sofa. Grujewitsch salutierte unbeholfen und folgte dem Oberleutnant auf den Gang.

»Schmidt?«, fragte er.

»Ja«, sagte der Oberleutnant, »Zar Peter hat meine Vorfahren hierher geholt, sie waren Zimmerer. Ich bin Sowjetbürger genauso wie Sie, Genosse Major.«

Das Dienstzimmer erwies sich als ein muffiger, staubiger Raum, in dem alte Möbel, Lampen und Berge von Akten gestapelt waren. »Das Büro wurde lange nicht benutzt«, sagte Schmidt. »Einige Genossen haben es als Abstellkammer verwendet. Es wird heute noch aufgeräumt.« Nach einer Pause: »Ihr Schreibtisch steht da hinten.« Er zeigte zu der der Tür schräg gegenüberliegenden Ecke. »Sie haben sogar schon Post. Wenn Sie Fragen haben, rufen Sie mich«, sagte der Oberleutnant und ging.

Grujewitsch erkannte einen Aktenordner auf der fleckigen Tischplatte. Der Ordner war das einzig Saubere im Raum. Er zwängte sich vorsichtig, um seine Uniform nicht zu beschmutzen, durch das Gerümpel zum Schreibtisch. Das Deckblatt war nicht beschriftet. Er schlug es auf: BERICHT ÜBER EINE ANTIHITLERISCHE VERSCHWÖRUNG IN DER FASCHISTISCHEN DEUTSCHEN WEHRMACHT, las er. Zwischen den Aktendeckeln fand Grujewitsch gut zwanzig Seiten mit Fotografien von Dokumenten, obenauf lag ein zweiseitiger Bericht:

Eine überprüfte Quelle, Michael, berichtet, dass sich im Offizierskorps der faschistischen deutschen Wehrmacht eine Verschwörergruppe gebildet hat. Einige Mitglieder dieser Gruppe planen einen Anschlag auf Hitler. Andere Mitglieder lehnen ein Attentat ab und begründen dies mit ihrem Eid, den sie auf den Führer geleistet hätten. Mitglieder der Gruppe haben bereits Kontakte zu britischen und amerikanischen Stellen geknüpft. In der Verschwörergruppe besteht Zuversicht darüber, dass die Alliierten nicht auf ihrer Forderung nach einer bedingungslosen Kapitulation beharren würden, wenn Hitler bald gestürzt würde …

II.

Irma Mellenscheidt hatte sich das alles anders vorgestellt. Das Landjahr beim Reichsarbeitsdienst war eine Qual gewesen, keine Spur vom harten, aber fröhlichen Leben auf dem Land. Die Arbeitsdienstführerin schikanierte Irma und ihre einundzwanzig Kameradinnen wie ein Schleifer bei der Wehrmacht. Sie mussten antreten zum Appell, exerzieren mit Spaten und schuften wie Schwerarbeiter. Nur das Essen war gut, vor allem gab es genug. Um fünf Uhr morgens ertönte der Weckruf, dann hieß es schnell raus aus dem Bett zum Frühsport. Danach musste man sich in Rekordzeit waschen, anschließend gab es Frühstück. Dann ging es mit geschultertem Arbeitsgerät auf die Felder und in die Ställe der beiden Großgrundbesitzer, deren Ländereien Strasburg an der Oder umschlossen.

Die Arbeit war schweißtreibend, auch wenn man mal das Glück hatte, im Haus zu helfen. Am Anfang fand Irma das Durcheinander der Menschen auf den Gutshöfen verwirrend. Die Gutsherren kämpften als Offiziere an der Ostfront, die Landarbeiter oder Knechte hatte gleichfalls längst die Wehrmacht eingezogen. Zwangsarbeiter aus Polen, der Sowjetunion und Frankreich ersetzten sie. Das waren trotz ihres Schicksals fröhliche Gesellen, die viel sangen und fleißig arbeiteten. Aber ein näherer Kontakt zu ihnen war verboten, auch wenn es auf dem Land schwer zu überwachen war. Irma glaubte, die Gutsherrin drückte alle Augen zu, warnte aber »ihre Mädchen«, sich zu sehr mit den Fremden einzulassen. »Ihr wisst, was das bedeutet«, sagte sie hin und wieder. Edith, ein Mädchen aus Irmas Gruppe, kannte die Vorschriften, aber sie hielt sich nicht daran. Jeder wusste, sie hatte was mit Slotek, einem hübschen und lustigen Burschen aus der Ukraine. Er sang abends schwermütige Lieder, um gleich darauf in lautes Lachen zu verfallen, wenn jemand etwas Witziges sagte. Slotek hatte glänzende schwarze Augen, ein offenes Jungengesicht und einen außerordentlich beweglichen Körper, der ihn in anderen Zeiten zum Artisten befähigt hätte.

Es ging das Gerücht, eine Frau aus der Landjahrgruppe habe die beiden an die örtliche Polizei verraten. Eines Abends folgte ein Polizist Edith und Slotek, wie sie im Zeitabstand von ein paar Minuten zu einem kleinen Waldstück gingen. Er erwischte sie halb ausgezogen auf dem Moos. Sie wurden verhaftet und wegen Rassenschande angeklagt. Ein paar Wochen später gab die Arbeitsdienstführerin beim Morgenappell bekannt, Slotek sei gehängt worden, Edith habe die Gestapo ins Konzentrationslager Ravensbrück gebracht.

Der Schrecken und die harte Arbeit lagen hinter Irma. Aber sie freute sich nicht, die Angst vor dem Leben in Berlin griff nach ihr. Jeden Tag konnte das kleine Haus ihrer Eltern in Berlin-Biesdorf in Schutt gebombt werden, jeden Tag konnten Vater und Mutter sterben oder verstümmelt werden, jeden Tag konnte der gefürchtete Brief von der Ostfront kommen, in dem stand, Klaus sei »gefallen für Führer, Volk und Vaterland«. Manchmal stumpfte die Angst einen ab, manchmal zog sie einem die Kraft aus den Gliedern.

Dann war sich Irma sicher, es konnte nicht gut gehen, auch ihre Familie würde in Stücke gerissen werden wie so viele andere schon. Ob ihr Bruder wirklich auf Fronturlaub nach Hause kommen würde? Wenigstens für ein paar Tage?

Die kleine Lokomotive dampfte kräftig auf ihrem rüttligen Weg von Strasburg nach Pasewalk. Irmas Blick schweifte über die Felder und Knicks. Das Land wellte sich sanft und war bedeckt von riesigen Getreidefeldern, hin und wieder durchbrochen von Weiden, auf denen Schwarzbunte und Pferde wie Spielzeugtiere standen. Am Himmel jagte der Wind weiße Wolkenfetzen vor dem strahlenden Blau dieses Frühlingstags. Was für ein schönes, friedliches Land. Irma schloss die Augen und sah eine Feuerwalze die mecklenburgische Idylle niederbrennen. Wenn sie nicht bald Schluss machten mit dem Krieg, würden die Russen hier einfallen wie Dschingis Khans Horden. Irma erschrak. Vielleicht war das nur gerecht, nachdem unsere Soldaten große Teile Russlands zerstört haben. Davon hatte Klaus ihr erzählt.

Sie spürte, wie jemand sie anstarrte. Ihr gegenüber saß ein Luftwaffenhauptmann mit EK I und anderem Geklimper. Er war hoch aufgeschossen, hatte ein wohlproportioniertes, schmales Gesicht unter pechschwarzen Haaren. Er sieht nicht übel aus, dachte Irma, nur die Augen spiegelten den Hochmut, den die Kaste der Flieger immer noch nicht abgelegt hatte. Irma hatte ihre Umgebung bisher nicht wahrgenommen. Als sie ihn kurz ansah, missverstand er dies als Einladung, ein Gespräch zu beginnen: »Ein so schönes Fräulein allein in der Wildnis.« Der Offizier versuchte witzig zu sein. Sie schwieg.

»Darf man fragen, wohin die Reise geht?«

Als sie nicht antwortete, sagte er mit spöttischem Unterton: »Oh, Mademoiselle ist sich zu fein, mit einem kleinen Luftwaffenhauptmann zu parlieren.«

Es brach aus ihr heraus, und sie bedauerte es gleich: »Luftwaffe? Gibt es die noch? Das habe ich gar nicht gewusst? Haben Sie auch ein Flugzeug, Herr Hauptmann? Wozu benutzen Sie es? Um Champagner zu befördern?«

Der Hauptmann starrte Irma einen Moment an. Sein Mund öffnete sich und schloss sich dann wieder. Dann sagte er: »Sie haben Glück, dass wir allein sind.«

Irma zuckte zusammen. Konnte ihr Wutausbruch als Wehrkraftzersetzung missverstanden werden?

Der Hauptmann lehnte sich zurück und sagte leise: »Aber Sie haben natürlich Recht. Wir Flieger müssen jetzt ausbaden, was unser Oberbefehlshaber uns mit seinen großen Tönen eingebrockt hat.« Er lächelte leicht: »Er wollte sich ja Meier nennen lassen, wenn ein feindlicher Bomber über dem Reichsgebiet auftauche. Er heißt aber immer noch Göring. Sehen Sie, nun habe ich auch etwas verbrochen.«

Irma war verblüfft, widerstandslos war der Hochmut in den Augen des Fliegers verschwunden.

»Um Ihre Frage zu beantworten: Natürlich habe ich ein Flugzeug, eine Focke-Wulf 190. Es ist eine ausgezeichnete Jagdmaschine, aber die anderen bauen inzwischen welche, die nicht schlechter sind. Vor allem bauen sie viel mehr als wir. Und sie haben mehr Piloten, viel mehr Piloten.«

Irmas Augen entdeckten ein Gehöft. Ochsen wurden vor einen Wagen gespannt, auf dem Milchkannen silbrig glänzten. Ein Kind tanzte um die Ochsen herum, vielleicht freute es sich, mitfahren zu dürfen.

»Und warum schießt die Luftwaffe die Bomber nicht ab?«, fragte sie.

»Einige holen wir schon runter«, antwortete der Hauptmann. »Aber die Amis bauen für jeden abgeschossenen Bomber vier neue. Es ist ein ungleicher Wettlauf.«

»Den wir also verlieren«, sagte Irma.

»Nein«, widersprach der Hauptmann energisch. Er beugte sich etwas vor und sprach mit leiser Stimme. »Wir haben bald neue Jäger, fast so schnell wie der Schall. Die werden den Himmel leer fegen. Und das ist längst nicht alles.«

Die Lokomotive pfiff, der kurze Vorortzug rollte in Pasewalk ein. »Fahren Sie weiter nach Berlin?«, fragte der Fliegerhauptmann. Dann stand er auf: »Verzeihen Sie, ich habe mich noch gar nicht vorgestellt, unser Gespräch war zu anregend. Helmut von Zacher.«

Irma sah, wie Zacher seine in langen Reiterstiefeln steckenden Fersen zusammenführte und den Rücken straffte. Sie musste lächeln. Sie stellte sich vor. »Ja, ich fahre auch nach Berlin«, sagte sie.

Sie hatten fast eine Stunde Aufenthalt, wenn der Zug nach Berlin pünktlich war. Zacher lud Irma zu einem Kaffee in einer kleinen Gaststätte beim Bahnhof ein. Irma fand keinen Grund, seine Einladung auszuschlagen.

Der Ersatzkaffee schmeckte so leer wie überall sonst. Irma konnte sich kaum noch erinnern, wie Friedenskaffee duftete. Sie fand, es war der geringste Preis unter den Einschränkungen, die sie auszuhalten hatten. Schlimmer war die Angst um Angehörige und Freunde, der Tod hielt reiche Ernte.

Zacher war ein aufmerksamer Gesprächspartner. Sie saßen an einem Tisch in einer Ecke des fast leeren Gastraums. Zacher erzählte von seiner Jugend. Er hatte in Königsberg Philosophie studiert und strebte nach dem Krieg eine Universitätslaufbahn an. »Dann wird es diese Schreier nicht mehr geben«, sagte er. Er hatte die hundertfünfzigprozentigen SA-Studenten satt, die sich mehr durch prahlerische Bekenntnisse auszeichneten als durch Wissen.

»Waren Sie nicht in der SA?«, fragte Irma.

»Doch, doch«, erwiderte Zacher, »in der Flieger-SA. Wir hatten mit diesen Rüpeln nichts zu tun. Sie verachteten uns als feine Herren.«

Er war ihr sympathisch. Zacher hatte längst nicht mehr den hochmütigen Blick, sie konnte ihn sich als ausgelassenen Jungen vorstellen.

»Wohnen Sie in Berlin?«, fragte er.

Irma nickte. »Ich hoffe, das Haus meiner Eltern ist stehen geblieben. Was treibt Sie nach Berlin?«

»Ich muss ins Reichsluftfahrtministerium.«

»Oh, bestimmt zu Herrn Meier persönlich«, spottete Irma und staunte, dass sie unwillkürlich einen fast familiären Ton gefunden hatte.

Zacher lachte. »Nein, so wichtig bin ich nicht, jedenfalls nicht dem Reichsmarschall. Trotzdem darf ich es Ihnen nicht sagen. Es ist eine elende Geheimniskrämerei.«

»Bestimmt befehlen Ihnen Ihre Generale, wie Sie den Himmel leer fegen.«

»Bestimmt«, grinste Zacher, »ganz bestimmt.«

»Und danach, wenn Sie im Ministerium waren, wohin geht es dann?«, fragte Irma und erschrak gleich, weil sie fürchtete, Zacher könnte sie aufdringlich finden oder die Frage als verkappte Einladung zu einem Rendezvous in Berlin verstehen. Irma war sich nicht sicher, ob sie sich mit aller Kraft dagegen wehren würde, Zacher wieder zu sehen.

Zacher nahm die weiße Porzellantasse, trank einen kleinen Schluck, setzte die Tasse nicht ab, sondern blickte sie an, als wäre sie der Stein der Weisen. »Ich habe keine Ahnung«, sagte er. »Ich wäre froh, ich wüsste es. Andererseits ...« Er schaute Irma an und lächelte, während seine Augen ernst blieben. »Andererseits ist es mir fast egal, wohin, ob nach Russland, ob nach Italien oder an die Heimatfront. Da wäre es am wichtigsten. Es ist ja inzwischen an vielen Fronten ruhiger als in Berlin, wo es Tag und Nacht Bomben regnet. Vielleicht geht's auch nach Frankreich, man hört so einiges über die Invasion. Noch dieses Jahr soll sie kommen. Die Amis wollen die Russen nicht alleine siegen lassen. Über einen Mangel an Fronten und Feinden können wir nicht klagen.«

Das klang nun gar nicht mehr so siegessicher. Irma hätte gerne gewusst, was der Flieger wirklich dachte. Aber wahrscheinlich wusste das nicht einmal Zacher selbst. Vielleicht hoffte er wie viele Deutsche auf ein Wunder und glaubte doch nicht daran. Wir *dürfen* nicht verlieren, an diese dünne Beschwörung klammerten sich viele Männer und Frauen. Mein Gott, was würde geschehen, wenn Amerikaner, Engländer und Russen, vor allem die Russen, gewinnen würden? Was würde dann aus Deutschland, was würde aus den Deutschen? Ihr Bruder hatte von Morden der SS hinter der Ostfront berichtet, von Massengräbern und verbrannten Dörfern. Seitdem hatte Irma noch mehr Angst vor den

Russen. Wenn sie siegten, würden sie Deutschland niederbrennen. Und in Amerika, gaben dort nicht die Juden den Ton an?

Eines Tages, es war etwa ein Jahr vor den herrlichen Olympischen Spielen in Berlin, musste Irma zu einem anderen Kinderarzt. Die Mutter brachte sie nicht mehr zu Dr. Isobald Mühsam in der Rosslauer Straße in Biesdorf, sondern zu einem Dr. Erbprinz in Kaulsdorf, einem hageren Herrn, in dessen Wartezimmer ein großes Porträt des Führers hing. Dr. Mühsam war ein herzlicher älterer Herr, den Irma sich gerne als dritten Großvater vorstellte. Er konnte so gut die Spritze setzen, dass es nur ein bisschen piekste. Dabei erzählte er wundersame Geschichten über Pflanzen und Tiere, so dass Irma die Spritze kaum beachtete. Irma war ein gesundes Kind, und selbst ihre ängstliche Mutter brachte sie selten zu Dr. Mühsam. Trotzdem erinnerte er sich genau an alles, worüber sie beim letzten Besuch gesprochen hatten. Er strich ihr leicht über die Wange, sagte freundlich: »Ach, das Irmchen«, da waren die Schmerzen fast schon vergessen.

»Warum gehen wir zu einem anderen Arzt?«, fragte Irma trotzig ihre Mutter.

»Wir dürfen nicht mehr zu Dr. Mühsam, das verbietet das Gesetz«, erwiderte die Mutter.

»Das ist ein schlechtes Gesetz«, sagte Irma.

»Nein«, widersprach die Mutter, »die Leute, die das Gesetz gemacht haben, kennen Dr. Mühsam nicht. Sonst hätten sie bestimmt, dass das Gesetz für ihn nicht gilt.«

Irma hatte nicht bemerkt, dass Zacher sie fragend musterte. Verwirrt erwachte sie aus ihrer Erinnerung. Sie hatte diese Episode längst verdrängt geglaubt, warum kam sie zurück?

»An was haben Sie gedacht?«, fragte Zacher.

Irma schüttelte den Kopf. »Ach, nur eine Kindheitserinnerung. Es ist nicht wichtig.« Sie blickte auf die Armbanduhr. »Wir müssen los, der Zug kommt gleich.«

* * *

Werdin hatte schlecht geschlafen. Diesmal raubten ihm nicht Bomben die Ruhe, schwere dunkle Sturmwolken behinderten die englischen Bomberverbände stärker als die Luftabwehr. Werdin wälzte sich hin und her, auch ein gut dreifacher Korn hatte seine Nerven nicht besänftigt. Er beneidete Kameraden, die sich zu jeder Tages- und Nachtzeit in den Schlaf verabschieden konnten. Bei ihm wetteiferten zu oft Ängste und Sorgen mit den Bomberpiloten, wer der bessere Störenfried sei.

Wie würde Panzermajor Gustav Rettheim reagieren? Gut, Werdin hatte genug Belastendes in der Hand, um den Mann ins Unglück zu stürzen. Aber Werdin wusste, der Offizier hatte Recht, der Krieg war verloren, die Lage an der Ostfront hoffnungslos. Da konnte der Klumpfuß übers Radio und im *Völkischen Beobachter* herumschreien, so viel er wollte. Wenn die Amerikaner und Briten in diesem Sommer in Frankreich landeten, sollte dem letzten Führergläubigen klar sein, dass der braune Traum vorbei war. Es war alles umsonst, die Toten, die Verstümmelten, die zerstörten Städte, die zerbombten Fabriken.

Werdin fühlte sich mies, Magen und Darm waren unruhig, und doch musste er Rettheim erpressen. Er überschritt damit seine Kompetenzen, aber wo waren deren Grenzen, wenn nicht in der Willkür seiner Vorgesetzten? Schellenberg hasste Müller, und Gestapo-Müller hasste Schellenberg. Der finstere Österreicher Kaltenbrunner, als Leiter des Reichssicherheitshauptamts Schellenbergs und Müllers Chef, verfolgte den Zwist zwischen seinen Untergebenen mit Vergnügen, wie es überhaupt im Führerstaat gern gesehen wurde, wenn die Satrapen sich stritten. So weit wie Werdin aber hatte bisher kein SS-Mann die Grenzen überschritten, die ihm durch Dienstordnung und seine Aufgabe auferlegt waren. Immer wieder erwachte die Angst, sie würden ihm auf die Schliche kommen.

Um fünf Uhr hielt Werdin es nicht mehr aus im Bett. Er schmierte eine Margarinestulle und kochte sich Ersatzkaffee. Während das Wasser im Kessel über dem Gasfeuer zu dampfen begann, schaute er aus dem Küchenfenster im dritten Stock in der Kloedenstraße 9 in Kreuzberg. Der Darm kniff schon, aber Werdin wusste, dass er sich wieder in irgendeiner versauten öffentlichen Toilette entleeren musste. Der Ekel würde im Lauf des Tages abnehmen, aber nicht verschwinden. Er musste daran denken, in welchem Dreck die Soldaten an der Front lebten. Von wegen Romantik des Donnerbalkens.

Nach dem Frühstück wusch sich Werdin, zog die feldgraue Uniform an, schnallte das Koppel mit der Pistolentasche um und machte sich auf den Weg nach Lichtenberg. An der Gneisenaustraße nahm er die U-Bahn. Er fand keinen Sitzplatz und zwängte sich zwischen die Menschen, die zur Arbeit fuhren. Viele Frauen, alte Männer, Deutschlands letzte Reserve an der Heimatfront, sah man ab von den

Scharen ausgemergelter Fremdarbeiter. Eine Frau mit braunem Kopftuch blickte stumpf ins Nirgendwo, ein alter Mann mit dunkelblauem Hut und schwerer Hornbrille schaute auf den Boden, als gäbe es dort etwas Spannendes zu beobachten. Werdin bemerkte kaum noch, dass die meisten Menschen es vermieden, ihn anzublicken, wenn er die Uniform mit dem Reichsadler am Arm trug. Und wenn, dann schienen ihre Blicke zu fragen: Warum bist du starker junger Mann nicht an der Front? Warum müssen mein Mann, mein Sohn, mein Bruder ihre Köpfe hinhalten? Warum trägst du eine saubere Uniform, während andere im Schmutz liegen? Warum braucht deine Mutter keine Angst zu haben, ob der Postbote heute die furchtbare Nachricht bringt?

Werdins Mutter wohnte in Fürstenberg bei Frankfurt/Oder, sein Vater war vor gut drei Jahren in einer Eisenschmiede unter glühendes Erz aus Polen geraten, seine verbrannten Überreste lagen auf dem Friedhof in Fürstenberg. Vater und Mutter kamen aus Arbeiterfamilien, sie hatten wie selbstverständlich der SPD angehört und machten Werdin bittere Vorwürfe, als der erst der SA, dann der SS beitrat. »Ich hätte nie gedacht, dass mein Sohn, unser einziges Kind, mich einmal verraten würde. Na, wie viele Genossen hast du denn schon verprügelt?« Werdin war schweigend gegangen und hatte seitdem mit seinem Vater kein Wort mehr gewechselt. Er fand die Verdammung so verständlich wie ungerecht, und doch wusste er, dass sein Vater nicht anders denken konnte. Werdin fühlte sich nicht als Feind der Arbeiter, aber das durfte er nicht einmal seinen Eltern beweisen.

Seine Mutter besuchte jeden Tag das Grab ihres Mannes, mit dem sie zweiunddreißig Jahre verheiratet gewesen war. Wenn Werdin nach Fürstenberg fuhr, es war selten genug, kam er in Zivilkleidung, und beide mühten sich, so zu tun, als hätte es nie Streit gegeben. Werdin war traurig, wenn er sah, wie seine Mutter seit dem Tod des Vaters verfiel. Sie war gebrochen, und Werdin wusste, es gab nichts, was ihren Wunsch zu leben wieder erwecken könnte. Vielleicht würde sie ja noch erfahren, dass ihr Sohn den Vater nicht verraten hatte.

Als Werdin an diesem nebligen, kalten Morgen die Wönnichstraße in Lichtenberg erreichte, war er sich nicht sicher, ob er sich freuen sollte, als er Licht in der dritten Etage rechts sah. Er hätte sich geärgert, wenn er umsonst gefahren wäre, aber er hasste den Auftrag, den er sich gegeben hatte. Die Haustür war nicht verschlossen, Werdin stieg die Treppe hoch und klingelte kräftig an Rettheims Tür. Es dauerte eine Weile, bis sich in der Wohnung etwas tat. Dann hörte er den dumpfen Stoß der Krücken auf einem Teppich. Werdin bemerkte, dass er durch den Türspion gemustert wurde. Die Sicherungskette rasselte, und die Wohnungstür öffnete sich einen Spalt weit. Im verschlissenen blauen Bademantel sah der Major gar nicht mehr heldenhaft aus. Werdin roch starkes Parfüm und Alkohol. Der mittelgroße Mann war ungekämmt, hatte schmutzig braunes Haar und kräftige Augenbrauen. Der linke Mundwinkel hing ein winziges Stück herunter, was das Gesicht arrogant aussehen ließ. Unterstrichen wurde dieser Eindruck durch die heraustretenden Backenknochen. Der Mann sah so aus wie ein Offizier, den seine Untergebenen fürchteten. Aber vielleicht war er auch ein Waschlappen und markierte nur den Furchtlosen? Von der Sorte gab es viele. Werdin würde es erfahren.

Schon auf der Treppe hatte Werdin seinen SD-Dienstausweis in die Hand genommen und streckte diesen nun schweigend durch den Türspalt. »Aha, wohl von der Gestapo«, sagte der Major trocken. »Ganz allein und ohne Ledermantel?« Spott klang in der Stimme.

Werdin verließ sich einmal mehr darauf, dass kaum einer außerhalb der SS genau wusste, wo die Trennlinien zwischen Gestapo und SD verliefen. Auch Rettheim hatte offenbar keine Ahnung, dass der SD der Nachrichtendienst der SS war und keineswegs ein Organ der Geheimen Staatspolizei. Für die meisten Leute in der Wehrmacht war SS ohnehin gleich SS, wen interessierten die feinen Unterschiede bei den Totenkopfmännern. Aber die Gestapo fürchteten alle.

»Was wollen Sie?«, fragte Rettheim unfreundlich. Er sah nicht ängstlich aus.

»Können wir vielleicht drinnen reden?« Werdin schaute sich im Treppenhaus um, ob schon jemand zuhörte.

»Über was?«, fragte Rettheim.

»Über die Alexander-Bar, genauer, über Ihren denkwürdigen Auftritt dort. Noch genauer: über Wehrkraftzersetzung und Beleidigung des Führers. Lassen Sie mich rein.« Werdin klang energisch.

Der Major wurde blass. Jetzt fragt er sich bestimmt, woher ich seine Sprüche in der Bar kenne, dachte Werdin. Und warum ich ihn nicht einfach angezeigt habe, wo er doch todeswürdige Verbrechen begangen hat. Rettheim war verunsichert, er zögerte, blickte mit leeren Augen auf Werdin, dann an ihm vorbei ins Treppenhaus und zog endlich die Kette von der Tür.

Durch eine schmale und kurze Diele führte er Werdin

über einen abgetretenen roten Läufer ins Wohnzimmer. Gläser mit Schmutzrändern und ein überfüllter Aschenbecher standen auf einem fleckigen Wohnzimmertisch, zwei alte Sessel und ein kleines Sofa mit ehemals beigem Bezug komplettierten die Einrichtung. An der Wand eine gelb gewordene Blümchentapete und verkleinerte Reproduktionen von Ölschinken. Es stank nach Rauch und Schnaps. Werdin spürte Übelkeit im Hals, aber er unterdrückte den Impuls, die Fenster aufzureißen.

Rettheim wies auf das Sofa und setzte sich auf einen der beiden schmuddligen Sessel. Er zog eine Schachtel Zigaretten aus der Bademanteltasche und zündete sich eine Zigarette an. Er nahm einen tiefen Zug und lehnte sich zurück, die Überheblichkeit war in sein Gesicht zurückgekehrt.

Werdin nahm einen Zettel zur Hand und las ab: »Sie haben am 25. März, gegen 23 Uhr 40, in der Alexander-Bar, also in aller Öffentlichkeit, am Endsieg gezweifelt und den Führer beleidigt.«

»Selbstverständlich bin ich vom Endsieg überzeugt«, erwiderte Rettheim ruhig. »Ich kann das wohl besser beurteilen als Sie. An welchen Fronten waren Sie denn bisher? Das sind wilde Behauptungen, Scharführer, Unterstellungen. Was es nicht gibt, kann man nicht beweisen.«

Werdin erkannte die Verachtung, die Rettheim für die SS hegte. Er ignorierte, dass der Offizier ihn wohl bewusst mit dem falschen Dienstgrad ansprach. »Ach, wissen Sie«, erwiderte Werdin äußerlich nicht weniger gelassen, »wenn man so herumschreit, wie Sie in der Alexander-Bar, darf man sich über Zeugen nicht beklagen. Davon haben wir genug.« In Wahrheit hatte Werdin nicht eine einzige Zeugenaussage protokolliert.

Rettheim schwieg, zog an seiner Zigarette und blickte an die Wand. Er stemmte sich an einer Krücke hoch, sah Werdin fast freundlich an und sagte: »Ich muss mal austreten. Es kann ein bisschen dauern.« Er zeigte mit der Hand auf seinen halb vom Bademantel verborgenen Beinstumpf.

Werdin hörte ihn den Gang entlanghumpeln. Er würde nicht abhauen, ein Einbeiniger hatte keine Chance. Werdin ging zu einem Fenster und riss es weit auf. Der Himmel hing voll dunkler Wolken, es regnete kalt. Heute würde es zumindest am Tag wohl keinen großen Bombenangriff geben. Werdin sah sich um und staunte über den Schmutz überall. Er ging zum Flur und warf einen Blick in die Küche, deren Tür halb offen stand. Die Spüle war zugebaut mit schmutzigen Tellern, Gläsern und Geschirr. Zwei gefüllte Aschenbecher standen auf dem Küchentisch und eine fast leere Flasche Cognac. Woher kriegte der Mann Cognac?

Als Werdin ins Wohnzimmer zurückwollte, hörte er ein lautes Knarren. Es kam vom anderen Ende des Flurs, nahe der Wohnungstür. Dort vermutete Werdin das Badezimmer. Er näherte sich dessen Tür und horchte. Es war nichts zu hören. Er klopfte an die Tür und rief: »Rettheim!« Keine Antwort. Werdin versuchte, die Tür zu öffnen, sie war verschlossen. Er spürte, wie sein Herz plötzlich pochte, Schweiß nässte die Kopfhaut. Kurz entschlossen trat er mit aller Kraft in Höhe des Schlosses gegen die Badezimmertür. Die erwies sich als standhaft. Werdins Bein schmerzte, er warf sich mit der Schulter zweimal gegen die Tür, bis sie krachend aufsprang.

Rettheim hing an seinem dicken Bademantelgürtel an einem starken Lampenhaken an der Decke. Seine Augen starrten Werdin böse und leer an, die Zunge hing im rechten Mundwinkel. Die Krücke lag auf dem Boden. Der Bademantel hatte sich geöffnet, Werdin sah den schlecht verheilten Beinstumpf, der aus einer mit gelbbraunen Flecken übersäten Unterhose herausragte. Er griff nach einem Rasiermesser, das auf dem Waschbecken lag, sprang auf den Rand der Badewanne und schnitt den Bademantelgürtel unter dem Haken durch. Der Körper schlug auf den harten Kachelboden. An der Stirn blutete eine Platzwunde. Wer blutet, lebt, durchfuhr es Werdin. Er schleppte den schlaffen Körper durch die Diele zu einer Tür, hinter der er das Schlafzimmer vermutete. Er glaubte Rettheim leicht atmen zu hören. Mit dem rechten Ellbogen drückte er die Klinke herunter und zog Rettheim zum Bett. Er legte zuerst den Oberkörper aufs Bett, dann das Bein.

Werdin fühlte kalten Schweiß unter den Armen und im Gesicht. Es waren die Anstrengung und die Angst. Er hatte den Impuls, einen Arzt zu rufen, verzichtete aber darauf, weil das eine Untersuchung einleiten konnte, an deren Ende die Frage stehen würde, was er bei Rettheim zu suchen hatte. Gestapo-Müller hätte seine Freude daran, einen SD-Mann auszuquetschen. Werdin zog die Uniformjacke aus und wischte sich das Gesicht mit einer Ecke der Tagesdecke ab. Rettheim lag da wie tot, aber er schnaufte stärker. Das Genick war offenbar nicht gebrochen. Der Abdruck des Bademantelgürtels am Hals stach dunkelrot hervor. Werdin schlug Rettheim leicht auf beide Backen. Es half nichts. Er ging in die Küche, hielt ein schmutziges Geschirrtuch unter den Wasserhahn, wrang es leicht aus und trug es tropfend zum Schlafzimmer. Er legte Rettheim das Tuch auf die Stirn. Wasser lief über Rettheims Gesicht, vermischte sich mit dem Blut der Platzwunde und färbte das Unterhemd blassrot.

Was konnte er noch tun? Werdins Hektik verbarg seine Hilflosigkeit. Wenn Rettheim starb, was dann? Einfach abhauen? Daran hätte er denken müssen, bevor er Rettheim von der Decke abschnitt. Die Vorstellung, den Major wieder aufzuhängen, grauste ihn. Und er konnte nicht sicher sein, dass Rettheim ohne weiteres in der Statistik für Selbstmörder endete. Obwohl Selbstmord zur Mode wurde in Deutschland. Ein toter Major mit einer Platzwunde am Kopf mit Spuren, die eine doppelte Strangulation verrieten, an einem Seil in seinem Badezimmer – das war eine lohnende Aufgabe für Arthur Nebe und seine Spitzenleute in der Kriminalpolizei. Werdin konnte nur hoffen, dass der Mann überlebte. Er setzte sich auf die Bettkante und wartete. Nach zehn Minuten atmete Rettheim stärker, kurz darauf öffnete er die Augen, sah Werdin und schloss sie wieder. Plötzlich öffnete er die Augen erneut und hob den Kopf leicht an: »Sie haben mich abgeschnitten«, flüsterte er. »Warum?«

Ja, warum?, dachte Werdin. Vielleicht hätte ich Rettheim einen Gefallen getan, wenn ich ihn hängen gelassen hätte.

»Wollen Sie etwas trinken oder sonst irgendetwas?«, fragte Werdin.

Der Major schüttelte leicht den Kopf, seine Augen waren wieder geschlossen.

Werdin ging in die Küche, spülte ein Glas ab, füllte es mit Wasser. Er schob seine linke Hand unter Rettheims Kopf und hob ihn sanft an. Als er Rettheim das Glas an die

Lippen setzte, nahm dieser einen kleinen Schluck. Er blickte Werdin verwundert an. »Eigentlich bevorzuge ich Cognac«, sagte er.

* * *

Standartenführer Werner Krause war verblüfft, vor allem aber war er zornig. Er hatte diese zerstörte Gestalt unterschätzt, die da vor ihm auf dem Stuhl saß. Sie hatten den kleingewachsenen Mann mit dem fast kreisrunden Gesicht verprügelt, ihm Fingernägel herausgerissen und seine Hoden mit Elektroschlägen behandelt. Hermann Weißgerber schrie, aber er sagte nichts. Krause schlug dem Mann die Faust ins Gesicht und wischte den blutigen Handschuh am Jackett seines Opfers ab. So kamen sie nicht weiter.

Sein größter Zorn aber richtete sich gegen Madeleine, sie hatte ihm gestern den Laufpass gegeben, ihn für einen Abteilungsleiter der AEG verlassen. Krause hatte ihr zwei, drei kräftige Ohrfeigen verpasst, es hatte nichts geholfen. »Deshalb«, sagte sie nur, als er sie fragte, warum sie ihn verlassen wolle. Danach war Krause in einen versteckten Puff in Wilmersdorf gegangen, den, glaubte man dem Gerede in der SS, auch Heydrich früher besucht haben sollte. Er vergnügte sich mit einer deftigen Brünetten und einer dreiviertel Flasche Doppelkorn. Die Nutte hat vielleicht geguckt, grinste Krause in sich hinein. So einen heftigen Freier hatte sie bestimmt schon lange nicht mehr gehabt. Er zahlte den verlangten Preis, also gab es nichts zu meckern. Die Nutte trug rote Striemen und blaue Flecken davon, das war ihr Berufsrisiko. Krauses Kopf glich einem Karussell in rasender Fahrt, dazu plagte ihn ein stechender Schmerz im

Hinterkopf. Er kniff die Augen zusammen, er ertrug das Sonnenlicht nicht, das durch einen Kellerschacht fahl in den Verhörraum fiel.

»Du bist hier bei der Geheimen Staatspolizei in der Prinz-Albrecht-Straße 8, falls du das noch nicht gemerkt haben solltest«, sagte Krause. Seine Stimme klang fast freundlich. »Die Gestapo kriegt am Ende alles heraus. Es ist nur eine Frage der Zeit, einer sehr kurzen Zeit. Wir können dich hier weiter auf die ganz besondere Weise bearbeiten, am Ende wissen wir alles, und du bist ein Haufen Dreck. Wenn du gleich ausspuckst, was du weißt, geht es ab sofort ohne Schmerzen. Und vielleicht lassen wir dir sogar den Kopf auf dem Hals und suchen dir stattdessen ein schönes Konzentrationslager, in dem du dich in frischer Luft von den Strapazen erholen kannst. Was meinst du?«

Weißgerber blickte ihn stumpf an, die blutigen Hände waren hinter den Stuhl gebunden.

»Wir können auch die Handschellen aufschließen«, sagte Krause.

Weißgerber schwieg.

Krause ging zwei Schritte zu einem Tisch, nahm ein Papier in die Hand, das in kräftigen schwarzen Lettern »Schluss mit Hitlers Krieg« forderte und »Stürzt die Hitler-Göring-Regierung!« Unterschrieben war es von der Kommunistischen Partei Deutschlands.

»Wer hat das Flugblatt gedruckt? Wer hat es geschrieben? Wer sind die anderen Verteiler?«

Weißgerber schwieg.

Krause stellte sich neben ihn und hob die Hand. Aber dann senkte er sie wieder und stampfte aus dem Raum.

Zwei SS-Männer mit Stahlhelmen stellten sich links und rechts des Stuhls auf, auf dem Weißgerber sich zusammenkrümmte.

Krause setzte sich ins Kasino im SS-Dienstgebäude in der Wilhelmstraße und bestellte ein Bier. Die Typen von der Kommune sind genauso hart wie wir, sie haben Grundsätze wie wir, und sie kämpfen in aussichtsloser Lage weiter wie wir. Krause hielt Liberale und Sozialdemokraten für Waschlappen. Unter ihnen hatten sie nur wenige aufgestöbert, die dem Staat hätten gefährlich werden können.

»Zum Wohl, Standartenführer!«, sagte der Ober und stellte ein Glas Dünnbier auf den Tisch. Krause schüttete gierig einen großen Schluck in seine ausgedörrte Kehle, wischte sich mit der Hand den spärlichen Schaum vom Mund und lehnte sich nach hinten. Das Kasino war fast leer, in der Dienstzeit traute sich kaum einer hierher, um nicht in den Ruch zu geraten, faul zu sein. Die meisten niedrigrangigen SS-Männer arbeiteten an Aufträgen oder warteten auf Befehle ihrer Vorgesetzten. Krause glaubte an das Wohlwollen seiner Chefs, er hatte die Mittagspause so oft sausen lassen müssen, war nachts auf Achse und auch am Wochenende, und Urlaub, ja wann hatte er das letzte Mal Urlaub gehabt?

Krause dachte an Madeleine, dieses Biest. Aber was soll's, Abwechslung ist eine feine Sache. Es gab so viele einsame Frauen in Berlin, deren Männer oder Freunde irgendwo in Russland das Abendland verteidigten. Apropos Frauen. Weißgerber hatte eine Frau und einen etwa zweijährigen Sohn. Wenn man den Hund mit den üblichen Mitteln nicht weich kriegte, dann eben anders. Krause trank das Glas in einem Zug aus, warf eine Münze auf den Tisch und eilte zurück in die Prinz-Albrecht-Straße. In seinem Dienstzimmer griff er zum Telefon, befahl zwei Gestapo-Beamte zu sich und gab ihnen Order. Dann ging er in seinem Zimmer auf und ab und grinste. Es würde klappen, keine Frage.

Es verging keine Stunde, bis die beiden Gestapo-Männer eine Frau in Krauses Dienstzimmer führten, ein Kind auf dem Arm. Die Frau trug ein Kopftuch, das ihre lockigen roten Haare nur schlecht zusammenhielt. Sie hatte ein knochiges Gesicht, Wut stand in ihren blassbraunen Augen. Die beiden Gestapo-Männer mit ihren Ledermänteln sahen aus wie Riesen neben der zierlichen Person. Das Kind auf dem Arm schlief.

»Was wollen Sie von mir? Sie haben schon meinen Mann abgeholt. Verhaften Sie inzwischen auch Kinder?«

Statt einer Antwort stand Krause auf und schlug ihr ins Gesicht. Das Kind öffnete die Augen und begann zu schreien. »Bringt sie in den Verhörraum, bewacht sie gut. Sie darf mit ihrem Mann sprechen, aber nicht über die Haft. Wenn die beiden Zeichen austauschen, nehmt ihr das Kind weg.«

Die Augen der Frau weiteten sich. Sie schluckte.

Hedwig warf erschrocken den Kopf herum, als Krause polternd eintrat. Die Weißgerbers saßen sich in etwa zwei Meter Abstand auf Stühlen gegenüber. Hedwig Weißgerber weinte, das Kind war verstummt. Hermann Weißgerber blickte auf Frau und Kind, er blutete, doch glaubte Krause, einen Glanz in seinen Augen zu erkennen. Krause befahl den beiden Gestapo-Männern, die Frau und das Kind hinauszuführen. »Passt gut auf sie auf, wir brauchen sie vielleicht noch«, sagte Krause und lachte kurz auf. Er schickte auch die beiden behelmten Wachtposten aus dem Raum. Er setzte sich auf den Stuhl, auf dem Hedwig gesessen hatte, und blickte Weißgerber lange in die wieder stumpf gewordenen Augen.

»Weißt du, Weißgerber, wir von der Gestapo sind ja nicht blöd. Du kannst dir gar nicht vorstellen, wie viele deiner Genossen wir schon zum Singen gebracht haben. Manche entpuppten sich als wahre Gesangskünstler. In vielen Menschen schlummern verborgene Talente. In dir bestimmt auch.«

Weißgerber starrte stumm auf den Boden.

»Du hast ein nettes Kind und eine hübsche Frau. Manche meiner Jungs haben schon lange keine Frau mehr gehabt. Haben einfach keine Zeit, und daran seid ihr von der Kommune schuld.«

Krause ließ seine Worte wirken. Er stand auf und begann Weißgerber zu umkreisen. »Und dein Sohn, was, glaubst du, wird aus deinem Sohn?«

Weißgerber blickte weiter auf den Boden.

»Was hältst du davon: Wir verfrachten deine Frau in ein Konzentrationslager und lassen sie fleißig für das Großdeutsche Reich arbeiten. Sagen wir mal, im Steinbruch. Das steht sie vielleicht ein Vierteljahr durch, dann ab ins Krematorium. Deinen Sohn geben wir zur Adoption frei an eine gute nationalsozialistische Familie. Blonde Haare hat er ja.« Krause lachte trocken. »Es kann natürlich passieren, dass wir deine Frau sofort erschießen müssen, auf der Flucht. Und was mit deinem Kind geschieht, bei deiner

Frau auf dem Arm, man weiß es nicht. Um ihr einen Fluchtgrund zu schaffen, könnten wir sie der gleichen angenehmen Behandlung unterziehen, die wir dir verpasst haben. Du siehst, wir haben eine Menge Phantasie.«

Krause stellte sich vor Weißgerber, zog dessen Kopf an den Haaren nach oben und schaute ihm kalt in die Augen. »Ich will's dir leichter machen. Ich brauche nur einen guten Tipp, einen sehr guten. Ihr habt doch in der Kommune auch ein paar Typen, die ihr nicht mögt. Ihr seid doch die Experten des Fraktionskampfes. Nenn mir einen aus deiner Gruppe, und deiner Familie geschieht nichts.«

Krause ließ die Haare los. »Ich gehe jetzt einen Kaffee trinken, und du denkst ein bisschen nach. In einer halben Stunde erzählst du mir was, und wir lassen deine Frau und deinen Sohn nach Hause gehen.« Krause schlug Weißgerber aufmunternd auf die Schulter und verließ die Verhörzelle.

Sein Weg führte ihn nicht ins Kasino, sondern zu Gestapo-Chef Heinrich Müller. »Wir haben ihn gleich so weit, Gruppenführer«, meldete Krause. Müller schaute ihn skeptisch an und deutete mit dem Zeigefinger auf den Stuhl vor seinem Schreibtisch.

Müller war für Krause ein Rätsel. Der kleine, untersetzte Mann, eng zusammenstehende braune Augen unter zuckenden Lidern, schiefe Nase, schmale Lippen, rundes Kinn in einem kantigen Bauernschädel, pomadige Haare, massige Hände, sprach einen deftigen bayerischen Dialekt. Wenn er sprach. Müller sagte wenig, wenn er es tat, zeigte er kein Temperament. Er sah nicht aus wie einer, der Europa von den Juden befreite und mit allem sonstigen Gesocks kurzen Prozess machte. Ein paar Millionen Tote gehen mit auf das Konto dieses biederen Polizisten, der kaum das Maul aufkriegt, dachte Krause.

»Na, dann sagen Sie mir, wenn er singt, der Weißgerber«, sagte Müller trocken.

»Ich habe ihm versprochen, dass seine Frau und sein Sohn dann gehen dürfen.«

»Er hat eine Tochter, Sie haben die Akte nicht gründlich studiert, mal wieder.« Müller machte eine Pause. »Na ja, dafür haben Sie andere Qualitäten.« Müller deutete ein Lächeln an, jedenfalls bildete Krause es sich ein. »Und versprechen dürfen Sie, was Sie wollen«, sagte Müller.

Krause ging zurück zum Verhörraum. Er schickte Weißgerbers Bewacher hinaus und fragte seinen Gefangenen: »Wie hast du dich entschieden, Genosse?«

Weißgerber hob seinen Kopf, schaute Krause stumpf an und fragte: »Und ihr lasst meine Frau und meine Tochter in Ruhe?«

»Ja, darauf ein deutsches Ehrenwort.«

Weißgerbers Blick drückte Verachtung aus. »Mir bleibt ja keine Wahl, als Ihnen zu glauben. Ich habe einen guten Tipp, vielleicht den besten, den euch einer geben kann.« Weißgerber sprach stockend und verzerrte sein zerschlagenes Gesicht vor Schmerz. Krause setzte sich auf einen Stuhl, nahm sich vom Tisch einen Block und einen Bleistift und wartete. »Ihr habt einen Verräter«, sagte Weißgerber.

Krause stutzte. »Du meinst einen kommunistischen Agenten in der SS?

»Ja, im SD«, sagte Weißgerber.

»Das glaube ich nicht«, sagte Krause. »Du willst nur erreichen, dass wir uns selbst zerfleischen und jeden Kameraden verdächtigen.«

»Sie brauchen es ja nicht zu glauben. Sie wollten einen richtig guten Tipp, und den gebe ich Ihnen.«

»Und wer soll das sein, dieser Verräter?«, fragte Krause.

»Das weiß ich nicht«, sagte Weißgerber.

Krause stand auf und hob mit wutverzerrtem Gesicht die Hand zum Schlag.

»Aber ich weiß, wer es weiß«, sagte Weißgerber.

Krause setzte sich wieder hin.

»Der Genosse ist allerdings abgetaucht. Er funkt die Berichte nach Moskau.«

Krause war zu lang im Geschäft. Er erkannte sofort, Weißgerber wollte vor allem seine Familie retten und seine Genossen nicht verraten. Wenn aber die Geschichte mit dem Verräter stimmte, dann würden Gestapo und SD alles tun, um ihn mitsamt seinem Funker auszugraben. Allein der Hinweis, es gebe einen Doppelagenten im Sicherheitsdienst, war wertvoll und Grund genug, die Lebensläufe der SD-Leute auf Auffälligkeiten zu prüfen. Krause glaubte nicht, dass Weißgerber den Verräter erfunden hatte. Weißgerber wusste, wenn er log, würde seine Frau sterben.

»Ich kenne nur den Decknamen, den der Kontaktmann des Verräters mir genannt hat. Er nennt sich Fritz.« Weißgerber sprach mit fast geschlossenem Mund, Krause mühte sich, alles zu verstehen. Wenn man Gefangenen den Kiefer zerschlägt, können sie nicht mehr richtig sprechen, dachte Krause. Er würde die Prügelknaben darauf hinweisen, es gab genug andere Möglichkeiten, Leuten wehzutun.

»Und wo ist Fritz abgetaucht?«

»Irgendwo in Berlin, ich glaube in Zehlendorf oder in Lichterfelde.«

»Woher weißt du das?«

Weißgerber setzte zum Sprechen an, schwieg dann aber doch. Er dachte nach. Dann sagte er leise: »Ich habe einmal gehört, wie sich der Verräter und Fritz unterhielten ...«

»Dann hast du den Verräter doch gesehen? Warum sagst du erst, du kennst ihn nicht, und dann willst du das Schwein gesehen haben?«

»Ja, wenige Sekunden, von hinten. Er hat noch ein paar Worte mit Fritz gesprochen, etwas über einen Umzug nach Lichterfelde oder Zehlendorf.«

»Wie sah der Mann aus?«

»Wer, Fritz oder der SS-Mann?«

»Der Verräter.«

»Er hatte blonde Haare, schlank, groß gewachsen – mehr weiß ich nicht.«

»Dienstrang?«

»Ich kenne die SS-Dienstränge nicht. Und von hinten kann man das nicht erkennen.«

Krause ging die Zerrerei auf die Nerven. Weißgerber nuschelte langsam, Wort für Wort quälte sich aus seinem zerstörten Mund. Krause zündete sich eine Zigarette an, das Streichholz warf er auf den Boden. Er nahm einen tiefen Zug, die Zigarette zwischen Daumen und Zeigefinger der rechten Hand eingeklemmt.

»Und Fritz, wie sieht der aus?«

»Klein, dick, Knollennase, vorstehender Unterkiefer, Mitte fünfzig.«

»Du magst Fritz nicht?«

»Nein.«

»Warum nicht?«

»Wegen des Hitler-Stalin-Vertrags.«

»Du warst dagegen, er dafür?«

»Nein, ich war dafür.«

»Und seitdem ist Fritz für dich ein Renegat, wie das bei euch von der Kommune so schön heißt.«

»Ja. Aber er hat Selbstkritik geübt.«

»Einmal Renegat, immer Renegat. Aber er funkt nach Moskau?«

»Ja.«

»Und weil er funkt, muss er oft umziehen, wegen der Peilwagen?«

»Ja.«

»Und seine letzte Station war Zehlendorf oder Lichterfelde.«

»Wahrscheinlich.«

»Das ist nicht viel, aber mehr als nichts. Damit du siehst, dass wir unsere Versprechen halten, lassen wir deine Frau und deine Tochter jetzt nach Hause. Dich behalten wir noch ein bisschen hier.«

In sein Dienstzimmer zurückgekehrt, befahl Krause Wolfgang Struck zu sich, den Leiter der Funküberwachung. Krause schätzte Struck, er war geradezu verheiratet mit dem Äther, den Funkwellen und der Chiffrierkunst. Struck war früher ein Funktüftler gewesen, bis er erkannt hatte, die SS würde ihm unendlich viel mehr Möglichkeiten bieten, seiner Leidenschaft zu frönen, und das gegen einen ordentlichen Sold. Heydrich war kurz nach der Machtergreifung auf Struck gestoßen und hatte ihn für die SS gewonnen. Seine Vorgesetzten sahen es Struck nach, dass ihm die nationalsozialistische Weltanschauung ewig ein Geheimnis bleiben würde. Dafür war er ein Meister des Skatspiels, Krause hatte es am eigenen Geldbeutel gespürt. Struck vergaß keine Karte und kannte alle Tricks, verstand es sogar, die Eigenheiten seiner Kontrahenten auszunutzen.

Die schwarzen Haare lagen wirr auf Strucks Kopf, als dieser, ohne anzuklopfen, die Tür zu Krauses Dienstzimmer leise öffnete. Struck mühte sich, vorschriftsgemäß zu grüßen, er gab mit seinen kurzen krummen Beinen unter einem langen Oberkörper eine ziemlich lächerliche Figur ab. Ohne dass Krause ihn aufgefordert hätte, setzte Struck sich auf den Besucherstuhl.

»Struck«, sagte Krause, »arbeitet die Funkaufklärung hier in der Reichshauptstadt eigentlich noch, oder habt ihr seit dem großen Coup gegen die Rote Kapelle keine Lust mehr?«

»Es ist weniger eine Frage der Lust als des Vermögens.« Gestelztheit war Strucks Ironie.

»Was heißt das, des Vermögens?«

»Das heißt, dass die Herren Engländer und Amerikaner unsere Peilwagen in Klump gehauen haben. Wir haben noch ein paar stationäre Abhörgeräte, aber die bringen uns nicht weiter.«

»Gibt es denn Funkquellen, die wir aufklären sollten?«, fragte Krause.

»Ich habe vor zwei Monaten einen Bericht an verschiedene Abteilungen der Gestapo geschickt, in dem ich darauf hinweise, dass es erstens regen ungeklärten Funkverkehr gibt und dass wir zweitens keine Möglichkeit mehr haben, die Quellen sauber anzupeilen.«

Scheiße, dachte Krause, da war ich auf Inspektionsreise

in Polen. Er hatte den hohen Stapel in der Eingangspost nur oberflächlich durchgeblättert. Man erstickte in Berichten, mit denen untergeordnete Stellen beweisen wollten, wie fleißig sie für den Endsieg kämpften. Krause hasste die Bürokraten, noch mehr hasste er ihr Papier. Wenn das Dritte Reich unterging, dann nicht wegen der Russen oder der feindlichen Bomber, schon gar nicht wegen der paar verrückten Kommunisten, die es unters Fallbeil zog, sondern es würde langsam in der selbst erzeugten Papierflut ersticken, Selbstmord auf Raten. Je besser die Überwachung der Feinde funktionierte, desto mehr Papier wurde beschrieben. Je mehr Papier beschrieben wurde, umso schlechter arbeiteten die Schutzorgane des Staats. Wir werden die Judenfrage lösen, alle inneren Feinde vernichten, die Russen schlagen und die Westalliierten an Frankreichs Küste verbluten lassen. Man musste nur an den Führer glauben. Aber gegen die Gefahr aus Papier schien auch dem Führer nichts einzufallen.

»Na, Ihren Bericht hat sich offenbar ein Kamerad als Bettlektüre mit nach Hause genommen. Dabei gibt es in Berlin so viele einsame junge Frauen«, sagte Krause. Er zündete sich eine Zigarette an. »Um versteckte Funker zu finden, brauchen Sie Peilwagen. Wo gibt es welche?«

»Ich vermute, das Reichsluftfahrtministerium hat noch welche. Aber ob die die Kisten rausrücken?«

»Stimmt«, sagte Krause, »der Herr Reichsmarschall hat sich ja auch die Funküberwachung untertan gemacht. Und was der Reichsforst- und Reichsjägermeister Göring erlegt hat, rückt er nicht mehr heraus. Aber ich glaube, ich weiß, wie wir ihn weich kriegen. Ich sage Ihnen dann Bescheid.«

Nachdem Struck gegangen war, rief Krause seine Sekretärin, eine knochige junge Frau, deren Gesicht vorzeitig gealtert war. Krause verfolgte fasziniert, wie die Frau verfiel, seit sie erfahren hatte, dass ihr Verlobter im Kaukasus gefallen war. Er diktierte eine lange Aktennotiz an den Reichsführer-SS. Er schilderte die unglaubliche Lage, dass sich kommunistische Spione in Berlin tummelten, »ohne dass wir auch nur die grundlegendsten Mittel hätten, dies zu unterbinden. So wird nachträglich der große Erfolg gegen die Rote Kapelle überflüssig gemacht. Es würde uns helfen, wenn wir die Funkpeilwagen des Reichsluftfahrtministeriums ausleihen könnten. Ich schlage daher vor, die Funkpeilwagen zeitlich befristet dem Reichssicherheitshauptamt zu unterstellen. Wenn Sie, Reichsführer, den Reichsmarschall darum bitten, bin ich sicher, dass wir bald Erfolg haben werden.«

Er kippelte auf seinem Stuhl und diktierte noch einen Satz: »Im schlimmsten Fall sollte ein Vortrag beim Führer helfen.« Er zögerte, dann wies er seine Sekretärin an, den Satz wieder zu streichen. Er hatte erst vor ein paar Wochen einen Rüffel von Müller gekriegt, weil er zu vorwitzig sei. Wenn nun ein Anschiss vom Reichsführer dazukam, nein, das musste nicht sein. Krause war ungeduldig. Es konnte Monate dauern, bis sie die Funkpeilwagen erhielten. Und in diesen Monaten mussten sie nach einem Knollennäsigen mit dem originellen Decknamen Fritz fahnden, der munter seine Funksprüche nach Moskau absetzte. Die womöglich von einem Verräter im Sicherheitsdienst stammten.

Als seine Sekretärin gegangen war, griff Krause zum Telefon und wählte eine interne Verbindung: »Die Weißgerber und ihr Kind werden nach Ravensbrück eingewiesen.

Sie sind mir dafür verantwortlich, dass beiden nichts passiert. Sie erhält Schreibverbot. Der Mann bleibt in der Prinz-Albrecht-Straße. Die Nachbarzellen werden geräumt. Sie müssen um jeden Preis verhindern, dass Weißgerber Kassiber verschicken kann. Gebt ihm was Vernünftiges zu essen und lasst ihn in Ruhe. Plötzensee hat Geduld.«

Krause beschloss, den Abend im Puff zu verbringen. Er fühlte sich gut. Wenn es einen Verräter gab, sie würden ihn kriegen. Es war nur eine Frage der Zeit, bis es Himmler gelang, Göring die Funkpeilwagen unter dem fetten Arsch wegzuziehen. Dem Reichsführer würde schon ein Köder einfallen.

* * *

Rettheims Atem wurde gleichmäßig. Die Schlinge hatte seinen Kehlkopf gequetscht, er flüsterte stockend. Sein Blick war klar. »Sie hätten mich hängen lassen sollen. Sich aufzuhängen kostet mehr Mut, als in die Schlacht zu ziehen.«

»Warum?«, fragte Werdin.

»Weil es zu Ende ist.«

»Was ist zu Ende?«

»Alles, Sie Idiot, alles.«

Werdin schüttelte hilflos den Kopf.

Rettheim schaute ihn mitleidig an, als wäre er ein dummer Junge. Aus dem linken Mundwinkel hing ein dünner Speichelfaden. »Der Krieg ist verloren, schon seit der Schlacht vor Moskau. Alles, was danach kam, war unnötig. Millionen überflüssige Opfer. Schauen Sie auf die Karte. Haben Sie gesehen, wie groß Russland ist? Ahnen Sie, wie viele Soldaten Stalin hat? Er kann verheizen, so viele er will, es sind immer noch genug. Sie haben mehr Panzer, viel mehr Panzer, mehr Flugzeuge und mehr Kanonen, und sie haben gelernt zu kämpfen.« Rettheim richtete sich auf den Ellbogen auf, mit der Hand wischte er sich den Speichel aus dem Gesicht. »Es ist die Hölle da draußen«, sagte er so eindringlich, dass Werdin zurückzuckte. »Das kann sich so einer wie Sie, der den ganzen Tag nur hinterm Schreibtisch hockt, gar nicht vorstellen. Es ist Dreck und Blut und Blut und Dreck. Es ist kalt, nass, matschig, heiß und staubig, und überall wartet der Tod. Unsere sterben wie die Fliegen. Russen, überall Russen, wenn nicht Soldaten, dann Partisanen. Urräh, urräh, urräh! Sie laufen mit aufgepflanzten Bajonetten auf unsere Stellungen zu, wir mähen die erste Welle um, die zweite, die dritte, aber irgendwann kommen sie über einen.«

Rettheim ließ sich erschöpft aufs Kissen zurücksinken. Seine Augen waren nass, er weinte nicht, es waren die Anstrengung und der Zorn. »Wir sind die größten Mörder aller Zeiten. Wir ermorden die Juden, die Polen, die Russen, die Zigeuner. Haben Sie schon mal an einer Judenerschießung teilgenommen?« Rettheim schaute Werdin verächtlich ins Gesicht. »Die dürfen ein riesiges Massengrab ausheben, dann wird die erste Reihe an den Rand gestellt, dahinter die Helden der SS, die schießen die Juden ins Genick, dann kommt die nächste Reihe dran und so weiter und so weiter. Im Osten hausen wir wie die Hunnen. Hitler ist der Mörder seiner Soldaten. Jeder, der fällt, fällt umsonst oder nur dafür, dass der Irre ein bisschen länger lebt. Es gibt nur zwei Dinge, die sicher sind. Erstens, Hitler wird den Krieg nicht überleben, also muss er ihn verlängern, weil der elende Feigling an seinem elenden Leben stärker hängt als an dem seiner Soldaten. Und wenn der Krieg vorbei ist, ist Stalin der Herr über Europa. Dafür kann er sich dann beim toten Führer bedanken.«

»Also Frieden sofort«, sagte Werdin, »Frieden mit Stalin, auch wenn es teuer wird?«

»Stalin hat gesagt, dass die Hitlers kommen und gehen, das deutsche Volk aber bleibt. Die Russen haben trotz allem, was wir ihnen angetan haben, einen Heidenrespekt vor uns. Die Deutschen haben den Affen erfunden, sagen sie. Wenn wir jetzt Frieden machen, dann bleibt was von Deutschland übrig. Wenn nicht, fallen die Russen über uns her wie die Vandalen.«

»Wie soll man Frieden mit den Russen machen ohne bedingungslose Kapitulation?«

»Einen Frieden ohne Risiko gibt's nicht mehr. Aber glauben Sie, Stalin verzichtet auf einen Separatfrieden, der sich lohnt? Für den sind Amis und Tommys doch nur nützliche Idioten.«

»Das sagt Goebbels auch immer«, sagte Werdin.

»Sie brauchen nicht sarkastisch zu werden«, flüsterte Rettheim, »wo der Klumpfuß Recht hat, hat er Recht. Der ist ja ein Seelenverwandter Stalins. Bringen Sie mich zum Klo, ich muss pissen.« Er hob den Oberkörper an, Werdin packte ihn an der linken Schulter und zog ihn aus dem Bett. Er war überrascht von Rettheims Gewicht und ließ ihn fast auf den Boden fallen. Gemeinsam wankten sie zum Bad, auf dem Boden lag der abgeschnittene Bademantelgürtel. Werdin steuerte Rettheim vor die Kloschüssel, öffnete seine Hose, zog das Glied hervor und sagte: »Pinkeln können Sie hoffentlich allein.« Er konnte es, wenn er sich auch die Hose bekleckerte.

Zurück auf dem Bett, wurde Rettheim allmählich lebhaft. »Sie müssen mich doch jetzt gleich vors Erschießungskommando schleppen«, sagte er. »Wär auch gar nicht schlecht, für eine neue Operation Strick fehlt mir zurzeit der Mut.«

»Haben Sie keine Familie, niemanden, der sich um Sie kümmert?«, fragte Werdin.

»Die habe ich meinem Führer geopfert.« Rettheim lachte trocken. »Erinnern Sie sich noch an die ersten Bombenangriffe auf Berlin, 1940, als wir noch so toll siegten? Da haben die Engländer ein paar alte Wellingtons geschickt, um zu zeigen, dass es sie noch gibt. Sie haben die Eckertstraße in Friedrichshain zerstört, und eine Bombe hat meine Familie vor dem ganzen weiteren Elend bewahrt, meine Frau, meine Tochter, meine Mutter. Goebbels hat getönt, die Straße würde wieder aufgebaut, und er hat nicht einmal gelogen. Die Häuser stehen wieder, aber meine Leute konnte nicht einmal der Führer zum Leben erwecken. Mein Vater ist lange tot. Irgendwo gibt's noch einen Onkel, den Bruder meines Vaters, aber der ist dumm und Vollnazi oder Vollnazi, weil er dumm ist.«

Werdin hatte seinen Ekel längst überwunden, der Major faszinierte ihn. Er entschloss sich, Rettheim einen Teil der Wahrheit zu sagen. Er war sich sicher, der Major würde ihn nicht verraten. Mit Erpressung erreichte er nichts, das wusste er nun. Erpressung wäre ihm auch zuwider gewesen. Werdin zweifelte, ob er überhaupt noch in der Lage war, Rettheim glaubwürdig unter Druck zu setzen. Da schneidest du einen vom Lampenhaken ab, und schon fühlst du dich wie sein Schutzengel, dachte er. Es war idiotisch, aber wahr. Wenn überhaupt etwas ging, dann mit

Vertrauen. Er konnte dem Leben dieses Offiziers eine neue Richtung geben, einen Sinn, und Werdin hoffte, Rettheim würde die Gelegenheit ergreifen. Es war besser, als sich jeden Abend zu besaufen. Es war eine Aufgabe, die schwieriger war und mehr Verantwortung verlangte, als ein Panzerbataillon in die Schlacht zu führen.

»Ich bin hergekommen, um dich zu erpressen«, sagte Werdin nach einigem Zögern, ihm wollte eine vernünftige Einleitung nicht einfallen. Er fand es normal, dass er Rettheim duzte.

»Arschloch«, sagte Rettheim.

»Die Sache ist ein bisschen komplizierter. Ich arbeite beim SD. Das ist wahr. Genauso wahr ist, dass ich das Gleiche will wie du. In der SS gibt es nicht nur Massenmörder. Viele Kameraden im SD wollen so schnell Schluss machen wie möglich. Man hat sogar gehört, dass Himmler selbst Kontakt zu Widerstandskreisen sucht. Wenn es zum Staatsstreich kommt, ist die SS mit dabei. Es gibt nur einen, der diesen Krieg bis zur Selbstvernichtung Deutschlands führen will, und das ist der Führer.«

»Unsere Ehre heißt Treue«, deklamierte Rettheim mit Hohn.

»Unsere Treue gilt der Heimat«, sagte Werdin und ärgerte sich über das Pathos. »Es gibt da Leute, die meisten sind Offiziere der Wehrmacht, die wollen Hitler stürzen. Einige wollen den Krieg gegen Russland weiterführen, möglichst an der Seite der Engländer und Amerikaner. Andere spinnen etwas weniger und haben kapiert, dass wir an allen Fronten Frieden brauchen, zuerst an der Ostfront.«

»Und die Gestapo nimmt die Verschwörer nicht einfach fest und knallt sie ab?«, fragte Rettheim ungläubig.

»Nein, die SS lässt sie machen. Die meisten Verschwörer wollen nichts mit uns zu tun haben, andere dagegen informieren uns. Die Herren Offiziere kapieren nicht, dass sie in der Wehrmacht weniger Verbündete haben als in der SS. Wer gegen Hitler und die SS putschen will, muss verrückt sein. Wer mit der SS gegen Hitler putscht, kann gewinnen. Das Volk wird nicht auf die Straße gehen, das bewundert seinen Führer wie den lieben Gott. Die Machtfaktoren sind die Partei, die Wehrmacht, die SS. Den Rest kannst du vergessen. Die Wehrmacht ist Hitler-treu, abgesehen mal von einigen hellsichtigeren Feiglingen, die nichts zu Stande bringen. Die SS steht wie ein Mann hinter Himmler, das sind zusammen mit der Waffen-SS fast eine Million Mann, diszipliniert, gut ausgebildet und modern bewaffnet. Die SS ist der einzige geschlossene Machtblock im Dritten Reich.«

»Bei euch glaubt also keiner mehr an Hitler!« Rettheim lachte. »Dann ist es wirklich vorbei mit den herrlichen braunen Zeiten.« Seine Stimme klang höhnisch und amüsiert.

»So nicht«, sagte Werdin, »aber der Reichsführer findet einen Weg, wenn Hitler tot ist. Darauf kommt es an.«

»O Gott, der kleine SS-Mann, voller Glauben an seinen tollen Reichsführer, den Herrn der Massenmörder in Schulmeistergestalt!«

»Ohne SS kein Erfolg beim Putsch, ohne Putsch kein Frieden«, sagte Werdin. Das Gespräch strengte ihn an. Rettheim hatte Recht und Unrecht zugleich. Ja, die SS war eine Mörderbande, die Einsatzgruppen hatten hinter den Fronten ein Blutbad angerichtet. Und in den Konzentrationslagern standen die Krematorien nicht still. Im Osten sollte es richtig gehende Vernichtungslager geben, das hatte Werdin munkeln hören. Offen geredet wurde darüber nicht, es galt Himmlers Devise, jeder dürfe nur so viel wissen, wie es für seine Arbeit nötig war. Aber es ließ sich nicht alles verheimlichen. Manchem im Sicherheitsdienst war mulmig zu Mute, als er vernahm, dass die Mörderbanden im Osten das Abzeichen des SD am Arm trugen, wenn die Raute auch eingerahmt war.

Rettheim schaute Werdin lange an: »Ja, ja, ist schon wahr. Die Wehrmacht ist ein Hitler-gläubiger Sauhaufen. Pass auf, du germanischer Held. Ich werde dir mal glauben. Du hast mich vom Haken abgeschnitten, das gibt dir ein gewisses Recht, mein zweites Leben mitzubestimmen. Es ist ja sowieso egal. Du scheinst zu meinen, ich soll noch mal ein Abenteuer erleben, bitte, tu ich's also.« Er fuhr sich mit der rechten Hand über das Würgemal am Hals, das an einigen Stellen leicht geblutet hatte und nun Schorf bildete. Aber die Stimme wurde kräftiger, und seine Enttäuschung über die Rettung wich einer verblüffenden Unternehmungslust. Es ist wie die Wiedererweckung eines Toten, dachte Werdin.

Er setzte sich auf die Bettkante und beugte sich zu Rettheim vor: »Du musst mir glauben, Rettheim. Du musst bei den Verschwörern mitmachen und uns über alles informieren, was dort gesprochen wird. Damit wir wissen, wann wir uns einschalten können in den Staatsstreich. Mit uns reden nur einige der Herren des Umsturzes, und dafür haben diese Herren von den anderen Herren Verschwörern ordentlich Dresche gekriegt. Die feinen Pinkel werden sich wundern, wie heftig ihnen eines Tages die SS ans Herz wachsen wird.«

Werdin besuchte seinen neuen V-Mann fast jeden Tag. Rettheim erholte sich, schon ein paar Tage nach Beginn seines zweiten Lebens bemühte er sich mit erstaunlicher Hartnäckigkeit, zum Kreis der Verschwörer zu stoßen. Werdin hatte immer wieder gestaunt, wie leichtsinnig die Umstürzler waren, die Namen Beck, Popitz, Goerdeler hatte Schellenberg zuletzt bei einer dienstlichen Besprechung so nebenbei genannt. »Der Reichsführer weiß mehr als wir, der Nachrichtendienst«, hatte Schellenberg gesagt. »Er kennt sogar die Herren, die dem Führer ans Leder wollen, die meisten sind Offiziere. Im Bendlerblock ist die Zentrale.« So war es kein Wunder, dass Rettheim mit Hilfe von Werdins Informationen gegenüber den richtigen Offizieren oppositionellen Geist in vorsichtiger Dosierung offenbarte. Ein verkrüppelter Panzermajor, der ziemlich offen am Endsieg zweifelte, erregte bei Hitler-Gegnern keinen Verdacht. Bald war Rettheim eingeführt in den Kreis der Verschwörer um den ehemaligen Generalstabschef des Heeres, Ludwig Beck.

Rettheims Berichte waren genau und nüchtern. Der Major hatte einen klaren und schnellen Verstand. Bald zeigte sich Werdin das Bild der Strömungen im Widerstand. Da waren auf der einen Seite jene um Beck und den aktivistischen Oberst Graf von Stauffenberg, die ein Attentat auf Hitler planten. Andere wie der ehemalige Leipziger Bürgermeister Carl Friedrich Goerdeler, die dem deutschnationalen Lager angehörten, wollten Hitler überzeugen abzutreten. Dritte wiederum, wie der so genannte Kreisauer Kreis, lehnten aus ethischen und religiösen Gründen den Tyrannenmord ab.

Werdin notierte mit, während Rettheim berichtete. Er

begriff, dass es keine klar gegliederte Oppositionsgruppe gab, sondern die Zusammenarbeit von Leuten, die häufig gegensätzlicher Meinung waren. Goerdeler verlegte sich darauf, im Ausland Kontakte zu knüpfen, sprach sich gegen ein Attentat auf Hitler aus, war aber bereit, sich zum Reichskanzler ernennen zu lassen, sobald Hitler getötet war. Beck hatte sich zu der Einsicht durchgerungen, es gebe ohne Hitlers Tod keinen Erfolg des Staatsstreichs und keinen Frieden. Goerdeler und andere wie der ehemalige preußische Finanzminister Johannes Popitz wollten nach Hitlers Ende im Westen Frieden machen und im Osten weiterkämpfen. Sie fürchteten die Russen nicht weniger als Hitler.

Goerdeler schrieb Denkschrift um Denkschrift und verschickte sie an Persönlichkeiten in England und Amerika. Er wollte nicht begreifen, dass Amerikaner wie Engländer nicht daran dachten, den sowjetischen Bündnispartner auszutricksen. Die Alliierten forderten unbeirrt die bedingungslose Kapitulation Deutschlands. Es hatte zu viel Tote und zu viel Leid gegeben für einen Verständigungsfrieden, vor allem im Osten. Werdin wollte erst nicht glauben, was Rettheim über die Führer des Widerstands berichtete. Es erschütterte ihn, feststellen zu müssen, dass über Deutschlands Schicksal entweder Hitler entschied oder eine Gruppe von Naivlingen, die nicht sehen wollte, was jedermann unverhüllt vor Augen lag. Die Blutorgie der Deutschen in Polen und in der Sowjetunion hatte das Dritte Reich aus der Reihe der zivilisierten Völker ausgestoßen.

Rettheim war trotz allem guter Dinge. Er berichtete von Stauffenberg, der dem Kreis der Verschwörer wieder Mut gegeben habe. Das sei ein faszinierender, mitreißender, durchsetzungsfähiger Mann, dem die Debattiererei zum Hals heraushänge. »Wenn einer das Unmögliche schafft, dann Stauffenberg.«

An einem warmen Frühsommernachmittag machte sich Werdin wieder einmal auf den Weg nach Lichtenberg. Rettheim empfing ihn aufgeregt, als hätte er lange auf ihn warten müssen. »Es geht los«, sagte er, bevor Werdin sich im Wohnzimmer gesetzt hatte.« In drei oder vier Wochen startet das Unternehmen. Stauffenberg und Freunde haben die *Operation Walküre* ein wenig umgedichtet ...«

»Was ist das, die *Operation Walküre*?«

»Das ist ein Plan, um Aufstände von Fremdarbeitern niederzuschlagen. Wenn Stauffenberg Hitler umgebracht hat, setzen die Verschwörer die *Operation Walküre* in Kraft. Das heißt, sie benutzen ahnungslose Wehrmachtstellen zur Machtergreifung. Sie tun so, als wollten sie einen Aufstand gegen die Regierung nach dem Attentat auf Hitler niederschlagen. So wollen sie auch deine Gestapofreunde ausschalten.« Rettheim grinste. »Ob das mit der SS so klappt, wie du dir das vorstellst ...«

Werdin dachte, wenn du eine Ahnung davon hättest, was ich mir vorstelle, und sagte ruhig lächelnd: »Lass die tapferen Soldaten ein paar Gestapoleute festsetzen, das schadet denen nicht. Wir sind stark genug.«

An diesem Abend hatte Werdin es eilig. Er fuhr nicht direkt nach Hause, als er Rettheim verließ. Er nahm die S-Bahn Richtung Ostkreuz, stieg um in die U-Bahn Richtung Papestraße, dort erwischte er ohne Wartezeit den Anschluss nach Lichterfelde Ost. Der Zug war voll, es war die Pause zwischen dem Tag- und dem Nachtangriff. Viele Frauen, die von der Tagesschicht kamen, ein paar Soldaten, alte Männer mit Aktentaschen, die vor allem dazu dienten, mit Kriegsmargarine bestrichene Stullen zu befördern. Teilweise wurde die Strecke nur eingleisig geführt, weil Bomben das andere Gleis zerstört hatten. Werdin war es recht, als er deshalb zweimal umsteigen musste, so konnte er unauffällig prüfen, ob ihm jemand folgte. Er sorgte dafür, dass er immer als Letzter in den auf dem Nachbargleis wartenden Zug einstieg und nie in den Wagen direkt gegenüber. Ein Mann mit beigem Mantel und dunkelbraunem Hut kam ihm verdächtig vor, bis dieser im Bahnhof Papestraße nicht mit umstieg.

Als Werdin in Lichterfelde Ost die S-Bahn verließ, war er überzeugt, dass ihm niemand auf den Fersen war. Er folgte der Wilhelmstraße, bog ein in die Finckensteinallee und passierte die links gelegene Kaserne der Leibstandarte-SS Adolf Hitler, der Elitedivision der Waffen-SS. Das Tor ging auf, ein schwerer Lastkraftwagen fuhr hinaus. Er war hinten offen, Werdin erkannte schemenhaft Soldatengesichter, die unter der Plane nach draußen schauten. Frischfleisch für die Front, wohl auf dem Weg zu einer Nachtübung irgendwo außerhalb Berlins. Werdin hörte die eigenen Schritte auf dem nassen Asphalt. Er würde bald da sein, es ging noch in die Carstennstraße hinein, dann hinüber zur Mürwiker Straße, bis er schließlich nahe der Kleingartenkolonie Abendruh vor einem rot geklinkerten zweistöckigen Vierparteienmietshaus in der Elmshorner Straße 23 stand. Die Fenster waren verdunkelt. Nur links von der Haustür, im Erdgeschoss, drang ein feiner Lichtstrahl nach draußen. Beide Nachbarhäuser hatten Bombentreffer erhalten, die Vorderwand des rechten Hauses war zerstört, so dass man in die Wohnungen hineinschauen konnte wie in ein Puppenhaus. Das linke Nachbarhaus hatte gebrannt, und Ruß hatte die Mauern geschwärzt. Aber es war nicht völlig zerstört. Vor dem Haus stand ein Achtzylinder-Sportkabriolett von Horch, das in seiner luxuriösen Maßlosigkeit an bessere Zeiten erinnerte.

Die Haustür von Nummer 23 war abgeschlossen. Werdin drückte die Klingel mit dem Namen Schmitt. Bald hörte er Schritte auf der Treppe und dann, wie der Schlüssel herumgedreht wurde. Werdin konnte im dunklen Hausflur kaum etwas erkennen. »Komm rein«, sagte der Mann in der Tür. Schwer atmend stieg er die ächzende Holztreppe hoch, Werdin folgte ihm. Die Wohnungstür im ersten Stock stand einen Spalt offen, so dass gedämpftes Licht ins Treppenhaus fiel. Der Mann führte Werdin in die Wohnung und schloss hinter ihm die Tür. Er drehte den Schlüssel zweimal herum. Werdin kannte die Wohnung und setzte sich in die Küche: billige Möbel, ein angelaufener Kohleherd, im Becken warteten schmutziges Geschirr und Besteck auf den Abwasch.

»Gut, dass du kommst«, sagte der Mann. »Unser Herr Direktor ist schon ungeduldig.«

Werdin lächelte über die flapsige Wortwahl des Manns mit der Knollennase. Er hatte wulstige Lippen und das spärliche Haar mit Pomade an die Kopfhaut geklebt. Die Hemdsärmel waren aufgekrempelt, das Hemd hing über dem gewaltigen Gesäß aus der Hose heraus. Die Fingernägel trugen schwarze Ränder, die Kleidung war fleckig. Ein Außenstehender hätte diese Erscheinung als Zeichen von Verwahrlosung verstanden. Aber nichts war falscher als das. Werdin hatte sich längst an den trostlosen Anblick gewöhnt. Fritz war einer der gerissensten Funker, die jemals für den Staatssicherheitsdienst der Sowjetunion gearbeitet hatten. Er machte nicht viel Aufhebens daraus, aber im Gegensatz zu den Genossen der Roten Kapelle war er den Häschern immer entkommen.

»Wir haben offenbar einen neuen Leiter in Moskau, wahnsinnig ehrgeizig. Der will den Krieg allein gewinnen«, sagte Fritz.

»Vielleicht einer von denen, die beleidigt sind, dass sie nicht zum Deutschen-Totschießen an die Front dürfen. Das ist ja inzwischen ein bisschen leichter geworden«, erwiderte Werdin.

Fritz schniefte. Er tat dies fortlaufend, aber daran hatte sich Werdin genauso gewöhnt wie an alles andere.

»Ich glaube, der Genosse in Moskau kann erst schlafen, wenn ich ihm ein paar Sensationen rüberfunken kann. Goebbels als Homo enttarnt, Hitler erklärt den Fidschiinseln den Krieg, die Amis haben Berchtesgaden erobert oder so was. Hast du so was?« Fritz zog grinsend die Knollennase hoch.

»Was hältst du davon: In zwei Wochen ist der Krieg zu Ende?«

»So ein Quatsch«, sagte Fritz.

»Gar kein Quatsch«, sagte Werdin. »Da gibt es ein paar, die wollen den größten Führer aller Zeiten umbringen, Offiziere und ein paar Zivilisten.«

»Na, und dann?«, fragte Fritz. »Dann kommt der nicht weniger tolle Herr Meier alias Göring.«

»Nein«, sagte Werdin, »dann kommt mein noch tollerer Reichsführer.«

»Die SS übernimmt die Macht?«

»Kaum offen, eher verdeckt. Aber vielleicht ist alles nur Hokuspokus, die Herren Verschwörer sind nämlich mal wieder in tiefste Depressionen verfallen, ob man denn Herrn Hitler töten darf oder nicht. Dieselben Offiziere, die, ohne zu zögern, ihre Soldaten in den Tod schicken, fragen sich, ob man dem größten Verbrecher aller Zeiten ein Härchen krümmen darf. Man nennt das in diesen Kreisen Eidtreue.«

Fritz schüttelte seinen runden Schädel, lachte und schniefte. »Die sind verrückt«, sagte er. »Völlig verrückt! Da fragt man sich wirklich, wer die Irren sind, die Braunen oder die Preußen.«

»Die braunen Preußen«, sagte Werdin. »Die haben jeden Sieg bejubelt, und jetzt, wo es nichts zu feiern gibt, scheißen sie sich in die Hose. Die können nicht mal anständig verlieren. Wenn's dazu führt, dass ein paar Offiziere Adolf wegpusten, soll es uns recht sein. Ob es am Kriegsverlauf was ändert, wer weiß? Man hört ja überall munkeln, dass einige Herren Marschälle den Krieg ihres obersten Befehlshabers nur deshalb nicht gewinnen, weil der oberste Befehlshaber Hitler heißt.«

»Gut«, sagte Fritz. »Du meinst das ernst mit dem Hitler-Attentat?« Er guckte Werdin skeptisch an. »Offiziere befördern den großen Feldherrn ins Jenseits, ich kann es nicht glauben.« Fritz schniefte. »Und das sollen die in Moskau uns abkaufen?«

»Das werden sie müssen, wenn sie nicht noch einmal so böse überrumpelt werden wollen wie 41.«

Fritz nahm Werdin mit ins Wohnzimmer, an einer Wand hing ein Hitler-Bild. »In einer Viertelstunde ist Moskau ganz Ohr und hört brav zu, was ich den hohen Genossen melde«, sagte Fritz. Er schob vorsichtig eine Biedermeierkommode von der Wand; ihre Beine standen auf Filzplättchen, so dass das Verschieben kaum zu hören war. Die Kommode war an der Rückseite ausgehöhlt, die Schubladen nur Attrappen. Dahinter verbarg sich Fritz' russisches Funkgerät. Er hatte es von einem der wenigen Fallschirmagenten bekommen, die nicht gleich gefasst worden waren. Das Funkgerät stand auf einer mehrfach gefalteten Decke, an ihr zog Fritz es heraus. Er forderte Werdin auf, es an einem der beiden Laschengriffen zu packen, und gemeinsam hoben sie das schwere Gerät auf den Wohnzimmertisch. Fritz öffnete das Fenster und verband das Funkgerät mit einer außen angebrachten Antenne, die als Wäscheleine getarnt war. Er schloss das Fenster, ohne das Kabel abzuklemmen; er hatte eine kleine Aussparung in den Fensterrahmen gebohrt, durch die er das Antennenkabel führte. Werdin war immer wieder verblüfft, wenn er entdeckte, mit welcher Raffinesse Fritz sich und sein Funkgerät vor den Verfolgern versteckte. Ihm genügten die einfachsten Mittel, um sich perfekt zu tarnen.

Werdin setzte sich an den Wohnzimmertisch und schrieb mit schneller Hand seinen Bericht an Moskau. Er hatte es gelernt, sich kurz zu fassen, und so wurde aus einer großen Geschichte ein kleiner Funkspruch. Würden sie länger funken, würden ihnen die Peilwagen leichter auf die Schliche kommen.

Fritz griff ein Exemplar von Hitlers *Mein Kampf*, das neben anderer brauner Lektüre hinter dem Glas der Wohnzimmervitrine stand. Er schlug eine bestimmte Seite auf und begann Werdins Text zu verschlüsseln. Er pfiff leise, als er den Spruch las. »Da wird der Genosse Direktor ja schön blöd gucken«, sagte er. Dann setzte er sich ans Funkgerät, schaltete es ein, wählte die Frequenz und ließ seine Hand auf dem Morsetaster wippen. Die Verbindung zum Direktor war gleich hergestellt. Fritz war rasend schnell und lieferte der Gegenseite doch saubere Signale. Es dauerte kaum zwei Minuten, bis Werdins Meldung in Moskau war.

Danach verstauten sie das Gerät wieder hinter der Kommode. Fritz holte aus der Küche zwei Flaschen Dünnbier, sie machten es sich im Wohnzimmer gemütlich.

»Wie geht's Paul?«, fragte Werdin nach einer Weile des Schweigens.

Fritz zuckte mit den Schultern. »Keine Ahnung. Ich habe lange nichts mehr von ihm gehört. Kann sein, dass er mich meidet, weil er fürchtet, dass ich früher oder später hochgehe. Kann sein, dass ihn die Gestapo gegriffen hat. Eigentlich dürfen wir zwei gar nicht darüber sprechen. Schon mal was von Konspiration gehört?« Fritz schniefte und grinste.

»Hast Recht«, sagte Werdin. »Aber Paul ist gewissermaßen mein großer Bruder.«

»Ich weiß«, sagte Fritz, »und du hängst an ihm. Er hat dich zu uns gebracht. Und er hat dich zu dem gemacht, was du heute bist. Er ist mehr als ein Bruder, er ist fast dein Schöpfer.«

»Heute bist du ja richtig religiös, das kennt man gar nicht von dir, bist doch sonst ein Pfaffenfresser.«

»Red keinen Unsinn. Paul hat dich zum Kommunisten gemacht, na ja, vielleicht hast du ja auch einen kleinen Beitrag dazu geleistet.«

Werdin lachte trocken. »Ohne Paul hätte ich dich nicht

kennen gelernt. Ich weiß allerdings nicht, ob das nun ein Gewinn oder ein Verlust ist.«

Fritz tat so, als guckte er böse. »Wenn du so weitermachst, verpfeif ich dich an die Gestapo. Die hätten einen Spaß mit dir.«

»Arschloch«, sagte Werdin und nahm einen kräftigen Schluck. »Schmeckt wie Pisse. Das nächste Mal bitte ein kühles Bier, wenn es schon zu Ehren unseres großen Führers dünn sein muss.«

Fritz grinste ihn mit seinen Stummelzähnen an. »Sei froh, dass du überhaupt was kriegst.« Er wiegte den Kopf einige Male hin und her. »Du musst keine Angst haben – wenn sie Paul gefangen haben, er verrät dich nicht. Lieber lässt er sich umbringen.«

»Das wäre das Leichteste«, sagte Werdin. »Bevor sie ihn umbringen, foltern sie ihn. Das können sie, glaub's mir.«

Werdin stellte die Bierflasche auf den Tisch, verschränkte die Arme hinter dem Kopf und starrte zur Decke. Szenen der Vergangenheit fielen ihm ein. Paul als Schulkamerad am Leibniz-Gymnasium, ein aufgeweckter, vergleichsweise kleiner Junge, mit schwarzen Haaren und lebhaften schwarzen Augen hinter den dicken Brillengläsern. Bei Paul zu Hause. Sein Vater war Philosophiedozent an der Friedrich-Wilhelms-Universität und Redakteur eines linken Intellektuellenblatts, bis die Nazis ihn davonjagten. Paul hatte Werdin in den kommunistischen Jugendverband gebracht, dort war Werdin hängen geblieben, wenn ihm auch nicht alles gefallen hatte, vor allem nicht die Anbetung der großen Führer Josef Stalin und Ernst Thälmann. Das erinnerte ihn zu sehr an die Hitler-Verehrung, der auch in seiner Verwandtschaft einige frönten. Werdin entsann sich noch seines Erstaunens, als Paul ihm kurz nach der Machtergreifung sagte, er solle in die SA eintreten. Als Hitler seinen vermeintlichen Konkurrenten, den SA-Führer Ernst Röhm, mit seinen Leuten in einem bayerischen Dorf überfiel und von der SS ermorden ließ, sagte Paul, die SA sei nun nichts mehr wert im Dritten Reich, nun solle Werdin versuchen, in die SS aufgenommen zu werden. Die SS freute sich über SA-Leute, die überliefen, denn nach dem so genannten Röhm-Putsch herrschte Hass zwischen den beiden Nazi-Kampforganisationen. Zunächst war Paul sein Führungsoffizier gewesen, aber eines Tags hatte Paul gesagt, Werdin möge nun seine Informationen direkt zu Fritz, dem Funker, bringen, er müsse untertauchen, die Gestapo sei ihm auf der Spur, sein Haus werde bereits beschattet, das Telefon gewiss abgehört. Nun war Paul untergetaucht oder in der Hand von Gestapo-Müller. Wenn Paul auspackte, war Werdin erledigt, aber Paul würde nicht auspacken.

»Du denkst an Paul?«, fragte Fritz.

»Ich würde dir meine Großmutter verkaufen, wenn du mir sagen könntest, wo er steckt.«

»Wie kommst du darauf, dass ich deine Großmutter will?«

Werdin musterte Fritz auffällig, verkniff sich dann aber eine Antwort.

»Ich weiß selbst, dass ich nicht Dieter Borsche bin«, sagte Fritz. Es klang beleidigt.

»Schon gut, Fritz. Es zählen doch die inneren Werte«, sagte Werdin lächelnd.

»Drecksack«, sagte Fritz und grinste. »Es ist eine wahre Freude, mit einem echten Herrenmenschen zusammenarbeiten zu dürfen.«

»Heil Hitler«, sagte Werdin.

»Wenn ihn doch nur mal einer heilen würde. Sag mal, stimmt das wirklich, der große Führer landet bald unter der Erde?«

»Sieht so aus«, sagte Werdin.

»Und was dann?«

»Frag Moskau.«

III.

Margarete Mellenscheidt mühte sich, eine Kaffeetafel zu bereiten. Irma hatte den Arbeitsdienst hinter sich gebracht, ein Grund zu feiern. Margarete hatte für dieses Ereignis Lebensmittelmarken gespart und einiges unter der Hand besorgen können. Nur richtigen Kaffee gab es nicht, dafür aber Butterkuchen, der seinen Namen fast verdiente. Während sie den Tisch deckte, fiel die Angst sie an. Würde Klaus die Ostfront überleben? Es muss ein Gemetzel sein, dachte Margarete. Ihre Hände zitterten, sie sah den Brief »Gefallen für Führer, Volk und Vaterland« vor ihren Augen. In der Nachbarschaft hatte es schon viele Familien getroffen. Sie erinnerte sich, wie Frau Bogen nebenan plötzlich schrie, als der Postbote ihr die Einschreibesendung übergeben hatte. Ihr Mann Horst war Maat auf einem U-Boot im Atlantik gewesen. In den Zeiten der großen Siege gegen die alliierten Geleitzüge hatte er auf Urlaub den Helden gegeben. Jetzt lag er als Fischfutter auf dem Meeresgrund, und die Siegesmeldungen waren rar geworden. Was für ein Glück, dass in meiner Familie noch keiner vom Krieg gefressen wurde, dachte Margarete. Aber wenn sie an ihr Glück dachte, ahnte sie, es konnte nicht so bleiben.

Es klingelte an der Tür. Margarete strich hastig über ihre Schürze und prüfte mit den Händen, ob ihre Frisur saß. Sie öffnete die Haustür. Auf der Treppe stand Irma, neben ihr ein brauner Lederkoffer. Irma sagte: »Du willst mich wohl gar nicht reinlassen.«

Margarete schüttelte den Kopf, Tränen traten in ihre Augen, sie umarmte ihre Tochter. Drinnen nahm sie ein Tuch und wischte sich verschämt die Augen trocken. Irma stellte den Koffer in den Flur, hängte ihren Mantel in die Garderobe, nahm ihre Mutter in den Arm und führte sie in die Küche. Sie setzten sich an den Küchentisch. Irma ließ ihren Blick schweifen, es hatte sich nichts geändert, alles blitzte vor Sauberkeit. Auf einem Küchenschrank stand ein Strohblumenstrauß.

Ihre Mutter war alt geworden, harte Falten umrahmten ihren Mund, das Gesicht war schmal. Unter der Freude über die Rückkehr der Tochter glaubte Irma Traurigkeit zu erkennen.

»Wie geht es Papa?«, fragte Irma.

»Gut. Aber er hat Angst, dass sie seine Firma auch noch zerbomben.« Gustav Mellenscheidt war Prokurist in einer Maschinenfabrik, die aber seit Jahren Artilleriemunition herstellte.

Irma schwieg eine Weile und fragte dann: »Hast du was von Klaus gehört?«

»Vor zwei Wochen kam ein Brief. Sie mussten die Krim räumen. Wo er jetzt ist, weiß ich nicht.« Sie begann wieder zu weinen. »Viele Leute sagen, wir sollten aus Berlin weggehen wegen der Bomben. Aber wohin? Und wenn Klaus doch auf Urlaub kommt, findet er uns nicht.«

»Ihr könntet es ihm schreiben.«

»Und wenn er den Brief nicht kriegt?«

Sie hat Recht, dachte Irma. In dem Chaos, das an der Ostfront herrschte, konnte niemand garantieren, dass ein

Brief seinen Adressaten erreichte. Es war ein Wunder, dass überhaupt noch Briefe ankamen. Und ihre Mutter war verwurzelt hier, wo sie seit fast zwanzig Jahren lebte. Von Berlin wegzuziehen hieße anzuerkennen, dass es mit dem glücklichen Familienleben vorbei war.

Irma stand auf, umarmte ihre Mutter kurz, ging in den Flur, nahm sich den Koffer und stieg die Treppe zum ersten Stock hoch. Dort hatte sie neben dem Schlafraum der Eltern ihr Zimmer, mit all den kleinen Geheimnissen ihres jungen Lebens. Sie setzt sich auf die Schlafcouch, weit weg schon die Plackerei beim Arbeitsdienst. Hier saß sie inmitten ihrer Erinnerungen: erste Verliebtheit, das Poesiealbum, der bald abgebrochene Versuch, ein Tagebuch zu führen, Elisabeth, ihre beste Freundin, die irgendwo am Atlantikwall als Wehrmachthelferin Dienst tat. Irma wusste, auch sie würde arbeiten müssen für den Krieg, sie fand dies so bedrückend wie gerecht. Die Männer kämpften an den Fronten, die Frauen in den Fabriken.

Und was wurde mit Zacher? Sie hatten sich angeregt unterhalten auf der Fahrt nach Berlin. Kurz bevor er sich am Bahnhof Friedrichstraße von ihr verabschiedete, bat er sie um ihre Anschrift. Sie zögerte, sie ihm aufzuschreiben. Dann sagte sie: »Ich wohne in Biesdorf.« Sie gab ihm schnell die Hand, drehte sich um und ging. Bald bereute sie ihre Unentschlossenheit. Warum sollte ich mich von ihm nicht einmal zum Kaffee einladen lassen?, dachte Irma. Eigentlich war er ein großer, hübscher Junge. Er hatte angedeutet, er werde nahe Berlin als Testpilot für einen neuen Jäger eingesetzt. »Wirklich eine Wunderwaffe«, hatte er gesagt. Er war stolz auf seine neue Aufgabe.

Irma hörte Geräusche unten im Flur. Sie sprang auf und

lief nach unten. »Papa!«, rief sie und umarmte ihren Vater heftig.

»Lass mich bitte noch ein bisschen leben«, bat Gustav Mellenscheidt lachend. »Du musst ja nicht ausbügeln, was unsere verehrten Feinde bisher nicht geschafft haben.«

»Du bist früh heute«, sagte Irma, sie ließ ihren Vater los.

»Na ja, meine Tochter wird ja nicht jeden Tag aus dem Arbeitsdienst entlassen. Da durfte ich ein bisschen früher gehen. Hast du denn was Vernünftiges gelernt, oder habt ihr den ganzen Tag nur mit den Jungs geschäkert?«

»Ich und Jungs, die interessieren mich doch nicht.« Irma lachte und wurde ein bisschen rot. »Nein, wir haben halb Mecklenburg umgegraben und dafür gesorgt, dass ihr in der Stadt nicht verhungert. Du hast also allen Grund, mir dankbar zu sein.«

Gustav verbeugte sich leicht. »Wurde ja auch mal Zeit, dass du was für Volk und Vaterland tust.«

Es wurde eine lustige Kaffeetafel, fast so wie früher. Sie verdrängten ihre Ängste und taten so, als wäre der Krieg weit weg. Es war ein herrlicher Frühsommer, warm und mild, bald würden die Kirschen reifen, und das Gemüse aus dem Garten würde die Mahlzeiten bereichern. Sie schwelgten in der Vergangenheit, Schule, Konfirmation, Irmas aufregende Jahre im Bund Deutscher Mädel. Vater holte eine Flasche Sekt aus dem Keller, und sie tranken sich zu, bis Irma leicht benebelt war.

Am Abend meldete sich durch den auf- und abschwellenden Klang der Sirenen der Krieg zurück. Im Keller warteten sie schweigend das Ende des Angriffs ab, der diesmal anderen Stadtteilen galt. Weit weg ertönten die Explosionen der Bomben und Minen, sie ahnten, welche Urgewalt vom Himmel fiel. In dieser Nacht schlief Irma schlecht ein. Sie dachte an Zacher und lächelte, dann fielen ihr Slotek und Edith ein, und sie musste weinen.

Sie wachte nach neun Uhr am nächsten Morgen auf. Sie wusch sich, zog frische Kleidung an und ging nach unten. In der Küche hantierte ihre Mutter. »Das Frühstück wartet schon auf dich, du Langschläferin«, sagte sie freundlich. »Heute Morgen sind die Amerikaner und Engländer in Frankreich gelandet. Es kam im Radio.«

Irma freute sich, als sie sah, dass die Mutter ihr ein Frühstücksei gekocht hatte. Sie ging zum Volksempfänger und stellte ihn an. Fanfaren erklangen, dann die Meldung, endlich sei die Invasion erfolgt, die Wehrmacht werde die Feinde ins Meer zurücktreiben. Amerikaner und Engländer hätten hohe Verluste erlitten. »Endlich siegen wir wieder«, sagte Irma spöttisch und stellte den Apparat wieder aus. »Ich kann diese Fanfaren nicht mehr hören.«

Am Nachmittag beschlossen Irma und Margarete, in die Innenstadt zu fahren. Sie wollten Unter den Linden und in der Friedrichstraße bummeln gehen.

Vom einstigen Glanz war nicht viel übrig, viele Häuser zerstört, müde Menschen, viele Uniformen. Sie gingen zum Café Kranzler. Als sie die Eingangstür erreicht hatten, öffnete sich diese, eine junge Frau mit ungesund blassem Gesicht verließ mit zwei Mädchen das Café. Sie hatten offenbar nah beim Eingang gesessen, jedenfalls war dort ein Tisch frei. Irma ließ den Blick im Café schweifen, es war voll und verraucht. Margarete und Irma setzten sich an den freien Tisch. Rechts von ihnen saß ein SS-Mann in einer feldgrauen Uniform und las die *B. Z.* Sie sahen von ihm nur seine blonden Haare. Zu ihrer Linken widmete sich ein älteres Ehepaar zwei kärglichen Kuchenstücken. Ein hinkender Ober in feinem Zwirn baute sich vor Irma und Margarete auf, sie bestellten Sandkuchen und Ersatzkaffee.

Irmas Blicke blieben an dem SS-Mann hängen. Er hatte die Zeitung auf den Tisch gelegt. Ihre Blicke trafen sich, sie sah das Erstaunen in seinen Augen und dann ein strahlendes Lächeln. Das Gesicht passte nicht zur bedrohlichen Uniform. Das Lächeln steckte sie an, sie lächelte zurück, es war ihr sofort peinlich. Irma sah hinüber zu dem Ehepaar. Die Frau trug trotz der Hitze eine schwarze Pelzmütze mit einer Perle an der Vorderseite. Dazu ein elegantes braunes Kostüm, Schneiderware aus der Vorkriegszeit. Er war nicht weniger elegant gekleidet, Nadelstreifenanzug, goldene Krawattennadel, teure Schuhe. Die beiden steckten die Köpfe zusammen und tuschelten. Manchmal blickten sie zur Tür, als erwarteten sie jemanden.

Der Ober kämpfte sich durch das Gedränge und brachte Kaffee und Kuchen. Er strahlte dabei eine Würde aus, die an glückliche Zeiten erinnerte. Aber die lagen unendlich weit zurück. Erstaunlicherweise schmeckte der Kuchen, an den Ersatzkaffee hatte man sich gewöhnt. Irma sah, wie Margarete den Trubel genoss. Wie viele andere Leute auch, denen die Bomben das Leben verdarben, gingen ihre Eltern nicht mehr aus.

Margarete wusste von sich nichts zu erzählen, sie berichtete von Gustavs Sorgen. Seit sie immer mehr Fremdarbeiter einsetzten, stieg der Ausschuss. Das war kein Wunder, man durfte an gequälte und entkräftete Menschen nicht die gleichen Maßstäbe anlegen wie an gut genährte deutsche Arbeiter. Auch kam es zu Sabotage. Einige Male schon war die Gestapo in der Fabrik aufgetaucht, sie hatte sogar einen deutschen Angestellten verhaftet, er war früher wohl bei den Kommunisten gewesen, am nächsten Tag war er erstaunlicherweise wieder da, mit ein paar blauen Flecken im Gesicht.

»Die Menschen haben Angst«, sagte Margarete. »Am meisten Angst haben sie vor den Russen. Wenn die nach Deutschland kommen, dann ist alles zu Ende.«

»Sie kommen nicht«, erwiderte Irma.

»Warum, die Front rückt immer näher? Und was Klaus schreibt, klingt auch nicht gut.«

»Weil wir bald neue Waffen haben.«

»Du fällst doch nicht auf das Geschrei von Goebbels herein«, sagte Margarete leise.

»Ich habe das von einem gehört, der selbst daran mitarbeitet, an neuen Flugzeugen«, erwiderte Irma trotzig. Sie war ein wenig beleidigt, dass ihre Mutter sie immer noch nicht wie eine Erwachsene behandelte.

»Und wer ist das?«, fragte Margarete.

Irma wurde leicht rot im Gesicht.

Margarete lächelte. »So ist das. Ist er nett?«

Dumme Frage, dachte Irma. »Ja, sehr«, sagte sie. »Aber es ist nicht, was du denkst.«

»Und was denke ich?«, fragte Margarete.

Die Eingangstür sprang laut auf. Drei Männer in Ledermänteln, einige uniformierte Polizisten im Schlepptau, blockierten den Eingang.

»Gestapo«, flüsterte Margarete.

Der kleinste der drei Männer in Leder, Schmisse in einem Gesicht, das nur aus Menschenverachtung zu bestehen schien, rief: »Ausweiskontrolle. Halten Sie Ihre Papiere bereit. Keiner verlässt seinen Platz!« Seine Stimme klang ölig. Die Polizisten postierten sich am Eingang, der kleine Gestapomann blieb an der Tür stehen, um die Szene im Blick zu behalten. Seine beiden Kollegen, ein langer Dürrer mit einer Hakennase und ein kräftig gebauter Schlägertyp, begannen die Ausweise zu kontrollieren. Als Erstes war das ältere Ehepaar an der Reihe. Als der Dürre ihre Papiere ansah, fing er an zu lachen: »Oh, Vertreter des auserwählten Volkes. Sie wissen, dass es Ihnen untersagt ist, Gaststätten jeder Art zu besuchen!« Die beiden alten Leute saßen schweigend am Tisch und hielten sich an der Hand. Der Schlägertyp befahl ihnen mitzukommen. Schweigend standen sie auf und ließen sich zur Tür führen, wo der Gestapomann sie den Polizisten am Eingang übergab. Irma sah, wie sie über den Bürgersteig zu einem geschlossenen Kastenwagen geführt wurden. Die beiden bewegten sich schleppend.

Die Gestapobeamten arbeiteten sich von Tisch zu Tisch ins Innere des Cafés vor. Irma und Margarete würden zuletzt drankommen, wenn die Kontrolleure ihren Bogen am Eingang schlossen. Irma und Margarete hatten starr zugesehen, wie das ältere Ehepaar abgeführt wurde. Margarete suchte mit zitternden Händen in ihrer Handtasche. »Ich finde meinen Ausweis nicht«, sagte sie leise mit bebender Stimme.

»Bleib ruhig«, flüsterte Irma. »Hast du in den Manteltaschen nachgeguckt?« Margarete schaute sich vorsichtig um, stand auf und ging einen Schritt zur Garderobe.

»He, Sie«, brüllte es von der Tür. »Sitzen bleiben!«

»Ich suche meinen Ausweis«, sagte Margarete mit ängstlicher Stimme. Sie war den Tränen nah.

Keine Antwort von der Tür. Margarete nahm schnell ihren Mantel vom Haken und setzte sich wieder. Sie prüfte die Manteltaschen und zuckte mit den Achseln. Tränen standen in ihren Augen. »Das ist doch nicht so schlimm«, flüsterte Irma. Ihre Stimme zitterte leicht.

»Sie werden mich dafür bestrafen«, erwiderte Margarete.

Die beiden Männer in Leder näherten sich der Eingangstür. Langsam arbeiteten sie sich zu Irma und Margarete vor. Es herrschte Totenstille. Die Gestapoleute musterten schweigend die Ausweise. Am Tresen stand das Personal und beobachtete gebannt das Geschehen. Laut klirrend fiel eine Flasche auf den Steinboden. Alle zuckten zusammen und schauten zum Tresen.

Auf einmal saß der SS-Mann an Irmas und Margaretes Tisch. Irma erschrak, der Mann schüttelte nur leicht den Kopf und lächelte. Er schaute Margarete in die schreckgeweiteten Augen und legte kurz den Zeigefinger an die Lippen. »Sie sagen nichts. Lassen Sie mich sprechen«, flüsterte er. Irma sah den Mann erstaunt an, dann nickte sie. Wenn er Böses im Sinn haben sollte, hätte er es längst tun können.

Zwei Tische von Irma und Margarete entfernt, begann einer der Gestapoleute zu brüllen. »Sie kommen mit. Sie glauben doch nicht, dass Sie mit so einer Räuberpistole durchkommen. Drückeberger! Feigling! Unsere Soldaten verbluten an der Front, und Sie treiben sich hier herum! Sie müssen Ihren Ausweis immer mit sich führen, das ist Gesetz. Abführen!« Sie hatten einen jungen Mann erwischt, der bei einer jungen Frau saß. Sie hatte ein rundes Gesicht unter struppigen, schmutzig-blonden Haaren, schmale Lippen, die nicht in ihr Gesicht passen wollten, und trug einen grob gestrickten Pullover. Ein brandenburgisches

Bauernmädel, dachte Irma. Er passte nicht zu ihr, er war modisch gekleidet, Pomade im weißblonden Haar. Er meckerte, als ihn der Schlägertyp grob am Oberarm packte und zum Eingang zerrte. »Halten Sie den Mund!«, herrschte der Ledermantel seinen Gefangenen an. »Lassen Sie mich los!«, schrie dieser. Der Gestapomann ließ sein Opfer kurz los, holte mit der Rechten weit aus und schlug dem Jungen mit aller Kraft ins Gesicht. Es knackte hell, als das Nasenbein brach. Blut strömte über das Gesicht, das blaue Jackett und das weiße Hemd färbten sich rot, der Junge fiel auf die Knie und wimmerte. Der Gestapomann nahm ihn am Kragen und schleifte ihn zur Tür. Das Bauernmädchen war erstarrt und gab keinen Ton von sich. Ihr Ausweis lag auf dem Tisch. Der Dürre nahm ihn, betrachtete ihn kurz und warf ihn achtlos auf den Tisch zurück. Inzwischen hatte der Schläger den Jungen bei den Polizisten am Eingang abgeliefert und kehrte ruhigen Schritts zu seinem Kollegen zurück.

Am Nachbartisch von Irma saß eine Mutter mit ihrer sechs- oder siebenjährigen Tochter. Die Kleine weinte leise und schaute vor Angst auf den Boden, als würde die Gefahr verschwinden, wenn man ihre Verursacher nicht ansah. Mit zitternder Hand hielt die Frau dem Dürren ihren Ausweis hin. Der musterte ihn gut zehn Sekunden und gab ihn dann zurück. »Wo ist denn der Papa?«, fragte der Schlägertyp und strich dem Mädchen übers Haar.

»In Russland«, antwortete die Frau.

Der Schlägertyp drückte dem Mädchen die Schulter und sagte: »Gut so. Während dein Papa deine Mama vor den Bolschewisten schützt, gibt es immer noch Schmarotzer, die sich in diesen Zeiten ein schönes Leben machen auf

Kosten unserer Soldaten.« Er tätschelte dem Kind noch einmal plump den Kopf und kam dann an Irmas Tisch.

Der SS-Mann stand auf und sagte mit militärischem Klang: »Sturmbannführer Knut Werdin, Sicherheitsdienst. Die beiden Damen sind in meiner Begleitung.«

Der Dürre sagte: »Bitte Ihren Dienstausweis, Sturmbannführer!«

Werdin gab dem Mann seinen Ausweis, der schaute kurz hinein, führte seinen Finger an die Hutkrempe und sagte trocken mit einem Blick auf Irma: »Einen schönen Tag noch.« Werdin nickte und setzte sich wieder. Die Ledermäntel und ihre uniformierten Helfer zogen ab.

Margarete saß leichenblass mit gekrümmtem Rücken auf dem Stuhl, ihre Hände zitterten. »Ist gut, Mutter«, sagte Irma mit fester Stimme. Auch sie war bleich im Gesicht. »Es ist nichts passiert.« Sie wandte sich an Werdin und sagte: »Danke.« Sie zögerte einen Moment, dann fragte sie: »Warum?«

* * *

Am Morgen dieses Tages hatte Werdin sich nicht zum Dienst begeben. Stattdessen besuchte er Rettheim in Lichtenberg. Normalerweise suchte er den Major erst nach Dienstschluss auf. Fritz hatte ihm am Abend zuvor aber gesagt, Moskau dränge auf Nachrichten, der Direktor wolle so schnell wie möglich den Tag des Attentats erfahren, Werdin sollte seinen V-Mann umgehend noch einmal befragen. Werdin rief den Wachhabenden beim SD an und meldete sich für diesen Tag ab, er habe auswärts zu tun. Wenn ihn jemand fragen sollte, würde er angeben, er habe sich mit einem V-Mann aus Frankreich treffen müssen.

Den V-Mann gab es zwar, aber der war längst wieder nach Cherbourg an die Kanalküste zurückgekehrt. Der »Kardinal« war ein Elsässer, der in die Reichsmarine eingezogen worden war. Er diente als Maat auf einem Schnellboot. Sein Bericht über die Stimmung unter den Franzosen war eindeutig. Selbst die eifrigsten Kollaborateure setzten auf einen Sieg der Alliierten und frisierten die eigenen Biografien auf Widerstand um. Die Résistance verübte Anschlag auf Anschlag, und der Himmel gehörte den alliierten Fliegern. Die stürzten sich auf alles, was sich am Boden bewegte. Werdin hatte nach dem Gespräch mit dem »Kardinal« einen langen Bericht geschrieben, aber der wartete in einer Schreibtischschublade darauf, an Schellenberg weitergeleitet zu werden. Morgen Nachmittag war der geeignete Zeitpunkt.

Rettheim war verdutzt, als er Werdin vor der Tür erblickte. »Du hast es aber eilig«, sagte er grinsend. »Komm rein.« Als Werdin im Flur stand, fragte Rettheim leicht verunsichert: »Ist was passiert?« Rettheim trug ein sauberes Uniformhemd, die Hosenfalte war messerscharf, die Haare gewaschen und wie mit dem Lineal frisiert. Werdin freute sich, der Mann hatte wieder Tritt gefasst, er hatte sich an den eigenen Haaren aus dem Sumpf gezogen. Rettheim soff nicht mehr, ein, zwei Gläschen Schnaps, dann war Schluss. Der Major blühte auf in seiner neuen Aufgabe. Sie war wichtiger als alle Siege, die er über die starken russischen T 34 errungen hatte.

»Nein, nichts passiert«, sagte Werdin. »Ich war gerade in der Gegend. Hast du einen Tee?«

Er folgte Rettheim in die Küche. Der Major zündete mit einem Streichholz den Gasherd an, füllte einen fleckigen

Emaillewasserkessel am Wasserhahn und setzte ihn aufs Feuer. Er nahm zwei Becher aus dem Küchenschrank und eine Blechdose, aus der er Tee in eine rote Porzellankanne gab. Aus einer Schublade holte er ein Sieb. Rettheim verrichtete dies alles behänd und schweigend. Das Wasser begann zu summen. Als es sprudelte, nahm er den Kessel vom Feuer, drehte die Gasflamme zu und goss das heiße Wasser in die Kanne. Er warf einen kurzen Blick auf seine Armbanduhr. »Ich lass ihn ein bisschen länger ziehen«, sagte Rettheim. »Das ist alles auch so schon aufregend genug.« Er setzte sich zu Werdin an den Küchentisch.

»In wenigen Wochen, vielleicht sogar Tagen geht es los«, sagte Rettheim. »Stauffenberg will möglichst viele Nazis ins Jenseits befördern. Auf jeden Fall auch Himmler und Göring.«

Werdin schaute ihn fragend an: »Ist das sicher?«

Rettheim nickte.

Ist es gut, ist es schlecht?, überlegte Werdin. Wenn die Naziprominenz tot war, wuchs dann nicht die Gefahr eines Separatfriedens mit den Amerikanern und Engländern? Das war jedenfalls das Ziel einiger Verschwörer. Noch stand die Rote Armee nicht auf deutschem Boden. Wenn die Invasion erfolgreich war und die neue Reichsführung im Westen kapitulierte? In Moskau gab es immer Zweifel an der Bündnistreue der Westalliierten, das wusste Werdin. Sie wuchsen, als sich die Zweite Front immer weiter verzögerte und die Sowjetunion den Krieg fast allein austragen musste. Hofften da in Washington vielleicht ein paar ganz kluge Strategen, Russen und Deutsche würden sich gegenseitig schwächen, damit am Ende die USA die Weltherrschaft antreten konnten? Werdin konnte nur Vermutungen anstellen, die kurzen Funksprüche, die er mit Moskau austauschte, halfen ihm nicht bei seiner Suche nach Orientierung in dem Wirrwarr der Interessen und Möglichkeiten. Der Direktor beschränkte sich auf allgemeine Phrasen, er hatte wohl Angst, sich festzulegen. Man hätte ihm ja daraus einen Strick drehen können.

Wenn nur Hitler starb, die anderen Obernazis aber überlebten, dann hatten es die Westalliierten schwer, sollten sie wirklich einen Separatfrieden schließen wollen. Sie konnten es der Öffentlichkeit in ihren Ländern nicht verkaufen, dass Himmler, Göring und Goebbels nun keine Massenmörder mehr sein sollten, sondern Bündnispartner in einem neuen Krieg gegen den tapferen Uncle Joe und seine Bolschewiken.

Rettheim setzte das Sieb auf Werdins Becher und goss Tee ein, dann füllte er seinen Becher. Werdin nahm sich zwei Zuckerstücke und rührte den Tee bedächtig um, während Rettheim sich eine Zigarette anzündete.

»Himmler muss überleben«, sagte Werdin, »der auf jeden Fall. Göring und Goebbels möglichst auch.«

»Du spinnst«, erwiderte Rettheim. »Soll doch die ganze Mischpoke zum Teufel gehen.«

»Wenn ihr Himmler umlegt, kommt Kaltenbrunner dran.« Werdin hatte die brutale Fresse des Chefs des Reichssicherheitshauptamts vor Augen. »Das ist der Hitler-Treueste der Hitler-Treuen. Wenn der am Drücker ist, habt ihr die SS gegen euch, wenigstens große Teile. Und glaubt bloß nicht, dass die Wehrmacht geschlossen auf eurer Seite steht. Gut möglich, dass meine Freunde von der Gestapo euch unter dem Beifall der Herren Marschälle fertig machen.«

»Scheißspiel«, sagte Rettheim. »So ein Scheißspiel.« Er zog kräftig an seiner Zigarette und streifte die Asche ab. »Wir beseitigen den einen Obermörder, und dann machen wir auf gut Freund mit dem anderen. Völlig verrückt. Das Heldenepos des deutschen Widerstands!« Er lachte bitter.

Sie saßen eine Weile schweigend beieinander und tranken Tee, Rettheim rauchte eine Zigarette nach der anderen.

»Wenn der Putsch erfolgreich ist, wenigstens am Anfang, dann wird Himmler sich als Retter des Vaterlands aufspielen. Das ist die große Rolle, von der er träumt, wenn er denn träumt. Wenn ihr es klug anstellt, dann wird er Müller opfern als Sündenbock. Irgendwer muss ja verantwortlich gemacht werden für die Morde. Das wäre die große Stunde für Schellenberg, der drängt den Reichsführer schon länger zur Mäßigung. Selbst Kersten, Himmlers Masseur, soll ihm fromme Wünsche einflüstern.«

»Wenn wir Himmler umbringen, haben wir die SS gegen uns. Wenn wir ihn leben lassen, könnte es sein, dass er uns hilft. Soll ich das so verstehen?«

»Wenn du jetzt noch den pessimistischen Unterton weglassen könntest, würde ich dich als meinen Musterschüler loben.«

»Idiot«, sagte Rettheim.

Werdin war sich nicht sicher, ob es richtig war, was er Rettheim riet. Aber er hatte keine Wahl. Die Propagandasendungen von Radio Moskau halfen nicht weiter, und Fritz würde sich kaum auf Spekulationen einlassen. Er hatte 1939 am Pakt zwischen Stalin und Hitler laut gezweifelt und wäre fast aus der Partei ausgestoßen worden. Solche Erfahrung macht vorsichtig.

Am frühen Nachmittag verließ Werdin die Wönnichstraße und nahm die U-Bahn zur Friedrichstraße. Fritz durfte er erst am Abend besuchen, so war es vereinbart. Werdin gab sich an diesem Nachmittag frei, er brauchte Zeit, um das Durcheinander in seinem Kopf zu ordnen. Die Umstände hatten ihm mehr Verantwortung aufgeladen, als er überblicken konnte. Er musste entscheiden, wusste aber nicht, welche Entscheidung sich am Ende als richtig erweisen würde. Nicht zu entscheiden wäre auch eine Entscheidung. Also musste er das sortieren, was er wusste oder ahnte, und daraus Folgerungen ziehen. Seine Angst wuchs in dem Maß, wie er erkannte, dass seine Entschlüsse den Kriegsverlauf mitbestimmen konnten.

Er musste stehen in der vollen U-Bahn, viele trauten sich nicht mehr, die S-Bahn zu benutzen. Unter der Erde fühlten sich die Berliner sicherer. Die Sonne schien, nur wenige Wolken standen am Himmel. Ein idealer Bombentag, dachte Werdin. Als der Zug am Bahnhof Friedrichstraße hielt, hörte Werdin es auch schon dumpf grollen. Die fliegenden Festungen der Amerikaner setzten das nächtliche Zerstörungswerk der englischen Bomber fort. Sie nahmen sich offenbar einen östlichen Bezirk vor, vielleicht Lichtenberg oder Friedrichshain. Werdin wartete, bis die Sirenen Entwarnung gaben, und sah sich dann an, was von Berlins elegantester Promenade geblieben war. Wer die Stadt zur Vorkriegszeit kannte, hatte die Bilder noch im Kopf von den luxuriösen Geschäften, dem bunten Treiben, den vornehmen Cafés. Die Feinde würden am Ende die gesamte Innenstadt in eine Steinwüste bomben, wenn der Krieg noch lange weiterging. Nur einige unversehrte Fassaden kündigten von der Pracht früherer Tage. Immerhin, das Café

Kranzler gab es noch. Er hatte sich schon lange nicht mehr Tee und Kuchen gegönnt. Er kaufte sich an einem Zeitungsstand ein *12-Uhr-Blatt*, obwohl er wusste, er würde sich über die Lügen schwarz auf weiß wieder nur ärgern. Manchmal aber bewunderte er es geradezu, mit welcher Frechheit die Presse die Wahrheit verbog, sei es der *Völkische Beobachter*, die *B. Z.* oder eben das *12-Uhr-Blatt*.

Im Kranzler fand er einen freien Tisch nahe dem Eingang. Er setzte sich und ließ seinen Blick über das Treiben in dem gut gefüllten Saal schweifen. Es wurde Zeit, dass er mal wieder unter normale Menschen kam. Werdin amüsierte sich über den fein herausgeputzten Oberkellner, der majestätisch durch sein Königreich stelzte. Er konnte ein leichtes Hinken nicht überspielen. An einem der beiden Tische direkt an der Tür saß eine Mutter mit zwei Mädchen, so um die zwölf bis vierzehn Jahre. Die Kinder schnatterten und beachteten kaum ihre Mutter, die über die Gäste hinweg in den Saal starrte. Einen Tisch weiter entdeckte Werdin ein älteres Ehepaar, feine Leute, sie mit einem Pelzhut, den an der Vorderseite eine silbrig glänzende Perle zierte. Er hätte kein Merkmal dafür nennen können, aber plötzlich war der Verdacht da. Es waren Juden. Er hatte gehört von Juden, die untergetaucht waren, um nicht in den Osten verschleppt zu werden, sie wurden *U-Boote* genannt. Immer wieder wurden welche aufgegriffen, verraten auch von eigenen Leuten. Werdin bewunderte den Mut dieser Menschen. Eigentlich hatten sie keine Chance davonzukommen.

Das *12-Uhr-Blatt* triefte vor Häme. Die Nordamerikaner und die Briten sollten nur kommen, sie würden sich am Atlantikwall blutige Köpfe holen. Dann würde Deutschland alle seine Streitkräfte an die Ostfront werfen, um die Bolschewisten auszurotten und damit das Haupt der jüdischen Verschwörung gegen die zivilisierte Welt. Ganz falsch ist es nicht, dachte Werdin. Wenn die Invasion scheitert, kann der Krieg noch lange dauern. Womöglich gelang es der Wehrmacht, die Ostfront zum Stehen zu bringen, vielleicht konnte sie auch wieder Gegenstöße führen. Aber mit dem Endsieg würde es nichts mehr werden.

Der Ober stolzierte zu der Mutter mit ihren beiden Töchtern, kassierte ab, verneigte sich knapp und steuerte einen Tisch im Rauminneren an. Die Frau stand auf und verließ mit ihren Mädchen das Café. Sie drehte sich noch einmal um und musterte Werdins Dienstuniform. Ihr Gesicht sah ungesund blass aus. Sie brauchte die Tür nicht zu schließen, sondern gab die Klinke einer älteren Dame in die Hand, die in Begleitung einer Jüngeren das Café betrat. Die junge Frau hatte streng nach hinten gebundene, lange goldblonde Haare. Sie schaute erst nach links, dann nach rechts, in Werdins Richtung. Er hielt kurz den Atem an. Er sah keine Schminke in ihrem schmalen Gesicht, ihre großen braunen Augen strahlten Selbstbewusstsein aus, ihre feine Nasenspitze zeigte leicht nach oben, der Mund lächelte. Kein Schmuck, ein schlichtes, blümchengesprenkeltes hellblaues Sommerkleid über einem schlanken Körper mittleren Wuchses. Ein Engel in einer Welt verhärmter Gesichter. Als gäbe es keine Toten, keine Krüppel, kein Leid, keine Trauer.

Werdin hatte die unerreichbaren Schauspielerinnen im Kino gesehen, Olga Tschechowa, Leny Marenbach, Kristina Söderbaum und all die anderen schönen Träume der Männer an den Fronten aus einer Glitzerwelt, in der kein

Blut floss und Schmerzen allenfalls im rosaroten Wochenbett erlebt wurden. Der Stolz dieser makellosen Frauen diente nur dem Zweck, von makellosen Männern gebrochen zu werden. Nie aber hatte Werdin eine Frau von so natürlicher Selbstsicherheit gesehen, sie war ganz sie selbst, sie brauchte keine Maske.

Idiot, schalt Werdin sich. Siehst eine schöne Frau und phantasierst Eigenschaften in sie hinein, die allein deinen Wünschen entspringen. Mach dich nicht zum Hampelmann.

Die blonde Frau setzte sich mit ihrer älteren Begleiterin an den Nebentisch. Werdin zwang sich, seine Zeitung weiterzulesen. Von Wunderwaffen war die Rede, sie würden die Feinde zum Staunen bringen. Er glaubte kein Wort, Durchhalteparolen. Goebbels würde noch vom Endsieg schwafeln, wenn die Feinde vor Berlin standen. Er legte das Blatt auf den Tisch, trank einen Schluck Tee. Sein Blick wurde zum Nachbartisch gezwungen. In diesem Moment schaute die junge Frau zu ihm, ihre Augen blieben einen Moment hängen, er lächelte. Sie lächelte zurück, blickte dann auf seine Uniformjacke und wandte ihren Kopf abrupt ab. Es kam ihm vor, als steuerte ihn eine fremde Macht, es war der Zauber, der von der Frau am Nachbartisch ausging. Er spürte seinen Magen zittern. Hoffentlich werde ich jetzt nicht rot, dachte er.

Die junge Frau unterhielt sich mit ihrer Begleiterin. Wahrscheinlich ihre Mutter, sie hatte eine ähnliche Statur, aber nicht diesen ruhigen und selbstsicheren Blick. Er griff nach seiner Zeitung, linste aber über den Rand immer wieder hinüber. Die Blonde schaute nicht mehr zu ihm. Es war vorbei, der Zauber hatte sich von ihm abgewandt. Werdin spürte, wie seine Laune sank. Es ist besser so, du kannst dir Liebe nicht leisten, es ist Krieg, und du kämpfst auf Glatteis. Wer sich mit dir einlässt, wird kaum überleben. Jede Ablenkung von deiner Aufgabe kann dich umbringen. Die Frau zieht dich so stark an, weil du so lange auf eine feste Bindung verzichten musstest. Wenn du dich mit ihr einlässt, bringst du sie in Gefahr. Aber was heißt einlassen, sie hatte einen Blick auf die SD-Uniform geworfen, und das war's.

Die Tür wurde aufgerissen, es erschienen drei Ledermäntel, verstärkt durch ein paar uniformierte Polizisten. »Ausweiskontrolle!«, brüllte einer. Die Helden von der Gestapo auf Judenjagd. Draußen auf der Straße parkte ein dunkelgrüner Kastenwagen, dahinter zwei schwarze Mercedes-Limousinen. Müllers Jäger hatten womöglich einen Tipp bekommen, sie ließen wenige Juden eine Zeit lang am Leben unter der Bedingung, dass sie *U-Boote* verrieten. Im Café Kranzler errangen sie einen schnellen Sieg über die jüdische Weltverschwörung, das fein gekleidete ältere Paar am Tisch gegenüber von Werdin hatte natürlich keine gültigen Papiere. Werdin bewunderte die Fassung der beiden alten Leute, als sie abgeführt wurden.

Werdin hörte die beiden Frauen am Nebentisch tuscheln, die Ältere war erregt. Sie stand auf. Der Gestapomann an der Tür brüllte sie an: »Sitzen bleiben!«

»Ich suche meinen Ausweis«, sagte die Frau ängstlich. Sie ging zum Mantel, der hinter ihrem Stuhl an einem Garderobenhaken hing, aber sie fand ihren Ausweis nicht. Werdin sah Tränen in ihren Augen blitzen.

Ein scharfer Knall, dann lautes Splittern, eine große Flasche oder eine Schüssel war am Tresen auf den Steinboden gefallen. Alle Augen gingen in diese Richtung. Werdin stand blitzschnell auf und setzte sich an den Nachbartisch, zwischen die beiden Frauen. Die Blonde musterte ihn erstaunt, sagte aber nichts. Der Zauber war doch nicht vorbei, er hatte ihn an den Tisch geführt, dachte Werdin. Und dann: Du bist wahnsinnig, du bringst dich in Teufels Küche oder in Müllers Folterkeller. Er hörte sich flüstern: »Sie sagen nichts. Lassen Sie mich sprechen.«

Es war still im Café, Werdin spürte die Spannung, als zwei Ledermäntel sich Tisch um Tisch erst ins Rauminnere vorarbeiteten, um sich dann wieder dem Eingang zu nähern. Sie erwischten einen jungen Mann ohne Papiere, vielleicht ein Deserteur. Als die Ledermäntel an ihrem Tisch ankamen, stand Werdin auf: »Sturmbannführer Knut Werdin, Sicherheitsdienst. Die beiden Damen sind in meiner Begleitung, ich bürge für sie.«

Einer der Gestapomänner sagte: »Bitte Ihren Dienstausweis, Sturmbannführer!«

Werdin gab dem Mann seinen Ausweis, der schaute kurz hinein, führte seinen Finger an die Hutkrempe und sagte trocken mit einem Blick auf Irma: »Einen schönen Tag noch.« Werdin nickte und setzte sich wieder. Die Ledermäntel und ihre uniformierten Helfer zogen ab.

Die ältere Frau saß leichenblass mit gekrümmtem Rücken auf dem Stuhl, ihre Hände zitterten. »Ist gut, Mutter«, sagte die Jüngere mit fester Stimme. Auch sie war bleich im Gesicht. »Es ist nichts passiert.« Sie wandte sich an Werdin und sagte: »Danke.« Sie zögerte einen Moment, dann fragte sie: »Warum?«

* * *

Das Telefon klingelte. Werner Krause glaubte erst zu träumen, aber dann begriff er. Er tastete mit halb geschlossenen Augen nach dem Schalter der Nachttischlampe. Die Lampe fiel auf den Boden, der Glasschirm klirrte. »Scheiße«, sagte Krause. Im Dunkeln fand er den Telefonhörer. »Ja?«

»Standartenführer Krause?«

»Ja.«

»Hier der Wachhabende, Scharführer Deterling. Ich melde: Amerikaner und Engländer sind in der Normandie gelandet.«

»Und deswegen wecken Sie mich!«, brüllte Krause.

»Befehl von Gruppenführer Müller: Alle Abteilungsleiter haben sich um sieben Uhr bei Gruppenführer Müller zu melden. Einsatzbesprechung.«

»Ich komme«, sagte Krause und legte den Hörer auf. Er stand auf, das linke Bein zuerst, es knirschte, ein Schmerz durchfuhr den großen Zeh. Er humpelte mit nach oben gekrümmtem Zeh zur Tür und knipste das Deckenlicht an. Der Zeh blutete stark. Krause ging fluchend zum Badezimmer und zog eine Spur von Bluttropfen hinter sich her. Er setzte sich auf den Rand der Badewanne und beäugte die Wunde. Ein kleiner Splitter ragte aus einem langen, schmalen Schnitt heraus. Krause zog leicht daran, er ließ sich schmerzfrei entfernen. Er warf den Splitter ins Klo und entnahm dem Badezimmerschrank ein Pflaster. Nachdem er es über die Schnittwunde geklebt hatte, humpelte er in die Küche. Die Küchenuhr zeigte sechs Uhr, er musste sich beeilen. Es war eine elend kurze Nacht gewesen, fast drei Stunden hatte er im Luftschutzkeller verbracht, und jetzt auch noch dieses Theater.

Krause verzichtete aufs Frühstück und nahm es auch mit

dem Waschen nicht so genau. Er schnappte seine Aktentasche und eilte die drei Stockwerke zur Straße hinunter. Sein Mercedes-Dienstwagen stand vor der Tür. Wütend zündete er den Motor und stieß den Schalthebel in den ersten Gang.

Es wäre ein Wunder gewesen, wenn Müller mehr gesagt hätte. Der große Schweiger saß am Kopf des Konferenztischs und verlor kaum ein Wort. Krause hasste den schweren bayerischen Dialekt, aber er ließ sich nicht verleiten, Müller zu unterschätzen. Müller war die Gestapo, und die Gestapo war Müller. Wer immer an der Spitze des Reichssicherheitshauptamts stand, die Geheime Staatspolizei arbeitete auf Hochtouren, geleitet von einem der erfahrensten Kriminalisten des Deutschen Reichs. Heydrich hatte Heinrich Müller entdeckt und ihn, obwohl er kein altgedienter Nazi war, auf die Karriereleiter geschoben. Heydrich hatte ein Händchen für anpassungsfähige Profis. Müller gehörte nicht zu den Glitzergestalten des Tausendjährigen Reichs, er hatte nicht die Brillanz eines Schellenberg, nicht die kalte Intelligenz eines Reinhard Heydrich, nicht das Charisma und die Wendigkeit von »Wölfchen« alias Karl Wolff, dem schicken Leiter des Persönlichen Stabs des Reichsführers. Aber was Müller begann, brachte er zu Ende. Er lebte hinter seinem Schreibtisch wie eine Spinne, er wartete geduldig, bis seine Opfer sich im ausgebreiteten Netz verfingen. Wen er in seinen Krallen hatte, kam nicht mehr davon. Müller verkörperte Wirksamkeit wie kein anderer im Labyrinth von Polizei und Geheimdiensten. Daran dachte Krause, wenn ihm die bayerische Behäbigkeit auf die Nerven ging.

»Amerikaner und Engländer sind gelandet. Harte

Kämpfe, hohe Verluste für die Feinde. Nun fällt die Entscheidung. Für uns heißt das, die Verräter noch unerbittlicher zu bekämpfen.« Krause hielt sich einiges zugute auf seine literarische Bildung, er liebte Heinrich George und den inzwischen verpönten Ernst Jünger, besonders dessen Erzählung *Auf den Marmorklippen*. Umso mehr ekelte er sich vor Müllers Dorfsprache, sie beleidigte seine Ohren und sein Sprachempfinden. Krause konnte fluchen wie ein Droschkenkutscher, aber das war etwas anderes als das gutturale Bellen des Gruppenführers aus Bayern.

»Ah, der Standartenführer Krause humpelt. Erste Kriegsverletzung, Krause?«, fragte Müller spöttisch, als Krause nach Ende der Besprechung das Dienstzimmer seines Chefs verließ. »Bleiben's mal hier!«, befahl Müller. Müller hatte sich wieder hinter seinen Schreibtisch gesetzt. Er wartete, bis alle das Zimmer verlassen hatten.

»Bombensplitter?«, fragte Müller.

»Ein Glassplitter, Gruppenführer.«

»Hat's die Fenster zerschlagen heute Nacht.« Müller fragte nicht, er stellte fest. Krause war froh, nicht genauer Auskunft geben zu müssen über die nicht ganz so heroische Verletzung seines Zehs.

»Ich habe Ihren Bericht gelesen«, sagte Müller. »Wann kriegen Sie Fritz? Das hat Vorrang. Haben die Russen dem Schellenberg einen ins Nest gesetzt.« Man musste Müller gut kennen, um zu ahnen, dass er lächelte. Jeder wusste, Müller hasste Schellenberg, er hielt ihn für einen Aufschneider, einen Lebemann. Der Verräter käme ihm ganz recht, dachte Krause. Wäre eine schöne Blamage für den SD-Chef. Müller saß da und schwieg, das war seine Hauptbeschäftigung.

»Gruppenführer, bekommen wir die Peilwagen?«, unterbrach Krause.

Müller sah ihn leblos an und nickte.

»Und wann, Gruppenführer?«

»Bald«, sagte Müller. »Wir warten nicht, wir suchen Fritz mit allen Mitteln. Ich hab mit dem Nebe gesprochen, die haben einen Zeichner, der malt ein Bild nach der Beschreibung von dem Weißgerber. Das drucken wir. Und dann schicken wir die Schupos los und jeden, der keinen wichtigen Auftrag hat, die sollen Zehlendorf und Lichterfelde umgraben. Der Zeichner wird sich nachher bei Ihnen melden.«

Krause hätte fast leise gepfiffen. Wenn Müller den Reichskriminaldirektor Arthur Nebe um Hilfe bat, meinte er es wirklich ernst. Denn das bedeutete, im Erfolgsfall dem Konkurrenten ein Stück vom Ruhm abtreten zu müssen. Da kam eine Riesengeschichte ins Rollen. Und er, Krause, war mittendrin. Wenn er Fritz schnappte, war er der Größte. Und wenn er den Verräter aufspürte, waren die vorzeitige Beförderung und das EK I angesagt. Krauses Müdigkeit verflog, die Schmerzen im Zeh waren fast vergessen, seine größte Aufgabe wartete auf ihn. Der Verräter musste gestellt werden.

Aber wenn Weißgerber gelogen hat? Wenn er uns ablenken will von einer anderen großen Sache? Ein Scheißgefühl, dachte Krause, dann lande ich an der Ostfront. Aber würde Weißgerber das Leben seiner Frau und seiner Tochter aufs Spiel setzen? Oder war ihm schon alles egal? Ahnte er, dass wir sie niemals laufen lassen würden?

Ungeduldig wartete Krause in seinem Dienstzimmer, Weißgerber sollte ihm vorgeführt werden. Er blätterte in einem Bericht. Ein Kommunist, ein gewisser Paul Fahr, hatte versucht, sich im Konzentrationslager Buchenwald in den Elektrozaun zu stürzen. Gefangene hatten ihn in letzter Sekunde daran gehindert. Glücklicherweise, Fahr war ein hoher KP-Funktionär, aber sie hatten bisher nichts aus ihm herausprügeln können. Krause erinnerte sich gut, selten hatte er einen Mann erlebt, der Schmerzen mit solcher Würde ertrug. Hätten wir in unseren Reihen mehr von dieser Sorte, es sähe alles besser aus, dachte Krause. Aber die Härte würde Fahr nichts nutzen. Sie würden ihn töten.

Es klopfte, die Tür sprang auf. Zwei SS-Männer führten Weißgerber vor. Krause wies auf den Stuhl vor seinem Schreibtisch und winkte die Wachen aus dem Raum.

»Jetzt sind wir ganz unter uns, Weißgerber.«

Weißgerber sagte nichts.

»Ich will Fritz«, sagte Krause.

»Wo sind meine Frau und meine Tochter?«, fragte Weißgerber leise.

»Es geht ihnen gut«, erwiderte Krause. Er schaute ihn streng an. »Solange du mitspielst.«

»Ich will sie sehen.«

»Später.« Krause lächelte fast freundlich. Er schob eine Zigarettenschachtel über den Schreibtisch zu Weißgerber. Der schüttelte den Kopf.

»Soll ja schädlich sein«, sagte Krause. »Wenn wir Fritz nicht finden, gibt es ihn nicht. Wir kriegen jeden, nur keine Gespenster. Wenn es ihn nicht gibt und du uns angeschissen hast, wirst du deine Leute bestimmt wieder sehen. In der Urne. Ich schwör's. Ich lass mich von dir nicht verarschen.«

»Ich sage die Wahrheit.«

»So wahr dir Stalin helfe«, sagte Krause. »Oder wer immer dafür zuständig ist.«

Es klopfte wieder, die Tür ging auf, ein kleines Männchen streckte sein zerfaltetes Gesicht herein. »Ich sollte mich melden. Meißner mein Name. Der Herr Reichskriminaldirektor schickt mich.«

Ein Schrumpfgermane. »Kommen Sie rein«, knarzte Krause. Was für eine lächerliche Gestalt. Riesige abstehende Ohren an einem Zwergenkopf, verquollene Augen, Säufernase, ein verdrecktes Jackett, das möglicherweise einmal hellbraun gewesen sein mochte, ausgelatschte braune Schuhe, deren Nähte vorne aufplatzten. Der Mann trug einen Block unter dem rechten Arm. Das also war Arthur Nebes Wunderwaffe.

Krause befahl Weißgerber und Meißner an den Besuchertisch in seinem Dienstzimmer. Er ermahnte Weißgerber, dem Zeichner jedes Detail zu nennen, das helfen konnte, Fritz zu identifizieren.

»Haare?«, fragte Meißner.

»Schwarz.«

»Haarschnitt?«

»Kurz.«

Meißners tabakgebräunte Finger mit den langen schmutzigen Nägeln skizzierten flink eine Frisur. »So?«

»Nein, vorne hat er eine Locke.«

Meißner zeichnete mit seinem Bleistift eine Locke. »So?«

»Nicht ganz. Höher.«

Die Locke wuchs nach oben. »So?«

»Ja.«

»Frisur sonst richtig?«

»Die Koteletten, die sind länger.«

Krause fühlte, dass Weißgerber sich entschlossen hatte, Fritz für seine Familie zu opfern. Er beantwortete zügig die Fragen und dachte sich offenbar keine Phantomgestalt aus. Krause stand hinter dem Schrumpfgermanen und beobachtete fasziniert, wie Meißner mit wenigen gekonnten Strichen Weißgerbers Angaben in ein Gesicht umsetzte. Es entstand eine riesige Knollennase. Die würde Fritz zum Verhängnis werden, an diesen Erker erinnerte sich jeder, der Fritz mal gesehen hatte. Krause staunte, wie genau man ein Gesicht in seinen einzelnen Teilen beschreiben konnte, Wangen, Stirn, Kinn, Mund, Augenhöhlen, Augenbrauen und so weiter und so fort. Neben den Ekel vor Meißner gesellte sich Respekt, der Mann arbeitete mit der Präzision eines Feinmechanikers. Krause dämmerte, warum Nebe sich dieser abstoßenden Gestalt bediente, der Mann war überragend.

»Körpergröße?«

»Knapp eins siebzig«, sagte Weißgerber nach kurzem Zögern. Er hatte die kraftlose Stimme eines Manns, der sich aufgab.

Meißner schrieb die Angabe neben seine Zeichnung.

»Dünn, dick?«

»Dick«, sagte Weißgerber. »Sehr dick.«

Sie suchten also einen eher kleinen fetten Mann mit einem Riesenzinken und schwarzen Haaren, der wahrscheinlich in Zehlendorf oder Lichterfelde nach Moskau funkte, was ihm ein Verräter aus dem SD ins Ohr blies. Nein, sie mussten nicht auf die Peilwagen warten. Wenn sie sich nicht allzu blöd anstellten, würden sie Fritz vorher kriegen.

Meißner verabschiedete sich mit einer unterwürfigen Verbeugung. Krause ließ Weißgerber zurück in seine Zelle im Keller der Prinz-Albrecht-Straße 8 bringen. Sobald die Zeichnung gedruckt war, ging die Jagd los, erst auf Fritz, dann auf den Verräter.

Das Jagdfieber vibrierte in Krause. Wie immer, wenn er nervös war, machte er sich auf den Weg in den Keller, zum Schießstand. Sechs der acht Schießplätze mit den Personenscheiben waren belegt, Krause entschied sich für den Platz rechts außen. Auf dem Weg dorthin erkannte er Otto Westenbühler, Oberführer und einer der Wirtschaftsheinis der SS, denen auch die Konzentrationslager unterstanden. Westenbühler war ein feiner Kerl, ein offener Typ, der seinen Stolz nicht verbarg über den Aufbau des riesigen Wirtschaftsimperiums der Schutzstaffel. Aus Hitlers Leibwache war binnen weniger Jahre ein Orden erwachsen, mächtiger als viele Staaten der Erde. Und Westenbühler war von Anfang an dabei gewesen. Nun hatte er sich Ohrenschützer aufgesetzt und schoss konzentriert ein Magazin leer. Krause hatte mit Westenbühler ein paar Mal um die Wette geschossen und meistens verloren. Der kleine Oberführer schoss selten eine Fahrkarte, er traf zuverlässig die Scheibe, wenn auch selten die Zehn.

Krause setzte sich die Ohrenschützer auf und nahm seine Luger 08 aus der Pistolentasche am Gürtel, zog den Schlitten nach hinten, ließ ihn nach vorne schnellen, mit einem metallischen Klacken schob der Verschluss ein Neun-Millimeter-Geschoss ins Patronenlager. Beidhändig zielte er auf den Kopf des Pappkameraden und drückte in schneller Folge dreimal ab. Die Wucht des Rückstoßes riss jedes

Mal den Lauf nach oben. Mit einer Kurbel holte Krause den Pappkameraden nach vorn und markierte mit einem Stift die Treffer. Er war zufrieden: zwei Siebener, eine Acht.

Jemand tippte ihm auf die Schulter. Krause drehte sich um und hob den Ohrenschützer vom linken Ohr. »Na, Krause«, sagte Westenbühler. Und, mit einem Blick auf die Luger: »Noch ganz die alte Schule.« Er hielt Krause auf der flachen Hand seine P 38 hin. »Probieren Sie es mal mit der. Kleiner, leichter, sicherer.«

Krause schlug die Hacken aneinander und streckte den Rücken. »Nein, nein«, sagte Westenbühler, »wir sind hier Sportskameraden.«

»Nehmen Sie es mir nicht übel, aber ich bleibe bei meiner 08.«

Westenbühler lachte. »Gut, wie Sie wollen. Sie sind ein sturer Kopf. Wir schießen einen aus, dreimal acht Schuss, einverstanden?«

Krause nickte. Er lud sein Magazin nach und sagte: »Nach Ihnen, Oberführer.«

»Ne, ne, fangen Sie an, das letzte Mal haben Sie verloren. Um was schießen wir? Eine Flasche Schampus nach dem Endsieg?«

»Eine Flasche nach dem Sieg«, sagte Krause. Er setzte sich die Ohrenschützer auf, kurbelte die Scheibe zurück an die Wand, zielte sorgfältig und schoss achtmal. Er holte die Schießscheibe wieder nach vorne und markierte befriedigt seine Treffer.

»Nicht schlecht«, sagte Westenbühler, »fünfundfünfzig Ringe. Sie haben wohl heimlich geübt.« Er lachte. Krause kurbelte die Scheibe zurück und trat zur Seite. Westenbühler hob seine Walther P 38 und feuerte hintereinander acht

Schuss. Er betrachtete mit wachsender Befriedigung die Schießscheibe. »Zwoundsechzig«, sagte er grinsend. »Sie sind wieder dran. Noch haben Sie eine Chance.« Aber Krause verlor wieder, wenn auch knapp.

Westenbühler schlug ihm freundlich auf die Schulter. »Da könn'se mal sehen, wir Wirtschaftsheinis sind auf Draht.« Sie setzten sich nebeneinander auf Stühle nahe dem Eingang und rauchten.

Von hier hatte man einen guten Überblick. Mit wachsender Aufmerksamkeit beobachteten sie einen hoch aufgeschossenen Sturmbannführer in der feldgrauen Dienstuniform des SD. Der Mann feuerte in rascher Folge acht Schuss mit seiner P 38, wechselte schnell das Magazin im Griffstück der Waffe, schoss eine zweite Serie, wechselte wieder das Magazin, schoss zum dritten Mal, dann holte er sich die Scheibe nach vorn.

»Die will ich sehen«, sagte Westenbühler und ging zu dem Stand. Krause kam mit. Sie standen im Rücken des Sturmbannführers, der konzentriert das Trefferbild betrachtete. Krause mochte es nicht glauben, vierundzwanzig Schuss in der Zehn. Das hatte er noch nie gesehen.

Der Sturmbannführer bemerkte sein Publikum erst jetzt. Er drehte sich um, Krause erkannte ein offenes Gesicht, wache blaue Augen. Der Mann schoss nicht nur gut, er sah auch verdammt gut aus. »Guten Tag«, sagte er ganz unmilitärisch mit einer angenehmen Baritonstimme. »Sturmbannführer Werdin, SD.«

»Kunstschütze, was?«, fragte Westenbühler anerkennend.

»Nein, Naturtalent.« Werdin grinste. »Es ist eine Frage der Konzentration und der Übung. Sie dürfen an nichts anderes denken als an den Pappkameraden. Die Waffe muss eins werden mit einem, als wäre sie ein natürliches Organ.«

»Können Sie das noch mal?«, fragte Krause.

»Ja«, sagte Werdin. Es klang nicht nach Aufschneiderei. »Ich glaube schon. Aber heute nicht mehr. Der Dienst ruft.«

* * *

Werdin saß an seinem Schreibtisch, die Hände hinter dem Genick verschränkt. Er starrte auf einen imaginären Punkt an der Wand. »Warum?«, hatte sie gefragt. Ja, warum? Warum riskierte er Ärger mit der Gestapo? Die beiden Beamten aus dem Café Kranzler würden sich möglicherweise nach ihm erkundigen. Es würde wohl nichts weiter passieren, aber er hatte gegen sein Überlebensprinzip verstoßen, nie aus dem Rahmen zu fallen, der einem Mitarbeiter des Reichssicherheitshauptamts gezogen war. Was wäre der alten Dame schon passiert? Sie hätte ein paar Anschnauzer auf einer Polizeiwache ertragen müssen, während ihre Tochter den Personalausweis besorgte. Vielleicht ein Bußgeld, wenn die Beamten schlecht gelaunt oder fanatische Nazis waren. Da gab es schlimmere Schicksale.

Irmas Gesicht tauchte vor ihm auf. Schön und selbstbewusst. Es hatte ihn gepackt, er spürte Ärger in sich über seine Schwäche. Er würde sie wieder sehen. Sie hatte ihm ihren Namen genannt und auch verraten, dass sie in Biesdorf wohnte. Den Rest herauszufinden war ein Kinderspiel. Aber würde sie ihn wieder sehen wollen?

Die Tür ging auf, Scharführer Bittner brachte eine Mappe, Berichte von V-Männern in Frankreich. »Es sieht mies aus«, sagte Bittner und legte Werdin die Papiere auf den Schreibtisch. Werdin antwortete nicht. Bittner schaute ihn erstaunt an und ging.

Würde sie ihn wieder sehen wollen? Wie sollte er es arrangieren? Lass es, sagte er sich. Du kommst in Teufels Küche.

Das Telefon klingelte. »Schellenberg will Sie sehen, in einer halben Stunde.«

»Warum?«, hatte sie gefragt. Er hatte sie angeschaut und die Achseln gezuckt. Dann hatte er gesagt: »Ich mag diese Leute in Ledermänteln nicht.«

»Aber Sie gehören doch auch dazu«, erwiderte sie, ohne eine Sekunde zu zögern.

»Ja«, sagte Werdin. Nach einer Weile: »Und nein.«

Sie schaute ihn fragend an, dann lächelte sie. Da war etwas in ihren Augen, es verwirrte ihn.

»Entschuldigung, ich habe mich nicht vorgestellt.« Werdin verfluchte sich, lächerlich, gleich würde er zu stottern beginnen. »Knut Werdin.« Er verbeugte sich leicht vor der älteren Dame, dann vor der anderen.

»Irma Mellenscheidt«, sagte sie. »Das ist meine Mutter.«

Werdin gab Margarete die Hand, dann Irma. Nach kurzem Zögern nahm sie seine Hand. Ihre fühlt sich zart und warm an. Er bildete sich ein, dass sie seine Hand einen Augenblick länger hielt, als es nötig gewesen wäre. Und dass sie ihn anschaute mit einem fragenden Blick, als wollte sie wissen: Was bist du für einer?

»Wohnen Sie in Berlin?«, fragte Werdin.

»Ja«, sagte Irma, »in Biesdorf.«

»Herr Werdin, ich danke Ihnen«, sagte Margarete. Sie begann sich zu erholen von ihrem Schrecken.

»Es wäre doch nichts passiert«, sagte Werdin.

»Kann ich mich erkenntlich zeigen?«, fragte Margarete.

»Komm, Mama«, sagte Irma. »Wir müssen los. Papa wartet sonst.« Sie wandte sich zu ihm und sagte: »Vielen Dank nochmals, Herr Werlin. Wir müssen jetzt leider nach Hause.«

»Werdin«, sagte er.

»Entschuldigung, Werdin heißt der weiße Ritter.« Sie lachte. »Manchmal bin ich schlimmer als meine Oma. Einen Namen gehört und schon vergessen.«

Irma holte an der Garderobe den Mantel ihrer Mutter. Sie sagte: »Komm, Mama«, und hakte sich bei ihrer Mutter ein. Sie gingen hinaus, Werdin schaute ihnen stehend nach. In der Tür drehte Irma sich noch einmal um. Sie schaute ihn an und lächelte. Da war wieder etwas in ihren Augen.

IV.

Gawrina hatte Borschtsch gekocht, niemand kochte so gut Borschtsch wie Gawrina. Das sagte sie jedenfalls. Den gesamten Nachmittag hatte sie in der Küche gearbeitet. Sie schnitt Weißkohl klein, kochte Schweinefleischreste, die sie von einem Verehrer mit unzweideutiger Absicht geschenkt bekommen hatte, rührte aus dem Mehl und dem Fett aus der Sonderverpflegungsration für Boris eine helle Schwitze an und opferte ein Glas Rote Beete, das ihre Mutter vor dem Krieg eingemacht hatte. Sie öffnete die letzte Flasche grusinischen Rotwein und stellte sie auf den Küchentisch.

»Warum?«, fragte Boris erfreut, als er am Abend die Wohnungstür öffnete und ihm der Geruch des Eintopfs entgegenströmte. Dann sah er den festlich gedeckten Tisch und die geöffnete Flasche Wein.

»Weil ich so stolz auf dich bin«, erwiderte Gawrina lachend. Sie kam in Tanzschritten auf ihn zu und umarmte ihn. »Bald bist du General und Leiter aller unserer Spione.«

»Kundschafter«, verbesserte Grujewitsch. »Bei uns heißen sie Kundschafter! Spione kommen aus dem faschistischen Deutschland oder aus imperialistischen Staaten.« Er sagte dies mit dozierender Stimme, als stünde er im Hörsaal der Moskauer Militärakademie. Dann lachte er.

Manchmal mochte er sich selbst nicht ernst nehmen, das liebte Gawrina besonders an ihm.

Gesättigt vom Kohleintopf und angeregt vom Wein, berichtete Grujewitsch von seiner neuen Aufgabe. Gawrina hörte mit leuchtenden Augen zu. Für sie kündigte sich ein rascher Aufstieg an, ihr Mann war zu Höherem berufen, selbst der Genosse Berija fragte ihn um Rat und erzählte ihm vom Genossen Stalin.

Bei allem Stolz, Grujewitsch wusste, er musste vorsichtig sein. Schon zu viele gute Kommunisten waren im GULag gelandet, weil sie aufgefallen waren, wem und warum auch immer.

»Du darfst nicht überall herumlaufen und erzählen, dass ich bald General werde«, sagte Grujewitsch.

»Das tue ich doch gar nicht«, erwiderte Gawrina. Es klang schnippisch.

Grujewitsch glaubte ihr nicht. »Gut«, sagte er, »denn wenn du es tätest, wäre alles bald vorbei. Von einem deutschen Gefangenen habe ich mal das Sprichwort gehört ›Hochmut kommt vor dem Fall‹.«

Gawrina schnaubte verächtlich: »Von einem Deutschen! Von einem Faschistenschwein!«

»Nicht alle Deutschen ...«

»Sie sind alle Mörder. Sie haben meinen Bruder umgebracht und meine Tante Larissa.«

»Ich wollte dich doch nur bitten, vorsichtig zu sein.«

Gawrina grollte. Seine Mahnung hatte sie getroffen. Wie sollte sie ihren Aufstieg genießen, wenn sie ihn geheim halten musste? Lächerlich. Sie hatte sich solche Mühe gegeben, Boris ein Festmahl zu bereiten, das war im Krieg eine Kunst. Statt dankbar zu sein, mäkelte Boris herum. Er hatte Angst, irgendjemand könnte glauben, er hielte sich für was Besonderes. Er war was Besonderes, manchmal war er auch besonders feige. Er würde doch nicht gleich im Lager landen, wenn sie den Nepomows gegenüber erzählte, was für ein toller Kerl ihr Mann war. So jung und bald schon General. Gesprächspartner von Berija!

Der Abend war versaut. Grujewitsch wusste, es war sinnlos, Gawrina zu besänftigen. Er gähnte demonstrativ: »Ich bin müde, morgen ist ein anstrengender Tag.« Morgen würde ein Tag sein wie jeder andere, hoffte Grujewitsch. Mürrisch begann Gawrina den Tisch abzuräumen. Geschirr und Besteck klapperten und klirrten lauter als sonst beim Abwasch. Grujewitsch ging in den kleinen Schlafraum, zog sich aus und schlüpfte ins Bett. Als Gawrina kam, tat er so, als schliefe er schon. Er dachte an die Verschwörung in Deutschland. Wenn sie klappte, was würde es bedeuten für die Sowjetunion? Den Anfang vom Ende? Vielleicht hatte Michael, der Agent in der SS, Recht, einige Umstürzler wollten gemeinsam mit Amerikanern und Briten gegen die Sowjetunion marschieren. Wenn das geschah, war die Macht der Arbeiterklasse verloren. Sie hatten 1941 fast schon verloren gehabt, auch Grujewitsch hatte nicht mehr an den Sieg geglaubt. Kein anderes Volk der Erde hätte solche Verluste ertragen. Division um Division der Roten Armee war in der großen Fleischmühle zerrieben worden, Millionen gerieten in Gefangenschaft. Unaufhaltsam stürmte die Wehrmacht in die Tiefe des Sowjetreichs. Und dann geschah das Wunder. Der Genosse Stalin und der Genosse Winter stoppten den Vormarsch, vor Moskau verlor die Wehrmacht den Nimbus der Unbesiegbarkeit. Im Jahr 1944 war der Spieß längst umgedreht, die Rote Armee trieb die arischen Helden vor sich her. Es gab immer noch riesige Verluste, aber sie schwächten die Deutschen stärker als die Russen.

Grujewitsch fühlte ein Streicheln zwischen den Beinen. Er öffnete die Augen halb, das Morgenlicht blendete. Gawrina lag auf der Seite und schaute ihn an, ihre rechte Hand streichelte ihn unter der Decke. Grujewitsch schloss die Augen, genoss es. Er erinnerte sich an den Streit. Er linste mit den Augen zu Gawrina und sah, dass sie nackt war. Er griff nach ihren Brüsten und streichelte sie. Dann ging es zu schnell. Danach lag er unzufrieden neben Gawrina. Es ist ihre Art, sich zu entschuldigen, dachte er. Sie bot sich ihm an. Sie wusste, dass ihr Körper ihn erregte. Er fühlte sich unwohl, es lag nicht nur an den Kopfschmerzen, die der süße Wein ihm bescherte. Erst später sollte er merken, dass sie so den Keim der Verachtung legte.

Aus der Rumpelkammer wurde allmählich ein Büro. Natürlich war niemand gekommen, um den Müll wegzuräumen. Oberleutnant Schmidt nannte ihm ein unbenutztes Zimmer, das darauf wartete, das Gerümpel aus Grujewitschs Dienstraum aufzunehmen. Mochte sich der Genosse, dem dieses Zimmer irgendwann zugewiesen würde, damit herumärgern.

Es klopfte an der Tür. »Herein!«, rief Grujewitsch. Die Tür öffnete sich, im Rahmen stand eine mittelgroße Gestalt in der Uniform eines NKWD-Hauptmanns. Sein Gesicht hatte einen leichten asiatischen Einschlag, kluge schwarze Augen unter buschigen Brauen. Seinen Mundwinkeln war der Spott nicht fremd, das erkannte Grujewitsch gleich.

»Hauptmann Iwanow meldet sich zum Dienst!«, sagte der Mann in der Tür. Es klang nicht sehr militärisch.

»Ach, ich kenne Sie doch, gehörten Sie nicht zu den Smerschleuten, die mit uns in den Feuerüberfall in der Ukraine geraten sind?«

»Ja, Genosse Major. Ich werde Ihnen nie vergessen ...«

Grujewitsch winkte ab. Der Mann war ihm auf den ersten Blick sympathisch. Iwanow war also nun der Stellvertreter des Stellvertreters. Bin mal gespannt, ob sie für Iwanow auch einen Stellvertreter ernennen, dachte Grujewitsch und grinste. Er winkte den Hauptmann zu sich und bot ihm einen Stuhl an. Er wusste gleich, bei Iwanow konnte er auf das militärische Gehabe verzichten. Manchen Menschen sah man eben von vornherein an, dass sie etwas Besonderes waren.

Grujewitsch nahm eine Akte von seinem Schreibtisch und reichte sie Iwanow. »Schauen Sie mal hinein, bin gespannt auf Ihre Meinung.«

Iwanow lächelte ihn an: »Und wo?«

Stimmt, dachte Grujewitsch, er müsste das Zimmer von meinem Gerümpel befreien. Idiotisch, der Schrott zog um. »Besorgen Sie sich einen Schreibtisch, bei mir hier ist genug Platz, wenigstens für eine Übergangszeit. Oberleutnant Schmidt wird Ihnen helfen.«

Schon am Nachmittag hatte Iwanow alles besorgt, was er benötigte, um seinen Pflichten nachzukommen. Er saß in der dunkleren Hälfte des Arbeitszimmers, Grujewitsch hatte seinen Schreibtisch zwischen die beiden Fenster gestellt. Er konnte sehen, wie Iwanow aufmerksam Seite um Seite der Akte las. Als er fertig war, schaute er einen Augenblick an die Decke, dann nickte er.

»Genosse Major«, sagte Iwanow, »Sie wollten meine Meinung hören.«

Grujewitsch lehnte sich in seinem Schreibtischstuhl zurück. »So schnell?«, fragte er. Wer in der Sowjetunion traute sich, seinem Vorgesetzten eine Meinung zu sagen, ohne sie sorgfältig nach allen Seiten hin abgewogen zu haben? Es war gefährlich, sich auf eine Position festzulegen. Vor allem dann, wenn man nicht wusste, was die Vorgesetzten oder die Partei entscheiden würden. Offenbar hatte Iwanow keine Angst vor ihm, es war seltsam, wie schnell sich Vertrauen bilden konnte.

»Wenn Hitler gestürzt oder getötet wird, ist das schlecht für die Sowjetunion«, sagte Iwanow.

Grujewitsch runzelte die Stirn. Es soll schlecht sein, wenn die Bestie verreckt?

Iwanow lächelte, er ließ sich nicht beirren. »Natürlich freue ich mich, wenn der Verbrecher sein verdientes Ende findet.« Er schüttelte den Kopf. »Aber für uns ist es gefährlich.«

»Sie denken an die Bemühungen der Leute um Goerdeler, einen Separatfrieden mit unseren Verbündeten zu schließen?«

»Genau«, sagte Iwanow. »Ich weiß natürlich nicht, ob die Verbündeten darauf eingehen werden. Aber ich fürchte es. Der Antikommunismus wird sich am Ende möglicherweise als stärker erweisen als die Vernunft. Wir arbeiten mit Amerikanern und Briten seit drei Jahren zusammen, nachdem sie zweieinhalb Jahrzehnte versucht haben, uns zu vernichten.«

Grujewitsch bewunderte den nüchternen Verstand seines neuen Untergebenen. Schon im ersten ernsthaften Gespräch verwischten sich die Unterschiede. Grujewitsch als Höherrangiger staunte, dass er keinen Ärger verspürte. Da war nichts Unterwürfiges in Rede und Mimik. Grujewitsch freute sich. Er würde einen Freund finden im Labyrinth des Misstrauens.

»Haben Sie Lust auf einen kleinen Spaziergang?«, fragte Grujewitsch.

Iwanow grinste breit. »Gerne, Genosse Major«, sagte er übertrieben zackig.

Lawrentij Berija, der mächtigste Mann der Sowjetunion nach Stalin, schaute Grujewitsch lange von unten an. Berija saß in einem schäbigen großen Sessel in der Ecke seines Dienstzimmers, Grujewitsch stand in strammer Haltung vor ihm.

»Sie werden es bald versuchen?«

»Ja, Genosse Berija.«

»Unser Kundschafter, dieser Michael, ist zuverlässig?«

»Michael ist einer unserer Besten, so gut wie Sorge.«

Berija verzog das Gesicht zu einer Fratze. Er mochte nicht an Sorge erinnert werden. Der große Richard Sorge hatte den Überfall der Deutschen auf die Sowjetunion vorhergesagt, aber Stalin war überzeugt, es handle sich um eine Provokation. Sorge, dieser versoffene Idiot, den sein Leichtsinn in die Todeszelle gebracht hat, er hätte Beweise liefern müssen statt Gerüchte. Der Genosse Stalin war damals zugeschüttet worden mit Fantastereien.

»Ich hoffe, Ihr Michael ist besser als Sorge«, sagte Berija.

»Ja, Genosse Berija, wahrscheinlich ist er besser. Ich habe nur nicht gewagt …«

Berija schnitt Grujewitsch mit einer kurzen Handbewegung das Wort ab. »Was haben wir davon, wenn Hitler getötet wird?«, fragte er. »Außer dass wir persönlich befriedigt sind, dass einer unserer größten Feinde nicht mehr lebt.«

»Ich weiß es nicht, Genosse Berija«, erwiderte Grujewitsch nach einer kurzen Pause.

Berija lächelte, sein Mund war ein Strich, die Mundwinkel waren leicht nach oben gezogen. »Stehen Sie doch bequem«, sagte Berija. Seine Stimme säuselte fast.

Grujewitsch lockerte seine Haltung.

»Genosse Grujewitsch, wie ist Ihr Vatername?«

»Michailowitsch, Genosse Berija.«

»Boris Michailowitsch, wir sind hier unter uns. Nichts, was hier gesprochen wird, dringt nach außen. Ich bitte Sie, ja, ich bitte Sie, sagen Sie mir Ihre Meinung. Sie sind ein tapferer und kluger Mann, ich kenne Ihre Personalakte. Sie werden es noch weit bringen. Wer nach oben will, muss manchmal etwas riskieren. Sie können sich gar nicht vorstellen, wie viel Schaden der Sowjetunion entstanden ist, weil Funktionäre und Offiziere im entscheidenden Augenblick das Maul nicht aufgekriegt haben. Wenn Sie offen mit mir sprechen, riskieren Sie nichts. Ich werde es für mich behalten. Sind Sie einverstanden, Boris Michailowitsch?« Berijas Stimme war seltsam eindringlich geworden.

»Ja, Genosse Berija.«

»Dient es unserem Land, wenn Hitler getötet wird? Sagen Sie offen Ihre Meinung.«

»Jeder Sowjetbürger würde jubeln«, sagte Grujewitsch.

»Nur, wie lange?«, fragte Berija.

»Ich fürchte, kurz«, erwiderte Grujewitsch.

»Was passiert, wenn die Verschwörer in Berlin die Macht übernehmen?«

»Es ist fraglich, ob ihnen das so einfach gelingt. Auch wenn wir in unserer Propaganda zu Recht das Gegenteil verkünden, die Deutschen in ihrer großen Mehrheit stehen hinter Hitler. Was tun sie, wenn er umgebracht worden ist? Wird sich nicht ihr ganzer Hass gegen die Mörder richten?«

Berija nickte bedächtig. Er war ungeheuer konzentriert. »Das sind kluge Argumente, Boris Michailowitsch, kluge Argumente. Ich sehe, Sie sind der richtige Mann am richtigen Platz.« Berija schaute Grujewitsch nachdenklich in die Augen. »Fahren Sie fort.«

»Sie werden wie im letzten Krieg von einer Dolchstoßlegende sprechen: Mitten im Krieg sei eine kleine Clique von Verschwörern der kämpfenden Front in den Rücken gefallen. Verrat!«

»Niemand wird stärker gehasst als der Verräter«, warf Berija ein.

»Niemand«, bestätigte Grujewitsch.

»Und noch etwas anderes. Boris Michailowitsch, Sie sind ein guter Kommunist, haben sogar die Parteischule mit Auszeichnung abgeschlossen. Sie wissen, unser Bündnis mit den kapitalistischen Staaten wird nicht ewig dauern. Sie wollen uns seit 1917 an den Kragen. Und wir machen kein Hehl daraus, wir sind Revolutionäre. Gut, wir haben die Internationale aufgelöst, aber das hat keine große Bedeutung. Denn die Kommunisten aller Länder sind durch ein festes Band verbunden, durch die Lehre von Marx, Engels, Lenin und Stalin.«

»Wenn Hitler tot ist, könnte die neue Regierung einen Separatfrieden mit den Westmächten abschließen«, sagte Grujewitsch. Er hätte sich auf die Zunge beißen können, es war ihm herausgeplatzt, es lag auf der Hand. Aber er hatte Angst, Berija könnte ihn für vorlaut halten. Die Lage einzuschätzen war Sache der Führung, nur sie überblickte, was los war in der Welt.

Berija verzog seinen Mund wieder zu einem Strich, dessen beide Enden nach oben zeigten. »Recht so, Boris Michailowitsch, recht so. Das ist der erste Punkt, den wir Kommunisten im Auge behalten müssen. Aus unseren Partnern können Feinde werden. Wenn wir nicht klug taktieren, fallen sie am Ende alle über uns her: die Deutschen, die Amerikaner, die Engländer und vielleicht sogar die elenden Japaner. Dann haben wir den antisowjetischen Kreuzzug, vor dem Lenin und Stalin immer gewarnt haben. Wir haben durch unseren Nichtangriffsvertrag mit Ribbentrop 1939 die Front unserer Feinde gespalten. Was wäre geschehen, wenn der Genosse Stalin die Chance nicht genutzt hätte? Die Deutschen und die Polen und die Briten hätten uns angegriffen. Damals waren wir noch nicht so stark wie heute. Sie erinnern sich, wir hatten feindliche Agenten und Saboteure in der Armee. Erst nachdem wir sie ausgerottet hatten, konnte unsere Rote Armee die stärkste Armee der Welt werden. Das verdanken wir dem Genossen Stalin.«

Grujewitsch war beeindruckt. Er durfte an den Gedanken der Mächtigen teilhaben. Das Schicksal meinte es gut mit ihm. Der kleine Mann da im Sessel hatte alles im Griff. Kein Wunder, er war der erste Berater des Genossen Stalin.

Berija stand auf und begann in seinem Arbeitszimmer hin und her zu laufen wie ein Tiger hinter Gittern. Grujewitsch hatte gehört, auch der Genosse Stalin tat dies, wenn er nachdachte.

»Und noch etwas, Boris Michailowitsch. Stellen Sie sich vor, Hitler stürzt oder ist tot, die Verschwörer erringen wirklich die Macht, auch wenn das eher fraglich ist, was dann? Dann kann es passieren, dass die Deutschen einfach die Waffen niederlegen, und der Krieg ist aus.« Berija unterbrach sich, hielt einen Moment an und setzte seine Wanderung dann fort.

Grujewitsch hielt den Atem an. Das wäre großartig. Endlich hätte das Schlachten ein Ende. Auch wenn sie auf dem Rückzug waren, die Deutschen waren gefährlich. Ihnen war zuzutrauen, dass ihnen noch etwas einfiel, dass sie zurückschlugen. Wie schön, wenn diese Gefahr gebannt wäre, wenigstens für ein paar Jahre. Es würde Millionen von Menschenleben kosten, bis Berlin in sowjetischer Hand war.

Berija blieb stehen, er fixierte Grujewitsch streng: »Wenn der Krieg jetzt beendet wird, bringt man uns um den Preis des Siegs. Wenn die Opfer des Sowjetvolks einen Sinn haben sollten, dann den, dass der Sozialismus nach dem Krieg mächtiger ist als vorher. Viel mächtiger. Stellen Sie sich vor, Boris Michailowitsch, Hitler ist weg und Goerdeler, oder wer immer dann für die deutsche Monopolbourgeoisie spricht, macht einfach Schluss. Dann werden die Amerikaner und die Briten womöglich stehen bleiben, irgendwo in Frankreich. Oder glauben Sie, die Bürger in Nordamerika oder in England wollen den Krieg fortsetzen, wenn der Feind kapituliert? Könnten wir dann unseren Befreiungsfeldzug weiterführen?«

»Wahrscheinlich nicht«, sagte Grujewitsch. Er musste

etwas sagen, Berija hatte ihn mit seinen Augen dazu aufgefordert.

»Ganz bestimmt nicht«, sagte Berija. »Die Arbeiterklasse und die werktätigen Bauern in Polen, Rumänien, Ungarn, Bulgarien und der Tschechoslowakei erwarten von der Roten Armee, dass sie das braune Gesindel vertreibt, damit das Volk die Macht ergreifen kann. Sollen wir die Völker daran hindern, sich zu befreien, indem wir unseren Vormarsch anhalten?« Lawrentij Berija schaute Grujewitsch empört an. »Das kann niemand von uns verlangen.«

Grujewitsch wusste nicht, was er sagen sollte. Berija hatte den großen Blick auf die Dinge, die Welt war für ihn ein Schachbrett. Und doch leuchtete es Grujewitsch nicht ein, warum er sich nicht freuen sollte, wenn Hitler, diese Missgeburt der Weltgeschichte, vernichtet war. Gab es einen gefährlicheren Feind der Sowjetunion als den Diktator in Berlin? Er wagte nicht, dem Staatssicherheitsminister zu widersprechen. Stattdessen sagte er: »Nein, das kann niemand verlangen.«

»Aber es läuft darauf hinaus«, sagte Berija, setzte sich wieder in seinen Sessel und bohrte mit dem kleinen Finger in der Nase. Er betrachtete auf der Zeigefingerkuppe, was er gefunden hatte, und schnalzte es in den Raum. »Ich habe heute Mittag mit dem Genossen Stalin gesprochen. Der Genosse Stalin sagt: Die Dialektik der Geschichte fordert, dass Hitler am Leben bleibt. Wir müssen den Anschlag auf Hitler verhindern.« Berija starrte an die Decke. »Sie wissen, der Genosse Aleinikow hat große Verdienste, und er ist Ihr Vorgesetzter. Aber er ist alt. So ist es Ihre Aufgabe, den Befehl des Genossen Stalin auszuführen. Ich erwarte, dass unser Kundschafterkollektiv in Berlin den Anschlag auf Hitler verhindert.«

Grujewitsch dachte an Fritz und Michael. Das war das ganze Kundschafterkollektiv, nachdem die Gestapo die Rote Kapelle abgeräumt hatte. Die Gestapo versuchte den Anschein zu erwecken, als gäbe es die Rote Kapelle noch. Trepper und sein einstiger *Petit Chef* funkten nun in Müllers Auftrag an den Direktor, und der sowjetische Nachrichtendienst tat so, als wüsste er nicht, dass der große und der kleine Chef längst in den Händen des Feindes waren. Es war ein Funkspiel mit doppelt gezinkten Karten. Völlig zwecklos, dachte Grujewitsch, aber in seiner Weise logisch. Ohne ihren Mann in der SS wären sie der Gestapo wohl in die Ätherfalle gelaufen. Aber was zählten Verdienste der Vergangenheit?

Berija stand nun direkt vor Grujewitsch, er schaute ihm streng in die Augen. Grujewitsch roch den fauligen Atem, ihm wurde übel. »Sagen Sie Michael, er soll das Attentat verhindern. Wenn es ihm gelingt, machen wir ihn zum Helden der Sowjetunion.«

»Und wenn nicht?« Es rutschte Grujewitsch heraus.

Berijas Augen blitzten. »Was geschieht mit Befehlsverweigerern an der Front, Genosse Grujewitsch?«

»Sie werden bestraft.«

»Sie werden liquidiert«, sagte Berija. »Liquidiert.«

* * *

»Das ist ein Ding«, sagte Werner Krause.

»Nein«, erwiderte Müller. »Das hat der Reichsführer beim Reichsmarschall durchgesetzt.«

Himmler war auf dem aufsteigenden Ast, Göring auf

dem absteigenden, seit seine Luftwaffenhelden sich als Versager entpuppt hatten. Krause war stolz, auf der richtigen Seite zu stehen.

»Und wann bekommen wir die Peilwagen?«

»Heute«, sagte Müller. »Sie sind Ihnen unterstellt. Rufen's beim Reichsluftfahrtministerium an, bei einem Major Hunzinger.«

Sie hatten die Kommune bis auf traurige Reste zerschlagen, die Sozialdemokratie ausgelöscht, Deutschland fast gänzlich von Spionen befreit. Nun würden sie auch den Verräter fangen.

Gestern Abend hatte Krause eine Mahler-Symphonie aufs Grammofon gelegt und sich ausgemalt, was er mit dem Schwein anstellen würde, wenn er es erwischt hatte. Crescendo und piano, immer im Wechsel bis zum furiosen Finale. Sie hatten all die Jahre dazugelernt. Längst vorbei die Zeiten, in denen wahllos geprügelt wurde. Bei dem Verräter würde er alle Register ziehen und es lange genießen, bis er ihn verrecken ließ. Unsere Ehre heißt Treue, wer uns verrät, verliert sein Recht weiterzuleben. Heute kam ihm der Spruch gar nicht pathetisch vor. Wenn ihm nichts mehr gelingen sollte, dieses Schwein würde er noch schlachten.

In seinem Dienstzimmer rief Krause beim Reichsluftfahrtministerium an. Es dauerte eine Ewigkeit, bis er den Major Hunzinger an der Strippe hatte. Es dauerte eine weitere Ewigkeit, bis er dem drögen Mecklenburger klar gemacht hatte, dass er zwei Peilwagen samt Besatzung spätestens morgen früh brauchte. Erst als er drohte, dem Reichsführer-SS persönlich Meldung zu machen, wenn die Wagen nicht ausrückten, begann Hunzinger zu begreifen.

»Gut.« Er schwieg einige Sekunden. »Ich … frage … mal … nach …, ob … die … Wagen … einsatzbereit … sind.« Er fügte zwischen fast jede tonlose Silbe eine Pause.

Krause musste an sich halten, nicht loszubrüllen. Vielleicht fand er einen Weg, dieses Arschloch an die Ostfront befördern zu lassen, Aktion Heldentod in den Lüften. »Und wann wissen Sie, ob die Wagen einsatzbereit sind?«

»Ich … muss … erst … heraus … finden …, wo … die … Wagen … sind.« Der Mann schnäuzte in den Telefonhörer.

»Das heißt, Sie müssen die Wagen suchen?«

»Vielleicht … sind … sie … im … Fuhrpark …, vielleicht … sind … sie … in … der … Instand … setzung …, kann … auch … sein …, sie … sind … in … Paris.«

»In Paris?«, brüllte Krause.

»Viel … leicht«, antwortete Hunzinger ungerührt.

»Und was machen sie in Paris?« Krause fürchtete, seine Stimme könnte sich überschlagen.

»Das … weiß … ich … nicht …. Ich … bin … für … den … Fuhr … park … zuständig …, nicht … für … die … Einsätze.«

»Und wann erfahre ich, wo die Wagen sind?«

»Rufen … Sie … heute … Abend … an«, sagte Hunzinger. Es machte klick.

Mit finsterer Miene öffnete Krause die Tür zum Schießstand. Nur eine Bahn war besetzt. Krause erkannte Werdin, der gerade ein Magazin nachlud. Der SD-Mann drehte sich um und nickte zur Begrüßung.

»Tag, Standartenführer.«

So richtig zackig waren diese Typen vom SD noch nie gewesen. Schellenberg gab sich ja auch oft eher wie ein Zivilist.

Das färbte auf den gesamten Auslandsnachrichtendienst ab. Der Fisch stinkt am Kopf zuerst. Hier im Schießstand konnte Krause das schlecht rügen, auch wenn es ihm gefallen hätte, seine Wut über Hunzinger an Werdin auszulassen.

»Tag, Sie sind öfter hier?«

»Eigentlich nicht«, erwiderte Werdin. Er schob das gefüllte Magazin in seine Walther und ließ den Schlitten nach vorne schnellen. »Zufall, dass Sie mich schon wieder treffen.«

»Vielleicht hat der Zufall ja einen Sinn?« Krause musterte den großen, schlanken Mann. Wird seine Erfolge bei den Frauen haben. Er entdeckte keine Ringe an den Fingern. Unverheiratete SS-Männer sah der Reichsführer nicht gern. Sie sollten mit seiner Genehmigung arische Frauen heiraten und Kinder in die Welt setzen, das Reich brauchte auch künftig Soldaten. Die Untermenschen warfen wie die Karnickel, die Deutschen musste man geradezu zwingen, sich zu vermehren. Irgendwann schlug es um, wog die Masse mehr als die rassische Überlegenheit, wurden die Deutschen erdrückt unter dem Ansturm der Minderwertigkeit.

»Möglich«, sagte Werdin. »Aber welcher Sinn sollte das sein?« Er lachte wie über einen mittelprächtigen Witz.

Eingebildeter Schnösel, Aufschneider, Vorzeigegermane. Schade, dass der Bursche ihm nicht unterstand, er hätte ihn sich zurechtgeschnitzt.

»Nichts zu tun?«, fragte Krause.

»Ich mache eine kleine Denkpause«, sagte Werdin. »Bin gleich fertig.« Er lachte wieder.

Krause fand keinen Grund, fröhlich zu sein. »Was halten Sie von einem kleinen Wettschießen?«

Werdin guckte einen Augenblick erstaunt. Er zuckte mit

den Achseln und sagte: »Warum nicht? Wenn es Ihnen Freude bereitet. Auf welche Scheibe?«

Krause zögerte einen Moment. »Nicht auf Scheiben.« Er zog seine Brieftasche hervor und entnahm ihr einen Hundertmarkschein. »Haben Sie auch einen?«

Werdin wühlte in seiner Hosentasche und zog einen verknitterten Schein hervor. Er legt ihn auf die Handfläche und strich ihn glatt. »Und nun?«, fragte er.

»Ich schieße auf Ihren Schein, Sie auf meinen. Wer zuerst trifft, hat gewonnen und kriegt beide.«

»Gut«, sagte Werdin. »Man kann sich ja sowieso nichts Vernünftiges mehr kaufen. Wer fängt an?«

»Ich«, sagte Krause, »ich habe den höheren Rang.« Er musste grinsen, ein guter Scherz.

Werdin lachte. »Sie brauchen wohl einen Sieg, Standartenführer. Aber wenn es so sein soll.«

Überhebliches Schwein, dachte Krause. »Nein, wir schießen Zweierserien, jeder einmal. Wer zuerst verfehlt, hat verloren.«

Krause kurbelte eine Schießscheibe nach vorne und klemmte die beiden Scheine fest. »Rechts ist Ihrer, links meiner«, sagte er. Er drehte die Scheibe zurück zur Wand, zog seine Luger, zielte und drückte ab. Er traf die linke untere Ecke von Werdins Geldschein.

»Was dazu wohl die Reichsbank sagen würde«, witzelte Werdin, er zielte und schoss. Es war eine flüssige Bewegung. Der Schein flatterte, man konnte das Loch in der Mitte sehen.

Krause hob seine Luger, visierte lange und schoss. Der Luftzug des Geschosses bewegte den Geldschein. »Scheiße«, sagte Krause.

»Pech gehabt«, sagte Werdin. Und darüber ärgerte sich Krause genauso wie über den Fehlschuss.

Mit aufreizender Lässigkeit hob Werdin die Pistole und drückte ab. Der Treffer saß direkt über dem Loch des ersten Schusses. Werdin kurbelte die Scheibe nach vorn, nahm die beiden lädierten Geldscheine und steckte sie in seine Hosentasche.

»Gratuliere«, sagte Krause. Er hätte lieber geflucht. »Wie gut, dass wir für dieselbe Firma kämpfen.«

»Wie gut«, wiederholte Werdin. Er lächelte freundlich, hob zwei Finger der rechten Hand an die Stirn. »Ich muss jetzt wieder spionieren gehen.«

Krause ließ sich mit Hunzinger verbinden. Er wollte nicht bis zum Abend warten. Er war darauf vorbereitet, dass Hunzinger noch nicht wusste, wo die Peilwagen steckten.

Erstaunlicherweise aber hatte der Major sich schon kundig gemacht. »Die ... Wagen ... sind ... tat ... sächlich ... in ... Pa ... ris.«

»Verflucht«, entfuhr es Krause. »Wer hat sie? Und warum?«

»Die Ge ... heime ... Staats ... poli ... zei«, erwiderte Hunzinger. Krause erschien es so, als dehnte Hunzinger diesen Satz mit besonderem Genuss. Es fehlte noch, dass der Luftwaffenheini anfing zu lachen. »Die Ge ... heime ... Staats ... polizei ... Leitstelle ... Paris ... hat ... die Peil ... wagen ... vor ... zehn ... Wochen ... an ... gefordert. Sie ... will ... da ... mit ... Funker ... fangen.«

Wutentbrannt warf Krause den Hörer auf die Gabel, es knallte laut. Von wegen deutsche Ordnung, die rechte Hand wusste nicht, was die linke tat. Die Tür zu seinem

Dienstzimmer ging auf, er sah das besorgte Gesicht seiner Sekretärin. Er winkte unwirsch ab. Kaum war die Tür geschlossen, rief er seine Sekretärin zurück. Sie schaute ihn verwirrt an. »Verbinden Sie mich mit Gruppenführer Müller«, herrschte er sie an.

Krause berichtete seinem Chef, dass die umkämpften Peilwagen schon seit zehn Wochen unter dem Kommando der Gestapo-Außenstelle in Paris standen. Mit kalter Stimme sagte Müller: »In einer Woche haben's die Wagen. Spätestens.«

* * *

Ganz klein der Werbellinsee, Groß Ziethen, Angermünde. Zacher legte die Maschine sanft in eine Linkskurve. Ein Blick auf die Instrumente: 3000 Meter, 710 Stundenkilometer. Er zog den Jäger auf 6000 Meter hoch und gab vollen Schub. Das Pfeifen wurden schrill. 740, 790, 830, 870. Ein Schütteln im Leitwerk. Zacher nahm Schub weg. Vorsichtig ließ er die Messerschmitt auf 3500 Meter sinken. Es war ein großartiges Gefühl. Unter sich ein Dorf, Kyritz. Er legte die Maschine in eine scharfe Rechtskurve und beschleunigte sie auf 750. Ein mächtiger Druck im Rücken. Keine Wolke störte seinen Flug, keine Turbulenzen. Fast hatte er das Gefühl zu schweben. Was für ein Unterschied zu seiner Focke-Wulf, kein dröhnender Kolbenmotor, kein rotierender Propeller vor der Nase. Aber das Pfeifen der beiden Turbinentriebwerke, die ihn bei der Beschleunigung in den Sitz pressten, zeigte an, dass auch dieses Flugzeug sich nicht durch himmlische Kräfte bewegte. Noch einmal voller Schub, ein skeptischer Blick auf die Tankanzeige. Zacher zog die Me 262 nach oben und drückte den Hebel für die Schubkraft bis zum Anschlag nach vorne. Auf 7000 Meter Höhe legte er den Jäger in die Horizontale, bei 880 rüttelte ein Flattern im Höhenruder am Steuerknüppel, wie gehabt. Er ging in einen leichten Sinkflug über, noch eine weite Linkskurve, und er konnte den Turbinenjäger auf dem Militärflugplatz bei Strausberg landen. Der Sprit reichte, kein Grund zur Sorge. »Ich komme runter«, sagte Zacher ins Funkgerät. »Sie kommen runter. Verstanden«, tönte es zurück.

Die Landung war so leicht wie der Flug zuvor. Die Maschine war ein Meisterwerk. Sie hoppelte über die Unebenheiten der Landebahn bis dicht vor den gegen Luftsicht getarnten Hangar. Zacher stieg aus und sprang auf den Boden. Ein Mann in einem blauen Monteursanzug lief auf ihn zu, Dr. Helmut Pfull, leitender Flugingenieur der Messerschmitt-Werke.

»Wie war der Flug, Herr Hauptmann?«

»Was für ein Flug?«, fragte Zacher zurück.

Pfull schaute ihn verdutzt an.

»Es war kein Flug, es war ein Schweben, ein schnelles allerdings.«

Pfulls Gesicht konnte seinen Ärger nicht verbergen. Er brauchte sachliche Auskünfte und keine lyrischen Ergüsse. Die Zeit drängte.

Zacher lachte ihn an, er fühlte sich euphorisch. »Bei vollem Schub ab 6000 Meter Höhe flattert das Höhenruder leicht. Sonst fliegt das Ding wie geschmiert.«

»Wann bekomme ich Ihren Bericht?«

»Ich werde ihn gleich hier schreiben, es werden nur ein paar Zeilen. Wenn Sie die Sache mit dem Leitwerk in Ordnung kriegen, können Sie Ihre Schwalbe gleich morgen auf die Amis hetzen. Die werden staunen. Wird ja auch langsam Zeit.« Er zog die Fliegermütze vom Kopf, öffnete den Reißverschluss seiner Montur und lief federnden Schritts zu einem großen Zelt, in dem die Leitstelle untergebracht war, seitdem die Engländer eines Nachts die Flughafengebäude in Staub und Steine zerlegt hatten. Im Zelt setzte er sich an einen kleinen Tisch und schrieb seine Eindrücke vom Flug auf. Die Me 262 war schnell, wendig und besaß ein einzigartiges Steigvermögen. Sie konnte die hoch fliegenden feindlichen Aufklärer angreifen. Sie war nicht schwerer zu beherrschen als gängige Jagdflugzeuge wie die Me 109 oder Zachers Focke-Wulf 190. Sie war aber allen Jagdflugzeugen weit überlegen, auch den Begleitjägern, die die alliierten Bomber vor der deutschen Luftabwehr schützten. Bewaffnet mit vier Dreißig-Millimeter-Schnellfeuerkanonen oder Luft-Luft-Raketen konnte sie zum Schrecken der fliegenden Festungen werden. Vielleicht haben wir ja doch noch eine Chance, dachte Zacher. Wenigstens gegen die Bomber.

Er setzte sich in den Kübelwagen und befahl dem Fahrer, einem Obergefreiten, ihn zum Reichsluftfahrtministerium zu bringen. Ruinen an der Straße, immer mehr, je näher sie der Stadt kamen. Behutsam steuerte der Fahrer den Volkswagen zwischen Bombentrichtern, Steinen, Masten und Geröll hindurch. Sie mussten halten, ein Trupp von vielleicht zehn oder zwölf Leuten in gestreifter Häftlingskleidung lud Schutt auf zwei Karren. Er hatte schon mehrfach solche Trupps gesehen, die vor allem eingesetzt wurden, um Blindgänger unschädlich zu machen. Gefährlicher als an der Front. Zacher fing den Blick eines Alten auf, stumpf, zerschlagen, ein roter Winkel an der blau gestreiften Jacke, die um einen dürren Körper flatterte, Holzschuhe. Der Mann hatte keine Kraft mehr. »Hat der Führer doch noch eine Aufgabe für die Verräter gefunden«, sagte der Obergefreite. Er grinste. Dann machten die KZ-Häftlinge Platz, sie konnten weiterfahren. Als sie durch Mahlsdorf kamen, schoss es Zacher wie ein Blitz durch den Kopf. »Sie setzen mich in Biesdorf ab«, sagte er dem Fahrer neben sich.

Der schaute kurz zu ihm rüber, Zacher sah seine Verblüffung. »Aber Sie wollten doch …«

»Setzen Sie mich in Biesdorf ab, ich habe dort noch etwas Dringendes zu erledigen.« Im Ministerium wartete sowieso niemand auf ihn. Vielleicht aber in Biesdorf.

* * *

Fritz kratzte sich am Kopf. Das tat er immer, wenn er nicht weiterwusste. Er starrte trübsinnig auf den Zettel, der vor ihm lag. Er hatte den Funkspruch gestern Nacht erhalten. Seitdem kriegte er die Augen nicht mehr zu. Er wollte nicht glauben, was er las. Eine Nacht und fast einen ganzen Tag hatte er nachgedacht, was der Befehl vom Direktor bedeuten mochte. Was steckte dahinter? Moskau erklärte nicht, Moskau befahl. Natürlich, es war gefährlich, lange Funksprüche durch den Äther zu jagen. Je länger Moskau funkte, umso leichter war es, die Sprüche zu entschlüsseln. Je länger Fritz funkte, desto eher würde er erwischt werden. Fritz war immer wieder durch Lichterfelde gelaufen und hatte Ausschau gehalten nach Peilwagen. Die Kastenwagen mit den großen Antennen auf dem Dach waren unübersehbar. Aber seit Monaten war ihm kein Peilwagen mehr aufgefallen. Entweder hatte die Gestapo keine mehr in Berlin, oder sie hatte sich einen Trick einfallen lassen. Nein, Fritz würde nicht leichtsinnig werden. Es ging schon viel zu lange gut. Funkdisziplin war der Schlüssel zum Überleben.

Was sollte er Werdin sagen? Er mochte den SD-Mann, der ein so gefährliches Spiel spielte. Sie pflegten ein komisches Verhältnis. Paul Fahr hatte sie zusammengebracht. Werdin hatte nie nach Fritz' wirklichem Namen gefragt, aber sich nie dagegen gewehrt, dass Fritz seinen Klarnamen kannte und sogar benutzte. Werdin traute ihm, weil Paul es ihm geraten hatte, so einfach war das. Sie waren schon komische Spione. Und nun der Befehl aus Moskau.

Es klingelte an der Tür, Fritz schob den Zettel in die Hosentasche und öffnete, Werdin betrat grußlos die Wohnung.

»Was ist los?«, fragte er. Er sah Fritz ins Gesicht und las die Verzweiflung in den Augen seines Genossen.

Fritz antwortete nicht. Stattdessen winkte er Werdin ins Wohnzimmer, zog den Zettel aus der Hosentasche und reichte ihn Werdin.

HITLER MUSS AM LEBEN BLEIBEN. ICH BEFEHLE IHNEN, DEN STAATSSTREICH ZU VERHINDERN. GEBEN SIE DER GESTAPO EINEN VERDECKTEN HINWEIS AUF DIE VERSCHWOERER. BESTAETIGEN SIE DEN ERHALT DIESES BEFEHLS. MELDEN SIE VOLLZUG. DIREKTOR

Werdin starrte regungslos auf das Papier in seiner Hand. Er fühlte den Schweiß auf seiner Kopfhaut. Er las den Text wieder und wieder. Fritz holte eine halb volle Flasche Weinbrand und schenkte zwei Gläser voll. Eines reichte er Werdin. Der hob abwehrend die Hand. Nein, jetzt wollte er nichts trinken. Er schaute Fritz an. »Du hast das richtig entschlüsselt? Du hast den gültigen Schlüssel benutzt?«

Fritz nickte. »Ja«, sagte er mit leiser Stimme.

»Hast du eine Bestätigung verlangt?«

Fritz nickte wieder. »Das ist die Bestätigung. Ich habe zweimal den gleichen Spruch erhalten. Es gibt keinen Zweifel. Moskau befiehlt, Hitler zu retten.«

»Warum?«, fragte Werdin.

»Darüber denke ich nach, seit ich den Spruch entschlüsselt habe. Mir kommt's vor wie im August 1939 ...«

»Du meinst den Pakt?«

»Ja.« Fritz trank sein Glas in einem Zug aus. Er ging zum Fenster und schaute hinaus. Dieser Sommer hätte die Deutschen verwöhnt, wenn sie nicht Krieg führen würden. »Du weißt, ich habe damals gezweifelt und mir dafür meine Prügel abgeholt.«

»Ich habe damals auch gezweifelt. Aber Paul hat gesagt, ich soll meine Klappe halten. Wir könnten uns Streit in den eigenen Reihen nicht leisten. Paul hat gesagt: Der Kommunismus schreitet über seine Irrtümer voran. Paul war der größte Ketzer von allen. Aber er hat geschwiegen und gekämpft. Stalin ist nicht unsterblich, hat er gesagt. Paul hat Rosa Luxemburg kurz vor ihrer Ermordung kennen gelernt, und als die in Moskau anfingen, den Luxemburgismus, was immer das sein mag, auszurotten, da hat Paul das persönlich genommen. Er war kein Anhänger von Rosa, er liebte sie, auf seine ganz eigene Weise.«

Fritz schenkte sich ein neues Glas ein. »Besauf dich

nicht«, sagte Werdin. »Wir brauchen jetzt einen klaren Kopf.«

Er betrachtete die Bilder an der Wand, ein Stich von Potsdam zur Zeit des Großen Fritz, ein Aquarell des Charlottenburger Schlosses. Auf dem Parkett ein schweres Perserimitat. Verschnörkelte Jugendstilmöbel, die Tapete rosa mit roten Röschen. Fritz suchte sich immer Wohnungen, die einen in ihrer kitschigen Biederkeit erstickten. Keine schlechte Tarnung, vielleicht war es aber auch Fritz' Geschmack. Er kannte den Mann kaum, mit dem er auf Leben und Tod zusammengekettet war.

Fritz setzte sich auf das braune Sofa, die Nachbildung einer Chaiselongue. Er fuhr sich durch die fettigen Haare, schloss die Augen, öffnete sie wieder, schnaufte und sagte nur: »So eine Scheiße.«

»Was würde Paul jetzt machen?«, fragte Werdin.

»Weiß nicht.« Fritz kratzte sich am Ohr. Er zündete sich eine Zigarette an. Werdin öffnete das Fenster, die Wohnung war verqualmt. Ein warmer Wind wehte ihm entgegen.

»Paul würde sich nicht dran halten«, sagte Werdin. »Er nicht. Der Pakt von 39 hat Stalin gewiss Zeit gebracht. Aber Stalin hat in dieser Zeit ein Blutbad veranstaltet in der Roten Armee. Heydrich hat sich damals gebrüstet, er habe den großen Coup gelandet.«

»Hast du das nach Moskau gemeldet?«

»Ich bin doch nicht verrückt. Glaubst du, die hätten zugegeben, auf die SS reingefallen zu sein?«

»Und später?«

»Was heißt später?

»Du hättest das doch 42 oder 43 melden können.«

»Da hatte ich andere Sorgen. Meinen damaligen Funker

hat es bei der Aktion gegen die Rote Kapelle erwischt. Ich hatte Schiss, irgendeiner würde mich verpfeifen.«

Fritz nickte. Er blickte trübselig auf Werdin.

»Ich habe damals den Decknamen gewechselt. Seitdem heiße ich Michael.«

»Du bist ein komischer Kauz.«

Werdin lachte trocken, es klang eher wie ein Husten. »Was bleibt mir anderes übrig?« Er schaute Fritz gespannt an. »Und wenn ich es nicht tue?«

»Oh«, sagte Fritz mit gespielter Heiterkeit, »für diesen Fall haben unsere Genossen vorgesorgt.« Er stand auf, öffnete den Kohleofen, zog den Aschekasten heraus, griff in die Asche und hatte ein Blatt Papier in der Hand. »Ich wollte dir diese Freude nicht vorenthalten.« Diesen traurigen Ton war Werdin nicht gewohnt von Fritz. Fritz reichte Werdin das Papier.

SONDERBEFEHL FUER FRITZ VON DIREKTOR. ZWINGEN SIE MICHAEL DAS ATTENTAT UM JEDEN PREIS ZU VERHINDERN. WENN MICHAEL DEN BEFEHL VERWEIGERT LIQUIDIEREN. SIE GEBEN IN DIESEM FALL DER GESTAPO EINEN HINWEIS AUF DIE VERSCHWOERUNG.

»Wie willst du es machen? Pistole? Beil? Messer? Autounfall?«

»Ich fessle dich und lese dir aus Stalins Werken vor«, sagte Fritz. »Dann erstickst du qualvoll.«

* * *

Er blätterte in einer Gaststätte – »Zum Goldenen Anker« – im Telefonbuch. »Mellenscheidt« war nicht eingetragen. Er fragte den Wirt, einen griesgrämigen Alten mit einer fleckigen Schürze vor dem Wanst, aber der wusste nichts oder wollte nichts wissen. An einem Zeitungsstand sprach er eine Frau mittleren Alters mit schmutzig-braunen Haaren an, ob sie eine Familie Mellenscheidt kenne.

»Ah, der Herr Hauptmann, ja, ich kenne die Dienstränge unserer tapferen Wehrmacht. Sagen Sie, Herr Hauptmann, Sie müssen es doch wissen, wann kommen unsere Wunderwaffen?«

»Bald«, sagte Zacher. »Kennen Sie die Mellenscheidts?«

Die blassblauen Augen der Frau glänzten. »Wusste ich es doch, unser Führer lässt die Feinde ganz nah kommen, um sie dann auf einen Schlag zu vernichten. Wie sollen wir die Russen schlagen, wenn die sich hinterm Ural verstecken?«

Zacher entdeckte das Abzeichen der NS-Frauenschaft am Blusenkragen. »So ist es«, sagte er und tat überzeugt. »Unser Führer weiß immer ganz genau, was er tut.«

»Dann hat der Doktor Goebbels ja wieder hundertprozentig den richtigen Ton getroffen. Ja, in der Haut der Amis und der Russen möcht ich jetzt nicht stecken. Sind ja selber schuld, hätten uns nur das lassen sollen, was uns mit historischem Recht zusteht.«

Zacher wusste nicht, ob er lachen oder wütend werden sollte. *Mit historischem Recht!* Da hatte die Frau ja einen tollen Spruch aufgeschnappt.

»Mellenscheidt?«, fragte er.

»Und Sie kommen jetzt gerade von der Front, Herr Hauptmann?«

»Gewissermaßen«, sagte Zacher, »sagen Sie, ich muss jetzt weiter, ich will nicht unhöflich sein – Mellenscheidt?«

Die Frau starrte ihn enttäuscht an. »Kornmandelweg 3a«,

sagte sie beleidigt. Sie wies die Straße hinunter. »Da hinten, die zweite rechts.« Dann drehte sie sich weg.

Kaum zehn Minuten später stand Zacher vor einem kleinen Einfamilienhaus aus roten Ziegelsteinen, umgeben von einem gepflegten Garten. Blumen blühten, Gräser beugten sich im Wind. Er schaute am Haus vorbei und sah, dass ein Teil des Gartens Nutzpflanzen vorbehalten war. Er stellte sich vor, es wäre Frieden. Verflucht, dachte er, warum dieser elende Krieg? Am Anfang hatte Zacher mitgejubelt: Polen geschlagen, Frankreich besiegt, Feldzüge von ein paar Wochen, wenig Verluste, ein Rausch, der alle Zweifel wegblies. Die Idylle des roten Hauses verletzte ihn. War alles falsch, was er getan hatte?

Er hatte weiche Knie. Er öffnete die Gartentür und klingelte am Hauseingang. Er nahm seine Schirmmütze vom Kopf, hielt sie in der Linken. Schritte hinter der Tür, eine ältere Dame öffnete und schaute ihn fragend an. »Ja?«

»Guten Tag, entschuldigen Sie. Zacher, Helmut von Zacher. Ist Fräulein Mellenscheidt zu Hause?«

Die Dame musterte ihn ausführlich. Dann drehte sie den Kopf zur Seite und rief: »Irma! Für dich!«

Eine Tür öffnete sich. Schritte, dann sah er Irma hinter ihrer Mutter. Sein Herz klopfte. Sie war kein Traum, es gab sie wirklich. Irmas Mutter trat ein Stück zurück in den Flur, misstrauisch beäugte sie die Szene.

»Guten Tag, Herr von Zacher«, Irma gab ihm die Hand. »Mama, das ist der Herr, von dem ich im Kranzler gesprochen habe.«

»Du hast mir aber nicht gesagt, dass du ihn eingeladen hast.«

Zacher blickte einen Augenblick auf den Boden, dann

sagte er zu Margarete: »Sie hat mich nicht eingeladen. Ich war gerade in der Gegend, da dachte ich …«

»Ach, kommen Sie doch rein«, sagte Irma. »Wollen Sie einen Kaffee? Oder das, was man heutzutage so nennt?«

»Zu freundlich«, sagte Zacher. »Ich sehe, ich komme ungelegen.« Er schaute auf Margarete, aber sie schwieg.

»Nein«, sagte Irma. »Erzählen Sie was von den Wunderflugzeugen.«

Sie hatte behalten, was er im Zug gesagt hatte. Zachers Laune stieg. Er ließ sich ins Wohnzimmer führen, gemütlich, gutbürgerlich, eine Waldlandschaft an der Wand, schlicht gerahmt. Margarete sagte: »Ich koche Kaffee«, und ließ Zacher und Irma allein.

»Es ist mir etwas unangenehm, ich fürchte, Ihrer Mutter ist es nicht recht.«

»Ach, das gibt sich«, erwiderte Irma fröhlich. »Wenn Sie jetzt nicht schlürfen und schmatzen, wird Mama Sie bald in die menschliche Gemeinschaft aufnehmen.« Sie lachte ihn an. »Und was bringt Sie in unsere Gegend?«

»Ich komme aus Strausberg, vom Flugplatz.«

»Und was tun Sie dort?

»Großes Geheimnis«, sagte Zacher und legte den Zeigefinger auf den Mund.

»Ich bin so neugierig«, sagte Irma und lachte.

»Du fragst unserem Gast noch ein Loch in den Bauch.« Margarete stand in der Tür, in der einen Hand eine dampfende Kanne, in der anderen einen Teller mit Marmeladenbroten.

Irma ging zum Wohnzimmerschrank, wo hinter Glas das Sonntagsgeschirr wartete. Sie stellte Teller und Tassen auf den Tisch. »Nehmen Sie doch Platz.« Margaretes Gesicht hatte etwas von seiner Anspannung verloren. »Leider haben wir keinen Kuchen, aber eine kleine Stärkung ist doch recht?«

Zacher dankte, legte eines der angebotenen Brote auf seinen Teller und nippte am Ersatzkaffee. Irma freute sich offenbar, dass er gekommen war. Wie sollte er es verstehen? Sie blickte ihn offen und freundlich an, war gut gelaunt.

»Sie sind bei der Luftwaffe?«, fragte Margarete.

»Ja, bei den Jagdfliegern.«

Wie aufs Stichwort begannen in diesem Moment die Sirenen zu heulen, ein langer hoher Ton, dann ein niedriger, immer im Wechsel.

»Nehmen Sie etwas mit«, sagte Margarete und drückte Zacher den Teller mit den Broten in die Hand. »Im Keller kann man auch essen. Das haben wir ja nun gelernt.«

Die Fensterschächte im Keller waren mit Sandsäcken abgedichtet. An der Decke hing eine Lampe aus weißem Tuch, an der Innenwand stand eine Bank, davor ein kleiner Tisch und zwei alte Stühle. Sie hatten sich eingerichtet, die Berliner verbrachten einen großen Teil der Tage in Kellern und Schutzräumen. Aus dem Westen kam das Dröhnen der fliegenden Festungen, es wurde lauter.

»Sie wären jetzt bestimmt lieber in Ihrem Jagdflugzeug«, sagte Margarete.

»Ja«, sagte Zacher.

Irma schaute ihn an. »Haben Sie keine Angst da oben?«

»Vor dem Start«, erwiderte Zacher. »Vor dem Start habe ich Angst, aber wenn die Maschine abhebt, vergesse ich sie. Man ist dann ganz auf seine Aufgabe konzentriert.« Zacher hatte sich bisher kaum selbst eingestanden, dass er manchmal Angst hatte.

Das Brummen kam näher. »Es wird heftig rumsen. Bin mal gespannt, welches Stadtviertel diesmal dran ist«, sagte Zacher.

»Und warum schießen Sie diese großen Flugzeuge nicht einfach ab?«

»Es sind zu viele, viel zu viele. Und inzwischen werden sie von eigenen Jägern geschützt. Unsere Führung hatte es für unmöglich gehalten, dass Jagdflugzeuge von England hierher fliegen, unsere Jäger bekämpfen und dann wieder nach England zurückfliegen. So viel Benzin kann ein Jäger nicht transportieren, sagten die Generäle. Irrtum, wie man sieht.«

Auf dem Tisch standen die Marmeladenbrote und der Ersatzkaffee. Margarete saß auf der Bank und bewegte sich nicht. Sie schloss die Augen und wartete.

Irma sagte: »Es wird nichts passieren, Mama.«

Margarete antwortete nicht. Fast schien es, als hätte sie es nicht gehört.

»Papa ist jetzt auch im Schutzraum. Der hat viel dickere Mauern als unser Keller.«

Die Flugzeuge warfen ihre Luftminen, Spreng- und Brandbomben über der Innenstadt ab. Nach eineinhalb Stunden hörten sie die Entwarnung. Zacher verabschiedete sich von Margarete und Irma. Er fürchtete, aufdringlich zu erscheinen.

»Schauen Sie doch wieder einmal herein, wenn der Weg Sie in unsere Gegend führt«, sagte Margarete mit bleichem Gesicht. Irma nickte freundlich.

* * *

»Es geht bald los«, sagte Rettheim. »Seit fünf Wochen werden die Westalliierten mit blutigen Köpfen ins Meer getrieben, seit drei Wochen meldet die Wehrmacht heldenhafte Abwehrkämpfe der Heeresgruppe Mitte gegen die größte Sowjetoffensive aller Zeiten. So langsam sollten die Herren Verschwörer mit dem Geschwätz aufhören und was tun. Sonst stehen unsere Feinde nämlich in Berlin und schnappen sich den Führer selbst. Dann wäre es für ein Attentat ein wenig spät.«

Rettheim neigte zu Sarkasmus, die Lage gab ihm Recht. Im Osten walzte die Rote Armee den mittleren Frontabschnitt nieder. Bald war der Weg frei nach Berlin. Im Westen hatten sich Amerikaner und Briten in der Normandie festgesetzt und Durchbrüche erzielt. Die Wehrmacht hatte dort keine Reserven, bald würden die Alliierten zum wilden Sturm auf die Reichsgrenze starten.

»Stauffenberg muss endlich losschlagen«, sagte Werdin. »Wenn wir die Chance haben wollen auf einen vernünftigen Frieden, dann jetzt. Später können wir es vergessen. Die Alliierten sind nicht verrückt. Sie machen uns keine Zugeständnisse, wenn sie erst im Land stehen. Es ist schon jetzt mehr als zweifelhaft, ob mehr herausspringt als die bedingungslose Kapitulation.«

»Wenn *wir* die Chance haben wollen« – Werdin wunderte sich, das Wir ging ihm über die Lippen, als würde er nichts anderes kennen. Ich war Moskaus Büttel, dachte er. Ich habe geglaubt, was Stalin will, das will ich auch. Vor allem Deutschland von Hitler und seinem braunen Pack befreien. Im letzten Gespräch mit Fritz war ihm klar geworden, was er zuvor schon manches Mal geahnt, aber beiseite geschoben hatte. Was für das deutsche Volk gut war, interessierte Stalin nicht, auch wenn Radio Moskau das Gegenteil behauptete, unterstützt von deutschen Emigranten. Stalin wollte sein Riesenreich vergrößern. Und für dieses Ziel spannte er die Kommunisten in aller Welt ein. Das hatte mit Revolution nichts zu tun, war nicht besser als die imperiale Politik der Zaren.

Fritz und er hatten sich zum ersten Mal umarmt. Es würde wohl auch das letzte Mal sein. Fritz hatte gesagt: »Mach, dass du wegkommst. Ich werde behaupten, du hättest den Befehl angenommen und würdest nun alles tun, das Attentat auf unseren tollen Führer zu verhindern. Und dann hast du dich nicht mehr bei mir gemeldet. Wen ich nicht sehe, den kann ich nicht ins Jenseits befördern.«

»Du riskierst eine Menge«, sagte Werdin. »Moskau ist misstrauisch. Wenn das Attentat klappt, bist du schuld.«

»Und du bist ein Verräter. Du bist derjenige, dessen Kopf locker sitzt, ich werde mich schon durchmogeln. Jetzt hast du alle auf den Fersen, Moskau und deine lieben Freunde von der SS.«

»Nein«, erwiderte Werdin lächelnd, »so schlimm ist es nicht. Die SS weiß ja nichts.«

»Es ist schlimmer«, sagte Fritz. »Weißt du, warum die Rote Kapelle aufgeflogen ist?«

»Die wurden angepeilt, und dann hat einer den anderen verpfiffen.«

»Quatsch. Eines schönen Tages beliebte es den großartigen Direktor in Moskau, einem Fallschirmagenten eine Anlaufadresse in Berlin zu funken. Die haben die eigenen Leute auf dem roten Tablett serviert. Der Funkspruch war verschlüsselt, aber es war ein Bruch aller Regeln. Verantwortlich für den Untergang unserer Genossen sind die Freunde in Moskau und niemand sonst.«

Werdin war aschfahl geworden. Es war nicht zu glauben. Aber Fritz log nicht.

Fritz schaute ihn eindringlich an: »Du musst damit rechnen, dass Moskau auch deine Identität preisgibt, wenn das Attentat durchgeführt wird. Sie werden sich an dir rächen wollen, so sind sie nun mal. Und kein Mittel wird ihnen zu schmutzig sein. Dann heißt du im Funkverkehr nicht mehr Michael, sondern rein versehentlich natürlich SS-Sturmbannführer Knut Werdin, Sicherheitsdienst, Wilhelmstraße 102, Berlin. Moskau wird dir nie verzeihen, das weißt du.«

Werdin nickte. Er hatte Angst, aber seine Entscheidung war gefallen. Er würde gegenüber Rettheim weiter seine Rolle spielen und alles daransetzen, dass der Anschlag auf Hitler klappte. Himmler aber durfte nichts passieren. Blieb Himmler Reichsführer der SS, dann hatten die Verschwörer einen Verbündeten, weil Himmler begriffen hatte, dass der Krieg verloren war, und seinen Kopf retten wollte. Das Motiv war mies, aber stark genug, den Reichsführer berechenbar zu machen. Wenn Himmler aber draufging, dann kam Kaltenbrunner, dann gab es einen Bürgerkrieg. Dann hieß der neue Führer womöglich Joseph Goebbels.

»Fritz, funk nach Moskau, ich würde den Befehl ausführen. Ich würde mich dafür verbürgen, dass das Attentat nicht passiert. Wenn nötig, würde ich die Verschwörer Müller frei Haus liefern. Tust du das für mich, Fritz?«

»Für dich nicht, das wäre ein bisschen viel verlangt. Aber für uns mach ich das.«

»An was denkst du?«, fragte Rettheim. Er schaute ihn neugierig an. »Sonst schwätzt du mich tot.«

Werdin winkte ab. »Ist was anderes.« Er stand auf, streckte sich und holte sich in der Küche ein Glas Wasser. Nachdem er sich wieder gesetzt hatte, sagte er: »Stauffenberg hatte in diesem Monat schon zweimal die Chance. Warum schlägt er nicht zu?«

»Er will möglichst viele von deinen braunen Freunden mit erledigen, Himmler und Göring vor allem.«

»Scheiße«, sagte Werdin. »Du musst ihm klar machen, dass er Himmler am Leben lassen muss. Nicht, dass ich es Himmler nicht gönnen würde, von einer Bombe in seine Einzelteile zerlegt zu werden. Aber dann gibt es einen Bürgerkrieg. Auch wenn die blaublütigen Herren Offiziere das nicht begreifen.«

»Du brauchst mir das nicht zum hundertsten Mal zu erzählen. Sag das dem Stauffenberg.«

»Einverstanden«, erwiderte Werdin.

Rettheim schaute ihn verblüfft an. »Oh, die schwarze Sphinx kriecht aus der Deckung.«

»Sag dem Herrn, ein SS-Offizier möchte ihn sprechen.«

»Zu Befehl, Sturmbannführer«, erwiderte Rettheim zackig.

V.

Sie trafen sich im Café Kranzler. Stauffenberg hatte verlangt, dass Werdin in Zivil erschien, mit einem SS-Mann wollte er sich nicht in der Öffentlichkeit zeigen. Werdin erkannte Stauffenberg sofort, er war nicht zu verfehlen: schwarze Klappe über dem Auge, ein schwarzer Handschuh, der die zerstörte Hand verbarg. Der Mann war ein Krüppel und doch der Einzige unter den Verschwörern, dem der Anschlag auf Hitler zuzutrauen war.

»Major Rettheim hat mir in den Ohren gelegen. Sonst hätte ich mich nicht mit Ihnen getroffen«, sagte Stauffenberg, als Werdin an den Tisch trat.

Werdin nickte. Er setzte sich nicht hin. »Haben Sie schon bestellt?«, fragte er.

»Nein«, sagte Stauffenberg.

»Dann gehen wir vielleicht ein bisschen.«

Stauffenberg erwiderte nichts, stand aber auf.

Werdin schaute zu dem Tisch, an dem Irma gesessen hatte. Jetzt saßen dort zwei Wehrmachtoffiziere, herausgeputzt wie Weihnachtsbäume. Die Erinnerung packte ihn. Er hatte ihr Gesicht vor Augen, als sie sich an der Tür umgedreht und ihn noch einmal angeschaut hatte.

»Was ist, Herr Werdin?«, fragte Stauffenberg.

Werdin schüttelte den Kopf, als müsste er die Erinnerung vertreiben.

Sie gingen die Mittelpromenade Unter den Linden hinunter, bogen in eine Seitenstraße ein und fanden einen grünen Fleck mit einer Bank. Es war menschenleer, trotzdem schaute sich Werdin hin und wieder unauffällig um.

Er kam gleich zur Sache. »Sie dürfen Himmler nicht töten. Wenn Sie es tun, gibt es einen Bürgerkrieg. Dann stehen eine Million SS-Leute gegen Sie. Und Sie sind doch nur ein paar. Oder glauben Sie, die Wehrmacht wird Sie verehren, wenn Sie ihren Oberbefehlshaber umbringen?«

Stauffenberg sah ihn von der Seite an. In seinem Gesicht spiegelte sich das Überlegenheitsgefühl des adligen Offiziers gegenüber einem Mitarbeiter von Himmlers Mörderbande. Er schien nachzudenken. Dann fragte er: »Und was treibt einen Gestapomann, sich mit mir zu treffen, Herr Werdin?«

»Ich bin nicht bei der Gestapo, sondern beim Sicherheitsdienst.«

»Welch feiner Unterschied, das kennt man ja gar nicht von Ihresgleichen.«

»Ein Gestapobeamter hätte Sie festgenommen. Ist das kein Unterschied?«

Stauffenberg lächelte. »Da haben Sie natürlich Recht. Rettheim hat mir gestanden, dass Sie gut informiert sind.«

»Das war ich schon, bevor ich Rettheim kennen lernte. Vielleicht nicht ganz so gut.«

»Und Sie haben uns nicht verraten«, sagte Stauffenberg. Es klang erstaunt. »Warum? Das kann Sie den Kopf kosten.«

»Glauben Sie, es könnten ein paar Offiziere und geschasste Politiker den Staatsstreich planen, und die SS erfährt nichts davon? Davon abgesehen, zwei von Ihren Mitputschisten haben dem Reichsführer sogar vorgeschlagen mitzumachen.«

Stauffenberg nickte, Ärger stand in seinen Augen. »Ja, Popitz und Langbehn. Die hätten uns fast ans Messer geliefert, weil sie unbedingt mit der SS liebäugeln mussten.«

»Trotzdem können Sie froh sein, Müller von der Gestapo weiß nicht viel. Wenn der zuschlägt, ist auch Himmler machtlos. Was denken Sie, was los ist, wenn Müller dem Führer klar macht, Himmler konspiriere gegen ihn? Davor hat Himmler Schiss, ich kann es sogar verstehen. Aber zur Sache: Hitler muss weg, aber nur er. Oder meinetwegen ein paar Generale, das ist egal. Aber Himmler nicht.«

»Fordern Sie das in Himmlers Auftrag?«

»Nein, er weiß nichts davon.«

»Dann sind Sie gewissermaßen Himmlers Schutzengel.«

»Wenn Sie so wollen.«

»Aber Himmler ist ein Massenmörder. Wissen Sie, was seine Einsatzgruppen im Osten angerichtet haben, hunderttausende von Toten, Massenerschießungen, Mord und Totschlag ohne Ende?«

»Und Sie haben Hitlers Krieg geführt«, sagte Werdin. »Ohne Krieg kein SS-Mord im Osten.«

Stauffenberg sah ihn empört an. »Wir haben ehrlich gekämpft und nicht gemordet. Versuchen Sie nicht, uns Ihre Verbrechen in die Schuhe zu schieben.«

Werdin erkannte, er hatte einen Fehler gemacht. Was nutzte es ihm, Recht zu behalten, wenn er Stauffenberg erzürnte? »Ich wollte Wehrmacht und SS nicht gleichsetzen, tut mir Leid«, sagte Werdin und hoffte, dass Stauffenberg ihm die Lüge abnahm.

Der lehnte sich etwas zurück. »Kommen wir zur Sache.

Sie sind schon in einem komischen Haufen. Die Gestapo, die gehört ja zu Ihrem *Reichssicherheitshauptamt*« – Verachtung in der Stimme, als er dieses Wort aussprach – »wie der Sicherheitsdienst, und alle unterstehen Sie Ihrem seltsamen Reichsführer-SS. Die Gestapo hat Helmuth von Moltke und andere Mitglieder des so genannten Kreisauer Kreises verhaftet. Die lehnen aber jeden Gewaltakt ab, auch einen Anschlag auf Hitler. Dann haben Sie« – er schaute auf Werdin, der sich jedoch den Widerspruch verkniff – »Reichwein und Leber verhaftet. Und jetzt sagt Rettheim mir, dass Sie Hitler tot sehen wollen. Können Sie sich vorstellen, dass ich das verrückt finde?«

Werdin nickte. »Das ist ja auch verrückt. Warum Moltke verhaftet wurde, weiß ich nicht. Reichwein und Leber sind einem Gestapospitzel aufgesessen, als sie Kontakt zur KPD aufnahmen. Müller hat das erzählt. Der erzählt zwar sonst nichts, aber diesmal war er so stolz: Leber – ein ehemaliger Reichstagsabgeordneter der SPD.« Werdin schaute Stauffenberg eindringlich in die Augen. »Wenn Sie Himmler töten, machen Sie Kaltenbrunner zu seinem Nachfolger. Kaltenbrunner ist primitiv, brutal und Hitler-gläubig. Als neuer Reichsführer-SS kommandiert er rund eine Million Mann, die meisten davon sind erstklassig bewaffnet und ausgebildet. Denken Sie nur an die Waffen-SS-Divisionen an der Front. Die haben zwar furchtbare Verluste, sind aber immer noch kampfkräftiger als die meisten Wehrmachtverbände.«

»Aber würde die Waffen-SS auf Kaltenbrunner hören?«

»Warum nicht? Es würde schon reichen, wenn sie auf die Feldmarschälle im Osten hört, die Truppen nach Berlin schicken, um den Tod ihres geliebten Führers zu rächen.

Die Wehrmacht steht nicht hinter Ihnen, schon gar nicht die Ostfront. Für die sind Sie Verräter wie die Matrosen in Kiel 1918.«

»Ja, ja, wir fallen der kämpfenden Heimat in den Rücken, Dolchstoß«, sagte Stauffenberg entnervt. »Wir brechen unseren heiligen Eid, den wir auf einen Mörder und Betrüger geschworen haben.«

»Wenn Sie Himmler am Leben lassen und ihm in Aussicht stellen, dass er Staatsstreich und Frieden in einer hohen Funktion überlebt, dann wird die SS Sie unterstützen. Das ist der Unterschied.«

Stauffenberg schaute zum Himmel. Ein Sommerregen kündigte sich an, Erfrischung für die hitzegeplagte Stadt. »Die Russen stehen vor Lemberg, die Amerikaner nehmen St. Lô ein, in Italien haben wir Arezzo verloren. Es geht unaufhaltsam zurück. Und Goebbels bringt Historienschinken über Festungsbaumeister in die Kinos. *Die Affäre Roedern*, haben Sie den Film gesehen?«

»Nein«, sagte Werdin. Er wunderte sich, welchen Verlauf das Gespräch nahm. »Aber ich habe in der Zeitung darüber gelesen. Es geht offenbar um den Festungsbaumeister Friedrichs des Großen.«

»So werden die Deutschen auf die große Belagerung eingestimmt.«

»Na ja, den totalen Frieden wollen in Ihren Kreisen ja auch nicht alle.«

Stauffenberg schnaufte. Er war erregt. »Sie meinen Goerdeler, Popitz und andere? Ja, die wollen mit den Amerikanern und Engländern weiter gegen die Russen kämpfen. Wissen Sie, manche werfen Hitler nur vor, dass er den Krieg verliert. Eine Zeit lang habe ich auch so gedacht.«

Ist der Mann so allein, dass er sich einem wildfremden SS-Mann anvertraut? Oder sagt er sich, der hat mich nicht verraten, also bin ich mir seiner sicher. Nein, Stauffenberg ahnt, dass ich alles weiß, was Rettheim weiß, dachte Werdin. Rettheim hatte sich in die Verschwörung hineingearbeitet. Er gehörte längst zum inneren Kreis. Wittert Stauffenberg sogar, dass Rettheim für mich arbeitet?, fragte sich Werdin. Der Mann ist intelligent und schnell im Kopf. Und er ist der Einzige, der die Sache zu Ende bringen kann. Goerdeler beschreibt Papiere und verschickt sie in alle Welt, er träumt vom Sieg über die Russen und ist gegen ein Attentat. Und der soll Reichskanzler werden.

»Und Sie, waren Sie immer gegen den Krieg?«, fragte Stauffenberg und schaute Werdin skeptisch an.

»Ja«, sagte Werdin, »ich war immer gegen den Krieg.« In gewisser Weise war das sogar die Wahrheit.

»Sie sind mir ein komischer SS-Mann.«

Werdin lachte. Dann wurde er ernst: »Herr Oberst, lassen Sie Himmler leben. Nicht aus Liebe, wahrlich nicht, es ist eine Frage des Kalküls. Wenn Sie Frieden wollen, lassen Sie Himmler leben. Sonst haben Sie neben dem Weltkrieg einen Bürgerkrieg. Die meisten Deutschen glauben an den Führer. Wehe dem, der ihn tötet. Wenn Sie dann auch noch die SS gegen sich haben, gute Nacht.«

»Es reicht, wenn Sie es mir einmal erklären. Ich habe schon verstanden, was Sie wollen. So, wie die Deutschen lieben, können sie hassen«, sagte Stauffenberg. »Ich mache mir wenig Illusionen. Und doch muss ich Hitler töten. Aber vielleicht wird danach alles noch schlimmer.«

»Das kann sein, aber man muss es nicht selbst heraufbeschwören«, erwiderte Werdin.

Stauffenberg sah ihm ernst in die Augen. »Sie sind ein komischer SS-Mann, Werdin«, wiederholte er. »Warum machen Sie das? Ich würde keine Reichsmark auf Ihr Leben setzen.«

»Das kann ich Ihnen auch nicht raten, was kriegt man heutzutage schon für eine Reichsmark?«, erwiderte Werdin. »Aber auf Ihr Leben würde ich gar nichts setzen.«

»Ich denke darüber nach, Herr Werdin. Ich werde mich mit ein paar Leuten beratschlagen. Ich habe zweimal auf den Anschlag verzichtet, weil mir Ihr Herr Himmler so gefehlt hat. Und jetzt soll ich beim dritten Mal darauf achten, dass Ihr Reichsheini keinen Kratzer abkriegt. Gebe Gott, dass Sie Recht haben, Sturmbannführer.«

* * *

»Gibt's was Neues?«, brüllte Krause in den Telefonhörer. Er nahm eine Meldung entgegen, dann brüllte er weiter: »Ich habe Ihnen zweitausend von diesen Zeichnungen gegeben und achtzig Mann abgestellt. Die haben nichts anderes zu tun, als Zehlendorf und Lichterfelde abzuklappern und jeden zu fragen, ob er diese Fresse schon mal gesehen hat. Jetzt beeilen Sie sich mal!« Er knallte den Telefonhörer auf. Deutsche Wertarbeit, sonst wäre er längst zersprungen. Krause musste lachen. Manchmal ließ er die Sau raus, sonst kapierten diese Hohlköpfe nicht, dass es ernst war. Sie jagten nicht Lieschen Müller, sondern Moskaus Funker. Sie würden die Knollennase kriegen. Und dann hatten sie auch bald den Verräter. Krause malte sich aus, wie Müller seinem Konkurrenten Schellenberg die frohe Botschaft überbringen würde. Ein feindlicher Agent im SD, das war nicht karrierefördernd.

Krause beschloss, die Jagd zu beschleunigen. Er rief seinen Fahrer und befahl ihm, nach Lichterfelde zu fahren. Er wollte selbst sehen, ob die Gestapoleute und die Schupos ihre Arbeit gut machten. Er glaubte, sein Erscheinen würde die Jäger zu Höchstleistungen anspornen. Und er wollte selbst schauen, wie die Menschen auf der Straße reagierten.

Sie fuhren zur Leitzentrale der Jagd in der Kaserne der Leibstandarte-SS Adolf Hitler in der Finckensteinallee. Es hatte einigen Ärger gegeben, bis Müller durchsetzte, dass die Gestapo sich für ein paar Tage auf dem Kasernengelände einnisten durfte, die Herren von der Waffen-SS glaubten, sie seien was Besseres, richtige Soldaten und keine Polizisten.

Der Leiter der Fahndung, Sturmbannführer Leutpold, machte Männchen, als er Krause erkannte. Es gab nichts Neues, die Knollennase war abgetaucht. Anruf in der Leitzentrale, Krause wurde zum Funkgerät gerufen. »Zwei Peilwagen blockieren den Eingang in der Prinz-Albrecht-Straße. Der Oberleutnant, der sie kommandiert, behauptet, Sie hätten die Wagen angefordert.«

Man war von Idioten umgeben. »Die Wagen sollen zur Kaserne der Leibstandarte in der Finckensteinallee fahren, und das im Rekordtempo. Das ist ein Befehl! Haben Sie verstanden?« Er wartete die Antwort nicht ab.

Jetzt hatten sie die Bilder und die Peilwagen. Fritz, wir kommen. Krause hätte jubeln können.

Zwei aufgeregte Schupos kamen angerannt. Der eine hatte das Bild in der Hand. »Wo ist der Sturmbannführer?«, rief er. »Wir haben ihn!«

Leutpold brüllte: »Zu mir!« Er stand am Eingang des großen Zelts, in dem die Leitzentrale untergebracht war.

Die beiden Schupos bauten sich vor ihm auf. Der mit dem Bild in der Hand meldete: »Sturmbannführer, in der Altdorfer Straße 12 gibt es einen kleinen Lebensmittelladen. Die Besitzerin hat Fritz sofort erkannt. Er kommt ein-, zweimal die Woche und kauft was ein. Gestern erst war er da.«

Krause hatte sich in den Rücken der Schupos gestellt.

»Wir fahren hin, kommen Sie mit!«, befahl er.

Die Schupos erschraken, dann salutierten sie.

Er führte die beiden zu seinem Kübel und befahl dem Fahrer: »Vollgas!«

Sie brauchten zwei Minuten, dann standen sie vor einem Haus, dessen obere Stockwerke eine Bombe zerstört hatte. Schwarz ragte ein Kamin heraus, Reste des verbrannten Dachs lagen im Vorgarten. Eine Treppe führte ins Kellergeschoss, vorne am Geländer war ein frisch gemaltes Schild angeschraubt: *Lebensmittel Inh. G. Ötter*, weiße Schrift auf rotem Grund.

Krause befahl dem einen Schupo, den Eingang abzusperren, den anderen nahm er mit in den Laden. Fein geordnet standen die wenigen Waren, die es zu kaufen gab, in Regalen an der Wand. Hinter dem Tresen starrte sie eine fette Alte mit fettig glänzenden grauen Haaren erschreckt an. Krause legte das Porträt auf den Tresen und sagte: »Sie kennen diesen Mann!« Er versuchte es auf die freundliche Tour.

»Ja, ich glaub schon«, antwortete die Frau.

»Was heißt, ich glaube schon?«

»Na ja, das Bild ist vielleicht nicht ganz genau.«

»Aber genau genug. Sie haben dem Wachtmeister hier gesagt, dass der Mann hier regelmäßig einkauft.«

»Ja, das stimmt, zwei- oder dreimal die Woche.«

»Er hat eine Lebensmittelkarte?«

»Ja.«

»Wo wohnt er?«

»Weiß ich nicht. Hat er mir nicht gesagt.«

»Überlegen Sie mal, macht er den Eindruck, er hätte einen weiten Weg?«

»Woher soll ich das wissen?«

»Der Mann ist dick?«

»Ja, sehr.«

»Schwitzt er, wenn er Ihren Laden betritt.«

»Ist mir nicht aufgefallen.«

»Und wenn es regnet, hat er einen Schirm dabei?«

Die Frau dachte kurz nach. Dann sagte sie: »Ich glaub, nicht.«

»Ist er dann richtig nass?«

»Nein, nicht so richtig.« Sie überlegte einen Moment, malte sich offenbar ein Bild aus. »Wenn er bei Regen reinkommt, dann hat er nur ein paar Tropfen abgekriegt. Er fährt sich mit der Hand durchs Haar und schüttelt die Hand dann aus.«

»Kennen Sie seinen Namen?«

»Nein.«

»Er lässt nie anschreiben?«

Die Frau schaute ihn empört an: »Bei mir wird nicht angeschrieben.«

Krause befahl dem Schupo, die Personalien der Frau zu notieren. Dann rasten sie im Kübel zurück zur Kaserne. Krause sprang aus dem Wagen und brüllte: »Leutpold!«

Der Sturmbannführer kam im Laufschritt. »Wir kriegen ihn!«, rief Krause. Er berichtete Leutpold kurz, was er herausgefunden hatte. »Höchstens ein Kilometer Umkreis vom Laden«, sagte er. »Rufen Sie alle Ihre Leute her, wir kämmen dort alles durch.«

Es dauerte drei Stunden, bis alle Gestapobeamten und Polizisten in der Kaserne versammelt waren. Währenddessen lief Krause aufgeregt über den Platz, dann ging er in die Kaserne und telefonierte mit seinem Büro, ohne wirklich einen Grund dafür zu haben. Ihn hatte das Jagdfieber gepackt. Er wollte den Verräter enttarnen und stellte sich die schrecklichsten Folterqualen vor. Diesmal würden sie über sich hinauswachsen. Er zog sich mit Leutpold ins Zelt zurück, nahm eine Karte und zeichnete einen Kreis von etwa einem Kilometer um den Laden in der Altdorfer Straße. »Wir fangen außen an und arbeiten uns kreisförmig in Richtung Laden vor. Wir riegeln jede Straße ab, klingeln an jeder Wohnung und fragen nach Fritz. Die beiden Peilwagen nehmen hier und hier Aufstellung.« Krause zeigte auf zwei Punkte, einen im Osten, einen im Westen, deren Verbindungslinie die Altdorfer Straße schnitt. »Heute Abend zwischen neun und elf suchen die Peilwagen nach einem Funksignal. Wahrscheinlich funkt Fritz nur kurz, dann klappt es nicht beim ersten Mal. Wenn wir Fritz heute nicht kriegen, versuchen wir es morgen wieder, und die Peilwagen auch, bis wir ihn haben. Wenn die Suchtrupps eine Straße erledigt haben, müssen sie sofort melden. Wir können die Straße dann in der Karte streichen.«

Als endlich alle Männer versammelt waren, wiesen Krause und Leutpold ihnen ihre Bereiche zu. Sie ermahnten sie, nicht schnell, sondern sorgfältig zu suchen. Alle Straßen blieben während der Suche abgesperrt, Passanten mussten sich ausweisen. In den Straßen fuhren mit Funkgeräten ausgerüstete Fahrzeuge, damit die Suchkräfte ihre Meldungen sofort absetzen konnten. Es war Krauses größte Fahndung.

Eine knappe Stunde, nachdem die Suche begonnen hatte, trafen die ersten Funksprüche ein. »Im Mühlenfelde, nichts gefunden.« – »Goethestraße, nichts Auffälliges.« – »Gräfenberger Weg, kein Verdächtiger.« Jedes Mal, wenn das Funkgerät im Zelt in der SS-Kaserne laut wurde, hörte Krause wie gebannt hin. Wann endlich kam die Meldung?

* * *

Fritz alias Karl Stankowski brütete über der Nachricht, die er am Abend nach Moskau funken wollte. Werdin würde er in diesem Leben kaum mehr wiedersehen, das wusste er. Fritz hatte sich entschlossen, dem Direktor vorzugaukeln, Michael komme nach wie vor regelmäßig und berichte aus dem Innenleben der SS und von den Planungen der Umstürzler. Er wusste, Werdin tat alles, damit der Anschlag auf Hitler klappte. Das war Befehlsverweigerung, aber es war richtig. Was wussten die Idioten in Moskau schon von dem, was sich in Deutschland im fünften Kriegsjahr abspielte? Sie konnten sich ihren historischen Materialismus in den Arsch stecken. Fritz zweifelte aber an Werdins taktischen Überlegungen. War es richtig, Himmler am Leben zu lassen, ja, mit der SS ein Bündnis einzugehen? Er wusste aber nicht, was sie stattdessen tun sollten. Vielleicht war das auch alles egal, weil die Dinge sich entwickelten, wie sie wollten. Man würde sehen, was herauskam.

Fritz war allein mit seiner Angst. Er träumte davon, verhaftet zu werden. Er schlief kaum, jede Minute erwartete er das Klingeln und Klopfen an der Tür. Sie kamen immer früh am Morgen, es sei denn, sie hatten es eilig. Fritz würde bis zum Attentat noch so tun, als folge Werdin Moskaus Befehlen, dann musste er untertauchen. Wenn es den Verschwörern gelang, Hitler zu töten, würden seine Lügen dem Dümmsten offenbar werden. Dann hatte er die SS und das NKWD am Hals. Er traute es dem Direktor zu, dass er eigens Fallschirmagenten schickte, um ihn zu ermorden. Berija war rachsüchtig. Wenn ein Frieden geschlossen wurde, würden die Russen seine Auslieferung verlangen, und die Deutschen würden ihn mit Handkuss den Bolschewisten übergeben, sie wussten, was die mit Verrätern anstellten. Fritz dachte an einen Freund im Thüringer Wald, in Friedrichroda, wo er als Ausgebombter untertauchen wollte. Herrmann würde ihn eine Weile verstecken, dann konnte man weitersehen.

Fritz schaute aus dem Fenster. Es würde eine klare Nacht geben, die englischen Bomber würden kommen und Berlin weiter zerstören. Wer sollte das alles wieder aufbauen? Und wann? Einen Vorteil hatten die Angriffe, sie trafen auch seine Verfolger, schufen Verwirrung. Fritz zweifelte nicht, dass die Gestapo Funksprüche von ihm aufgefangen hatte. Warum kamen die Peilwagen nicht?

Auf der gegenüberliegenden Straßenseite lief eine Frau, sie trug zwei prall gefüllte Taschen. Die Glückliche hatte etwas zu essen organisiert. Die Deutschen hungerten nicht, aber Lebensmittel wurden knapp. Wenn jetzt noch die Ukraine verloren ging, drohte die erste Hungersnot. Fritz hatte die Jahre 1917 und 1918 miterlebt, der Hunger trieb die Menschen auf die Straße, erst zu Streiks, dann zur Revolution. Aber in dieser Revolution haben wir versagt. Das Versagen war der Vorbote der Niederlage von 33. Und nun? Nun wurde Deutschland in Schutt gelegt.

Fritz entdeckte zwei Schupos. Sie gingen in das Haus gegenüber. Zwei weitere Schupos erschienen, dann zwei Ledermäntel, Gestapo. Sie verschwanden in den Hausgängen daneben. Fritz beugte sich weit aus dem Fenster und beobachtete den Bürgersteig auf seiner Seite. Zwei weitere Schupos, zwei weitere Ledermäntel. Durch die Straße fuhr langsam ein Kastenwagen mit einer langen Antenne. Sie suchten jemanden. Sie suchten ihn.

* * *

Sie taten nichts. Sie warteten im Bendlerblock, früher Sitz des Kriegsministeriums. Rettheim erkannte General Hoepner, der 1941 die Panzerspitze vor Moskau befehligt hatte und vom Führer verstoßen wurde, weil er eine Stellung nicht um jeden Preis halten wollte. Der Chef des Ersatzheeres, General Fromm, in dessen Quartier die Verschwörer sich versammelt hatten, war komfortabel festgesetzt worden, bewacht von einer Flasche Cognac. Er würde sich den stärkeren Bataillonen anschließen. Klarsichtig Mertz von Quirnheim, der sich 33 zu Hitlers SA versetzen ließ, jetzt aber nach Stauffenberg der energischste Verschwörer war. In ein Zimmer zurückgezogen hatte sich Beck, 1938 als Generalstabschef des Heeres zurückgetreten, nachdem er zuvor Hitlers Aufrüstung unterstützt hatte. Bei ihm Goerdeler, der frühere Leipziger Oberbürgermeister und designierte Reichskanzler, aufgeregt, die Gestapo war ihm auf den Fersen. Warum kam er in den Bendlerblock, er gefährdete alle anderen und damit die Verschwörung. Seltsame Leute, seltsame Karrieren, dachte Rettheim. Sobald etwas passierte, würde er Werdin in seinem Dienstzimmer anrufen. Wenn es schief ging, waren sie so gut wie tot. Wenn es nicht schief ging, vielleicht auch. Was würde die SS machen? Die Verschwörer schwelgten in ihrem Optimismus, aber sie hatten die meisten Deutschen gegen sich, nicht nur die acht Millionen Mitglieder der Nazipartei. Die Ostfront machte keinen Putsch, dort standen drei Viertel der Wehrmacht. Im Westen mochte es klappen, auch wenn Rommel, der Wüstenfuchs, Verletzungen nach einem Tieffliegerangriff auskurierte. Im Westen waren die Marschälle und Generale militärisch am Ende. Es war nur eine Frage von Tagen, bis die wilde Flucht begann. Im Osten herrschte die Angst vor einem Durchbruch der Russen. Wo würden sie zum Stehen kommen, erst in Berlin? Rettheim wurde übel bei dem Gedanken, er wusste, was die eigenen Leute in Russland angerichtet hatten.

Wie ein aufgeregter Hühnerhaufen liefen sie durch die Gänge, lebten ihre Nervosität aus. Ohne Stauffenberg waren sie kopflos, der Oberst gab den Generalen die Befehle. Jetzt war er in der Wolfsschanze, um den Führer in die Luft zu sprengen. Himmler und Göring waren nicht dort, Stauffenberg hatte sich entschieden. Wenn er anrief und Hitlers Tod meldete, würden sie *Walküre* starten. Rettheim hatte mehrfach gesagt, *Walküre* habe eine lebensgefährliche Schwäche. Die Einheiten, die *Walküre* umzusetzen hatten, wussten nicht, dass sie einen Staatsstreich unterstützten. Dass sie denen halfen, die ihren teuren Führer umgebracht hatten. Rettheim ahnte, sobald die Wahrheit herauskam, stünden die Verschwörer nackt im Licht. Was gab es dann – Bürgerkrieg? Oder würde der Putsch gleich zerschlagen?

Die Aufregung steigerte sich. »Er ist tot!«, brüllte einer. Jubel auf den Gängen. Stauffenberg war nach zweistündigem Flug in Berlin-Rangsdorf gelandet, er hatte angerufen und gemeldet, es sei alles planmäßig verlaufen. Eine gigantische Detonation habe die Baracke zerrissen, in der der Führer und sein Stab die Lage an den Fronten besprachen. Hitler tot, und nicht nur er.

Jetzt warteten alle darauf, dass Stauffenberg im Bendlerblock auftauchte und die Leitung übernahm. Er war alles in einem, Anführer, Antreiber und Tyrannenmörder. Fromm, die Cognacflasche schon erleichtert, weigerte sich, *Walküre* auszulösen. Nicht bevor er persönlich überzeugt sei vom Tod des Führers. Mertz von Quirnheim setzte *Walküre* trotzdem in Kraft, in eigener Verantwortung, hinter dem Rücken seines Mitverschwörers General Olbricht, des Vertreters von General Fromm, der als Chef des Ersatzheeres als Einziger dazu bevollmächtigt gewesen wäre. Keiner setzte Fromm die Pistole an den Kopf, keiner machte ihn mundtot, jeder tat so, als hätte alles seine Ordnung. Rettheim war verzweifelt, selbst mitten im Putsch waren die Dienstvorschriften heilig. Deutsch, typisch deutsch.

Rettheim drängelte sich an ein Telefon, er riss einem Offizier, der zu sprechen aufgehört hatte, den Hörer aus der Hand. Er wählte Werdins Nummer, Gott sei Dank, er war da. »Hitler ist tot, wenn Stauffenberg im Bendlerblock ist, geht es los«, sagte Rettheim. Er legte auf.

Stauffenberg erschien. Er besprach sich mit Beck und erteilte dann Befehle. Niemand hatte bis dahin daran gedacht, den Bendlerblock bewachen und das Regierungsviertel absperren zu lassen. Rettheim schlug vor, Goebbels festzusetzen. Der Propagandaminister sei gefährlich, er sitze gewiss in seiner Wohnung nahe der Reichskanzlei und organisiere den Gegenschlag. Der Befehl zur Verhaftung ging an das Wachbataillon Großdeutschland von Major Remer. Rettheim schloss sich dem Bataillon an. Er wollte sichergehen, dass alles klappte.

Remer und Rettheim trafen Goebbels in seiner Wohnung an. »Nein, der Führer lebt!«, schrie er. »Ich kann es Ihnen beweisen.« Goebbels ging zu einem Telefon, nahm den Hörer ab und wählte. Er horchte in den Hörer hinein. Dann rief er: »Ist dort das Führerhauptquartier? Hallo, Führerhauptquartier!« Er legte den Hörer auf die Gabel und sagte fassungslos: »Die Leitung ist tot.« Er humpelte ziellos in seinem Wohnzimmer umher. Dann sagte er: »Wir müssen nur einen Moment warten, dann steht die Leitung wieder. Ich sage Ihnen, der Führer lebt! Ich spüre das. Sie sind hereingefallen auf eine Verschwörung. Sie können gleich mit dem Führer selbst sprechen.«

Remer erwiderte kalt: »Herr Minister, im Namen des Oberbefehlshabers der Wehrmacht, des Generalfeldmarschalls von Witzleben, Sie sind verhaftet. Folgen Sie mir freiwillig, sonst muss ich Gewalt anwenden.«

Goebbels setzte an, etwas zu sagen, dann schloss er den Mund wieder. Rettheim beobachtete, wie der Widerstand des kleinen Ministers zusammenbrach. Der gerade noch straffe Rücken krümmte sich. Dann gab sich Goebbels einen Ruck, er sagte: »Herr Major, Sie tragen die Verantwortung für diesen Übergriff.«

* * *

Werdin erschrak. Er hatte diesen Tag ersehnt, aber jetzt stand er an einem neuen Abgrund. Jeden Augenblick konnten Wehrmachtsoldaten die Quartiere der SS in der Prinz-Albrecht-Straße und in der Wilhelmstraße abriegeln. Himmler allerdings war in seinem Sonderzug in Ostpreußen und hatte freie Hand, kein Verschwörer konnte ihn hindern, seine Truppen in Stellung zu bringen. Göring, Hitlers Erbe, vermutete Werdin in Karinhall. Von ihm war nichts zu erwarten, aber sein erster Mann, der Luftwaffenfeldmarschall Milch, was würde er tun? Milch war das Gegenteil seines fetten Chefs, klug und entschlussfreudig. Die Luftwaffe mochte wenig gegen den Bomberstrom der Westalliierten ausrichten. Würde sie gegen die Putschisten eingesetzt, war sie eine gefährliche Waffe. Was würde Kaltenbrunner tun, wenn Soldaten versuchten, ihn festzusetzen? Würde er schießen lassen? Würde er die in Berlin und Umgebung stationierten Einheiten der SS rufen?

Werdin griff zum Telefonhörer, Schellenberg war da. Keine fünf Minuten später saß er beim SD-Chef. »In Paris und Wien haben sie unsere Leute festgesetzt«, sagte Schellenberg. »Ich habe mit dem Reichsführer telefoniert. Er hat befohlen, keine Gegenmaßnahmen einzuleiten, aber wachsam zu sein. Im ganzen Reich und an der Front warten unsere Leute auf den Befehl des Reichsführers.«

»Darf ich offen sein?«, fragte Werdin.

Schellenberg nickte.

»Hitlers Testament bestimmt, dass Göring ihm nachfolgen soll. Göring ist Morphinist und ein Verlierer. Die Luftwaffe hat die Schlacht um England verloren, und damit hat das Desaster begonnen.«

Schellenberg lächelte. »Worauf wollen Sie hinaus?«

»Dass jemand anders Deutschland führt.«

»Wer? Der Reichsführer?«

Werdin zuckte mit den Achseln. »Das wäre nahe liegend, aber vielleicht nicht klug. Wenn der Reichsführer Hitler nachfolgt, werden wir keinen Frieden bekommen. Keiner unterschreibt einen Vertrag mit dem Reichsführer.«

»Sie sind mir ein treuer SS-Mann«, sagte Schellenberg.

Werdin staunte. Schellenberg saß gelassen hinter seinem Schreibtisch, als wäre nichts geschehen und als könnte er nicht jeden Augenblick verhaftet oder erschossen werden. Fast schien es, als freute sich Schellenberg über Hitlers Tod. Schellenberg wippte auf seinem Stuhl, ein Schmunzeln zog über sein Gesicht, dann schaute er Werdin energisch an. »Die Herren Verschwörer werden sich wundern. Sie werden auf Knien angekrochen kommen und uns um unsere Hilfe bitten, wenn die Ostfront den Braten gerochen hat. So wird es kommen. Und wir werden sie regieren lassen. Nur Innenminister wird nicht der Herr Leber, sondern bleibt Heinrich Himmler. Und wir sind seine Polizei und sein Geheimdienst. Wer soll das Reich zusammenhalten, wenn nicht wir? Die zerstrittene Wehrmacht etwa? Die Herren Marschälle werden noch in zehn Jahren herumschwätzen, über ihren Eid und die Treue und so weiter und so fort. Es ist doch kein Zufall, dass ein kleiner Oberst den Staatsstreich fast im Alleingang macht. Sie werden kommen, auf Knien, Werdin, glauben Sie es mir, wir müssen nur warten und bereit sein. Na ja, ein bisschen nachhelfen müssen wir vielleicht auch.«

Obwohl er ihn ansprach, glaubte Werdin, Schellenberg rede mit sich selbst. Sie waren ja nicht überrascht, sie wussten von der Verschwörung, selbst Himmler war eingeweiht. Die Emissäre der Putschisten hatten ihm eine große Rolle nach dem Putsch versprochen, und Himmler wäre nicht Himmler gewesen, hätte er das vergessen.

Das Telefon klingelte. Schellenberg nahm ab, sein Gesicht wurde schlagartig ernst. »Jawohl, Reichsführer, wir erwarten jeden Moment, dass sie losschlagen.« Konzentriert hörte Schellenberg zu. Er nahm sich einen Bleistift und schrieb etwas auf einen Block. »Jawohl, Reichsführer, grüßen Sie bitte den Kameraden Wolff.« Schellenberg legte auf.

Zu Werdin gewandt, sagte er: »Wir müssen die Rundfunksender lahm legen. Verhindern, dass irgendeiner hochtrabende Erklärungen abgibt. Sonst endet alles im Chaos. Der Reichsführer hat befohlen, dass Hitler durch eine englische Fliegerbombe getötet wurde. Auf keinen Fall darf von einem Staatsstreich geredet werden.«

Er griff wieder zum Telefonhörer: »Verbinden Sie mich mit Gruppenführer Müller.« Eine Pause. »Heil Hitler, Gruppenführer. Sie wissen es wohl schon, der Führer ist tot, englische Fliegerbombe. Der Reichsführer hat mich gerade angerufen. Wir tun nichts, wir lassen die Sache rollen. Selbstverteidigung, sonst nichts. Keine Schießereien. Wir sitzen am längeren Hebel. Wenn die Herren von der Wehrmacht mal begriffen haben, was wirklich passiert ist, wird es eng für Stauffenberg und Kameraden. Die Zeit arbeitet für uns. Wir müssen heute nur eines tun, die Rundfunksender abschalten. Kein Wort von einem Putsch darf über den Äther, sonst kriegen wir einen Bürgerkrieg.« Schellenberg hörte eine Weile zu, dann sagte er: »Auf Wiederhören, Gruppenführer. Gut, Sie übernehmen das.«

Schellenberg wandte sich an Werdin. »Wir brauchen da

keine Truppen hinzuschicken. Wir haben genug Leute beim Reichsrundfunk. Die kappen ein paar Kabel, und es ist Ruhe im Puff. Und dann wollen wir doch mal sehen, was passiert. Da kann der Herr Goerdeler reden, so viel er will, es hört ihn keiner. Aber daran dürfte er sich mittlerweile ja gewöhnt haben.

Und damit überhaupt nichts schief geht, hat der Reichsführer die Leibstandarte und andere Einheiten der Waffen-SS ausrücken lassen. Sie marschieren in Richtung Stadtmitte.«

Zurück in seinem Dienstzimmer, überfiel Werdin die Ratlosigkeit. Die Dinge liefen jetzt ab, so oder so, er konnte nichts ändern. Er hatte seine Rolle gespielt, auch wenn er sich zeitlebens fragen würde, worin sie genau bestand. Er hatte keine Lust, sich von Wehrmachtsoldaten festsetzen zu lassen, möglicherweise gab es auch Kämpfe. In seinem Büroschrank hatte er Zivilkleidung hängen, und die zog er nun an. Er schloss sein Dienstzimmer ab und schlich sich davon. Niemand musste erfahren, wo er war.

In der Wilhelmstraße begegnete er Soldaten, angeführt von einem Major. Sie interessierten sich nicht für Werdin. Sie bewachten das Regierungsviertel. Werdin erreichte den U-Bahnhof Hallesches Tor und setzte sich in einen Zug, der gerade hielt. Erst einmal weg. Wenige Stationen später stieg er aus, Warschauer Brücke. Nichts deutete darauf hin, dass Hitler getötet worden war, nichts zeugte von einem Staatsstreich. Er entdeckte ein Polizeirevier. Er wusste nicht, warum, eine innere Kraft trieb ihn hinein. Der Beamte hinter dem Tresen schaute Werdin erst von oben herab an, dann warf er einen Blick auf dessen Dienstausweis. Er nahm

Haltung an. »Jawohl, Sturmbannführer, das haben wir gleich.« Der aufgeblasene Schutzpolizist verwandelte sich in die verkörperte Unterwürfigkeit. Er guckte wie ein Dackel, als er mit einem Blatt Papier in der Hand zurückkam. »Mellenscheidt gibt es in Biesdorf nur einmal, ist ja auch kein ganz gewöhnlicher Name, stimmt doch?«, sagte der Polizist. »Da können unsere Feinde noch so viele Bomben werfen, den deutschen Staat kann nichts erschüttern. Im Einwohnermeldeamt haben sie mir diese Adresse genannt, Kornmandelweg 3a.«

Ungeduldig stopfte Werdin den Zettel in seine Jackentasche. »Wenn ich noch was für Sie tun kann, Herr Sturmbannführer«, sagte der Polizist, als Werdin ihm schon den Rücken zugekehrt hatte. Unruhe packte ihn. Was wurde nun aus Fritz? Bald wusste Moskau, dass Hitler tot war, dann war Fritz als Lügner enttarnt. Dann musste er damit rechnen, dass der Direktor ihn hochgehen ließ. Werdin machte sich auf den Weg nach Lichterfelde. Die U-Bahn war nicht ganz voll. Was würden die Leute sagen, wenn sie wüssten, dass ihr geliebter Führer tot war? Bilder kamen Werdin in den Kopf, während die Bahn über die Gleise ruckelte. Der Führer im offenen Mercedes-Benz-Kabriolett durch die Straßen, Geschrei, ekstatische Blicke, glänzende Augen, Körper, die sich ihm entgegenstrecken, Hingabe. Großkundgebung mit Hitler, kurz vor dem Krieg. Atemlose Stille der Masse, nur die gutturale Stimme des kleines Manns mit dem Oberlippenbart am Rednerpult, irrwitziger Jubel, wieder atemlose Stille, brüllender Hass, die Menge im Rausch.

In Lichterfelde-Ost stieg er aus. Mit rasselnden Ketten und dröhnenden Motoren fuhren Tiger-Panzer durch die

Finckensteinallee. Es stank nach verbranntem Öl, die Kolosse rissen mit ihren Ketten die Straße auf. Eine Panzereinheit der Leibstandarte, in der Kommandantenluke junge Gesichter, entschlossen. Wohin fuhren sie? Zog Himmler Truppen in den Außenbezirken von Berlin zusammen? Rollten die Kolosse in die Innenstadt? Das Tor zur Kaserne war geschlossen. Als Werdin in die Altdorfer Straße einbog, sah er einen Kastenwagen mit einer langen Antenne auf dem Dach. Ein Peilwagen, er kannte diesen Typ von seinem Einsatz in Rotterdam. Zwei Wagen fingen dasselbe Funksignal auf, sie richteten ihre Antennen auf das Signal, zwischen ihren Standorten und der Signalrichtung wurde je eine Linie gezogen. Wo die Linien sich kreuzten, stand das Funkgerät. Je näher die Richtantennen dem Funkgerät waren, desto genauer die Ortung.

Die Spione in Rotterdam waren leichtsinnig gewesen und hatten lange Funksprüche abgesetzt. Nach wenigen Nächten Arbeit mit den Peilwagen hatte Werdin das Nest ausgehoben. Der Tipp, der sie auf die Fährte gebracht hatte, aber kam von einem Holländer, der für den SD spitzelte, Pieter Mulden. Eine ekelhafte Gestalt, klein, schmierig, vorspringender Adamsapfel. Werdin erinnerte sich noch an den Streit mit der Gestapo, sie sei dafür zuständig, aber das interessierte am Ende keinen. In den besetzten Gebieten musste die Verwaltung noch aufgebaut werden, und bis die Kameraden der Gestapo zu Potte kamen, hätten die Engländer Holland mit Spionen erobern können.

Was machte der Peilwagen hier? Werdin ging an dem Kleinlaster vorbei. Am Ende der Straße erkannte er zwei Ledermäntel, ein Kübelwagen fuhr langsam vorbei, darin ein Mann an einem Funkgerät. Er gestikulierte. Aus einem

Haus wenige Meter vor ihm traten zwei Schupos auf die Straße. Es war klar, sie suchten jemanden. Plötzlich spürte Werdin Angst. Er sah weitere Polizisten und Gestapobeamte, noch ein Kübel mit Funkgerät. In der Stadt lief ein Staatsstreich ab, und hier draußen wurde jemand gejagt. Wer sonst außer Fritz? Langsam näherte sich Werdin der Elmshorner Straße. Zwei Gestapobeamte betraten das Haus Nummer 21. Zwei andere näherten sich von der Gegenseite dem Haus Nummer 27. Es war klar.

Als die Jäger in den Häusern verschwunden waren und Werdin sich vergewissert hatte, dass die Straße leer war, rannte er los. Er riss die Tür der Nummer 23 auf und hetzte die Treppen hoch. An der Wohnungstür klopfte und klingelte er zugleich. Er rief laut: »Fritz! Fritz!« Die Tür öffnete sich. »Ich weiß es schon«, sagte Fritz.

»Hau ab«, sagte Werdin.

»Nein«, sagte Fritz. »Ich kann nicht mehr.«

»Du bist verrückt, die bringen dich um.«

»Ich bin schon längst tot. Moskau will mich umbringen, die SS will mich umbringen. Und vielleicht will auch ich mich umbringen. So sind denn alle Interessen glücklich miteinander vereint.« Fritz lachte verbittert. »Wo soll ich hin? Es ist aus. Für sportliche Höchstleistungen bin ich nicht geboren. Ich werfe mir eines vor, ich bin zu feige, um Schluss zu machen. Ich bin sogar zu feige, dich darum zu bitten. Warum, verdammt, hänge ich an meinem verpfuschten Leben?«

Fritz war mit den Nerven am Ende. Jahrelang die Angst vor den Häschern. Jetzt hatten sie ihn gestellt. Wie sollte er ihnen entkommen? Wo sollte er sich noch verstecken? Entscheidend aber war, Fritz hatte seinen Glauben verloren. Es gab nichts mehr, für das es sich lohnte, Angst zu haben. Er war betrogen worden. Solange es Hitler gab, hatte er gegen ihn gekämpft. Und dann befahl Moskau, sein Leben zu schonen.

»Hitler ist tot, Fritz! Versteck dich, hau ab, es wird sich vieles ändern.«

»Solange die SS mit im Boot ist, ändert sich für mich gar nichts. Für dich übrigens auch nicht. Knut, mach, dass du wegkommst, gleich sind sie hier.«

Werdin staunte, doch er verstand Fritz. Ihm selbst ging es nicht viel anders. Auch er hatte alle Zwecke verloren. Wie ein Schemen stand ihm Irmas Gesicht vor Augen, als sie sich noch einmal umdrehte in der Tür des Café Kranzler. Dieser Blick. Dann war der Schemen verschwunden. Er nahm Fritz auf der Türschwelle in den Arm, drückte ihn einmal fest und rannte die Treppe hinunter. Kurz vor dem Ausgang stieß er auf zwei Gestapoleute, der eine hielt ihn an. »Kennen Sie diesen Mann?«, fragte er und hielt ihm eine gedruckte Zeichnung unter die Nase, die Fritz darstellte. »Nein«, sagte Werdin, »den kenne ich nicht.« Er zog seinen SD-Ausweis hervor und sagte: »Ich bin dienstlich unterwegs.« Die beiden Beamten nahmen Haltung an. Er grüßte lässig zurück und verließ das Haus. Am Ende der Straße drehte er sich um. Fritz zwischen zwei Gestapobeamten, die ihn zu einem Wagen führten. Der eine holte aus und schlug Fritz mit der Faust ins Gesicht. Fritz sackte zusammen. »Tschüs, mein Freund«, sagte Werdin leise. Seine Augen wurden feucht. Er wandte sich ab und trocknete seine Tränen mit einem Taschentuch.

Du musst jetzt die Nerven behalten, ermahnte er sich. Auf der Rückfahrt nach Hause bedachte Werdin seine Lage. Es wurde eng. Ob Fritz ein verschärftes Verhör durchhielt? Wie lange? Würde Fritz ihn verraten? Er spürte keinen Zorn bei dieser Idee, er wusste, wozu die Gestapo fähig war. Vielleicht schafften die neuen Herren, wer immer es wäre, die Folter ab? Aber ob sich die SS dann daran hielte? Wieder erschien Irmas Gesicht. War er am Ende? Wirre Gedanken. Er stieg um in eine S-Bahn, die ihn nach Biesdorf brachte.

* * *

Lawrentij Berija tobte. »Können Sie mir sagen, was das heißt, Genosse Grujewitsch? Adolf Hitler ist einer englischen Bombe zum Opfer gefallen, behauptet der deutsche Rundfunk. Ich glaube das nicht. Obwohl Sie es verhindern sollten, wurde der Anschlag durchgeführt. Hitler ist tot. Erklären Sie mir das, Genosse Grujewitsch!« Er zischte den letzten Satz heraus wie eine Schlange.

»Genosse Berija, wir haben nichts gehört.«

»Das brauchen Sie mir nicht zu sagen! Das ist das Einzige, was ich sicher weiß.« Berija starrte Grujewitsch scharf an.

»Wir haben vor drei Tagen einen Bericht aus Berlin bekommen. Fritz und Michael tun alles, um ein Attentat zu verhindern. Sie haben uns noch nie belogen.«

»Und seitdem haben Sie nichts mehr aus Berlin gehört, Genosse Grujewitsch?«

»Nein«, sagte Grujewitsch kleinlaut.

»Und wie erklären Sie mir das?«

»Vielleicht ist das Funkgerät kaputt, vielleicht mussten sie umziehen ...«

»Vielleicht, vielleicht, vielleicht. Um zu raten, brauchen wir keinen Nachrichtendienst.«

»Wir werden es in den nächsten Tagen bestimmt erfahren. Vielleicht war es ja doch eine Fliegerbombe?«

»Das hoffe ich sehr, vor allem für Sie«, sagte Berija. »Und jetzt sehen Sie zu, dass Sie herausbekommen, was in Berlin los ist.«

Grujewitsch war verzweifelt. Wenn sich Fritz nicht spätestens bis morgen meldete, war die Hölle los. Er ging mit Iwanow um den Dserschinskiplatz. Die Bürgersteige waren glitschig, Dreck vermischte sich mit Regen. Das Wetter entsprach Grujewitschs Laune. Dann sagte Iwanow: »Und wenn wir zwei Fallschirmagenten rüberschicken? Wir haben noch eine Gruppe, die auf ihren Einsatz wartet. Deutsche Kommunisten. Die falschen Papiere sind fertig. Wir könnten sie heute Abend losschicken. Es gibt in Potsdam noch eine verdeckte Anlaufstelle, die letzte.«

Grujewitsch lachte trocken. »Dann schicken wir auch die in den Tod. Du weißt, wir haben mit Fallschirmagenten miese Erfahrungen gemacht.«

»Meistens, aber nicht immer. Wenn sie begrenzte Aufträge hatten, hat es gut geklappt ...«

»Aber nur, wenn sie aus dem Landegebiet wegkamen.«

Iwanow nickte. Er kannte die Verlustquote. »Wenn Hitler wirklich tot ist, gibt es eine heillose Verwirrung, wenigstens für eine bestimmte Zeit.«

Hoffentlich redet er sich nichts ein und mir auch nicht, dachte Grujewitsch. Solange Krieg ist, werden die Deutschen aufpassen, dass wir ihnen keine Flöhe in den Pelz setzen. Ihre Spionageabwehr ist erstklassig. Sie haben uns genau studiert, und wir haben unsere Methoden nicht weiterentwickelt. Aber was sollte man machen? Sie konnten versuchen, Leute durch die deutsche Front zu schmuggeln, aber im rückwärtigen Gebiet der Ostfront kontrollierte die Feldgendarmerie, die rochen Spione schon auf zwei Kilometer Entfernung. Und sie konnten Leute per Fallschirm nach Deutschland schicken. Das hatte den Vorteil, dass man ihnen Material wie etwa Funkgeräte mitgeben konnte. Alles andere war utopisch. Wenn er Iwanows Vorschlag folgte und wenigstens ein Fallschirmagent durchkam, waren sie ein gutes Stück weiter. Wenn der Agent Fritz nicht fand, weil der umgezogen oder erwischt worden war, dann konnte er sich an Michael halten, an den Sturmbannführer Knut Werdin. Auf welcher Seite stand der? Sie mussten es herausbekommen. Berija wollte es wissen, und er wollte es nicht aus einer Propagandasendung von Joseph Goebbels erfahren: »Bolschewistischer Spion enttarnt« oder, schlimmer noch: »übergelaufen«. Grujewitsch war nicht wohl bei dem Gedanken, aber er wusste, er musste es herausfinden, und wenn es nur darum ging, die eigene Haut zu retten.

Der Tag war schon mies, da kam es kaum noch darauf an, dass Gawrina sich mühte, ihn aufzustacheln, er möge seine Karriere mit mehr Elan betreiben. Das hatte ihm heute noch gefehlt. Er durfte ihr nicht sagen, dass er froh sein würde, seinen Lebensabend nicht in einem sibirischen Lager erwarten zu müssen. Karriere, was interessierte ihn seine Karriere? Es ging um seinen Kopf. Wüsste Gawrina, dass ihr Held auf dem besten Weg war, als Versager zu enden, sie hätte einen ihrer Ausbrüche bekommen, die Grujewitsch fast so fürchtete wie Berijas Zischen.

»Ich werde früh genug General«, sagte er verärgert, aber doch mit der Absicht, Gawrina zu beruhigen.

»Du musst etwas dafür tun, Boris. Du musst deine Vorgesetzten auf dich aufmerksam machen. Mehr arbeiten, mehr Erfolge, mehr Vorschläge.« Sie war ein bisschen zu laut.

»Dann komme ich vor lauter Arbeit gar nicht mehr nach Hause«, erwiderte Grujewitsch. Er zwang sich, ruhig zu bleiben. »Es wird doch jetzt oft so spät. Willst du mich gar nicht zu Hause haben?«

»Doch, Boris, aber wenn du General bist, wirst du mehr Zeit haben. Dann kannst du andere für dich arbeiten lassen.«

»Wenn es so einfach wäre. Wir haben in der Sowjetunion nur einen Chef, Stalin. Der arbeitet in der Nacht, also arbeiten alle in der Nacht. Es könnte ja sein, dass Stalin anruft. Unter Stalin ist Berija, auch er arbeitet nachts, damit Stalin ihn immer erreichen kann. Ob ich nun Oberst oder General bin, das ist Berija egal. Wenn ich Glück habe, bin ich bald Chef der Aufklärung, aller Kundschafter der Sowjetunion in der Welt. Dann habe ich noch mehr Arbeit als heute.«

»Aber wir werden dann auch besser versorgt.«

»Ja«, stöhnte Grujewitsch.

Er holte sich die Flasche Wodka, die er in einem Korb auf der Fensterbank kühl hielt. Er goss sich und Gawrina hundert Gramm ein und trank sein Glas in einem Zug leer, ohne mit ihr anzustoßen. Sie saß am Küchentisch und starrte an die Wand. Grujewitsch erriet nicht, woran sie dachte. An diesem Abend wehrte er sich nicht mehr gegen das Gefühl, dass sie ihm fremd wurde. Vielleicht war sie es aber schon immer, und er hatte es nicht gesehen. Sie tranken an diesem Abend zu viel Wodka, keiner sagte etwas, an das sich der andere am nächsten Morgen erinnern würde.

* * *

Verdammte Scheiße, jetzt hatten sie Fritz, aber der Führer war tot. Was würde nun kommen? Krause war unsicher, ob er aus seinem Fang noch alles herausholen konnte. Obwohl jede deutsche Regierung wenig erfreut wäre über Sowjetspione. Aber vielleicht dürften sie bald nicht mehr foltern, vielleicht würde die Gestapo aufgelöst, vielleicht gäbe es bald eine neue Spionageabwehr? Vielleicht würde sich die Wehrmacht alles unter den Nagel reißen? Krause schwankte zwischen Angst und Hoffnung. Wieder und wieder ließ er sich die Lage durch den Kopf gehen. Was ist die Wehrmacht? Sie ist gespalten in eine kleine Gruppe von Umstürzlern, die an der Westfront einigen Anhang hat, und den großen Rest. Wenn die Sache allein in der Wehrmacht ausgetragen würde, hätten die Putschisten keine Chance. Sie hätten die Ostfront gegen sich, dort standen fast achtzig Prozent der deutschen Streitkräfte. Wenn sich die SS auf die Seite von Stauffenberg und Kameraden stellte, sähe die Sache anders aus. Krause wusste, Himmler würde kräftig mitmischen in dem Chaos, das die Putschisten angerichtet hatten. Er würde dafür sorgen, dass seine SS ungerupft davonkam. Im Notfall würde er sich mit Göring zusammentun, dem offiziellen Erben des Führers. Dann wäre auch die Luftwaffe mit von der Partie. Jeder, der dem Führer nachtrauerte, würde auf Göring hören, auch wenn der ein aufgeblähter Morphinist war. Aber er war nicht stark genug, sein Ruf bei der Wehrmacht war seit Stalingrad unübertrefflich schlecht, er wäre immer auf die SS angewiesen. Wie man es drehte und wendete, ohne SS lief nichts. Das klang auch durch, als Müller heute früh von einem Anruf des Reichsführers berichtete. Nein, es waren gefährliche Zeiten, aber sie hatten gute Chancen.

Krause trank einen Schluck seines erkalteten Kaffees. Er zündete sich eine weitere Zigarette an und begann in seinem Zimmer auf und ab zu laufen. Kurz schaute er hinunter auf die Prinz-Albrecht-Straße, nichts war zu sehen, jedenfalls nichts, was seinen Verdacht erregte. Komisch, als wäre nichts passiert. Und wie weiter?

Sie hatten schon ein erstes Rauchsignal gesetzt, den Putschisten am 20. und 21. Juli durch technische Tricks den Zugang zu den Radiostationen verbaut. Außerdem dachte das Personal nicht daran, sich den Umstürzlern anzudienen. Je mehr vom Attentat durchsickerte, desto stärker die Empörung. Inzwischen drängte es die Verschwörer auch nicht mehr zum Mikrofon. Sie hatten verstanden, dass sie mit den Mächtigen des Reichs verhandeln mussten. Würden sie Appelle ans Volk richten, legten sie sich fest. Was glaubten die Herren eigentlich? Dass die Wehrmachtführung, der Reichsmarschall und der Reichsführer-SS nach der Pfeife eines kleinen Obersten namens Stauffenberg tanzen? Lächerlich.

Himmler ließ sich nicht in Berlin blicken. Er saß in seinem Sonderzug »Heinrich« in Ostpreußen am Telefonapparat und koordinierte die Aktionen der SS. In Paris und Wien hatten ein paar eifrige Wehrmachtoffiziere Gestapo und SD festgesetzt, sonst waren keine Übergriffe gemeldet worden.

Am 21. und 22. Juli hatten die Putschisten begriffen, dass sie nicht viele Unterstützer hatten. Sie trauten sich nicht einmal öffentlich einzugestehen, dass sie Hitler umgebracht hatten. Es hieß, er sei einem englischen Fliegerangriff zum Opfer gefallen. So meldete es auch der Rundfunk. Die Verschwörer wussten so gut wie Krause, die Deutschen liebten ihren Führer immer noch. Wenn einer sie vor der drohenden Katastrophe bewahren konnte, dann nur Hitler. Krause staunte immer wieder, wenn er Berichte über die Stimmung in der Bevölkerung las. Es müsste längst jedem Idioten klar geworden sein, dass Hitler nicht die Erlösung brachte, sondern den Untergang. Und doch war der Führer für die meisten immer noch der liebe Gott oder wenigstens sein Vertreter auf Erden. Nach seinem Tod würde er es noch mehr sein als zu Lebzeiten. Krause fragte sich, ob die Verschwörer überhaupt über den 20. Juli hinaus gedacht hatten. Sie mussten doch wissen, dass der Zorn von Millionen von Deutschen sich gegen die Mörder ihres Ersatzgottes richten würde.

Nun war der elegante Karl Wolff, Himmlers Liebling, bei Goerdeler, Beck und Stauffenberg im Bendlerblock und verhandelte über einen Kompromiss. Einen ersten Erfolg hatte er schon erzielt, die in Paris und Wien gefangenen Kameraden von Gestapo und SD waren wieder auf freiem Fuß. Inzwischen hatten sich auch Emissäre von den Fronten gemeldet, im Oberkommando herrschte ein aufgeregtes Kommen und Gehen. Die Marschälle im Osten tönten von Verrat und Dolchstoß. Stauffenberg und Kameraden sollten froh sein, wenn sie nicht an die Wand gestellt und erschossen würden, dachte Krause. Aber das wäre ungerecht. Sie hatten den gordischen Knoten durchschlagen. Doch jetzt sollten die ans Ruder kommen, die etwas vom Handwerk verstanden, von der Politik und vom Krieg.

Krauses Optimismus gewann die Oberhand über seine Angst. Was immer geschah, die Waffen-SS stand treu zum Orden, auch wenn es in den letzten Jahren hin und wieder Zweifel daran gegeben hatte. Krause musste lachen über den Streit mit Offizieren der Waffen-SS, die lieber Soldaten sein wollten als Krieger der Schutzstaffel. Jetzt waren einige Eliteeinheiten um die Hauptstadt herum aufgestellt worden, die Heimattruppen wurden verstärkt durch Verbände, die aus ruhigen Frontabschnitten herausgezogen wurden. An Verkehrsknotenpunkten der Innenstadt standen Panzer.

Hitlers Tod wirkte bereits. Die Ostfront setzte sich unter dem Druck der sowjetischen Großoffensive ab und leistete hinhaltenden Widerstand. Jetzt galt die Devise, die Fronten so kurz wie möglich zu halten. So konnten Einheiten als Reserven zurückgezogen werden, um durchgebrochene feindliche Verbände zu vernichten. »Schlagen aus der Nachhand«, so nannte es der große Stratege, den Hitler vor kurzem abgeschoben hatte: Erich von Manstein, Urheber des Geniestreichs, der den Triumph über Frankreich gebracht hatte, Sieger von Sewastopol und auf der Krim. Wilhelm Keitel, Chef des Oberkommandos der Wehrmacht, wegen seiner Unterwürfigkeit gegenüber Hitler auch »Lakeitel« genannt, der große Feldmarschall traute sich nun nicht mehr zu befehlen, Stellungen müssten um jeden Preis gehalten werden. Die Chefs der Heeresgruppen an der Ostfront verlangten Keitels Rücktritt. Stattdessen sollten zwei Oberbefehlshaber eingesetzt werden, einer für die Ostfront und einer für den Westen und den Süden. Die Feldmarschälle forderten Manstein für den Osten und Rommel, sobald er genesen wäre, für den Westen und den Süden. Die Oberbefehlshaber sollten Handlungsfreiheit besitzen. Unter dieser Voraussetzung seien die Heeresgruppen bereit, sich dem Feldmarschall von Witzleben zu unterstellen, den die Putschisten um Beck und Stauffenberg zum obersten Wehrmachtsoldaten befördern wollten.

Es war ein gigantisches Durcheinander. Jeder wollte alles, und keiner wollte etwas geben. Wenn die SS sich nicht auf die Seite der Putschisten stellte, würden diese zerrieben zwischen den Mächtigen des Dritten Reichs. Und die SS selbst hätte sie am Ende alle gegen sich und würde unterliegen. Es war ja nicht so, dass Himmler überall nur Freunde hatte. Die Aufräumarbeiten im Osten, die Massenerschießungen hatten manchen feinen Herren nicht pläsiert. Wie oft hatte der Führer erklärt, der Krieg gegen die Sowjetunion sei ein Rassenkrieg, ein Ausrottungskrieg, ein Weltanschauungskrieg, in dem der Bolschewismus vom Erdboden getilgt werden müsse. Wie sollte man den Bolschewismus vernichten, wenn man seine Träger nicht umbrachte, die Juden vor allem? Krause erinnerte sich gut an die Klagen von Führern der Einsatzgruppen, die das Vernichtungswerk vollbrachten, dass sie diese Zusammenhänge Wehrmachtoffizieren immer und immer wieder bewiesen hätten. Und doch gab es einige, die nicht begreifen wollten, was klar auf der Hand lag. Schaut sie euch doch nur an, die jüdischen Fratzen der Kommissare und Partisanen. Viele Offiziere brauchten eine Weile, bis sich ihre Hirne auf die neuen Aufgaben einstellten. Manche kapierten es nicht oder wollten es nicht kapieren. So ein Weltanschauungskrieg Rasse gegen Rasse ist was anderes, als hoch zu Ross durch Frankreich zu reiten. Dass Menschen so begriffsstutzig sein können. Wir sind doch keine Mörder. Im Gegenteil, wir leisten der Menschheit einen Dienst. Niemand liebt die Menschen mehr als wir. Krause dachte an seine Frau, an seine zweijährige Tochter, eine glücklichere Familie als sie konnte es kaum geben; er hatte sie auf dem Land in Sicherheit gebracht. Sie waren keine Schlächter, sondern erledigten eine hygienische Aufgabe. Sie waren die Ungeziefervertilger des zwanzigsten Jahrhunderts.

Das Telefon klingelte, seine Sekretärin. »Der soll mich in Ruhe lassen«, sagte Krause. Wieder einer, der wissen wollte, wie es weiterging. Er wusste es doch selbst nicht.

Dann griff er zum Hörer und wies seine Sekretärin an, sie solle dafür sorgen, dass Fritz in einen Verhörraum gebracht wurde. Er zündete sich noch eine Zigarette an, sog den Rauch tief ein und machte sich auf den Weg in den Keller. Er hatte es eilig. Egal, was sonst geschah, die Sache mit dem Verräter musste geklärt werden.

Fritz wurde von zwei Gestapobeamten bewacht.

»Guten Tag, Herr Stankowski«, sagte Krause, als er den Raum betrat.

Fritz schaute ihn verwundert an. Seine Nase leuchtete rotblau, sie hatten sie ihm gebrochen.

»Da staunst du, was?«, sagte Krause. »Wir haben ein wenig in den Karteien geblättert, die uns die Systempolizei netterweise hinterlassen hat. Und wen haben wir da gefunden? Fritz alias Karl Stankowski, technischer Mitarbeiter der KPD-Bezirksleitung Berlin. Und der auf dem Bild hat genauso eine Knollennase wie du.« Krause blickte Fritz ins Gesicht. »Oder hatte. Deine haben wir ja ein bisschen verschönert.« Krause lachte. »Aber wir können uns noch erinnern, wie sie vorher aussah.«

Fritz schwieg und starrte an die Wand.

»Ein bisschen schmaler war deine Fresse früher auch. Hast dich richtig satt gefressen im Dritten Reich. Macht man so was als Kommunist? Deinen Genossen in Moskau geht's schlechter. Man hört so einiges.« Krause wartete, um die Wirkung seiner Worte zu sehen.

Fritz zeigte keine Bewegung.

»Ach ja, du willst wissen, wer dich verpfiffen hat?«

Fritz hob sein Gesicht und schaute Krause an.

»Weißgerber heißt der liebe Genosse, Hermann Weißgerber. Es ist doch immer gut, wenn man verlässliche Freunde hat, nicht?« Krause glaubte ein leichtes Zucken in Fritz' Gesicht zu erkennen. »Willst du deinen Genossen Weißgerber sehen?«

Fritz schaute Krause wieder an.

Krause wandte sich an einen der beiden Gestapobeamten und nickte. Der Mann verließ den Raum und kehrte nach wenigen Minuten mit Weißgerber zurück. Er war nicht mehr geschlagen worden und hatte gut zu essen bekommen. Nur die Blässe der nun schon mehrere Wochen dauernden Haft zeugte von der Gefangenschaft im Keller des Prinz-Albrecht-Palais. Weißgerber stand neben dem Gestapomann und schaute entgeistert auf Fritz. »Ich dachte, du wärst …«

»Ein guter Genosse taucht nicht ab«, unterbrach Krause lachend. »Vielen Dank, Weißgerber, da haben wir doch prächtig zusammengearbeitet. Ich bin sicher, unser Freund Fritz wird dir nacheifern.« Zu dem Gestapomann sagte er: »Wegführen, wir brauchen diesen Herrn jetzt nicht mehr.« Er lehnte sich stolz zurück. Den Trubel über der Erde hatte er fast vergessen. Wir Nationalsozialisten sind für die Familie. Führen wir also die Familie Weißgerber wieder zusammen, im Krematorium von Buchenwald.

»Nun, Fritz alias Karl Stankowski, was sagst du nun? Wir können uns hier nett unterhalten. Das setzt allerdings voraus, dass du gesprächig bist. Sonst wäre es ja langweilig für uns beide.« Er wartete einen Moment. »Du kannst dich natürlich auch für die andere Tour entscheiden.« Einer der beiden Gestapobeamten zog einen Schlagring aus der Tasche und streifte ihn über. »Es liegt ganz bei dir. Dein Genosse Weißgerber hat es sich richtig gut gehen lassen bei uns. Und jetzt tritt er mit Frau und Kind einen kleinen Erholungsurlaub an. Das kannst du auch haben. Denk ein bisschen nach.«

* * *

Obwohl es schon dunkel war, fiel es Werdin nicht schwer, das Haus im Kornmandelweg zu finden. Unschlüssig stand er davor. Was wollte er? Nur die Frau wieder sehen, die er nicht aus seinen Gedanken vertreiben konnte? Oder einen Unterschlupf suchen für den Fall des Falles? Werdin erwartete, dass Fritz irgendwann auspackte oder Moskau der Gestapo einen Hinweis zuspielte. Ein falsch oder gar nicht verschlüsselter Funkspruch genügte, und die SS würde die Drecksarbeit für den Feind in Moskau machen. Vielleicht schickten sie sogar einen Mörder. Er gestand sich ein, er wäre auch allein wegen Irma gekommen. Werdin gab sich einen Ruck und ging zur Haustür. Er klingelte. Die Tür öffnete sich, eine ältere Dame erschien. Sie sah ihn fragend an.

»Guten Abend«, sagte Werdin. »Könnte ich Fräulein Mellenscheidt sprechen?«

»Ach, Sie sind doch der Herr aus dem Café, fast hätte ich Sie nicht wieder erkannt, so in Zivil«, sagte Margarete. »Kommen Sie doch herein.«

Werdin trat ein.

»Darf ich Ihnen etwas anbieten? Viel haben wir nicht

mehr, Sie wissen ja, wie das ist. Aber für Sie würde mein Mann eine seiner letzten Weinflaschen öffnen. Gustav, komm doch mal!«

In der Tür erschien ein kräftiger, untersetzter Mann mittleren Alters. Er reichte Werdin die Hand und bedankte sich überschwänglich für die Hilfe im Café Kranzler. »Sie sind vielleicht ein seltsamer SS-Mann«, sagte Mellenscheidt.

»Das habe ich schon mal gehört«, erwiderte Werdin und lachte.

Mellenscheidt bot ihm einen Platz im Wohnzimmer an. Er verschwand einen Moment und kehrte mit einer entkorkten Flasche Weißwein zurück. »Wird Zeit, dass mal wieder eine geleert wird.«

Werdin traute sich nicht, noch einmal nach Irma zu fragen. Sie wird schon kommen, beruhigte er sich. Stattdessen sagte er, er habe schon lange keinen guten Wein mehr getrunken. Mellenscheidt berichtete stolz, vor dem Krieg habe er sich regelmäßig Wein aus Baden schicken lassen. 1938, als er ahnte, dass der Krieg nicht mehr lange auf sich warten ließ, habe er besonders viel bestellt. Die Flasche, die sie heute trinken würden, stamme aus dieser letzten Lieferung. Er goss sich einen Schluck ein und kostete. Dann schenkte er Werdin ein und füllte auch das eigene Glas.

Margarete hatte in der Küche einige Brote geschmiert und brachte sie ins Wohnzimmer. »Irma ist leider nicht da, sie hätte sich gefreut, Sie wieder zu sehen«, sagte Margarete.

»Wo ist sie?«

»Sie übernachtet bei einer Freundin, in einem kleinen Dorf im Spreewald.«

»Dort ist sie wenigstens sicher.«

Werdin staunte über sich selbst. Er war nicht so stark enttäuscht, wie er es vorher befürchtet hatte. Er wusste Irma in Sicherheit vor den Bomben, auch wenn die Innenstadt viel heftiger angegriffen wurde als die Außenbezirke. In Biesdorf lebte es sich ruhiger als in Mitte. »Schade«, sagte er. Die Freundlichkeit dieser Menschen überwältigte ihn. Es geschieht einem selten, dass man sich bei Fremden schon nach kurzer Zeit fast wie zu Hause fühlt.

»Sie müssen noch mal kommen, wenn sie da ist, nächste Woche vielleicht«, sagte Mellenscheidt. Es klang so, als meinte er es kein bisschen anders, als er es gesagt hatte.

»Wenn ich darf«, erwiderte Werdin.

»Natürlich dürfen Sie«, sagte Mellenscheidt. »Ich weiß gar nicht, wie ich das wieder gutmachen kann, was Sie für die beiden getan haben.«

Margarete nickte.

»Das war fast nichts«, sagte Werdin. »Im schlimmsten Fall hätten Sie ein, zwei Stunden auf einem Polizeirevier warten müssen, bis Irma Ihren Ausweis geholt hätte. Den Kopf hätten die Ihnen nicht abgerissen.« Werdin erschrak, er hatte »Irma« gesagt, nicht »Fräulein Mellenscheidt«, das war unhöflich.

Aber die Mellenscheidts störte es nicht, sie ließen sich jedenfalls nichts anmerken. »Ich wäre fast gestorben, Sie haben mich gerettet«, sagte Margarete. Sie lächelte freundlich. »Aber wahrscheinlich habe ich mich zu sehr geängstigt.«

»Dass man sich heutzutage von irgendwelchen Leuten anschnauzen lassen muss«, sagte Mellenscheidt zornig. »Was machen Sie denn bei der SS?« Er schaute Werdin aufmerksam an.

»Ich bin beim SD, dem Sicherheitsdienst.«

»Spionage?«

Werdin lächelte. »So ungefähr.«

»Aber Sie tragen die gleiche Uniform wie diese Brüder.«

»Ja, wenn die Brüder nicht in Zivil sind oder sich in Ledermänteln verstecken.«

»Alles SS?«

»Alles SS.«

»Bei uns im Betrieb waren zuletzt auch Leute von der Gestapo, wegen Sabotage. Diese Herren würde ich nicht zum Wein einladen.«

»Ich auch nicht«, sagte Werdin.

»Sie sind ein seltsamer SS-Mann.«

»Finde ich auch.« Werdin lachte. Es war ihm herausgerutscht, aber er bedauerte es nicht.

Mellenscheidt betrachtete ihn neugierig. »Was treibt so jemanden wie Sie zur SS?«

Werdin nahm einen Schluck Wein, er blickte zu Margarete, dann zu ihrem Mann. Sie waren ihm auf den Fersen, sie würden ihn jagen, er brauchte ein Versteck, wenn es so weit war.

»Ich bin gar kein SS-Mann«, sagte Werdin. »Ich tue nur so.«

Mellenscheidt schüttelte leicht den Kopf.

»Mehr will ich Ihnen nicht sagen, es würde Sie gefährden.«

»Nur eine Frage, ich muss das wissen: Arbeiten Sie für den Feind?«

»Nein«, sagte Werdin. »Nicht mehr. Eigentlich habe ich es nie getan.«

»Warum setzen Sie sich dieser Gefahr aus? Ich könnte Sie verraten.«

»Sie werden mich nicht verraten«, sagte Werdin. »Sie nicht.«

Margarete nickte.

»Außerdem kommt es darauf auch nicht mehr an«, sagte Werdin.

»Sie sind verzweifelt?«, fragte Margarete.

»Noch nicht«, antwortete Werdin.

»Sie haben gegen unser Land gearbeitet und fürchten, entdeckt zu werden?«

»Zuerst habe ich mir eingebildet, für unser Land zu arbeiten. Inzwischen tue ich es.«

»Sie haben sich selbst betrogen«, sagte Mellenscheidt.

Werdin nickte. Genauso war es. »Ich habe geglaubt, Deutschland zu nutzen, wenn ich seinen größten Feind bekämpfe und mich dazu mit dessen Feind zusammentue. Um Hitler zu verhindern, wurde ich Kommunist. Bis ich begriffen habe, dass meines Feindes Feind nicht mein Freund sein muss.«

»Die Russen«, sagte Mellenscheidt. »Bei mir im Betrieb gab es einige, die so gedacht haben wie Sie. Die meisten sind heute Nazis. Bis auf die, die sabotieren und dafür sorgen, dass die Gestapo uns heimsucht. Aber Sie laufen nicht über, Herr Werdin?«

»Das wäre jetzt vielleicht nicht mehr so klug, Hitler ist tot. Morgen steht es in der Zeitung. Ich weiß nicht, was die schreiben. Ich weiß aber, was passiert ist. Hitler wurde getötet, von einem Offizier, mit einer Bombe. In Berlin gibt es einen Staatsstreich«, sagte Werdin.

Schweigen. Der Teller mit den Schnitten stand unberührt auf dem Tisch.

Dann sagte Gustav Mellenscheidt etwas, was ihm tief aus der Seele drang: »Gott sei Dank! Jetzt ist alles vorbei.«

»Ja und nein«, erwiderte Werdin. »Keiner weiß, wie es weitergeht.«

»Und Sie?«

»Ich habe ein wenig geholfen. Und jetzt muss ich sehen, dass ich den Trubel überlebe.«

»Sie können sich bei uns verstecken«, sagte Margarete. Mellenscheidt widersprach nicht.

»Das kann für Sie gefährlich sein.«

»Einmal im Leben muss man mutig sein«, sagte er. »Wir haben im Keller noch eine Kammer frei, mit einer Liege. Für ein paar Tage wird es gehen.« Er schmunzelte. »Aber glauben Sie nicht, dass ich Ihnen auch noch meine Tochter aufdränge ...«

»Gustav!« Margarete klang schrill. Aber Mellenscheidt grinste nur. »Irma kann ganz schön zickig sein, das hat sie von ihrer Mutter.« Mit einem Bleistift schrieb er etwas auf einen Zettel. »Unsere Telefonnummer«, sagte er. »Falls Sie kommen müssen. Oder wollen.« Er wandte sich an Margarete: »Und Verehrer hattest du auch ein paar, genauso wie Irma mit diesem Fliegerhauptmann. Deine Tochter schlägt ganz nach dir.«

»Gustav, du bist unmöglich.« Margarete lächelte, erst widerwillig. »Dieser Herr von Zacher war doch ganz nett, oder?«

Die Eifersucht schlug ein wie ein Blitz.

Erst als er in der Nacht bei Rettheim klingelte, ließ die Qual der Eifersucht etwas nach. Er war froh, dass Rettheim zu Hause war. Der aber begrüßte ihn mit einem Fluch. »Nun wollte ich endlich mal ein paar Stunden schlafen, und dann musst unbedingt du hier auftauchen.«

Er setzte sich im Bademantel in die Küche. »Was zu trinken?«, fragte er. Werdin winkte ab. Rettheim begnügte sich mit einem Glas Wasser. »Hab mir die Zähne schon geputzt«, sagte er.

Dann berichtete Rettheim vom Machtkampf in Berlin. »Heute ist der 23. Juli, seit drei Tagen geht das Theater. Es muss jetzt bald eine Lösung geben.«

»Und? Auf was werden die Herren sich einigen?«

»Die Würfel sind eigentlich schon am 21. gefallen. Seitdem gibt es nur noch dumme Streitereien, Diven stoßen aufeinander, einer ist eitler und machtgieriger als der andere. Goerdeler will Reichskanzler werden, das kann er aber nur von Himmlers Gnaden, der ist ihm jedoch nicht fein genug. Und dann will der Herr die Westalliierten einladen zu einem Kreuzzug gegen die Russen. Völliger Blödsinn, wir können froh sein, wenn die nicht alle über uns herfallen. Vor drei Tagen stand das Personaltableau in großen Zügen fest, die Verschwörer versöhnen sich seitdem lautstark mit der Idee, dass es ohne SS nicht geht. Glücklicherweise haben sich alle Fraktionen über die Führung an den Fronten geeinigt, sonst ginge es dort auch drunter und drüber. Manstein ist schon am 22. zurück an die Ostfront. Seitdem weichen sie den Russen aus, vermeiden Verluste, schlagen zurück, wo es wehtut. Im Westen soll die Front an den Rhein zurückgenommen werden. Alles, was laufen kann, ist am Schanzen. Das wahnwitzig teure Raketenprojekt wird eingestellt, stattdessen werden Jagdflugzeuge und unterirdische Hydrieranlagen gebaut. Bomber gibt es nicht mehr. Alles wird auf Verteidigung umgepolt. Speer bleibt Rüstungsminister ...«

»Hitlers Liebling. Muss der nicht erst mal ein Weilchen weinen, weil sein geliebter Führer im Eimer ist?«

»Davon habe ich nichts gehört. Wahrscheinlich flennt er im stillen Kämmerlein.«

»Und was wird nun mit der SS?«

»Machst dir wohl Sorgen um deinen Germanenkult. Es ist noch nicht offiziell, aber längst festgezurrt. Die Leute vom Kreisauer Kreis, die Philosophen also, sagen bäh, mögen wir nicht. Es wird darauf hinauslaufen, dass ihr eure Gestapo und die KZ auflösen müsst. Es soll eine Untersuchung geben, ob Recht gebrochen wurde, eine echte Lachnummer. Ein paar Leute von den Einsatzgruppen sollen vor Gericht gestellt werden, aber erst nach dem Krieg. Die Herren einigen sich darauf, dass man nichts tun will, was das Volk und das Ausland unnötig aufregt. Wenn wir selbst enthüllen, was für Sauereien passiert sind, kommen wir um die bedingungslose Kapitulation nicht mehr herum. Die Öffentlichkeit in den USA würde Roosevelt zum Teufel jagen, wenn der sich auf etwas anderes einlässt.«

»Glaubt im Bendlerblock wirklich jemand, wir kriegten den Frieden auf dem Silbertablett?«

»Doch, doch, Goerdeler, ganz unverdrossen. Der will nun mit den verehrten Feinden reden. Erst wollte er Hitler vom Guten überzeugen, jetzt Churchill, Stalin und Roosevelt.«

»Das ist doch verrückt. Wir sollten einfach kapitulieren. Alles andere kostet weitere Millionen das Leben. Macht Schluss.«

»Du bist ein Witzbold. Erst schwätzt du uns deinen Himmler auf, und jetzt sollen wir Schluss machen. Himmler war der Erste, der weiterkämpfen wollte, sonst geht's ihm an den Kragen. Und er ist nicht der Einzige. Einige spekulieren, wenn wir uns gut verteidigen und den Feinden hohe Verluste zufügen, werden die Leute in England und den USA fordern, Frieden zu machen. Hitler ist weg, Deutschland verzichtet auf seine Eroberungen. Warum also noch Krieg führen?«

»Und diese tapferen Krieger glauben, die Russen machen das mit?«

»Die ja nun gerade nicht. Aber die anderen. Auch Stauffenberg neigt zu der Überzeugung, dass wir weiterkämpfen müssen. Wenn die Russen keinen Frieden wollen, aber alle anderen, platzt das Bündnis. Eine Anti-Hitler-Koalition gibt es ja sowieso nicht mehr. Die Russen wissen, dass die Sache teuer für sie wird, wenn wir die Divisionen im Westen und im Süden an die Ostfront werfen können. Vielleicht macht diese Aussicht sie ja bereit, auf unser Angebot einzugehen.«

»Das ist doch Quatsch. Es kann doch keiner ernsthaft glauben, Stalin ließe sich die Beute jetzt noch durch die Lappen gehen. Dem sind Verluste scheißegal. Dauert es halt ein Jahr länger, Hauptsache, er ist irgendwann Herr über einen möglichst großen Teil von Europa.«

»Was immer geschieht, morgen steht unsere neue Regierung in der Zeitung. Göring wird Reichspräsident, mit viel Pomp und ohne Macht. Reichskanzler wird Goerdeler, bis zu seinem Sturz, weil die anderen sein Gerede leid sind. Speer bleibt Rüstungsminister. Und unser heiß geliebter Führer ist bei einem heimtückischen Fliegerangriff umgekommen. Damit das Volk weiß, dass auch die Familie Hitler Opfer bringt.«

Werdin schaute ihn von der Seite an und sagte: »Rettheim, du bist ein Zyniker.«

»Jawoll, Herr Sturmbannführer«, erwiderte Rettheim.

»Der Zynismus und der Weinbrand halten mich am Leben. Vorausgesetzt, du schneidest mich von allen Stricken ab, die mir im Weg herumhängen.«

Die letzte U-Bahn brachte Werdin von Neulichtenberg zum Alexanderplatz ins Zentrum, dort gab es noch eine Verbindung zur Friedrichstraße. Ihn bedrückte die Ungewissheit. Es lief alles, wie er es sich gedacht hatte. Wenn es so weiterging, würde die SS als Gewinner aus dem Putsch hervorgehen. Irgendwie war es unvermeidlich. Hitler umzubringen war eine Kleinigkeit im Vergleich mit den Mühen, das kopflose Reich nicht im Chaos versinken zu lassen. Hitler hatte seine Paladine um Macht und um seine Gunst gegeneinander wetteifern lassen und alles zusammengehalten. Jetzt waren die Grabenkrieger auf sich allein gestellt. SS und Ordnungspolizei waren die letzten Säulen im morschen Gebälk. Beide unterstanden Heinrich Himmler.

Als Werdin im Bahnhof Friedrichstraße ausstieg, hatte er das Gefühl, beobachtet zu werden. Er ging die Treppe hinunter und drehte sich plötzlich um. Aber er sah nur eine alte Frau, die sich mit einer schweren Tasche die Stufen hinunterquälte. Er rannte die Treppe zum anderen Gleis hoch, der Zug wartete schon. Langsam setzte er sich in Bewegung. Werdin erkannte eine schwarz gekleidete Person, sie rannte dem fahrenden Zug hinterher, versuchte die Tür des letzten Wagens aufzureißen, wurde ein Stück mitgezogen und ließ den Türgriff endlich los. In der Gneisenaustraße stieg Werdin aus. Er verließ den U-Bahnhof und hörte Schritte auf dem nassen Asphalt weit hinter sich, kräftige, schnelle Schritte. Er stellte sich vor das Schaufenster eines Bekleidungsgeschäfts, das Mondlicht spiegelte sich in Straße und Fassaden. Werdin glaubte einen Moment, eine abrupte Bewegung hinter einer Ruinenmauer entdeckt zu haben. Zuerst wollte er nachschauen, aber dann fiel ihm ein, seine Walther hing in der Wohnung am Garderobenhaken. Er ging rasch, hielt hin und wieder plötzlich an, um zu hören, ob Schritte ihm folgten. Einmal vernahm er ein Platschen, vielleicht war jemand in eine Pfütze getreten. Endlich war er in der Kloedenstraße. Er schloss die Haustür auf und drehte den Schlüssel von innen zweimal herum. In seiner Wohnung holte er die Pistole aus der Ledertasche, lud durch und entspannte den Hahn. Er füllte die fehlende Patrone im Magazin nach, schob es zurück in den Griff und steckte die Waffe in die Manteltasche. Er stieg die Haustreppe hinunter und öffnete die Tür des Hintereingangs. Sie führte in den Gemeinschaftsgarten. Er stellte eine Obstkiste an die Begrenzungsmauer und nahm das Hindernis mit einem Schwung. Er landete auf den Knien auf dem Innenhof des Häuserblocks, die Walther fiel scheppernd auf das Pflaster. Er nahm die Pistole in die rechte Hand, spannte den Hahn und wartete. Auf und ab schwellendes Heulen der Sirenen, Luftalarm. Geduckt rannte er in westlicher Richtung, bis er die Kopischstraße erreichte. Er schaute vorsichtig um die Ecke, er sah niemanden. Durch die Vorgärten der Fidicinstraße schlich er sich langsam in Richtung seiner Haustür. Aus der Ferne näherte sich das Brummen der englischen Bomber, es waren viele.

Kurz bevor er die Haustür sehen konnte, legte Werdin sich auf den Bauch, griff mit den Händen in die Erde und zog sich vorwärts. Das Gedröhn der heranfliegenden Bomber übertönte das Schleifgeräusch. Es war fast nichts zu sehen, Verdunkelung. Nur der Mond warf etwas Licht. Werdin zog sich bis zu einer Hecke. Vorsichtig schob er seinen Kopf über den Heckenrand, die Pistole in der rechten Hand, und begann die Umgebung mit den Augen abzusuchen. Plötzlich sah er ihn, sein schwarzer Mantel zeichnete sich vor der grauen Hausfassade ab. Der Mann ging zur Haustür und versuchte sie aufzudrücken. Sie war verschlossen. Er nestelte etwas aus seiner Manteltasche, steckte es in das Türschloss, schaute sich einmal nach allen Seiten um und verschwand im Haus. Die Tür fiel ins Schloss.

Werdin rannte über die Straße zur Tür und presste sein Ohr dagegen. Nichts zu hören. Werdin schloss die Tür auf und schlich sich in den Gang. Er hielt inne und lauschte. Nur das laute Dröhnen der Flugzeugmotoren. Wenige Kilometer entfernt schlugen die ersten Bomben ein. Die Explosionen kamen näher. Die Scheiben im Treppenhaus begannen mit den Detonationen zu klirren. Immer lauter. Niemand war im Treppenhaus, die Bewohner saßen längst im Keller. Werdin erreichte die Wohnungstür, sie war geschlossen. Vorsichtig drehte er den Schlüssel und drückte die Tür langsam auf. Das Haus zitterte unter der Wucht der Bomben. Ein Schlag, als hätte eine Riesenfaust das Haus getroffen. Die Pistole im Anschlag, ging Werdin langsam durch den Flur. Die Tür zu seinem kleinen Wohnzimmer war halb offen. Er schloss sie immer. Werdin näherte sich der Tür und drückte sie leise auf. Der Eindringling kehrte ihm den Rücken zu, er hatte offenbar nichts gehört. Er durchsuchte eine Schublade des Wohnzimmerschranks.

Werdin knipste das Licht an. »Kann ich Ihnen helfen? Ich kenne mich hier ein bisschen aus«, sagte er.

Die Gestalt fuhr herum, ein kräftiger Mann, der ruckartig große Hände nach oben riss. Der Mann starrte Werdin verwirrt an.

»Erst wollten Sie mich besuchen, das ist natürlich nett von Ihnen. Und dann haben Sie bemerkt, dass ich gar nicht zu Hause bin. Obwohl Sie mir schon in der U-Bahn gefolgt sind. Was mich jetzt am meisten interessiert, wäre eine überzeugende Antwort auf die Frage, was Ihr freundlicher Besuch für einen Grund hat.«

Der Mann zitterte.

»Drehen Sie sich um«, sagte Werdin. »Beine weit auseinander. Und die Hände bleiben oben.« Er drückte dem Mann mit der rechten Hand die Walther in den Nacken, mit der linken durchsuchte er ihn. In der Jackentasche fand er einen Revolver, in einer Innentasche ein Portemonnaie. Er legte beides auf den Wohnzimmertisch. »Wissen Sie, Leute, die mich mit einem Revolver besuchen, stimmen mich traurig«, sagte Werdin. »Das hat doch keinen Stil.«

Er befahl dem Mann, sich umzudrehen. »Sie haben jetzt zwei Möglichkeiten. Sie sagen mir, wer Sie sind und was Sie wollen. Oder ich erschieße Sie als Einbrecher und bitte meine Kameraden von der Polizei, Ihren Kadaver abzuholen. Sie haben fünf Sekunden Zeit.«

Der Mann öffnete den Mund, bekam aber keinen Laut heraus. Er hustete und versuchte es noch einmal. Draußen detonierte eine Luftmine. Die Decke knisterte.

»Ich heiße Karl Wehling«, sagte er leise in breitem Sächsisch. Fast hätte Werdin losgelacht. »Ich komme aus Moskau.«

»Schöne Reise«, sagte Werdin.

Die Augen des Manns flatterten. »Ich komme vom Direktor. Mein Auftrag lautet, Sie zu fragen, warum Sie das Attentat nicht verhindert haben.«

»Woher wissen Sie etwas davon?«

»Das hat man mir gesagt.«

Gedanken rasten durch Werdins Kopf. »Du sollst mich umbringen«, sagte er.

Der Mann nickte. »Ich hätte es aber nicht getan. Wir sind doch Genossen.«

Werdin glaubte ihm nicht. »Als wäre das ein Grund, sich am Leben zu lassen«, erwiderte er.

Ein Krachen, Werdin konnte sehen, wie sich Risse durch die Wand zum Nachbarhaus zogen. Instinktiv warf er sich auf den Boden. Das Licht erlosch. Der Einbrecher erkannte seine Chance und rannte los. Werdin sprang hoch, lief in den Flur und hörte Schritte die Treppe hinunterrasen, dann klappte die Haustür zu. Als er auf der Straße stand, war der Mann verschwunden. Werdin sah die Brände im Nachbarhaus. Bomben hatten das Dach zerstört und Teile der Fassade weggesprengt. Er war noch einmal davongekommen. Die Scheiben an der Vorderseite waren gesprungen, Glassplitter übersäten den Vorgarten. Die Bewohner des Nachbarhauses stiegen aus dem Luftschutzkeller, Staub in den Haaren und auf der Kleidung. Sie blickten auf das fast ganz zerstörte Haus. Das Brummen der Bombermotoren entfernte sich. Ein Kind begann zu weinen, niemand tröstete es.

VI.

Es dauerte eine Weile, bis Krause es begriffen hatte. Es gibt Dinge, die sind unvorstellbar. Und es gibt Dinge, die sind unmöglich. Unmöglich ist es etwa, dass Heinrich Himmler sich zum Judenfreund wandelt. Oder Gestapo-Müller zum Kommunisten. Genau das aber hielten Kaltenbrunner und Schellenberg für wahrscheinlich. Beide waren ohne Anmeldung und ohne Anklopfen in Krauses Dienstzimmer gestürmt, Kaltenbrunner hatte gebrüllt: »Gruppenführer Müller ist verschwunden!«

»Ich habe ihn seit Tagen nicht mehr gesehen«, antwortete Krause erschrocken.

»Seit gestern früh hat ihn keiner mehr gesehen.«

Kaltenbrunner hatte unter den Opfern des letzten Bombenangriffs nach Müller suchen lassen, nichts. Dann hatten sie seine Wohnung geöffnet und festgestellt, dass Müller ein paar Sachen gepackt hatte. Kaltenbrunner sagte: »Der Kamerad Schellenberg glaubt, dass Müller übergelaufen ist. Wahrscheinlich zu den Russen. Oder er hält sich irgendwo versteckt. Wir überprüfen gerade seine Verwandtschaft. Aber so, wie ich Müller kenne, wird er nicht so blöd sein, bei seiner Tante unterzukriechen.«

Fast hätte Krause gelacht. Der größte Kommunistenfresser des Dritten Reichs haut Richtung Moskau ab. Krause überlegte, wie er es angestellt haben mochte. Er fragte nur: »Warum?«

»Weil er mitgekriegt hat, dass wir die Gestapo auflösen«, erwiderte Schellenberg. »Oder genauer gesagt, sie wird in den Sicherheitsdienst eingebaut. Sie sind mit dabei, Krause. Der SD ist nun für Aufklärung und Abwehr zuständig. Müller hat wohl befürchtet, dass sein Kopf rollt. Es gibt sogar in der SS eine Menge Leute, denen er zu oft auf den Schlips getreten ist, auch dem Reichsführer. Der hatte Angst, dass Müller ihn an Hitler verpetzt. Die Goerdeler-Leute wollten Müller absägen, und alle tapferen Soldaten hätten Hurra geschrien. Stauffenberg wollte ihn und Goebbels vor Gericht stellen, Himmler hat pflichtgemäß gemeckert, aber nichts unternommen. Sein Beitrag zum großen Kompromiss, zur *Nationalen Versöhnung*, wie es neuerdings so schön heißt. Goebbels sitzt schon im Gefängnis und nervt die Wärter. Müller dagegen hat es rechtzeitig spitzgekriegt und ist abgehauen. Er hat Unterlagen über die Rote Kapelle mitgehen lassen und noch ein paar andere Akten, an denen die Russen Freude haben werden. Deshalb vermuten wir, dass er sich nach Moskau absetzen will. Vielleicht ist er auch schon dort. Mit Akten als Mitbringsel für die neuen Freunde.«

»So eine Scheiße«, sagte Krause. »So eine verfluchte Scheiße. Und nun?«

»Sie sind ab sofort Schellenberg unterstellt. Das Geheime Staatspolizeiamt hat aufgehört zu existieren. Jetzt ist Fingerspitzengefühl gefragt, meine Herren«, sagte Kaltenbrunner.

Als Krause am nächsten Morgen zum Dienst kam, war Schellenberg kommissarischer Leiter des Reichssicherheitshauptamts. Die steilste Karriere des Dritten Reichs. Den verhassten Außenminister Ribbentrop dagegen hatte es erwischt, ein Opfer der *Nationalen Versöhnung*. Genauso Theodor Eicke, den Chef der Totenkopfverbände, den Mörder in den Konzentrationslagern. Die neuen Herren sperrten ein paar Nazis hinter Gitter, um die anderen Nazis zu schonen. Die Verschwörer opferten heilige Grundsätze, Nazipartei und SS trennten sich von ein paar Figuren, die nicht in die anbrechende neue Zeit passten. Alle wollten die bedingungslose Kapitulation verhindern. Frieden? Ja, im Zweifelsfall auch mit den Russen. Abtritt der Eroberungen? Ja, nicht aber Österreich, das Sudetenland und möglichst auch nicht Westpolen. Reparationen? Keine Neuauflage des Versailler Vertrags von 1919. Krause zweifelte, ob die Alliierten sich auf deutsche Forderungen einließen. Wenn sie es nicht taten, starben Millionen von Menschen, auch auf der anderen Seite.

Der neue Sicherheitsdienst musste vorsichtig arbeiten, um nicht in die Schusslinie zu geraten. Schellenberg, der gerissene Hund, modelte lautlos seine Abteilungen um und begann jeden und alles zu bespitzeln. Krause staunte immer wieder über die Zielstrebigkeit seines neuen Chefs. Als hätte der alles schon seit Jahren geplant. Manchmal flog Schellenberg nach Ostpreußen, um mit Himmler zu beratschlagen. Der Reichsführer ließ sich nicht in der Hauptstadt sehen, sondern verschanzte sich in seinem Sonderzug, bewacht von der Leibstandarte-SS Adolf Hitler. Als die Zeitungen den Heldentod des Führers meldeten, hatte Schellenberg alle Geheimdienste des Reichs sicher im Griff. Krause hatte er zu Müllers Nachfolger bestimmt. Dessen Hauptamt nannte sich nicht mehr Gestapo, sondern Abwehr, ihm waren die traurigen Reste des ehemaligen Amts

Abwehr zugeschlagen worden. Dessen früherer Chef, der depressive Admiral Wilhelm Canaris, ließ sich endgültig in den Ruhestand versetzen und führte in den Pausen zwischen den Bombenangriffen seine Hunde spazieren.

Krause befahl, ihm Fritz vorzuführen. Sie mussten ihn schleppen. Zwei Tage und zwei Nächte hatten sie ihn gefoltert, das große Programm.

»Hast du es dir überlegt?«, fragte er seinen Gefangenen.

Fritz sah ihn aus stumpfen Augen an.

»Wenn du hoffst, wir lassen dich verrecken, dann irrst du dich. Jetzt noch nicht. Ich mach dir ein Angebot: Du nennst uns den Verräter, und ich lass dich laufen. Wenn nicht, werden die beiden Herren an deiner Seite dir Tag und Nacht ihre Aufmerksamkeit schenken. Die haben wirklich originelle Methoden für Leute wie dich. Sie lassen sich immer wieder was Neues einfallen. Man kommt nicht heraus aus dem Staunen.«

»Werdin«, sagte Fritz.

Krause staunte ihn ungläubig an. »Werdin? Der vom SD, Westeuropaabteilung?«

Fritz nickte. Er weinte.

»Der Kunstschütze«, murmelte Krause in sich hinein. »Lauter Volltreffer.«

Er nickte den SS-Männern zu, die Fritz unter den Armen hielten. Sie brachten ihn hinaus. Krause griff zum Telefon: »Verbinden Sie mich mit Schellenberg.«

»Werdin?«, fragte Schellenberg. »Sind Sie sicher?«

»Fritz behauptet es.«

»Sie haben ihn foltern lassen.«

»Wir mussten«, sagte Krause.

»Ab sofort sind Folter und jede sonstige Quälerei untersagt. Nur noch in Ausnahmesituationen. Haben Sie das verstanden?«

Krause fühlte, wie Ratlosigkeit über ihn kam. Demnächst würden sie ihren Gefangenen ein Menü servieren.

»Auch ohne Prügel, Nägel ausreißen und ähnliche Ekligkeiten kriegt man aus Leuten was heraus.«

Krause antwortete nicht.

»Werdin also«, sagte Schellenberg.

* * *

Es war eine kurze Nacht gewesen. Werdin hatte die zerstörten Scheiben an der Straßenseite durch Pappe ersetzt. Hoffentlich goss und stürmte es in nächster Zeit nicht zu stark. Dann würde die Wohnung nass werden. Neue Glasscheiben zu kriegen war schwer. Es schepperte ja nicht nur bei ihm. Die Glasereien litten genauso unter Arbeitskräftemangel wie alle anderen Branchen. Die deutschen Glaser kämpften gegen die russischen, amerikanischen und englischen Glaser, obwohl zu Hause das Geschäft ihres Lebens wartete.

Als Werdin im Dienst erschien, wartete schon eine Nachricht auf ihn. Schellenberg wünsche ihn zu sprechen, sofort. Was wollte er? Wusste er etwas? Fritz begleitete Werdin Tag und Nacht im Kopf. Er hoffte, der Umsturz, der nur ein halber war, würde Fritz wenn schon nicht befreien, so doch wenigstens vor den schlimmsten Qualen schützen. Und damit auch ihn.

»Werdin, kommen Sie herein!«, rief Schellenberg freundlich und winkte ihn zu sich. »Gut, dass Sie da sind. Wir haben etwas Wichtiges zu besprechen.«

Was wollte er? Warum so freundlich?

»Kennen Sie die Lage an den Fronten?«, fragte Schellenberg. »Wie groß sind unsere Chancen, mal ganz ehrlich?«

»Wir verlieren«, sagte Werdin. »Vielleicht dauert es nun länger als unter dem Führer. Aber das Ergebnis steht fest. Die anderen haben mehr Soldaten und mehr Waffen. Und selbst die Amis werden lernen, wie man kämpft. Und wenn sie es nicht lernen, schicken sie ein paar Flugzeuge mehr. Wir dagegen können unsere Verluste nicht mehr ersetzen, die an Menschen noch weniger als die an Waffen. Uns geht der Sprit aus, seit Amis und Engländer Raffinerien und Hydrierwerke bombardieren. Die Ölquellen in Rumänien sind verloren. Und die V-1 kann Häuser zerstören, aber keinen Krieg gewinnen. Die Engländer lassen sich durch Bombardements genauso wenig in die Knie zwingen wie wir.«

»Sie wären also dafür, Schluss zu machen.«

»Ja«, sagte Werdin. Vor wenigen Tagen noch hätte ihn diese Antwort die Uniform und den Kopf gekostet.

»Das ist vernünftig«, sagte Schellenberg. »Wenn man zu Grunde legt, was Sie wissen.«

Werdin schaute ihn erstaunt an. Machten die neuen Herren da weiter, wo der alte aufgehört hatte, bei Wundermärchen und Wunderwaffen?

»Wir haben ein Waffenprojekt, das uns auf einen Schlag den Sieg bringen kann. Es ist aber noch nicht fertig. Bis es fertig ist, müssen wir durchhalten.«

»Den Sieg?«, fragte Werdin.

»Den Sieg. Oder sagen wir besser, den Frieden. Wir vermeiden die Niederlage. Wir haben da ein Material, das ist besser als jeder Sprengstoff der Welt. Wir können die Materie selbst platzen lassen, die Atomkerne. Wenn man es schafft, eine gebremste Kettenreaktion in Uran auszulösen, erzeugt man mehr Sprengkraft als alle Bomben, die die deutsche Luftwaffe in diesem Krieg abgeworfen hat. Stellen Sie sich vor, Sie schicken zu einer bestimmten Stunde hunderttausend schwere Bomber los, die eine Stadt angreifen sollen. Von der Stadt bliebe nichts übrig. Die Wirkung der vielen einzelnen Bomben würde sich vermengen und vervielfachen. Es entstünde ein Inferno, gegenüber dem der Feuersturm in Hamburg ein leichtes Flackern wäre.«

Werdin hatte vom Angriff auf Hamburg gelesen und gehört. Es war eine Feuerhölle gewesen mit dreißigtausend Toten.

»Zu der Spreng- und Brandwirkung kommt noch etwas dazu: die Strahlung. Wir wissen nicht genau, wie sie wirkt, aber wir gehen davon aus, dass die Strahlung Jahre oder Jahrzehnte anhält und tödlich ist, bei höherer Dosis früher, bei geringerer später.«

Wer nicht gleich umkommt, geht elend zu Grunde, quält sich buchstäblich zu Tode. Wo die Bombe hinfällt, löscht sie alles Leben aus, und das für Jahre oder Jahrzehnte. Es gibt keine militärischen oder zivilen Ziele mehr, da ist nur noch Vernichtung. »Finden Sie nicht, dass wir eine solche Waffe nicht einsetzen dürfen? Das ist kein Krieg mehr.« Komisches Argument, sagte er sich. Was ist es sonst? Die Bombe steigert die Vernichtungskraft und die Zahl der Opfer. Das ist der Sinn des Kriegs. Und doch war es anders.

»Sie haben Recht. Wir wollen diese Waffe nicht einsetzen. Aber wenn die anderen uns zwingen ...«

»Warum zeigen wir den anderen nicht, was wir haben? Es wird sie zur Besinnung bringen.«

»Vielleicht. Nur, die Amerikaner arbeiten an der gleichen Waffe. Seit der Führer tot ist, melden sich bei uns, über Botschaften in Südamerika, hin und wieder Emigranten. Viele deutsche Wissenschaftler arbeiten mit an der amerikanischen Bombe. Sie hatten Angst, dass der Führer diese Waffe zuerst in die Hand bekommt. Wenn die gewusst hätten, dass der Führer die Sache auf die lange Bank geschoben hat, weil er glaubte, den Krieg sowieso zu gewinnen. Nun gibt es ihn nicht mehr, und viele Emigranten kriegen ein schlechtes Gewissen. Ich habe von deutschen Physikern in Amerika gehört, die sich weigern, weiter an der Bombe zu arbeiten. Einstein hatte Roosevelt aufgefordert, die Uranbombe zu bauen, um dem Führer zuvorzukommen. Nun verlangt er, die Arbeit an dem Unternehmen einzustellen, weil der Führer tot ist. Viele Wissenschaftler, nicht nur deutsche, hören auf ihn. Einige fordern, dass sofort Frieden gemacht wird. Andere beginnen zu zweifeln. Sie sind die Geheimnistuerei leid und haben keine Lust mehr, sich für Amerikas Größe von einem General herumkommandieren zu lassen. Die Angst ist ein großer Antreiber. Sie steht nun auf unserer Seite.«

So hatte Werdin die Angst noch nie gesehen. Er dachte immer, Angst lähmt. Und doch hatte Schellenberg Recht. Es gab zwei Ängste. Eine Angst, die lähmt, und eine Angst, die antreibt. Wird die Angst groß, dann lähmt sie. Bleibt sie überschaubar, treibt sie an. »Und wann haben wir diese Bombe?«

»Das ist der Haken an der Geschichte. Ich weiß es nicht. Heisenberg, das ist unser bester Physiker, will keine feste Zusage machen. Vielleicht in einem Jahr, vielleicht in drei. Wir geben ihm alles, was er will. Und er will viel.«

»Und unsere Physiker haben keine Hemmungen?«

»Doch, schon. Aber die werden wir überwinden. Heisenberg verlangt, dass wir die Waffe nur zur Demonstration einsetzen. Er glaubt, das würde reichen, um die Feinde zu beeindrucken. Uns soll es recht sein. Außerdem will er, dass wir die Juden besser behandeln. Das tun wir jetzt sowieso. Sonst versauen wir uns die winzige Chance auf einen baldigen Frieden. Aber wenn Sie mich fragen, ohne den großen Knall, den ›Big Bang‹, wie die Amerikaner sagen, wird die Sache nicht abgehen. Die haben uns am Wickel und lassen erst wieder los, wenn wir ihnen fest auf die Greifer hauen.«

»Aber wie es jetzt aussieht, sind die Russen in Berlin, bevor wir die Bombe haben«, wandte Werdin ein. Eine seltsame Atmosphäre. Er diskutierte mit einem Vorgesetzten, und der hatte es offenbar darauf angelegt. Auch ein Zeichen der neuen Zeit?

»Die Gefahr besteht. Aber ich glaube, dass unsere Soldaten und die Heimatfront sich jetzt noch mehr einsetzen werden. Sie kämpfen nicht mehr für Eroberungen oder um dem Führer das Leben zu verlängern, wie einige böswillig behauptet haben, sondern für einen gerechten Frieden, für unser Lebensrecht.«

So pathetisch hatte Werdin Schellenberg noch nie erlebt. Wie es aussah, war der Sicherheitschef das erste Opfer der neuen Propaganda.

Schellenberg schnippte mit den Fingern. »Außerdem

verfolgen unsere Heeresführer eine neue Strategie. Sie verteidigen beweglich und schlagen da zu, wo es den Feind am meisten schmerzt. Göring wird Reichspräsident und gibt sein Amt als Chef der Luftwaffe ab. Feldmarschall Milch wird ihm nachfolgen. Wir stellen das V-Waffen-Programm ein. Experten im Luftfahrtministerium haben berechnet, dass wir so wenigstens zehntausend neue Jäger bauen können. Darunter werden viele Strahlflugzeuge sein wie unsere Me 262. Wir werden Luftraketen bauen und in die Bomberpulks schießen. Speer will die Rüstungsindustrie ummodeln. Statt immer kompliziertere und anfälligere Waffen zu bauen, werden wir viele einfache herstellen. Denken Sie an des Führers Stolz, den Tiger-Panzer. Der sollte in Kursk die Wende bringen, aber die meisten Kolosse blieben kaputt liegen, bevor sie einen Schuss abfeuern konnten. Die Schlacht ging verloren, die Verluste waren riesig. Und das alles wegen des Wunderglaubens an die Technik. Die Russen machen uns das vor: wenige robuste Waffentypen entwickeln und die in großen Serien herstellen. Wenn wir das auf unserem besseren technischen Standard hinkriegen, sieht die Sache schon anders aus. Und schließlich dürfen wir eines nicht vergessen: Immer haben die Alliierten behauptet, es gehe gegen Hitler und sein Regime. Das gibt es nun nicht mehr. Je länger der Krieg dauert, je mehr Amerikaner und Briten fallen oder als Krüppel nach Hause geschafft werden, umso mehr Leute werden fordern, dass Schluss sein soll. Und wenn es unbedingt sein muss, dann sollen die Polen wieder ihren Staat haben. Dafür sind Briten und Franzosen in den Krieg gezogen, dann haben sie, was sie wollten.«

»Nur ist seitdem viel passiert.«

Schellenberg blickte Werdin neugierig an. »Das stimmt. Ich habe Himmler schon vor einiger Zeit darauf angesprochen, es wäre besser, die schlimmsten KL zu schließen. Bei den Juden haben wir übertrieben, ich habe es immer gewusst. Aber Hitler hat gedrückt und gedrückt. Und auch der irre Goebbels. Der ist schlimmer als Streicher.«

Werdin nickte. Er hatte einiges gehört über Exzesse im Osten. Leute des SD, der Ordnungspolizei und der Gestapo waren zu Einsatzgruppen abkommandiert worden. Von deren Arbeit im Hinterland der Front erzählte mancher unglaubliche Dinge. Werdin hatte das meiste als Gerüchtemacherei abgetan oder verdrängt. Er war froh, dass Heydrich ihn damals nicht in den Osten geschickt hatte und dass Himmler in der SS nach der Devise verfuhr, jeder solle nur das erfahren, was er wissen müsse, um seine Aufgaben zu erfüllen. Die Verschleppung von Berliner Juden hatte Werdin mit eigenen Augen gesehen, von den Deportationen in Frankreich, Belgien und Holland wusste er durch die Berichte seiner V-Männer. Aber was mit den Juden geschah, wusste er nicht. Er war froh, es nicht zu wissen. Manchmal überkamen ihn böse Ahnungen. Zu oft hatte Hitler von Ausrottung gesprochen. Aber jetzt war Hitler tot. Er drückte nicht mehr. Jetzt rollten die Räder für den Sieg oder wenigstens um den Untergang zu vermeiden, und nicht mehr für Verschleppungsaktionen.

Werdin fühlte sich unbehaglich. Warum erzählte Schellenberg ihm das alles?

»Ich habe mit dem Reichsführer über Sie gesprochen, Werdin.«

Werdin schaute Schellenberg erstaunt an.

»Ich habe eine neue Aufgabe für Sie. Nüchtern betrachtet, dürfte es uns kaum gelingen, unser Agentennetz im Westen aufrechtzuerhalten. Wenn wir Frankreich und Belgien räumen, wird kein Schwein mehr für uns arbeiten. Und die es getan haben, werden untertauchen und ihre Nase in den nächsten Jahren nicht an die Oberfläche stecken.« Schellenberg grinste. »Bevor Ihnen langweilig wird, gebe ich Ihnen was Vernünftiges zu tun. Der Reichsführer wird sich künftig um das Uranbombenprojekt kümmern. Er hat seinen Kollegen in der neuen Regierung zugesagt, alle Möglichkeiten der SS einzusetzen, damit wir die Bombe vor Kriegsende und vor den Amerikanern haben. Sie wissen, wir verfügen über eigene Unternehmen und wissenschaftliche Einrichtungen. Alle Wissenschaftler, die an der Uranbombe arbeiten, werden in Hechingen bei Stuttgart zusammengezogen. Dort bauen wir ihnen Bunker und nutzen Stollen, obwohl da noch nie eine Bombe gefallen ist. Da sind die Eierköpfe sicher vor Luftangriffen. Wir werden hunderttausende von Arbeitskräften aus den Lagern für diese Aufgabe heranziehen und sie sogar richtig gut verpflegen.«

»Ich habe keine Ahnung von Physik«, erwiderte Werdin.

»Ich auch nicht«, sagte Schellenberg. »Aber wir müssen jetzt alle Physiker werden. Lassen Sie sich von den Wissenschaftlern dieses so genannten Uranvereins berichten, fragen Sie sie aus, ich muss jederzeit wissen, wie der Stand der Dinge ist. Wenden Sie sich an Kurt Diebner, er ist zuverlässig. Andere, wie etwa Heisenberg, hatten wir schon in der Prinz-Albrecht-Straße zu Besuch, im Keller.« Schellenberg grinste. »Müller hat ihn für einen schlimmen Finger gehalten, und jetzt sitzt Müller im Kreml, und Heisenberg arbeitet für uns. Er will nicht, dass wir den Krieg verlieren, auch wenn er gegen den Krieg war. Diebner hat die Sache bisher geleitet, aber die Herren mochten sich nicht und wetteiferten gegeneinander, die einen in Berlin-Dahlem am Kaiser-Wilhelm-Institut, Diebner in Gatow und Heisenberg in Leipzig, wenn er nicht gerade in Berlin bei Weizsäcker war. Das ist der Sohn unseres neuen Außenministers. Der Uranverein ist unser wichtigstes Projekt. Ich muss wissen, wie sich die Physiker verhalten, ob sie mitarbeiten oder bremsen.«

Werdin runzelte die Stirn. »Das ist nicht unbedingt meine Spezialität.«

»Ich weiß«, sagte Schellenberg und lachte kurz, »Sie spitzeln nicht gerne. Das verlange ich auch nicht von Ihnen. Ich mache mir nur Sorgen, dass wir nicht rechtzeitig fertig werden. Wenn Ihnen etwas einfällt, wie die Eierköpfe angefeuert werden können, dann tun Sie es. Sie werden in zehn Tagen in Hechingen erwartet. Bis dahin räumen Sie Ihren Schreibtisch auf und übergeben Ihre Aufgabe dem Obersturmführer Gottlieb. Kann übrigens gut sein, dass wir Ihnen Gottlieb nach Hechingen nachschicken.«

Auf dem Heimweg am Abend fragte sich Werdin das erste Mal, warum er nicht abhaute. Warum nicht überlaufen zu den Amis? Er würde es nicht tun. Er dachte an Irma und schalt sich gleich einen Idioten, Lebensentscheidungen abhängig zu machen von einem Trugbild. Die Vereinigten Staaten waren für ihn immer noch das Sinnbild des Kapitalismus, reich und unmenschlich. Seine Zweifel am Sowjetmodell rechtfertigten es nicht, dass er seine Ideale über Bord warf und sich den Amerikanern oder Briten andiente. Er hatte für Stalin spioniert gegen die Nazis, weil er glaubte, dies sei für Deutschland das Beste. Nun fühlte er sich heimatlos. Aber vielleicht hatte er auch nur das Glück gefunden, auf eigenen Füßen zu stehen.

In der Brieftasche hatte er Mellenscheidts Zettel mit der Telefonnummer. Er nahm sich vor, am Abend anzurufen. Was dann würde, wusste er nicht. Zuvor aber musste er noch klären, ob er verfolgt wurde. Wenn er zu den Mellenscheidts fuhr, dann nicht mit einem Mörder im Schlepptau. Ob Wehling sich ein zweites Mal übertölpeln ließ? Ein gelernter Auftragsmörder war er nicht, sonst hätte er sich nicht überraschen lassen. Einen Russen konnten sie nicht schicken, er hätte in Deutschland keine Chance. Also mussten sie einen Russlanddeutschen oder einen Emigranten nehmen. Wenn Krause den Sachsen erwischte, müsste Werdin damit rechnen, dass der Mann auspackte. Beim nächsten Zusammentreffen würde er Wehling töten müssen. Nicht nur, um ihm zuvorzukommen.

Würde der Mörder ihn zu Hause erwarten? Eher nicht, dort hatte er einen Fehler gemacht. Er weiß, dass ich darauf vorbereitet bin. Was würdest du machen, wenn du diesen Auftrag erfüllen müsstest?, fragte sich Werdin. Ich würde mich meinem Opfer an die Fersen heften und auf meine Chance warten. Ein Schubser auf dem Bahnsteig. Ein Schuss oder ein Messerstich im Chaos nach dem nächsten Bombenangriff. Werdin musste Wehling töten, sobald wie möglich, sonst würde er ihn nicht los. In der Pistolentasche am Gürtel trug er seine durchgeladene Walther. Es war unbequem, die schwere Pistole mit sich herumzuschleppen. In der Jackentasche seiner Uniform steckte ein Stilett, das er in Rotterdam einem Belgier abgenommen hatte, der für England spionierte. Aber was nutzten ihm Waffen, wenn er überrascht wurde?

Plötzlich hatte er eine Idee, eine kleine Chance. Wehling würde vielleicht auch Fritz überwachen wollen. Kaum möglich, dass er in der kurzen Zeit von Fritz' Verhaftung erfahren hatte. Es sei denn, er riskierte es, dessen Nachbarn zu befragen. Wenig wahrscheinlich, dass die einem wildfremden Mann Auskünfte gaben, schon gar nicht über eine Aktion der Gestapo. Werdin machte sich auf den Weg nach Lichterfelde. Je näher er der Elmshorner Straße kam, umso vorsichtiger bewegte er sich. Er schlich sich durch Seitenstraßen von hinten bis auf zwei Blöcke an das rot geklinkerte Haus heran, aber er sah nichts Verdächtiges. Näher heran traute er sich nicht. Werdin beschloss zu warten, bis es dunkel wurde.

Er kehrte in einem großen Bogen zur Finckensteinallee zurück. Am S-Bahnhof kaufte er sich den *Völkischen Beobachter.* Das Naziblatt trug einen fetten Trauerrand, auf der Titelseite ein Heldenporträt des Führers. »Wir müssen nun allein weiterkämpfen«, stand da. Und: »Jetzt erst recht!« Das klang wie Goebbels, nur saß der schon im Gefängnis und wartete auf den Prozess. Sein Ministerium würde bald aufgelöst, dafür wollten die neuen Herren ein Informationsministerium gründen. Wenn Berichterstattung und Kommentierung des *Völkischen Beobachters* der Maßstab waren, hätten sie das Propagandaministerium allerdings auch weiterarbeiten lassen können.

In einer kleinen Notiz wurde gemeldet, dass Julius Streicher wegen Korruptionsverdachts verhaftet worden sei. Sein Lügenblatt, der *Stürmer,* wurde geschlossen. Gepriesen wurde Mansteins neue Strategie: den Feind kommen lassen und dann hart zuschlagen. Mit den Feinden des Reichs ging der *VB* hart ins Gericht, weil sie das Friedensangebot des Generalfeldmarschalls zurückgewiesen hatten und auf einer bedingungslosen Kapitulation bestanden. »Deshalb müssen wir bedingungslos weiterkämpfen, bis zu einem gerechten Frieden.« Vom Endsieg keine Rede mehr, dafür von einem Frieden, bei dem Deutschland ein Wörtchen mitzureden habe. Drohungen von Feldmarschall Milch, dem neuen Chef der Luftwaffe: Es werden keine Bomber mehr gebaut, dafür Jäger und neuartige Luftabwehrwaffen. »Der Himmel über Deutschland wird zum Friedhof für die amerikanischen und englischen Bomber.« Karl Dönitz überzeugte die Leser oder nur sich selbst davon, dass der Kampf im Atlantik sich bald zu Deutschlands Gunsten wenden werde. Neuartige U-Boote, die nicht mehr geortet werden könnten, aber überlegene Funkmessgeräte besäßen, würden mit elektroakustischen Torpedos Angst und Schrecken verbreiten und den Nachschub nach England und Russland unterbinden. Sie taten alle so, als setzte der »Heldentod des Führers« neue Kräfte frei.

Irgendwann wird das Gerücht durchsickern, dass Hitler durch einen deutschen Offizier getötet wurde. BBC wird es melden oder Radio Moskau, dann werden die Deutschen wissen wollen, was wirklich geschehen ist. Warum hat man nicht gleich die Wahrheit gesagt?, fragte sich Werdin. Irgendwann kommt sie heraus, dann stehen die Herren ohne Hosen da. Dann müssen sie weiterlügen oder die Wahrheit sagen. Je länger sie Lügen, desto teurer wird die Wahrheit. Was wird mit Stauffenberg, wenn Lügen nicht mehr hilft? Aber vielleicht wollen die Deutschen es auch gar nicht glauben, dass der geliebte Führer einem Attentat zum Opfer fiel.

Werdin lief gemächlich zur SS-Kaserne in der Finckensteinallee. Das Tor war geschlossen, nichts war zu hören. Auch auf der Straße entdeckte er keine Soldaten. In der Innenstadt war ebenso wenig zu sehen gewesen. Der Machtkampf war zu Ende, die *Nationale Versöhnung* besiegelt, der Kampf ging weiter. Bis alles in Scherben fällt.

Dämmerung. Rote Sonnenstrahlen wurden gebrochen vom Umriss des Krankenhauses, das nur wenige hundert Meter von der Kaserne der Leibstandarte entfernt lag. Das weiche Licht retuschierte die Zerstörungen an Dach und Fassaden. Es blendete. Deshalb schlug Werdin einen größeren Bogen als beim letzten Mal, als er sich der Elmshorner Straße näherte. Er wollte sich mit dem Licht im Rücken an das Haus heranpirschen, in dem Fritz verhaftet worden war. Er ging schnell, um den günstigen Augenblick nicht zu verpassen. Mit einem Griff an die Pistolentasche vergewisserte er sich, dass er die Walther dabeihatte. Er öffnete die Lasche und fühlte nach dem Hahn. Es genügte, ihn leicht zurückzuziehen, um sofort schießen zu können. Er schloss die Pistolentasche und fühlte von außen durch den Uniformstoff die Wölbung des Stiletts.

In der Nähe des Hauses nutzte er Büsche und Gartenmauern zur Deckung. Vor jedem Schritt suchte er sorgfältig ab, was vor ihm lag. Als er die Rückseite des Hauses erreicht hatte, kauerte er sich hinter einen Strauch und beobachtete durch die Zweige die Umgebung. Er verharrte eine Viertelstunde in dieser Position, sein Blick suchte jeden Winkel des Gartens ab. Er entdeckte nur eine Frau, die Wäsche aufhängte. Irgendwo schrie ein Kind, ein Radio plärrte, Schlagermusik. Werdins Augen streiften über die beiden Türen an der Hausrückwand. Treppen führten zu ihnen hinunter in den Keller. Werdin konnte nur einen Teil einsehen. Die rechte Tür öffnete sich langsam, nur halb. Es war niemand zu erkennen. Derjenige, der sie geöffnet hatte, musste geduckt sein. Werdin öffnete die Pistolentasche. Er musste Wehling überraschen, ihn woanders hinbringen und töten. Es war miserabel geplant. »Aus dir wird nie ein guter Mörder.« Werdin flüsterte mit sich selbst, das tat er oft, wenn er angespannt war. Er starrte auf die Treppe, keine Bewegung. Warum stieg Wehling die Stufen nicht hoch? Oder hatte er es sich anders überlegt und ging wieder ins Haus zurück? Hatte er Fritz' Wohnung schon durchsucht? Hatte er erkannt, dass Fritz schon einige Tage fort war? Vielleicht an schmutzigem Geschirr, das Schimmel ansetzte?

Ein lautes Klatschen. Dann: »Miez! Miez! Miez!« Ein schwarzhaariger Junge in kurzer Lederhose rannte in den Garten. »Miez! Miez! Miez!«, rief er noch einmal. Gebannt beobachtete Werdin, wie der Kleine im Garten seine Katze suchte.

Ein stechender Schmerz durchfuhr ihn. Er konnte sich später nur an diesen furchtbaren Schmerz erinnern und an den Moment der Überraschung, bevor er ohnmächtig wurde.

Als er aufwachte, lag er auf dem Boden eines dunklen Raums. Es war kalt und feucht, es roch nach faulenden Kartoffeln. Werdin fror, er spürte die Nässe auf der Haut, sein Kopf schmerzte. Er versuchte, seine Hände zu bewegen, bis er merkte, sie waren stramm hinter dem Rücken gefesselt. Das Seil schnitt in die Haut ein. Auch seine Füße waren gefesselt. Er wälzte sich hin und her, es war sinnlos. Er drehte seinen Körper und versuchte mit den Augen die

Dunkelheit zu durchdringen. Plötzlich leuchtete ein Streichholz auf. Werdin kniff die Augen zusammen, das Licht blendete. Das Streichholz bewegte sich und entzündete eine rote Glut. Werdin erkannte ein Gesicht, Wehling. Dann wurde das Streichholz auf den Boden geworfen, es erlosch. Die Glut brannte hell, wurde wieder dunkel. Sie sank ein Stück. Es roch nach Tabak. Er hörte die Schritte, ein Streichholz flammte auf, wurde ihm über den Kopf gehalten, schmerzte in den Augen.

»Ach, das ist ja schön. Der Genosse Michael ist aufgewacht«, sagte Wehling in seinem breiten Sächsisch. »Dann können wir uns ja ein bisschen unterhalten. Ich mach mal Licht.«

Wieder ein Streichholz, eine Kerze begann zu brennen. »Ich habe an alles gedacht«, sagte Wehling. »Gut, nicht?« Er klang stolz. »Du kannst ruhig schreien, wenn dir danach ist. Hier gibt's außer uns beiden keine Menschenseele mehr. Wir sind auf einem Bauernhof. Irgendein Bomber hatte noch was übrig und wollte es loswerden. Und da hat es den Hof erwischt. Aber der Keller hat gehalten. Gut für uns, nicht?«

Er zog an seiner Zigarette und ging auf und ab. In der Ecke erkannte Werdin einen Stuhl. Wehling setzte sich darauf. »Ich muss ein paar Sachen erfahren, bevor ich zu den Genossen zurückkehre. Der Genosse Stalin interessiert sich für dich, du bist ein richtig wichtiger Mann.«

Werdins Hände waren eingeschlafen. »Bind mich los«, sagte er.

Wehling schüttelte den Kopf. Er tat mitleidsvoll. »Das darf ich leider nicht. Du hast mich ausgetrickst. So was klappt beim Genossen Wehling immer nur einmal. Sieh es doch so, du hattest deine Chance und hast sie vergeudet. Jetzt bin ich dran.«

Wellen des Schmerzes durchfuhren Werdins Schädel.

Wehling sprach langsam, fast gemütlich: »Du kannst es dir aussuchen. Es gibt einen leichten Weg und einen schweren. Ich kann dich zu Auskünften zwingen und dann töten. Du kannst aber auch alles gleich erzählen, und dann bekommst du einen schönen schmerzfreien Tod. Na ja, fast schmerzfrei. Ich habe hier eine kleine Kapsel.« Wehling zeigte sie Werdin. »Da ist Zyankali drin. Das habe ich mir für den Fall erbeten, dass deine Freunde von der SS mich erwischen. Ich würde dir diese Kapsel schenken, quasi als Belohnung.« Er steckte die Kapsel in die Brusttasche seines schmutzigen Jacketts. »Du siehst, ich bin Optimist.«

Werdin konnte ein Zittern nicht unterdrücken. Er spürte, wie Kälte und Angst nach ihm griffen. Panik überfiel ihn. Ich komme hier nicht heraus. Ich muss herauskommen. Ich habe Wehling unterschätzt, er lernt schnell und ist eiskalt. Gedanken rasten durch seinen Kopf. Wie löse ich die Fesseln? Er sah Irma und dachte daran, dass er bald tot sein würde. Wenn Wehling den Zettel mit dem Namen und der Telefonnummer der Mellenscheidts in seiner Jacke fand, waren auch sie in Gefahr. Jedenfalls dann, wenn Wehling glaubte, dass sie etwas wussten, was Werdin nicht verraten wollte. Wehling hatte nicht viel Zeit und war gewiss bereit, jedes Verbrechen zu begehen, um in Moskau berichten zu können, was er alles riskiert habe, um seinen Auftrag zu erfüllen. Oder hatte Wehling den Zettel schon an sich genommen?

* * *

»Sie sind Werdins engster Mitarbeiter«, sagte Krause. »Aber Sie wissen nicht, wo der Sturmbannführer ist?«

Gottlieb nickte leicht. Er hatte es Krause einmal gesagt, das musste reichen.

»Er hat sich nicht irgendwohin abgemeldet?«

»Nein, Standartenführer.«

Krause schaute nachdenklich ins Leere. »Erst ist Müller weg, dann Werdin. Ob der auch in Russland ist?« Seine Finger spielten auf der Schreibtischplatte. »Ich habe einen Schlag gekriegt, als Radio Moskau meldete, der Chef der Gestapo ist in die Sowjetunion übergelaufen. Und nun Ihr Chef?«

»Unmöglich, Standartenführer«, sagte Gottlieb. »Ihm muss etwas passiert sein. Vielleicht bei einem Bombenangriff.«

»Kann sein, glaube ich aber nicht. Ich bin überzeugt, der Mann ist abgehauen. Er hat mit Müller gegen uns zusammengearbeitet.«

»Er hat Müller gehasst«, erwiderte Gottlieb. »Er hat niemanden mehr gehasst als Müller.«

»Das hat er vorgetäuscht. Ich kann beweisen, dass Werdin ein kommunistischer Spion ist.«

Gottlieb schaute ihn bleich an. »Mir ist nie etwas aufgefallen.«

»Wir haben vor ein paar Tagen seinen Funker geschnappt, einen Fetten mit einer Knollennase und dem phantasievollen Decknamen Fritz. Wir haben den Fettsack bearbeitet, und er hat es zugegeben. Auf Fritz' Spur sind wir gekommen durch einen guten Bekannten aus den besten Zeiten der Kommune, Hermann Weißgerber, der leider nicht mehr unter den Lebenden weilt. Das war vielleicht ein bisschen voreilig, ich hätte ihn jetzt gerne noch dieses oder jenes gefragt.«

»Sie haben Fritz verschärft behandelt?«

»Wir mussten. Er hat geschwiegen wie ein fetter Karpfen.«

»Aber sagt er die Wahrheit, oder hat er Ihnen ein Märchen erzählt, damit Sie ihn in Ruhe lassen? Vielleicht will er erreichen, dass wir uns untereinander verdächtigen?«

»Unwahrscheinlich, aber nicht unmöglich«, erwiderte Krause nachdenklich. »Nur, woher kennt er dann Werdins Namen?« Er zog kräftig an seiner Zigarette. »Außerdem …«

Das Telefon klingelte. Krause riss den Hörer von der Gabel und brüllte verärgert: »Ja!?«

Er hörte zu. Sein Gesicht hellte sich auf. »Ja, Schatz. Bis heute Abend. Ich bin pünktlich.«

Krause knallte den Hörer auf die Gabel. »Wir werden jetzt noch einmal Müllers Diensträume durchsuchen, und danach knöpfen wir uns die Hinterlassenschaft Ihres Kameraden Werdin vor.«

Während Krause auf Müllers Schreibtischstuhl saß und sich umsah, durchkämmte Gottlieb die Akten. Das meiste war Bürokratenschrott. Viele Akten fehlten, obwohl sie in der Registratur verzeichnet waren. »Die hat Müller wohl mitgenommen«, sagte Krause. Dann blieb Gottlieb an einer Akte hängen. Sie trug die Überschrift »Katyn«. Davon hatte er gehört. Letztes Jahr hatten deutsche Soldaten in der Nähe von Smolensk ein Massengrab gefunden, in ihm lagen mehr als viertausend polnische Offiziere. Die Deutschen waren es, behaupteten die Russen. Die Russen waren es, behaupteten die Deutschen. Es war das NKWD, auch wenn es den Alliierten nicht in den Kram passte und Washington und London die sowjetische Version unterstützten. Wer einmal lügt, dem glaubt man nicht. Hitler und Goebbels hatten zu oft gelogen, man glaubte ihnen nicht einmal die Wahrheit.

»Wir werden damit bald wieder an die Öffentlichkeit gehen. Wir haben es untersucht, das Rote Kreuz hat es getan, die Sache ist klar wie Kloßbrühe. Hitler ist tot, Goebbels agitiert die Kakerlaken, unter der neuen Regierung machen wir noch einmal einen Anlauf. Wir werden Amerikaner und Engländer auffordern, Experten zu schicken. Wir stellen ihnen unsere Ergebnisse zur Verfügung, wenn sie das wollen. Das NKWD hat beim Rückzug 1941 tausende von politischen Gefangenen erschossen. Wenn ich da an unsere Einsatzgruppen denke ...« Krause hatte die Beine auf Müllers berüchtigten Schreibtisch gelegt. »Die neuen Herren sind sich da nicht so einig, fürchte ich. Ein paar von denen hatten früher nichts dagegen, dass wir im Osten aufräumen. Heute schweigen sie vornehm. Wir werden vielleicht diesen oder jenen an dieses und jenes erinnern müssen. Manche halten uns schon für den Dreckkübel der Nation. So einfach ist das nicht.«

Gottlieb wühlte einige Stunden in den Papierbergen, die Müller zurückgelassen hatte. Krause saß währenddessen da und philosophierte über die Ungerechtigkeit der Welt. »Gut, sie haben die Gestapo abgeschafft und Kaltenbrunner eingesperrt. Und Müller ist vor den eigenen Leuten nach Moskau abgehauen. Wir unterstehen jetzt dem Kameraden Schellenberg und heißen Abwehr, schlau gewählter Name, der formidable Herr Canaris hatte ja einen tollen Ruf, obwohl er so viel vermasselt hat. Heydrich hat mir erzählt, dass Canaris immer einen Riesenhokuspokus veranstaltet hat, Geheimnisse über Geheimnisse. Er tat so, als wäre er feiner als wir Braunen und Schwarzen, ganz etepetete. Dabei hat ihn niemand an Führerverehrung übertroffen. Außer unserem Reichsführer natürlich.« Krause grinste.

Gottlieb zuckte mit den Achseln. »Das ist ja alles schon durchsucht worden, ich werde hier sicher nichts finden, was auf eine Verbindung zwischen Werdin und Müller schließen lässt.«

»Dann kümmern wir uns jetzt um das Dienstzimmer unseres Sturmbannführers«, sagte Krause.

»Ich kenne alle Vorgänge«, sagte Gottlieb. »Ich bin ja sein Stellvertreter, und Werdin hat mir alle Akten gegeben.«

»Das glauben Sie«, erwiderte Krause.

Gottlieb entdeckte in Werdins Zimmer keine Papiere, die er nicht schon in Händen gehabt hätte. Alle Vorgänge waren registriert, es fehlte nichts. Höchstens ein paar Blätter, das konnte Gottlieb in der Eile nicht prüfen. Allein die Andeutung, es könnte etwas vermisst werden, empörte Werdins Sekretärin. Ihr Gesicht lief rot an. Sie beruhigte sich erst wieder, als Krause sie lobte, weil sie die Akten so ordentlich führte. »Ich mache das im Auftrag des Sturmbannführers«, sagte sie schnippisch.

»Dann wollen wir mal genauer nachgucken«, sagte Krause. Zusammen mit drei Abwehrleuten, die wenige Tage zuvor noch stolz darauf gewesen sein dürften, der gefürchteten Gestapo anzugehören, öffneten sie Werdins Wohnung, nachdem sie vergeblich geklingelt hatten. Krause pfiff leise durch die Zähne, als er die durchgeweichte Pappe in den Fenstern sah. »Hier hat es ja ganz schön gerumst«, sagte er. Die Polizisten und Gottlieb durchsuchten die Wohnung, aber sie fanden nichts, was ihnen weiterhalf. »Langsam wird es ein Rätsel«, sagte Krause. »Wäre er nach Russland abgehauen, hätte er bestimmt ein paar Akten mitgenommen, als Begrüßungsgeschenk sozusagen und um zu zeigen, wie wichtig er ist. Es sind aber alle Akten da. In seiner Wohnung finden wir nichts. Ich tippe, er ist seit vorgestern nicht mehr hier gewesen, sonst hätte er die Pappe erneuert. Gestern hat es geschüttet. Aber Pappe hat er genug«, sagte Krause und zeigte auf einen Kartonstapel am Ende des Flurs. »Der Kamerad hat vorgesorgt.«

Sie gingen ziellos durch die zwei Räume und die Küche und guckten noch einmal in Schubladen, auf Tischen, unter Bett und Matratze nach. Sie klopften die Wände ab, um Hohlräume aufzuspüren. Es war wie verhext, der Mann war verschwunden und hatte keine Spur hinterlassen. Unter den Toten der letzten Angriffe war er auch nicht registriert. »In Luft aufgelöst«, sagte Krause. »Wir lassen die Krankenhäuser abklappern, vielleicht liegt er unter falschem Namen in einem weißen Bett und schläft sich mal richtig aus. Aber ich glaube es nicht, das hätten die uns gemeldet, wenn sie die Blutgruppentätowierung entdeckt hätten.« Jeder SS-Mann trug unter der Achselhöhle die Tätowierung, Krause hatte seine als Initiationsritual empfunden. Wer die Gravur trug, gehörte zum Orden. »Und Sie, Gottlieb, beschäftigen sich jetzt mit nichts anderem, als Ihren Chef zu finden. Wir legen nämlich immer noch Wert auf seine Dienste.« Krause grinste, dann befahl er, die Suche in Werdins Wohnung abzubrechen.

Er nahm Gottlieb zur Seite und erklärte ihm, dass sie Werdin auf keinen Fall verhaften würden, wenn sie ihn fänden. Gottlieb sollte alles vergessen, was er von Krause über Werdin erfahren hatte. »Ich befehle Ihnen das im Auftrag von Schellenberg. Haben Sie das verstanden?«

»Jawohl, Standartenführer!«

* * *

Er hörte das Brummen der Bomber in der Ferne. Ein neuer Angriff auf die Hauptstadt. Werdin wusste nicht, ob es die Engländer oder Amerikaner waren, ob es Nacht oder Tag war. Er fühlte seine Hände nicht mehr. Die Blase drückte. »Ich muss mal pinkeln«, sagte er und zwang seine Stimme zur Ruhe.

»Dann pinkle«, sagte Wehling trocken.

Werdin wehrte sich gegen die Demütigung und musste sie doch ertragen. Es war eklig, als Haut und Hose nass wurden. Der Uringestank steigerte seine Verzweiflung. Wehling hatte ihn ein zweites Mal überrascht.

»Du bist ein Schwein«, sagte Werdin.

Wehling gackerte fröhlich. »Ich habe mir nicht in die Hose gemacht«, entgegnete er. »Aber Schluss mit den Spielchen: Wie hast du dich entschieden, Genosse Werdin?«

»Leck mich am Arsch«, sagte Werdin.

»Jetzt nicht mehr«, sagte Wehling und gackerte. Er stand auf und trat Werdin mit der Schuhspitze in den Bauch.

Werdin schnappte nach Luft und krümmte sich.

»Du hast jetzt ein paar Minuten Zeit. Ich geh mal pinkeln, ich mach mir ja schließlich nicht in die Hose, und rauche eine. Wenn ich zurückkomme, bringen wir beide die Sache zu Ende, so oder so. Klar?« Er wartete nicht auf eine Antwort, sondern stieß die Tür auf. Das Licht schmerzte in Werdins Augen. Am anderen Ende des Raums erkannte er Kästen, wie sie zum Lagern von Kartoffeln benutzt wurden.

Wehling drückte von außen die Tür zu. Seine Schritte entfernten sich. Werdin war überzeugt, er würde sterben. Irgendetwas in ihm wehrte sich gegen die Möglichkeit, sich den Tod zu erleichtern. Er wollte es Wehling nicht einfach machen und wusste doch, so würde er es sich selbst am schwersten machen. Er wollte möglichst lang leben und hoffte auf eine kleine Chance, Wehling zu überwältigen. Wie konnte er ihn veranlassen, seine Fesseln zu lösen? Ihn aus diesem Keller herauszubringen? Womit konnte er ihn ködern? Seit er sich entschieden hatte, die Nazis durch Spionage für die Sowjets zu bekämpfen, ahnte er, es würde nicht gut gehen. Aber er wäre nie darauf gekommen, dass ihn ein Agent aus Moskau töten würde. Er hatte geglaubt, eines Tages würde die Gestapo ihn auffliegen lassen. Weil ein Genosse ihn unter der Folter verriet. Weil die Funksprüche entschlüsselt wurden. Weil er sich beim Fotografieren erwischen ließ. Weil er bei Fritz im Wohnzimmer saß, wenn die Gestapo anrückte. Es war anders gekommen. Warum konnte er nicht akzeptieren, dass es zu Ende war? Warum verbiss er sich in sein Leben? Wegen Irma? Durch sein Hirn raste die Szene aus dem Café Kranzler, als sie sich an der Tür umdrehte. Dieser Blick. Hell, klar und untergründig. Das Gespräch mit Mellenscheidt, Margarete erst misstrauisch. Irma. Zwischen manchen Menschen brauchte es keine Erklärungen, ein paar Worte und Blicke genügten, um sich zu verstehen. Blicke vor allem. Oder bildete er es sich ein? In der Ferne warfen Bomber ihre Last ab auf Berlin.

Ein dumpfer Knall nahe der Tür. Die Tür ächzte, dann Stille. Wo war Wehling? Werdin mühte sich zu hören, was draußen geschehen war. Aber es war nichts zu vernehmen außer dem Grummeln und Bellen des Bombenangriffs. Werdin wartete auf Wehling und den Tod, doch es verging Minute um Minute, Stunde um Stunde, ohne dass sein Mörder zurückkehrte. Ihm musste etwas zugestoßen sein. Oder etwas hatte ihn von seinem Vorhaben abgebracht. Vielleicht war er getürmt, hatte Angst gekriegt vor der Entdeckung. Oder hatte ein unglaublicher Zufall Werdin geholfen? Eine Bombe?

Irgendwann schlief er ein. Flacher Schlaf. Träume von Wehling, Paul Fahr, Fritz, ein Blonder mit langem Gesicht, der ihn anschrie: »Verräter! Verräter! Verräter!« Heydrich, vor ihm hatte er am meisten Angst gehabt. Die Erleichterung, als die blonde Bestie in Prag ermordet wurde. Wut über die grausame Rache der SS. Lidice, Frauen, Kinder, Männer, umgebracht für Heydrich. Etwas schüttelte ihn an der Schulter. Er versuchte es wegzudrücken, aber seine Hände gehorchten ihm nicht. Das Schütteln wurde stärker. Jemand klatschte ihm ins Gesicht. Hektisches Licht, es blendete. Werdin schlug die Augen auf und kniff sie gleich wieder zu. Er linste. Der Lichtkegel zitterte durch den Raum. Er erinnerte sich seiner Lage. Es waren mehrere Leute gekommen. Wo war Wehling? »Wachen Sie auf!«, schrie einer. Sonst nur Flüstern.

»Wer sind Sie?«, fragte er. Seine Stimme krächzte.

»Die Feuerwehr«, sagte der Mann mit der Taschenlampe. Ihr Schein fiel ihm ins Gesicht. Es schmerzte.

»Wo bin ich?«

»In der Nähe von Brieselang.«

Einer drehte ihn um. Er zog an seinen Händen. Werdin spürte sie nicht. Nur einen furchtbaren Schmerz in den Armen. Die Fesseln waren gelöst. Er legte sich wieder auf den Rücken, die Arme auf dem Körper. Einer leuchtete ihn ab, ein anderer zog ihn hoch. »Sie müssen hier raus«, sagte er. Sie trugen ihn durch die Tür ins Freie. Es war hell, blauer Himmel, Vögelzwitschern. Werdin erkannte eine Ummauerung, roter Backstein, schlampig verfugt, kreisrund, knapp kniehoch. Daneben lag eine schwarz gebrannte Gestalt auf dem Bauch, ein leichter Wind trieb Rauch zu Werdin, er hustete.

»Kennen Sie den Mann?«, fragte ein Feuerwehrmann Werdin. Er hatte ein Scharnier in der Hand. Er gab es Werdin, es war noch warm. Es trug eine Aufschrift: *Landmaschinenfabrik York*.

»Nein«, sagte Werdin.

»Er hat Sie gefesselt?«

»Ich kann ihn nicht erkennen.«

»Da gibt es nicht mehr viel zu erkennen, er ist verbrannt.«

»Was ist passiert? Eine Bombe?«

»Nein«, sagte der Feuerwehrmann. »Wir glauben, es war so: Er hat in die Jauchegrube pissen wollen, ein reinlicher Mensch offenbar. Er hat eine Luke geöffnet und sich eine Zigarette angezündet. Dann hat es wumm gemacht. Methan«, sagte der Feuerwehrmann stolz.

»Wenn Sie furzen, erzeugen Sie Methan. Kippen Sie Jauche in eine Grube, machen Sie einen Deckel drauf und warten Sie, bis es schön warm wird. Dann halten Sie ein

Streichholz über die Grube. Eine ganz eigene Art, sich ins Jenseits zu befördern. Der Mann hat Sie gefesselt und sich dann in die Luft gesprengt. Ob mit Absicht, wer weiß?« Der Feuerwehrmann zog seinen Helm ab und strich sich durchs Haar. Dann setzte er den Helm wieder auf. »Sie haben Glück gehabt, wir waren auf dem Weg nach Berlin und haben den Feuerschein gesehen. Es war eine riesige Stichflamme.«

Viehkot hatte Werdin das Leben zurückgegeben. Sein Mörder lag verbrannt neben einer Jauchegrube. Schmerzhaft kehrte das Gefühl in seine Hände zurück. Er saß, mit dem Rücken an eine Wand gelehnt, und beobachtete seine Retter. Sie sahen zufrieden aus, rauchten und staunten. Vermutlich retteten sie lieber einen SS-Mann aus einem Kartoffelkeller, als zwischen Blindgängern Brände in zerbombten Straßenzügen zu löschen. Und was war schon eine verkohlte Leiche im Vergleich mit Bergen von verbrannten Körperteilen?

»Die Polizei muss ich ja nicht holen?«, sagte der Feuerwehrmann. »Sie sind ja Polizist, gewissermaßen.«

Werdin nickte. Ihm war es recht, wenn die Sache nicht untersucht würde.

»Was machen wir mit der Leiche?«, fragte der Feuerwehrmann.

»Das überlassen Sie mir«, sagte Werdin. »Ich werde alles Nötige veranlassen.« Er war froh, dass der Feuerwehrmann nicht so pingelig war. Er hätte sich einige gute Ausreden einfallen lassen müssen, wenn er verhört worden wäre. Ein SS-Mann, gefesselt und eingesperrt in einem Keller von einem Kerl mit Papieren, als deren Herkunft eine Fälscherwerkstatt des NKWD vermutet werden musste. »Ich nehme das in die Hand«, bestätigte Werdin noch einmal. »Sie brauchen sich um nichts zu kümmern.«

Der Feuerwehrmann bat um eine schriftliche Bestätigung. »Schreiben Sie was auf, und ich unterzeichne es«, sagte Werdin. Der Feuerwehrmann hielt den Vorfall in einem Formular fest, und Werdin unterschrieb mit schmerzender Hand. Niemand würde seine zittrige Unterschrift entziffern können. Dem Feuerwehrmann war es offenbar egal, Hauptsache, er hatte Werdin die Verantwortung zugeschoben.

»Wie war noch mal Ihr Name?«, fragte der Feuerwehrmann.

»Schmidt«, sagte Werdin. »Sturmbannführer Schmidt vom Sicherheitsdienst, Leitstelle Magdeburg.«

»Ist das dort Ihr Wagen?«

Werdin schaute, wohin der Feuerwehrmann zeigte. Dort stand ein schwarzer Opel mit Berliner Kennzeichen.

»Nein, aber ich nehme ihn«, sagte Werdin. »Er gehörte ihm.« Er nickte zur Leiche neben der Jauchegrube. Wehling hatte den Wagen mit Sicherheit gestohlen.

Nachdem die Feuerwehr abgezogen war – Abschied mit Händeschütteln: »Ist wirklich alles in Ordnung mit Ihnen?« –, warf Werdin Wehlings Leiche in die Jauchegrube. Sie schwamm einige Minuten an der Oberfläche, bis sie endlich blubbernd wegtauchte. Eines Tages würde sie aufgebläht wieder nach oben treiben. Werdin schloss den halb verbrannten Deckel über der Grube. Vielleicht schob irgendwann jemand die Abdeckung von der Jauchegrube und fand Wehlings Reste. Aber wer würde ihn identifizieren können? Und wenn, was machte es aus? Die Feuerwehrleute waren froh gewesen, nicht in eine Untersuchung der SS hineinzugeraten. Sie würden lieber mit dem Teufel tafeln, als zur Polizei zu laufen. Eine Jauchegrube war das richtige Grab für einen Auftragsmörder Stalins.

Er steuerte den Wagen in einen roten Sonnenuntergang, das Licht tat weh in den Augen. Arme und Hände schmerzten. Er stank. Trotzdem wusste er von Anfang an, dass er nach Biesdorf fahren würde. Kurz vor seinem vermeintlich nahen Tod hatte er an nichts und niemanden stärker gedacht als an Irma. Dort war er zu Hause. Das fühlte er genauso wie die Gefahr, dass Irma es anders sehen würde.

Er umkurvte die Stadt auf dem Berliner Ring. Als es dunkel wurde, fuhr er langsam, manchmal Schritttempo, um Bombentrichtern und Geröll auszuweichen. Die abgeklebten Scheinwerfer beleuchteten die Straße kaum. Der Tagesangriff der Amerikaner hatte die Stadt an manchen Stellen entzündet, das Feuer färbte den Himmel rot, als verlängerte es den Sonnenuntergang. Er überholte eine Kolonne, Selbstfahrlafetten unterwegs nach irgendwo. Immer wenn Werdin Soldaten sah, fragte er sich, wie viele von ihnen am Ende dieses elenden Kriegs noch leben würden. Die Todesanzeigen in den Zeitungen sprachen eine mächtige Sprache. Werdin verließ die Autobahn und nahm die Reichsstraße 1 in Richtung Stadtmitte. Feuerwehr war unterwegs, kleinere Brände loderten aus Hausruinen. Zufallstreffer eines Angriffs, dessen Wucht der Innenstadt gegolten hatte. Angst überfiel ihn. Wenn auch das Haus der Mellenscheidts zerstört war? Er wollte schneller fahren, kam aber nur langsam voran. Absperrungen und Warnschilder wiesen auf Spätzünder hin, ein Bombenangriff war längst nicht beendet, wenn die Flieger umkehrten und ihre Flugplätze in England ansteuerten. Luftminen mit Verzögerungszündern warteten auf ihre Opfer.

Werdin erkannte erleichtert, das Haus im Kornmandelweg 3a war unzerstört. Er fuhr den Opel einige Straßen weiter, der Wagen sollte nicht vor dem Haus der Mellenscheidts gesehen werden. Sein Besitzer hatte ihn gewiss bei der Polizei als gestohlen gemeldet. Vielleicht konnte Werdin das Auto noch einmal benutzen, er steckte den Schlüssel ein. Er schaute sich um, ob jemand ihn beobachtete. Niemand war zu sehen, es war stockfinster.

Alle Fenster bei den Mellenscheidts waren verdunkelt. Ob jemand zu Hause war? Er klingelte und wartete ungeduldig. Schritte im Flur, das Schloss wurde geöffnet. Gustav Mellenscheidt öffnete die Tür. Sein Gesicht zeigte Erstaunen, dann Erschrecken.

»Herr Werdin, wie sehen Sie denn aus?«

Werdin zuckte mit den Achseln, er war seltsam angespannt. »Guten Abend«, brachte er heraus. »Ich hoffe, ich störe nicht.«

»Nein«, sagte Mellenscheidt. »Kommen Sie rein, schnell.«

Er führte ihn in die Küche. Margarete kam aus dem Wohnzimmer und erstarrte einen Moment. »Mein Gott, was ist Ihnen denn passiert?« Sie fand ihre Fassung gleich wieder. »Gustav, Herr Werdin will bestimmt ein Bad nehmen. Außerdem braucht er neue Kleidung. Er hat ungefähr die Statur von Klaus. Ich suche ihm schon mal etwas heraus. Zeig unserem Gast das Bad, gib ihm ein großes Handtuch und Seife. Nun mach schon.« Werdin war dankbar, dass sie taktvoll über den Gestank schwiegen, den er mit sich trug. Mellenscheidt bat ihn, ihm zu folgen.

Auf der Diele stand Irma. Werdin glaubte, dass sie kurz

lächelte, als sie ihn sah. »Was ist geschehen?«, fragte sie mit leiser Stimme. »Ach nein, machen Sie sich erst einmal frisch.« Sie schaute ihn mit erschrockenen Augen an.

Als er gebadet hatte, klopfte es an der Tür. Werdin öffnete, Mellenscheidt reichte ihm neue Kleidung. Sie passte einigermaßen, die Hosenbeine waren etwas kurz. Er ging in die Küche und fragte Margarete, was er mit der schmutzigen Kleidung tun solle. »Das überlassen Sie mal mir«, erwiderte Margarete. Sie führte ihn ins Wohnzimmer, Irma saß in einem Sessel und blätterte in einer Zeitschrift.

»Jetzt sehen Sie ja wieder wie ein Mensch aus«, sagte sie. Sie sah die Fesselmale an seinen Handgelenken, sie bluteten leicht an einigen Stellen. Irma stand auf, verließ das Zimmer und kehrte mit einem Verbandskasten zurück. »Am Kopf bluten Sie ja auch«, sagte sie. Sie hatte die dunkle Stelle in seinen Haaren entdeckt, wo ihn Wehlings Schlag getroffen hatte.

Irma nahm seinen Kopf zwischen ihre Hände und betrachtete die Verletzung. Mit einer Schere befreite sie die Wunde von Haaren. Er spürte keinen Schmerz, er genoss jede Sekunde ihrer Berührung. Sie strich etwas Salbe auf, darüber brachte sie ein Pflaster an. Einmal strich sie ihm zart über den Kopf, dann zog sie ihre Hand schnell zurück. »Zeigen Sie Ihre Handgelenke«, sagte sie. Sie umwickelte beide vorsichtig. »Jemand hat Sie gefesselt.«

Margarete erschien mit einem Teller mit Margarinebroten. »Was anderes kann ich Ihnen leider nicht anbieten«, sagte sie. »Was möchten Sie trinken?«

Werdin bat um Wasser. Mellenscheidt setzte sich zu ihnen.

»Wer hat Sie gefesselt?«, fragte Irma.

Werdin guckte Mellenscheidt an, der nickte.

Irma sagte: »Er hat mir von Ihrem letzten Besuch erzählt.«

»Ich schätze, Stalin höchstpersönlich hat mir einen Mörder auf den Hals geschickt.«

»Aus Russland?«

»Ja, manchmal scheut er keine Mühen und Gefahren. Für andere.«

»Und warum?«

»Weil ich den Putsch nicht verhindert habe.«

»Hätten Sie ihn verhindern können, Sie allein?«

»Ja, ich hätte die Verschwörer verraten müssen. Sie wären verhaftet worden. Ohne Verschwörer kein Staatsstreich.«

»Und die Russen wollten Hitler an der Macht halten? Nach allem, was passiert ist?«

»Es ist noch viel mehr passiert«, erwiderte Werdin. »Wir haben Russland nicht nur mit einem furchtbaren Krieg überzogen. Wir haben außerdem Juden, Polen, Russen zu hunderttausenden umgebracht, wenn nicht mehr.«

»Mein Gott«, sagte Margarete.

»Du hättest genau zuhören sollen, als Klaus das letzte Mal auf Urlaub war«, warf Irma ein. »Er hat doch auch von Erschießungen gesprochen.«

»Aber doch nicht von Massenmord. Ich dachte, das wären Einzelfälle, Übertreibungen im Kampf gegen Partisanen.«

Gustav Mellenscheidt sagte: »Ich habe es geahnt. Leute mit solchem Hass auf alles Fremde wie die Nazis müssen irgendwann anfangen mit dem Morden. Das steckt in ihnen drin, als stünden sie unter Druck und könnten ihn nur loswerden durch die Vernichtung alles Fremden. Erinnert ihr euch noch an die Reichskristallnacht? Spätestens da war klar, wo es enden musste.«

»Und ich habe dir nicht geglaubt«, sagte Margarete.

»Ich auch nicht«, sagte Irma. »Aber es ist schlimmer gekommen, als du gedacht hast, Papa.«

»Unsere Feinde werden sich furchtbar rächen. Ganz egal, ob Hitler uns regiert oder Goerdeler«, sagte Mellenscheidt. »Am Ende ist der Krieg verloren, so oder so. Die müssen Schluss machen, sofort und meinetwegen bedingungslos.«

»Ja«, sagte Werdin. »Aber sie werden erst einmal weiterkämpfen. Die Verschwörer haben den Alliierten einen Verständigungsfrieden angeboten, und die haben den abgelehnt. Sie haben Himmler ins Boot genommen, oder der ist selbst hineingeklettert, wie man's nimmt, und nun wird die Sache noch schwerer. Oder glauben Sie, die Amis machen mit einem Reichspräsidenten Göring Frieden, auch wenn der nichts zu sagen hat?«

»Im Rundfunk hört sich das aber anders an«, sagte Margarete. »Viel optimistischer. Und seit Goebbels abgesetzt ist, gibt es hin und wieder mal ein offenes Wort. Über die militärischen Fehler und die Unterdrückung Andersdenkender. Nach dem Krieg soll es sogar wieder Parteien geben, wie in der Systemzeit. Ob das gut ist?«

»Ach, wir können es sowieso nicht ändern«, warf Irma ein. »Jetzt reden wir die ganze Zeit über die blöde Politik und haben Sie schon ganz vergessen, Herr Werdin. Tut mir Leid, Sie haben bestimmt noch Schmerzen. Oder Hunger, Durst? Können wir etwas für Sie tun?«

»Ja, Sie können mich duzen«, sagte er. Es war ihm herausgerutscht. Er spürte, wie ihm das Blut heiß in den Kopf stieg.

Irma stutzte. Ihre Wangen röteten sich. Sie schaute ihn mit großen Augen an. Dann nickte sie. »Gut, Sie mich auch. Ich glaube, Sie hießen Kurt, oder?«

»Nein, Knut.«

Mellenscheidt sah seine Frau fragend an, dann lächelte er.

»Darf ich Ihnen ein Bett anbieten?«, fragte Margarete. »Unten im Keller steht eins. Wir kommen Sie dann heute Nacht besuchen, wenn Alarm ist.«

Werdin nahm die Einladung an. Er bat, mit seiner Dienststelle telefonieren zu dürfen. Er berichtete dem Wachhabenden, er sei in einen Bombenangriff geraten, lange bewusstlos gewesen, aber nur leicht verletzt. Spätestens übermorgen werde er wieder zum Dienst erscheinen. Bevor der Wachhabende zurückfragen konnte, legte Werdin auf. Es würde Ärger geben, aber nicht mehr. Nach Bombenangriffen herrschte oft Chaos, er war nicht der erste SD-Mann, der einige Zeit verschwand. Es gab einen Anschiss, und damit war die Sache erledigt. Hoffentlich.

Als er aufwachte, merkte er, er hatte den Bombenangriff nicht geträumt. Die Engländer hatten ihn geweckt. Langsam öffnete er die müden Augen. Am Fußende seines Betts saß Irma, eine Hand wie zufällig auf sein linkes Bein gelegt. Auf Stühlen erkannte er Mellenscheidt und Margarete. Werdin hatte kaum eine Minute gebraucht, um einzuschlafen, die Erschöpfung überwand Angst und schlechte Erinnerung. Er legte seine Hand auf Irmas, sie zog sie nicht weg, und streichelte sie leicht.

* * *

»Wir haben ihn wieder gefunden. Genauer gesagt, er hat sich gemeldet. Hat was von einem Bombenangriff gesagt, bewusstlos sei er gewesen und so weiter. Kann stimmen, muss aber nicht. Ich habe da so meine Zweifel.« Krause freute sich.

»Wir haben Glück gehabt«, sagte Schellenberg, »Schweineglück. Und wo steckt er?«

»Keine Ahnung. Aber morgen will unser lieber Kamerad Werdin wieder brav zum Dienst antreten.«

»Wie zuvorkommend. Aber wir lassen ihn in Ruhe. Ich meckere ihn ein bisschen an. Und dann schicke ich ihn ins Schwabenland zu unseren Bombenbauern.«

Krause starrte Schellenberg an. Er wollte etwas fragen, kriegte aber kein Wort heraus. Werdin war ein Verräter. Auch wenn man an Fritz' Aussagen zweifeln wollte, warum schickte Schellenberg einen feindlichen Spion zum wichtigsten Projekt der deutschen Kriegswirtschaft?

VII.

Inzwischen hatte er sich daran gewöhnt. Die Anlage ähnelte einem gigantischen Labyrinth mit mehreren Ebenen. Zwangsarbeiter und KZ-Häftlinge hatten sie in Rekordzeit aus dem Boden gestampft. Als Werdin das neue Zentrum der deutschen Uranforschung zum ersten Mal sah, war er sprachlos. Mitten im schwäbischen Wald war eine der modernsten Forschungseinrichtungen der Welt entstanden, und eine der größten. Was im Bierkeller des Schwanenwirts in Haigerloch begonnen hatte, war längst ein riesiger Komplex aus Labors, Hallen und Materiallagern geworden, teils in Bunkern geschützt, teils unter die Erde gegraben. Himmler hatte die Uranforscher aus Berlin und Leipzig in Haigerloch zusammengeführt. Er hatte sie bestochen, sie verlockt, ihnen geschmeichelt und am Ende erreicht, dass die zerstrittenen Fraktionen sich zusammenrauften, vor allem ihre Diven, Kurt Diebner vom Heereswaffenamt und die renommierten Physiker Werner Heisenberg und Carl Friedrich von Weizsäcker vom Kaiser-Wilhelm-Institut in Berlin. Himmler erfüllte ihnen alle Wünsche, besorgte seltenes schweres Wasser aus Norwegen, beschaffte das nicht weniger seltene Uran, gab Geld und Hilfskräfte, ohne auch nur zu fragen, wofür sie gebraucht wurden.

»Ich lege Deutschlands Schicksal in Ihre Hände«, hatte

er den Physikern gesagt. Diebner zitierte stolz diesen Satz, als er Werdin empfing. »Sie sind also unser neuer Verbindungsmann zum Sicherheitsdienst«, sagte er. »Wenn ich fragen darf, was für eine Aufgabe haben Sie?«

Werdin lächelte, er wusste es selbst nicht genau. »Schauen Sie sich um, wenn Ihnen etwas Verdächtiges auffällt, melden Sie es. Wenn nicht, umso besser.« Das war alles, was Schellenberg zu ihm gesagt hatte. Werdin freute sich darüber, verhieß das doch freie Zeit und wenig Kontrolle. Umso öfter aber würde er an Irma denken, umso öfter würde ihn die Sehnsucht plagen.

»Ich glaube, die wollen einfach hören, wie gut das viele Geld benutzt wird, das sie geben. Und natürlich soll ich darauf achten, dass es keine Sabotage gibt.«

Diebner nickte. »Haben Sie denn eine Vorstellung von dem, was wir hier tun?«

»Offen gestanden, nein.«

»Die Sache ist eigentlich ganz einfach, in der Praxis aber unendlich schwer. Wenn Sie Uran, ein rares Element, mit langsamen Neutronen beschießen, werden Neutronen abgespalten, die wiederum andere Neutronen abspalten, wenn auch sie auf Uran treffen. Dabei wird eine unvorstellbare Menge Energie freigesetzt. Es nutzt uns allerdings nur, wenn wir diese Kettenreaktion kontrollieren, gewissermaßen bremsen. Dazu eignet sich schweres Wasser oder Grafit, wir konzentrieren uns inzwischen auf Grafit.«

Diebner schaute Werdin eindringlich an. Er hatte einen fanatischen Blick, den Blick eines Nazis: »Es ist die Kraft der Sonne. Wenn wir sie in eine Bombe packen, haben wir eine göttliche Waffe, die Urgewalt der Elemente, der unsere Feinde nichts entgegenzusetzen haben.«

»Wie ich hörte, arbeiten andere Nationen auch daran.«

Diebner schmunzelte: »Klar, die Wissenschaftler, die unser Land verlassen haben, wollten, dass die Amerikaner die Uranbombe vor uns besitzen, weil sie Angst vor dem Führer hatten. Das kann man ja sogar verstehen. Nun ist Hitler tot, und die deutschen Emigranten wollen entweder gar nicht mehr mitmachen, oder ihnen fehlt der Antrieb. Wir werden die Ersten sein.«

Er hat Recht, dachte Werdin. Und dennoch: Die Niederlage Deutschlands war unausweichlich. Wenn nicht ein Wunder geschah. An diesem Wunder arbeiteten Heisenberg, Weizsäcker und Diebner mit tausenden von weiteren Wissenschaftlern und Helfern.

Werdin verbrachte seine Tage mit Staunen. Er fand sich in Menschenströmen, die sich scheinbar ungeordnet in den riesigen Bauten bewegten. Sobald er die Anlage betrat, war er in einer anderen Welt. In dieser Welt gab es keinen Krieg, obwohl der Krieg sie geboren hatte. Es gab genug zu essen, sogar für Fremdarbeiter. Niemand trug Uniform, außer die Wachen am Eingang. Auch Werdin zog Zivilkleidung an, nur Kurt Diebner hatte sich nicht von seiner Wehrmachtuniform getrennt.

In Zehnstundenschichten wurde das Uranprojekt trotz aller Irrwege der Forscher vorangetrieben. Sie würden es schaffen. Sie brauchten nur noch ein paar Monate Zeit. Es war die einzige Chance.

Beim Abschied in Berlin war Rettheim wieder so depressiv gewesen wie am Anfang ihrer seltsamen Freundschaft. »Wir wollen Frieden, aber doch noch etwas übrig behalten von der Beute, am liebsten die Russen mit Hilfe der Amis schlagen. Die anderen bestehen auf der verfluchten bedingungslosen Kapitulation«, schimpfte er. Er saß in seiner Küche und soff. Weiß der Teufel, wo er den Weinbrand herhatte. Rettheim arbeitete nun im Generalstab des Heeres, und was er dort erfuhr, erweckte seinen Missmut. »Wir müssen jetzt Schluss machen ohne Wenn und Aber, aber das verstehen diese Idioten nicht. Unser formidabler neuer Reichskanzler, der Herr Goerdeler, schwafelt was von der Rettung des Abendlands, da hätten sie Goebbels gar nicht einsperren müssen. Und Manstein glaubt bald, er wäre der liebe Gott. Haut den Russen ein paar Mal auf die Finger und kapiert nicht, dass die mehr als nur zwei Hände haben.«

»Soll ich den Lampenhaken im Badezimmer abschrauben?«, spottete Werdin.

»Idiot«, erwiderte Rettheim, »du hältst mich wohl für zu blöd, eine Schraube in die Decke zu drehen. Nein, diesmal werde ich niemandem den Triumph gönnen, mich abzuschnippeln. Ich will schon wissen, wie der Tanz der Irren ausgeht.«

»Schwarzmaler«, sagte Werdin. Aber er wusste, Rettheim würde sich nicht durch ein paar nette Worte aufheitern lassen.

Rettheim goss sich ein weiteres Glas ein. Er deutete mit der Flasche auf Werdin, doch der winkte ab.

»Sauf nicht so viel«, sagte Werdin.

»Der Suff ist die einzige Existenzform, die mit der Wirklichkeit zu vereinbaren ist.«

* * *

Er war aufgeregt. Gleich würde er mit dem neuen Chef der Luftwaffe, Generalfeldmarschall Milch, sprechen. Und für den Abend hatte er sich mit Irma im Café Kranzler verabredet. Er wusste noch nicht, wie er ihr seine Gefühle gestehen sollte, aber er würde es tun. Immerhin, sie hatte der Verabredung zugestimmt. Zacher war zuversichtlich, dann wieder ängstlich, er malte sich aus, wie es sein würde, Irma in den Armen zu halten.

Milch war eine imposante Erscheinung. Nicht wegen körperlicher Vorzüge, sondern weil Zacher seinen Ruf als Fachmann kannte. Seit Göring Reichspräsident war, ging es mit der Luftwaffe langsam aufwärts. Die Verluste der alliierten Bomber häuften sich, neue Abwehrstrategien, die revolutionären Fla-Raketen und die neuen Messerschmitt-Strahljäger hatten an manchen Tagen und Nächten bis zu dreißig Prozent der Bomber zerstört oder beschädigt. Viele Bomben trafen ihre Ziele nicht, weil die Bomberpiloten dem Beschuss von Raketen und Jägern auswichen. Auch wenn die Bomber nach England zurückkehrten, hetzte Milch seine Jäger auf sie. Aber die Alliierten waren zäh, sie kamen immer wieder. Als könnten sie unendlich viele Flugzeuge bauen und unendlich viele Piloten ausbilden.

Zacher hatte einige Luftkämpfe mit seiner Me 262 bestanden. Sie hatten die technischen Fehler gefunden und beseitigt. Seitdem fühlte er sich am Himmel jedem anderen überlegen. Es befriedigte ihn, die gepanzerten grauen Flugkolosse abzuschießen, kannte er doch die Verwüstungen, die sie anrichteten. Das Bild verkohlter Frauen, Kinder, alter Männer hatte in ihm den Zorn entzündet. Er lebte ihn aus, wenn er sich tagsüber auf die feindlichen Flieger stürzte. Angst hatte er nur beim Start, er verlor sie im Gewühl am Himmel, wo seine Reflexe die Steuerung übernahmen. Näherte er sich einem Bomberpulk, wurde Zacher eiskalt.

»Sie haben gut gekämpft, Hauptmann«, sagte Milch. »Demnächst kriegen Sie das EK I. Eingereicht sind Sie schon. Hätten wir nur mehr Piloten wie Sie und mehr von diesen Wunderjägern. Aber seit dieser V-Waffen-Schwachsinn aufgehört hat, geht es mit unserer Luftwaffe wieder voran. Und doch verlieren wir unsere besten Piloten, die erfahrensten. Wir können sie nicht gleichwertig ersetzen. Und die anderen haben mehr Piloten und mehr Flugzeuge. Die haben verdammt schnell gelernt.«

Zacher fragte sich, was Milch von ihm wollte. Er freute sich über das Lob, aber deshalb war er nicht zu Milch befohlen worden. »Jawohl, Herr Generalfeldmarschall«, sagte Zacher. Er fühlte, Milch erwartete, dass er etwas sagte.

Der Luftwaffenchef schaute ihn fragend an. »Sie sind bisher die FW 190 geflogen, auch die Me 109 und 110 und jetzt die 262. Haben Sie schon mal in einer He 111 gesessen?«

»Ja«, sagte Zacher. Er war verblüfft. Die Heinkel war ein zweimotoriger Bomber, der nicht mehr gebaut wurde. Zuverlässig, aber zu langsam. In manchen Luftwaffenstützpunkten standen die schweren Maschinen noch herum, sie wurden selten eingesetzt. Zacher hatte während der Ausbildung kurze Zeit eine He 111 geflogen.

»Trauen Sie sich zu, den alten Vogel sicher irgendwohin zu fliegen? Mit ein bisschen Übung, versteht sich.«

»Jawohl, Herr Generalfeldmarschall.«

»Wir hatten eigentlich vor, Sie in eine He 177 zu setzen. Eine haben wir sogar schon für unsere Zwecke umbauen lassen. Aber die Dinger sind zu anfällig. Wir verlieren fast mehr Maschinen durch irgendwelche blödsinnigen Konstruktionsfehler als durch Feindeinwirkung. Das ist verflucht ärgerlich, die 177 wäre das richtige Flugzeug gewesen, auf dem Papier, aber eben nur auf dem Papier. Wir werden Ihnen eine ganz besondere He 111 zusammenzimmern. Sie kriegt neue Motoren, stärker und noch zuverlässiger. Wir werden sie besser bewaffnen. Und wir werden ihr einen Schlepphaken anbauen.«

»Einen Schlepphaken?« Zacher hatte Angst, ihm würde der Mund offen stehen bleiben.

Milch grinste, er freute sich offenbar über die Überraschung seines Gegenübers. »Ja, wir verwandeln die gute alte Heinkel in einen Luftschlepper. An die hängen wir eine Art Lastensegler dran, der ist allerdings gut elf Tonnen schwer. Den müssen Sie ein paar hundert Kilometer durch die Luft ziehen und über einem bestimmten Gebiet ausklinken.«

»Darf ich eine Frage stellen, Herr Generalfeldmarschall?«

Milch nickte.

»Was trägt der Lastensegler?«

»Eine Bombe. Eine einzige Bombe. Genauer gesagt, bei dem Segler handelt es sich um eine Bombe mit Flügeln.«

Was wollen die mit einer Elftonnenbombe?, fragte sich Zacher. Das knallt einmal riesig, und das war es. Wollen sie Stalin in die Luft sprengen oder Churchill? »Was für eine Bombe ist das?«

»Eine schwere, Hauptmann. Sie werden in den nächsten Wochen, vielleicht Monaten den Schleppflug üben, dann den Schleppflug in Formation und dann alles in der Nacht. Wir werden Sie nicht allein losschicken, sondern Ihnen einige Staffeln Jäger mitgeben, die besten. Vergeuden Sie keine Zeit, morgen früh werden Sie in Strausberg erwartet, da kennen Sie sich ja aus. Ihr Schlepper wartet schon. Und der Lastensegler auch, mit gut zehn Tonnen Blei im Bauch. Sie sollten bald schon Formationsflug mit den Jägern üben.«

»Herr Generalfeldmarschall, eine letzte Frage.«

Milch nickte.

»Warum gerade ich? Wann geht es los? Was ist das für eine Bombe? Wen oder was soll sie vernichten?«

»Das waren vier Fragen, Hauptmann. Zur ersten: Sie gehören zu unseren besten Piloten, Sie können sich schnell auf neue Flugzeugtypen einstellen. Wenn wir einen Bomberpiloten, der jahrelang die He 111 geflogen ist, in den Luftschlepper setzen, wird er nervös. Er bildet sich ein, das Flugzeug zu kennen, aber es ist etwas anderes, ein paar Tonnen im Schlepptau über hunderte von Kilometern zu ziehen, ohne die Nerven zu verlieren, als Bomben auf London zu werfen. Deshalb haben wir Sie ausgesucht. Zur zweiten Frage: Keine Ahnung, wann die Bombe fertig ist. Möglich, dass Sie lange üben müssen. Zu den beiden anderen Fragen: Die Antworten erfahren Sie, wenn es so weit ist.«

Zacher hatte Gummiknie, als er das Luftfahrtministerium verließ. Er ärgerte sich, aus seiner Jagdstaffel versetzt worden zu sein. Er empfand es als Herabsetzung, einen schwerfälligen Lufttrecker fliegen zu müssen. Seine Kameraden würden mitleidig lächeln, wenn er ihnen erzählte, er sei nun Pilot einer He 111. Aber er durfte ihnen nichts davon sagen. Milch hatte ihn zur Geheimhaltung vergattert.

Er machte sich auf den kurzen Weg von der Wilhelmstraße zum Café Kranzler Unter den Linden, Ecke Friedrichstraße, er würde viel zu früh kommen. Ein kalter Wind ließ ihn frösteln, fahles Licht zog die Farben aus den Menschen. Überall Ruinen, zerrissene Fassaden, mit Pappe verkleidete Fenster. Was Menschen in Jahrhunderten unter Opfern errichtet hatten, zerfiel binnen Minuten zu Stein und Staub. Erst erschütterten die *Blockbusters* die Fundamente, dann zerlegten Sprengbomben die Gemäuer, schließlich entzündeten Brandbomben alles, was sich entflammen ließ, Holz, Stoffe, Menschen. Eine schweinische Kriegführung, wir haben es den anderen vorgemacht. Es war nicht das erste Mal, dass Schüler ihre Lehrer übertrafen. Krüppel in den Straßen, beinlos, armlos, blind, menschliche Trümmer der stolzen Wehrmacht. Wir hielten uns für unbesiegbar, die besten Soldaten der Welt, die besten Waffen der Welt. Bis zum Winter 1941 vor Moskau. Die ersten Zweifel. Ausreden: General Winter. Die sowjetische Gegenoffensive. Dann im Frühjahr und Sommer die Wiederauferstehung, Siege über Siege, in Russland, in Afrika. Bis zum Winter, bis zu Stalingrad. Als Stalingrad fiel, ahnte Zacher, der Sieg war ihnen aus der Hand geschlagen worden. Im Sommer 1943 das letzte Aufbäumen, die *Operation Zitadelle*, Panzerschlacht bei Kursk, seitdem ging es rückwärts, nur noch rückwärts. Am Anfang langsam, mit Gegenstößen, dann immer schneller …

Die He 111 war das Lieblingsziel der Spitfires und Hurricanes in der Luftschlacht über England gewesen. Doch das war etwas Besonderes, ein wichtiges Unternehmen, es wurde mit großem Aufwand vorbereitet. So geheimnisvoll, wie Milch getan hatte, sollte es ein Entscheidungsschlag gegen die Feinde sein. Jagdflugzeuge, von denen die Luftwaffe nicht genug haben konnte, wurden zum Üben abgestellt, damit eine alte Heinkel ungestört elf Tonnen irgendwohin schleppen konnte. Es wurden neue Motoren für den alten Bomber organisiert, und doch zweifelte Zacher, dass es ihm gelingen würde, elf Tonnen nach oben zu ziehen. Je länger er über den Auftrag nachdachte, desto größer erschienen ihm die Gefahren. Wenn er den Lastensegler nicht in die Luft kriegte, war eine Bruchlandung unvermeidlich. Seine Laune stieg. Sie hatten ihn ausgesucht, weil der Auftrag gefährlich war. Sie hatten einen Mann mit Nerven aus Kruppstahl gesucht und ihn gefunden. Stolz verdrängte er die Enttäuschung. Es war keine Zurücksetzung, es war eine Auszeichnung. Er, Helmut von Zacher, bald Träger des Eisernen Kreuzes Erster Klasse, war auserkoren worden, einen kriegswichtigen Auftrag zu erledigen. Seine Stiefel traten knirschend auf Glas. Bis alles in Scherben fällt. Das Lied fiel ihm ein. Nun fiel alles in Scherben.

Er erreichte Berlins berühmtestes Café, in dem es wie durch ein Wunder noch guten Kuchen zu essen gab. Zacher wartete auf Irma. Es war die Zeit, in der sein Leben eine neue Richtung nehmen sollte. Er war sich sicher.

* * *

Der Wodka hatte nicht geholfen. Es war eine furchtbare Nacht gewesen. Grujewitsch hatte sich hin und her gewälzt, Gedanken rasten durch seinen Kopf. Die beiden Fallschirmagenten hatten sich seit Wochen nicht gemeldet. Entweder waren die Funkgeräte kaputt, oder der Sicherheitsdienst hatte Wehling und Hauenschildt erwischt. Vielleicht war es ihnen oder einem von beiden noch gelungen, ihren Auftrag zu erledigen. Vielleicht hatten sie Michael alias Knut Werdin als Verräter enttarnt und liquidiert. Vielleicht aber auch nicht. Grujewitsch war zu erfahren, um aus dem Schweigen seiner Agenten positive Rückschlüsse zu ziehen. Womöglich würde er nie erfahren, was geschehen war.

Er hatte die Nacht mit Ilona verbracht, einer Genossin aus seiner Abteilung. Sie hatten zusammen getrunken und dann miteinander geschlafen. Es war unbefriedigend, mehr ein Aufbegehren gegen Gawrina als ein Ergebnis von Liebe oder auch nur Lust. Ilona war greifbar gewesen, und er hatte zugegriffen. Sie empfand es als Ehre, mit einem Kriegshelden zu schlafen. Seine Laune hatte es nicht verbessert. Er war überzeugt, die Berliner Aktion war ein Reinfall. Er hatte es vorher gewusst, Iwanow hatte es gewusst, sie hatten es trotzdem versucht. Nie aber würde er es Berija verraten. Wenn er es täte, könnte er von Glück sagen, wenn er nur auf einen anderen Posten versetzt werden würde. Er hoffte, das Debakel würde durch neue Erfolge überdeckt und schließlich vergessen.

Neue Erfolge gab es, einen jedenfalls. In einem gut bewachten Gästehaus des NKWD mit allem Komfort, gelegen in einem kleinen Park südlich der Kalugabarriere, saß Gestapo-Müller. Er hatte sich einen Sonderurlaub geben lassen und war plötzlich in der sowjetischen Botschaft in Stockholm aufgetaucht. Die Genossen schafften ihn in der Nacht auf ein Schiff, das ihn nach Moskau brachte. Sie hatten ihn höflich empfangen, jetzt wurde es Zeit für ein Verhör. Gleich am Morgen würde sich Grujewitsch seinen deutschen Gegenspieler vornehmen. Schluss mit dem Getue. Wie viele Kommunisten hatte Müller auf dem Gewissen? Er war ein Schlächter. Wie viele Kommunisten haben wir auf dem Gewissen? Jagoda, Jeschow, Berija hatten wohl mehr Genossen umgebracht als die Nazis. Grujewitsch verdrängte den Gedanken wieder, die meisten waren Verräter gewesen, hatten ihre Strafen verdient. Aber einige, meldete der Zweifel sich zurück, einige hatte Grujewitsch gekannt. Die hatten niemanden verraten, schon gar nicht die Sowjetmacht.

Er floh vor seinen Gedanken und Ängsten, indem er aufstand. Ilona lag unter einer Decke, wirre Haare, blasses Gesicht. Ein bisschen zu derb, dachte Grujewitsch. Er setzte Wasser auf und wusch sich, dann trug er Rasierschaum auf und griff nach der Klinge.

Ilona erwachte. Sie blinzelte. »So früh?«, fragte sie nach einem Blick auf den Wecker. »Was hast du vor?«

Grujewitsch wandte sich zu ihr um, er spürte einen leichten Schmerz am Hals.

»Du blutest ja«, sagte Ilona.

»Scheiße!« Grujewitsch drückte ein Handtuch auf die Rasierwunde.

»He, du machst Flecken in mein Handtuch«, sagte Ilona.

»Dann musst du es eben waschen.«

Draußen war es noch dunkel. Regentropfen klopften gegen die Scheibe. Seit Tagen goss es, Moskau war ein Schlammpfuhl. Die Soldaten an der Front kriegten ihre Kampfanzüge nicht mehr trocken. Aber das war das geringste Ärgernis. Seit Hitler tot war, kämpften die Deutschen noch verbissener als vorher, vor allem aber klüger. Manstein, ihr neuer Oberbefehlshaber Ost, den Hitler in die Wüste geschickt hatte, griff in die Zauberkiste und gab den Sowjetmarschällen Schukow, Tschuikow und Genossen Rätsel um Rätsel auf. Die Rotarmisten hatten auf dem Rückzug bis 1942 den russischen Boden rot gefärbt, nun taten sie es wieder, dieses Mal auf dem Vormarsch. Es ging voran, aber jeder Kilometer war teuer. Dann ging es wieder zurück, weil Manstein an einem Abschnitt durchbrach, wo es niemand erwartet hatte. Zwei Schritte vorwärts, ein Schritt zurück. Der Krieg konnte noch lange dauern. Im Westen hatten die Deutschen sich auf den Rhein zurückgezogen und in einem Kraftakt den Westwall wieder aufgemöbelt. Amerikaner und Engländer hatten mehrfach versucht, den Strom zu überqueren, waren aber jedes Mal zurückgeworfen worden. Mittlerweile waren sie in Untätigkeit erstarrt und überlegten offenbar, wie sie die Front durchbrechen sollten ohne Riesenverluste, die die Öffentlichkeit daheim noch mehr gegen den Krieg aufbringen würden, als es seit Hitlers Tod ohnehin schon der Fall war.

Ilona quälte sich aus dem Bett. Er hatte sie sich reizvoller vorgestellt. Wenn er Pech hatte, würde sie jetzt an ihm kleben.

»Was machen wir heute Abend?«, fragte sie, während sie sich einen Tee eingoss. Sie hatte nur ein Höschen an und lächelte siegesgewiss.

»Weiß nicht«, brummte Grujewitsch. »Hab viel zu tun. Muss heute zum Genossen Berija. Es wird eine lange Nacht.«

»Und dann kommst du«, stellte Ilona fest.

»Glaube ich nicht«, sagte Grujewitsch. »Ich muss auch mal nach Hause.«

Ilona schaute ihn beleidigt an. »Dann kommst du morgen.«

»Mal sehen«, sagte Grujewitsch. »Wenn der Dienst es zulässt.«

»Du hast es also versprochen.«

»Ja«, sagte er. Er hasste solche Diskussionen, besonders am frühen Morgen. Besonders an diesem Morgen.

Grujewitsch hatte seinen Fahrer zu Ilonas kleiner Wohnung im Moskauer Baumanskijbezirk bestellt. Der Wolga wartete mit laufendem Motor und Scheibenwischern, die sich vergeblich mühten, die Wassermassen von der Windschutzscheibe zu schaffen. Die Scheiben waren beschlagen, obwohl der Fahrer Heizung und Gebläse aufgedreht hatte. Grujewitsch fühlte, wie sein Hemd am Rücken zu kleben begann. Erst durchnässte ihn der Regen, dann schwitzte er. »Stell die Heizung runter«, befahl er dem Chauffeur, einem stoisch blitzenden kleinen Mann. Sie brauchten mehr als eine halbe Stunde in die Lubjanka. Grujewitsch eilte in sein Büro, wo Iwanow schon auf ihn wartete. »Wir nehmen uns Müller noch einmal vor«, sagte er.

»Hat der nicht längst alles gesagt?«, sagte Iwanow.

»Möglich«, erwiderte Grujewitsch.

Müller sah aus wie ein Postinspektor. Ein biederer Mann mit einem gemütlichen bayerischen Dialekt. Grujewitsch verstand die Sprache nicht, aber er spürte es. Der Mann plauderte, als säßen sie unter Bekannten zusammen, um aus Langeweile über das Moskauer Wetter zu klagen. Grujewitsch merkte, der Dolmetscher hatte hin und wieder Schwierigkeiten, Müller zu folgen, Bayerisch wurde auf sowjetischen Sprachschulen nicht gelehrt. Trotzdem klappte die Verständigung einigermaßen, wenn auch unterbrochen durch häufige Nachfragen des Dolmetschers bei Müller.

»Fühlen Sie sich gut, Herr Müller?«, fragte Grujewitsch.

»Danke, ja. Sie haben mich gut untergebracht. Und ich habe Ihnen alles gesagt, was ich weiß.«

»Vielleicht sollten wir uns trotzdem noch mal unterhalten.«

Müller nickte. »Gerne.«

Grujewitsch stand auf und begann seine Runden zu drehen. So machte es der Genosse Stalin, wenn er sich mit den Genossen im Politbüro beriet. »Wer gewinnt den Krieg, Herr Müller?«, fragte Grujewitsch abrupt.

»Deutschland nicht«, sagte Müller. »Auch wenn die in Berlin so gerne von Wunderwaffen sprechen.«

»Sie meinen die V-1 und die V-2 oder den Turbojäger?«

»Nein, ich glaube, die Raketen werden nicht mehr gebaut. Das war einer der ersten Beschlüsse der neuen Führung nach dem Putsch. Die Raketen bringen nichts und kosten viel. Sie sind das Produkt des Ehrgeizes gewissenloser Fanatiker wie von diesem Wernher von Braun. Sie verschleudern die Kraft einer Nation, um ihre Wahnideen zu verwirklichen. Der Strahljäger ist nichts Geheimes mehr, fragen Sie mal englische oder amerikanische Piloten.«

Bei dem Wort »gewissenlos« mühte sich Grujewitsch, nicht zu schmunzeln.

»Nein, es geht um einen Explosivkörper, eine Art Bombe, die in vielen Kilometern Umgebung alles vernichtet. Wirklich alles. Aber da wissen Sie mehr als ich, vermute ich. Ich habe doch nur noch mitgekriegt, wie Himmler sich gleich auf dieses Projekt stürzte.« Müller schaute Grujewitsch mit einem merkwürdigen Lächeln an. »Oder haben

Sie etwa keinen Kundschafter im Reichssicherheitshauptamt? Der wird mitbekommen haben, woran die SS arbeitet.« In Müllers Stimme klang Triumph mit.

Erst ärgerte sich Grujewitsch über die Anbiederung. »Kundschafter«, sagte der Mann, der die Rote Kapelle vernichtet hatte. »Kundschafter«, es war unglaublich.

Mit leichter Verspätung aber traf eine andere Einsicht Grujewitsch härter. Er fühlte Übelkeit aufsteigen. Er musste sich setzen, seine Hände begannen zu zittern, unmerklich für die anderen, für ihn Zeichen der Angst. Müller hatte ihn an Michael erinnert und an die beiden Fallschirmagenten, die das NKWD geschickt hatte, um Werdin zu verhören und zu töten. Wenn Werdin kein Verräter wäre, hätte er Moskau längst von der neuen Waffe berichtet. Es war ja nicht so, dass es in Deutschland keine Funkgeräte mehr gab. Ahnung lässt der Hoffnung eine Chance, Gewissheit tötet sie. Grujewitsch konnte nur beten, auch wenn das für einen Kommunisten eine ungewöhnliche Betätigung war, dass Berija ihn nicht für dieses Desaster verantwortlich machte. Alles war schief gegangen.

Müller saß da und lächelte überlegen. Erst jetzt begann Grujewitsch den Mann aus Deutschland zu hassen. Er würde es sich nicht anmerken lassen.

»Und mehr wissen Sie nicht über die Bombe?«, fragte Grujewitsch endlich.

»Ich hatte mit dem Projekt nichts zu tun. Ich weiß nur, es geht da um einen Uranverein. Himmler interessiert sich schon länger für die Geschichte, aber erst seit dem Attentat hat er freie Hand. Ich kann mir vorstellen, dass er alle Hebel in Bewegung setzt, um diese Uranbombe zu bauen. Die Uranbombe wäre seine letzte Chance.« Er sprach das Wort mit ungläubiger Distanz aus, es klang wie Hokuspokus. »*Uranbombe*, was immer das sein mag.«

Grujewitsch blickte zur Seite und sah, dass der Protokollant mitschrieb. Vielleicht war es Wichtigtuerei von Müller, vielleicht klammerten sich die Deutschen an einen Blödsinn, um die Illusion aufrechtzuerhalten, sie würden den Krieg doch nicht verlieren. Vielleicht aber wuchs in Deutschland eine tödliche Gefahr für die Sowjetunion heran.

Grujewitsch spürte, Müller sagte die Wahrheit. Um ihn zu prüfen, fragte Grujewitsch nach Details im Reichssicherheitshauptamt. So konnte er Michaels Auskünfte mit Müllers Angaben vergleichen. Michael alias Werdin hatte bis zu seinem Verrat zuverlässig berichtet, und so konnte er nun helfen, Müller zu testen. Werdins letzter Dienst für das NKWD. Er sollte nicht mit unserer Dankbarkeit rechnen, dachte Grujewitsch und wunderte sich, dass sein Humor sich zaghaft zurückmeldete.

Er unterbrach das Verhör, es sei nun Mittagszeit, Müller solle es sich schmecken lassen. Und wenn er sonst Wünsche habe, er müsse es nur sagen. Müller fühlte sich offenbar in seiner Wichtigkeit bestätigt, jedenfalls blickte Stolz aus seinen Augen.

Statt zu Mittag zu essen, bat Grujewitsch seinen Freund Iwanow um einen Spaziergang. Sie hatten es sich angewöhnt, schwierige Fragen unter freiem Himmel zu besprechen. Iwanow riet Grujewitsch, die Uransache mit Wissenschaftlern zu erörtern. Vielleicht war es ja Unsinn, und dann wäre es ein Fehler, den Genossen Berija mit dieser dubiosen Geschichte zu behelligen. Wenn es aber ernst war, dann musste die Sowjetunion handeln, so schnell wie möglich. Grujewitsch hatte einen sechsten Sinn für Gefahren. Er hatte ihn gerettet beim Überfall der ukrainischen Partisanen, der seinem Leben eine neue Richtung gegeben hatte. Jetzt hatte er wieder dieses Gefühl, er roch die Gefahr.

Iwanow kannte einen Physiker, der sich als Zuträger und Berater des NKWD bewährt hatte. Anatoli Kusnezow hatte die Säuberungen Ende der Dreißigerjahre überlebt, er half sogar mit, die sowjetischen Wissenschaften zu befreien von Einflüssen des Feindes.

Der Glatzkopf schaute leblos durch seine runden Brillengläser, als Grujewitsch ihm in der Akademie der Wissenschaften seine dürftigen Informationen über das Uranprojekt der Deutschen vortrug.

»Genosse Grujewitsch, das ist nicht viel, was Sie mir zu sagen haben. Und doch will ich versuchen, Ihnen eine Antwort zu geben.« Er stopfte sich ruhig eine Pfeife, die Glut leuchtete auf, als er zog. Grujewitsch roch den parfümierten Tabak, es war kein Machorka. Die Sowjetmacht behandelte ihre Wissenschaftler gut. »Otto Hahn und Fritz Straßmann haben kurz vor dem Krieg entdeckt, dass Atomkerne gespalten werden können. Ich darf Ihnen versichern, auch die sowjetische Wissenschaft ist auf diesem Weg weit gekommen. Die moderne Physik bestätigt alle Lehren von Marx, Lenin und Stalin. Haben Sie einmal Lenins große Schrift über Materialismus und Empiriokritizismus gelesen?«

Grujewitsch erinnerte sich, dass er vor vielen Jahren auf der Parteischule einige Auszüge aus dieser schwer verdaulichen Arbeit studieren musste. Er nickte.

»Dann wissen Sie ja, am Ende werden die Errungenschaften der Sowjetwissenschaft uns den Sieg bringen. Zurück zu Ihrer Frage: In den Atomkernen ist eine ungeheure Kraft eingekapselt. Wenn es jemandem gelingt, diese Energie zu befreien, indem er die Kerne spaltet, dann verfügt er über die stärkste Kraft des Universums. Hahn und Straßmann haben erkannt, dass sich Uranatome spalten lassen, und zwar durch Neutronen. Das hatte man zuvor als unmöglich angesehen. Die Atomkerne galten als die kleinste Einheit des Universums. Wird ein Uranatom gespalten, werden Neutronen freigesetzt, die wiederum Uranatome spalten. Das nennt man eine Kettenreaktion. Können Sie mir folgen?«

Grujewitsch hoffte, Kusnezow würde bald zum Ende kommen. Aber der setzte seinen Vortrag unbarmherzig fort. Ab und zu stellte er Grujewitsch eine Frage, erwartete aber nicht mehr als ein Nicken. Er unterbrach sich nur selten, um seine Pfeife in Gang zu halten.

»Was ich Ihnen mit meinem kleinen Vortrag sagen wollte, ist einfach dieses: Wenn ein Land die Uranbombe besitzt, ist es mit einem Schlag die stärkste Militärmacht der Welt. Wenn die Deutschen die Bombe haben sollten, gewinnen sie den Krieg.«

Er kratzte sich den Glatzkopf und verzog einen Moment sein Gesicht zu einer schmerzverzerrten Fratze. »Wissen Sie, ich war in den Dreißigerjahren dreimal in Berlin, am Kaiser-Wilhelm-Institut. Ich habe da einiges gesehen und es Ihrem Dienst ausführlich berichtet. Es ist kein Zufall, dass die Deutschen Marx und Engels hervorgebracht haben. Und Adolf Hitler. Die Deutschen neigen zu Extremen – die größten Wissenschaftler und Philosophen, die größten Verbrecher. Wenn die Deutschen etwas bauen wollen, dann bauen sie es. Was Sie mir angedeutet haben, erfüllt mich mit Sorge um unser Vaterland. Ich fürchte, wenn wir nicht bald siegen, werden wir vernichtet. Es sei denn, Ihre Informationen sind falsch. Aber das glaube ich nicht. Es muss einen Grund geben, warum die Deutschen weiterkämpfen, obwohl sie hoffnungslos unterlegen sind. Ich schätze, Sie haben mir heute diesen Grund genannt.«

Kusnezow streckte sich in seinem Sessel, dann fiel er in sich zusammen. Der Mann bot ein Bild der Niedergeschlagenheit. Er blickte nirgendwohin, er öffnete und schloss seine Hände. Grujewitsch erhob sich bedächtig, dankte Kusnezow, ohne eine Antwort zu erhalten, und verließ die Akademie. Sein Fahrer wartete vor dem Haupteingang. Grujewitsch ließ sich Zeit. Allmählich setzte sich, was Kusnezow erklärt hatte. Was am Ende hinter der Eitelkeit und dem Pathos des verwöhnten Physikers aufgeblitzt hatte, war Angst.

Er berichtete Iwanow von der Begegnung. Danach drängte er die Genossin Armatowa in Berijas Vorzimmer, ihm sofort einen Termin beim Minister zu geben. »Aber nur, wenn es lebenswichtig ist«, sagte die Armatowa streng.

»Das ist es, Genossin Armatowa. Es ist wichtiger als unsere Siege in Stalingrad und Kursk.«

Grujewitsch erhielt sofort einen Termin.

In Berijas Dienstzimmer roch es nach Parfüm. Ein Kissen lag auf dem Boden. Eine Flasche Weinbrand und zwei Gläser standen auf dem Tisch. Berija sah erschöpft aus. »Ich habe eine wichtige Sitzung mit georgischen Genossen wegen Ihnen abgebrochen«, sagte Berija. »Ich hoffe, es ist wirklich wichtig, was Sie mir zu sagen haben.« Er schaute Grujewitsch böse an.

Grujewitsch setzte sich auf den angebotenen Platz. Er berichtete von Müllers Informationen und seinem Gespräch mit Kusnezow. Berija hörte schweigend zu. Keine Miene verriet, was er dachte. Als Grujewitsch fertig war, bildete er sich ein, das blasse Gesicht des Ministers sei noch weißer geworden.

»Es ist richtig, dass Sie mit diesen Informationen gleich zu mir kommen.« Er schwieg einen Moment. »Aber glauben Sie nicht auch, dass der Genosse Stalin alle modernen Wissenschaften im Kopf hat, dass er alle Gefahren und Möglichkeiten kennt? Glauben Sie nicht auch, dass die sowjetische Physik der deutschen Physik überlegen ist, weil sie auf der Grundlage der Lehren von Stalin arbeitet?« Berija schaute Grujewitsch streng an.

Grujewitsch sagte nichts. Er dachte an das Gespräch mit Kusnezow. Der Physiker war von der Überlegenheit der sowjetischen Physik nicht so überzeugt gewesen.

»Und selbst wenn die Deutschen sich einbilden, irgendwann so eine Bombe bauen zu können, etwa weil sie unsere wissenschaftlichen Einrichtungen ausspioniert haben, dann besichtigt unser Marschall Schukow doch eher den Reichstag in Berlin.«

Berija hatte offensichtlich sein Erschrecken überwunden. Er rettete sich in Formeln. Grujewitsch war unsicher, ob Berija Stalin von der Gefahr berichten würde. Überbringer schlechter Nachrichten hatten es nicht leicht. Die Nachricht, dass die Deutschen so kurz vor dem großen Sieg der Sowjetunion noch einen Zauberprügel aus dem Sack ziehen könnten, war sogar mehr als schlecht. Doch Grujewitsch freute sich, dass Berija nicht auf das Debakel in Berlin zurückkam. Er hatte Angst zu berichten, dass Werdin offensichtlich übergelaufen war. Und wo war Fritz? Auch beim Feind oder gefangen? Ob es die Bombe nun gab oder nicht, einen Zweck hatte sie erfüllt: Berija war abgelenkt. Die Gefahr, dass Grujewitsch sich für die Katastrophe in Berlin rechtfertigen musste, verminderte sich mit jedem Tag und wurde hoffentlich bald begraben unter der Flut neuer Informationen. Und vielleicht arbeiteten Wehling und Hauenschildt doch noch in Deutschland, versuchten sie, das Unmögliche möglich zu machen? Grujewitsch schöpfte Hoffnung, seine Lage war doch nicht ausweglos. Er musste nur eine Weile durchhalten und Glück haben.

Berija brach das Schweigen: »Boris Michailowitsch, Sie leisten gute Arbeit. Manchmal aber verlässt Sie das Vertrauen. Es ist gut, wenn Sie in solchen Momenten zu mir kommen. Jetzt gehen Sie zurück an Ihren Schreibtisch. Arbeiten Sie für unseren Sieg.« Berija lächelte, indem er die Mundwinkel nach außen zog. »Und von dieser Geschichte in Berlin berichten Sie mir ein anderes Mal.«

»Jawohl, Genosse Berija«, presste Grujewitsch heraus. Seine Hoffnung war zerschlagen.

* * *

Sie machte sich Vorwürfe. Warum hatte sie sich eingelassen auf das Treffen? Zacher hatte angerufen, und sie verspürte als ersten Impuls, dass sie ihn nicht enttäuschen durfte. Erst später ging ihr auf, sie würde ihn so oder so enttäuschen. Zacher warb um sie, das war ihr nicht entgangen. Er tat dies auf eine unaufdringliche, sympathische Art, es war schwer, sich ihm zu entziehen. Sie erinnerte sich gern an die

Zugfahrt mit ihm, als er langsam auftaute und sich der stolze Offizier in einen offenen und witzigen jungen Mann verwandelte, der noch dazu gut aussah. Irma bewunderte Zacher auch für seinen Mut. Sie ahnte, welch furchtbarer Belastung Jagdflieger ausgesetzt waren. Tag für Tag kämpften sie gegen einen mächtigen Feind. Da oben war man einsam. Zacher zwang sie, sich zu entscheiden, genauer: sich einzugestehen, was ihr Herz längst entschieden hatte. Dafür war sie ihm dankbar, auch wenn sie Angst hatte, sich den Folgen zu stellen.

Was war es gewesen? Der Austausch ihrer Blicke im Café Kranzler, kurz und doch lang genug. Ist das alles? Genügt es, einen Mann anzusehen und sich gleich zu verlieben? War das nicht dummes Zeug aus Liebesromanen der billigen Sorte? Als Werdin vor einigen Tagen aufgetaucht war, verdreckt, gequält und voller Schrecken, war es ihr fast selbstverständlich erschienen, dass er in seiner Not zu ihr gekommen war. Nicht, weil er sie vor der Gestapo geschützt hatte, eine im Rückblick eher harmlose Episode. Sondern weil er offenbar so fühlte wie sie. Liebe ist unerklärlich, dachte Irma und erschrak. Zum ersten Mal hatte sie an Liebe gedacht. Das hieß, sich auf einen Mann einzulassen, der gefährlich lebte. Sie und ihre Eltern konnte das in Teufels Küche bringen. Und doch war es unausweichlich.

Aber nun musste sie einen anderen enttäuschen, einen Mann, der es nicht verdient hatte und dessen Werbung sie sich womöglich nicht entzogen hätte, hätte der Zufall sie im Café Kranzler nicht mit Werdin zusammentreffen lassen. Der nächste Akt am selben Ort.

Dass Werdin nach Süddeutschland versetzt worden war, machte ihren Kopf freier, auch wenn die Gedanken an ihn nicht auszulöschen waren. Heute Morgen hatte sie einen Brief von Werdin erhalten. Er schrieb sachlich, berichtete von der schönen Landschaft, in die es ihn verschlagen hatte. Nichts über seine Arbeit, nichts über Pläne, nichts über Gefühle. Und doch empfand sie die wenigen Zeilen als Liebesbrief. Sonst hätte er nicht geschrieben. Sie nahm nun teil an seinem Leben. Es mochte dauern, bis er sich ganz öffnete. Sie hatte Zeit. Nun da sie zusammengefunden hatten, ohne sich ihre Liebe zu gestehen, würde sich alles ergeben.

Zacher saß an dem Platz, an dem Werdin gesessen hatte. Er lachte vor Freude, als er sie erkannte. Als er aufstand, um sie zu begrüßen, zeigte er gar nicht mehr die Steifheit, mit der sie ihn im Zug kennen gelernt hatte. Seine Freude steckte sie an, doch nur um gleich in Traurigkeit umzuschlagen. Das hatte dieser Mann nicht verdient. Nach der Begrüßung zog Zacher einen Stuhl zurück und bat sie, Platz zu nehmen. Sie fühlte sich schlecht.

»Was ist mit Ihnen?«, fragte er. »Sie sehen erschöpft aus.«

»Nein, das bin ich nicht«, sagte sie.

Er winkte dem Ober, der seine Kellner scheuchte wie ein Feldwebel. Zacher bestellte für beide, sie wünschte sich Streuselkuchen und war erstaunt, dass es ihn gab.

Später konnte sie sich nicht mehr genau erinnern, was Zacher erzählt hatte. Er war unaufdringlich, aber deutlich gewesen. Sie gab sich schließlich einen Ruck und glaubte, ihm Ehrlichkeit zu schulden.

»Ich freue mich, dass Sie mich wieder sehen wollen, Herr von Zacher. Es wird sich bestimmt demnächst wieder eine Gelegenheit dazu ergeben. Aber ich will Ihnen eine kleine Geschichte erzählen.«

Zacher hob die Augenbrauen und lächelte dann einladend.

»Auf dem Platz, auf dem Sie gerade sitzen, saß vor einiger Zeit ein Mann in einer SS-Uniform.«

Zachers Mimik spiegelte seine Verachtung für den schwarzen Orden und jeden, der ihm angehörte. Für ihn war die Waffen-SS, so große Opfer sie an den Fronten auch brachte, eine Ansammlung von Möchtegernsoldaten. Und die so genannte Allgemeine SS betrachtete er als Terroristen.

»Dieser Mann hat meine Mutter und mich in Schutz genommen bei einer Gestapokontrolle. Seitdem treffen wir uns hin und wieder.« Irma vermied es, Werdins wahre Identität auch nur anzudeuten. Sie ahnte, dass sie einen Fehler machte, wenn sie ehrlich war. Das konnte Werdin gefährden. Sie würde es lernen müssen zu lügen. Das war schwer für jemanden, der schon bei einer kleinen Schwindelei rot wurde. Aber die Wahrheit konnte tödlich sein. Wer in diesen Zeiten nicht zu allem Heil brüllte, musste lügen können. Es begann mit dem Verschweigen.

Zacher schaute sie ernst an, während sie sprach. Sie versuchte in seinem Gesicht zu lesen, vergeblich.

»Es ist gut, dass Sie mir das sagen. Sie müssen bitte verstehen, dass ich die SS ablehne. Die Schwarzen haben in Polen und Russland ein Blutbad angerichtet. Wie kann man sich mit so jemandem einlassen?« Sein Blick ging einen Moment an ihr vorbei ins Innere des Cafés. »Es geht mich natürlich nichts an. Gewiss gibt es einige wenige anständige Menschen in der Schutzstaffel, ich bin sicher, dass Ihr Bekannter dazugehört. Aber warum geht er dann zur SS, und warum bleibt er dort? Er muss doch wissen, mit wem er sich eingelassen hat. Aber verzeihen Sie, ich dringe in Sie. Betrachten Sie es bitte als Ausdruck meiner Sorge.«

»Sie haben Recht, Herr von Zacher. Aber Sie müssen sich keine Sorgen machen. Ich würde Sie gerne wieder sehen, wenn Sie es jetzt noch wollen. Meine Eltern würden sich freuen, wenn Sie bald einmal zu Besuch kämen.«

Zacher blickte ihr eindringlich in die Augen. »Wenn Sie in Not sind, bin ich für Sie da. Gleichgültig, um was es geht. Und ich kann schweigen.« Er nestelte an seiner Brusttasche und holte eine kleine weiße Karte heraus. »Hier finden Sie die Telefonnummern, unter denen Sie mich erreichen können. Wenn ich nicht da bin, hinterlassen Sie unbedingt eine Nachricht. Ich melde mich, so schnell es geht.«

Irma war einen Moment sprachlos. Sie hatte gefürchtet, Zacher würde wütend das Café verlassen. Sie merkte ihm an, er war enttäuscht. Aber er bot seine Hilfe an. Und er tat es auf eine Weise, die sie glauben ließ, er sei bereit, sich für sie in Gefahr zu begeben. Auch wenn es einem anderen nutzte.

»Grüßen Sie Ihre Eltern herzlich von mir. Ich nehme die Einladung gerne an. Vielleicht findet sich bald ein Nachmittag, an dem ich Zeit habe. Im Augenblick beschäftigt mich meine Firma über alle Maßen.«

»Fliegen Sie nicht diesen Strahljäger, von dem alle Leute sprechen?«

»Habe ich. Das ist erst mal vorbei.«

»Ich kann Ihnen die Begeisterung ansehen«, sagte Irma lächelnd.

»Spotten Sie nur. Da kommt noch was ganz Dickes.«

»Aber darüber dürfen Sie mal wieder nicht reden.«

Zacher musste grinsen. »Sie haben es erraten.«

Irma spürte keinen Druck, das Gespräch zu beenden. Sie hatte sich vorgestellt, dass Zacher und sie keine Lust mehr hätten zusammenzusitzen, wenn die Wahrheit heraus war. Aber das stimmte nicht. Irma fühlte sich entspannt und zufrieden. Sie hatte sich entschieden, Zacher verstand es, traurig, aber mit Würde.

Zacher berichtete von seiner Jugend in Ulm. Wie die Donau über die Ufer getreten war und sie als Kinder Papierschiffe in die Fluten warfen. Sein Vater stammte aus Potsdam und war als Infanterieoffizier in den Süden versetzt worden. Bald hatte er sich an das Land und die Schwaben gewöhnt, soweit man sich als Preuße an die Schwaben gewöhnen konnte. Seine Eltern erzogen Zacher und seine jüngere Schwester Henriette streng. Aber sie waren gerecht. Henriette ging auf ein Mädchengymnasium und machte das Abitur. Ihre Berufswünsche zerschlugen sich in dem Augenblick, als ein Leutnant aus Vaters Regiment um ihre Hand anhielt. Zacher studierte nach dem Abitur zuerst in Bonn, dann in Königsberg, »wegen Kant«. Nichts wünschte er sich mehr, als nach Kriegsende in Königsberg Dozent zu werden. Irma spürte, er hatte davon geträumt, sie käme mit ihm nach Ostpreußen. Eine Zeit lang hätte sie es vielleicht nicht ausgeschlossen.

Das Café war voll, Menschen auf der Suche nach freien Plätzen drängten sich durch die Glücklichen, die saßen, kartenfreien Kuchen aßen und Ersatzkaffee der besseren Sorte tranken. Der Geruch schlechten Tabaks durchzog den Saal. Überall Kriegsgesichter, grau, abgekämpft, stumpf. Irma hatte sich eingebildet, in den Tagen nach dem Putsch mehr fröhliche Menschen gesehen zu haben, fast wie vor dem Krieg. Aber längst hatte der Alltag die Hoffnung zerstört. Die Feinde bestanden auf der bedingungslosen Kapitulation, die sachlicher gewordenen Wehrmachtberichte gestanden die Überlegenheit von Russen, Amerikanern und Engländern ein. Die Fronten hielten einigermaßen, es ging mal rückwärts, mal nach vorne, aber es würde nicht mehr lange dauern. Wann stand die Rote Armee vor Berlin? Was würden die Russen mit den Deutschen tun, was mit den Frauen? Man hörte von Massenvergewaltigungen und Morden, von Plünderungen und Verschleppungen. In Ostpreußen, wo Zacher nach dem Krieg studieren wollte, schien Panik zu herrschen. Wenn die Ostfront zusammenbrechen sollte, würde das Inferno über die Menschen kommen. Irma fühlte die Angst, sie war nicht mehr weit von ihr entfernt.

Zacher verschwieg nicht, dass es eines Wunders bedurfte, um die Katastrophe abzuwenden. »Wir werden wohl die Rechnung bezahlen müssen für das, was unsere schwarzen Kameraden getrieben haben«, sagte er bitter. »Nein, das ist keine Anspielung auf Ihren Bekannten«, fügte er hinzu. Er sprach von einem Bekannten, um nicht in einen Begriff fassen zu müssen, was er verstanden hatte. Bekannte liebte man nicht, man schätzte sie oder auch nicht.

»Erinnern Sie sich an unser Gespräch im Zug?«, fragte Irma.

Zacher nickte.

»Da haben Sie erzählt von neuen Waffen. Es klang ganz hoffnungsfroh.«

»Offen gesagt, weiß ich nicht, ob wir uns einen Sieg wünschen sollen. Es ist so viel Furchtbares geschehen. Aber die Rache der anderen können wir uns auch nicht wünschen. Selbst wenn manche sagen, es wäre nur folgerichtig,

Deutschland würde zerstört, gespalten, in einen Agrarstaat zurückgezwungen. Niemand, der eine Ahnung hat von den Ungeheuerlichkeiten, die im Osten geschehen sind, kann sich dieser Einsicht widersetzen. Warum sollen die Alliierten sich die Mühe machen, fein säuberlich zwischen guten und schlechten Deutschen zu unterscheiden? Und gibt es gute Deutsche außer denen, die gegen Hitler gekämpft haben? Hat sich die braune Regierung nicht im Jubel suhlen können?«

»Sie haben gewiss Recht, Herr von Zacher. Aber kein Volk lässt sich freiwillig vernichten. Nach dem Krieg müssen wir die Mörder bestrafen und auch jene, die den Krieg mit vorbereitet haben, das war ja nicht nur der Führer. Haben Sie heute keine Hoffnung mehr? Irgendein Kompromiss?«

Zacher hatte sich noch nie außerhalb seiner Familie so offen geäußert. Er schaute sich vorsichtig um, aber niemand im Café schien ihnen zuzuhören. Unter Hitler konnten einen solche Zweifel den Kopf kosten, das Mindeste war Gefängnis oder KZ. Er wusste nicht, was die neue Regierung als Wehrkraftzersetzung begriff. Viele sagten, es gehe längst nicht mehr so streng zu. Seit die Gestapo im Sicherheitsdienst aufgegangen sei, habe auch die Spitzelei nachgelassen. Und doch war Krieg, da hatte es die Wahrheit schwer.

»Wir sollten unser Gespräch besser bei Ihnen zu Hause fortsetzen. Ich werde demnächst anrufen, vielleicht finden Ihre Eltern ja Zeit.«

»Natürlich«, sagte Irma. »Kommen Sie nur. Meine Eltern werden sich freuen, mal mit jemand Vernünftigem zu sprechen.«

Irma freute sich, Zacher wollte die Beziehung zu ihr und ihrer Familie nicht abbrechen. Viele Männer hätten es getan, sie hätten sich zurückgesetzt gefühlt, wären beleidigt gewesen, manche hätten sich in dumme Heldentaten gestürzt in dieser Zeit männlichen Stolzes. Nun waren die Dinge klar. Jetzt bedauerte sie es, dass Werdin in Süddeutschland arbeitete. Sie hätten eine schöne Zeit haben können.

VIII.

Werdin war es zuerst aufgefallen. Jeden Tag überflogen mehr englische und amerikanische Aufklärungsflugzeuge die geheimen Labors bei Haigerloch. Es kam ihm so vor, als suchten sie Württemberg systematisch ab, wie bei Kartografierungsarbeiten. Ob sie die Urananlage finden wollten? Wussten sie schon etwas über die Forschungsarbeiten? Gewiss hatte Müller den Russen verraten, was er über das Uranprojekt wusste. Aber Schellenberg wiegelte ab, Müller hatte wenig Ahnung. Immerhin aber gewannen die Feinde nun die Gewissheit, dass Deutschland an einer Superwaffe arbeitete. Sie wussten auch, dass Himmler alle Kräfte sammelte, um den Durchbruch zu erzielen. Die Bombe war zu einer nationalen Aufgabe geworden, auch wenn die Nation nichts von ihr ahnte. Sie war der Grund, die Waffen nicht gleich niederzulegen. Um sie zu bauen, starben Millionen an den Fronten, Opfer im Kampf um Zeit. Die Wehrmacht kämpfte nicht um den Sieg, sondern um Monate, Wochen, Tage. Und wenn sie die Bombe nicht bauten, war alles umsonst. Es kam Werdin vor wie ein Pokerspiel, nur dass die Einsätze unübertreffbar hoch waren.

Verschiedene Kräfte hatten sich unausgesprochen zu einer Koalition zusammengefunden. Die einen wollten wegen des nationalen Stolzes um jeden Preis eine Niederlage verhindern. Andere hatten Angst vor den Russen, dem Bolschewismus, dem sie zutrauten, was Deutsche vorher im Osten angerichtet hatten. Es graute ihnen vor der Rache. Wieder andere wollten ihre Verbrechen verbergen und fürchteten die Aufklärung durch die alliierten Sieger. Andere kämpften um ihr Leben, sie wussten, die Niederlage hieß für sie Selbsttötung oder Galgen. Wieder andere kämpften weiter, weil sie an eine deutsche Sendung glaubten, die Deutschen für ein auserwähltes Volk hielten, das allen anderen Völkern überlegen sei, besonders den Slawen und Juden. Andere hatten Hitler unterstützt, weil sie sich einbildeten, er stelle nach dem Schanddiktat von Versailles nur die Gerechtigkeit wieder her. Sie wollten weitermachen, weil mit einer Niederlage noch mehr Ungerechtigkeit angehäuft würde, Ursachen eines dritten Weltkriegs, wie sie erklärten. Die SS kämpfte für sich selbst: Verlor Deutschland, war auch der schwarze Orden verloren. Sie sah in der Bombe die letzte Chance, und sie kämpfte für diese Chance, wie sie noch nie zuvor gekämpft hatte.

»Warum arbeiten Sie sich halb tot für die Bombe?«, fragte Werdin den glatten und eloquenten Kurt Diebner. Er war der Motor des Uranvereins, trieb die Wissenschaftler und die Hilfskräfte an, vermittelte bei Gezänk der Primadonnen untereinander, nahm ihnen Zweifel, indem er versprach, die Bombe werde nicht eingesetzt, es sei denn in irgendeiner menschenleeren Gegend zur Demonstration. Man möge doch besser von Einschüchterung sprechen, hatte Heisenberg kritisiert, der alles daransetzte, aus dem Schatten Otto Hahns zu treten.

»Es ist unsere letzte Chance«, erwiderte Diebner. »Vielleicht werden wir sie nicht nutzen. Vielleicht finden unsere

Feinde unsere Labors und zerstören sie, weil Ihnen Ihr formidabler Müller abhanden gekommen ist. Aber wenn wir es schaffen, werden die anderen keine Sklaven aus uns machen. Weder die Bolschewisten noch die Plutokraten.«

»Und Sie sind sicher, dass die Bombe nicht auf eine Stadt in Russland oder England geworfen wird?«

Diebner schaute Werdin erstaunt an. Was ist das für einer?, mochte er sich fragen. »Wir begehen keinen Massenmord«, sagte Diebner. »Jedenfalls nicht mehr. Leider begreifen das nicht einmal die Amerikaner. Von Churchill und Stalin erwarte ich kein Verständnis, aber Roosevelt hätte schon längst die Notbremse ziehen müssen.«

Das war keine Antwort auf seine Frage, aber Werdin bohrte nicht nach. Es war am Ende sowieso nicht Diebner, der entschied, was mit der Uranbombe geschehen sollte. Ob Wehrmacht, ob SS – in ihrer Verzweiflung würden die Herren in Berlin die Bombe werfen. Wenn es hart auf hart kam, dann würden sie auch Reichskanzler Goerdeler zetern lassen. Er hatte keine Bataillone. Er war gegen den Anschlag auf Hitler gewesen, den die neuen Herren immer noch als Fliegerangriff verkauften, um nicht den Volkszorn auf sich zu ziehen. Er würde auch den Abwurf der Bombe auf eine Stadt nicht mittragen und trotzdem Kanzler ohne Macht bleiben. Um das Schlimmste zu verhüten.

»Werden Sie es schaffen?«

»Ja«, sagte Diebner. »Im April oder Mai werden wir elf oder zwölf Bomben haben, wenn wir nicht behindert werden. Hoffen wir, dass wir sie nicht benutzen müssen, außer für eine Demonstration. Und vor allem müssen wir hoffen, dass es Deutschland dann noch gibt.«

»Warum so viele Bomben, elf oder zwölf?«

»Es ist egal, ob man eine baut oder mehrere, wenn man die technischen Schwierigkeiten gelöst hat. Eine Einzige würde uns wenig nutzen. Man zerstört mit ihr die Walachei, alle sind beeindruckt, und wir verlieren den Krieg. Außerdem müssen wir damit rechnen, dass Zünder versagen, Trägerflugzeuge abgeschossen werden und so weiter. Eine einzige Bombe, das wäre russisches Roulette. Jemand könnte natürlich einwenden, wir spielten die ganze Zeit schon Roulette. Aber das stimmt nicht. Wir machen einen Wettlauf mit den Feinden. Wir laufen um unser Leben. Ob es reicht, werden wir sehen.«

* * *

Auch Wochen nach seiner Versetzung nach Haigerloch rätselte Werdin über den Grund dafür. Er verstand nichts von dem, was die Wissenschaftler taten. Sabotage hatte es bisher nicht gegeben, und Experte auf diesem Gebiet war Werdin nicht. Er erklärte es sich mit dem Chaos im SD. Schellenberg brauchte einen zuverlässigen Mann im Uranverein, er musste wohl seinem Reichsführer zeigen, mit welchem Ernst auch er Himmlers Lieblingsprojekt unterstützte.

Er hatte Irma geschrieben. Sie hatte geantwortet. Sie berichtete von den letzten Angriffen auf Berlin, er hatte Angst um sie. Und doch war es ein heiterer Brief, in dem sie sich über Nöte des Alltags lustig machte. Sie bat ihn, bald zu antworten. Noch lieber sei es ihr, er würde sie besuchen. Aber im Krieg könne man glücklich sein, wenn die Menschen, die einem nahe stünden, unverletzt davonkämen. Ihr Vater habe vom württembergischen Wein geschwärmt, sie hoffe, er werde nicht zum Trinker. Aber er dürfe ein, zwei Flaschen mitbringen, wenn er sie das nächste Mal besuchte. »Komm bald«, beendete sie ihren Brief. Er empfand es als eine Liebeserklärung. Nichts würde er lieber tun.

Jede Woche schickte Werdin einen nichts sagenden Bericht nach Berlin. Er quälte sich mit der Formulierung. Was sollte er melden, wenn nichts passierte? Jedenfalls nichts, was er verstand. Berlin schien zufrieden, er erhielt nie eine Antwort oder einen Befehl, und niemand fragte ihn etwas. Bald kam er nicht mehr jeden Tag in die Anlage. Er nutzte seinen Dienstwagen und das großzügige Benzinkontingent, das der SD ihm bewilligt hatte, zu kleinen Reisen. Wegen der Kontrollen trug er seine Dienstuniform. Er besuchte Ulm, das gelitten hatte unter den Bombenangriffen auf seine Industrien. Stuttgart war noch stärker heimgesucht worden. Tübingen hatte gerade in den letzten Tagen furchtbare Schläge ertragen müssen. Womöglich vermuteten die Westalliierten das Wunderwaffenprojekt in der Universitätsstadt.

Zu SS-Kameraden in der Gegend pflegte er keinen Kontakt. Er hatte in einer Kneipe ein paar Schwarzuniformierte erlebt, die nach ein paar Gläsern Wein in derbstem Schwäbisch über Juden und Kommunisten herzogen, denen man es nach dem Endsieg erst richtig zeigen werde, wer die Herrenrasse sei. Als hätte sich seit dem 20. Juli nichts geändert.

In diesem Winter war die Kohle knapp. Er hatte eine Kammer in Haigerloch gemietet. Seine Vermieterin, Erna Tauber, stöhnte, selbst gegen Marken gebe es vieles nicht mehr. Ständig sei man gezwungen zu improvisieren. »Wann ist dieser verdammte Krieg endlich vorbei! Die sollen Schluss machen!«, sagte sie einmal zornig. Dann fiel ihr

Blick auf Werdins SD-Uniform, und er erkannte die Angst in ihren Augen. Er sagte, sie habe Recht, das beruhigte sie, und sie schenkte ihm ein Lächeln. Seitdem hatte sie ihn als Ersatzsohn adoptiert. Ihr Mann lag in einem Wehrmachtlazarett im Osten, ihr Sohn kämpfte in Italien gegen die Alliierten. Werdin brachte ihr hin und wieder Wurst oder Butter aus der gut versorgten Kantine mit.

Wenn ein Brief von Irma eingetroffen war, brachte Erna Tauber ihn Werdin mit strahlendem Gesicht. Sie nahm an seinem Glück teil, als wäre es ihres. Sie borgte sich gewissermaßen Freude von ihm, weil sie wenig Gründe für Freude hatte. Obwohl sie viel jünger war, erinnerte sie ihn an seine Mutter, die sich in Fürstenberg mit der Alltagsnot und den Behinderungen des Alters plagte. Der Kontakt zu ihr war schlecht, er hatte all die Jahre zu wenig Zeit gehabt. Wenn sie einmal tot war, würde er es bedauern.

Er feierte Weihnachten mit Erna Tauber. Sie hatte Briefe von ihrem Mann und ihrem Sohn erhalten. Sie überreichte Werdin ein Päckchen. »Das ist von Ihrer Verlobten«, sagte sie. Irma schickte einen Kuchen und einen Brief, in dem sie ihn scherzhaft mahnte, sich keinesfalls mit einer Schwäbin einzulassen, die seien geizig. Sie dagegen habe keinen Aufwand gescheut, um ihm zu Weihnachten einen Marmorkuchen zu backen, mit echter Butter und echter Schokolade. Keine Frau im gesamten Württemberg hätte das für ihn getan. Er freute sich und teilte sich den Kuchen mit Erna Tauber. Am Abend leerten sie eine Flasche Rotwein. Es mag am Wein gelegen haben, dass Erna Tauber plötzlich zu weinen begann und nicht mehr damit aufhören wollte. Werdin wartete hilflos, bis das Schluchzen nachließ. Sie entschuldigte sich und bat um Verständnis, sie wolle zu Bett gehen.

Rettheim hatte eine Karte geschickt. Sie las sich traurig, Weihnachten machte Rettheim zu schaffen. Seine Frau, seine Tochter und seine Mutter waren bei Bombenangriffen getötet worden. Der Vater war früh gestorben. Ein Bruder wurde an der Ostfront vermisst. Manchmal bedaure er es, dass Werdin ihn vom Strick abgeschnitten habe, schrieb er. Was er verklausuliert über die militärische Lage berichtete, klang nicht optimistisch. Wahrscheinlich trank er wieder mehr, als ihm gut tat. Wenn der Krieg nicht bald aufhörte, würde Rettheim sich zu Tode saufen.

Der Januar verging im üblichen Trott. Im Februar erklärte Diebner, sie seien womöglich schon Anfang April fertig. Allerdings befänden sie sich in einem Dilemma, auch die Regierung habe es erkannt: Sie konnten keine Versuche machen. Auch der Einsatz zur Demonstration sei gefährdet, denn man müsse ihn den Feinden zuvor ankündigen. Sonst bestehe die Gefahr, dass der Zweck verfehlt werde. Wenn man ihn aber ankündige, und die Bombe funktioniere aus irgendwelchen Gründen nicht, dann mache man sich lächerlich vor der Welt.

»Und was ist die Folgerung daraus?«, fragte Werdin.

»Das lassen Sie sich mal von unserer Regierung erklären«, erwiderte Diebner bitter. »Die wissen das offenbar auch nicht. Wir können ja die Uranbomben unseren Feinden zum Kauf anbieten, oder vielleicht als Geschenk. Wir arbeiten wie die Verrückten, und die Herren in Berlin haben keine Ahnung, was sie mit den Dingern anfangen sollen. Man ziert sich ja so gerne.«

Werdin ahnte, Diebner kannte nur einen Verwendungszweck für die Wunderwaffe. Er hatte jahrelang an der Teufelsbombe gearbeitet. Nun wollte er beweisen, dass er die

Urgewalt der Materie bändigen und entfesseln konnte. Diebner hätte keine Hemmungen, Paris, Brüssel oder Kiew auszulöschen, wenn dadurch der Krieg nicht umsonst war. Es war zu befürchten, dass diese Sicht sich auch in Berlin durchsetzte. Auf keinen Fall durften die Russen Deutschland beherrschen, das war das Evangelium aller Strömungen der *Nationalen Versöhnung*, die in der Reichshauptstadt zäh um die Macht rangen. Auch fand sich niemand, der einer bedingungslosen Kapitulation zugestimmt hätte, wenn es eine Chance gab, die Katastrophe zu vermeiden. Und es gab eine Chance. Alles steuerte darauf hin, diese Chance so wirkungsvoll wie möglich zu nutzen. Moralische Bedenken dagegen vorzubringen käme in den Augen mancher einem Landesverrat gleich.

* * *

Wie ein Lastensegler sah das nicht aus, was Zacher in seiner umgebauten Heinkel He 111 seit Monaten hinter sich her schleppte. Es hatte eher die Form einer Riesenbombe mit Flügeln. Unter die Flügel hatten Techniker Raketentriebwerke gebaut. Sie wurden beim Start gezündet, schoben die Flügelbombenattrappe an, damit Zacher mit seinem Schlepper abheben konnte. Beim ersten Mal war die Bombe zu schnell gewesen und hätte fast die Heinkel auf der Landebahn zerstört. Zacher hatte das Elftonnengeschoss im letzten Moment ausgeklinkt und das Flugzeug brutal in eine Kurve gezwungen. Nun setzte der Raketenschub vorsichtiger ein, in letzter Zeit hatten sie einige gute Flüge hingelegt. Es war ein teures Unternehmen, bei jedem Versuch wurde die Bombenattrappe zerstört.

Dann übte Zacher mit seiner Mannschaft, wie sie die

Bombe in der Luft ausklinken mussten, um sie genau ins Ziel zu bringen. Der Navigationsoffizier, ein schweigsamer Oberleutnant namens Selden mit stumpfroten Haaren und Pickelgesicht, arbeitete bald mit der Präzision einer feinmechanischen Maschine. Sie berechneten Flughöhe, Windrichtung und Windstärke und die Luftfeuchtigkeit. Wenn der Flügelbombe nach dem Ausklinken der Auftrieb fehlte, neigte sich ihre schwere Spitze nach unten, und sie raste fast senkrecht auf die Erde hinunter. Sie warfen das Monster immer aus großen Höhen ab, im Einsatz sollte die Gefahr verkleinert werden, dass die Flak sie abschoss. Bald wussten sie, dass sie die Bombe aus dreitausend Meter Höhe mit einer Genauigkeit von schlechtestens fünfhundert Metern ins Ziel werfen konnten. Normalerweise schafften sie einen Trefferradius von zweihundert oder sogar hundert Metern.

Sie waren die Besten, hervorgegangen aus einer strengen Auslese. Dank stärkerer Motoren und abwerfbarer Zusatztanks war die Heinkel schneller und besaß eine erhöhte Reichweite. Zusätzliche Bord-MGs und Panzerungen an empfindlichen Stellen der Außenhaut verwandelten sie in eine fliegende Festung. Trotzdem sollte sie bei ihrem Einsatz von einer Horde von Jagdflugzeugen beschützt werden. Bei Formationsflugübungen kreisten Deutschlands beste Jagdpiloten um die »Hummel«, wie sie den schwerfälligen Bomber verspotteten. Ein einziger Bomber, umschwirrt von mehr als hundert Jägern, um Himmels willen, was hatten die Führer der Luftwaffe vor? Das fragte sich nicht nur Zacher, sondern alle Piloten und Ingenieure, die am *Unternehmen Götterdämmerung* beteiligt waren. Wieder so ein bescheuerter Wagner-Name, dachte Zacher. Wahrscheinlich steuerte der Führer in der Hölle diese Wahnsinnsaktion.

An einem Sonntagnachmittag mussten die Ingenieure die Heinkel warten. Zacher nutzte die freie Zeit, um die Mellenscheidts zu besuchen. Er hatte sich damit abgefunden, dass es Irma zu einem anderen hinzog. Vielleicht dachte sie auch daran, dass Flieger in Deutschland nicht lange lebten. Die Verlustziffern waren enorm, inzwischen auf allen Seiten. Längst war es schwer, Pilotennachwuchs in ausreichender Zahl und Qualifikation auszubilden. Viele überlebten ihren ersten Feindflug nicht. Die Piloten in den Strahljägern hatten mehr Erfolgserlebnisse, aber unverwundbar waren auch sie nicht. Und die hochgezüchteten Maschinen litten immer noch unter Kinderkrankheiten.

Die Mellenscheidts hatten bisher Glück gehabt. Ihr kleines Haus aus roten Ziegelsteinen in Biesdorf stand unversehrt zwischen Bäumen. Der Schnee hatte Dach und Gipfel weiß gefärbt, am Boden zeugten Krokusse auf weißer Erde vom nahen Frühling.

»Danke für Ihre freundliche Weihnachtskarte«, sagte Margarete. »Wir hätten Ihnen gerne eine Kleinigkeit geschickt. Aber wir wissen ja nicht, wie wir Sie erreichen können.«

»Mich gibt's eigentlich gar nicht«, antwortete Zacher lachend.

»Dafür sehen Sie aber ganz fidel aus«, erwiderte Mellenscheidt.

Irma kam die Treppe vom ersten Stock herunter. Er hatte es verdrängt, der Schmerz traf ihn erneut, als wäre er frisch.

»Schön, Sie mal wieder auf dem Boden zu sehen. Sonst scheinen Sie sich nur noch im Himmel herumzutreiben.«

»Nicht zur Freude unserer Feinde, wie ich annehme«,

sagte Mellenscheidt. »Sie holen doch jetzt viel mehr Bomber herunter als früher.«

»Ich nicht mehr«, sagte Zacher. »Ich sitze im Luftfahrtministerium über Akten. Irgendjemand muss das auch im Krieg tun.«

Sie setzten sich in die gute Stube.

Mellenscheidt runzelte die Stirn. »Gibt es dafür nicht genug Invaliden?«

»Für das, was ich tun muss, leider nicht.«

»Aha, doch keine gewöhnlichen Akten. Ein Geheimprojekt!«

»Geheim ist es schon. Aber nicht so aufregend, wie es sich anhört.«

»Wenigstens kriegsentscheidend.« Mellenscheidt lachte über seinen Scherz.

»Selbstverständlich«, konterte Zacher. »Wie geht's im Betrieb?«

»Na ja, die Schäden vom Angriff in der vorletzten Woche haben wir einigermaßen beseitigt. Jetzt arbeiten wir wieder in drei Schichten. Die Fremdarbeiter werden besser versorgt und leisten mehr. Von Sabotage hört man nichts. Wahrscheinlich haben die das früher in den meisten Fällen erfunden, um Gründe dafür vorweisen zu können, warum die Versorgung der Wehrmacht nicht klappte. Die Herren vom Speer-Ministerium meckern zwar immer noch, ich glaube, die können nicht anders. Aber wir können arbeiten, so viel wir wollen, die anderen sind stärker. Wir haben die innere Front, gewiss, kürzere Versorgungswege. Wenn ich mir vorstelle, dass die Amis alle Ausrüstungen und Waffen über den Atlantik nach Europa schaffen müssen. Und doch kommen wir nicht hinterher. Man sollte eben nicht

Krieg mit dem Rest der Welt anfangen. Erinnern Sie sich noch, Dezember 1941, als der Vormarsch auf Moskau scheiterte und Hitler den Amerikanern den Krieg erklärte?«

»Ja«, sagte Zacher. »Ich habe das damals nicht weiter beachtet. Die USA waren weit weg. Und militärisch waren sie damals ein Zwerg. Bis sie angefangen haben, Flugzeuge am Fließband zu produzieren.«

»Meine Firma hatte vor dem Krieg Geschäftsbeziehungen nach Amerika. Werkzeugmaschinen aus Deutschland hatten einen guten Ruf, und wir haben ordentlich verdient, selbst in der Wirtschaftskrise. Seitdem weiß ich, was die für eine ungeheure Wirtschaftsmacht haben. Sie sind nicht die besten Ingenieure, aber wenn es um Massenproduktion geht, kann niemand die Amis schlagen. Ich weiß seit Dezember 1941, dass wir den Krieg verlieren werden. Es sei denn, es geschieht ein Wunder. Ein deutschfreundlicher Präsident kommt ans Ruder, oder die Engländer geben auf und nehmen ihren Verbündeten den besten Grund, uns zu bekämpfen. Aber das ist natürlich alles Larifari. Wissen Sie, was unser toller Führer erreicht hat?«

Zacher schüttelte den Kopf. Er war überrascht von Mellenscheidts Wut und Redefluss.

»Er hat doch immer gesagt, Deutschland sei das Bollwerk gegen den gottlosen Bolschewismus. Und nun wird der Bolschewismus uns bald fressen. Schuld daran ist niemand anders als Hitler. Der hätte sich an seinen Vertrag mit Stalin halten sollen.«

Irma und Margarete schwiegen. Zacher vermutete, sie hatten Mellenscheidts Litaneien schon zu oft gehört. Doch er hatte Recht. Die Russen würden bald vor Berlin sein, auch wenn Manstein es teuer für sie machen wird. Im Westen plagen sich die Amerikaner und Engländer mehr mit ihrem Nachschub als mit der Wehrmacht. Sie stehen am Rhein und tun nicht viel. Schon munkelt man in der Bevölkerung, sie würden einen Separatfrieden schließen wollen. Zacher glaubte es nicht. Sie bereiten nur ihre nächste Offensive gründlich vor. In den demokratischen Ländern gibt es schnell Ärger, wenn die Verluste an der Front steigen. In Russland ist das anders, Stalin sind die eigenen Leute egal, so führt er seinen Krieg. Zacher hatte von Kameraden gehört, wie die Führer der Roten Armee Welle um Welle in den Tod schickten, um eine feindliche Stellung zu nehmen. Das war Manstein nur recht.

Zacher fühlte sich nicht wohl, er durfte den Mellenscheidts nicht erzählen, was er tat. Genau wusste er es selbst nicht. Klar war, dass er eine schwere Bombe irgendwo abwerfen sollte, aber welchem Zweck diente das Unternehmen? Die USA hatten schon Zehn-Tonnen-Bomben abgeworfen, etwa um Brücken zu zerstören. Solch ein Riesenaufwand für eine Brücke?

Obwohl die Mellenscheidts ihn wie einen Freund aufnahmen, plagte ihn der Schmerz über Irmas Entscheidung. Niemand sprach von dem anderen Mann, wohl weil die Mellenscheidts es als taktlos empfunden hätten. Irma war freundlich, sagte nicht viel, schien aber mit sich im Reinen zu sein. Er war froh, als er am Abend ging. Er war unzufrieden mit sich, wusste aber nicht zu sagen, warum. Er würde wiederkommen und wieder unzufrieden gehen. Wenn er überlebte. Daran zweifelte er. Wer immer die Opfer des Angriffs waren, den er fliegen musste, sie würden sich wehren. Ob im Osten, ob im Westen, Jagdflugzeuge und Flak in unglaublicher Zahl warteten nur auf deutsche Flugzeuge, die es wagten, den eigenen Luftraum zu verlassen.

* * *

Endlich erhielt Werdin den Befehl, sich in Berlin zurückzumelden. Zuvor sollte er mit Diebner eine Abschlussbesprechung führen, offiziell und mit Protokoll. Der Reichsführer wollte offenbar auch auf diesem Weg sein Bemühen um die deutsche Uranbombe verewigen in den historischen Quellen. Werdin kündigte bei Erna Tauber, sie weinte. Sie hatte nun niemanden mehr, mit dem sie ihre Angst teilen konnte.

Diebner empfing ihn in seinem Arbeitszimmer. Es stank nach Zigarettenrauch. An einer Tafel standen unverständliche Formeln. Überall Papier, auf einem Tisch eine Kaffeekanne mit zwei Tassen, Zucker, Milch. Diebner hatte schwarze Ringe unter roten Augen. Er war bleich wie einer, der lange im Gefängnis gesessen hatte. Doch er strahlte Willenskraft aus. Er hatte die Primadonnen Heisenberg und Weizsäcker in die Gruppe gezwungen. Er war längst der Herr des Uranvereins, kein brillanter Wissenschaftler wie Heisenberg, aber der beste Organisator und ein Mann mit der Durchsetzungskraft, die einem der Mangel an Zweifeln verleiht.

Diebner ging Werdin mit schnellen Schritten entgegen, als dieser anklopfte und ins Zimmer trat. Werdin hatte ihn in den vergangenen Monaten gut kennen gelernt. Diebner steckte zwar in Wehrmachtuniform, aber er legte keinen Wert auf soldatische Umgangsformen. Sein Ehrgeiz fegte jedes Hemmnis aus dem Weg, auch dieses. Richtig war, was das Projekt voranbrachte. Falsch war, was es bremste.

Diebner war zwar ein Pfau, aber er ordnete seine Eitelkeit dem Erfolg des Projekts unter. Er wusste, wenn das Unternehmen gelang, dann war er Deutschlands erster Wissenschaftler, und mehr als das: Er war der Mann, der die Nation aus dem Tal der Verzweiflung rettete.

»Wir haben es geschafft«, sagte Diebner. »Zwar sind uns die Gegner ziemlich auf die Pelle gerückt. Viel Zeit hätten wir nicht mehr brauchen dürfen. Aber nun haben wir dreizehn Uranbomben im Keller liegen. Eine mehr als geplant. Ich hoffe, Sie sind nicht abergläubisch.« Mit »Keller« meinte er den gigantischen Bunker aus mehreren Stahlbetonschichten unter den Labors.

»Und nun?«, fragte Werdin.

»Das muss die Regierung entscheiden.« Diebner zündete sich eine neue Zigarette an. »Wir haben getan, was uns aufgetragen war. Dass wir es hingekriegt haben, verdanken wir nicht zuletzt dem Reichsführer. Aber auch Minister Speer hat Enormes geleistet. Wenn sich die Herren in Berlin auch sonst nicht grün sind, bei diesem Projekt haben alle mitgezogen. Wir haben gigantische Ressourcen verbraten, und das nicht ohne Risiko. Aber was da im Keller liegt, rechtfertigt alles.«

Werdin fragte sich, ob es etwas geben könne, das alles rechtfertigt. Aber er unterbrach Diebners Monolog nicht.

»Sagen Sie dem Obergruppenführer Schellenberg unseren Dank. Beglückwünschen Sie ihn auch zur Beförderung, die hat er sich verdient.«

Schellenberg war auf dem Weg nach oben. Vor ihm standen nur noch der Reichsführer und Kaltenbrunner. Als das Reichssicherheitshauptamt nach dem Staatsstreich zusammen mit der Gestapo aufgelöst worden war, avancierte

Kaltenbrunner zum Stellvertreter Himmlers, eine für ihn neu geschaffene Position. Aber dies war ein geringer Vorteil im Machtkampf mit Schellenberg, denn Himmler ließ seine beiden wichtigsten Satrapen wetteifern um seine Gunst und sah sich vor, einen zu stark werden zu lassen. So bewahrte sich der Reichsführer zwei Varianten der Machtpolitik: Kaltenbrunner verkörperte Brutalität, er war der Mann mit dem Säbel; Schellenberg stand für Raffinesse und Strategie, er focht mit dem Degen. Die beiden konnten sich nicht ausstehen. Schellenberg hielt Kaltenbrunner für einen primitiven Hund. Kaltenbrunner verachtete Schellenberg als Weichling.

»Und was wird aus Ihnen, nach dem großen Erfolg?«

»Erfolg? Das werden wir sehen. Wir haben unsere Kinder nicht testen können. Der erste Einsatz wird der erste Test. Man braucht einem Wissenschaftler das nicht zu erklären, Versuche können schief gehen. Die meisten Versuche scheitern. Unser Erfolg ist zunächst theoretischer Natur. Wir haben die wissenschaftlichen Schwierigkeiten gemeistert. Wir haben eine kontrollierte Kettenreaktion in Stahl verpackt. Wir bilden uns ein, dass die Zünder mehr als stark genug sind, um die Kettenreaktion auszulösen.«

»Also werden Bomben abgeworfen, es gibt keine Demonstration?«

»Wenn ich vergangenen Monat in Berlin richtig zugehört habe, will das OKW eine Bombe über einem unbewohnten Gebiet in Russland detonieren lassen. Nahe genug einer Stadt, damit unsere bolschewistischen Freunde auch mitbekommen, was los ist. Der Abwurf soll nicht angekündigt werden. Stellen Sie sich vor, die Sache scheitert, nachdem wir vorher große Töne gespuckt haben. Das wäre fatal. Lieber halten wir die Klappe und sagen was, nachdem es gerummst hat. Wenn es beim ersten Mal nicht klappt, versuchen wir es wieder. Wir arbeiten hier jedenfalls weiter. Bombe Nummer vierzehn wird etwas anders gebaut als die anderen dreizehn – mehr Variationen, mehr Chancen. Irgendeine wird schon hochgehen.«

Nun war dieser seltsame Auftrag zu Ende. Er konnte zurückkehren nach Berlin, zu Irma. Werdin setzte sich im zerstörten Stuttgarter Hauptbahnhof in den D-Zug nach Frankfurt am Main. Der Sicherheitsdienst hatte ihm einen Fahrschein für das Kurierabteil gegeben, sonst hätte er keinen Platz gefunden. Gereizte Menschen drängelten sich in den Gängen, die Toiletten waren verschmutzt oder spülten nicht. Werdin teilte sich das Kurierabteil mit einem Wehrmachtoberst, der von der Westfront nach Berlin reiste und sich wichtig fühlte. Der Mann war müde, bald fing er an mit offenem Mund laut zu schnarchen. Manchmal zuckte er im Schlaf zusammen. Er trug Schmisse im feisten Gesicht, an der Uniform das EK I, die roten Streifen an der Hose verrieten, er war Generalstäbler.

Kurz vor Karlsruhe weckte ein Ruck Werdin aus dem Dämmerschlaf. Quietschend hielt der Zug an. Irgendjemand brüllte: »Fliegerangriff! Alles raus! Deckung suchen!« Werdin trat den Oberst gegen das Schienbein, und bevor der sich beschweren konnte, brüllte er ihn an: »Alarm! Wir müssen raus!« Der Mann war blitzschnell wach. Im Gang drängten sie sich in einer hysterischen Menge. Werdin fürchtete, er würde erdrückt, wenn irgendetwas die Menschen hinderte, den Waggon zu verlassen. Sie schrien wild durcheinander, Leute quetschten sich aus überfüllten Abteilen in den schmalen Gang. Raus, nichts wie raus aus der Falle. Motorengeheul übertönte den Lärm im Zug, dann das Rattern von Bordkanonen. Tieflieger. Als Werdin endlich draußen war, sprang er den Bahndamm hinunter, stolperte, fiel hin und rollte einen steilen Hang hinab, bis er auf einen Baumstamm prallte. Stechende Schmerzen im Brustkorb. Er lag am Rand eines Waldes. Oben flogen zwei doppelrumpfige Lightnings Angriff auf Angriff. Es dröhnte, als ein Jabo eine Bombe auf den Zug warf, ihn aber verfehlte. Dumpf detonierte sie in der Erde.

Ein Körper kam den Hang hinuntergerollt, der Kopf fehlte. Er stieß auf den Baum, der schon Werdins Abgang beendet hatte. Blut strömte aus dem Hals. An der blutbefleckten Uniform erkannte Werdin das EK I und die Uniformklappen eines Obersten. An den Hosenbeinen rote Streifen.

Plötzlich herrschte Ruhe. Vorsichtig kroch Werdin den Damm hoch, ihm folgten andere. Die Waggons waren übel zugerichtet, Löcher in den Wänden, zersplitterte Scheiben. Die Reichsbahner kontrollierten Gleise und Radreifen. Die Lokomotive dampfte. »Schnell einsteigen!« Die Menschen drängten sich zurück in Gänge und Abteile, Werdin hatte Angst, zerquetscht zu werden. Erst im Kurierabteil war er allein. Er hatte den Torso des Obersten liegen gelassen, niemand kümmerte sich um die Leiche. Den Kopf hatte er nicht gesehen. Die Leute wollten so schnell wie möglich weg von diesem Ort. Sie fürchteten neue Angriffe.

Der Oberst hatte seinen Mantel, einen Koffer und eine Tasche im Abteil zurückgelassen. Werdin öffnete die Tasche, es waren Akten darin. Er schaute sich die Papiere an und entdeckte ein Konvolut, überschrieben mit *Denkschrift. Die Lage an der Westfront*. Unterschrieben hatte

Feldmarschall Rommel, Oberbefehlshaber der Westfront, einst Hitlers Lieblingsgeneral. Werdin las mit wachsender Erregung. Glaubte man der Ausarbeitung, dann war der Zusammenbruch der Westfront nur noch eine Frage von Tagen. Amerikaner und Engländer hätten in den vergangenen Wochen riesige Mengen von Kriegsmaterial herangeschafft, mehr, als sie bei ihrer Landung in der Normandie eingesetzt hätten. In der Luft und auf dem Boden seien die Feinde der Wehrmacht um ein Vielfaches überlegen. Mit dem Beginn der Großoffensive gegen das Ruhrgebiet sei in den nächsten zweiundsiebzig Stunden zu rechnen. Rommel forderte, die zur Verteidigung des Luftraums über dem Reich abgezogenen Luftwaffeneinheiten befristet der Westfront zu unterstellen, um den Feind aufzuhalten. An einen Sieg sei aber nicht zu denken. Seine Armeen seien bereit, die Stellungen so lange wie möglich zu halten. Er weise aber jetzt schon darauf hin, dass er hohe Verluste akzeptiere, nicht aber die Vernichtung seiner Soldaten in einem sinnlosen Gemetzel. Sollte der Reichsführung nicht ein Befreiungsschlag gelingen, könnte er eine Kapitulation im Westen nicht mehr ausschließen. Er habe all dies bereits per Fernsprecher gemeldet. In seiner Denkschrift, die Oberst von Hoch persönlich Feldmarschall von Witzleben überreichen werde, erlaube er sich, seine Gedanken noch einmal zusammenzufassen. Er verlange, dass seine Denkschrift dem Kriegstagebuch angefügt werde.

Rommel forderte einen Befreiungsschlag. Werdin schloss daraus, dass der Marschall das Uranprojekt kannte. Oder meinte er die Kapitulation? Nein, es war unvernünftig, anzunehmen, dass die Oberbefehlshaber der Fronten nichts wussten von Deutschlands Wunderwaffe.

Der Zug hatte Fahrt aufgenommen. Kalte Luft strömte durch die Türritzen ins Abteil, Werdin deckte sich mit dem Mantel des Obersten zu. Er dachte an Irma, dann träumte er von ihr. Gerüttel an der Tür weckte ihn. Er öffnete die Verriegelung von innen, der Schaffner stand in der Türöffnung und fragte: »Sie waren doch vorhin noch zu zweit?«

»Ja, mein Gegenüber will nicht mehr Zug fahren«, erwiderte Werdin verärgert. Schlaf war kostbar.

»Und er hat sein Gepäck dagelassen?«

»Das sehen Sie doch«, erwiderte Werdin.

Der Schaffner polkte mit nikotingebräuntem Daumen am Nagel seines nicht minder braunen Zeigefingers. Er guckte blöde auf den Platz des Obersten, dann wieder auf Werdin. Am Ende siegte die Angst vor der SD-Uniform über die Neugier. Er schob seine Schirmmütze ein Stück nach hinten, seufzte kurz und schloss die Tür von außen.

Der Frankfurter Bahnhof bot ein noch wilderes Bild als der Stuttgarter. Die Halle war fast völlig zerstört. Überall lagen Steine, Glassplitter, verbogene Stahlträger herum, der Wind trieb Staub und Dreck über die Bahnsteige. Und doch verkehrten immer noch dampfend Züge von und nach Frankfurt. Werdin drängte sich in einen Zug nach Berlin, der mehr als zwei Stunden zu spät eingetroffen war. Diesmal hatte er das Kurierabteil allein für sich. Er hatte die Aktentasche des Obersten bei sich, Koffer und Mantel hatte er zurückgelassen.

Durch das Fenster des Kurierabteils beobachtete er, wie die Leute sich in die Waggons drängten. Viele mussten draußen bleiben. Was trieb die Menschen in die Reichshauptstadt? Ahnten sie, dass die Westfront zusammenbrach? Hatten die Westalliierten wieder sackweise Flugblätter abgeworfen, »Kapitulation ist die Rettung«, »Hitler = Göring = Goerdeler«? Aus dem Osten kamen die Russen, sie hatten bereits Stettin und Breslau genommen und sammelten neue Kräfte für eine Offensive. Währenddessen mühten sie sich, Mansteins Gegenschläge abzufangen. Der Marschall ließ ihnen keine Ruhe und verzögerte die Angriffsvorbereitungen. Je dichter die Front an Berlin heranrückte, desto zäher der deutsche Widerstand. Doch mussten sie jetzt kapitulieren oder alles auf eine Karte setzen, auf die Uranbombe. In zwei oder drei Wochen war es zu spät. Diebner und Kollegen waren vielleicht gerade noch rechtzeitig fertig geworden.

Im Bahnhof Zoo angekommen, suchte Werdin ein Dienstzimmer der Reichsbahner auf, zückte seinen SD-Ausweis und forderte, sofort telefonieren zu dürfen. Eine Bitte hätten die Blauuniformierten womöglich abgelehnt mit dem Hinweis, es handele sich um ein Diensttelefon der Reichsbahn, das für Notfälle bereitstehe. Die SS war nach wie vor nicht überall beliebt. So aber ließen sich die Reichsbahner sogar aus dem eigenen Zimmer werfen, ein Hinweis auf eine »Geheime Reichssache« und die Erwähnung des Reichsführers-SS genügten. Der Kampf um die Beamtenpension begann früh und erforderte Beweglichkeit.

Nachdem die Reichsbahner abgetreten waren, wählte Werdin die Nummer der Mellenscheidts. Irma meldete sich.

»Ich bin wieder in Berlin«, sagte Werdin.

»Du hast mich lange warten lassen«, erwiderte Irma. »Wann kommst du?«

»Ich kann jetzt gleich kommen.«

»Dann tu es.«

Er nahm sie in die Arme, es störte ihn nicht, dass ihre Eltern es sahen. Gustav und Margarete freuten sich, ihn wieder zu sehen. Sie wunderten sich mit ihm über das Glück, bisher überlebt zu haben. Mellenscheidts Fabrik war wieder bombardiert worden, und sie hatten die Schäden wieder repariert. In der Nachbarschaft hatte es einige Häuser mehr oder weniger schlimm erwischt. Einige Menschen waren getötet oder verletzt worden. Von Irmas Bruder Klaus hatten sie Wochen nichts gehört, bis er aus einem Lazarett schrieb. Er hatte sein rechtes Unterbein verloren, der Brief klang trotzdem recht fröhlich. Wer nicht umkam im großen Gemetzel, hatte Glück gehabt. Und warum sollte Klaus später nicht Arzt werden können, dazu brauchte er seine Hände.

»Musst du nicht zu deiner Dienststelle?«, fragte Irma.

»Ja, nachher. Das reicht. Ich muss dann auch mal zu Hause nach dem Rechten sehen. Angeblich hat der Blockwart dafür gesorgt, dass neue Scheiben eingesetzt wurden. Bin mal gespannt, ob es die auch schon wieder erwischt hat.«

Irma schaute ihn zweifelnd an.

»Spätestens am Wochenende bin ich wieder da, wenn ich darf.«

Irma lachte. »Nein, streng verboten. Bald nistest du dich hier ein. Und dann müssen wir sehen, wie wir dich wieder loswerden.«

»Warum nicht?«, fragte Mellenscheidt. »In der Innenstadt lebt es sich gefährlicher als hier.«

Werdin sah, wie Irmas Gesicht sich leicht rötete.

»Wir reden am Wochenende darüber«, sagte Werdin. »Vielleicht überwindest du bis dahin deinen Abscheu vor mir. Darf ich darauf hoffen?«

Irma tat pikiert, schob die Unterlippe leicht vor, aber ihre Augen strahlten. »Mal sehen, was sich machen lässt.«

»Irma!«, sagte Margarete empört.

»Lass gut sein«, warf Mellenscheidt ein. Er grinste über das ganze Gesicht.

Werdin war enttäuscht. Sein Stellvertreter Reinhold Gottlieb, der die Westeuropaabteilung des SD in seiner Abwesenheit geleitet hatte, schien mäßig erfreut, seinen Chef wieder zu sehen. Dabei hatte sich Werdin eingebildet, ein eher freundschaftliches Verhältnis mit Gottlieb zu haben. Vermutlich hatte der sich als kommissarischer Leiter gut gefühlt und war wenig begeistert, dass es damit nun zu Ende war.

Schellenberg dagegen schüttelte Werdin fast herzlich die Hand. »Sie haben unsere Firma gut vertreten bei den Eierköpfen«, sagte er. »Damit haben Sie einen Beitrag geleistet zu der Überraschung, die wir nun für unsere uneinsichtigen Feinde vorbereiten.«

Werdin winkte ab. »Ich verstehe bis heute Bahnhof, schweres Wasser, Grafit, Neutronen, Uran 235, Uran 238, Plutonium, eine Kernspaltung, die kein Mensch sehen kann – nichts für mich. Aber Diebner, Heisenberg und Weizsäcker sind begeistert. Sie fühlen sich als die Besten.«

»Das sind eben auch nur Menschen wie Sie und ich«, sagte Schellenberg. »Ich glaube, unsere oberste Führung hat sich schon was einfallen lassen, wie wir die Feinde am meisten beeindrucken können.«

»Hoffentlich ohne Gemetzel.«

»Ich fürchte, ganz ohne wird es nicht abgehen. Sonst halten die Feinde die Uranbombe für eine Attrappe.«

»Aber wir haben den Wissenschaftlern doch etwas anderes versprochen.«

»Das war nötig, um Reibungsverluste zu vermeiden. Sie haben uns die Bombe gebaut, und jetzt können sie schlecht sagen, sie hätten nichts zu tun damit. Und ehrlich gesagt, sie haben sich erstaunlich schnell mit ein paar Versprechungen abspeisen lassen. Sie hätten wissen müssen, dass die Rettung Deutschlands ein bisschen wichtiger ist als die Ehrpusseligkeit von Herrn Heisenberg. Dann sollen die Herren sich eben beschweren und ihr gutes Gewissen behalten.«

Schellenberg befahl Werdin, wieder seinen alten Posten zu übernehmen. »Wir haben noch viel mit Ihnen vor«, sagte er und lächelte freundlich.

IX.

Vollmond erhellte die wolkenlose Nacht. Gestern, am 7. Mai 1945, wäre sein Vater sechsundsiebzig Jahre alt geworden. Die Bombe zerrte am Heck der Heinkel. Vor ihm flogen Focke-Wulfs 190, seine Bewacher, zwei Staffeln Jagdflugzeuge, folgten ihm. Sie hatten längst die Front überquert, das Blitzen der Artillerie und die Leuchtstrahlen der Raketenwerfer zeugten vom blutigen Kampf auf der Erde. Die Russen hatten es nicht mehr weit bis Berlin, sie hatten schon Angermünde mit schweren Geschützen beschossen. Dann erkannte Zacher nur noch Schemen sechstausend Meter unter ihnen. Bis zum Zielort Minsk waren es von Berlin tausend Kilometer. Trotz schwerer Zusatztanks unter den Flügeln würden die meisten Jäger schon nach siebenhundertfünfzig Kilometern umdrehen müssen. Eine Staffel bestand aus Freiwilligen, die bereit waren, nach der Mission auf sowjetischem Gebiet zu landen. Die Besatzungen waren gut ausgerüstet, um den langen Marsch zurück in die Heimat anzutreten. Doch niemand glaubte ernsthaft, sie würden es schaffen. Sie würden nicht einmal bis zur Front kommen. Vielleicht, so mochten sie hoffen, rettete sie ein Waffenstillstand. Sie würden mit ihren Jagdflugzeugen Zachers Bomber bis Minsk beschützen. Vorausgesetzt, sie würden nicht schon vorher durch feindliche Flieger zersprengt. Dann reichte der Sprit nicht. Für diesen

Fall hatten sie Sammelpunkte vereinbart, wo sie versuchen sollten, den Bomber zu treffen, um ihm so lange wie möglich Geleitschutz zu geben. Jeder Funkverkehr war untersagt.

Der Erfolg des *Unternehmens Götterdämmerung* hing ab von der Überraschung. Die Russen rechneten gewiss nicht mit einem Fliegerangriff tief im Landesinneren, deutsche Bomber hatte die sowjetische Fliegerabwehr schon lange nicht mehr vor ihren Läufen gehabt. Aus Furcht vor der russischen Flak und den Abfangjägern hatte die Luftwaffenführung erst geplant, den Angriff auf Minsk über die Ostsee zu fliegen. Aber der Umweg war zu groß. Stattdessen schickte Milch Bomberstaffeln gegen Wilna, einhundertsiebzig Kilometer nordwestlich von Minsk gelegen, um die sowjetischen Jäger von Minsk wegzulocken.

Zacher sollte am Morgen um drei Uhr dreißig über Minsk auftauchen, der Ablenkungsangriff auf Wilna war für drei Uhr geplant und sollte in mehreren Wellen erfolgen. Es war die erste offensive Großaktion der Luftwaffe seit langem, Zacher hatte gesehen, mit welchem Eifer die Piloten sich und ihre Maschinen auf den Einsatz vorbereiteten. Es ging um alles, das lag in der Luft. Sie hatten vor dem Start gerätselt, was in dem unförmigen Koloss stecken mochte, den die aufgerüstete He 111 hinter sich herschleppen würde.

Luftmarschall Milch selbst hatte Zacher und seine Mannschaft eingewiesen. Er befahl ihnen, auf direktem Weg Minsk anzusteuern, Flughöhe sechstausend Meter. Kurz bevor sie Minsk erreichten, sollten sie auf dreitausend Meter sinken. Wenn sie über dem Stadtrand waren, mussten sie die Bombe ausklinken, sie hätte dann genug Fahrt, um sechshundert Meter über der Stadtmitte zu detonieren. Je nach Luftströmungen und Winden konnte die Bombe einige hundert bis höchstens zweitausend Meter von ihrem Ziel wegdriften. »Das spielt keine große Rolle«, sagte Milch gelassen. »Offen gesagt, es ist fast egal, wo das Ding hochgeht, Hauptsache, sie zündet. Sie, Major von Zacher, ja, schauen Sie nicht so erstaunt, ich habe Sie befördert, also Sie, Herr Major, werden die Heinkel hochziehen, sobald sie die Bombe losgeworden sind. Fliegen Sie einen Bogen um Minsk. Es wird eine heftige Explosion geben. Wir wissen nicht, wie hoch die Wirkung reicht. Sicher ist sicher. Dann sehen Sie zu, dass Sie Ihre Besatzung und Ihren Vogel heil nach Hause kriegen.«

»Darf ich meine Frage noch einmal stellen?«

»Welche, Herr von Zacher?«

»Was für eine Bombe es ist.«

»Das Ding nennt sich Uranbombe. Selbst wenn ich Ihnen erklären wollte, was das ist, ich könnte es nicht. Es geht um Kettenreaktionen, um die Energie der Materie. Wir spielen ein bisschen lieber Gott. Heinrich Himmler, unser verehrter Reichsführer-SS« – Milch grinste hämisch, jeder wusste, er verachtete Himmler mitsamt seinem schwarzen Germanenhaufen – »ist überzeugt, dass diese Waffe den Sieg bringen wird. Da allen anderen nichts Besseres eingefallen ist, tun wir also dem Reichsheini den Gefallen und werfen die Bombe den Russen auf die Füße. Offen gesagt, ich bin nicht der Einzige, der zweifelt, ob das klappt. Genauso offen gesagt, ich fände es zum Kotzen, wir verlören den Krieg. Manchmal träume ich nachts vom Triumphgeheul der Sieger, und mir ist noch nach dem Aufwachen schlecht. Vielleicht schleppen Sie einen Riesenhokuspokus nach Minsk, und die Russen lachen sich halb tot. Aber ich will mir nicht nachsagen lassen, wir hätten nicht alles versucht. Wenn das *Unternehmen Götterdämmerung* hinhaut, sind Sie ein Volksheld, und für uns andere fällt auch ein bisschen Ruhm ab. Wenn es schief geht, dann können wir schon mal unsere Betttücher aus den Fenstern hängen. Und den Reichsheini erwartet ein böses Ende. Unverdient wäre es nicht.«

Zacher wunderte sich, Milch war jovial und offen. Es ging dem Ende entgegen, so oder so. Da lockerten sich alte Ordnungen. Milch konnte sich seinen Dienstrang aufs Klo hängen, wenn Deutschland den Krieg verlor. Falls er nicht die Rache der Sieger zu spüren bekam für die Bombardierung Rotterdams, Coventrys oder Londons.

Nach zweieinviertel Stunden Flug meldete der Navigationsoffizier, Oberleutnant Selden, mit leicht erregter Stimme: »Major von Zacher, in knapp zwanzig Minuten erreichen wir den Stadtrand von Minsk.«

Zacher nahm Gas weg und begann den Sinkflug. Auf dreitausend Metern legte er die Maschine wieder in die Waagerechte. Sie brummte wie am Schnürchen. Sie hatten Glück, jedenfalls bisher, kein Sowjetflieger zu sehen. Die Heinkel war umkreist von den Focke-Wulfs, deren Besatzungen sich nach der Landung irgendwo auf dem freien Feld zu Fuß zurück in die Heimat durchschlagen wollten. Vielleicht würde der Sprit bis Grodno reichen.

»Noch fünf Minuten bis zum Ausklinken«, meldete Selden.

Unten flackerten helle Punkte auf. Die Flak feuerte. Sie waren entdeckt worden. Scheinwerfer suchten hektisch den Himmel ab. Ein Lichtstrahl blendete Zacher. Ein Begleitjäger zog plötzlich eine helle Rauchfahne hinter sich her. Flammen schlugen aus dem Cockpit. Die Focke-Wulf drehte eine Pirouette nach unten, dann verschwand sie aus Zachers Blickfeld. Druckwellen der Flakgeschosse schüttelten die Heinkel. Zacher hielt stur Kurs und Höhe.

»Noch zwei Minuten«, sagte Selden.

Ein Schlag. Zacher spürte ihn am Steuerknüppel. Irgendwo im Rumpf musste ein Splitter getroffen haben. Ein scharfer Geruch nach Rauch. Zacher schickte den Bordingenieur nach hinten, um den Schaden zu begutachten und zu beheben, wenn es möglich war. Die Heinkel vibrierte. Zacher bewegte vorsichtig den Steuerknüppel in alle Richtungen, die Maschine reagierte. Weiter auf dem Kurs, weiter in der Höhe.

»Noch eine Minute, bei zehn Sekunden beginne ich zu zählen«, meldete Selden.

Kurs halten, Höhe halten. Vorne Rauchwölkchen, etwas zu hoch. Die Flakmannschaften tasteten sich an die Maschinen heran. Im Kopfhörer plötzlich der Befehl: »Flakstellungen angreifen.« Der Kommandeur der Eskorte schickte seine Jäger in das Inferno, um die Abwehr von Zachers Heinkel abzulenken. Die Funksperre war gebrochen, sie war sinnlos geworden. »Kommt gut heim, Kameraden. Danke fürs Herbringen«, sagte Zacher. Er hörte keine Antwort.

»Zehn, neun, acht …«

Zacher legte die rechte Hand auf den Ausklinkhebel.

»… sieben, sechs …«

Er dachte an Irma. Das letzte Gespräch ging ihm nicht aus dem Kopf. Er akzeptierte nicht, dass es endgültig war.

»... fünf, vier, drei ...«

Höhe halten, Kurs halten. Das Wetter war gut. Die Meteorologen hatten vernachlässigbare Windstärken prophezeit. Zacher spürte starkes Vibrieren im Steuerknüppel. Wo, verdammt, war der Bordingenieur? Warum meldete er nicht?

»... zwei, eins, los!«

Zacher legte mit einem Ruck den Ausklinkhebel um. Ingenieure hatten errechnet, dass die Bombe zunächst schwebte, um dann, sobald sie stark an Fahrt verloren hatte, ziemlich senkrecht in die Tiefe zu stürzen. Die Heinkel schoss nach vorne, als sie die Last an ihrem Heck loswurde. Zacher zog die Maschine nach oben und legte sie in eine Linkskurve. Er wollte Minsk so schnell wie möglich verlassen. Unten zuckte die Flak. Die Scheinwerfer hatten ihn verloren und suchten den Himmel ab. Zacher drehte sich um und sah den Navigationsoffizier auf seine Uhr starren. Es sollte sieben bis acht Minuten dauern, bis die Bombe detonierte.

Es war, als ginge eine Sonne in ihrem Rücken auf. Ein Lichtblitz unterbrach die Nacht, dann wurde es auf einen Schlag wieder dunkel. Eine Welle von Vibrationen schüttelte die Maschine. Als sie wieder ruhig war, übergab Zacher das Steuer seinem Kopiloten und setzte sich in die Rumpfkapsel. Der MG-Schütze machte ihm Platz. Er sah verstört aus und sagte kein Wort. Im Schein des Vollmonds erkannte Zacher einen riesigen Pilz über Minsk, nach oben hin wurde er heller. Sie hatten den Befehl, auf keinen Fall die Detonation zu beobachten, sie würden erblinden, wenn sie in das Licht blickten. Aber sie hatten den Widerschein der Explosion im Nachthimmel gesehen, und der Pilz über

Minsk zeugte von der Kraft, die sie entfesselt hatten. Was mochte in der Stadt geschehen sein?

Der Rückflug verlief ohne Störung. Sie verschwanden in der Nacht, aus der sie gekommen waren. Selbst an der Front schwiegen die Waffen. In ihrem Rücken ging langsam die Sonne auf.

Als die Maschine auf dem Flugplatz bei Strausberg ausgerollt war, erkannte Zacher ein großes Gewimmel. Da stand ein Empfangskomitee mit Milch an der Spitze. Fehlte nur noch die Blaskapelle. Sie wussten es schon, es hatte geklappt.

»Herzlichen Glückwunsch, das ist ein großer Tag für Deutschland!«, brüllte Milch. Er hatte getrunken.

Zacher fühlte, wie die Erschöpfung sich seiner bemächtigte. »Woher wissen Sie?«, fragte er Milch.

»Die Engländer haben es gemeldet!«, rief er. »Unsere verehrten Feinde sind mit dem Arsch auf Grundeis. Sie haben was gefaselt von einer Riesenexplosion in Weißrussland. Erst war von einem Unfall die Rede, dann rückten sie Scheibchen für Scheibchen mit der Wahrheit heraus.«

Zacher starrte ihn verständnislos an. Er wünschte sich weit weg. Was, verdammt, war passiert?

»Minsk gibt es nicht mehr!«, schrie Milch, und die lamettabehängten Affen um ihn herum johlten. Sie hatten alle gesoffen, einer hatte die Flasche noch in der Hand. »Die Herren Engländer sprechen von zehntausenden von Toten. Welch ein Sieg!«

Ohne zu grüßen lief Zacher zu den Zelten, seine Mannschaft folgte ihm. Keiner sagte etwas. Zacher war übel. Das Gejohle in ihrem Rücken verfolgte sie, klang langsam ab. Dann wurden sie von Fahrzeugen überholt, darin die Meute. Sie sang. »Flieg, deutsche Fahne, flieg!«

Zacher saß mit seinen Leuten im Pilotenzelt, draußen grölten die Etappenhelden. Selden stellte eine Flasche Cognac auf den Tisch, Beute besserer Tage. Er fand ein paar Wassergläser und goss alle halb voll. Einer nach dem anderen nahm ein Glas, Zacher als Letzter. Sie tranken schweigend. Zacher fühlte sich hohl, er spürte nichts in sich außer einer Erschöpfung, die ihm die Kraft raubte, aufzustehen und sich in die Kaserne fahren zu lassen. In einem anderen Zelt wurde ein Radio eingeschaltet. Fanfarenklänge, Beethoven. Pauken. Ein Sprecher mit markiger Stimme kündigte eine Regierungserklärung an, Reichskanzler Goerdeler würde sie vortragen.

Goerdelers kräftige Stimme. Gott habe den Deutschen mit der Uranbombe eine furchtbare Waffe in die Hand gegeben. Deutsche Wissenschaftler hätten einmal mehr ihre führende Stellung in der Welt bewiesen. Die Uranbombe übertreffe in ihrer Wirkung alle Waffen, die die Menschheit bisher erfunden habe. Sie sei schrecklicher als jede Vernichtung, die ein Terrorangriff von tausenden von Bombern auf eine Stadt anrichten könne. Die Bombe habe hunderttausende getötet und Minsk in eine Wüste verwandelt. Glücklicherweise besäßen die Feinde des Deutschen Reiches nichts Vergleichbares.

Die Reichsregierung habe zu ihrem großen Bedauern einen Angriff mit dieser Waffe auf die russische Stadt Minsk befohlen, da die Feinde alle Friedensappelle zurückgewiesen hätten. Deutschlands Antwort darauf sei das *Unternehmen Götterdämmerung*. Unzweifelhaft habe Hitler den Krieg vom Zaum gebrochen, aber ohne das Schanddiktat von Versailles hätte er nie stattfinden können. Der Krieg habe sich längst in einen Verteidigungskampf gegen den

Bolschewismus verwandelt. Deutschland schütze das christliche Abendland gegen die heidnischen Horden und den Terror der russischen Geheimpolizei.

Goerdelers Stimme bekam einen drohenden Unterton: »Wir bieten unseren Feinden den sofortigen Waffenstillstand und Friedensverhandlungen an. Wir verlangen nur, dass sich alle fremden Truppen vom Territorium des Deutschen Reichs zurückziehen. Wir sind bereit, über alle Forderungen zu sprechen. Aber das Deutsche Reich wird kein zweites Schanddiktat hinnehmen. Die deutsche Luftwaffe ist in der Lage, unseren Feinden in den nächsten Tagen vernichtende Schläge beizubringen. Minsk war nur ein Signal. Was in den Arsenalen Deutschlands liegt, kann die Feindstaaten restlos vernichten. Unsere Luftwaffe kann auch die USA erreichen und alle großen Städte dort zerstören. Wir streben dies nicht an, werden aber nicht zögern, wenn die Vereinigten Staaten von Nordamerika, Großbritannien und Sowjetrussland nicht zum Frieden bereit sind. Wir setzen auf die Vernunft.«

Goerdeler setzte nicht nur auf die Vernunft, sondern auch ein Ultimatum. Es war knapp bemessen. Die Feinde hatten bis achtzehn Uhr deutscher Zeit Gelegenheit, einem Waffenstillstand und Friedensverhandlungen zuzustimmen.

Zacher hörte es und begriff erst nicht. Er hatte einige hunderttausend Russen getötet, fast alle Zivilisten, Männer, Frauen, Kinder. Damit Deutschland nicht kapitulieren musste. Das war kein Krieg mehr, es war Massenmord. Aber was würde uns geschehen nach einer Kapitulation? Was würden die Russen mit unseren Frauen und Kindern anstellen? Gedanken gingen ihm durch den Kopf, er fühlte nichts. Ihn stieß der Triumph in Goerdelers Stimme ab. Und wenn irgendwo anders wirklich umgebaute He 111 mit Bomben im Schlepptau auf den Einsatz warteten? Vielleicht hatte Milch doch noch einen Langstreckenbomber für die USA bauen lassen, die Pläne dazu gab es ja längst. Er saß mit seinen Leuten im Zelt und wusste nicht, wie lange sie geschwiegen hatten.

* * *

Jemand klopfte an die Tür. Werdin schlug die Augen auf und tastete nach dem Schalter der Leselampe, die Irma ihm gestern Abend gebracht hatte. Sie hatten sich geküsst, dann entwand sich Irma seiner Umarmung, strahlte ihn an und verschwand. Er hörte ihre Schritte auf der Treppe ins Erdgeschoss. Immerhin hatte er es bis in ihren Keller geschafft. Er lachte leise über sich selbst und war bald eingeschlafen. Gustav Mellenscheidt war an der Tür. Er rief irgendetwas, aufgeregt, so kannte Werdin ihn nicht. Werdin sprang aus dem Bett und öffnete die Tür.

»Minsk!«, sagte Mellenscheidt. »Sie haben eine Bombe auf Minsk geworfen! Ultimatum! Achtzehn Uhr!«

Werdin schaute ihn verständnislos an. Dann dämmert es ihm. Es war die Bombe, die Diebner in Haigerloch bauen ließ. Es hatte funktioniert.

Er fragte Mellenscheidt, was die Berichte sonst sagten. Es musste ungeheuer viele Tote gegeben haben. Die BBC habe gemeldet, Minsk existiere nicht mehr. Die Stadt bestehe nur noch aus rauchenden Trümmern. Sowjetische Wissenschaftler seien auf dem Weg nach Minsk, um Radioaktivität zu messen. Schon davor legte sich die BBC fest, die Deutschen hatten als Erste eine Atombombe eingesetzt.

»Ist das möglich?«, fragte Mellenscheidt.

»Ja, das ist die Wahrheit. Ich kenne die Leute, die die Uranbombe gebaut haben. Deshalb war ich in Haigerloch.«

Mellenscheidt schaute Werdin erstaunt an.

»Ich war dort so eine Art Sicherheitsoffizier. In Wahrheit hatte ich nichts zu tun, jedenfalls nichts Vernünftiges.«

Irma kam die Treppe hinunter. Auch sie aufgeregt. Er stand da in einem von Mellenscheidts Schlafanzügen und rieb sich die Augen. Gustav ging nach oben. Margarete hatte gerufen, das Frühstück sei fertig.

»Ist der Krieg nun zu Ende?«, fragte Irma.

»Möglich. Die haben genug von diesen Bomben, um die Sowjetunion und England fast zu vernichten. Seit Hitler tot ist, sinkt in den Demokratien die Überzeugung, dass man weiterkämpfen muss. In Amerika soll es schon viele geben, die nicht mehr Deutschland für die Hauptgefahr halten, sondern die Sowjetunion. Und nun die Bombe, niemand weiß, welche Stadt als Nächstes eingeäschert wird. Wenn die Luftwaffe sie auf Südengland wirft, ist nicht nur London ein Friedhof, sondern halb Großbritannien. Jetzt kann man keinen Krieg mehr führen. Vielleicht kapieren das ja sogar die Tommys.« Ihm wurde kurz schwindelig. »Sie haben es getan«, sagte er leise. »Sie haben es wirklich getan. Es ist Massenmord.«

»Es ist Krieg«, erwiderte Irma. Sie schaute ihn erstaunt an.

Sie begreift es nicht, dachte Werdin. Aber wer soll das begreifen?

»Ich habe dir noch gar nicht Guten Morgen gesagt.« Irma küsste ihn auf den Mund und lehnte ihren Körper an seinen. Sie strich ihm durchs Haar. »Lass uns nach oben gehen, da läuft das Radio«, schlug sie vor.

Gespannt lauschten sie dem Radio. Neue Informationen über die Bombe. Der Sprecher mühte sich um Sachlichkeit, doch der Triumph klang durch. Otto Hahn war mit einem Schlag Deutschlands berühmtester Wissenschaftler, Straßmann ein Held, Heisenberg der Jung-Siegfried der Atomphysik, Weizsäcker sein Knappe und Diebner der einsame Feldherr, dem am Ende alle zujubeln. Die Kraft der Sonne sei nun in Deutschlands Hand, der größte Sieg der deutschen Wissenschaft. Das sei auch der SS zu verdanken, in der die deutsche Organisationskunst den höchsten Grad erreicht habe. Der Name der SS, Schutzstaffel, erfahre nun eine neue Bedeutung. »Sosehr wir den deutschen Wissenschaftlern zu Dank verpflichtet sind, er gilt nicht minder dem Reichsführer-SS, der die gesamte Kraft der Schutzstaffel gebündelt hat zu einer Wirtschafts- und Organisationsleistung, die die Welt in Erstaunen versetzt. Fast am Boden liegend, hat unser Vaterland sich durch eine übermenschliche Leistung aus der tödlichen Umklammerung der Feinde befreit. Der Kampf war nicht umsonst.«

In den USA meldeten sich Isolationisten zu Wort. Viele US-Politiker entdeckten nun, dass sie schon immer dagegen gewesen seien, sich in die europäischen Streitereien einzumischen. Sie lasteten Roosevelt an, er sei auf Churchill hereingefallen. Seit dem Versailler Friedensvertrag sei jedem Menschen klar, dass es einen neuen Krieg geben musste. »Und die britische Regierung hat das Feuerholz gestellt«, sagte der ehemalige amerikanische Botschafter in London, Joseph Kennedy. Die »Krönung des Versagens« nannte er das Bündnis mit der Sowjetunion, mit dem »Schlächter

Stalin«, der den amerikanischen Interessen mehr geschadet habe, als Hitler es je vermocht hätte. »Wir sollten die deutschen Lebensinteressen respektieren«, sagte er. »Und komme mir nicht der mit deutschen Verbrechen, der zu sowjetischen schweigt.« Ein ähnliches Bild in England. In der Presse wurde Churchill vorgeworfen, die deutschen Friedensangebote vor dem Krieg im Westen 1940 abgelehnt zu haben. Die Niederlage Frankreichs und Englands bei Dünkirchen sei die Quittung für die Drangsalierung Deutschlands durch einen hochfahrenden Größenwahn französischer Politiker, denen britische Kollegen willfährig applaudiert hätten. Wer ein Land schikaniert, darf sich nicht über den Hass beklagen, der ihm dort erwächst. Und auch in England wurde der Vorwurf laut, die Sowjetunion immer noch zu unterstützen, obwohl der Hauptfeind Hitler längst tot sei. Am Ende eines BBC-Kommentars stand die Frage: »Wo fällt die nächste Bombe?« Fast genüsslich berichtete der Sprecher im Radio von den Debatten in den Vereinigten Staaten und Großbritannien. In Moskau dagegen Schweigen.

Werdin bildete sich ein, die Leute auf der Straße blickten stolzer als gestern. Die Niedergeschlagenheit wich. Es gab die alles entscheidende Wunderwaffe, das schienen viele zu glauben oder glauben zu wollen. In der Zentrale des SD in der Wilhelmstraße schwirrten die Gerüchte, Arbeit blieb liegen, weil geredet wurde über die Bombe und ihre Folgen. Ob die Amerikaner heute am Tag Bomber schickten und die Engländer in der Nacht? Wie würden die Russen antworten? Es war fast wie im Juni 1941, als die Wehrmacht die Sowjetunion angriff. Damals hatte Stalin lange geschwiegen, Moskau war unter Schock, mochte nicht glauben, dass deutsche Divisionen in Eilmärschen nach Osten vordrangen und die Rote Armee in Stücke gehauen wurde. Nun schwieg Stalin wieder. Wartete Moskau auf die zweite Bombe, gar auf die dritte? Dann konnte die Sowjetführung auch darauf warten, selbst ausgelöscht zu werden. Milchs Luftwaffe konnte das rote Riesenreich enthaupten. Im SD glaubten alle, der Krieg sei bald zu Ende.

Auch Reinhold Gottlieb, Werdins Stellvertreter in der Westeuropaabteilung, war erregt. Kaum hatte Werdin sich auf seinen Schreibtischstuhl gesetzt, platzte Gottlieb herein. »Ich muss mit dir reden!«

»Dann fang mal an«, sagte Werdin. Er lachte über die fast kindliche Ungeduld des Obersturmführers.

»Nein, nicht hier«, sagte er.

»Wo dann?«, fragte Werdin erstaunt.

»Heute Abend um sieben, bei dir zu Hause.«

Was war los? Warum die Geheimnistuerei, die doch sonst nicht Gottliebs Art war? Werdin mühte sich, die Aktenstapel auf seinem Schreibtisch interessant zu finden. Aber es kam ihm gelegen, als es an der Tür klopfte. Krause streckte seinen Kopf ins Zimmer. »Ich hörte, Sie sind wieder zurück«, sagte er freundlich. »Sie wissen, ich habe noch ein Hühnchen mit Ihnen zu rupfen.«

Werdin starrte ihn fragend an.

»Haben Sie Lust auf eine Revanche im Schießkeller?«, fragte Krause. »Ich habe geübt.«

Sie gingen hinunter. Der zweite Wettkampf endete wie

der erste, nur hatte Werdin einmal die Neun statt der Zehn getroffen.

»Ich freue mich, dass Sie auch einmal einen Fehler machen«, sagte Krause. Er hatte gut geschossen und doch verloren. Er nahm die Niederlage mit Humor. »Kommen Sie, gehen wir ein Bier trinken.«

Sie landeten in einer Gaststätte am Anhalter Bahnhof, die den Bombenkrieg überlebt hatte. Schmutz und Alter hatten Tische und Stühle dunkel gebeizt. Die Luft war verpestet mit Rauch und dem Gestank von altem Fett. Warum schleppte Krause ihn in eine solche Kaschemme? Sicher war hier nur, dass keiner aus der oberen Etage der SS auftauchte, und vielleicht war das der Hintersinn. Werdin erstaunte es, dass das Bier nicht dünn war, verglichen jedenfalls mit dem Gesöff, das einem üblicherweise vorgesetzt wurde. Krause bestellte zwei Doppelkorn dazu. Er schwärmte von Deutschlands neuer Stärke, der nationalen Wiedergeburt dank deutscher Wissenschaftler. »So was können eben nur wir«, dröhnte er. »Nun schaut der Iwan blöd aus der Wäsche. Und die feinen Herren in Washington und London fragen sich, wann sie die Bekanntschaft mit dem Bömbchen machen dürfen.«

»Hoffentlich ist es jetzt zu Ende, auch mit der Bombenwerferei«, antwortete Werdin.

»Das sagen ausgerechnet Sie! Sie haben doch mitgeholfen. Sie gehören doch zu unseren neuen Helden. Passen Sie auf, irgendwann macht Himmler Sie zum ganz großen Hecht. Und dann hoffe ich, Sie erinnern sich noch an den guten alten Krause.«

Werdin winkte ab. Der Alkohol machte ihn müde. »Sie

übertreiben, Standartenführer. Ich bin in Haigerloch rumgelaufen und habe dumm geguckt, sonst nichts.«

»Sie sind zu bescheiden«, konterte Krause. Er nahm einen kräftigen Schluck von seinem Bier und wischte sich mit dem Handrücken den Schaum vom Mund. Dann steckte er sich wieder die Zigarette in den Mundwinkel. Krause hatte einen im Kahn. Seine Stimme aber war immer noch glasklar. »Es gibt Gerüchte über Sie«, sagte Krause, »böse Gerüchte.« Er starrte Werdin lange an. Der starrte zurück.

Krause stürzte einen Korn hinunter. »Sie sollen so einer sein wie unser lieber Kamerad Müller, dem inzwischen aufgegangen sein dürfte, dass er besser nicht übergelaufen wäre. Sie waren mal Kommunist, und wer das mal war, der bleibt es, auch wenn er feierlich abschwört. Einmal Kommune, immer Kommune. Also, ich behaupte das ja nicht. Aber es gibt welche, die das tun.« Er blickte Werdin wieder starr in die Augen. »Und ein komischer Vogel sind Sie sowieso.«

»Offen gesagt, Standartenführer, ich weiß nicht so recht, was das soll. Das Geschwätz gibt es schon, seit ich im Orden bin. Mir fällt dazu nichts mehr ein. Wurden Sie etwa mit dem Totenkopf an der Mütze geboren?«

Krause lachte laut. Gäste tuschelten und blickten neugierig zum Tisch, an dem Werdin und Krause saßen. Wenn Werdin hinschaute, schauten sie schnell weg. Bloß keinen Ärger mit der SS, schon gar nicht, wenn sie besoffen war. Werdin rieb seinen rechten Zeigefinger an der Hose, der Tisch klebte.

»Gute Antwort«, sagte Krause. »Aber vielleicht nicht gut genug.« Seine Stimme wurde leise, sie zischte. »Da muss was dran sein, ohne Feuer kein Rauch.«

Werdin fragte sich, was Krause wollte. Der Standartenführer tat so, als wäre er besoffen. Er lallte aber nicht, vertrug offenbar eine Menge Schnaps.

»Ich sage Ihnen mal was, ganz im Vertrauen. Wenn es nach mir gegangen wäre, hätte man Sie nicht nach Haigerloch versetzt. Verstehen Sie?« Er schaute Werdin wieder auf diese merkwürdige Art an, als wären seine Augen gefroren.

»Nein«, sagte Werdin, »aber es wäre mir recht gewesen, nicht versetzt zu werden.«

Das Gespräch versandete. Nachdem Krause noch ein Bier und einen Doppelkorn in sich hineingeschüttet hatte, verließen sie das Lokal. Krause ging nicht mit zurück zur Dienststelle, er verabschiedete sich und verschwand in Richtung Landwehrkanal.

Je länger Werdin nachdachte über das Gespräch, umso klarer wurde ihm, dass Krause ihm drohte. Um die Ecke gewissermaßen. Aber warum? Hatte er etwas erfahren über Werdins Spionage für Moskau, aber nicht genug Beweise? Gab es jemanden, der Krause daran hinderte, Werdin auszuquetschen? Wollte Krause ihn nervös machen? Werdin fand keine Antwort.

Und dann war da noch der aufgeregte Gottlieb, der ihn unbedingt in seiner Wohnung sprechen wollte.

Gottlieb erschien pünktlich. Er wollte nichts trinken. Er hatte unruhige Augen. Er setzte sich mit Werdin in die Küche, sein rechter Fuß klopfte leise einen unerkennbaren Rhythmus auf den Holzboden.

»Und was ist nun so wichtig?«

»Ich habe lange nachgedacht, ob ich dir das sagen soll.«

»Und jetzt bist du entschlossen, es zu tun«, sagte Werdin.

»Wohl fühle ich mich nicht dabei«, erwiderte Gottlieb.

»Dann lass es«, sagte Werdin. Er wusste, dass Gottlieb es nicht lassen würde.

»Du musst abhauen«, sagte Gottlieb.

Werdin schaute ihn neugierig an. Jetzt war es klar, sie wussten etwas. Vielleicht hatte Fritz geredet. Werdin nahm es ihm nicht übel. Er wusste, was mit Gefangenen geschah, die nichts sagen wollten. Da hatte sich seit dem Staatsstreich nicht viel geändert, die SS blieb die SS, auch wenn die Folter offiziell abgeschafft war. Wenn Gottlieb ihn warnen wollte, begab er sich in Gefahr.

»Sie haben mich verhört.«

»Wer ist sie?«

»Kaltenbrunner und Krause.«

»Oho, der Vertreter unseres lieben Gottes persönlich.«

»Sie halten dich für einen russischen Spion.«

»Und wie kommen sie auf den Quatsch?«

»Keine Ahnung.«

»Und du willst mich warnen?«

»Ja«, sagte Gottlieb. »Sie tragen gerade Beweise zusammen, in zwei oder drei Tagen wollen sie dich verhaften.«

Irgendwann würde es so weit sein, das hatte er immer gewusst. Man konnte nicht jahrelang als Spion in der SS arbeiten, ohne in Teufels Küche zu kommen. Es war, als putzte man einer Natter mit bloßen Händen die Zähne. Nun hatten sie ihn also am Kanthaken.

»Danke«, sagte Werdin. »Warum verrätst du es mir?«

Gottlieb zuckte mit den Achseln. Er stand schnell auf, gab Werdin die Hand und ging. Er sah aus, als würde er jeden Augenblick zu weinen beginnen.

Da gab es nicht viel nachzudenken. Morgen musste er fliehen. Wohin? Nach Westen. Er musste versuchen, zu den Engländern oder Amerikanern durchzukommen. Und Irma? Er hatte sie am Nachmittag angerufen, um ihr zu sagen, dass er die Nacht in der eigenen Wohnung verbringen würde. Den Grund nannte er ihr nicht. Und jetzt? Jetzt würde er sie verlieren. Er stellte sich vor den Telefonapparat im Flur. Zögernd nahm er den Hörer in die Hand, dann wählte er mit der Scheibe die Nummer der Mellenscheidts. Gustav hob ab. Werdin bat ihn, Irma zu rufen. Dann war sie dran. Er wollte ihr seinen Besuch für den nächsten Vormittag ankündigen. Aber er sagte nur: »Komm!« Sie schwieg. Er nannte seine Adresse. »Gut«, erwiderte sie.

Werdin schaute von seiner Wohnung auf die Straße hinunter und wartete. Als er sie nach einer guten Stunde sah, eilte er die Treppe zur Haustür hinunter und ließ sie hinein. Sie sagte kein Wort, folgte ihm in seine Wohnung. Er schloss die Tür und nahm sie in den Arm. Sie legte ihren Kopf gegen seine Brust.

»Du zitterst«, sagte sie.

»Hast du zu Hause Ärger gekriegt?«

»Nur ein bisschen. Ein anständiges Mädchen fährt spät am Abend nicht mehr durch die Stadt, schon gar nicht zu einem Mann. Aber dann hat er eingesehen, dass er mich nicht einsperren kann.«

»Es ist etwas passiert«, sagte er. Er hielt sie im Arm und erzählte alles über sich und die Gefahr, die ihm drohte. Sie hörte zu. Als er fertig war, sagte sie: »Ich komme mit.« Sie klang entschlossen.

Er spürte, sie würde sich nicht umstimmen lassen. Er

wollte es auch nicht. »Du bist verrückt«, sagte er und drückte sie an sich.

Aus der Ferne näherte sich ein Dröhnen. Die Engländer flogen einen Nachtangriff auf Berlin – trotz Goerdelers Ultimatum. Die Amerikaner hatten sich tagsüber nicht gezeigt. Sie begriffen schneller als ihre Verbündeten in London.

»Es ist gefährlich«, sagte er. »Wenn sie uns erwischen, bringen sie dich um.«

»Ja«, erwiderte sie leise.

Die Luft vibrierte. Heulen, Krachen. Sie nahmen sich die Stadtmitte vor. Es mussten tausende von Bombern sein. Es blitzte und donnerte. Rot leuchteten Flammen durch die Fenster. Das Hause wankte unter den Einschlägen in der Nachbarschaft. Werdin und Irma standen Hand in Hand am Fenster und schauten hinaus. Flakscheinwerfer warfen ihre Lichtkegel in den Himmel. Silbrig spiegelten Bomberrümpfe das Licht wie winzig kleine Sterne. Irma trat zurück vom Fenster und zog Werdin zum Flur. Es roch nach brennendem Holz, vermutlich fackelte ein Dachstuhl ab in der Nähe. Sie steuerte das Schlafzimmer an. Sie ließ ihn los, ging zum Bett. Sie knöpfte sich die Bluse auf und ließ sie auf den Boden fallen. Ihre Hände fanden den Verschluss ihres Büstenhalters im Rücken und öffneten ihn. »Komm«, sagte sie.

Am nächsten Morgen rief Werdin Gottlieb an. Er brauche Papiere, eine Dienstverpflichtung für Irma bei irgendeiner Firma in Köln, für ihn einen Marschbefehl und einen Dienstausweis, alle mit falschen Namen. Gottlieb versprach, die Papiere bis zum Nachmittag zu besorgen. Er werde sie vorbeibringen. Gottlieb zögerte keinen Moment, seine Hilfe zuzusagen. Der biedere SD-Mann wagte sein Leben für Werdin. Werdin empfand Dankbarkeit. Gottlieb war den Weisungen und Wendungen der Führung immer fraglos gefolgt. Und jetzt half er einem Verräter, besorgte er Papiere aus der Fälscherwerkstatt des SD. Unerklärlich.

Am Vormittag fuhren sie gemeinsam nach Biesdorf. Irmas Eltern widersprachen nicht, als Irma ihnen erklärte, sie würde sie verlassen. Sie waren traurig, erkannten aber, es wäre sinnlos, die Tochter aufzuhalten. Irma packte einen Koffer, den Werdin zum S-Bahnhof tragen wollte. Die Mellenscheidts weinten. Gustav umarmte Werdin und bat ihn, auf Irma aufzupassen. »Wahrscheinlich lebt es sich dort besser, wo ihr jetzt hingeht«, sagte er. Er tröstete sich mit dem Gedanken, es sei für seine Tochter das Beste. Man wisse nicht, wie es in Deutschland weitergehe. »Jetzt, wo wir wahrscheinlich doch nicht verlieren werden. Womöglich werden die Kerle in Berlin nun größenwahnsinnig. Vielleicht geht es noch mal richtig los. Die Herren Generäle werden kribbelig, wenn sie als Einzige eine Wunderwaffe besitzen und die ganze Welt schikanieren können. Geht möglichst weit weg, nach Amerika oder nach Australien.«

Schweigend liefen Werdin und Irma zum S-Bahnhof. Er kaufte die *B.Z.*, die wegen Papiermangels zu einem dünnen Blättchen geschrumpft war. An den Fronten sei es ruhig geworden. Es herrschte ein unausgesprochener Waffenstillstand, die Armeen standen unter dem Schock der Uranbombe. Amerikaner und Engländer würden sich wohl bald darauf verständigen, vorerst keine Luftangriffe mehr zu fliegen. In Genf würden sich bald Abgesandte der am Krieg beteiligten Großmächte treffen. Vielleicht ging das Sterben zu Ende. Keine Bombenangriffe mehr, keine Angst mehr vor den Russen, es war unvorstellbar. Aber die Freude würde die SS nicht daran hindern, sich Verräter vorzuknöpfen.

Gottlieb wartete schon vor dem Haus in der Kloedenstraße, in dem Werdin wohnte und das wie durch ein Wunder von der Vernichtung durch den letzten Bombenangriff verschont geblieben war. Auf der Straße lagen noch die Trümmer des vielleicht letzten Bombenangriffs. Gottlieb sprach hastig, seine Hände zitterten. Er sah zerschlagen aus, hatte wohl die letzten Nächte wenig geschlafen. In der Wohnung warf Werdin einen Blick auf die Papiere, sie waren perfekt. Die Kettenhunde würden daran so wenig auszusetzen haben wie die Polizei. Gottlieb verabschiedete sich hastig. Er hat Angst, mit mir zusammen erwischt zu werden, dachte Werdin. Doch trotz seiner Angst hatte er ihnen die Papiere gebracht.

Werdin packte nur wenig ein, dann fuhren sie mit der S-Bahn zum Bahnhof Zoo. Sie wollten am nächsten Tag in Köln sein. Irgendwo musste es einen Weg über den Rhein geben. Und irgendwo mussten sie durch die deutsche Front. Werdin hoffte, dass die Soldaten nun weniger wachsam waren. Aber man konnte es nicht wissen. Möglich, dass die Westalliierten nun erst recht einen schnellen Sieg über Deutschland erzwingen wollten in der Hoffnung, dass Berlin die Uranbomben ausgingen. Was war das größere Risiko? Der Versuch, Deutschland jetzt zu schlagen, auch wenn die Bombe auf Minsk nicht die Einzige war, oder den Krieg zu beenden und sich erpressen zu lassen? Wenn Amerikaner, Engländer und Russen verhandeln wollten, weil eine Uranbombe Minsk zerstört hatte, musste da in Berlin nicht die Überzeugung wachsen, es sei mehr zu holen als ein Remis?

Kein Tiefflieger störte die Bahnfahrt von Berlin nach Köln. Werdin und Irma wurden nur einmal nachlässig kontrolliert. Fast schien es, als würde das Schicksal ihre Flucht fordern und zugleich begünstigen. Sie fanden in Köln wie durch ein Wunder eine Pension mitten in einem Trümmerfeld. Hier wollten sie die Nacht verbringen, am nächsten Morgen würden sie Köln in Richtung Süden verlassen, bis sie eine Möglichkeit fanden, den Rhein zu überqueren. Auf der anderen Seite des Flusses standen die Amerikaner.

Am nächsten Morgen brachte eine Straßenbahn Werdin und Irma in den Süden der Stadt. Sie mussten fast eine Stunde warten, bis ein Lastwagen mit Holzkohlevergaser hielt und sie mitnahm. In Gremberghoven ließ er sie aussteigen. In der Mitte des kleinen Orts entdeckten sie eine Gaststätte *Zum Löwen*, wo sie blau angelaufene Kartoffeln mit püriertem Gemüse erhielten. Irma blieb in der Gaststätte, während Werdin den Weg erkundete. Es waren nur ein paar hundert Meter bis zum Rheinufer. Am Fluss entdeckte er drei Fischerboote, wie er es erhofft hatte. Eines lag so nah am Ufer, dass er einen Blick hineinwerfen konnte. Er sah zwei Riemen auf dem Boden liegen. Dieser Kahn würde sie heute Nacht ans andere Ufer bringen. Werdin ging langsam zum Wasser hinunter, als machte er einen Spaziergang. Aufmerksam sah er sich um. Etwa zweihundert Meter stromaufwärts erkannte er eine Stellung, ein eingegrabener Tiger-Panzer, Granatwerfer, Maschinengewehre. Einhundertfünfzig Meter flussabwärts ein ähnliches Bild. Ein Unteroffizier und vier Mann gingen Streife. Werdin grüßte sie lässig, setzte sich hin und kaute an einem Grashalm. Immerhin bewirkte seine Uniform, dass er nicht weggeschickt wurde. Zivilisten hatten im Kampfgebiet nichts zu suchen. Heute Nacht mussten sie den Übergang wagen, sobald die Streife vorbei war. Das Ufer würde nicht beleuchtet sein, um dem Feind kein Ziel zu bieten. Sie sollten es schaffen, bis zu einem Boot zu schleichen und überzusetzen. Dann mussten sie sich den Amerikanern zeigen, damit die nicht zu schießen begannen. Sie hatten eine gute Chance, wenn sie vorsichtig waren und nicht in Panik gerieten.

Werdin und Irma saßen eng nebeneinander im *Löwen* und warteten. Werdin spürte, Irma hatte Angst wie er. Er war sich sicher, sie würde die Nerven behalten. Sie war stark. Sie hatte sich schnell entschieden, aber das minderte nicht ihre Entschlossenheit. Er nahm ihre Hand in die seine. Sie war kalt. Die wenigen Gäste in dem geschniegelten Ausflugslokal taten so, als beachteten sie Werdin und Irma nicht. Ein SS-Mann mit seinem Liebchen. Werdin bildete sich ein, im Gesicht des Wirts ein dreckiges Grinsen entdeckt zu haben. Seine fast farblosen Äuglein glänzten spöttisch, während er seine braunen Zahnstummel zeigte. Er hatte lange schwarze Fingernägel und trug eine mit Fettspritzern beschmutzte Schürze. Er sprach diesen niederrheinischen Singsang, den Werdin noch nie leiden konnte. Aber er ließ sie in Ruhe und fragte nichts, auch nicht, als sie schon vier Stunden saßen und ein so genanntes Gulasch mit Matschnudeln nicht herunterkriegten. Sie redeten kaum, streichelten sich gelegentlich an den Händen. Werdin ging im Kopf wieder und wieder die Fluchtstrecke durch. Er hatte sich Punkte gesucht, wo sie Deckung nehmen konnten, um sich Stück für Stück dem Boot zu nähern. Das Boot war mit einer Schlaufe am Ufer vertäut. Gäbe es die Wehrmachtstellungen und die Streife nicht, es wäre einfach gewesen, ans andere Ufer des gemächlich dahinfließenden Stroms zu rudern. In der Nacht würden die Soldaten darauf achten, nicht durch Spähtrupps der Amerikaner überrascht zu werden. Vermutlich waren nachts mehr Streifen unterwegs. Aber Werdin hatte keine Zeit, es zu prüfen. Vielleicht schrieben sie in Berlin schon den Fahndungsbefehl.

Es war neun Uhr am Abend, als sie aufbrachen, die Koffer in den Händen. Die Hauptstraße war leer und wegen der Verdunklung unbeleuchtet. Der Mond spendete wenig Licht. Sie gingen zu einem Schuppen, dem letzten Gebäude am Ortsrand. Werdin gab Irma ein Zeichen, dass sie hier warten solle. Geduckt ging er mit langsamen, leisen Schritten in Richtung Rhein und kauerte sich hinter einen Busch. Am anderen Ufer stieg ein roter Feuerball in den Himmel, eine Leuchtpistole. Werdin starrte auf den Fluss. Wie viele Streifen waren unterwegs? Er erkannte Soldaten in lockerer Linie, die Karabiner im Anschlag. Es waren mindestens zwölf Mann, die Uferstreife war verstärkt worden. Sie liefen gemächlich stromabwärts. Einer flüsterte etwas, ein anderer antwortete. Ein Trupp kam in gleicher Formation aus der Gegenrichtung, sie hatten die Parole ausgetauscht. Werdin beobachtete die zweite Streife, die stromaufwärts das Ufer sicherte. Drüben stieg eine weitere Leuchtrakete. Die Streifen verschwanden in der Dunkelheit. Werdin schlich zurück zum Schuppen.

»Wir verstecken uns hinter einem Busch ein Stück weiter vorne und warten, bis sich die Streifen treffen. Sobald wir sie nicht mehr sehen, versuchen wir es«, flüsterte Werdin.

Er nahm sie an der Hand, drückte sie kurz, dann gingen sie los. Sie erreichten den Busch. Es dauerte vielleicht eine Viertelstunde, bis die Patrouillen sich wieder trafen. Werdin hörte sie leise sprechen, dann liefen die Soldaten in beiden Richtungen weiter. Einer hustete leise. Als die Nacht die Soldaten geschluckt hatte, zog Werdin Irma zum Fluss. Es waren keine hundert Meter. Sie wartete, während er die Schlaufe vom Pflock am Ufer zog. Das Wasser plätscherte, der Kahn scheuerte auf dem Ufersand. Werdin hielt das Boot, Irma kletterte hinein. Es schwankte. Dann stieg Werdin mit einem Bein ein, mit dem anderen stieß er das Boot vom Ufer ab. Er kletterte in die Mitte, wo unter der Sitzbank die Riemen verstaut waren. Er steckte die Riemen in die Halterungen und begann zu rudern. Irma saß auf der Bank im Heck des Boots. Eine Leuchtrakete auf dem Ufer der Amerikaner warf blassrotes Licht auf den Fluss. Plötzlich ein lauter Knall, ein Feuerblitz, die Achtundachtzig-Millimeter-Kanone des Tigers feuerte. Werdin hörte keinen Aufschlag der Granate. Leuchtraketen auf beiden Ufern, gelbe und rote. Die Reflexion im Wasser verstärkte das Licht. Werdin ruderte, während das Boot stromabwärts getrieben wurde. Er fühlte sich wie auf dem Präsentierteller. Am deutschen Ufer nahmen Schützen Aufstellung. Gebellte Befehle. SS. Eine Leuchtrakete warf Licht auf die Schützenreihe. Kannte er diese Fresse nicht? War das Krause? Woher kamen sie? Ratatatatat, sägten die Maschinenpistolen. Der Tiger schoss in schneller Folge. Wieder keine Aufschläge. Kein Treffer der MP-Schützen am Ufer, obwohl sie mit Feuer speienden Mündungen Salve auf Salve abfeuerten. Auf wen feuerten sie, wenn nicht auf uns? Der Schweiß lief ihm am Körper hinunter, aus den Armen wich die Kraft.

Werdin spürte Schwindel im Kopf, während er ruderte. Er sah Irma schemenhaft am Heck sitzen, eine Hand vor den Mund geschlagen.

Plötzlich war ein Moment Ruhe, dann peitschte ein Schuss. Irma wurde nach vorne gestoßen, ihr Körper straffte sich. Sie blickte ihn an und fiel rückwärts ins Wasser wie ein Brett. Ihre blonden Haare lösten sich im Wasser. Dann wurde sie verschluckt. Er ließ die Riemen los und sprang ins Wasser, tauchte, fühlte den Druck der Strömung. Er sah nichts. Dunkelheit umgab ihn. Mit einem kräftigen Beinschlag drückte er sich an die Oberfläche, atmete tief ein, löste seine Koppel, ließ die Pistolentasche los und tauchte wieder. Nichts. Er tauchte und atmete hastiger. Dann verließ ihn die Kraft. Er legte sich auf den Rücken und ergab sich der Strömung. Er schmeckte das Salz seiner Tränen.

DRITTES BUCH

FRÜHJAHR 1953

I.

Sie hatten ihn würdig verabschiedet, sogar Dulles war kurz erschienen. Am Kai des Kriegsmarinehafens von Charleston lag das erst knapp zwei Jahre zuvor in Dienst gestellte U-Boot SS-566, die *USS Trout*, ein Schiff der Tang-Klasse. Es erschien Werdin winzig klein inmitten der Flugzeugträger, Schlachtschiffe und Kreuzer. Der Turm ragte fast senkrecht aus dem schlanken Bootskörper hervor. Das Schiff verdrängte unter Wasser zweitausendsiebenhundert Tonnen und erreichte an der Meeresoberfläche eine Geschwindigkeit von mehr als fünfzehn Knoten, getaucht war es etwas schneller. Dank eines Schnorchels konnte das Boot seine Batterien unter Wasser laden und musste nicht auftauchen. Das und mehr hatte Crowford stolz berichtet, um Werdin zu bestätigen, dass er die richtige Wahl getroffen hatte, als er entschied, ein U-Boot solle ihn an der holländischen Küste absetzen. Von dort wollte Werdin sich nach Deutschland durchschlagen.

Einen Moment erfasste ihn Angst, als er sich durch den Turm ins Boot gezwängt hatte. Sein Gepäck bestand aus einem Koffer, darin neben Unterwäsche und Waschzeug falsche Papiere auf den Namen Oskar Brockmann, die Uniform eines Sturmbannführers des SD, eine blaue Regenjacke, eine grüne Hose und eine Walther P 38 mit Schulterhalfter.

Kommandant George W. Kittredge, ein stämmiger, mittelgroßer Mann, auf dessen Kopf sich eine Glatze ankündigte, begrüßte Werdin respektvoll. Er ging mit ihm durchs Boot, stellte ihn den Offizieren und Unteroffizieren vor: »Die wichtigste Ladung, die die *Trout* jemals befördert hat, ungefähr so wichtig wie der Kronschatz der Königin von England oder der Dackel unseres Präsidenten.«

Sie hatten Werdin in eine Navy-Uniform gesteckt, damit er im Hafen nicht auffiel. Dulles und Crowford verabschiedeten ihn im Dienstraum des Hafenkommandanten mit salbungsvollen Worten. Für Werdins Geschmack war darin zu oft vom Weltfrieden die Rede. Sie stellten ihm Orden und Geld in Aussicht, wenn es ihm gelang, Himmler zu töten. Falls ich es schaffe, danach nach Amerika zurückzukehren, dachte Werdin. Eigentlich konnte es Dulles und Konsorten egal sein, ob er den Anschlag auf Heinrich Himmler überlebte. Hauptsache, er besorgte dem verhassten Reichsführer-SS ein Staatsbegräbnis in Berlin.

Werdin war sich nicht sicher, ob er es tun würde. Er hatte das Foto von Irma in eine Innentasche gesteckt und ertappte sich oft dabei, wie er es herausnahm und anschaute. Nein, Himmler war weit weg. Werdin hatte in Berlin eine Sache zu klären, die ihm wichtiger war. Lebte Irma wirklich, oder war es ein Trick, um ihn nach Deutschland zu locken? Wenn es ein Trick war, wer steckte dahinter, Dulles oder Schellenberg? Dulles und Crowford wussten, dass er sich für Himmler nicht interessierte. Er hätte die Reise nach Berlin nicht angetreten ohne den Brief von Irma. Aber war sie es wirklich, oder hatte ein begabter Retuscheur gut gearbeitet? Und war es sein Sohn?

Werdin wusste, Geheimdienstler kennen keine Dankbarkeit. Dabei hätten nicht nur Dulles und Crowford jeden Grund, ihn auf Händen zu tragen. Schließlich hatte er verhindert, dass die Vereinigten Staaten mit der Uranbombe angegriffen wurden.

Aber ob die Dankbarkeit reichte, ihn wieder in die USA zurückzubringen? Sie hatten ihm Namen und Adresse eines Verbindungsmanns in Rotterdam eingebläut, Carl Henningen, Rosestraat 46. Wenn Werdin seinen Auftrag erfüllt hatte, sollte Henningen ihn auf einen Ozeandampfer nach Südamerika schleusen, als blinden Passagier oder Matrosen. Das war die eine Variante. Bei der anderen war von einem U-Boot die Rede gewesen, das Henningen per Funk an die Nordseeküste lotsen sollte, so dass Werdin Europa auf dem gleichen Weg verlassen würde, auf dem er den Kontinent betreten hatte. Es hätte Werdin nicht gewundert, wenn Crowford sich noch weitere Fluchtvarianten ausgedacht hätte. Sie wollten ihn offenbar überzeugen, dass sie sich die Köpfe darüber zerbrachen, wie sie ihn wieder nach Hause kriegten. Doch damit erreichten sie das Gegenteil. Schon bevor er europäischen Boden betreten hatte, wusste Werdin, dass er bei der Flucht auf sich allein gestellt sein würde. Je länger er darüber nachdachte, desto häufiger fragte er sich, ob es diesen Carl Henningen überhaupt gab.

* * *

Stockholm, wo sonst? Grujewitsch hatte sich mit Schellenberg geeinigt auf ein Treffen in der schwedischen Hauptstadt. Schweden war neutral, aber deutschfreundlich. Im Krieg hatten die Schweden Deutschland geholfen, vor allem mit Erz. Sie hatten einige Male deutsche Soldaten durchmarschieren lassen und die Russen wütend gemacht, um dem Schicksal von Dänemark und Norwegen zu entgehen. Sie hatten es geschafft, mit viel Glück. In den Waffenstillstandsvereinbarungen nach der Bombe auf Minsk hatte Deutschland sich mit den Grenzen vom April 1940 begnügt. An der deutsch-sowjetischen Grenze waren beidseitig je zweihundert Kilometer tiefe Zonen eingerichtet worden, in denen Deutsche und Russen nur eine geringe Zahl von Soldaten stationieren durften. Die Staaten Westeuropas hatten sich mit der deutschen Vormacht abgefunden. An der Atlantikküste gab es deutsche Stützpunkte. Keine Regierung in Frankreich, Holland, Belgien oder der Schweiz wagte es, Berlin zu vergrätzen. Den Schweden blieben Besetzung und andere Schikanen erspart. Sie hatten den Deutschen geholfen, halfen ihnen immer noch, und so retteten sie ihre Souveränität, oder das, was sie von ihr noch nicht abgegeben hatten. Die Flugverbindungen von Berlin und Moskau nach Stockholm waren gut, amerikanische Agenten hatten es dort schwer. Und Stockholm war wunderschön in diesem Frühjahr 1953. Bei Sonne hatte die Stadt das Flair einer südeuropäischen Metropole. Helle Gebäude, Stühle und Tische auf den Straßen, flanierende Menschen.

Sie trafen sich in einem kleinen Haus bei Gröndalsbron im Westen der Stadt inmitten eines Fichtenwalds. Es war ein Objekt der deutschen Botschaft. Grujewitsch staunte, was seine Gastgeber aufgefahren hatten: Lachs, Kaviar, Elchbraten, Wodka, Wein und deutsches Bier. Grujewitsch war allein gekommen, die Deutschen erwarteten ihn zu dritt. Da war ein schmächtiger Mann mit wachen Augen in einem Jungengesicht. Ein hübscher Kerl, dieser Schellenberg, dachte Grujewitsch. Die anderen kannte er nicht. Der eine war ein baumlanges Kraftpaket mit strohblondem Haar. Ein nordischer Held, wie ihn die SS so liebte. Er sollte wohl aufpassen, dass Schellenberg nichts geschah. Der Vorzeigegermane verschwand bald in einem Nebenraum und ließ nichts mehr von sich hören. Der dritte Mann, klein, dick, Hitlerbart, war der Dolmetscher. Grujewitsch konnte Deutsch, er hatte es in der Schule gelernt und Speziallehrgänge der Staatssicherheit besucht. Dennoch wollte er nichts gegen die Anwesenheit des zu kurz geratenen Fettsacks einwenden.

Schellenberg strahlte, als er Grujewitsch begrüßte. Er bot ihm einen Wodka an, Grujewitsch sah keinen Grund, sich nicht einzulassen auf die Gastfreundschaft. Sie setzten sich in bequeme Ledersessel, die auf einem dicken Teppich standen, der die Geräusche im Zimmer dämpfte. Die Vorhänge waren zugezogen. An der Decke ein Lampenschirm aus blauem Kristallglas. Keine Blumen, keine Bilder, keine Regale. Nur der Tisch, voll beladen mit Köstlichkeiten.

»Es ist gut, dass wir uns endlich treffen«, sagte Schellenberg. »Richten Sie Minister Berija bitte Grüße aus vom Reichsführer. Er hat großen Respekt vor ihm. Wir haben, ich gestehe es, viel gelernt von Ihrem Dienst.«

Grujewitsch nickte bedächtig. Es stimmte, sie hatten viel gelernt. Er erwiderte die Grüße.

»Wir sollten bald darangehen, einen Friedensvertrag abzuschließen. Bald wird der Krieg zehn Jahre vorbei sein, und noch immer ist er offiziell nicht beendet. Das ist absurd.«

»Das stimmt«, sagte Grujewitsch. Man konnte glauben, die Welt stünde noch immer unter dem Schock der Bombe auf Minsk, obwohl die USA und die Sowjetunion inzwischen auch Atomwaffen besaßen. Allerdings hatten die Deutschen Raketen gebaut, die ihre Uranbomben schnell und sicher ins Ziel bringen konnten. Grujewitsch war mit sich zufrieden. Er hatte seine Nerven unter Kontrolle und ließ sich nicht aus der Reserve locken. Nicht einmal vom Wodka. Von dem vertrug er eher mehr als Schellenberg. »Hören Sie zu!«, hatte Berija ihm befohlen. »Lassen Sie sich auf nichts ein, weisen Sie aber auch nichts zurück. Das alles will gut überlegt sein.«

»Mein Reichsführer meint, wir sollten uns auf unsere gemeinsamen Interessen besinnen.«

Grujewitsch neigte seinen Kopf und schaute Schellenberg aufmerksam an.

»Wir glauben, die Amerikaner sind mit dem Ausgang des Kriegs nicht zufrieden, und das macht uns Sorgen. Sie haben große Verluste gehabt und nichts gewonnen. Washington sagt, die Deutschen und die Russen seien die Sieger. Berlin habe sich Westeuropa unterworfen und einen großen Teil der Kriegsbeute behalten. Moskau sei auch nicht leer ausgegangen. Vielleicht sollten wir uns verständigen, dass alles bleibt, wie es ist. Wir sind Europäer, die Amis sollen bleiben, wo sie hingehören.«

Berija würde sich totlachen, wenn er ihm berichtete, die Deutschen hielten die Russen für Europäer. Das hatte doch mal anders geklungen: Mongolen, asiatische Horden, Dschingis Khan. Aber in einem Punkt gab er Schellenberg Recht: Die Amerikaner rüsteten auf, sie taten dies nicht ohne Grund. Und sie besaßen eine enorme Wirtschaftskraft.

»Was halten Sie von einem Nichtangriffsvertrag?«, fragte Schellenberg. »In dem könnten wir auch die jetzigen

Grenzen festschreiben.« Er schaute einen Augenblick zu der blauen Kristalllampe an der Decke. »Mein Reichsführer wäre sogar mit einem Beistandspakt einverstanden.«

Grujewitsch nickte. Es überraschte ihn nicht. Es war seltsam mit den Deutschen. Entweder fielen sie über einen her, oder sie umarmten einen.

»Vorher müssen wir natürlich die diplomatischen Beziehungen wieder aufnehmen«, sagte Schellenberg.

Ein Paukenschlag nach dem anderen. In der westlichen Presse wurde das Verhältnis zwischen Berlin und Moskau gelegentlich mit der Metapher »Eiszeit« beschrieben. Grujewitsch fand es untertrieben. Die Deutschen hatten einen großen Teil der Sowjetunion zerstört, sie hatten Minsk ausgelöscht. Es war Berijas strategisches Genie, unter dem Leichenberg des deutsch-sowjetischen Kriegs gemeinsame Interessen auszugraben. Früher hatte sie der Nationalsozialismus irritiert. Hitler und Goebbels wetterten gegen die jüdischen Plutokraten, manche in der Nazipartei wollten sogar ein Bündnis mit der Sowjetunion gegen die Mächte des Kapitals. Als 1939 der Pakt abgeschlossen wurde, dachten viele in Moskau, es handle sich um mehr als einen reinen Akt der Vernunft. Nun war Hitler tot, und Goebbels saß in Plötzensee. Trotzdem, Deutschland und die Sowjetunion lehnten die amerikanische Demokratie als Irrweg ab, fürchteten sie als Bedrohung der eigenen Macht. In Deutschland hatte sich die NS-Diktatur in einen Ständestaat verwandelt. Es sollten die Besten regieren, Fachleute. Kaum einer wollte das Weimarer Gezänk wieder aufleben lassen. Es ging um Deutschland, nicht um Ideologien.

In der Sowjetunion hatte der Terror nachgelassen, seit

Stalin gestorben war. Berija hatte zwar die besten Karten, aber es gab weitere Führer, mit denen er sich zusammenraufen musste, wie Malenkow, Molotow oder Chruschtschow.

»Sie haben es eilig?«, fragte Grujewitsch.

Schellenberg kratzte sich am Kopf. Er lächelte und sah so aus, als würde er gleich seine Spielzeugautos auspacken. »Wenn etwas richtig ist, wird es durch Warten nicht richtiger«, erwiderte er. »Die Sache ist im Kern einfach. Es gibt drei Mächte, von denen jede die anderen vernichten kann. Wir haben einen technischen Vorsprung, aber die Amerikaner haben ihre Fließbandproduktion, Masse statt Klasse. Sie in der Sowjetunion können mit ihrer Planwirtschaft ein ganzes Volk auf eine Aufgabe konzentrieren. Trotz der Verwüstungen des Kriegs rüsten Sie auf, wir verfolgen es genau.«

»Sie haben die Waffen auch nicht weggeworfen«, sagte Grujewitsch.

»Natürlich nicht.«

»Herr Schellenberg, Sie sind hier als Abgesandter Ihres Reichsführers, ich vertrete nicht nur den Genossen Minister, sondern die sowjetische Regierung. Sie gestatten deshalb vielleicht die Frage, welche Rolle Herr Himmler in Deutschland spielt. Man hört so wenig von ihm.«

Schellenberg schmunzelte. »Meinen Reichsführer drängt es nicht in den Vordergrund. Er ist kein Marktschreier, sondern ein Mann, der seine vaterländische Pflicht erfüllt. Hinzu kommt, es hat immer wieder Vorwürfe gegen die SS gegeben, ja, gegen Herrn Himmler persönlich. Natürlich nur hinter vorgehaltener Hand, aber es waren dennoch Beleidigungen. Die meisten Deutschen lieben die SS nicht, aber sie bewundern sie, seit wir bedauerlicherweise eine Uranbombe einsetzen mussten. Mehr als jedem anderen ist es meinem Reichsführer zu verdanken, dass wir die Bombe rechtzeitig bauen konnten. Ich weiß, Herr Grujewitsch, dass diese Sache in Ihrem Land großes Leid und großen Zorn hervorgerufen hat. Doch bitte ich Sie, sich einmal in unsere Lage zu versetzen.«

Grujewitsch beabsichtigte nicht, dies zu tun. Er mühte sich um einen nichts sagenden Gesichtsausdruck.

Schellenberg zündete sich eine Zigarette an. Er schenkte beiden noch einmal aus der Wodkaflasche ein. »Wollen Sie nicht etwas essen? Auf leeren Magen trinkt es sich schlecht.« Grujewitsch nahm einen Teller und bediente sich. Wann hatte er das letzte Mal Kaviar bekommen? Bei einem Empfang zum neunundzwanzigsten Jahrestag der Revolution im Haus des Obersten Sowjets im Oktober 1946. Viele hatten ihm auf die Schultern geklopft, er war ein Kriegsheld, der seine Orden stolz trug.

»Wir könnten auch wieder Handel miteinander treiben. Das würde die Kriegswunden schneller heilen lassen«, sagte Schellenberg. Es klang wie eine Entschuldigung für Minsk.

Grujewitsch aß einen Happen norwegischen Lachs und nickte. Ja, das könnten sie. »Und was, glauben Sie, fällt den Amerikanern ein, wenn wir so verfahren, wie Sie es vorschlagen?«

Der Dolmetscher saß fett in seinem Sessel und schmatzte, Hering in Öl.

Schellenberg schien überrascht.

»Sehen Sie«, sagte Grujewitsch leise, aber deutlich, »wir

wissen natürlich, dass die Amerikaner am liebsten mit Ihnen ins Geschäft kommen würden.«

»Natürlich«, sagte Schellenberg.

Worauf bezog er sich, auf das Geschäft oder auf das Wissen der Russen darüber? »Und wir wissen auch, dass es in Deutschland starke Kräfte gibt, die am liebsten schon morgen die Verlobung verkünden würden. Ich denke da zum Beispiel an Ihren Wirtschaftsminister Erhard …«

»Herr Erhard ist ein guter Fachmann, aber er bestimmt nicht die Politik.«

»Tut das denn Ihr Reichsführer?«

»Ich glaube nicht, dass in Deutschland eine Grundsatzentscheidung gegen den Reichsführer getroffen werden könnte«, sagte Schellenberg gelassen. »Deutschland steht machtpolitisch auf zwei Säulen. Das ist die Wehrmacht, und das ist die SS. Die Wehrmacht ist für die äußere Sicherheit zuständig, die SS für die innere. Früher einmal hat es Hass gegeben zwischen beiden. Das ist vorbei, seitdem jeder weiß, dass es ohne SS nur die Kapitulation gegeben hätte. Wir nennen das *Nationale Versöhnung*. Manche sagen, die Wehrmacht hat den Krieg verloren, die SS hat ihn gewonnen. Das ist natürlich übertrieben, aber furchtbar falsch ist es auch nicht.«

»Natürlich«, sagte Grujewitsch.

Der Dolmetscher steckte den kleinen Finger seiner rechten Hand in ein Nasenloch, krümmte ihn und zog ihn wieder heraus. Er betrachtete seine Beute und schnalzte sie auf den Teppich.

»Ich will offen sein, Herr Grujewitsch. Ohne meinen Reichsführer gäbe es vielleicht längst ein Bündnis mit den Amerikanern. Nicht nur Erhard, sondern vor allem auch

Goerdeler ist dafür. Die Wehrmachtführung ist sich nicht einig. Unser starker Arbeitsminister Julius Leber ist nicht gerade Ihr bester Freund. Das erlebt man bei früheren Sozialdemokraten ja leider häufig. Aber gegen Herrn Himmler klappt das nicht. Er ist die graue Eminenz der deutschen Politik.«

»Und Herr Göring?«

»Unser Präsident ist leider alt und schwach. Er lässt sich in der Öffentlichkeit kaum noch blicken. Außerdem, Sie wissen es, haben wir das Präsidentenamt nicht gerade mit großer Machtfülle ausgestattet.«

Grujewitsch nickte. Göring hatte sich mit Morphium zerstört. »Das heißt, wenn Ihr Reichsführer nicht wäre, würde Deutschland alles versuchen, um mit den USA handelseinig zu werden. Deutschland und die Vereinigten Staaten gegen die Sowjetunion, darauf liefe es hinaus.«

Schellenberg nickte. Er sah betrübt aus.

* * *

Ich war zwar nicht gut in Mathematik, aber Rechnen kann ich. Gruppenführer Werner Krause betrachtete die Papiere auf seinem Schreibtisch. Da war die Meldung, die über die Botschaft in Uruguay hereingetrudelt war. Da gab es die Personalakte Werdin, die er sich bei Reitberg ausgeliehen hatte. In der Akte fehlten die Seiten der letzten Monate vor Werdins Flucht. Sie hatten überprüft, welche SS-Männer in den letzten Wochen des Kriegs übergelaufen waren. Es waren wenige. Sie hatten den Zwischenfall in Gremberghoven untersucht, die Beschreibung des Wirts von der Gaststätte *Zum Löwen* passte auf Werdin. Die Kameraden, die den Verräter am Ufer fast noch gestellt hätten, konnte er nicht mehr befragen. Sie waren seltsamerweise alle tot. Es blieb viel Ungewisses, doch musste Krause nur eins und eins zusammenzählen, das Ergebnis war Werdin. Er kam also zurück. Warum? Wohin wollte er? Wie und wo wollte er einreisen?

Krause erinnerte sich an ihr Duell im Schießkeller und ihr Gespräch in der Kneipe am Anhalter Bahnhof. Er musste lachen. Werdin hatte den Ahnungslosen gegeben. Und dann war er abgehauen. Warum wurde er nicht verhaftet und verhört, wenn gegen ihn was vorlag? Warum der Affentanz, mit ihm saufen gehen, Andeutungen, Drohungen in die Welt setzen? Mal auf den Busch klopfen. Ihm die Warnung auf dem Silbertablett liefern. Schellenberg war ein Genie, keine Frage. Aber warum ließ er einen SS-Mann laufen, der womöglich schon vor seiner Flucht ein Verräter war? In welchem Zusammenhang stand Werdins Flucht mit dem *Unternehmen Götterdämmerung*? Genauer gefragt, warum schickt man einen, den man im Verdacht hat, für den Feind zu arbeiten, als Sicherheitsoffizier zum geheimsten Projekt, das es in Deutschland gab? Und dann sagt man ihm, man verdächtige ihn, ein Verräter zu sein, und lässt ihn laufen. Das war verrückt. Aber Schellenberg war nicht verrückt. Und Krause entging nicht, wie der SD-Chef nach Werdins Flucht gut gelaunt ein Liedchen gepfiffen hatte. Er grinste vor sich hin wie ein Lausbub, der Nachbars Kirschbaum geplündert hatte, ohne erwischt zu werden. Wenn eins und eins zwei ergaben, dann wollte Schellenberg Werdins Flucht. Er wollte Werdins Verrat. Er wollte dem Feind etwas sagen, und zwar etwas, das nur einer sagen konnte, der am Uranprojekt in Haigerloch mitgearbeitet hatte. So gesehen, war alles gut berechnet. Die Bombe fällt, Werdin haut ab, verrät irgendwas über die Uranbombe, und die Feinde kriegen das große Flattern.

Das *Unternehmen Götterdämmerung* hatte Deutschland gerettet und die SS. Krause hatte sich nie viel vorgemacht. Viele Deutsche, auch solche, die den Führer liebten, hassten die SS. Ein bisschen besser wurde es, als selbst Wehrmachtoffiziere anerkennen mussten, wie mutig die Waffen-SS an den Fronten kämpfte. Aber der Durchbruch war die Uranbombe. Himmler und die Bombe, das gehörte zusammen. Himmler erschien vielen Deutschen seitdem wie ein gütiger Vater, bescheiden, bodenständig, leise. Krause wusste es besser. Manchmal, besonders nachts, fürchtete er sich. Irgendwann würde herauskommen, was sie in Auschwitz und den anderen Lagern getrieben hatten. Dass die SS-Einsatzgruppen keineswegs nur Partisanen bekämpft hatten. Gerüchte waren schon im Krieg im Umlauf gewesen. Man konnte nicht ein paar Millionen vergasen, erschießen oder totschlagen, ohne dass die Menschen etwas mitkriegten. Aber die meisten wollten es nicht wissen. Gäbe es eine freie Presse wie vor 33, käme alles heraus. Solange sich alle an die *Nationale Versöhnung* hielten, war es gut. Und selbst Leute, die den Anschlag auf den Führer verübt hatten, waren ja lange Zeit Hitler-Gläubige gewesen, manche von ihnen hatten im Osten mitgetötet. Die hatten keinen Grund, das Maul aufzureißen.

Im Zeichen der *Nationalen Versöhnung* hatte man sich darauf verständigt, der Führer sei einer Fliegerbombe zum Opfer gefallen. Einige hatten hartnäckig anderes behauptet, sie lebten nicht mehr, Fanatismus ist eine gefährliche Sache. Stauffenberg arbeitete im Oberkommando der Wehrmacht, die Zahl seiner Bewunderer hielt sich in Grenzen. Der alte Witzleben war Kriegsminister, aber das Sagen hatten Manstein und Rommel, die Helden bei der Verteidigung der Festung Deutschland. Bald musste ein neuer Verteidigungsminister ernannt werden, ein Talent aus München drängte sich auf, Franz Josef Strauß, ein pathetischer Nationalist, der seine Umgebung mit Versatzstücken humanistischer Bildung nervte. Aber der Mann hatte Biss. Man hatte andere junge Kräfte hinzugezogen, herausragend aber war nur Erhard, der dicke Wirtschaftsexperte mit den dicken Zigarren, »Schweinchen Schlau« nannten ihn manche. So, wie für die Deutschen Himmler die Rettung vor den Russen verkörperte, so verband sich Erhards Name mit dem Aufstieg aus Ruinen.

Das Telefon riss Krause aus seinen Gedanken. »Sie haben um sieben Uhr eine Verabredung im Restaurant Mampe.« Daran hätte ihn seine Sekretärin nicht erinnern müssen. Die Verabredung war eine vollbusige Brünette namens Waltraud, die er in der SD-Poststelle entdeckt hatte. Krause hatte sie durch die offene Tür beobachtet, als sie Briefe in die Fächer der Ämter und Abteilungen sortierte. Er sprach sie an, sie war offensichtlich beeindruckt, von einem hochrangigen SS-Offizier wahrgenommen zu werden, und nahm die Esseneinladung gleich an. Sie lächelte dabei auf eine Weise, die in Krause die Hoffnung weckte, das Essen wäre nur das Vorspiel. Es gab glücklicherweise immer wieder Frauen, die auf Uniformen standen.

Krause ging zum Herrenklo und betrachtete sich im Spiegel. Er zog seinen Kamm aus der Gesäßtasche. Widerspenstige Haare klebte er mit Wasser an den Kopf. Er sah gut aus, fand er. Gut genug jedenfalls für eine Brünette von der Poststelle.

* * *

Ein U-Boot ist eine Höhle, verpackt in einen wasserschlüpfrigen Stahlmantel. In dieser Höhle namens *Trout* lebten viel zu viele Männer, genauer gesagt, ein Teil schlief oder döste, während der andere bis zum Wachwechsel seine Aufgaben erfüllte. Ein Hänfling saß mit dem Kopfhörer im Kommandostand und tat nichts anderes, als ins Meer zu lauschen. Einige Male hatten Frachter ihren Weg gekreuzt, der Hänfling konnte ihr Schraubengeräusch unterscheiden von dem anderer Schiffe. Werdin interessierte sich nicht für die technischen Einzelheiten des Boots, auch wenn er damit den Mitteilungsdrang des Kommandanten unterlief. Werdin fand es langweilig, aber zweckmäßig, die meiste Zeit unter Wasser zu verbringen. Die Langeweile schuf Platz für die Angst. Was würde ihn in Deutschland erwarten? Wie sah es dort aus? Und lebte Irma wirklich noch? Er hatte in den vergangenen Jahren oft von ihr geträumt, immer starb sie in den Träumen.

Er starrte auf das Bild, das Irma zeigte. Und seinen Sohn. Er betrachtete das Gesicht des Kindes und entdeckte einmal mehr seine Züge. Ihm gefiel die Vorstellung, sie hätten in ihrer letzten Nacht in Berlin ein Kind gezeugt. Wenn es stimmte, wenn Irma noch lebte und er einen Sohn hatte, was sollte er tun? Werdin wusste, sie hatten ihn geködert mit Foto und Brief. Sie hätten beides vergammeln lassen, wenn ihnen nicht eingefallen wäre, Himmler umbringen zu lassen. Aber das hieß nicht, dass das Foto gefälscht war. Er würde es merken, Dulles musste in diesem Fall damit rechnen, dass Himmler der lachende Dritte war. Aber warum sollte er ihn überhaupt töten? Was änderte es? Warum für die Amis den Laufburschen mit der Knarre spielen? Zumal Werdin bei dem Unternehmen stärker gefährdet war als der

Reichsführer der SS. Nein, mit Himmler hatte Werdin keine Rechnung offen. Eigentlich mit niemandem. Dulles und Crowford mussten wissen, dass er sich wegen Irma einschlich in Deutschland, sie konnten nicht ausschließen, dass er es sich in Deutschland anders überlegte und Himmler in Ruhe ließ. Sie schienen böse in der Klemme zu sein, wenn sie auf einen so unsicheren Kandidaten setzten wie ihn. Aber einem Cowboy durfte man eine solche Aktion nicht anvertrauen. In Deutschland gab es kein Kaugummi.

Kurz vor Ende der Reise packte die Aufregung Werdin doch noch. Sie mussten mehrere Male Wachbooten und Zerstörern ausweichen, die an der Küste patrouillierten. Der Hänfling am Sonar drehte wild an seiner Scheibe. Aber die Küstenwache hatte schon jahrelang nichts Richtiges mehr zu tun gehabt, die Aufmerksamkeit schwand. Sie hatten eine mondlose Nacht ausgesucht, damit ihr Boot nicht entdeckt wurde, wenn es auftauchte. Allerdings mussten sie sich beeilen, an der Wasseroberfläche bildeten sie einen schönen hellen Punkt auf den Radarbildschirmen der holländischen Küstenwache und ihrer deutschen Beschützer. Sie konnten nur hoffen, dass man sie für ein Fischerboot hielt.

Es war ein Uhr Ortszeit. Der Kommandant hatte sein Boot geschickt in die Nähe der Küste gesteuert. Er winkte Werdin ans Sehrohr, durch das ein schwacher Schein im Nachthimmel hinter dem Deich zu erkennen war.

»Wir liegen hier vor Katwijk aan Zee, aber der Schimmer stammt von Leiden«, sagte Kapitän Kittredge. »In Katwijk leuchtet jetzt höchstens eine alte Straßenlaterne. Näher kommen wir nicht heran ans Ufer. Ein Schlauchboot bringt Sie an den Strand. Wir müssen es draußen aufblasen, sonst ginge es nicht durch den Turm. Aber keine Sorge, es dauert nur ein paar Minuten.«

Ein paar Minuten länger auf den Radarschirmen, dachte Werdin.

Der Kapitän verabschiedete ihn mit einem strammen Händedruck und einem »Good luck!«. Der Mann kannte Werdins Auftrag nicht. Aber er konnte sich leicht vorstellen, dass es sich nicht um einen Erholungsurlaub an der Nordsee handelte. Werdin bildete sich ein, einen Augenblick lang habe sich Sorge gezeigt in den Augen des Kapitäns.

Zwei Mann ruderten Werdin mit seinem Koffer an den Strand von Katwijk. Sie hatten Lappen um die Ruderblätter gewickelt, um ihr Platschen im Wasser zu dämpfen.

Werdin hatte sich zwei Riemen an den Koffer nähen lassen, so dass er ihn auf dem Rücken tragen konnte. Im Schutz der Dunkelheit wollte er sich über den Deich in den Ort schleichen. Er trug einen braunen Mantel über einem beigen Baumwollanzug, der Schlips und die SD-Uniform waren im Koffer. Seine Schuhe hatte er mit Bedacht ausgesucht und sie in Amerika zeitweise in der Ausbildung getragen. Er rechnete damit, lange Strecken laufen zu müssen. Alles, was er trug, war von V-Leuten der CIA in Deutschland beschafft worden.

Knirschend setzte das Schlauchboot auf den Strand. Sie hatten Glück, der Wellengang war gering. Er musste aufpassen, nicht einer Küstenstreife in die Hände zu fallen. Allerdings war die Gefahr gering, seit die Engländer ihr Bündnis mit den USA beendet hatten und die amerikanischen Truppen aus Südengland abzogen. Auf den britischen Kanalinseln wachten seit 1940 Soldaten der Wehrmacht. Eine zweite Invasion an der Atlantikküste war unmöglich.

Werdin schnallte sich seinen Koffer auf den Rücken und stieg den Deich hoch. Ein paar Mal rutschte er aus auf dem glitschigen Gras. Auf der Rückseite des Deichs glitt er mehr hinunter, als er lief. Er hörte Stimmen und kniete sich auf den Boden. Die Stimmen kamen näher, dann entfernten sie sich. Wahrscheinlich Fischer, die ihre Boote klarmachten. Werdin ging langsam landeinwärts. Er stieß auf eine Kleingartensiedlung. Nach einigem Suchen fand er eine Tür, die sich leicht öffnen ließ. Er wollte im Häuschen warten, bis die Sonne aufging. Die Fensterläden waren geschlossen, so riskierte er es, sich kurz mit seiner Taschenlampe zu orientieren. Er sah eine Feldliege, einen Tisch mit drei Stühlen, einen zweiflammigen Gaskocher, ein Spülbecken. Eine kleine Tür führte zu einem Plumpsklo. Werdin löschte die Taschenlampe und legte sich auf die Liege. Er würde nicht schlafen, aber sich ausruhen für die große Reise nach Berlin. Er besaß Fahrscheine für die Eisenbahn von Leiden bis Venlo, auch für die Weiterfahrt in Deutschland. Er konnte einen Zug von Rheydt nach Köln nehmen, um dort in den direkten D-Zug nach Berlin umzusteigen.

Gedanken rasten durch seinen Kopf. Ob es in Rheydt noch die Joseph-Goebbels-Straße gab, zu Ehren des Sohnes dieser Stadt? Zur Einweihung der Straße hatte ein Volksfest stattgefunden, das der *Völkische Beobachter* zu Recht als Zustimmung der Massen zur Naziregierung verkaufte. Werdin näherte sich Deutschland, und es kam alles zurück, was er vergessen wollte. Man kann sein Leben nicht auslöschen.

Der Morgen brach an. Schmale Lichtstrahlen durchdrangen die Fensterläden. Werdin war doch eingenickt, aber nicht fest genug, um nicht sofort zu wissen, wo er war. Ein schöner Sommertag an der Nordsee brach an. Er verließ die Hütte, nicht ohne sich zu vergewissern, dass er nicht beobachtet wurde. Dann schnallte er sich den Koffer auf den Rücken und lief ins Dorf. Nach wenigen Minuten erreichte er die ersten Häuser, klein, ohne Vorhänge, weiß gestrichen, rote Dächer. In der Mitte des Orts eine Post mit rotem Briefkasten und eine Telefonzelle. Ein gedrungener Klinkerbau beherbergte das Rathaus, daneben ein Krämerladen. Werdin hatte im U-Boot kräftig gegessen, er spürte keinen Hunger. Wie Crowford gesagt hatte, fand sich vor dem Rathaus eine Bushaltestelle. Er würde den Bus nach Warmond nehmen und dort umsteigen nach Leiden-Hauptbahnhof. Von dort fuhr ein Zug nach Rotterdam. In Rotterdam schließlich gab es eine direkte Verbindung nach Venlo. Dort war die Grenze. Auch wenn er mit Kontrollen im Zug rechnete, die erste große Hürde fürchtete er dort.

Es war einfach gewesen. Alle Verbindungen klappten, jedenfalls bis Rotterdam. Er wurde nicht kontrolliert. Es war normal, dass deutsche Beamte in Holland reisten, so dass sich niemand an seinem deutschen Akzent stieß. Die Busfahrer und Schaffner zeigten Distanz, es wäre auch einem Wunder gleichgekommen, wenn sie die Deutschen liebten. Der Hauptbahnhof in Rotterdam war belebt, gut für Werdin, so fiel er nicht auf. An einem Kiosk kaufte er sich die *Frankfurter Zeitung*, die wegen ihres Verbots durch die Nazis im Ruch stand, der Regierung nicht nur zu huldigen. In dieser Ausgabe war davon nichts zu erkennen. Es ging auf den 20. Juli 1953 zu, Grund genug für das Blatt, ein Porträt Hitlers zu liefern. Seine Fehler seien der Überfall auf die Sowjetunion und die Judenpolitik gewesen, seine Verdienste die Befreiung Deutschlands vom Schanddiktat von Versailles. Seltsam, dass die schlauen Redakteure nicht begriffen, dass Hitler seinen Krieg begann, nachdem die Auflagen des Versailler Vertrags von 1919 erledigt waren. Sie hatten alle mitgemacht, ob als Soldaten, ob als Propagandisten des schmutzigsten Kriegs, und nun hatten sie Schwierigkeiten mit der Wahrheit. Nur eine Niederlage hätte der Wahrheit eine Chance gegeben. Die Uranbombe hatte die Deutschen befreit vom Zwang, ehrlich zu sein.

Hinter ihm eine Stimme, er beachtete sie zunächst nicht. »Herr Werdin! Herr Werdin!« Sein Kopf erhitzte sich, als hätte jemand einen Schalter angeknipst. Er blickte sich um und erkannte einen kleinen Mann, der trotz der Nachmittagswärme Hut und Mantel trug. Der Adamsapfel sprang hervor. Aus einem langen, hageren Gesicht ragten wie Punkte zwei schwarze Pupillen heraus. Sie waren auf Werdin gerichtet. Der Mann kam immer näher. Dann stand er vor ihm. Jetzt fiel es Werdin ein. Rotterdam 1942, *Operation Zigarre*, die Jagd auf den britischen Agentenring, der hauptsächlich aus Holländern bestand. Ein Spitzel hatte den SD auf die Spur gebracht. Der Spitzel stand vor ihm.

»Erinnern Sie sich nicht mehr an mich, Herr Werdin?«, fragte der Mann. »Oder soll ich sagen, Hauptsturmführer? Aber bestimmt hat man Sie inzwischen befördert.«

Werdin versuchte sich an den Namen den Manns zu erinnern. War es *Molden*?

»Ach ja, Sie haben bestimmt meinen Namen vergessen, Pieter Mulden, wenn ich mich noch einmal vorstellen darf.« Er reichte Werdin die Hand.

Werdin konnte sich nicht erinnern, jemals zuvor ein so dreckiges Grinsen gesehen haben. Nicht einmal damals, als Mulden seine Kameraden hochgehen ließ. Er hatte ausgepackt und war bezahlt worden. Werdin hatte nicht erfahren, warum Mulden sich dem SD gestellt hatte. Er hätte den Fall zuständigkeitshalber der Gestapo übergeben müssen, aber den Streit darüber ertrug er leicht. Wer Erfolg hat, hat Recht. Seine Beliebtheit in Müllers Reich allerdings war nicht gewachsen.

Mulden war klein, mager und schmierig. Über der Stirn hatte er lange Haarsträhnen von den Seiten herübergeholt und mit Pomade auf der Kopfhaut festgeklebt. Er war teuer gekleidet, es ging ihm wohl gut. Wahrscheinlich verdiente er sich seinen Lebensunterhalt als Zuträger, womöglich für mehrere Dienststellen gleichzeitig.

Werdin murmelte Unverbindliches, während sein Hirn im Rekordtempo arbeitete. Er musste Mulden loswerden, und zwar für immer.

»Nennen Sie mich Standartenführer«, sagte Werdin streng. »Gut, dass ich Sie treffe. Ich habe da eine ganz heiße Geschichte. Und es springt auch etwas für Sie heraus. Kommen Sie mit, wir suchen uns einen Platz, wo wir nicht gestört werden können.« Er schritt voraus. Sie gingen bis zum Ende des Bahnsteigs 7, außerhalb der Halle. Werdin erzählte dem Mann eine Räuberpistole über russische Spione, auf deren Spur er sei. Sie hätten inzwischen ein Netz in den Niederlanden aufgebaut. Eine riesige Belohnung sei ausgesetzt worden für jeden Tipp, der zur Verhaftung der feindlichen Agenten führe. »Eine Million«, flüsterte Werdin, obwohl niemand in ihrer Nähe stand.

Mulden glotzte gierig. »Eine Million?«

»Eine Million Reichsmark in bar.«

»Das ist ja eine ganz große Sache«, sagte Mulden. Ehrfurcht klang in seiner Stimme.

Werdin nickte. Er stand mit dem Rücken zum Bahnhofsgebäude und sah den Zug sich nähern. Zuerst die Wolke aus Rauch und Dampf. Dann wuchs ein schwarzer Punkt heran. Erleichtert bemerkte Werdin, dass der Zug ein Gleis ihres Bahnsteigs ansteuerte. Es war ein Güterzug, der sich wie eine unendlich lange Schlange auf sie zubewegte. Das Stampfen und Zischen war schon zu hören. Werdin bewegte sich allmählich zur Bahnsteigkante. Er sprach leise, so dass Mulden ihn nur verstehen konnte, wenn er direkt neben ihm stand. Werdin machte ihm den Mund wässrig, behauptete, schon eine Spur zu kennen, die Mulden nur weiterverfolgen müsse. Er sei Mulden immer noch dankbar für die Hilfe damals. Jetzt endlich könne er sich revanchieren. Fast hätte Muldens hässlicher Mund getrieft. Seine Augen hefteten sich an Werdin, er schaute ihn an wie die Verheißung. Reich sein, endlich reich sein. Und die Herren des mächtigen Deutschen Reichs seine dankbaren Gönner.

Werdin blickte über den Bahnsteig, an dessen Ende sie standen. Er entdeckte niemanden in der Nähe. Im Rücken würde gleich der Güterzug durchfahren, auf der anderen Seite standen leere Personenwaggons. Als die Lok sie passiert hatte, griff Werdin nach Muldens Mantel, zerrte ihn zur Bahnsteigkante und stieß ihn hinunter. Mulden stürzte mit Entsetzen in den Augen in den Spalt zwischen Bahnsteig und Gleis. Die Räder eines Tiefladers zermalmten seinen Körper. Es würde eine Weile dauern, bis der lange Zug das Gleis passiert hatte. Erst dann würde jemand Muldens Überreste finden.

Mit schnellem Schritt kehrte Werdin zum Bahnhofsgebäude zurück. Er versuchte, nicht hektisch zu wirken. Es war unwahrscheinlich, dass jemand ihn gesehen hatte. Trotzdem wäre Werdin froh gewesen, er hätte gleich in den Zug nach Venlo einsteigen können. Er war schon fast im Menschengewühl der Bahnhofshalle untergetaucht, als es hinter ihm schrie: »Mörder! Mörder! Haltet ihn!« So gut war sein Holländisch allemal, dass er verstand, es ging um seinen Hals. Eine alte Frau, in Schwarz gekleidet, weiße Haare unter einem schwarzen Kopftuch, in der einen Hand einen Stock, in der anderen eine Handtasche, stand auf dem Bahnsteig 7, vor einem Signalmast, und schrie grell: »Mörder! Mörder!« Sie zeigte auf ihn.

* * *

Man hörte so einiges munkeln. Grujewitsch gab nicht viel auf Tratsch. Aber er verschloss seine Ohren nicht. Nicht alles war falsch, nicht alles wahr. Es hatte wohl Streit gegeben in der Führung der Kommunistischen Partei. Chruschtschow soll Zweifel geäußert haben am Genius des großen Stalin. Es ging um Verdienste im Krieg, um die Gründe der Niederlage. Dass sie Berlin nicht erobern konnten, empfanden viele in Russland als Niederlage. Und noch etwas irritierte. Nicht nur Grujewitsch hatte bemerkt, dass auffällig viele Leute wieder auftauchten, die man in Lager gesteckt hatte. Waren sie unschuldig, war ihre Inhaftierung Unrecht gewesen? Es wurden Menschen rehabilitiert, die als Todfeinde der Sowjetmacht beschimpft worden waren. »Fehlt gerade noch, dass sie den Genossen Trotzki in Mexiko ausgraben und neben Lenin im Mausoleum aufbahren«, lästerte Iwanow auf einem ihrer Spaziergänge.

»Warum eigentlich nicht?«, fragte Grujewitsch. »Ohne Trotzki hätten wir den Bürgerkrieg verloren.«

Iwanow schnalzte mehrfach mit der Zunge. »Das lass mal nicht unseren großen Chef hören, du Ketzer. Der glaubt nämlich wirklich daran, dass es ohne Stalin gar keine Revolution gegeben hätte.«

»Dabei war der doch nur ein Würstchen. Frag mal die Veteranen. Da gibt es ein paar, denen stinkt das Getue um den Vater der Völker gewaltig.«

Es nieselte warm. Grujewitsch durchlief ein Zittern, als fröre er. Seine Welt löste sich auf. Alles schien fest gefügt, selbst mit dem Waffenstillstand mit den Deutschen hatte er sich abgefunden. Dabei war es allein Moskaus Schuld, sie hätten den Spuk nur ein paar Wochen früher austreten müssen. Sie hatten im Krieg zu viele Fehler gemacht. Die Deutschen hatten sie bis nach Moskau, Leningrad und in den Kaukasus geprügelt, obwohl die Rote Armee mehr Soldaten und mehr Panzer hatte. Viel zu spät hatten sie begonnen, aus ihren Fehlern zu lernen. Weil jede strategische Entscheidung unlösbar verknüpft war mit Stalins Namen, war jede dieser Entscheidungen unfehlbar. Aber erst als sie fast alles anders machten, errangen sie Siege. Nur unter der Wucht der feindlichen Schläge hatte Stalin sich darauf besonnen, Schukow die Macht zu geben, die er brauchte. Die Parade auf dem Roten Platz am Tag der Befreiung der Sowjetunion von der faschistischen Invasion, wie der Waffenstillstand verklausuliert wurde, hatte Schukow abgenommen, nicht Stalin. Schukow hatte seine Rotarmisten bis nach Deutschland geführt, bis Minsk die Siegesgewissheit der Russen zerstörte. Sie feierten einen Sieg, der eine Niederlage war. Deutschland war nicht zerstört, sondern trotz aller Wunden des Kriegs die erste Macht in Europa. Stark genug, einen Frieden zu erzwingen von den Mächten der feindlichen Koalition.

Und nun wurden also die Lager geöffnet. Feinde des Volks verwandelten sich in Sowjetbürger. Konnte es sein, dass im Staat der Arbeiter und Bauern Menschen, viele Menschen eingesperrt wurden, obwohl sie unschuldig waren? Zweifel hatte Grujewitsch lange gehabt, und Iwanow pflichtete ihm bei. Aber er hatte sich an den Gedanken geklammert, es seien Ausnahmefälle. Es konnte doch nicht sein, dass tausende, zehntausende, hunderttausende verschleppt oder getötet wurden, obwohl nichts von dem stimmte, was ihnen vorgeworfen wurde. Konnte es wirklich nicht sein?

Am Vormittag hatte Grujewitsch berichtet. Berija war aufmerksam hin und her gelaufen und hatte lange kein Wort gesagt. Und dann verlangte er nur, dass Grujewitsch dieses oder jenes Detail wiederholte, präzisierte und bewertete.

»Das haben Sie gut gemacht, Boris Michailowitsch. Was täten wir ohne Sie? Was halten Sie von Schellenberg?«

»Er ist ein Fuchs«, sagte Grujewitsch. »Aber er läuft an Himmlers Leine. Vielleicht überschreitet er seine Kompetenzen hin und wieder, aber er würde sich nie in Gefahr bringen. Er kennt die Verhältnisse bei uns übrigens ganz gut. Ich fürchte fast, er hat irgendwo bei uns eine Quelle sitzen.«

Berija schüttelte den Kopf. »Das glaube ich nicht. Müller hat uns jedenfalls viele verraten. Und die haben wiederum andere verraten. Wir haben alles versucht, mehr aus ihnen herauszukriegen, aber es gab nicht mehr. Die Funkabwehr hat seit Jahren nichts mehr gehört. Gut, mag trotzdem sein. Aber vernünftig ist es nicht, davon auszugehen. Schellenberg ist eben ein kluger Mann.« Er hielt einen Augenblick inne, dann setzte er seinen Gang fort. »Wir müssen davon ausgehen, dass Schellenberg sagt, was Himmler will. Himmler will einen Pakt, wie immer der sich nennt. Himmler will das Patt beenden, das zwischen uns, den Deutschen und den Amerikanern herrscht. Er sagt sich, die Russen sind uns näher als die Plutokraten.«

Grujewitsch nickte. Er bewunderte Berijas Intelligenz. So musste man Schellenbergs Auftritt in Stockholm verstehen.

Berija kratzte sich am Kopf. »Die Deutschen liegen gewissermaßen in der Mitte, zwischen Ost und West. Es gab immer starke Kräfte, die sie nach Osten zog, entweder mit der ausgestreckten Hand, denken Sie an Rapallo, oder mit der Faust, denken Sie an den Überfall vom 22. Juni.« Ein Zug von Bitterkeit stieg ihm ins Gesicht. Grujewitsch war sich unsicher, was Berija bedrückte. Die grandiose Fehleinschätzung vor dem Überfall, die Deutschen seien vertragstreu? Die Liquidierung großer Teile des Offizierskorps der Roten Armee, ihre Enthauptung durch Stalin? Die Millionen von Opfern unter Soldaten und Bürgern? Wahrscheinlich dachte Berija an nichts davon, sondern an die traurige Rolle seines NKWD, des Volkskommissariats für Innere Angelegenheiten, dessen Spitze die Warnungen der Agenten vor dem deutschen Angriff unterschlug, nachdem Stalin sie als Provokation verdammt hatte. »Um in dieser Mittellage gut leben zu können, braucht man Klugheit und einen festen Willen. Man muss sich seiner Interessen sicher sein. Sonst beginnt die Wackelei, zwischen Rapallo und Locarno, zwischen Krieg und Freundschaft, zwischen Hitler und Himmler. Obwohl der Reichsführer ja nicht unbedingt als Freund der Sowjetunion verschrien ist. Aber jetzt hat er es wohl begriffen.« Berija setzte sich in einen mächtigen Sessel, in dem seine Gestalt fast versank. »Leider waren die deutschen Politiker selten klug, und noch seltener waren sie sich im Klaren über ihre Interessen. Sie waren der Herausforderung der Mittellage meist nicht gewachsen. Und nun also Himmler. Schauen wir uns seine Position und seine Interessen an. Was meinen Sie, Boris Michailowitsch?«

Grujewitsch erschrak. Er war darauf eingestellt, dass Berijas Monolog sich fortsetzte, bis er die Unterredung beendete und Grujewitsch befahl, was dieser zu tun hatte. Grujewitsch ärgerte sich, als er sein Stottern hörte. Berija lächelte ihn freundlich an, Grujewitsch erinnerte dieses Lächeln an eine Schlange, die erwartungsvoll züngelt, wenn sie sich ihrer Beute nähert. »Ich glaube, Himmler hat begriffen, dass die Amerikaner niemals mit ihm ins Geschäft kommen. In den USA gibt es viel zu viele Juden und viel zu viele überempfindliche Intellektuelle. Die würden ein Höllenspektakel veranstalten, wenn der Judenmörder Himmler, so nennen ihn dort manche, ihrem Präsidenten seine Aufwartung machte. Präsident McCarthy wiederum würde gerne mit den Deutschen ein Bündnis gegen uns schmieden. Aber McCarthy will wieder gewählt werden. Da darf er sich nicht mit der SS zusammentun und auch nicht mit uns.«

»Er ist in einer Scheißlage, das wollen Sie sagen?«

»Jawohl, Genosse Berija.«

Der winkte ab, als wollte er sagen: Nicht so förmlich, wir sind doch hier unter alten Genossen. »Was sollen wir tun, Boris Michailowitsch?«

»Das zu entscheiden ist Aufgabe der Präsidiums der Kommunistischen Partei der Sowjetunion.«

»Ach, Boris Michailowitsch, Sie haben ja so Recht. Aber sagen Sie mir Ihre Meinung.«

»Wir sollten einen Nichtangriffsvertrag mit den Deutschen abschließen. Und wir sollten den Amerikanern sagen, er sei nicht gegen sie gerichtet. Wir können ja einen ähnlichen Vertrag auch mit den Amerikanern aushandeln.«

Berija lächelte. »Sie sind ein guter Geheimdienstoffizier. Aber ins Präsidium wird Sie das Zentralkomitee auf seinem Plenum nächste Woche wohl nicht wählen. Wenn wir tun, was Sie vorschlagen, dann tragen wir das Dynamit nur ein paar Straßen weiter. Wir wollen aber vorankommen, die Deutschen wollen es auch. Und mir scheint, es gibt ein paar Dinge, wo wir gemeinsame Interessen haben. In Asien zum Beispiel, denken Sie an China, wo der Genosse Mao Zedong in den Bergen hockt und nicht vorankommt mit seiner Revolution. Da hätten wir gerne im Osten die Hände frei. Die Amerikaner sehen es nicht gerne, wenn wir in Asien mehr tun. Den Deutschen ist es egal. Die wollen ihre Industriewaren nach Afrika und Südamerika exportieren, das ärgert die amerikanische Konkurrenz. Vor allem aber, machen wir uns nichts vor, wollen die Deutschen immer noch die Weltherrschaft. Am deutschen Wesen soll die Welt genesen. Daher ist ein Zusammengehen mit ihnen nur für eine bestimmte Zeit möglich. Man muss diese Zeit nutzen, klüger als beim letzten Mal. Irgendwann gibt es wieder Krieg, und dann müssen wir so stark sein, dass wir gewinnen, ein für alle Mal.«

Grujewitsch fühlte sich wie im Theater. Berija, selbstgefällig, laut, sich berauschend an den eigenen Worten. Grujewitsch war nicht überzeugt von den Visionen seines Chefs. Es kam ihm so vor, als übte Berija seine Rede für die nächste Sitzung des Zentralkomitees. Dünn, was der Meister deklamierte. Pathos, das den Mangel an Inhalt übertönen sollte. Nein, Grujewitsch war zu erfahren, um auf eine solche Darbietung hereinzufallen. Dahinter steckte die Angst, die Beute des Kriegs doch noch zu verlieren, und die Angst vor der Kriegstechnik der Deutschen. Wenn sie wieder eine Wunderwaffe herbeizauberten, wenn sie die Sowjetunion mit einem Raketenerstschlag vernichteten, bevor ein russischer Bomber überhaupt nur seine Motoren starten konnte? Grujewitsch kannte die Ängste, die den Untergrund bildeten all der schönen Reden über die Unbezwingbarkeit der Sowjetmacht. Er kannte sie auch deshalb so gut, weil es seine Ängste waren. Die Deutschen hatten nicht nur den Affen erfunden, sondern auch die Raketen. Keiner wusste, wie viele sie hatten und gegen wen sie gerichtet waren. Sie ahnten es nur, aber die Ahnung ließ die Furcht größer werden, als Wissen es vermocht hätte.

Sie hatten eine Zeit lang geschwiegen. Dann fragte Berija: »Und wenn Sie Dulles wären, der Chef des amerikanischen Geheimdienstes. Was würden Sie tun?«

Grujewitsch überraschte diese Frage. Und dann überraschte ihn, dass er sie sich noch nicht selbst gestellt hatte. Wenn Himmler das Hindernis war für ein Bündnis der Amerikaner mit den Deutschen, wenn er gleichzeitig der

Motor war für einen Ausgleich mit Moskau, den die USA als Aggression empfinden mussten, was würde Grujewitsch tun, wäre er Leiter der CIA?

»Ich würde versuchen, Himmler aus dem Weg zu schaffen.« Er traute sich erst nicht, diesen Schluss zu ziehen, aber die Logik ließ ihm keine Wahl. Wenn man die Dinge in einen richtigen Zusammenhang stellte, ergaben sich die Folgerungen oft fast von allein. Die Folgerung, die Grujewitsch gezogen hatte, war zwingend. Wenn ich als Russe darauf komme, dann ist Dulles schon längst an der Arbeit. Wie würden sie es versuchen? Und wie könnte Grujewitsch es verhindern? Ihn schauderte. Sie hatten es nicht geschafft, Hitler vor dem Tod zu bewahren. Die Strafe dafür war die Bombe von Minsk. Jetzt musste Himmler überleben. Die Strafe, wenn es nicht gelang, sein Leben zu schützen, war womöglich der Untergang der Sowjetunion. Wozu wäre Deutschland fähig mit den Amerikanern im Bündnis! Jede der beiden Mächte war gefährlich, bei den Deutschen kam die Unberechenbarkeit hinzu, weil in Berlin die Fraktionen miteinander rangen, Westorientierung oder Ostorientierung.

»Aber wie, Genosse Berija, sollten wir Himmler schützen? Damals, 1944, hatten wir Agenten in Berlin, und wir sind gescheitert. Heute haben wir nicht einmal Agenten dort. Außerdem haben wir keine Ahnung, ob die Amerikaner es wirklich wagen, und wenn ja, wie sie es tun wollen.« Grujewitsch fürchtete eine Schimpfkanonade Berijas, der Geheimdienst sei unfähig, wie er es früher manches Mal erlebt hatte. Aber besser jetzt eine Beschimpfung, als später als Saboteur im Keller der Lubjanka zu enden.

Berija nickte und sagte ruhig: »Ich weiß, wir haben Niederlagen erlitten. Das schreiben wir zwar nicht in der *Prawda*, aber wir machen uns nichts vor. Das Einzige, was wir tun können, ist, den Deutschen unsere Überlegungen mitzuteilen. Die müssen auf ihren Reichsführer selbst aufpassen. Sie sollen uns aber nicht vorwerfen können, wir hätten sie nicht gewarnt. Außerdem glaube ich nicht, dass Ihr Kollege Schellenberg und der Reichsführer nicht selbst längst auf diese Idee gekommen sind. Sie werden wissen, was sie zu tun haben. Aber wir müssen wieder anfangen, ein Kundschafternetz aufzubauen. Es wird Opfer kosten, ich weiß. Es gibt dort immer noch viele, die an die Sowjetunion glauben. Für die sind wir das Paradies der Werktätigen, der Himmel auf Erden. Das klingt religiös, ist aber nicht so gemeint. Es gibt auch einen Glauben an die Kraft des Menschen, seine Lebensumstände menschenwürdig zu gestalten. Und wir sind das Vorbild. Kein Land der Welt hat bessere Voraussetzungen, Agenten zu werben, als wir. Und die meisten Agenten, die wir werben, tun ihre Arbeit aus Überzeugung, nicht für Geld. Auch wenn wir die Gier als nützlichen Grund nicht übersehen dürfen.«

Grujewitsch staunte über Berija. Er war freundlich, ausgeglichen. Ob er glaubte, den Machtkampf gegen Chruschtschow und Malenkow bereits gewonnen zu haben? Offenbar setzte der Staatssicherheitsminister auf die deutsche Karte. Die konnte er ausspielen, wenn der Vertrag mit den Deutschen spruchreif war. Er würde die Sowjetunion aus der Agonie befreien, sie wieder zum Akteur in der Weltpolitik machen, den Handel beleben und Technik in Deutschland einkaufen. Er, Lawrentij Berija, würde die Amerikafreunde Chruschtschow und Malenkow schlagen, und Molotow würde ihm helfen. So oder so ähnlich musste es sein, dachte

Grujewitsch. Der Kontakt mit Himmler, wenn auch vermittelt über Schellenberg, war weniger eine Frage der Außen- als der Innenpolitik. Wir brauchen den Massenmörder. Solange der Reichsführer etwas zu sagen hatte, würde es keine Koalition geben zwischen Deutschen und Amerikanern. Es war klar, der Machtkampf an der Spitze trieb der Entscheidung entgegen. Gab es eine Übereinkunft mit Himmler, siegte Berija, gab es sie nicht, verlor er.

Kein Wunder, dass der Staatssicherheitsminister mit Grujewitschs Bericht über sein Gespräch mit Schellenberg zufrieden war. Die Deutschen würden sich auf einiges einlassen. Offenbar wollten sie den Amerikanern Feuer unterm Hintern machen. Vielleicht der Griff nach Südamerika, wo es schon einige Staaten gab, die Berlin erfolgreich hofiert hatte. Südamerika war die Wunde im Arsch der USA. Wäre doch ein Wunder, die Deutschen würden es nicht dort versuchen. Mit der Sowjetunion im Rücken könnte es klappen. Und was kam danach? Die Ermutigung der Japaner, einen zweiten Anlauf im Pazifik zu starten? Was die in Berlin auch tun würden, mit jedem Schritt gewannen sie zusätzliche Optionen, solange sie im Osten Ruhe hatten oder, noch besser, sogar einen Bündnispartner.

»Es geht alles viel schneller, als ich gehofft hatte«, sagte Berija. »Das verdanken wir auch Ihrer Sondierung, Boris Michailowitsch. Gut, dass wir Sie damals nicht bestraft haben, als die Sache in Berlin schief ging. Vielleicht sollte ich Himmler bald sehen. Wollen Sie bei den Deutschen mal nachfragen? Sie haben doch so einen guten Kanal nach Berlin.«

* * *

Da stand sie klein vor dem Signalmast auf Bahnsteig 7 und schrie: »Mörder! Mörder! Haltet ihn!« Er fürchtete, seine Beine würden versagen. Dann merkte er, dass er rannte. Er wühlte sich durch die Masse, half mit den Ellbogen kräftig nach, hörte weit weg das Schimpfen der Leute, war endlich durch und rannte hinaus auf den Bahnhofsvorplatz. Er sah eine Nebenstraße und stürmte hinein. Im erstbesten Hauseingang verbarg er sich und schaute vorsichtig, ob ihn jemand verfolgte. Es war ruhig. Ein Müllwagen leerte Abfalltonnen. Erst jetzt hörte er sich keuchen. Angstschweiß.

Das Hirn meldete sich zurück. Was hatte die Alte gesehen? Einen groß gewachsenen Mann mittleren Alters mit einem Koffer auf dem Rücken, sonst nichts. Werdin sah sich noch einmal vorsichtig um. Niemand zu sehen. Am anderen Ende brummte der Müllwagen. Er legte seinen Koffer im Hauseingang auf den Steinboden. Die Tür öffnete sich. Zwei halbwüchsige Mädchen schauten ihn verwundert an. Er tat so, als wäre nichts dabei, dass sich ein Mann im Eingang eines fremden Hauses umzieht. Kichernd schauten die Mädchen auf seine Unterhose und gingen auf die Straße. Er zog die grüne Hose an, die im Koffer lag, warf einen Blick auf die Straße, versuchte im Hausflur etwas zu hören und legte das Schulterhalfter um. Die blaue Regenjacke zog er darüber. In die Innentasche steckte er seinen SD-Dienstausweis.

Dieses Mal trug er den Koffer mit der Hand, die Riemen hatte er abgeschnallt. Er betrat die Bahnhofshalle und zwang sich, seine Schritte sicher zu setzen. Er blickte den Bahnsteig 7 entlang. Polizisten und Sanitäter waren erschienen. Menschen drängten sich neugierig an die Beamten, die den Tatort sicherten. Zahlreiche Kriminalpolizisten in Zivil befragten Passanten, ob sie etwas gesehen hätten. Die Polizei hatte schnell gehandelt. Zwei uniformierte Beamte hielten ihn an, junge Männer: »Guten Tag, es ist ein Verbrechen geschehen. Ist Ihnen etwas aufgefallen?«

Werdin schüttelte den Kopf.

»Dürfen wir Ihre Papiere sehen?«

Werdin verblüffte die Höflichkeit der Polizisten. Er reichte ihnen seinen SD-Ausweis.

»Oh, verzeihen Sie«, sagte der kleinere der beiden.

»Das konnten Sie ja nicht wissen.« Werdin lächelte freundlich. »Was ist passiert?«

Die beiden Polizisten berichteten aufgeregt von einem Mord auf Bahnsteig 7. Ein Mann sei unter einen fahrenden Zug gestoßen worden. Das behaupte jedenfalls eine alte Frau. Vielleicht aber bilde sie sich das Verbrechen nur ein. »Wollen Sie mit dem leitenden Ermittlungsbeamten sprechen, Herr Sturmbannführer?«

»Sie werden es bestimmt auch ohne mich herausbekommen«, sagte Werdin lächelnd. Die Selbstsicherheit kehrte zurück. »Mein Zug fährt gleich ab.«

Er verließ den Bahnhof durch einen Seitenausgang und lief ein Stück, bis er auf eine Pension stieß. Er fragte einen alten Mann nach einem Zimmer, zahlte im Voraus für eine Nacht und legte sich aufs knarrende Bett. Er wusste nicht, ob es richtig war, eine Nacht in Rotterdam zu verbringen. Aber seine Nerven brauchten Ruhe. Er lag stundenlang, ohne Schlaf zu finden.

Am nächsten Morgen zwang er sich zu frühstücken. Dann ging er zurück zum Bahnhof. Er entdeckte keinen Polizisten, nichts deutete darauf hin, dass er hier gestern einen Mann ermordet hatte. Der Zug nach Venlo wartete schon. Er nahm in einem Abteil der ersten Klasse Platz. Pünktlich setzte sich der Zug in Bewegung. Werdin hatte noch einmal Glück gehabt. Er brauchte noch mehr Glück. Aber er vertraute seinen Papieren, den besten Fälschungen, die er je gesehen hatte. Erstaunt merkte Werdin, dass ihn die Gefahr des Scheiterns wenig schreckte. Nur Irma hätte er gerne wieder gesehen. Wenn sie noch lebte.

II.

In der SD-Leitstelle Viersen liefen alle Informationen aus Holland zusammen. Die Niederlande waren ein souveräner Staat, seit sich die Wehrmacht 1945 zurückgezogen hatte. In den Polizeipräsidien saßen Verbindungsleute des Sicherheitsdienstes. An der Küste gab es deutsch-holländische Marineverbindungsstellen. Hollands Nordseeküste gehörte zur deutschen Sicherheitszone. Für die Holländer bedeutete das, sie mussten mit den Deutschen zusammenarbeiten. Dafür ließen die Deutschen sie in anderen Dingen in Ruhe.

Die SD-Leitstelle Viersen schickte jeden Tag per Telegraf einen verschlüsselten Bericht nach Berlin. Die Berichte aus Viersen waren länger als die Meldungen anderer Leitstellen, weil hier die Informationen aus dem ganzen Land zusammengefasst und bewertet wurden. Im Sicherheitsdienst war die Westeuropaabteilung dafür zuständig, die Berichte aus Viersen auszuwerten. Leiter der Abteilung war Obersturmbannführer Reinhold Gottlieb. An ihn gingen alle Meldungen aus Frankreich, Belgien und Holland. Luxemburg und Liechtenstein hatten sich 1947 dem Deutschen Reich angeschlossen und unterstanden daher einer anderen Abteilung des SD.

Gottlieb las die Meldungen aufmerksam. Sie hatten Westeuropa mit einem Netz aus offiziellen Residenzen und

V-Leuten überzogen. Sie wollten nicht überrascht werden. Das war zwar für die Gegenwart keine Gefahr, aber man konnte nie wissen. Man musste ja nur daran denken, wie trickreich sich Deutschland den Auflagen des Versailler Vertrags entzogen hatte. Die Verlierer des Zweiten Weltkriegs waren auch nicht blöd. Um jeden Widerstand im Keim ersticken zu können, hörte der SD das Gras wachsen. Dafür mussten alle Informationen ausgewertet werden. Die Leitstellen trafen eine Vorauswahl, die Leiter der zuständigen Abteilungen prüften diese, und die Auswertungsabteilung untersuchte alles systematisch.

Pieter Mulden war in Rotterdam unter einen Zug geraten. Fotos würden nachgereicht, Gottlieb konnte sich vorstellen, wie sie aussahen. Eine alte Dame behauptete, Mulden sei ermordet worden. Sie hatte hinter einem Signalmast gestanden und wollte einen hoch gewachsenen Mann gesehen haben, der Mulden gestoßen habe. Gottlieb hatte Mulden während des Kriegs kennen gelernt. Ein schmieriger Geselle, der sich gerühmt hatte, ohne seine Hilfe hätte der SD das britische Spionagenest in Rotterdam niemals ausgehoben. Werdin verdanke das EK II also ihm. Ob der SD sein Honorar erhöhen könne, wenn er schon keinen Orden erhalte? Sie hatten ihm mehr Geld gegeben. Durchschnittstypen vergisst man, aber Mulden war abstoßend, zwischen seinen schwarz gefleckten Zähnen glänzte ein Goldzahn. Mulden stank, aus dem Mund und nach einem süßlichen, schweren Parfüm. Er hatte eine ölige Stimme, die einem Dessousvertreter alle Ehre gemacht hätte. Nur war Mulden kein Dessousvertreter, sondern SD-Spitzel, sehr erfolgreich und nun sehr tot.

Die Tür sprang auf, Krause stürmte in Gottliebs Dienstzimmer. »Na, Gottlieb, steht der Westwall noch?«

Gottlieb grinste. »Ich glaube schon, Gruppenführer. Jedenfalls habe ich nichts Gegenteiliges gehört.«

»Keine Invasion der Marsmännchen in der holländischen Tiefebene?«

»Nein, aber eine Leiche in Rotterdam.«

»Der Mensch ist sterblich.«

»Vor allem wenn ihn ein Zug überfährt.«

Krause stutzte. »Wer ist überfahren worden?«

»Pieter Mulden.«

Krause überlegte kurz, dann erinnerte er sich. »Der gehörte nicht zu den Leuten, die sich freiwillig überfahren lassen.«

»Das behauptet eine alte Mutti auch. Die sagt, Mulden wurde den Bahnsteig hinuntergeschubst. Sie habe es genau gesehen. Der Mörder sei ein eher großer, schlanker Mann mit blonden Haaren.«

»Haben die Holländer den Mann verhört?«

»Der ist wie vom Erdboden verschluckt. Wenn es ihn überhaupt gibt.«

Krause nahm sich den Bericht mit in sein Dienstzimmer. Irgendetwas sagte ihm, dass die Geschichte stank. Reine Gefühlssache. Oder Berufserfahrung. Oder beides. Er ließ sich von seiner Sekretärin den Bericht über die *Operation Zigarre* bringen, den Schlag gegen den britischen Geheimdienst in Rotterdam vor vielen Jahren. Als er den Bericht las, verstärkte sich seine Ahnung. Mulden hatte den Tipp gegeben, Werdin hatte zugeschlagen. Werdin stellte in seinem Bericht Muldens Verdienst heraus, gar nicht die Art von Leuten, die scharf sind auf Orden. Mulden bedankte sich überschwänglich für die üppige Belohnung, die Werdin für ihn herausgeholt hatte bei Schellenberg. Und nun wieder Rotterdam, wieder Pieter Mulden. Fehlte noch Werdin. War er der Mörder?

Krause goss sich ein Glas Cognac ein, legte die Füße auf den Schreibtisch, kreuzte die Arme vor der Brust und starrte an die Decke. Wenn es so sein sollte, warum hatte Werdin Mulden umgebracht? Wenn es kein Unfall war. Vielleicht ging die Geschichte so: Werdin wird von den Amis an der Küste abgesetzt. Sein Auftrag ist unklar, aber die Amerikaner machten so ein Theater nicht ohne Grund. Sie hatten was Größeres vor. Werdin ist auf sich allein gestellt. Er macht Mulden in Rotterdam ausfindig und versucht, ihn für seinen Plan zu gewinnen. Er verspricht ihm Geld, viel Geld, wenn Mulden ihm hilft, nach Deutschland einzureisen. Mulden akzeptiert erst, trifft sich mit Werdin im Bahnhof, fordert aber zu viel Geld. Werdin ist in der Zwickmühle. Er fühlt sich erpresst. Mulden weiß mehr, als er wissen darf. Und Mulden weiß das. Am Ende bleibt Werdin gar keine Wahl, er muss Mulden umbringen. So ergab die Sache einen Sinn. Aber war es so geschehen?

Eigentlich egal, dachte Krause. Ich begreife Muldens Tod als Signal. Er passt zur Meldung aus Uruguay, von diesem komischen Juden, dem V-Mann »David«, der einen CIA-Agenten namens Myers liquidiert hat. Myers hatte berichtet, er habe zusammen mit einem Kollegen den ehemaligen Sturmbannführer Werdin nach Washington zur CIA gebracht. Der Kunstschütze kommt zurück. Zum letzten Wettschießen. Dieses Mal gewinne ich, sagte Krause leise vor sich hin. Mal sehen, wie lange es dauert, bis ich dich kriege. Und dann schießen wir noch einmal, du mit Papierkugeln, ich mit der Walther.

Er befahl Gottlieb zu sich. »Ihr Chef ist auf dem Weg zu uns. Weiß der Henker, warum. Fast glaube ich, er tut uns einen Gefallen. Wie dem auch sei, wir organisieren eine Fahndung, verdeckt, aber großflächig. Wir wollen ja nicht, dass unser Freund was wittert. Verteilen Sie das Bild dieses Herrn an alle Grenzposten im Westen. Die Holländer sollen die Bahnhöfe überwachen.« Er schaute Gottlieb streng an. »Ja, ja, ich weiß, die sind empfindlich. Aber das bin ich auch. Gucken Sie nicht so finster, Gottlieb. Na gut, bitten Sie die Herren des Tieflands recht freundlich. Uns wäre da vor ein paar Jahren einer abhanden gekommen. Den hätten wir gerne wieder. Lebend, wenn es geht. Aber auch im Sarg, wenn es unbedingt sein muss. Einige Fragen würde ich dem Herrn allerdings gerne stellen.«

Als Gottlieb sich abgemeldet hatte, machte sich Krause auf den Weg zu Schellenberg. Er hatte Glück, der Chef war da und hatte Zeit für ihn.

»Sagen Sie, Obergruppenführer, in letzter Zeit erlebe ich Mysteriöses mit diesem Werdin. Vor kurzem war ich bei Kamerad Reitberg und stelle fest, ein Teil der Personalakte Werdins fehlt, und zwar die letzten Monate, die er so freundlich war, mit uns zu verbringen. Dann endet eine unserer Quellen in Rotterdam unter einem Zug. Eine Oma sagt, ein Kerl habe den armen Mulden, so hieß unser Mann, vom Bahnsteig geschubst. Die Oma gibt eine nicht sehr ausführliche Beschreibung des Täters, aber was sie sagt, passt auf unseren Freund Werdin. Und dass der uns besuchen will, entnehme ich dem Bericht eines V-Manns in Amerika.«

Schellenberg saß auf seinem Sessel und lächelte freundlich. »Sie sind ein schlauer Kopf, Krause. Sie werden es noch weit bringen. Fangen Sie den Werdin, möglichst bald. Und wegen der anderen Sache machen Sie sich mal keinen Kopp, das ist doch Schnee von gestern. Was kratzt uns eine alte Personalakte?«

Krause schüttelte den Kopf. Es erforderte keinen Mut, Schellenberg zu widersprechen. Schellenberg liebte solche Auseinandersetzungen, sie brachten den Sicherheitsdienst voran und stärkten den Zusammenhalt. »Haben Sie mir damals nicht von Vorwürfen erzählt, die gegen Werdin erhoben wurden? Ich sollte mit ihm saufen gehen, ihn ein bisschen provozieren, in ihn hineinhören, haben Sie gesagt. Mal auf den Busch klopfen. Es kam nichts heraus dabei. Und kurz darauf war der Kamerad Werdin abgehauen. Man stelle sich das vor, am Tag unseres Siegs verpisst der sich. Offen gesagt, ich finde das alles komisch. War an den Vorwürfen was dran?«

Schellenberg schien in seiner Erinnerung zu graben. Dann zuckte er leicht die Achseln, machte ein betrübtes Gesicht. »Davon weiß ich nichts mehr. Sie haben bestimmt Recht, und es war alles so. Ich werde alt. Aber noch lohnt es sich nicht, an meinem Sessel zu sägen, Krause. Keine Sorge, Sie kommen früh genug zum Zug. Sie sind mein bester Mann.«

Krause staunte. Schellenberg vergaß nie etwas. Schon gar nicht, wenn es wichtig war. Da war ein Geheimnis, und Schellenberg wollte schweigen. Wie lange noch?

* * *

Der Zug hatte Tilburg hinter sich gelassen. Werdin saß allein in seinem Abteil und schaute auf die eintönige Landschaft. Holland war eine einzige Ebene. Hier und da ein paar Kanäle und Deiche, um die Sturmfluten daran zu hindern, das unter der Meeresoberfläche liegende Land absaufen zu lassen. Werdin gefiel an Holland nicht viel außer der Nordseeküste und Amsterdam, der Grachtenstadt, in der das bunte Menschengewimmel von einstiger Weltmacht zeugte. Werdin mochte auch die Holländer. Es waren meist bescheidene, ehrliche Leute, fleißig, friedlich und unbeugsam. Sie hatten sich bis 1945 der Besetzung durch die Stärkeren unterwerfen müssen, aber sie verkauften ihre Seelen nicht. Sie hatten Land dem Meer entrissen und gaben es nicht mehr her. Um die Spanier loszuwerden, hatten sie ihre Kanäle geflutet. Gegen Bombenflugzeuge und Fallschirmjäger half das nicht. Die Tulpen waren längst verblüht, die Blumenfelder gepflügt und geeggt. Bald würden fleißige Züchter neue Zwiebeln setzen.

Nach Tilburg kam Eindhoven. Der Zug hüllte den Bahnsteig in Dampf und Rauch. Eine Brise blies die Sicht frei. Blaue Uniformen, Polizei. Werdin sah sie Ausweise kontrollieren. Ein Beamter stand mit dem Rücken direkt vor seinem Fenster. Er hielt ein Foto in der Hand, blickte immer wieder darauf und dann auf Passanten. Werdin mühte sich, das Foto zu erkennen. Es zeigte ihn. So hatte er ausgesehen vor zehn Jahren.

Er hob den Koffer aus der Gepäckablage über seinem Kopf und ging langsam in den vorderen Teil des Zugs. Hinter sich hörte er die Türen schlagen. Polizisten stiegen ein, um die Abteile zu durchsuchen. Im Wagen hinter der Lok öffnete Werdin die Waggontür auf der falschen Seite und sprang aufs Nachbargleis. Einige Passanten vom Bahnsteig beobachteten ihn, sie tuschelten und lachten. Werdin stieg auf den Tender und bewegte sich nach vorne. Zwei rußgeschwärzte Männer starrten ihn an, als Werdin den Führerstand der Lok betrat. Es war heiß, es zischte und dampfte. Ein kleiner kräftiger Mann hatte eine Schippe in der Hand, mit der er Kohle vom Tender in die Feuerbüchse warf, die Klappe war offen. Rot brannte das Feuer unter dem Dampfkessel. Der Lokführer war groß und stark gebaut. Weiße Augäpfel mit schwarzen Pupillen in einem verrußten Gesicht richteten sich auf Werdin, auf dem Kopf trug der Lokführer eine schwarze Kappe. Werdin drückte ihm die Walther auf den schwarzen Kittel. Es beeindruckte den Mann nicht.

»So, so«, sagte er. »Sie wollen wohl umsonst mitfahren.« Er grinste über sein breites Gesicht. »Oder sollten Sie etwa keine Lust haben, sich mit den blauen Jungs da hinten« – er zeigte mit dem Daumen zum Bahnsteig – »zu unterhalten. Welch Zufall, die suchen jemanden. Genauer gesagt, die machen die Laufburschen für die wunderbare SS des wunderbaren Reichsführers.«

»Seien Sie ruhig«, sagte Werdin.

Das scherte den Lokführer nicht. »Ein echter Deutscher auf der Flucht vor den eigenen Leuten. Das erlebt man aber selten.«

Werdin schaute den Mann böse an: »Halt's Maul!«

Der Lokführer lachte fröhlich. »Also, ein Ladendieb biste nicht. Und um Alimente kümmert sich die SS auch nicht gern. Wo willst du denn hin?«

»Nach Deutschland«, sagte Werdin und vergaß, dass er dem Mann befohlen hatte, ruhig zu sein.

»Ach, ein Verrückter«, sagte der Lokführer. »Nur ein Irrer geht nach Deutschland, wenn die SS ihn haben will. Da kannst du ja gleich in die Prinz-Albrecht-Straße marschieren und sagen: Hier bin ich, melde mich zur Folter.«

Werdin widersprach nicht. Seine Pistole war fehl am Platz.

»Pass auf, mein Junge, ich sag dir jetzt mal was. Steck die Knarre weg, zieh dir die Klamotten von meinem Kollegen hier an, pack die Schaufel, und sieh zu, dass du Kohle untern Kessel kriegst. Und das Ganze bitte ein bisschen flott. Wir wollen nämlich heute noch nach Venlo. Und in Venlo, da sehen wir mal weiter.« Der Lokführer zeigte Werdin einen Verschlag, in dem er Koffer und Kleidung verschwinden lassen konnte. Binnen weniger Minuten verwandelte sich Werdin in einen Heizer. Der wirkliche Heizer stellte sich in Unterwäsche ans Fenster und beobachtete fröhlich das Geschehen. Der Lokführer öffnete die Klappe der Feuerbüchse unter dem Kessel und zeigte auf den Tender. Werdin begann Kohle vom Tender in die Feuerbüchse zu werfen. Der Lokführer steckte sich eine kleine Pfeife in den Mund, zündete ein Streichholz an, hielt die Flamme über den Pfeifenkopf und zog, bis kleine Rauchwolken aufstiegen. Er grinste.

»Sie müssen schauen, wie Sie nach Deutschland hineinkommen. Sie sollten es mit dem Dienstausweis probieren. Den Sturmbannführer Brockmann gibt es ja wirklich. Ich halte es für ausgeschlossen, dass Himmler oder Schellenberg die Dienstreisen jedes ihrer Leute überwachen lassen. Ich gebe aber zu, ein Restrisiko bleibt. Früher haben wir manchmal einen über die grüne Grenze schleusen können, aber letztes Jahr hat die SS die Schleuser hochgenommen. Einer läuft noch frei herum, ich fürchte, es ist ein Spitzel, der auf Leute wartet wie Sie.« Crowford war wenigstens ehrlich. Die ganze Geschichte war ein Abenteuer. Vernünftigerweise sollten sich die Amis schon einmal darauf einstellen, dass sie demnächst einem deutsch-sowjetischen Bündnis gegenüberstehen. Wenn ihnen nicht mehr einfällt, als einen einzelnen Mann ohne jede Unterstützung auf Himmler anzusetzen. So was Himmelfahrtskommando zu nennen wäre eine Verharmlosung gewesen.

Seit er sein Bild in der Hand eines holländischen Polizisten gesehen hatte, wusste Werdin, er würde nicht als SS-Offizier über die deutsche Grenze kommen. Sein Konterfei würde auch in der Kontrollstelle hängen. Seinen Decknamen kannten sie nicht, aber das Bild würde ihn verraten. Die Z5, der Computer, durfte ihre Künste an anderen Fällen beweisen.

Nun saß er im Führerstand einer Lokomotive, die aus dem Bahnhof von Eindhoven herausstampfte und in einer knappen Dreiviertelstunde die Endstation Venlo erreichen würde. Der Lokführer nuckelte an seiner Pfeife und grinste. Er gehörte zu einem Menschenschlag, der Werdin vertraut war, mehr als das: der ihm das Gefühl von Heimat gab, einer weit zurückliegenden Heimat. Werdin begriff, der Mann hasste die SS, er hasste die Deutschen, die sein Land unter der Fuchtel hielten, aber er hasste nicht alle Deutschen. Deutsche, die von der SS verfolgt wurden, mochte er. Er riskierte seinen Hals für sie. Das gab es nur in der Arbeiterbewegung, in der niederländischen wie in der deutschen.

»Ich habe in Venlo einen Freund«, brüllte der Mann gegen das Stampfen und Zischen der Lokomotive an. »Mal sehen, vielleicht kriegt er dich über die Grenze. Wenn ich ihm sage, wie gut du Kohlen schippen kannst.« Er lachte übers ganze Gesicht.

»Ich hätte dich erschießen sollen«, brüllte Werdin zurück.

Der Lokführer lachte noch lauter. »Klar, dann hättest du endlich mal eine Lokomotive steuern dürfen. Davon träumt jeder dumme Junge.« Er klopfte Werdin auf die Schulter und bedeutete ihm, er solle die Schaufel abstellen. Er schloss die Klappe der Feuerbüchse. Offenbar reichte der Dampfdruck für eine Weile. Werdin wischte sich mit dem Ärmel über die Stirn.

»Was hast du in Deutschland vor?«, fragte der Lokführer.

»Geheime Reichssache«, erwiderte Werdin.

Der Lokführer lachte.

»Und was hast du gegen die SS? Die Deutschen haben Holland doch vor der Besetzung durch Amis und Tommys geschützt. Sei dankbar«, frotzelte Werdin.

Der Lokführer tippte sich mit dem Zeigefinger an die rußverschmierte Stirn. Er zog am Seil der Dampfsirene, die Lok pfiff laut. Er zog noch einmal.

»Hast du mal was von Lenin gelesen?«, fragte der Lokführer.

»Ja«, sagte Werdin. Er begriff, dass der Lokführer herauskriegen wollte, wessen Geistes Kind sein neuer Gehilfe war.

»Hast du den *Linken Radikalismus* gelesen?«

»Klar«, sagte Werdin. In seinem Buch *Der ›linke Radikalismus‹, die Kinderkrankheit im Kommunismus* prügelt

Lenin auf Strömungen in der Arbeiterbewegung ein, die er für linksradikal hält. Mit hitziger Wut richtet er sich besonders gegen holländische Anarchisten.

»Na, dann weißt du jetzt ja, was ich für einer bin«, sagte der Lokführer. »Und ich weiß, was du für einer bist. Ein Schmuggler würde so einen Quatsch ja nicht lesen. Wenn wir Zeit hätten, könntest du mir mal erzählen, was die große Sowjetunion denn für die Weltrevolution tut.«

Werdin verzichtete darauf, den Lokführer zu berichtigen. Immerhin, er war früher Kommunist gewesen. Und man musste Kommunist sein, um diese Schrift Lenins zu ertragen. Nicht schlecht kombiniert. Die holländischen Linksradikalen hatten nichts am Hut mit Stalin, seinen Jüngern und seinen Erben. Aber wenn es gegen die Deutschen ging, schrumpften die Unterschiede und der Wille, den Fraktionskampf fortzusetzen. Hätte Werdin dem Lokführer die Wahrheit gesagt, dann hätte der ihn womöglich aus dem fahrenden Zug geworfen. Kommunisten liebten die Vereinigten Staaten nicht, linksradikale Kommunisten schon gar nicht.

* * *

»Sie fahren nach Deutschland, Boris Michailowitsch«, befahl Berija. »Noch in dieser Woche.«

Grujewitsch hatte es gewusst. Nur zwei Tage nach dem Treffen mit Schellenberg in Stockholm kam per Funk die Einladung aus Berlin. Der Reichsführer höchstselbst wollte sich über die Absichten der Russen informieren. Und er wollte es nicht von Schellenberg hören, sondern von einem Boten Berijas. Den würden die Deutschen selbst abholen in Moskau. Sie boten an, eine Ju 56 mit Medikamenten und wissenschaftlichen Apparaten zu schicken und auf dem Rückflug Grujewitsch mitzunehmen. Die Ladung sei bestimmt für die Bevölkerung von Minsk. Für das, was von ihr übrig geblieben ist, dachte Grujewitsch. Und das wird ihr auch nichts nutzen. Die Strahlen der Uranbombe fraßen die Überlebenden auf. Wenn man die Menschen sah, fragte man sich, ob es nicht gnädig gewesen wäre, sie hätten das Inferno nicht überlebt. Nun gut, Berija war entschlossen, die Geste der Deutschen zu begrüßen. Was kratzten ihn die Toten und die Überlebenden? Es ging um die Macht im roten Reich.

Er sah die viermotorige Maschine warten, das schwarze Balkenkreuz auf dem Leitwerk. Sie war entladen und betankt, ihre Motoren dröhnten. Er stieg die Treppe hoch und wurde vom Piloten und der kleinen Besatzung militärisch begrüßt. Der Pilot geleitete ihn zu seinem Platz, eine hübsche schwarzhaarige Flugbegleiterin machte ihm schöne Augen und brachte ein Glas Champagner. Sein Gepäck war schon zuvor verladen worden. Grujewitsch gefiel das Theater, das um ihn gemacht wurde. Er war der erste Sowjetemissär seit dem Krieg, der Berlin besuchte. Er tat den ersten Schritt zwar im Auftrag Berijas, aber der steckte schließlich nicht in seinen Schuhen. Das war etwas, was Grujewitsch sein Leben lang nicht vergessen würde, was immer bei alldem herauskommen sollte.

Die Reise war so geheim, dass er weder Gawrina noch Anna etwas verraten durfte. Aber er konnte es sich nicht verkneifen, sich etwas wichtig zu tun bei Anna. Er sprach von einem Geheimauftrag, der ihn in ein bedeutendes Land führe.

Anna begann zu raten: »China?«

»Nein«, sagte Grujewitsch. »Wichtiger, viel wichtiger.«

Anna warf ihre Stirn in Falten. Sie überlegte eine Weile. »Ich weiß es, du fährst nach Deutschland. Oder nach Amerika?« Sie schaute ihn fragend an. »So wichtig?«

Grujewitsch wurde unwohl. Was, wenn sie etwas ausplauderte? Er nickte leicht. »Ich darf es nicht sagen. Frag nicht weiter!«

Anna lachte. »Du hast dich verraten. Na ja, jedenfalls fast. Fliegst du, oder fährst du mit dem Schiff?«

Grujewitsch breitete seine Arme aus.

»Also nach Deutschland. Oder gibt es schon Flugzeuge, die von der Sowjetunion nach Amerika fliegen können?«

Sie hatten gegessen, ein bisschen zu viel Wein getrunken. Sie schlief neben ihm ein. Er hatte keine Lust auf Sex, die Reise nahm ihn gefangen. Nach Deutschland, das so viele Russen bewunderten ob seines Reichtums und seiner wissenschaftlichen und technischen Leistungen. Es war eine Ehre, diese Reise machen zu dürfen. Es war eine Gefahr, hineingezogen zu werden in den Machtkampf in Moskau. Je wichtiger seine Aufgaben wurden, desto mehr konnten ihn andere als Feind wahrnehmen, als Verbündeten Berijas, der im Kreml nicht nur Freunde hatte. Viele hatten lange vor ihm gezittert, als er noch Stalins Henker war. Menschen, die vor einem gezittert haben, werden keine Freunde. Sie sinnen auf Rache für die Jahre der Angst. Je höher man steigt, desto tiefer kann man fallen. Das galt nun auch für Grujewitsch.

An der deutschen Grenze wurde Grujewitsch in die Pilotenkanzel gebeten. In die Instrumententafel eingefügt waren die Sigrunen der SS. Er durfte sich auf den Sitz des Kopiloten setzen. Nachdem er sich angeschnallt hatte, sagte der Kapitän: »Schauen Sie hinunter, wir überfliegen gerade unsere gemeinsame Grenze.« Er wartete einen Moment, dann sagte er feierlich: »Willkommen in Deutschland, Herr Grujewitsch. Wir freuen uns, dass Sie uns besuchen. Sie befinden sich in einem Flugzeug des Reichsführers-SS.« Er zeigte mit dem Finger auf die linke Seite, dann auf die rechte. »Schauen Sie, das machen die nur wegen Ihnen.« Zwei Düsenjäger waren zu beiden Seiten des Flugzeugs aufgetaucht. Sie waren so nah, dass Grujewitsch die Piloten erkannte. Sie winkten und wackelten mit den Flügeln, dann schossen sie davon. »In einer knappen Stunde sind wir da«, sagte der Kapitän. »Da warten schon welche auf Sie. Sie werden staunen.«

Die Landung auf dem Zentralflughafen Tempelhof erlebte Grujewitsch im Fluggästeabteil. Die Maschine setzte sanft auf und rollte in Richtung Flughafengebäude. Grujewitsch schaute aufgeregt aus dem Fenster. Endlich bremste die Junkers. Er hörte, wie außen die Trittleiter befestigt wurde. Durchs Fenster sah er viele Fahrzeuge mit den Standern der SS. Dann bat ihn die Flugbegleiterin zum Ausstieg. Als Grujewitsch oben auf der Treppe stand, wurde er fast geblendet. Nicht von der Sonne oder von Scheinwerfern, sondern von den ordenbehängten Uniformierten, die im Halbkreis auf dem Flugfeld auf ihn warteten. Er erkannte Schellenberg, dann Kaltenbrunner und, tatsächlich und unglaublich, Heinrich Himmler. Sie waren umgeben von der ersten Garnitur der SS, Obergruppenführer, Gruppenführer, Brigadeführer. Schellenberg kannte Grujewitsch aus Stockholm, Himmler und Kaltenbrunner von Fotos. Es war der ganz große Bahnhof.

Als Grujewitsch die Treppe hinabstieg, trat Himmler einige Schritte nach vorn, an seiner Seite Schellenberg und Kaltenbrunner. Himmler begrüßte Grujewitsch mit einem Händedruck. Er hatte eine schwabbelige Hand.

Mit ruhiger Stimme sagte Himmler: »Herr Grujewitsch, ich begrüße Sie im Namen der Reichsregierung herzlich in Berlin. Wir werden alles tun, damit Sie sich wohl fühlen bei uns.«

Sie fuhren in einem schweren Mercedes-Benz Richtung Stadtmitte, eskortiert von SS-Männern auf Motorrädern und einer Wagenkolonne. Je näher sie dem Zentrum kamen, desto mehr Ruinen sah Grujewitsch. Auch die Deutschen hatten es noch nicht geschafft, alle Trümmer des Kriegs wegzuräumen. Aber sie waren dabei. Zwischen den Ruinen entstanden neue, moderne, großzügige Gebäude. Die Straßen waren frisch geteert.

»Das ist die berühmte Friedrichstraße«, sagte Himmler.

Grujewitsch wusste nicht, wie die Straße vor dem Krieg ausgesehen hatte, das Menschengewimmel, die vielen Autos und Geschäfte beeindruckten ihn. Cafés hatten Stühle und Tische auf den Bürgersteig gestellt. Die Kleidung der Menschen erschien Grujewitsch farbenfroh und teuer.

»Jetzt biegen wir Unter die Linden ab«, sagte Himmler. »Das ist Deutschlands schönste Straße.«

Straße war eine Untertreibung, fand Grujewitsch. Stumm bestaunte er die baumbestandene Magistrale mit ihren Prachtbauten.

»Ich habe gedacht, lieber Herr Grujewitsch, wir fahren einen kleinen Umweg, um Ihnen einen ersten Eindruck von Berlin zu geben. Wir hätten jetzt in die Gegenrichtung fahren müssen, zum Brandenburger Tor. Ganz in der Nähe ist mein Dienstsitz, in dem ich Sie heute Abend noch begrüßen möchte. Dort ist übrigens auch das Hotel Adlon, Berlins feinste Adresse, in dem wir Ihnen eine Suite reserviert haben. Aber jetzt fahren wir erst einmal ein paar Minuten Richtung Alexanderplatz, wenn Sie einverstanden sind.«

Grujewitsch nickte. Sie passierten die Universität und das Denkmal Friedrichs des Großen. »Er hat sich von der Übermacht seiner Feinde genauso wenig überwältigen lassen wie wir. Dass er nicht unterging, verdankte er den Russen.« Himmler schaute Grujewitsch bedeutungsvoll an. »Es war immer besser für beide, wenn Russen und Deutsche zusammenarbeiteten.«

Grujewitsch glaubte seinen Ohren nicht zu trauen. Er erinnerte sich noch zu gut an das Blutbad, das Himmlers schwarzer Orden angerichtet hatte in der Sowjetunion.

Grujewitsch kannte Bilder von Berlin. Sie stammten aber alle aus der Vorkriegszeit. Er hatte gehört und gelesen von der Zerstörung der Stadt durch das Dauerbombardement der Engländer und Amerikaner. Es war gewaltig, was die Deutschen binnen weniger Jahre restauriert und wieder aufgebaut hatten.

»Wir sind jetzt auf der Kaiser-Wilhelm-Straße, links sehen Sie Lustgarten und Dom, rechts das Schloss. Es ist in einem furchtbaren Zustand. Ich fürchte, wir werden es abreißen müssen. Albert Speer, unser berühmtester Architekt, hat vorgeschlagen, wir sollten einen Palast des Volkes an seine Stelle setzen. Wir hätten ja schließlich eine Regierung des Volks, keine sei freier gewählt als unsere. Aber darüber ist das letzte Wort noch nicht gesprochen.«

»Und wie denken Sie darüber?«

»Ich bin für die Palastlösung. Offen gesagt, etwas, was

dem Geist unserer Zeit entspricht, inmitten all der alten Bauten, das wäre nicht schlecht. Wir sollten unsere Spuren nicht nur in Geschichtsbüchern hinterlassen. Nur, Speer war Hitlers Liebling.« Himmler verzog einen Moment sein Lehrergesicht. »Und Hitlers Lieblinge werden nicht mehr von allen geliebt. Die Masse des Volks, gewiss, sie glaubt noch an den Führer. Andere aber sehen das ein bisschen anders. Ich gehöre zur letzteren Gruppe. Was leider auch heißt, dass der ehemalige Rüstungsminister nicht mein bester Freund ist. Als wir damals das Uranprojekt der SS unterstellten, hat Herr Speer keinen Freudentanz aufgeführt. Sie sehen, Herr Grujewitsch, ich bin ganz offen mit Ihnen. Wie ich höre, gibt es ja auch bei Ihnen nicht immer eitel Sonnenschein.«

Grujewitsch antwortete nicht. Der Mercedes wartete eine Verkehrslücke ab und wendete auf der Kaiser-Wilhelm-Straße. Als er die Wilhelmstraße passierte, vorne das Brandenburger Tor, erklärte Himmler, rechts liege das Reichstagsgebäude, das in diesem Jahr restauriert werde. Niemand in Deutschland glaube mehr, dass die Kommunistische Partei das Parlamentsgebäude angesteckt habe. »Außerdem haben Amis und Tommys mittlerweile den Reichstag stärker beschädigt als van der Lubbe.« Himmler lachte leise. Links sei der Dienstsitz der SS und praktischerweise auch der des Innenministeriums. Schließlich sei er nicht nur der Reichsführer der SS, sondern auch Reichsinnenminister.

Das Hotel Adlon überwältigte Grujewitsch. Solch einen Luxus hatte er nie gesehen. Überall Gold und Marmor. Ein Springbrunnen plätscherte im Saal. Die Hermann-Göring-Suite bestand aus drei Räumen, einem Salon, einem Schlafzimmer und einem Badezimmer. Im Salon stand ein Fernsehgerät, davon hatte Grujewitsch bisher nur gehört. Er ließ es sich erklären vom Zimmerpagen, der sein Gepäck auf einem Rollwagen in den obersten Stock befördert hatte. Es war wie ein kleines Kino, wenn auch in Schwarzweiß: In einer Musikrevue warfen leicht bekleidete junge Frauen ihre Beine hoch. Im Salon entdeckte Grujewitsch in einem kleinen Schrank hinter einer Eichenholztür einen elektrischen Kühlschrank, gefüllt mit kleinen Flaschen, Wein, Bier, Cognac, sogar Wodka deutscher Herstellung. Die Deutschen hatten nicht nur den Affen erfunden, sondern auch den Luxus. Im Schlafzimmer und im Salon standen Telefone. Im Badezimmer spiegelte Marmor das Licht der Kristallleuchten.

Das Telefon im Salon klingelte. Grujewitsch zögerte einen Augenblick, dann hob er ab. Es war Schellenberg. Ob er ihn in der Suite besuchen dürfe.

Schellenberg klopfte leicht an die Tür, Grujewitsch ließ ihn ein.

»Ich hoffe, die Unterbringung entspricht Ihren Wünschen«, sagte Schellenberg.

»Durchaus«, erwiderte Grujewitsch. Er wollte sich nicht allzu dankbar zeigen.

»Der Reichsführer lädt Sie für heute Abend zu einem Essen ein, im kleinen Kreis, hier im Hotel. Der Reichskanzler wird auch dazustoßen, rein informell natürlich, Sie verstehen?«

Grujewitsch nickte. Er begriff, die Deutschen hatten es eilig. Sie hätten lieber Berija in Berlin, sie mussten sich mit ihm als Emissär abfinden, sie taten es souverän. Als wäre er ein hoher Repräsentant Moskaus und nicht der Laufbursche des Staatssicherheitsministers.

Das Abendessen würde aufregend werden, keine Frage. Er hatte Angst, Fehler zu machen oder etwas zu tun, was ihm hinterher als Fehler ausgelegt werden könnte. Er fürchtete den Kontakt zum Reichskanzler Goerdeler, dem nachgesagt wurde, er sei ein sturer Bock und doch zu schwach, um gegen Himmler zu bestehen. Es war ein bisschen wie in Moskau. Die Mächtigen rangelten um die Macht, um noch mächtiger zu werden. Nur währte der Kampf in Deutschland schon seit 1944. Trotzdem ging es aufwärts, Grujewitsch sah es mit eigenen Augen. Himmler und Goerdeler hatten sich einigermaßen arrangiert. Was nicht bedeutete, dass nicht beide einen Fehler des anderen mit Vergnügen nutzen würden, um die eigene Position zu stärken. Heute Abend hatte Grujewitsch es mit beiden zu tun.

* * *

»Wir müssen alle seine Bekannten und Verwandten abklappern«, sagte Krause. »Wenn er es schafft, nach Deutschland hineinzukommen, dann wird er wahrscheinlich bei jemandem unterschlüpfen. Stellen Sie eine Liste zusammen. Alle, die darauf stehen, werden überwacht, Tag und Nacht. Ist das klar?«

Warum hält er mich für blöd, aber nicht für blöd genug, Werdin zu jagen?, fragte sich Gottlieb. Der Mann steht unter Strom, normalerweise ist er ein ausgeglichener Geselle und beleidigt seine Mitarbeiter nicht. »Jawoll, Gruppenführer!«, sagte Gottlieb zackig.

Krause guckte ihn verwundert an, dann begriff er. »Ich

hab's nicht so gemeint, Gottlieb.« Er bot ihm eine Zigarette an, eine Chesterfield, die man auf krummen Wegen über Holland besorgen konnte. Die Glimmstängel kosteten viel Geld auf dem schwarzen Markt.

»Hatte Werdin eine Freundin in Berlin oder sonst irgendwo im Reich?«

»Keine Ahnung«, sagte Gottlieb. »Da war lange vor seiner Flucht eine Frau irgendwo in Lankwitz. Die hat ein paar Mal in der Dienststelle angerufen, daher weiß ich das. Aber die Anrufe hörten auf. Und dann gab es natürlich noch diese Mellenscheidt.«

»Na klar«, sagte Krause nachdenklich und ließ seine Blicke durchs Zimmer schweifen. Er betrachtete das Porträt von Heydrich, das seit dessen Ermordung an der Wand neben der Tür hing. Was hättest du gemacht, Reinhard Heydrich?, fragte er in Gedanken. Aber Heydrich schwieg.

»Fritz wäre eine Chance gewesen, Werdin zu fangen. Aber der ist längst tot. Und Weißgerber? Ach, an den können Sie sich nicht erinnern, das war eine Gestapoaktion. Der Weißgerber war einer von der Kommune, der hat Fritz verpfiffen, nachdem wir ein bisschen nachgeholfen haben. So ist das mit den Herren der Kommune, wenn man ihnen auf die Pelle rückt.«

»Ich habe gleich nach der Flucht Nachbarn und Kameraden ausgequetscht, zu Werdin ist niemandem was eingefallen. Ein freundlicher Zeitgenosse, dem Vaterland treu ergeben und auch dem Führer, als es noch darauf ankam. Keine einzige Bemerkung, die nur annähernd darauf schließen ließ, Werdin habe was gegen uns.«

»Genau das hätte uns früher misstrauisch machen müssen«, sagte Krause vehement. »Kennen Sie einen Kameraden, der nicht mal geflucht hat auf alles, was uns heilig ist? Aufs Vaterland, auf den Führer, auf den Reichsführer und meinetwegen auch auf Schellenberg? Ich verrate Ihnen das geheimste Geheimnis der SS, ich habe auch schon geflucht. Sie fragen, auf wen oder was? Auf alle und alles. Nie Zweifel gehabt, Gottlieb? Nicht, als die Russen uns zu Klump gehauen haben, immer rückwärts seit Kursk? Nicht, als die Westalliierten in Frankreich landeten? Nicht nach dem Ableben unseres geliebten Führers« – Krause grinste –, »dem wir ja immer noch so furchtbar nachtrauern? Aber der Werdin läuft als Musterknabe der SS durchs Land, und dann verpisst er sich mir nichts, dir nichts zu den Amis. Und das genau in der Zeit der Wende. Wenige in der SS kannten den Uranverein besser als Ihr ehemaliger Chef. Wir brauchen gar nicht zu wetten, der Mann hat den Amis alles verraten. Da fällt die Bombe auf Minsk, und unser Mann in Haigerloch haut ab. Kurz danach freuen sich Amis, Engländer und Russen über unser Waffenstillstandsangebot. Die Sache stinkt doch zum Himmel. Nur, was bringt einen Russenspion dazu, zu den Amerikanern überzulaufen?«

Gottlieb nickte und kratzte sich am Kopf. »Vielleicht hat er sich irgendwann mit seinen Genossen überworfen. Das hat es gegeben. Denken Sie an den Pakt von 39, da sind einige von der Kommune abgesprungen.«

Krause fiel Schellenbergs seltsames Verhalten ein. Der Fuchs wusste, dass Teile der Personalakte Werdins fehlen, jede Wette. Er hat Werdin zum Uranprojekt geschickt. Er hat Krause beauftragt, Werdin auf die Nerven zu gehen, ihm fast zu drohen. Und wenn Schellenberg die Akte selbst gesäubert hat? Wenn er verdecken will, was Werdin in den letzten Monaten getrieben hat? Wenn er verdecken will, was Schellenberg oder vielleicht gar Himmler mit Werdin getrieben haben? Ein abenteuerlicher Gedanke kroch Krause ins Hirn. Wenn die längst wussten, dass Werdin ein Spion ist, und ihn benutzt haben? Wenn sie ihn zum Abhauen zwingen wollten, zum Verrat? Es passte alles zusammen. Es wäre nicht das erste Mal, dass man dem Feind Material zuspielt, um ihn zu foppen. Dieses Spiel spielten alle Geheimdienste, Desinformation. Nur, was sollte Werdin verraten? Ich kriege es heraus, schwor sich Krause.

»Was ist mit Eltern, Geschwistern und so weiter?«

»Habe ich schon überprüft«, sagte Gottlieb. »Eltern sind tot, Geschwister hat er keine. Es gibt einen Onkel, Bruder der Mutter, der war Mitarbeiter von Reichsbauernführer Darré, ist aber längst in Pension. Er kann sich an Werdin nur als Kind erinnern. Ich habe keinen Grund, seine Aussage anzuzweifeln. Trotzdem werden wir ihn überwachen lassen.«

»Verfluchte Scheiße«, sagte Krause. »Ich sage Ihnen was, er wird die Grenze überwinden. Wie man so was macht, hat er bei uns gelernt. Er wird nach Berlin kommen. Er wird seinen Auftrag ausführen, es wenigstens versuchen. Wir kriegen ihn nur, wenn wir herausfinden, was er vorhat. Es muss ein großes Ding sein, ein richtig großes Ding«, murmelte Krause. »Sonst würden die Amis nicht so einen Aufstand machen. Und warum schicken sie gerade einen ehemaligen SS-Offizier? Und einen, der so gut schießt?« Krauses Laune sank, als er sich an die Niederlagen im Schießkeller erinnerte.

»Sie wollen jemanden abknallen«, sagte Gottlieb, als hätte ihn die große Eingebung überfallen.

Krause wiegte den Kopf hin und her, er überlegte. »Ja, kann sein. Wen?«

Gottlieb zuckte die Achseln.

Krause popelte mit dem kleinen Finger zwischen den Zähnen. »Ob die was von den Verhandlungen mit den Russen mitgekriegt haben?«, fragte er. »Es würde ja passen. Himmler und Berija werden dicke Freunde, und die Amis scheißen sich in die Hose. Unser Goerdeler und der Wirtschaftswunderfritze Erhard hassen die Russen wie die Pest. Aber sie kriegen nichts hin ohne den Reichsführer. Wenn der Reichsführer weg ist …«

»Freuen sich die Amis. Sie würden ja gerne mit uns die Russen ärgern. Aber die SS und unseren großen Meister mögen sie noch weniger. Ob Werdin unseren Reichsführer umbringen soll?« Gottlieb lachte trocken. »Dann hätten sie gleich zwei Fliegen mit einer Klatsche erschlagen. Sie haben ihren rachsüchtigen Juden einen Gefallen getan, und sie können das Bündnis des Abendlands gegen die bolschewistische Gefahr beschwören.«

»Mag sein. Logisch ist es«, sagte Krause mürrisch. Er ärgerte sich, nicht selbst auf die Idee gekommen zu sein. Gottlieb lag vielleicht richtig. Wenn ich Mr. Dulles wäre, dann würde ich Himmler killen, dachte Krause. Nur bin ich nicht Mr. Dulles.

»Wir werden auf unseren Reichsführer besser aufpassen müssen«, sagte Krause. »Beweisen können wir nichts. Aber sicher ist sicher.«

Er lachte leise. Das hatte Waltraud auch gesagt, als sie den Präser aus der Handtasche zog. Und er hatte sich darauf eingelassen.

* * *

Stahl auf Stahl, quietschend hielt der Zug im Venloer Bahnhof. Der Lokführer überbrüllte das Zischen im Führerstand: »Wir besuchen jetzt meinen Bruder, da kannst du schlafen. Und morgen sehen wir weiter.«

Werdin trabte mit seinem Gepäck dem Lokführer hinterher. Sie gingen durch Sträßchen, gesäumt von einstöckigen Klinkerbauten, in deren vorhanglose Zimmer jedermann hineinschauen konnte. Vor einem dieser Reihenhäuser in einer dieser kleinen Straßen zog der Lokführer einen Schlüssel aus seiner Hosentasche und öffnete eine Tür. An der Tür stand kein Name, nur die Hausnummer. Werdin wusste nicht, wie der Lokführer hieß, und er hatte ihm seinen Namen auch nicht genannt. Ein Rest von Misstrauen.

In der Küche stand eine kleine blonde Frau am Herd, im Arm hielt sie einen Säugling, von dem Werdin nur einen spärlich behaarten Hinterkopf erkannte. Die Frau drehte sich nicht um, sie rührte in einem Topf, es roch nach Erbsensuppe. »Ich habe einen Gast mitgebracht«, sagte der Lokführer.

Die Frau drehte sich um, musterte Werdin streng. »Gut«, sagte sie.

»Ich bringe ihn nachher zu Willem«, sagte der Lokführer.

Die Frau nickte, sie hatte ihr Gesicht wieder dem Topf zugewandt.

Der Lokführer zeigte Werdin das Badezimmer. Werdin wusch sich den Ruß vom Leib und zog sich um. Unter dem Jackett trug er das Schulterhalfter mit der Walther. Nachdem auch der Lokführer sich gewaschen hatte, aßen sie in der Küche. Die Frau des Lokführers sagte kein Wort, sie schaute Werdin mehrfach unfreundlich an. Es war klar, sie hatte Angst. Werdin bewunderte den Mut des Manns und seiner Frau, die ihren Kopf riskierten für einen Fremden, von dem sie nicht einmal den Namen kannten.

Nach dem Essen führte der Lokführer Werdin zu einem Gartenhäuschen und bedeutete ihm, ebenfalls ein Fahrrad zu nehmen. Der Lokführer radelte vorneweg, Werdin hinterher, den Koffer auf den Rücken geschnallt. Sie fuhren durch winklige Gassen, dann ein Stück an der Maas entlang. Nach einer Weile erreichten sie eine Art Gehöft, drei kleine Häuser, eine Scheune, ein Schuppen und eine Hundehütte. An einer Kette eine groß gewachsene schwarze Promenadenmischung. Der Hund kläffte kurz, als sie eintrafen, dann schwieg er und verzog sich in die Hütte.

Werdin folgte dem Lokführer in eines der kleinen Häuser. Der Putz zeigte Löcher, an der Haustür blätterte die Farbe ab. Die Diele war staubig, der Boden voller Schmutzschlieren. In der Küche saß ein langer, dürrer Mann und las etwas. Er hob sein knochiges Gesicht und schaute Werdin an.

»Das ist ein Genosse, Willem«, sagte der Lokführer. »Jedenfalls so eine Art. Glaubt noch an Väterchen Josef. Aber als Heizer macht er sich gut.« Der Lokführer kicherte wie ein albernes Mädchen.

»Ein Moskowiter«, sagte Willem mit heiserer, fast tonloser Stimme und betrachtete Werdin streng. Werdin erkannte Schmutzstreifen in den Hautfalten am Hals. »Na ja, wir sind ja nicht so«, sagte Willem. »Wie willst du heißen?«

»Karl«, sagte Werdin.

»Da hast du dir ja den schönsten deutschen Namen ausgesucht«, sagte Willem. »Ich heiße Willem, und das wirklich. Mein Bruder liebt diese Versteckspielchen, ich nicht. Bisher sitzt der Kopf noch auf dem Hals.« Er streckte seinen Hals, Schmutzkrümel fielen auf und in sein schmuddeliges graues Hemd.

»Er will nach Deutschland«, sagte der Lokführer. »In Holland wird er gesucht.«

»Das ist ja schön«, erwiderte Willem. Er sagte das in einem Tonfall, in dem man jemandem erklärt, dass man Blumenkohl kaufen geht. Nichts schien Willem zu veranlassen, seine Stimme zu heben oder sonst wie Aufregung zu zeigen. Haarsträhnen klebten auf seinem Totenschädel. »Und jetzt willst du, dass ich den Josefgläubigen nach Deutschland bringe, damit unsere Freunde von der SS ihm in Plötzensee den Kopf abschlagen.«

»Ja«, sagte der Lokführer.

Willem zog seine Mundwinkel wenige Millimeter nach außen. »Ist doch mal eine Abwechslung.« Er wandte sich an Werdin. »Wohin soll es gehen?«

»Nach Deutschland«, sagte Werdin, er wollte nicht mehr sagen als nötig.

»Also nach Berlin«, sagte Willem. »Da wollen sie alle hin.« Er schaute seinen Bruder an. »Weißt du noch, den Letzten, den ich übergesetzt habe, haben sie schon in Mönchengladbach erwischt. Der wollte auch nach Berlin. Stattdessen ...« Willem fuhr sich mit dem Zeigefinger quer über den Kehlkopf. »Zum Teufel, was bin ich unhöflich.« Er bot Werdin einen Küchenstuhl an. Willem ging zum Spülbecken, nahm ein Glas aus einem Haufen schmutzigen Geschirrs, hielt es kurz unter den Wasserhahn und stellte es vor Werdin auf den Tisch. »Auch eins?«, fragte er seinen Bruder. Der schüttelte den Kopf.

»Das ist Apfelschnaps, selbst gebrannt«, sagte Willem. »Trink zwei, drei Gläser, dann kannst du etwas schlafen.« Er zeigte auf eine schmutzige Feldliege, die an der Wand stand. »Morgen früh um zwei geht's rüber zu den Ariern.«

Willem sprach nicht viel. Er rauchte eine Zigarette nach der anderen und trank beängstigende Mengen von Schnaps, aber es schien ihm nichts auszumachen. Aus dem, was Willem sagte, schloss Werdin, dass er ein Schmuggler war. Die Niederlande pflegten Handelsbeziehungen zu fast allen Staaten der Welt, auch zu solchen, mit denen Deutschland offiziell immer noch im Kriegszustand war. Die Deutschen hinderten die von ihnen abhängigen Regierungen nicht daran, schließlich profitierten auch sie von den Gütern, die Holland, Belgien oder Frankreich einführten. Es gab in Holland viele Dinge reichlich, die in Deutschland knapp waren, Zigaretten und Kaffee etwa. Wenn in einem Land fehlt, was beim Nachbarn zu kaufen ist, entsteht Schmuggel. Glaubte man Willem, dann waren die Deutschen nicht sonderlich scharf hinter Schmugglern her. Werdin würde es in wenigen Stunden erleben.

Etwas rüttelte an seiner Schulter. Als er die Augen aufschlug, sah er in Willems hageres Gesicht. »Es geht los«, sagte er. Es fehlten ihm wenigstens die Hälfte seiner Zähne. Geblieben waren braune Stummel. Werdin spürte einen Anflug von Übelkeit, als ihn Willems Atem traf. Er rieb sich die Augen und schaute auf die Armbanduhr. Es war kurz vor zwei. Willem hatte schon etwas gekocht, das Kaffee sein sollte. Die schwarze Brühe schmeckte bitter, aber sie machte Werdin wach.

Willem deutete auf zwei Kartoffelsäcke, die an der

Wand lehnten. »Einen davon trägst du«, sagte er. Er warf sich einen Sack auf den Rücken, Werdin tat es ihm nach. Der Sack war voll, aber nicht schwer.

»Was ist da drin?«

»Zigaretten«, sagte Willem, »Chesterfield und Lucky Strike.«

Sie gingen weg von der Maas in Richtung Osten. Bald erreichten sie einen Wald. Ohne einmal zu zögern, fand Willem im Dunkeln fast geräuschlos seinen Weg. Werdin mühte sich, ihm zu folgen. Sie gingen immer tiefer in den Wald hinein. Dann erkannte Werdin schemenhaft eine Lichtung. In der Mitte der Lichtung setzte Willem seinen Sack ab und zündete sich eine Zigarette an. Er zog zweimal kräftig, gleich darauf sah Werdin am Rand der Lichtung, wie es ebenfalls zweimal aufglimmte.

»Na, Willem«, sagte eine männliche Stimme auf Deutsch.

»Na, Johann«, sagte Willem.

Werdin sah zwei Männer sich nähern. Sie trugen Uniformen. Es waren deutsche Zollbeamte. Sie leuchteten Willem und Werdin mit ihren Taschenlampen ins Gesicht. Einer war groß und massig und trug eine runde Hornbrille. Der andere war kleiner und schlank und hatte eine Glatze.

»Wer ist das?«, fragte der Große.

»Ein Landsmann von euch, er will nur ein paar Geschäfte in Köln machen.«

»Schon wieder einer.«

»Ja«, sagte Willem. »Schon wieder einer.«

»Den Letzten hat die SS geholt. War wohl doch kein Geschäftsmann.«

»Kann sein«, sagte Willem. »Aber Karl hier ist einer.«

»Gut«, sagte der Zollbeamte. »Wir nehmen ihn mit nach Kaldenkirchen, dann muss er sehen, wie er weiterkommt. Hast du unsere Gefahrenzulage dabei?«

»Klar«, sagte Willem. »Ein Sack dürfte reichen als Bezahlung, da ist sogar noch ein Fahrrad drin. Aber dreht ihm keinen Rostesel an, der andere Sack kostet das Übliche.«

Der Zollbeamte griff in seine Tasche und gab Willem einen Umschlag. Willem steckte den Umschlag ein, drehte sich um und verschwand in der Nacht.

Die Zollbeamten nahmen die Säcke, der eine sagte: »Komm mit!«

Werdin folgte ihnen. Sie durchquerten den Wald, bis sie an einen Feldweg kamen. Dort stand ein offener VW-Kübel. Die Beamten warfen die Säcke auf die Rückbank und legten eine Decke darüber. »Setz dich dazu und halt die Decke fest«, sagte der Große zu ihm. Der Glatzkopf klemmte sich hinters Steuer und startete den Wagen.

Die Zollbeamten sagten nichts mehr, bis sie den ersten Ort hinter der deutsch-holländischen Grenze erreicht hatten: Kaldenkirchen. Sie parkten den Wagen am Ortsrand vor einem Schuppen, der Große schloss auf, dann trugen sie die Säcke hinein. Der Glatzkopf bedeutete Werdin auszusteigen. Seine Hand zeigte nach Osten. »Wenn du dich nach Köln durchschlagen kannst, hast du erst mal deine Ruhe, es sei denn, du machst Dummheiten. Die Bahnhöfe werden überwacht. Den Letzten haben sie in Rheydt auf dem Hauptbahnhof geschnappt. Wir geben dir ein Fahrrad, bis Köln sind es gut achtzig Kilometer. Manchmal gibt es auf den Straßen Kontrollen, aber auf Radfahrer sind die Kameraden von Polizei und SS bisher nicht so scharf. Ich habe hier eine Karte. Wenn du die Nebenstrecken nimmst, kannst du es schaffen.« Er klopfte Werdin auf die Schulter. »Oder auch nicht.«

* * *

Er saß im Wohnzimmer und trank. Wenn er aus dem Fenster blickte, sah er die Schrebergärten und Häuschen der Laubenkolonie, die auf der anderen Straßenseite begann. Die Kolonie erstreckte sich von der Rummelsburger Straße bis zur Eisenbahnlinie. Wenn der Wind von Süden blies, konnte man das Rattern der Züge hören. Irma war aus der Küche gekommen und lehnte sich an den Türrahmen. Sie betrachtete ihren Mann, der ihr den Rücken zugekehrt hatte. »Trink nicht so viel«, sagte sie. Ihre Stimme war matt, sie hatte aufgegeben. Sie hielt es für ihre Pflicht, ihren Mann zu ermahnen, doch sie wusste, es nutzte nichts. Am schlimmsten war, sie konnte es verstehen.

Helmut von Zacher hatte nach dem Krieg angefangen zu trinken. Sie hatten ihn befördert, bald war er Generalmajor und Chef einer Luftarmee. Sie überhäuften ihn mit Orden und Geld, er gehörte zu den Helden der Wochenschau. Millionen Deutsche kannten ihn. Alle Größen des Reichs hatten sich angebiedert. Sie boten ihm Villen am Wannsee an oder wo immer er wollte. Irma und Zacher lehnten alle Vorschläge ab. Ihnen genügte das Vierzimmerhaus in Friedrichsfelde. Sie hätten sich nicht wohl gefühlt zwischen den alten und den neuen Reichen des Deutschen Reichs.

»Kündige, wir ziehen nach Königsberg, da kannst du immer noch Dozent werden«, sagte Irma.

»Selbst wenn sie mich lassen, mir fehlt die Kraft. Und die

Würde, um Kant zu studieren und zu lehren. Es gibt nichts, was mir die Würde wiedergeben kann.«

Gegen ihre Überzeugung widersprach Irma: »Du hast einen militärischen Auftrag durchgeführt. Es ist nicht deine Schuld.« Sie legte ihm von hinten die Hand auf die Schulter.

»Ein anderer hätte es vielleicht vermasselt. Oder sich geweigert, es zu tun.«

»Der wäre vors Kriegsgericht gestellt worden«, sagte Irma.

»Ja, es wäre ein ehrenvolles Ende gewesen. Das Üble ist nur, ich war stolz auf den Auftrag. Darauf, dass sie unter allen Piloten gerade mich ausgesucht hatten. Der Reichsführer-SS und Luftmarschall Milch haben mir beigebracht, ich sei der Einzige, dem sie zutrauten, Deutschland zu retten. Ich, der Jagdflieger, sollte den Bomber steuern. Das wichtigste Luftunternehmen der Kriegsgeschichte. Und ich habe es getan. Erst Monate später begann ich zu begreifen, was ich wirklich getan habe. Ich habe eine Stadt ausgerottet, mit Alten, Frauen, Kindern. Da gab es kaum Soldaten. Die Leute krepieren heute noch an der Strahlung. Ich, der die SS-Mörderbande immer gehasst hat, ich habe nicht Deutschland gerettet, sondern die schwarze Pest. Das Deutschland, in dem wir leben, ist nicht mein Land. Es ist das Land der Massenmörder. Und ich bin einer von ihnen.«

»Wenn du es nicht getan hättest, wären die Russen über uns hergefallen.«

»Ja«, sagte Zacher. »Aber das wäre nichts gewesen, verglichen mit dem, was ich angerichtet habe.«

So oder so ähnlich verliefen die Diskussionen seit Jahren. Irma war nicht einmal mehr verzweifelt. Sie hatte es aufgegeben. Vorgesetzte und Untergebene mühten sich Zachers Verfall nicht wahrzunehmen. Ihr gelang es nicht. Wenn er vom Dienst heimkam, sagte er selten etwas. Er setzte sich in die Küche, wo sie mit Josef zu Abend aßen. Irma bedauerte ihren Sohn, er hatte einen Vater, der nie lachte. Hin und wieder strich Zacher Josef über den Kopf oder zwang sich anerkennend zu lächeln, wenn der Junge eine gute Note aus der Schule mitgebracht hatte.

Nach dem Essen verzog sich Zacher ins Wohnzimmer, er blätterte in Zeitschriften, las etwas in einem Buch und trank. Längst gab es keine Besucher mehr. Zachers Niedergeschlagenheit überwältigte am Ende immer die gute Laune, auch wenn Irma sich noch so quälte.

Oft dachte sie, sie müsse sich von Zacher trennen, und wenn es nur Josefs wegen wäre. Aber sie schob diesen Gedanken gleich wieder weg. Zacher hatte sie gerettet. Ohne ihn wäre Josef in einem Arbeitslager zur Welt gekommen und aufgewachsen. Deutschlands Kriegsheld befreite sie aus dem Keller in der Prinz-Albrecht-Straße, wo der SD sie festhielt, nachdem sie verletzt ans Rheinufer getrieben worden war. Die Narben des Durchschusses unter der Schulter erinnerten sie jeden Morgen und jeden Abend daran, in wessen Schuld sie stand. Ihre Eltern hatten sich an Zacher gewandt, als die Gestapo kam, um das Haus in Biesdorf zu durchsuchen. Und Zacher handelte. Er erzählte ihr nie, wie er es getan hatte, aber sie konnte es sich vorstellen. Damals fühlte Zacher sich als Held, als unbesiegbar. Wer konnte ihm einen Wunsch abschlagen? Unter den Offizieren der Luftwaffe lief das Gerücht um, Zacher sei fast mit Gewalt beim Reichsführer-SS eingedrungen. Er habe gebeten, gedroht und gewarnt, seinen Status ausgenutzt und Himmler schließlich herumgekriegt. Bedingung war, dass niemand etwas von Irmas Fluchtversuch erfahren durfte. Und Irma musste sich bereit erklären, dem SD zu melden, falls Werdin oder ein Mittelsmann von ihm von sich hören ließ.

Kurz nach ihrer Befreiung hatten sie geheiratet. Er wusste, es hatte einen anderen gegeben, und manchmal platzte die Eifersucht aus ihm heraus. Aber Werdin war weit weg. Irma stellte sich vor, Zacher wartete darauf, dass ihre Erinnerung an Werdin blass wurde und schließlich erlosch.

Aber sie veränderte sich nur. Sie erkannte in ihrem Sohn den Geliebten jeden Tag aufs Neue. Er war ihm zu ähnlich, um Werdin zu vergessen. Mit sechs oder sieben Jahren erschien das gleiche herausfordernde Lachen in seinem Gesicht, das sie an Werdin so geliebt hatte.

Zacher und Irma hielten sich an die Absprachen mit Himmler. Die eine, Verschweigen der Flucht, war leicht zu erfüllen. Die andere, Meldung, wenn Werdin von sich hören ließ, betrachtete Irma als abwegig. Bis vor zwei Jahren ein Obergruppenführer Schellenberg bei ihr aufgetaucht war, während Zacher im Luftfahrtministerium einen Termin wahrnahm. Nach dem ersten Schreck begriff Irma, Schellenberg war ein freundlicher Mann. Er brachte Grüße vom Reichsführer, fragte sie, ob sie Hilfe brauche, es gebe doch sicher einige Annehmlichkeiten, mit denen der Reichsführer sie und ihren Mann erfreuen könne. Als Irma sagen wollte, er sei gewiss nicht gekommen, um ihr Grüße von Himmler auszurichten, wurde Schellenberg plötzlich ernst, ja, fast traurig.

»Ich muss Ihnen eine schlechte Nachricht überbringen. Herr Werdin ist gestorben.«

Irma schaute Schellenberg erstaunt an.

»Wissen Sie, ich kann verstehen, dass Sie Herrn Werdin in einem anderen Licht gesehen haben als wir. Wir waren, ich gebe es zu, ein wenig rachsüchtig. Nur, man darf einer liebenden Frau nicht mit staatspolitischer Räson kommen. Ich habe das damals meinem Reichsführer erklärt, und er hat mir nach einigem Drängen zugestimmt. Glauben Sie mir, ich empfinde keinerlei Befriedigung bei meiner Mission, Ihnen diese Botschaft zu überbringen. Ich habe den Mann geschätzt, so sehr, dass ich heute noch erschüttert bin über seinen Verrat.«

Irma fühlte eine erstickende Beklemmung. Sie hatte geglaubt, ihre Gefühle geordnet und mit ihrer Pflicht aufgewogen zu haben. Dankbarkeit für Zacher, Verantwortung für Josef. Die Nachricht von Werdins Tod machte sie schwindlig, das Blut stürzte aus ihrem Kopf. Eine Zeit lang konnte sie nicht sprechen. Erst war die Atmung gelähmt, dann schnappte sie nach Luft. Sie sah Schellenberg in dem Sessel sitzen, in dem am Abend Zacher trank.

»Wie?«, brachte sie heraus. »Wie ist er gestorben?«

»Ein Autounfall«, erwiderte Schellenberg mit sanfter Stimme. »Er war sofort tot, hat nicht gelitten.« Er ging in die Küche und brachte ihr ein Glas Wasser. Sie trank. Nachdem sie das Glas abgesetzt hatte, sagte er mit seiner leisen Stimme: »Leider muss ich Sie um einen Gefallen bitten. Ich möchte, dass Sie Herrn Werdin einen Brief schreiben.«

»Aber er ist doch tot! Warum quälen Sie mich?«, schrie sie ihn an.

Er erschrak und fuhr zurück. Aber keinen Augenblick schwand die Freundlichkeit aus seinem Gesicht. »Es ist eine Geheimdienstoperation. Wenn die CIA, der amerikanische Nachrichtendienst, Ihren Brief an Werdin liest, werden die vielleicht glauben, es wäre bei Ihnen etwas zu holen. Die wissen, wer Frau von Zacher ist. Und vor allem wissen sie, wer Generalmajor von Zacher ist. Wir möchten gerne wissen, was die Amerikaner bei uns ausspionieren wollen. Wenn wir das wissen, wissen wir, was sie nicht wissen.«

Irma schüttelte den Kopf. »Das ist doch idiotisch.«

»Mag sein«, erwiderte Schellenberg nachdenklich. »Auch ich zweifle manchmal an meinem Beruf. Wahrscheinlich geht das Unternehmen schief, und Sie schreiben den Brief umsonst. Das ist meine Aufgabe: Ich beginne tausend Sachen und muss froh sein, wenn eine klappt.«

»Und was soll ich schreiben?«, fragte Irma. Eine Träne rann über ihre Wange. Doch hatte sie sich gefasst. Sie war ernst und ruhig.

Schellenberg griff in seine Jackentasche und zog einen Zettel hervor. »Es ist ein unverfänglicher Text. Wichtig ist nur, was als Absender auf dem Briefumschlag steht: Irma von Zacher.«

»Ich frage lieber erst meinen Mann.«

»Das würde ich nicht tun. Erstens würde es eine alte Wunde aufplatzen lassen. Ich habe natürlich mitbekommen, dass Ihr Mann, sagen wir mal, Herrn Werdin nicht in den Kreis seiner Freunde aufgenommen hätte. Zweitens, gestehe ich, ist die Wahrscheinlichkeit, dass die Amerikaner etwas unternehmen, mehr als gering. Wenn es doch geschieht, sagen wir es Ihnen sofort. Dann können Sie Ihren Mann immer noch einweihen.«

Irma wollte allein mit sich sein, bis Zacher zurückkam.

Josef spielte draußen mit Freunden. Ab und zu hörte sie die Kinder schreien oder lachen. Sie wollte Schellenberg loswerden. Sie schrieb ab, was auf dessen Zettel stand, und gab ihm einen Briefumschlag mit aufgedrucktem Absender. Er bat um ein Foto von ihr und ihrem Sohn, sie fand keinen Grund, es nicht auszuhändigen.

Sie hatte knapp zwei Stunden Zeit, um ihre Gefühle zu beherrschen. Sie hätte es als ungerecht empfunden gegenüber Zacher, wenn sie ihm ihre Trauer gezeigt hätte. Als sie den schwarzen Mercedes-Benz, den das Luftfahrtministerium Zacher als Dienstwagen überlassen hatte, in der Garageneinfahrt hörte, war sie für ihren Mann wieder die Frau, die er sich gewünscht hatte, deren Zuneigung er aber nicht mehr fühlen konnte.

Seit Schellenbergs Besuch hatte sie nichts mehr gehört vom Geheimdienstchef. Manchmal staunte sie über sich, dass sie ihrem toten Geliebten einen Brief geschrieben hatte. Sie empfand Werdin als einen Schmerz, von dem sie sich nicht befreien wollte. Sie lernte es, den Schmerz als Teil ihrer selbst anzunehmen.

III.

Was Schellenberg als Nebenzimmer des Hotel Adlon ausgegeben hatte, war ein kleiner Saal. Kristalllüster an der Decke, eine lange Tafel mit weißer Tischdecke, Geschirr aus feinem Porzellan, Silberbesteck. Schwere dunkelrote Samtvorhänge schlossen die Fenster gegen Neugierige. Die Decke zierte ein Goldrand und feiner Stuck mit germanischen Motiven. Es waren schon einige Gäste da, als Grujewitsch absichtlich zu spät den Raum betrat. Schellenberg begrüßte ihn freundlich und begann eine Vorstellungstour.

»Das ist Generaloberst Graf Stauffenberg, Generalstabschef des Heeres.«

Grujewitsch betrachtete den Mann mit der schwarzen Augenklappe und dem Lederhandschuh, ein Krüppel, der ihn mit strahlendem Auge anblickte und gleich den Eindruck wegwischte, er sei aufgrund seiner Gebrechen nicht fähig, ein so wichtiges Amt auszufüllen. Er kann sich wohl nicht allein anziehen, dachte Grujewitsch, aber er kann Schlachten gewinnen. Er hatte von ihm gehört, ein glühender Patriot, kein Freund der SS. In den Dossiers des Staatssicherheitsministeriums MGB über deutsche Offiziere wurde Stauffenberg als ein brillanter Kopf eingeschätzt, der Politiker unter den Generalen. Einem Bündnis mit den USA stehe er skeptisch gegenüber. Grujewitsch erinnerte sich an

Michaels Berichte über die Vorbereitungen zum Staatsstreich. Er glaubte nicht an die Macht des Zufalls. Also war er überzeugt, Stauffenberg hatte Hitler mit einer Bombe umgebracht, auch wenn die deutsche Regierung bis heute darauf bestand, der Führer sei einem englischen Fliegerangriff zum Opfer gefallen. Die Legende gehörte zur *Nationalen Versöhnung*. Damals, als der Staatsstreich anlief, war die Lüge überlebenswichtig gewesen. Sonst hätte der Volkszorn die Verschwörer überrollt. Sonst hätte es keinen Kompromiss geben können zwischen der Gruppe um Beck, Stauffenberg und Goerdeler, der SS und den führertreuen Generalen an der Ostfront.

»Einer meiner besten Mitarbeiter, Gruppenführer Werner Krause.«

Grujewitsch empfing einen kräftigen Händedruck. Der Mann sah gut aus, sportliche Figur. »Was ist Ihre Aufgabe, Herr Gruppenführer?«, fragte Grujewitsch.

»Ich passe auf, dass Berlin nicht von Spionen übervölkert wird.« Krause lachte freundlich.

Krauses Stellung in der Abwehr plus sein hoher SS-Rang ergaben, dass er bis 1944 in der Gestapo war. Aber Grujewitsch brauchte nicht zu raten. Der übergelaufene Gestapochef Heinrich Müller hatte eine Aufstellung führender Gestapobeamter angefertigt. Krause schätzte er als intelligent, wendig, durchsetzungsfähig und zäh ein, der beste Nachwuchsmann im Reichssicherheitshauptamt. Krause gehörte zu denen, die die Rote Kapelle ausgehoben hatten. Und Fritz und viele andere Kundschafter. Er hatte nicht die typische Gestapofresse, wie man sie ja nicht nur aus Karikaturen kannte. Er rauchte eine amerikanische Zigarette und sah aus wie ein schneidiger Kavallerieoffizier. Wie viele Genossen mochte der Mann auf dem Gewissen haben, der sich als ein schlagfertiger Gesprächspartner erwies, witzig und ironisch? Komisch, dachte Grujewitsch, ich müsste ihn hassen.

Die Tür öffnete sich, zwei SS-Männer traten ein, gefolgt von einer kleinwüchsigen, untersetzten Gestalt mit dem Gesicht eines Schulmeisters. Das hat er offenbar von seinem Vater geerbt, einem Lehrer. Himmler war nie Lehrer gewesen, auch wenn er sich als Erzieher seiner SS-Männer betrachtete. Nur als Hühnerzüchter hatte er sich versucht. Schellenberg zog Grujewitsch kurz am Ellbogen von Krause weg, der bedauernd die Achseln hob.

»Reichsführer«, sagte Schellenberg, »ich freue mich, dass Sie gekommen sind. Unser Gast erwartet Sie schon.«

»Das freut mich, General Grujewitsch. Wie gefällt es Ihnen? Sind Sie gut untergebracht? Fehlt es Ihnen an etwas?« Himmler hatte Fürsorge in seine Stimme gelegt.

Grujewitsch erklärte, er sei zufrieden und freue sich, den Reichsführer wieder zu sehen. Die kleine Stadtrundfahrt habe ihm gut gefallen. Er bewundere die Aufbauleistung der Deutschen. Auch die Sowjetunion habe im Krieg gelitten, und sie müssten womöglich noch mehr Schäden beseitigen.

Himmler nickte nachdenklich. »Wir sollten unsere Erfahrungen beim Wiederaufbau austauschen. Sie haben mehr Rohstoffe und Arbeitskräfte als wir, wir haben, so glaube ich, die besten Ingenieure und Wissenschaftler der Welt. Dabei könnte doch etwas herauskommen. Sie sollten das Minister Berija einmal vortragen.«

Eine gute Idee, dachte Grujewitsch. Sie zeigte, wie zielstrebig die Deutschen ein Zusammengehen mit der Sowjetunion ansteuerten.

Himmler bat Grujewitsch, ihm zu folgen, weil er ihm einige weitere Gäste vorstellen wollte. So Albert Speer, der auch als Rüstungsminister Großes vollbracht habe. Die einzige Frau unter all den Herren war Leni Riefenstahl, die Schauspielerin und Regisseurin, die mit ihren Filmen über Olympia und zwei Naziparteitage berühmt geworden war. »Schade, dass sie keine Kommunistin ist«, hatte Berija gesagt, als er *Sieg des Glaubens* und *Triumph des Willens* gesehen hatte.

Ein dicker, eher kleinwüchsiger Mann mit dem Gesicht eines genussfreudigen Kneipenwirts war der Nächste in der Reihe. Der Mann zog an seiner Zigarre und schaute Grujewitsch freundlich an. »So, Sie sind also der Bote aus Moskau. Ich sage Ihnen offen, mit den Wirtschaftsmethoden in Ihrem Land kann ich mich nicht anfreunden. Ich mag in Ihren Augen ein übler Kapitalist sein. Da haben Sie gar nicht Unrecht. Aber ich glaube fest daran, dass es allen Menschen nur in einer Marktwirtschaft gut gehen kann. Sie muss sozial abgefedert werden, damit die Schwachen nicht unter die Räder kommen.«

»Herr Minister«, sagte Grujewitsch, »ich glaube nicht, dass sich unsere Aufbauleistungen verstecken müssen hinter denen Deutschlands.«

Ludwig Erhard ließ seine Zigarre rot glühen. »Dem will ich nicht widersprechen. Wissen Sie, der Mensch kann auf Befehl reparieren. Aber gestalten auf Befehl kann er nicht.«

Erhard galt in Moskau als Befürworter einer Partnerschaft mit den Vereinigten Staaten. Es war folgerichtig, Marktwirtschaft passt am besten zu Marktwirtschaft. Aber wie groß war Erhards Einfluss? Die Bevölkerung verband mit ihm und dem Reichskanzler den Wiederaufbau, das Wirtschaftswunder, Himmler aber war der Retter.

Der Reichsführer hatte lächelnd den Dialog zwischen Erhard und Grujewitsch verfolgt. »So ist das in unserer neuen Demokratie«, warf er ein. »Sie können sich gar nicht vorstellen, wie oft es Streit gibt. Das war übrigens unter dem Führer nicht anders, aber er war die letzte Instanz. Heute glauben mehrere Herren, sie seien die letzte Instanz.« Himmler lachte. »Obwohl es so etwas natürlich nicht geben kann.«

Erhard schmunzelte. Vielleicht dachte er gerade, Himmler kann Kommunisten einsperren, aber von Wirtschaft hat er keine Ahnung. Die Wirtschaftsbetriebe der SS führt er glücklicherweise am langen Zügel und lässt sie von Fachleuten leiten, wie diesen Herren Pohl und Westenbühler, die seinerzeit auch die KZ regierten. »Ach ja«, sagte Erhard gelassen, »Streit gehört dazu, aber man muss die nationalen Ziele im Auge behalten.«

Wieder öffnete sich die Tür. Ein Mann mittlerer Größe mit wenigen weißen Haaren auf dem Kopf, schmaler Schnurrbart unter einer kräftigen Nase, die Ohren oben wie unten spitz zulaufend, mit lebhaften, fast feurigen dunkelbraunen Augen: der Reichskanzler. Begleitet wurde Goerdeler von einem schmalen jungen Mann, der eine Aktentasche trug. Goerdeler steuerte mit festem Schritt Grujewitsch an. Noch im Gehen streckte er seine Hand aus. »Ich freue mich, Sie kennen zu lernen«, sagte er mit energischer Stimme, sie verriet den Tatmenschen.

Grujewitsch kannte die denkwürdigen Umstände, die Goerdeler vom Abstellgleis in die neue Reichskanzlei gebracht hatten. Grujewitsch hatte sich in den letzten Monaten eingearbeitet ins Seelenleben der Deutschen. Er ließ Gestapo-Müller aus Sibirien nach Moskau zurückverlegen, päppelte ihn auf und quetschte ihn aus. Kaum einer kannte Himmler und die SS besser als Müller. Und er kannte auch Goerdeler. Müller hatte geredet und geredet, um nicht wieder zurückgebracht zu werden in die Kälte des GULag.

Goerdeler war ein seltsamer Mann, kein Demokrat, Kämpfer gegen die Weimarer Republik, anfänglich Anhänger Hitlers, doch dann folgte die Ernüchterung über den Führer. Schon im Widerstand setzte er sich dafür ein, die »Judenfrage« durch Auswanderung zu lösen statt durch Mord. Hitlers Kriegsbeute wollte er auch nach des Führers Sturz behalten.

Unter den Offizieren der Opposition war nur der ehemalige Generalstabschef des Heeres Ludwig Beck zeitig auf Distanz gegangen zur braunen Diktatur. Er gehörte zu den Antreibern der deutschen Aufrüstung, war kein Gegner des Kriegs, aber von Hitlers Vabanquespiel um die Tschechoslowakei 1938, in dem er die Vorboten des Untergangs erkannte.

Stauffenberg, Stieff, Oster und viele andere hatten Hitler begeistert unterstützt, einige waren sogar verwickelt in den Vernichtungskrieg gegen Juden und Slawen. Erst die drohende Niederlage hatte sie in die Opposition getrieben. Hätte Hitler weiter gesiegt, die meisten Vertreter des Widerstands wären ihm gefolgt, auch durchs Blutbad im Osten, dachte Grujewitsch.

Und doch war es mutig, den Staatsstreich zu wagen gegen die Übermacht der Führertreuen in Armee und Volk, von der SS nicht zu sprechen. Grujewitsch war überzeugt, der Kompromiss zwischen den politischen und militärischen Kräften, die *Nationale Versöhnung*, die sich schon am 21. Juli fast spontan herausbildete, war ein Glück für die Verschwörer und nur dem Umstand geschuldet, dass die Deutschen darauf hofften, für einen radikalen Wandel belohnt zu werden. Diese Hoffnung und der Druck durch die Anti-Hitler-Koalition hatte das Gewicht der Verschwörer erhöht. Aber die Feinde hielten an der bedingungslosen Kapitulation fest. Hätten wir damals die Verständigung mit den Deutschen gesucht, wäre uns Minsk erspart geblieben, dachte Grujewitsch. Hätte Berija damals schon die Macht dazu gehabt, hätten wir Frieden gemacht mit den Deutschen.

Welche Rolle spielt er wirklich?, fragte sich Grujewitsch, als er vor Goerdeler stand. Ist er Frühstücksdirektor oder Kanzler? Hat er Macht? Wie versteht er sich mit Himmler, wie mit Witzleben und den anderen Militärs?

Himmler stieß dazu. »Ist das nicht ein erfreulicher Fortschritt, Herr Reichskanzler?«, sagte er. »Endlich kommen die Dinge in Bewegung.«

»Und Sie sind der große Beweger.« Goerdeler lachte. Er wandte sich Grujewitsch zu. »Sie fragen sich gewiss, wie stabil unsere Regierung ist. Oder, besser, wie ich mit Herrn Himmler auskomme.«

Grujewitsch erschrak fast über diese Offenheit. Aber gleich wurde ihm klar, Goerdeler war oder tat so unverblümt, um Moskaus Boten zu beeindrucken. Das Zeichen hieß: Wir sind stark, unsere Regierung hält zusammen. Wir lassen uns nicht auseinander bringen.

»Was die Vergangenheit betrifft, so bin ich mit unserem Innenminister nicht immer einer Meinung, um es vorsichtig auszudrücken. Was viele aber nicht wissen: Als wir uns

Gedanken machten über eine neue deutsche Regierung, vor dem Tod unseres Führers also, da haben einige aus unserem Kreis Verbindung aufgenommen zum Reichsführer-SS. Wir hatten den Eindruck, Gehör gefunden zu haben. Jedenfalls konnten wir weiterarbeiten.«

Himmler nickte. »Für mich war es eine Zerreißprobe zwischen Herz und Verstand. Am Ende siegte der Verstand. Es war nicht ungefährlich, denn ich musste jeden Tag damit rechnen, dass mich Müller an den Führer verriet.«

Am Ende siegte die Machtgier, dachte Grujewitsch. Und der Selbsterhaltungstrieb der SS.

Grujewitsch wurde zwischen Himmler und Goerdeler platziert.

»Wir würden uns freuen, wenn Herr Berija uns bald besuchen könnte. Wir wären aber auch bereit, zu ihm nach Moskau zu kommen«, sagte Himmler.

Goerdeler nickte. »Sagen Sie, das ist ja hier kein Staatsbesuch. Daher wage ich zu fragen, was denn an den Meldungen in ausländischen Zeitungen dran ist über einen Machtkampf in Moskau.«

»Wir haben eine kollektive Führung, ein Präsidium und ein Zentralkomitee, die gemeinsam die politische Linie festlegen«, antwortete Grujewitsch. Er wusste, dass er log. Er wusste, dass seine Zuhörer es ebenfalls wussten.

Himmler nickte, als wäre ihm eine großartige Neuigkeit überbracht worden. »So habe ich mir das gedacht. Man kann ein so großes Reich wie die Sowjetunion nur mit einer starken und geschlossenen Führung regieren.«

Da hat er Recht, dachte Grujewitsch. Aber unsere Führung ist nicht geschlossen. Zurzeit zerfleischt sie sich gerade, kämpft Berija um die Macht. Und ich bin einer seiner Helfer.

Goerdeler stimmte Himmler zu. Dann sagte er: »Herr General, wenn Sie Herrn Berija bitte ausrichten, wir wollen eine Verständigung mit der Sowjetunion. Wir warten auf Ihre Vorschläge, wie diese Verständigung erreicht werden kann. Unsere Regierung wird sich als äußerst beweglich erweisen.« Er trank einen Schluck Champagner.

Himmler beugte sich zu Grujewitsch. »Und sollte Herr Berija vielleicht doch ein paar Sorgen mit Genossen im Präsidium haben, wir helfen gerne. Vielleicht nutzt ja die Zusage, dass wir bereit sind, sofort modernste Technik zu liefern. Auch Rüstungsgüter.«

Grujewitsch wusste dieses Angebot zu schätzen. Deutsche Militärtechnik genoss in Moskau einen guten Ruf, Dutzende von Agenten hatten sich bisher vergeblich bemüht, hinter die Geheimnisse der Raketen und der Strahlflugzeuge zu kommen.

Morgen würde Boris Grujewitsch nach Hause fliegen und melden, die Deutschen seien zu fast allem bereit. Wenn nur ein Pakt dabei herauskam. Ein Pakt gegen die Amerikaner.

* * *

Werdin war nass bis auf die Haut, es regnete dicke Tropfen ohne Pause. Obwohl es sommerlich warm war, begann er im Fahrtwind zu frieren. Sie hatten ihm ein gutes Fahrrad gegeben, er trat kräftig in die Pedale. Der Regen hatte auch sein Gutes, er dämpfte die Lust der Polizei auf Kontrollen. Werdin hatte noch kein Polizeiauto gesehen. Als er Grevenbroich erreichte, begann er sich sicherer zu fühlen. Jetzt spürte er die Erschöpfung, er war schnell gefahren. In einem Bushäuschen machte er Pause. Er entschloss sich, bis Pulheim weiterzufahren und dort eine Unterkunft zu suchen. Kurz vor Pulheim würde er seine SD-Uniform anziehen und sich in den Sturmbannführer Oskar Brockmann verwandeln. Sein Bild würde nicht in jedem Gasthof und Hotel hängen. Polizei und SD kannten seinen Decknamen nicht. Die Fahndung würde sich auf das Grenzgebiet konzentrieren. Je weiter er nach Deutschland hineinkam, desto sicherer durfte er sich fühlen. Wirklich sicher war er aber nirgendwo.

Der Regen ließ nach. Kurz vor Pulheim steuerte Werdin sein Rad in einen Feldweg. Hinter einem Busch zog er sich um. Der Koffer war durchweicht, aber die Uniform einigermaßen trocken geblieben. Die nasse Zivilkleidung packte er in den Koffer. Dann fuhr der SS-Offizier Oskar Brockmann nach Pulheim. Wenige hundert Meter nach der Ortseinfahrt entdeckte er ein Schild: *Pension Ehrlich*. Es war ein dreistöckiger, gepflegter Fachwerkbau. Werdin stellte das Fahrrad ab und klingelte. Er musste warten, bis er ein Schlurfen hörte. Die Tür wurde von innen entriegelt. Eine alte Frau, klein, gebückt, schaute von unten zu ihm hoch. Er grüßte und fragte, ob sie ein Zimmer für ihn habe. »Leute wie Sie übernachten gewöhnlich in feinen Hotels«, sagte sie in rheinischem Singsang, während ihre Blicke über die Uniform streiften. Dann trat sie zur Seite. Sie reichte ihm das Meldeformular, er versprach, es noch am selben Abend auszufüllen.

Werdin bekam ein großes Zimmer mit Waschbecken unterm Dach. Das Bad war auf dem Gang. Das Zimmer roch muffig. Er öffnete das Fenster und hängte seine nasse Zivilkleidung über Stuhl und Waschbecken. Er hatte Hunger, es war Zeit, zu Abend zu essen.

Er legte den Meldezettel ausgefüllt auf den Tresen und verließ die Pension in Richtung Ortsmitte. Schon von weitem erkannte er die Gaststätte *Feierabend*. Im Gastraum saßen fünf Männer um einen Tisch. Vor sich hatten sie Bier und Korn stehen. Sie schienen bereits leicht angetrunken zu sein. Werdin setzte sich in eine Ecke. Der Wirt mit speckiger Lederschürze nahm die Bestellung entgegen, Wurstplatte und ein Bier. Werdin hatte seit seiner Flucht keine deutsche Wurst mehr gegessen. Der fremde, vertraute Geschmack weckte Erinnerungen. An seine Kindheit, an Pausenbrote, die seine Mutter ihm geschmiert hatte. Er dachte an Margarete mit ihren Marmeladenbroten auf Ersatzbutter. Die Männer am anderen Ende des Raums betranken sich und lärmten.

Er bezahlte, stand auf und ging zum Ausgang. Da stand einer der angetrunkenen Männer auf und brüllte: »Heil Hitler, Sturmbannführer!«

Werdin riss automatisch den Arm hoch zum deutschen Gruß, es war ein alter Instinkt.

Die Männer brüllten vor Lachen. »Guck mal, der hat es noch gar nicht gemerkt!«, schrie einer mit schwerer Zunge. Erst da fiel es Werdin ein. Der deutsche Gruß war schon kurz nach dem Attentat abgeschafft worden, als Zeichen der Trauer um den Führer, wie es offiziell hieß. Werdin ging schneller. Die Angst erfasste ihn. Das Grölen wurde leiser.

Als er am Abend im Bett lag, hatte er sich beruhigt. Morgen in Köln würde er den Zug nach Berlin nehmen. Zu Irma.

Der Kölner Hauptbahnhof zeigte keine Kriegsspuren mehr. Die Menschen strömten in alle Richtungen, Werdin schaute sich die Geschäfte im Bahnhof an, während er auf seinen Zug wartete. Er trug seine Zivilkleidung, die über Nacht getrocknet war. An einem Zeitungsstand las er die Schlagzeilen. Sie berichteten von Wiederaufbau, Wirtschaftswunder und Deutschlands neuer Stärke. In einem anderen Regal lag eine Heftreihe *Helden des Kriegs*. Es gab Biografien über Rommel, Manstein, Rudel, Prien und natürlich über Helmut von Zacher, den Piloten, der die Uranbombe nach Minsk geflogen hatte.

Im Zug nach Berlin drängten sich die Menschen. Werdin räumte seinen Platz in einem Abteil der zweiten Klasse für eine alte Dame, die sich kaum zu einem Dankeschön durchringen wollte. Er setzte sich im Gang auf seinen Koffer und musste jedes Mal aufstehen, wenn jemand vorbei wollte. In Dortmund stieg die Dame aus, sie würdigte Werdin keines Blicks. Er setzte sich wieder auf seinen Platz. Werdin streckte die Beine aus, so weit es die Enge im Abteil zuließ. Er musterte die Mitreisenden. Ihm gegenüber am Gang saß ein Oberst der Infanterie mit Beinprothese, er schlief. Manchmal hörte man ihn röcheln. Neben ihm, auf dem Mittelplatz, las eine junge Frau mit leuchtenden Augen einen Loreroman. Am Fenster neben ihr döste ein alter Herr, der seinen Hut nicht abgenommen hatte. Ihm vis-à-vis studierte ein geschniegelter Typ mittleren Alters durch runde Brillengläser Papiere. Er sah aus wie ein Bankangestellter auf Dienstreise. An Werdins Seite saß ein junger Mann, den man für einen Studenten halten konnte.

Als sie Hamm hinter sich gelassen hatten, erschien ein

müder Schaffner, gelangweilt knipste er die Fahrkarten. Man hätte ihm auch einen Bierdeckel hinhalten können, dachte Werdin.

»Fahren Sie auch bis Berlin?«, fragte der junge Mann. Er schaute Werdin freundlich an.

»Ja«, sagte Werdin.

»Auf Geschäftsreise?«

»Dienstreise«, antwortete Werdin. »Ich arbeite bei der Polizei.«

Der Oberst warf einen kurzen musternden Blick auf Werdin.

»Das muss ja aufregend sein«, sagte der junge Mann.

»Ach gar nicht, ich sitze nur am Schreibtisch«, antwortete Werdin. Er musste das Gespräch in eine andere Richtung lenken. »Sie studieren wohl?«

»Ja«, sagte der junge Mann. Er strahlte. »Medizin, es ist großartig. Unser Professor ist eine Weltkoryphäe.«

»Tatsächlich«, sagte Werdin.

»Das ist wohl der Professor Mengele, von dem man so viel in den Zeitungen liest«, warf der Oberst ein.

»Genau«, erwiderte der Student. »Es gibt bestimmt niemanden, der den menschlichen Körper so gut kennt wie der Professor.«

»Er soll ja im Krieg an Geheimprojekten gearbeitet haben«, sagte der Oberst.

Der Student nickte eifrig. »Darüber hört und liest man ab und zu etwas. Aber der Professor sagt darüber nichts. Er protzt nicht mit seinen Taten, er ist ein bescheidener Mann. Und er tut alles für seine Studenten.«

»Das ist ja fast eine Ausnahme«, sagte der Oberst. »Es gibt so viele, die sich ihrer Heldentaten im Krieg brüsten.

Man muss nur mal in eine Kneipe gehen. Da sitzen sie, die Krieger, und erzählen, wie sie die Russen verhauen haben.«

Der vermeintliche Bankangestellte warf dem Oberst einen bösen Blick zu. Ob er sich gestört fühlte durch das Gespräch oder durch das, was der Oberst sagte?

Die junge Frau legte den Loreroman aufs Gepäcknetz und schloss die Augen. Sie hatte rote Backen bekommen.

»Ja, gewiss«, sagte Werdin, »aber wenn sie nicht in der Kneipe sitzen, arbeiten sie für den Aufschwung.«

Der Oberst nickte heftig. »Wir Deutschen sind ein fleißiges Volk. Wenn man einmal überlegt, der Krieg ist gerade acht Jahre vorbei, und uns geht es fast besser als vor 39. Bald gibt es keine Ruinen mehr. Und bald hat jeder, der ihn bestellt hat, seinen Volkswagen.«

Der Zug hielt in Hannover. Werdin ging in den Gang und schaute aus dem Fenster. Er entdeckte keine Polizisten. Es war, wie er es erwartet hatte. Sie kontrollierten nur in Grenznähe scharf. Auf dem Bahnsteig sah er Soldaten der Waffen-SS in ihren feldgrauen Uniformen mit schwarzen Kragenspiegeln, Angehörige eines Artillerieregiments.

Der vermeintliche Bankangestellte verließ grußlos das Abteil. Auf seinen Platz setzte sich eine schöne junge Frau mit schwarzen Haaren, deren Kostüm und Koffer verrieten, dass sie aus besseren Kreisen stammte. Warum reiste sie in der zweiten Klasse? Werdin hob ihren Koffer auf die Gepäckablage über ihrem Sitz und erntete einen dankbaren Blick. Die Frau versenkte sich in eine Modezeitschrift.

Der Sommerabend brach an, als der Zug im Bahnhof Friedrichstraße hielt. Werdin stieg aus und sah sich um. Erinnerungen überfielen ihn. Der Bahnhof war sauber, und von den Zerstörungen war nichts mehr zu entdecken. Auf der Friedrichstraße pulsierte der Verkehr. Autos blockierten die Straße. An der Kreuzung mit der Dorotheenstraße warteten Menschen ungeduldig auf das Grün der Fußgängerampel. Frauen in leichten, bunten Sommerkleidern, Männer in schicken Anzügen oder im kurzen Hemd, Kinder in Turnhosen. Eine Frau sah Werdin an und schüttelte den Kopf. Sie fühlte sich angestarrt, aber er hatte sie nicht gesehen. Er spürte eine Schwäche in den Knien. Er war zu Hause.

Crowford hatte ihm das *Hospiz im Zentrum Berlins* in der Holzgartenstraße empfohlen. Ein Schweizer Vertrauensmann hatte behauptet, die Besitzer achteten nicht auf ihre Gäste. Was immer das hieß. Für Werdin hatte das Hospiz den Vorteil, dass es in der Nähe des Bahnhofs Friedrichstraße lag. Von dort konnte er schnell alle Stationen erreichen. Während der Zugfahrt hatte er entschieden, außer bei Irma sein Glück nur bei Rettheim zu versuchen. Wenn er noch lebte. Je mehr alte Bekannte Werdin aufsuchte, desto größer das Risiko, entdeckt zu werden. Bei Rettheim fühlte er sich sicher. Rettheim hatte kein gutes Wort über Himmler und die SS verloren. Werdin hoffte, es hatte sich nichts geändert daran.

Im Hospiz erhielt er ein Zimmer auf der Rückseite des Hauses. Ein alter Mann mit dicken Brillengläsern erklärte ihm den Weg. Den Meldezettel könne er später ausfüllen. Das Zimmer war erfreulich hell und ruhig. Es war spärlich, aber ausreichend eingerichtet.

Zuerst aber würde er Irma suchen. Vielleicht wohnte sie noch in Biesdorf im Kornmandelweg. Nur so konnte er es sich erklären, dass sie ihm ihre Adresse nicht aufgeschrieben hatte.

Er wusch, rasierte und kämmte sich. Ein letztes frisches Hemd hatte er noch im Koffer, er mühte sich vergeblich, es glatt zu streichen. Missbilligend betrachtete er seine zerknitterte und fleckige Hose. Er packte seine schmutzige Wäsche in ein Hemd und gab sie am Empfang ab, damit sie gewaschen wurde. Dann lief er zum Bahnhof Friedrichstraße, kaufte einen S-Bahn-Fahrschein und setzte sich in den Zug nach Strausberg, der ihn direkt nach Biesdorf bringen würde. Er stellte sich vor, dass die Mellenscheidts gemeinsam beim Abendessen saßen, wenn er klingelte. Die Bahn rumpelte, er schaute auf die Baustellen der Stadt. Bald würde nichts mehr zeigen, dass Krieg gewesen war. Es war ein merkwürdiges Gefühl, in Berlin mit der S-Bahn fahren zu können, ohne zu fürchten, dass ein Bombenangriff einen überraschte. Wenn Werdin die Augen schloss, konnte er die Sirenen hören. Sie schwollen an und ab und warnten die Menschen vor dem Tod aus der Luft.

Er öffnete die Augen und sah, wie die Sonne über der Stadt unterging. Die Nacht brach an. Er war auf dem Weg zu Irma.

* * *

»Was für ein schöner Abend«, sagte Schellenberg und trank einen Schluck Pils.

Krause nickte. Er war ungeduldig. Er fand den Abend weniger schön. Er dachte an seine Frau und die Kinder. Sie hatte ihn verlassen, hatte seine Affären und Lügen satt.

»Schauen Sie nur, wie die rote Sonne sich in den Scheiben spiegelt«, sagte Schellenberg.

Sie hatten sich am frühen Abend in *Glotzkowskys Bierstuben* verabredet. Die Kneipe lag in der Behrenstraße, gegenüber dem Metropol-Theater. Sie nahmen das Tagesangebot: Eisbein mit Sauerkraut. Danach hatten sie sich einige Kümmel gegönnt.

»Ich weiß, dass Werdin nach Berlin kommen wird. Und ich behaupte, er soll den Reichsführer erschießen.« Er sagte es zum dritten oder vierten Mal, Schellenberg lächelte ihn an.

»Gut, Krause, mag ja sein. Aber wer glaubt ernsthaft, es könne einem Einzelnen gelingen, Himmler zu ermorden. Das sind doch Hirngespinste. Niemand im Deutschen Reich wird besser bewacht als der Reichsführer. Aus gutem Grund, wie wir wissen.«

Sie hatten nach dem Krieg die Rache der Juden und anderer Opfer des Mordregimes befürchtet. Und sie schlossen nicht aus, dass irgendjemand doch noch einen Schlag gegen sie führen würde. Manchmal glaubte Krause aber, diese Furcht sei allein die Frucht des schlechten Gewissens, das einige Empfindsame so gern hervorkehrten.

»Also, ich habe mit Werdin zweimal ein Wettschießen veranstaltet …«

»Und zweimal verloren.« Schellenberg lachte fröhlich. »Nun gut, Sie haben ja vielleicht Recht, und ich will keinen Fehler machen. Diesen Fehler würde mir der Reichsführer sicher nicht verzeihen.« Schellenberg lachte wieder.

Wahrscheinlich stellt er sich gerade vor, wie Himmler ihn als Wiedergänger erwürgt, dachte Krause. »Ich schlage vor, wir geben ein Fahndungsfoto Werdins an jedes Berliner Polizeirevier.«

Schellenberg schaute ihn zweifelnd an. »Na gut, tun Sie das«, sagte er.

Krause sprang von seinem Stuhl auf und ging zum Tresen. Dort telefonierte er kurz. Als er zum Tisch zurückkam, war er entspannter. »Ich habe die Fahndung eingeleitet«, sagte er.

»Wenn Sie mal nicht ein paar tausend Polizisten unnötig nervös machen. Alle suchen Ihr Phantom, während Berlins Omas um ihre Handtaschen zittern.« Schellenberg lachte.

Krause ging die gute Laune seines Chefs auf die Nerven. Er wollte das Thema wechseln. »Was passiert jetzt mit den Russen?«, fragte er.

»Ach, wissen Sie, die Russen machen einen Vertrag mit uns. Der gute Berija ist ja richtig versessen darauf. Er will seinen Genossen klar machen, dass er der auserwählte Führer der Sowjetunion ist. Er glaubt, so ein außenpolitischer Triumph wäre genau der Beweis, den er braucht. Er soll ihn haben.« Schellenberg starrte einen Augenblick aus dem Fenster, zündete sich eine Zigarette an, trank einen kräftigen Schluck Bier und sagte mit ernster Miene: »Die Russen sind dümmer, als wir gehofft hatten. Die glauben wirklich, an unserer Haltung zum Kommunismus könnte sich was ändern.«

»Aber vielleicht wollen sie, dass wir genau das denken?«

»Sie sind ein schlaues Kerlchen, Krause. Und weil Sie so schlau sind, sage ich Ihnen noch etwas. Dass Ihr Freund Werdin zurückkommt, weiß ich länger als Sie. Ich weiß es sogar länger als Werdin. Ich habe seiner entzückenden Freundin nämlich vor langer Zeit vorgeschlagen, ihrem lieben Knut einen lieben Brief zu schreiben.« Schellenberg lachte, als hätte er einen guten Witz erzählt. »Der Werdin ist ein sentimentaler Bock. Ich habe mich lange mit dem Kameraden befasst. Und doch war ich manchmal im Zweifel, ob der Brief ankommen würde. Und wenn er ankäme, ob er reichen würde. Und wenn er reichen würde, ob die Amis es zuließen, dass Werdin nach Deutschland reist. Das würden sie ja nur tun, wenn sie sich davon etwas versprechen. Ich gebe zu, ich hatte ein bisschen Glück. Die CIA selbst will ihn uns schicken, wenn denen diese geniale Idee auch erst nach zwei Jahren gekommen ist. So lange haben sie auf dem Brief gesessen. Und dann haben sie plötzlich Post gespielt. Warum? Die haben was Großes vor. Und vielleicht hat ihnen Irmas Brief ein bisschen geholfen. Warum sonst sollte der Mann in die Höhle des Löwen marschieren?«

Krause wurde bleich. »Sie haben alles gewusst?« Er wusste nicht, ob er seiner Empörung freien Lauf lassen sollte. Oder seiner Bewunderung.

»Na ja, nicht alles. Das kann man nicht steuern. Aber man kann die Dinge so zurechtlegen, dass andere mit einer gewissen Wahrscheinlichkeit tun, was man sie tun lassen will. Das ist ja nicht das erste Mal.« Schellenberg schaute Krause vergnügt an. »Sehen Sie, ich selbst habe Werdins Personalakte gesäubert von den Eintragungen der letzten Monate vor seiner Flucht. Ich hätte die Akten auch fälschen können, aber das wäre einem so klugen Kopf wie Ihnen bestimmt aufgefallen. Wer wenig tut, macht wenig Fehler. Also weg mit den Seiten. Sonst wäre noch jemand darauf gekommen, warum ich Werdin nach Haigerloch geschickt habe.« Er schaute Krause in die Augen.

Krause schüttelte den Kopf.

»Die Wissenschaftler von diesem Uranverein konnten gerade eine einzige Bombe bauen. Und nicht einmal bei der waren sie sicher, ob sie funktionieren würde. Wir waren in einer verzweifelten Lage. Wenn wir die Bombe abwarfen, verloren wir unseren Kreuzbuben. Wenn wir sie nicht abwarfen, würde uns nach dem ganzen Wunderwaffengewäsch keiner glauben, dass wir sie haben. Was sollten wir also tun? Wir mussten sie abwerfen und zu Got beten oder meinetwegen auch zu König Heinrich oder Wotan, dass das Ding hochging. Und als es klappte, mussten wir den verehrten Feinden mitteilen, wir hätten noch ein paar mehr von der Sorte im Schrank.«

»Und dann haben Sie einen ausgeguckt, der den Amerikanern das weismachte?« Krause stotterte, es war ihm peinlich.

Schellenberg lachte wie ein Junge, der von einem Streich berichtete.

In einer Ecke der Kneipe grölte ein Besoffener. Der Wirt schaute zu Schellenberg, der winkte kurz. Der Wirt nahm den Betrunkenen am Kragen und schmiss ihn hinaus. Schellenberg nickte als Zeichen des Danks.

»Und mich haben Sie auch eingesetzt bei Ihrem großen Plan. Damals, in der Kneipe.«

»Genau, das haben Sie gut gemacht, Krause. Wir mussten ihm Angst machen, damit er abhaut. Und Sie haben ihm richtig Angst gemacht. Sie hätten Ihre Rolle bestimmt nicht so gut gespielt, wenn Sie gewusst hätten, um was es ging.«

»Wahrscheinlich«, sagte Krause.

»Jetzt kann ich es Ihnen ja sagen. Inzwischen haben wir genug Uranbomben. Und bald haben wir Raketen, die die Vereinigten Staaten erreichen können.«

»Und was ist mit der Frau?«, fragte Krause.

»Welcher Frau?«

»Dieser Mellenscheidt.«

Schellenberg schüttelte leicht den Kopf. »Das ist eine verrückte Geschichte. Als wir mitkriegten, dass Werdin nicht allein abhauen wollte, waren wir verblüfft, der Reichsführer und ich. Aber dann habe ich mir gesagt, dann soll sie halt mit in Gottes eigenes Land. Hauptsache, ihm passiert nichts. Wir hatten die beiden die ganze Zeit im Auge. Als i-Tüpfelchen hatten wir einen SS-Sturm zum Ufer laufen lassen, die haben geballert wie die Irren. Aber nur in die Luft. So weit lief alles wie geplant. Aber dann tauchte plötzlich ein Feldwebel mit einem Karabiner auf. Der gehörte zu einem der Posten am Ufer. Bevor einer unserer Leute begriff, was los war, hatte der schon angelegt und auf die beiden im Boot geschossen. Da kam also dieser Wehrmachttrottel, legte an und traf die Frau in die Schulter. Stellen Sie sich vor, es hätte Werdin erwischt. Sie fiel ins Wasser. Wir sahen noch, wie Werdin versuchte, sie aus dem Wasser zu holen, aber sie war schon abgetrieben. Ich hatte einen Heidenschiss, dass er ans deutsche Ufer zurückschwimmen würde. Erst sah es so aus, aber dann schwamm er rüber. Ich hätte diesen Feldwebel erwürgen können. Die Frau hatte mehr Glück als Verstand. Die Strömung trieb sie ans Ufer. Da haben wir sie gefunden.«

»Mehr Glück als Verstand«, wiederholte Krause. »Wir alle hatten mehr Glück als Verstand.«

»Und unseren Reichsführer«, sagte Schellenberg grinsend.

»Und dann haben Sie die Dame gesund gepflegt, eingesperrt und wieder laufen gelassen.«

»Tja, wer hätte es damals gewagt, unserem Fliegerhelden einen Wunsch abzuschlagen? Der Reichsführer hat geknurrt, es ging ihm gegen das Prinzip. Aber dann hat Zacher gekriegt, was er gefordert hat. Und es war gut so. Stellen Sie sich mal vor, wir hätten die Frau wegen Spionage geköpft. Dann hätten wir unser schönes Spielchen nicht spielen können.«

* * *

Er erkannte den S-Bahnhof Biesdorf gleich wieder. Sogar die Würstchenbude stand noch dort. Nirgendwo anders hatte er hautlose Bratwürste gesehen, sie schmeckten gut. Heute hatte er keinen Hunger. Die Aufregung schnürte ihm den Magen zu. Das Haus im Kornmandelweg schien ihm unverändert. Nur die Fenster waren beleuchtet, wegen der Verdunkelung im Krieg hatte er es so noch nie gesehen. Offenbar war jemand zu Hause. Mit zittrigen Knien drückte Werdin auf die Türklingel. Schlurfende Schritte, eine Sicherheitskette wurde abgehängt, sie schlug gegen die Tür. Die Tür öffnete sich einen Spalt, Licht fiel auf die Treppe, auf der Werdin stand. Ein schmutziger alter Mann mit einem Monokel starrte ihn unfreundlich an. Der Alte stank nach Fusel.

»Ja?«, fragte er.

Werdin erschrak. Es brauchte einige Sekunden, bis er sprechen konnte. »Wohnt hier nicht die Familie Mellenscheidt?«

»Nein«, sagte der Mann, als hätte Werdin ihm etwas Unanständiges vorgeworfen. »Hier wohne ich.«

»Wissen Sie, wo die Mellenscheidts wohnen?«

»Die sind längst tot«, sagte der Mann. »Warum? Wissen Sie das nicht?«

»Alle?«

»Woher soll ich das wissen?« Der Mann schloss die Tür.

Werdin hämmerte gegen die Tür und wusste im selben Augenblick, dass er sich dumm verhielt. Er konnte nicht anders. Der Mann öffnete die Tür, nachdem er die Sicherheitskette wieder vorgelegt hatte. Durch den Spalt hielt ihm Werdin seinen gefälschten SD-Ausweis vor die Nase.

»Ach, daher weht der Wind«, sagte der Alte. »Warum haben Sie das nicht gleich gesagt? Kommen Sie herein.«

Als Werdin in den Flur trat, musterte der Alte Werdins verknitterte und fleckige Hose. Er rümpfte kurz die Nase, als wollte er sagen: Unter dem Führer wäre so was nicht möglich gewesen. Er ging voraus ins Wohnzimmer, in dem Werdin vor seiner Flucht mit den Mellenscheidts gesessen hatte. Margarete und Gustav standen ihm vor Augen. Dann sah er das Hitler-Bild an der Wand.

»Also, ich kann Ihnen nicht viel sagen. Frau Mellenscheidt hat das Haus hier an mich verkauft, nachdem ihr Mann gestorben ist. Der Sohn ist ja, Sie wissen das bestimmt, in irgendeinem Lazarett im Osten gestorben. Wo Frau Mellenscheidt hingezogen ist, weiß ich nicht.«

»Wissen Sie denn, wo Irma Mellenscheidt wohnt?«

»Ist das die Tochter?«

Werdin nickte.

»Was hat sie denn ausgefressen?«

»Wo wohnt sie?«, fragte Werdin streng.

Der Alte zuckte etwas zusammen und dachte nach. »Weiß ich nicht«, sagte er dann. »Doch, vor einiger Zeit hat mir eine Nachbarin erzählt, sie sei nach Friedrichsfelde gezogen. Aber wohin genau, keine Ahnung.«

Die Enttäuschung überfiel Werdin erst, als er wieder in der S-Bahn saß. In der Nacht gesellte sich die Angst dazu. Es war eine Wahnsinnsidee gewesen, nach Deutschland zu fahren. Das Glück hatte ihn hineingebracht. Noch mehr Glück würde er brauchen, um wieder hinauszukommen. Mehr als das bedrängte ihn aber die Frage, wo Irma war. Warum hatte sie nicht aufgeschrieben, wo sie wohnte? Er wälzte sich hin und her. In dieser Nacht schlief er kaum.

Als die ersten Sonnenstrahlen ihren Weg durch den Vorhang ins Zimmer fanden, stand Werdin auf. Er zog Irmas Brief aus der Innentasche seiner Uniformjacke. Briefpapier und Umschlag gehörten nicht zusammen. Vielleicht hatte irgendjemand Irmas Briefumschlag ausgetauscht. Wenn ja, warum? Vielleicht weil Name und Absender darauf standen? Er verstand nicht, was das zu bedeuten hatte. Wer verhindern wollte, dass Werdin Irma fand, hätte nicht den Namen des Fotografen auf der Rückseite des Fotos stehen lassen dürfen. So dumm konnte einer nicht sein. Es war ein Stempel: *Alfred Schmitt, Unter den Linden 67, Berlin.* Gleich nachher würde er den Fotografen aufsuchen.

* * *

Waltraud, die Brünette von der Poststelle, hatte ihren Reiz verloren. Es ist immer so, dachte Krause, bevor er einschlief, was du kennst, willst du nicht mehr haben. Was du nicht kennst, weckt deinen Trieb. Es war schwer, die Brünette loszuwerden. Sie rief an und bat, ihn besuchen zu dürfen. Er hatte sich herausgeredet. So ging es nicht weiter, er musste die Sache beenden, auch wenn er Tränen hasste. Morgen tust du es, in der Mittagspause.

Als Krause am Morgen ins Büro kam, drückte er sich

schnell an der Poststelle vorbei. Auf seinem Schreibtisch lag eine Notiz von Gottlieb. Er rief ihn per Haustelefon zu sich.

»Das ist ja ein Ding. Es klappt wie am Schnürchen.«

»Ja«, sagte Gottlieb. »Fast zu gut. Der Anruf kam gestern Abend gegen neun Uhr dreißig. Ich habe den Mann heute zurückgerufen. Es gibt keinen Zweifel. Werdin reist unter dem Decknamen Oskar Brockmann. Er hat geklingelt und suchte die Mellenscheidts.«

»Und er besitzt die Frechheit, sich als SS-Offizier auszugeben«, fügte Krause hinzu. »Nette Idee. Wirklich, nicht schlecht.«

Krause erinnerte sich ungern an den alten Nazi, der seit einigen Jahren in dem Haus wohnte, in dem die Mellenscheidts gelebt hatten. Der Mann hatte gestunken und war an dem Abend, als Krause ihn aufsuchte, angetrunken gewesen. Er klagte, der Führer werde durch den Schmutz gezogen, weil damals über Judenmorde in den Zeitungen berichtet wurde. Dabei war die Darstellung zurückhaltend gewesen, und die SS wurde gelobt, weil sie die Morde beendet habe, nachdem der Führer umgekommen war. Der alte Mann sprach von Verrat und Feigheit. Er habe immer gedacht, das Volk stehe hinter dem Führer wie ein Mann. Aber kaum sei der Führer tot gewesen, seien die Ratten aus den Löchern gekrochen und hätten sich um die Macht gebalgt. Er habe den Reichsführer Heinrich Himmler immer für den treuesten Gefolgsmann des Führers gehalten, aber nun zweifle er sogar an dessen Gesinnung.

Da hatte Krause eingehakt. Der Reichsführer habe seine Meinung nicht geändert. Er sei Deutschlands treuester Diener. Er habe die Ziele des Reichs nicht vergessen. Aber die

Zeiten verlangten neue Methoden. Außerdem: Ohne den Reichsführer hätte Deutschland keine Atombombe gebaut, ohne Atombombe wären die Russen über das Reich hergefallen wie Dschingis Khans Horden, wenn nicht noch schlimmer.

Das hatte dem alten Nazis eingeleuchtet. Er fühlte sich als Eingeweihter. Wenn ihm etwas Verdächtiges auffiel, würde er beim SD anrufen. Krause hatte ihm eingeschärft, jeden zu melden, der nach den Mellenscheidts fragte. Allerdings zweifelte er an der Zuverlässigkeit dieses Informanten. Spätestens wenn der stinkende Nazi ein paar Gläschen intus hatte, würde er Besucher an der Tür genauso kurz und unhöflich abfertigen, wie er es mit ihm versucht hatte. Krause hatte ihm damals die Tür eingetreten. Die Sprache verstand der Alte.

Das Telefon klingelte. Krause hob ab und hörte Waltrauds piepsige Stimme.

»Ich habe jetzt keine Zeit«, schnauzte er ins Telefon.

»Wann hast du denn Zeit für mich?«, flötete Waltraud.

»Nie mehr«, sagte Krause kalt. Er wollte auflegen, da hörte er ein Schluchzen. Er drückte den Hörer wieder gegen das Ohr. »Lass uns heute Mittag darüber reden, ja?«, fragte Krause.

»Ja«, sagte Waltraud mit belegter Stimme.

Krause glaubte einen Moment, er habe Gottlieb grinsen gesehen. Er schaute ihn grimmig an, dann sagte er sich: Gut, gegrinst hätte ich auch, wenn ich ein solches Telefonat mitgekriegt hätte. Krause war stolz auf seinen Ruf als Frauenheld, und wenn er Anspielungen darauf hörte, wuchs der Stolz noch ein wenig. Er würde Waltraud noch eine letzte Mittagspause opfern. Die bisherigen Mittagspausen, die er mit ihr verbracht hatte, waren befriedigend gewesen. Aber seit Waltraud mehr wollte, empfand er sie als Last. Obwohl, wenn er so darüber nachdachte, vielleicht würde sie sich beruhigen und froh sein, wenn er sich hin und wieder mit ihr befasste. Sie hatte ihre Vorzüge, keine Frage.

»Wir suchen also einen SS-Offizier namens Oskar Brockmann, der irgendwo in Berlin untergekrochen ist.«

»Jedenfalls ist er gestern in Biesdorf gewesen«, erwiderte Gottlieb.

»Dann geben wir den lieben Kollegen von der Orpo gleich Fahndungsfotos und eine Personenbeschreibung. Und zwar sofort.« Krause betonte das »sofort«. »Und die sollen die Meldezettel der Hotels und Pensionen genau kontrollieren.« Ihn nervte die bürokratische Lahmheit der Ordnungspolizei. Bevor die Schupos in die Gänge kamen, vergingen manchmal Tage. Das galt besonders, wenn der SD eine Fahndung ausschrieb.

»Unsere Leute überwachen das Haus in Biesdorf und das Haus in Friedrichsfelde«, befahl Krause.

»Er wird nach Friedrichsfelde kommen«, sagte Gottlieb. »Eher früher als später.«

»Und dann werden wir ihn uns holen«, sagte Krause. Er schaute auf die Armbanduhr, eine Dugena, die er Hermann Weißgerber weggenommen hatte, bevor er ihn foltern ließ. Weißgerber war längst tot, aber seine Uhr lebte weiter. Wie kam ein Kommunist zu einem solch teuren Chronometer?, fragte sich Krause. Dann fiel ihm ein, dass Waltraud auf ihn wartete.

IV.

Grujewitsch saß in seiner Suite im Adlon und trank Whiskey. In den letzten Tagen hatte er viele neue Menschen getroffen, sie waren alle freundlich gewesen. Und er hatte Whiskey kennen gelernt. Der wurde vom amerikanischen Klassenfeind aus Mais gebrannt und schmeckte Grujewitsch besser als der heimische Wodka. Auch der grusinische Weinbrand konnte da nicht mithalten. An diesem Abend hatte Grujewitsch einige Gläser Whiskey getrunken. Er dachte an Anna. Sie war so weit weg und ihm doch so nah, besonders wenn er trank. Dann überfielen ihn Heimweh und Sehnsucht. Er war fast eine Woche in Berlin. Seit drei Tagen wartete er. Auf einen Anruf. Der Anruf würde ihm sagen, ob Berija kommen würde oder nicht. Die Deutschen hatten Grujewitsch gedrängt, nach Hause zu funken. Er hatte es schließlich getan. Die deutsche Regierung und besonders Reichsführer Himmler würden sich freuen, Minister Berija so bald wie möglich in Berlin zu begrüßen. Mehr funkte Grujewitsch nicht, er konnte seine Sendung nicht verschlüsseln. Ob die Genossen in Moskau mit dieser Botschaft klarkommen würden, war die eine Frage. Die andere war, was Berija mit ihm anstellen würde, weil er sich auf das Drängen der Deutschen eingelassen hatte. Die dritte Frage war, was Berija getan hätte, wenn Grujewitsch sich nicht eingelassen hätte auf das Drängen der Deutschen. Ich lebe zwischen dem Orden des Roten Sterns und einem Lager in Sibirien, dachte Grujewitsch manchmal, nicht nur in Berlin. Die größte Gefahr droht einem sowjetischen Geheimdienstoffizier nicht vom Feind, sondern von den eigenen Genossen. Wie oft musste Grujewitsch in der Angst leben, seine Vorgesetzten würden ihm später einen Fehler vorwerfen. Alles konnte falsch sein, auch das Nichtstun. Alles konnte richtig sein. Was richtig war, zeigte sich meist im Nachhinein. Das Präsidium legte die Linie im Großen fest, und diese Linie konnte sich ändern. Für die Offiziere der Staatssicherheit legte der Genosse Berija die Linie fest. Auch diese Linie konnte sich ändern, ohne dass man vorher ahnen konnte, in welcher Richtung. Die Angst würde Grujewitsch lebenslang begleiten. Manchmal half der Alkohol, sie zu betäuben. Oder Anna. Oder beides.

Das Telefon klingelte, die Rezeption. Ein Telegramm sei eingetroffen, sagte eine höfliche Stimme. Ein Telegramm aus Moskau. Ob man Herrn Grujewitsch das Telegramm sofort bringen solle? Natürlich sofort, sagte Grujewitsch. Ungeduldig wartete er, bis der Page die Suite verlassen hatte.

Er öffnete den Umschlag und las: TREFFE MORGEN EIN. ERWARTE SIE AM FLUGHAFEN TEMPELHOF. BERIJA. Grujewitsch spürte die Erregung aufsteigen. Nun ging es los. Und wenn Berija so schnell kam, dann hatte Grujewitsch keinen Fehler gemacht. Heute Abend sah er den Orden vor sich, in der Mitte des fünfzackigen Sterns ein Rotarmist, zwischen den beiden unteren Zacken Hammer und Sichel kunstvoll eingefügt.

* * *

Unter den Linden 67, das Fotogeschäft gab es noch. An der Eingangstür las Werdin ein handgemaltes Schild: *Heute wegen Trauerfall geschlossen*. Werdin fluchte. Er war sich so sicher gewesen. Nun musste er einen weiteren Tag warten.

Als er zum Bahnhof Friedrichstraße lief, umwehte ihn eine Sommerwindbrise. Schon am Morgen hatte sich ein heißer Tag angekündigt. Werdin schwitzte in seiner Uniform. Er hatte sie angezogen, um den Fotografen zu beeindrucken. Im Bahnhof Friedrichstraße entschied er sich, ohne lange nachzudenken: Er wollte Rettheim suchen. Wenn er noch lebte und noch der war, als den Werdin ihn verlassen hatte, würde er ihm vielleicht helfen, seinen Auftrag zu erledigen. Töten Sie Himmler, hatten Dulles und Crowford gesagt. Werdin würde es versuchen. Auch wenn die Sehnsucht nach Irma stärker war, ohne Attentat auf den Reichsführer-SS war es wohl aus mit dem Leben in Freiheit. Er stellte sich vor, wie es sein würde, mit Irma und seinem Sohn im Haus bei Tierra del Sol. Oder wäre es Irma dort zu einsam? Dann könnten sie woanders hinziehen. Aber es wäre unmöglich, wenn er seinen Auftrag nicht erfüllte. Das hatte ihm niemand gesagt, es war nicht nötig. Je länger er aus Amerika weg war, desto deutlicher wurde ihm das Geschäft, auf das er sich eingelassen hatte, um Irma zu finden: Töte Himmler, und wir lassen dich in Ruhe. Tust du es nicht, tun wir nichts mehr für dich. Sie würden ihn einfach nicht mehr kennen. Sie würden kein U-Boot schicken, das ihn zurückbrachte. Sie würden nicht einmal mehr wissen, dass es ihn gab. Erst wenn sie erfuhren, dass Himmler sein Staatsbegräbnis bekäme, würde der Verbindungsmann in Rotterdam Werdins Rückkehr nach Amerika ermöglichen.

Das hatten Dulles und Crowford nicht gesagt, und doch war es sonnenklar. Ohne Erfolgsmeldung würden sie Werdin schon gar nicht mit einer Frau und einem Kind auf ein amerikanisches U-Boot lassen.

Im Bahnhof Friedrichstraße nahm Werdin die U-Bahn Richtung Friedrichsfelde Ost, sie fuhr durch bis Neulichtenberg. Werdin erinnerte sich noch gut, wie erschöpft die Menschen ausgesehen hatten im Krieg. Er beobachtete die Leute in seinem U-Bahn-Wagen am Ende des Zugs. Erschöpfung und Angst waren verschwunden. Da gab es ernst blickende Geschäftsleute im Sommeranzug, kichernde Jugendliche in bunten Röcken, Hosen, Blusen und Hemden. Statt abgerissener Gestalten viele gepflegte Gesichter und Hände, gutes Schuhwerk. Es hatte weniger als acht Jahre gedauert, um den großen Krieg fast völlig wegzuwischen. Ein paar Ruinen noch, Bettler auf den Straßen, aber die fand man im reichsten Land der Welt auch. Am meisten fielen Werdin die Invaliden auf, von ihnen gab es auffallend viele, meistens Männer, ohne Arm oder Bein, mit zerschossenen Gesichtern, in Rollstühlen, an Krücken. Lebende Zeugnisse der Katastrophe. Die Leute in der Bahn lasen, oder sie schauten aus den Fenstern auf die Baustellen Berlins, das schöner wieder auferstehen sollte, als es je gewesen sei, sagten Plakate an Mauern und Litfaßsäulen.

Auch die Autos zeugten von einer neuen Zeit, neben Vorkriegswagen neue Modelle von Mercedes-Benz, BMW, DKW, Borgward oder Opel, am meisten aber sah man die buckligen Volkswagen.

Acht Jahre waren eine lange Zeit, aber sie waren nicht lang genug, um die Erinnerung zu verschütten. Auf dem Weg zu dem Haus in der Wönnichstraße, in dem er Rettheim so oft besucht hatte, kam es ihm vor, als wäre er gestern erst in der Gegend gewesen. Dann fiel ihm auf, dass die Lücken in den Häuserreihen geschlossen waren. Er fand den Klingelknopf von Rettheims Wohnung, es war noch das alte Schild. Er drückte die Klingel und öffnete die Haustür. Dritter Stock, rechts, hatte sich ihm eingeprägt. Die Tür der Wohnung war angelehnt.

»Kommen Sie rein!«, rief eine Stimme. Sie klang heiser.

Werdin trat in die Diele, als sich ihm aus der Küche ein Kopf entgegenstreckte. Die Augen starrten ihn an, als wäre Werdin ein Außerirdischer, der Mund öffnete sich, aber er brachte keinen Laut heraus. Schließlich sagte Rettheim: »Ich werd verrückt.«

Werdin grinste. »Was man ist, kann man nicht werden.« Er schloss die Wohnungstür, ging in die Küche und setzte sich auf einen Stuhl.

Rettheim stand wie erstarrt. Er drehte sich zu Werdin um und sagte: »Das letzte Mal habe ich dich, glaube ich, 1945 gesehen.«

»Das kommt etwa hin.«

»Da kommst du jetzt nach acht Jahren in dieser Scheißuniform so mal eben vorbei, um dem alten Gustav Guten Tag zu sagen. Verstehe ich das richtig?«

»Fast«, sagte Werdin.

»Wo warst du?«

»In Amerika, ein kleines Stück nördlich der mexikanischen Grenze.«

Rettheim blickte verständnislos. »Du bist also abgehauen«, sagte er nach einer Weile.

Werdin nickte.

»Wann?«

»Kurz bevor der Krieg zu Ende war.«

»Das heißt: kurz bevor wir den Krieg sieghaft beendeten.«

Rettheim hatte seinen Zynismus nicht abgelegt. Werdin nahm es als gutes Zeichen. Wenn Rettheim der Alte geblieben war, vielleicht würde er ihm helfen. Allerdings konnte es bedeuten, dass er dann zusammen mit einem Krüppel fliehen musste. Rettheim gewann seine Fassung zurück. Er setzte Teewasser auf, so, wie er es immer getan hatte, wenn Werdin ihn besuchte.

»Jawoll, Herr Major!«, sagte Werdin mit gespielt ernster Miene.

»Herr Oberst, wenn ich bitten darf! Unsere Führung vergisst ihre Krüppel nicht. Nach dem großen Sieg gab es reihenweise Beförderungen, eine fiel für mich ab.«

»Verzeihung, Herr Oberst.« Werdin legte seine rechte Hand an eine imaginäre Schirmmütze.

»Soldaten entschuldigen sich nicht«, erwiderte Rettheim streng.

»Mein Gott, in deiner Einheit hätte ich nicht dienen wollen«, sagte Werdin lachend.

»Seit wann glaubst du an Gott? Ihr schwarzen Jungs habt es doch eher mit den alten Germanen, mit Wotan oder Got oder wen euer famoser Reichsführer noch so alles ausgraben lässt. Ach ja, und die Männer meiner Einheit schreiben mir heute noch nette Briefe, jedenfalls die paar, die überlebt haben.«

Werdin stellte sich Rettheim als Panzermajor vor. Er war gewiss ein ausgezeichneter Vorgesetzter gewesen, kein Kommisskopp, sondern einer, der nichts von seinen Leuten verlangte, was er nicht selbst leistete. Einer, der seine Männer schonte, Opfer vermied, sich klug zurückzog, um zuzuschlagen, wo der Feind schwach war. Ganz anders als die Wahnsinnigen der Waffen-SS, die gierig auf Heldentaten waren und auf den Heldentod, wenn es sein sollte. Es gab nicht viele, die den Kommissarbefehl verweigerten und Gefangene anständig behandelten. Werdin zweifelte nicht, dass Rettheim ein Offizier von Format war. Rettheim hatte nur in Andeutungen über die Zeit vor seiner Verwundung gesprochen, aber die Andeutungen hatten genügt. Was aber noch wichtiger war, Rettheim hasste den Krieg und die Leute, die ihn angezettelt hatten. Er hasste noch mehr diejenigen, die im Krieg den noch erbarmungsloseren Vernichtungskrieg führten gegen Juden und Slawen, gegen Kommunisten und Priester. Deshalb war es kein Risiko, Rettheim zu besuchen.

Rettheim schüttete kochendes Wasser in eine dunkelbraune Teekanne. Er fluchte leise, als ein heißer Tropfen auf seine Hand spritzte.

»Das ist eine lange Geschichte«, erwiderte Werdin auf eine nicht gestellte Frage. »Und sie ist eigentlich unverständlich, jedenfalls ziemlich verworren.«

»Dann passt sie ja zu dir«, sagte Rettheim. »Aber ganz blöd bin ich nicht. Wenn du die Sache in einfache Häppchen zerlegst, verstehe ich deine Geschichte vielleicht sogar. Ich streng mich an, ich verspreche es.«

Werdin erzählte Rettheim von seinem Weg. Erst Moskaus Spion, dann Kampf auf eigene Faust, als die Russen Hitler retten wollten. Die Uranbombengeschichte. Die Flucht mit Irma. Irmas Tod, Irmas Brief. Sein Leben in den USA. Nur über die CIA, über Crowford und Dulles sagte er nichts. Rettheims Augen zeigten sein Erstaunen, während er unbewegt zuhörte.

»Du arbeitest also für die CIA oder wie die Firma in Amerika heißt? Ich habe da zuletzt einen Artikel über diesen Verein gelesen, der klang nicht gut.«

Werdin zuckte mit den Achseln.

»Na ja, immerhin hast du mir nun verraten, dass ich, ohne es zu wissen, für den Feind in Moskau gearbeitet habe. Jedenfalls solange du auf Väterchen Stalin geschworen hast.« Er schaute Werdin lange an. »Du bist vielleicht eine seltsame Gestalt.«

Werdin lächelte. Rettheim hatte Recht, er war eine seltsame Gestalt. Oder ein Verrückter. Einer, der aus der Bahn geworfen worden war und den Rückweg nicht fand.

»Und was treibt dich zurück in die Heimat?«

»Himmler«, sagte Werdin.

Rettheim hob seine rechte Hand und ließ seinen Zeigefinger einen nicht vorhandenen Pistolenabzug drücken.

Werdin nickte.

Rettheim pfiff leise. »Warum? Der ist nicht schlimmer als die, die ihm folgen würden. Ich denke da nur an den Kaltenbrunner, und mir wird speiübel.«

Werdin berichtete ihm von den strategischen Überlegungen seiner Auftraggeber.

Rettheim versenkte sich eine Weile in Gedanken. »Das klingt verflucht glatt, viel zu glatt. Ich fürchte, du machst mal wieder den Deppen für andere. Wie damals für die Russen. Die einzige Zeit, in der du richtig gehandelt hast, war, als du auf eigene Faust gearbeitet hast. Auch wenn ich dein Opfer war«, fügte Rettheim schmunzelnd hinzu.

Werdin nickte. »Vielleicht ist es so. Vielleicht bin ich der Idiot, der die Schmutzarbeit für andere erledigt und sich auch noch einbildet, das Richtige zu tun. Ich habe in Amerika Zeit genug gehabt, darüber nachzudenken. Zum Beispiel darüber, wie mir die Flucht gelingen konnte, obwohl ich längst hätte überwacht oder gleich verhaftet werden müssen. In allen anderen mir bekannten Fällen war die Gestapo nicht so zimperlich.« Er trank einen Schluck Tee. »Ich habe sogar schon überlegt, ob sie mich zur Flucht getrieben haben. Ob meine Flucht zu einem Plan des Obertricksers Schellenberg gehörte. Der ist für solche Geschichten immer gut. Ich bin ja schließlich abgehauen, weil mir die eigenen Leute gesagt haben, dass sie mich des Verrats verdächtigen.«

Werdin erinnerte sich an das dubiose Gespräch mit Krause, eine Andeutung nach der anderen. Aber sie verhafteten ihn nicht, sie ließen ihn abhauen, auch wenn sie am Rheinufer ein gewaltiges Feuerwerk veranstalteten. Auch die Schießerei war am besten dadurch zu erklären, dass sie ihn überwachten. Bloß, verdammt, warum haben sie ihn nur überwacht? Hätte er unter der Gestapofolter geschwiegen? Er wusste es nicht.

»Aber warum sollte ich abhauen? Seit wann schützt die SS Verräter?« Er legte den SS-Dienstdolch auf den Tisch. In die Klinge war eingraviert: »Meine Ehre heißt Treue«.

Werdin sagte nicht die ganze Wahrheit. Er hatte all die Jahre versucht, seine Flucht zu verdrängen. Wenn er an sie dachte, sah er Irma ins Wasser fallen. Das Bild raubte ihm die Luft, es war, als schnürte ihm ein Stahlkorsett die Brust ein. Ein Albtraum im Wachzustand. Nachts konnte er sich nicht gegen ihn wehren. Aber jetzt, da Irma offenbar lebte und Rettheim die richtigen Fragen stellte, jetzt überfielen Werdin die Zweifel. Seine Flucht vor dem Albtraum war zu Ende. Er zweifelte an sich selbst, an der Rolle, die er spielte, in seiner Einbildung und in der Wirklichkeit, in der er nur ein kleines Rädchen eines Getriebes war, das andere steuerten. Er hatte sich entschieden, gegen Moskau, dann auch gegen die Heimat. Aber hatte er alle Entscheidungen selbst getroffen, oder war er nur eine Marionette an Schellenbergs Finger?

Rettheim stand auf und humpelte an seiner Krücke in die Diele. »Keine Sorge«, sagte er. »Ich komme wieder.« Werdin hörte, wie sich die Badezimmertür öffnete. Instinktiv lauschte er, ob Rettheim den Schlüssel umdrehte. Es war nichts zu hören. Er hatte sich acht Jahre keine Sorgen um Rettheim gemacht, warum jetzt? Die Badezimmertür quietschte leise, als Rettheim sie öffnete. Er kam zurück in die Küche, am Hemdärmel sah Werdin Wasserspritzer.

»Und wie willst du unseren geliebten Reichsführer um die Ecke bringen?«, fragte Rettheim.

»Keine Ahnung«, erwiderte Werdin. »Ich dachte, wir suchen uns ein Plätzchen, wo der Wiedergänger König Heinrichs gerne vorbeikommt, und dann knalle ich ihn ab. Du wirst doch ein Gewehr auftreiben können?«

»Wie nett, dass du mich zum Mitmorden einlädst. Das ist genau das, was ich mir schon immer gewünscht habe. Außerdem habe ich richtig Sehnsucht nach dem Keller im Prinz-Albrecht-Palais.«

»Dann ist ja alles klar«, sagte Werdin. »Scherz beiseite, seid ihr alten Verschwörer denn glücklich damit, dass Himmler im Hintergrund die Fäden zieht? Wenn ihr Pech habt, gibt's wirklich einen neuen Pakt mit den Russen. Denk daran, was nach dem letzten passierte.«

»Da sind wir über die Polen hergefallen, ich weiß, ich weiß. Vor Warschau habe ich mir mein Eisernes Kreuz verdient.« Rettheim schloss einen Moment die Augen, er krümmte die Hände, kratzte sich am Ohr. »Du hast schon Recht. Vor ein paar Tagen habe ich mit Stauffenbergs Bruder gesprochen. Der ist todunglücklich, und Claus, der Generalstabschef, ist es auch.«

»Da gab es doch mal die Scharfschützenversion vom 98k?«

»Inzwischen haben wir was Besseres, Halbautomatik mit Zielfernrohr, leichter, schnellere Schussfolge.«

»Kannst du die Waffe besorgen?«

Rettheim nickte bedächtig. »Das kann klappen. Allerdings ist die Gefahr groß, dass mich der SD danach am Kanthaken hat.«

»Was hältst du von einem Leben in Amerika, sagen wir mal, ein paar Kilometer nördlich von Mexiko? Heiß und staubig. Überall Indianer und Klapperschlangen.«

»Reizt mich sehr. Da war ich noch nicht«, sagte Rettheim. »Klingt wie lebenslang Urlaub.« Rettheim schloss die Augen. Dann schaute er Werdin staunend an. »Du kommst also ohne irgendeinen Plan aus Amerika hierher, um unseren Reichsführer abzuknallen. Entweder du bist verrückt geworden, oder die Sache mit Himmler ist nur ein Vorwand. Du kommst wegen der Frau, stimmt's? Wie hieß sie noch mal?« Er schüttelte den Kopf. »Das ist noch verrückter.«

Werdin schwieg eine Weile. Ihm schien, dass sich dieser Gedanke bei ihm erst jetzt setzte. Rettheim hatte Recht.

»Du musst mir die Frage nicht beantworten. Dein Schweigen sagt genug. Kommen wir also zu Himmlers Ableben. Es wird Zeit. Wir haben Hitler umgebracht, und du Idiot hast uns damals geraten, deinen Reichsführer am Leben zu lassen. Das war falsch und richtig zugleich. Hätten wir den treuen Heinrich mit in die Luft gejagt, dann hätten wir die SS zum Feind gehabt und wären untergegangen. Wir sind nicht untergegangen und haben doch nicht richtig gesiegt. Himmler sitzt in seiner Wewelsburg und plant das Vierte Reich, die Weltherrschaft der nordischen Rasse. Und niemand ist weit und breit zu sehen, der ihm auf die schwarzen Finger haut. Er strickt an einem Bündnis mit den Russen, deren Emissäre sind schon angekrochen. Einer logiert im feinen Adlon. Der große Staatssicherheitsminister, Bruder im Geist und im Blut unseres Reichsführers, Lawrentij Berija höchstpersönlich wird seinen Arsch in Bewegung setzen nach Berlin. Er soll richtig gerührt gewesen sein über die Hilfslieferungen für die noch nicht Gestorbenen von Minsk. Vielleicht können wir den ja gleich mit erschießen?«

Dann hatten Crowford und Dulles Recht gehabt, als sie den Teufel an die Wand malten, dachte Werdin. Er war erschrocken, so weit also waren die deutsch-sowjetischen Verhandlungen vorangekommen. Was war das Ergebnis, wenn zwei Teufel sich verständigten? Eine doppelte Teufelei.

»Gustav, warum machst du mit? Warum hast du dich so schnell entschieden. Die Sache kostet dich wahrscheinlich den Kopf …«

»Deiner sitzt auch nicht fester auf dem Hals.«

»Aber der Einsatz lohnt sich.«

»O Gott, ein romantischer Held.«

»Quatsch.«

»Du musst wissen, was du warum tust. Ich will dir sagen, warum ich mitmache. Erstens wärst du Dilettant ohne mich aufgeschmissen.« Rettheim schlug sich die flache Hand an den Kopf. »Will Deutschlands bestbewachten Mann umbringen und hat keinen Plan! Zweitens ist Himmler fällig. Noch haben wir eine Machtbalance, aber wenn die Militärs wieder Blut lecken von wegen Deutschlands Größe, dann kippt die Waage auf die schwarze Seite. Die zivilen Dilettanten sind zu schwach, und unser Reichskanzler ist einer der schwächsten. Arbeitsminister Leber schwört auf die Soldaten, aber die schwören nur auf sich. Die Wehrmacht liebt die SS immer noch nicht, sie will der einzige Waffenträger der Nation werden, wie es Hitler ihr einmal versprochen hat, als er beim so genannten Röhm-Putsch die SA köpfte. Und dann gibt es noch Streit in der Wehrmacht. Die Verschwörer sind die schwächste Fraktion, vielen Generalen und Feldmarschällen gelten sie als Verräter. Aber niemand kann bestreiten, dass das Attentat der erste Schritt war zur Rettung Deutschlands. Und dann kam die SS zum Zug. Himmler und die Atombombe.«

»Darüber musst du mir nichts erzählen«, sagte Werdin. Er erinnerte sich zu gut an Haigerloch, an den undurchsichtigen Kurt Diebner, Chef des Uranvereins.

»Ah ja?«, sagte Rettheim erstaunt. »Aber zurück zu deiner Frage. Immer mehr Offiziere haben immer mehr erfahren.« In Rettheims Gesicht spiegelte sich Fassungslosigkeit. »Die haben Millionen ermordet, Zivilisten, weil sie Juden, Slawen, Kommunisten, Akademiker, Lehrer oder sonst was waren. Die hatten Mordfabriken im Osten, die größte stand im ehemaligen Polen, bei Auschwitz. Da haben sie die Leute in Gaskammern erstickt und sie dann in Krematorien in die Luft gepustet. Wie am Fließband. Da sagt man immer, die längsten Fließbänder und die größten Fabriken gebe es in Amerika. Ganz falsch, die größte Fabrik und das längste Fließband aller Zeiten stand im besetzten Polen, produziert wurde Asche. Ich habe das erst nicht glauben können. Andere auch nicht. Aber es war so. Man kann nicht Millionen umbringen, ohne dass es viele mitkriegen. Ein paar Offiziere, nein, nicht die Herren Feldmarschälle und Generale, haben Himmler bei einer Versammlung nach dem Krieg danach gefragt. Du hättest mal sehen sollen, wie der ins Stottern kam. Erst wollte er die Sache vom Tisch wischen, dann verwies er auf Führerbefehle, dann auf das Opfer, das die SS erbracht habe, als sie Hitlers Befehle befolgte. Es war eine irrsinnige Debatte. Er, Himmler, habe sofort nach Hitlers Tod Auschwitz geschlossen und die anderen Lager auch. Sie seien in Gefangenenlager umgewandelt worden. Lange Rede, kurzer Sinn: Solange wir Soldaten Krieg geführt haben, qualmten die Krematorien. Ohne uns wäre Auschwitz nicht möglich gewesen, da gibt es kein Vertun. Und deshalb haben ich und ein paar Kameraden ein Hühnchen zu rupfen mit Herrn Himmler. Du kommst uns gerade recht. Nicht dass wir dich als große Verstärkung betrachten dürften, du denkst ja mehr an die, wie hieß sie noch mal?, aber du gibst mir den letzten Tritt in den Hintern. Das ist ja auch was wert. Und wenn du unbedingt willst, darfst du auf Himmler schießen. In unserem Auftrag natürlich. Du hast ja mal mit deinen Schießkünsten geprahlt.«

Werdin hatte in Amerika gehört und gelesen von Massenmorden. Aber er hatte nicht gewusst oder besser: er hatte verdrängt, welches Ausmaß sie hatten. Auch er hatte zu der Mörderbande gehört, wenn auch in Moskaus Auftrag. Und doch war er wütend auf sich selbst. Himmler schonen, hatte er Stauffenberg geraten. Und Rettheim hatte die Parole in seinem Auftrag im Kreis der Verschwörer vertreten. Himmler schonen, mein Gott, dachte Werdin. Wäre doch der ganze Laden zusammengekracht, dann hätten wir aufräumen können. Wir haben nur daran gedacht, dass wir den Krieg nicht verlieren dürfen. Wir hätten ihn verlieren müssen. Wir haben ihn grundlos angefangen, wir haben Millionen ausgerottet, wir haben Millionen von Kriegsgefangenen verrecken lassen. Wir wollten ungestraft davonkommen. Weil niemand bestraft wurde, haben Stauffenberg, Goerdeler, Leber und Kollegen die Schuld mit übernommen. Das war Himmlers Berechnung. Und sie ist aufgegangen.

»Und wenn Himmler tot ist, was dann?«

»Es ist fast wie 44«, erwiderte Rettheim. »Es gibt in der Wehrmacht ein paar, die wollen Himmler loswerden. Andere halten ihn für den Retter des Vaterlands, was er in gewisser Hinsicht ja ist. Die meisten lehnen Mord ab.«

»Und wenn Himmler tot ist, folgt ihm Kaltenbrunner, das hast du selbst gesagt. Was wäre damit gewonnen?«

»Kaltenbrunner ist nicht der Retter des Vaterlands. Die Leute mögen ihn nicht. Für sie ist er die alte Gestapo. Außerdem gibt es in der SS Kräfte, die mit uns zusammenarbeiten. Sie wollen Himmler loswerden und Kaltenbrunner am liebsten gleich mit. Sie setzen auf Schellenberg. Sie hoffen, dass Schellenberg die Polizeigewalt abtritt ans Innenministerium. Wenn die Polizeigewalt nicht mehr der SS untersteht, dann muss man versuchen, die Waffen-SS der Wehrmacht einzugliedern. Dafür wären die Generale zu haben. Am Ende soll die SS eine Privatorganisation sein. Sollen die sich doch mit den alten Germanen herumschlagen.«

»Was für ein toller Plan!« Werdin musste lachen. »Die SS verzichtet freiwillig auf Macht? Das glaube ich nicht. Ihr spinnt.«

»Klar«, sagte Rettheim. »Wären wir nicht verrückt, würden wir kein zweites Attentat planen.« Es war stickig geworden in der Küche. Werdin stand auf und öffnete ein Fenster. Sie schwiegen aus Furcht, ein Nachbar könnte ihr Gespräch belauschen. Dann fragte Rettheim: »Wie heißt sie?«

»Irma.«

»Wegen Irma also der Affentanz!«

Werdin zuckte mit den Achseln.

Rettheim stemmte sich am Küchentisch hoch und schloss das Fenster. Es war eine flüssige Bewegung.

»Der Clou vom Ganzen ist mir gerade eben eingefallen. Wir machen dich noch einmal zum kommunistischen Spion. Moskaus Attentat auf unseren geliebten Reichsführer, perfiderweise während er gerade den Staatssicherheitsminister empfängt. Dessen Konkurrenten im Präsidium missgönnen Berija den großen Coup und lassen Himmler abknallen.«

»Du bist bekloppt«, sagte Werdin. »Das glaubt doch kein Mensch.«

»Es reicht, wenn ein paar es glauben. Und es wird vielleicht dazu beitragen, den Machtkampf in Moskau zu entscheiden, gegen Berija. Und wenn er dann so entschieden ist, werden die Leute es erst recht glauben.«

»Du solltest mit deiner Phantasie bei Schellenberg anheuern«, sagte Werdin.

»Nein, nein. Überleg mal! Wir reaktivieren dich als kommunistischen Spion. Früher KPD, dann Moskauer

Agent. Das kriegen wir hin. Jedenfalls so weit, dass die in Moskau sich richtig ärgern und die in Berlin unsicher werden. Voraussetzung ist allerdings, dass dir die Flucht gelingt. Wenn sie dich fangen, prügeln sie dich weich.«

»Ich dachte, du haust mit ab.«

»Bei dir ist es mir zu staubig. Und vor Schlangen habe ich Angst. Nein, ich will das Theater hier mitkriegen und, wenn es geht, mitmachen. Ich werde bezeugen, dass du ein kommunistischer Agent bist.«

»Und dann bist du fällig.«

»Das lass mal meine Sorge sein. So schwach sind wir auch nicht. Und wenn es schief geht, habe ich endlich Zeit, mich mal gründlich mit dem Parteigenossen Goebbels zu unterhalten.«

»Der sitzt immer noch?«

»Klar.« Rettheim grinste. »Angeblich schreibt er an einem Erinnerungsbuch über Adolf.«

V.

Alle waren sie an diesem Morgen zum Flughafen Tempelhof gekommen: Goerdeler, Himmler, Leber, Erhard und viele weitere Würdenträger des Deutschen Reichs. Grujewitsch stand neben Schellenberg. Keine Wolke verdeckte die Sicht. Silbern glänzte die Maschine am Horizont. Berija kam. Das Flugzeug setzte zur Landung an, Grujewitsch blickte sich um. Goerdeler schaute missmutig auf die Landebahn. Bei Himmler glaubte Grujewitsch ein Glänzen in den Augen zu erkennen. Schellenberg stand ruhig da, das leise Klopfen der Ledersohle seines Reitstiefels verriet die Nervosität. Kaltenbrunner starrte stumpf auf den Betonboden. Er war für Grujewitsch der undurchsichtigste SS-Führer. Er sagte kaum etwas, war Himmlers Schatten. Sein Gesicht verriet Freude am Leid seiner Feinde.

Es staubte auf der Landebahn, als das Sonderflugzeug aus Moskau aufsetzte. Es rollte zu der Stelle, wo die Führer des Reichs warteten. Die Leiter wurde an die Ausstiegsluke gerollt, die Tür öffnete sich. Ein kleiner Mann mit runden Brillengläsern betrat die oberste Stufe. Die Augen der Wartenden richteten sich auf ihn. Er war da.

Wie selbstverständlich stellte sich Himmler als Erster an die Treppe und reichte Berija die Hand. Sie sahen sich ernst in die Augen, die Hände vereint. Ein Dolmetscher war die

Treppe hinuntergestiegen. Berija sagte etwas zu ihm, der Dolmetscher übersetzte für Himmler. Himmler nickte, sagte kurz etwas, der Dolmetscher flüsterte es Berija ins Ohr. Berija lächelte und nickte. Erst dann trat Goerdeler einen Schritt vor, deutete eine Verbeugung an, die Berija lächelnd erwiderte. Nachdem Berija weiteren Persönlichkeiten vorgestellt worden war, drückte er Grujewitsch die Hand. Berija zeigte auf sein Ohr, Grujewitsch beugte sich hinunter. Berija flüsterte: »Wenn wir nur mehr so fähige Genossen hätten wie Sie, Boris Michailowitsch.« Dann wurde Berija zu einer Staatskarosse geleitet.

Eine Kolonne schwerer schwarzer Mercedes-Benz-Limousinen raste hinter einer Polizeieskorte mit Blaulicht in Richtung Stadtmitte. Grujewitsch saß im letzten Wagen neben Schellenberg. »Das ist ein großer Tag für unsere beiden Länder«, sagte Schellenberg. »Wir hätten es immer so machen müssen.«

Grujewitsch nickte. Er sah deutsche Panzer im Schnee vor Orel. Sie hatten Naryschkino schon erobert. Der erste Befehl der Besatzer lautete: Alle Juden sammeln sich auf dem Marktplatz. SS-Truppen in Feldgrau trieben die Menschen weg. Unter ihnen Michail Grujewitsch und seine Frau Ludmilla mit Grischa. Nachbarn erzählten Grujewitsch vom Abtransport seiner Eltern und seines kleinen Bruders. Er hörte nichts mehr von ihnen. Er hatte sie nicht einmal begraben können. »Ja«, sagte Grujewitsch, »wir hätten uns viel ersparen können.«

Himmler hatte ein Stockwerk im Adlon frei machen lassen für Berija. Grujewitsch musste seine Suite räumen für den Staatssicherheitsminister. Sein neues Zimmer im gesperrten Stockwerk war kaum weniger luxuriös, nur war alles etwas kleiner. Meine ganze Wohnung in Moskau passt in dieses Hotelzimmer, dachte Grujewitsch. Den Gang versperrte ein Tisch, wo Berijas Leibwächter und SS-Offiziere gemeinsam Wache hielten. Niemand sollte den Staatssicherheitsminister angreifen können. Grujewitsch sah, dass Himmler sich vorsichtig verhielt und ausgezeichnet geschützt wurde. In seiner Nähe waren stets vier große SS-Männer mit Maschinenpistolen. Grujewitsch erkannte außerdem zahlreiche zivile Leibwächter, die den Reichsführer in einem größeren Kreis umgaben und deren Augen ständig das Umfeld absuchten. War Himmler nicht in seinem gepanzerten Dienstwagen geschützt, deckten ihn die Körper seiner Leibwachen. Wie es mit der Sowjetunion und Deutschland weiterging, hing ab von diesem Mann. Gut, dass er geschützt war.

Kurz nach der Ankunft im Hotel trafen sich Himmler und Berija in einem Clubraum des Adlon. Nur Himmlers Dolmetscher wurde hinzugezogen. Die Besprechung dauerte eine halbe Stunde. Danach verschwand Berija in seinem Hotelstockwerk.

Grujewitsch wartete unterdessen in seiner Suite, Berija würde ihn bald rufen. Nach dem ersten Klingeln nahm er den Hörer ab. »Der Genosse Berija wünscht Sie zu sprechen«, sagte eine Stimme. Es war wohl der Dolmetscher. Grujewitsch kannte ihn nicht, Berija hatte ihn vielleicht im Moskauer Fremdspracheninstitut aufgetrieben. Grujewitsch eilte zur Suite, die bis vor kurzem noch er bewohnt hatte. Vor der Tür standen zwei Wachmänner des MGB. Er gab einem der beiden seinen Dienstausweis. Der Wächter betrachtete das Papier aufmerksam. Er klopfte an die Tür, sie wurde von innen einen Spalt geöffnet. Der Wächter reichte den Ausweis durch den Spalt, die Tür schloss sich. Nach einigen Sekunden öffnete sich die Tür weit, ein Leibwächter Berijas, den Grujewitsch aus Moskau kannte, nickte ihm zu, ohne die Miene zu verziehen. Grujewitsch betrat die Suite. Berija saß auf einem Sessel und studierte eine Akte. Als Grujewitsch den Raum betreten hatte, blickte Berija auf. Er lächelte freundlich. »Sehen Sie, Boris Michailowitsch, es ist Ihnen vergönnt, an einem historischen Ereignis teilzunehmen. Und Sie selbst haben dazu ein klein wenig beigetragen, indem sie meine Aufträge millimetergenau durchgeführt haben. Da sitzen die großen Strategen im Außenministerium herum und jammern über die schlimme Lage. Wir Tschekisten werden ihnen zeigen, wie man Weltpolitik macht, nicht wahr, Boris Michailowitsch?«

Grujewitsch nickte. »Jawohl, Genosse Berija.«

»Wir werden die Sowjetunion aus der imperialistischen Umkreisung befreien, mit einem Schlag. Da werden sie große Augen machen, dazu gehören leider auch ein paar Genossen im Präsidium, diese Angsthasen. Und dann« – Berija lachte trocken –, »dann werden sie es schon immer gewusst haben. Aber ich kann beweisen, dass sie gar nichts gewusst haben.« Hass ergriff Berija. »Diese Nichtsnutze. Sie waren gerade gut genug, ein Stückchen Holz zu apportieren, wenn es Stalin beliebte. Was haben sie denn geleistet. ›Ja, Genosse Stalin‹, ›Natürlich, Genosse Stalin‹, ›Selbstverständlich, Genosse Stalin‹. Boris Michailowitsch, schauen Sie sich doch einmal diesen Chruschtschow an. Ein dummer Bauer.« Berija zischte den Namen. »Wissen Sie, was der Irre will?«

Grujewitsch fühlte sich schlecht. Er schüttelte den Kopf.

»Er will, dass wir Stalin, den großen Stalin, kritisieren!

Kritisieren! Kritisieren! Das hat er gesagt, der Bauer! Stellen Sie sich das vor, Boris Michailowitsch! Kritisieren!« Berija stand auf und begann im Zimmer umherzulaufen. Wütend stapften seine Stiefel auf den kostbaren Teppich. Er streckte sein Kinn nach vorn, auf der Stirnglatze schlug eine Ader. Berijas Stimme bekam etwas Kreischendes. »Chruschtschow faselt über die Opfer, die die Sowjetmenschen im Krieg bringen mussten. Warum sagt er nichts zu seinen Opfern? Oder sind etwa nicht Millionen von ukrainischen Bauern verreckt, als Chruschtschow Sekretär der ukrainischen Parteiorganisation war? Waren das keine Sowjetmenschen?« Berija stampfte mit dem Stiefel auf. »Kritisieren will er! Ich habe doch immer gesagt, dass Jagoda ein Versager war, ein gut getarnter immerhin, er konnte eine Zeit lang sogar den Genossen Stalin täuschen. Stellen Sie sich vor, Millionen ließ der Staatssicherheitsminister umbringen, aber die wirklich gefährlichen Feinde, Verschwörer und Intriganten wie Chruschtschow, die hat er nicht entlarvt. Und als Stalin mich zu Jagodas Nachfolger berief, da verdrückte sich Chruschtschow in die Ukraine. Er wusste, ich würde ihn festnageln. Und dann kam der Krieg.« Erschöpft ließ sich Berija in den Sessel sinken.

Grujewitsch war verblüfft. So offen hatte Berija noch nie gesprochen in seiner Gegenwart. Es war ein Vertrauensbeweis. Was hatte er mit Himmler beredet? Was immer es gewesen sein mochte, es erfüllte Berija mit der Entschlossenheit, seine Konkurrenten in der Partei offen anzugreifen. Und das tat der kluge Stratege nur, wenn er sich des Sieges sicher war. Er hatte lange laviert nach Stalins Tod. Die Dinge mussten heranreifen. Aber ohne die deutsche Karte wäre es nicht so weit gekommen.

»Boris Michailowitsch, ich möchte, dass Sie mein persönlicher Adjutant werden. Sie sollen der engste Mitarbeiter des neuen Generalsekretärs der KPdSU werden. Und der wird Lawrentij Pawlowitsch Berija heißen.«

Grujewitsch schüttelte es innerlich. »Jawohl, Genosse Berija.« Er war im siebten Himmel und in der Hölle zugleich. Was für eine Beförderung, Ruhm und Ehre. Was für eine Gefahr, so tief verstrickt zu werden in den Machtkampf in Moskau.

»Ach ja, Reichsführer Himmler hat mir einen Entwurf gegeben für einen Freundschaftsvertrag zwischen der Sowjetunion und Deutschland. Sie sollten als mein engster Mitarbeiter bald einen Blick hineinwerfen. Sagen Sie mir, was Sie davon halten.«

»Jawohl, Genosse Berija.«

»Übrigens werden wir unsere Gespräche nicht in Berlin weiterführen, sondern auf der Wewelsburg. Sie wissen, was das ist?«

»Ja, Genosse Berija. Die Wewelsburg ist das ideologische Zentrum der SS.«

Berija lachte. »So könnten wir Kommunisten es nennen. Himmler nennt es seine *Ordensburg.*«

Grujewitsch nickte. »Wann fahren wir dorthin, Genosse Berija?«

»Morgen Vormittag werden unsere deutschen Freunde uns zur Wewelsburg bringen. Ich bin schon gespannt. Wir bleiben dort einen Tag, dann fliegen wir zurück nach Moskau. Das Flugzeug wartet in Paderborn auf uns. Die Genossen im Präsidium werden staunen.«

* * *

Schmitt Photographien Photoapparate stand über dem breiten Schaufenster. Werdin wartete pünktlich zur Öffnungszeit um acht Uhr dreißig vor der Tür. Er hatte sich für Zivilkleidung entschieden, in der SD-Uniform fühlte er sich unwohl. Durch das spiegelnde Glas sah er eine junge Frau. Sie drehte das Schild an der Tür um, *Geöffnet* zeigte es nun. Dann steckte sie einen Schlüssel ins Schloss und öffnete die Tür. Werdin betrat das Geschäft, die junge Frau lächelte ihn traurig an: »Was kann ich für Sie tun?«

»Ich suche Herrn Schmitt«, sagte Werdin.

»Mein Vater ist vorgestern gestorben«, sagte die junge Frau.

Schweigen.

»Das tut mir Leid«, sagte Werdin.

»Danke«, erwiderte die junge Frau. »Sein Leiden ist zu Ende.«

»Ja«, sagte Werdin und wusste, wie sinnlos seine Äußerung war.

»Vielleicht kann ich Ihnen weiterhelfen«, sagte die junge Frau. Sie lächelte ihm aufmunternd zu. Sie hatte schwermütige Augen.

Werdin zog das Foto von Irma und ihrem Sohn aus der Tasche. »Kennen Sie diese Frau?«

Die junge Frau betrachtete das Foto eingehend. Sie musterte auch die Rückseite. »Das ist schon der neue Agfafilm. Das Foto kann nicht älter als drei Jahre sein. Aber ich kenne die Frau nicht«, sagte sie. Sie schüttelte bedauernd ihren Kopf, als ahnte sie, welche Bedeutung ihre Auskunft hatte.

Schweigen.

Werdin sagte: »Vielleicht haben Sie das Negativ hier?

Viele Kunden lassen ja die Negative beim Fotografen, um später Abzüge nachmachen lassen zu können.«

In den Augen der jungen Frau blitzte es kurz. »Ja. Aber was glauben Sie, wie viele Negative in den letzten drei Jahren angefallen sind? Das dauert Stunden, und ich bin allein im Laden.«

Werdin legte seinen SD-Dienstausweis auf den Tresen.

Die junge Frau schaute ihn traurig an. Das Lächeln war erloschen. Sie ging zur Eingangstür, drehte das Schild auf *Geschlossen*, sperrte ab und verschwand hinter einem schwarzen Vorhang. Sie blickte Werdin nicht an.

* * *

»Ja?« Krause brüllte ins Telefon. Er wollte nicht gestört werden. Seine Laune war mies. Waltraud ließ nicht locker, und er schaffte es nicht, sie loszuwerden. Er nahm immer wieder einen neuen Anlauf, aber immer gelang es Waltraud, ihn umzustimmen. Sie forderte und sie gab. Am Ende lässt du dich scheiden und heiratest Waltraud, fluchte er in Gedanken.

»Hier Gottlieb. Gruppenführer, wir haben ihn.«

»Werdin? Haben Sie ihn verhaftet?«

»Nein, noch nicht.«

»Kommen Sie sofort zu mir«, befahl Krause.

»Ich bin in Friedrichsfelde und leite die Operation.«

»Gut, ich komme raus. Melden Sie Ihren Standort!«

»Rummelsburger Straße 45.«

»Sind Sie sicher, dass Sie nicht aufgefallen sind.«

»Ja, Gruppenführer. Wir sind weit genug weg vom Haus und gut getarnt.«

Als Krause von der Lückstraße in die Rummelsburger Straße einbog, erkannte er sofort das Straßenbaufahrzeug auf der linken Seite. Zwei Männer, die wie Straßenarbeiter aussahen, machten sich an einem Kanaldeckel zu schaffen. Sie hatten ein kleines Zelt aufgeschlagen. Gottlieb saß auf dem Beifahrersitz des Lastwagens.

»Haben Sie ihn schon gesehen?«

»Nein.«

»Aber woher wissen Sie, dass er kommt?«

Gottlieb lehnte sich zurück, als wollte er der Ungeduld seines Vorgesetzten ausweichen. »Gestern Abend erhielt ich einen Anruf vom Alexanderplatz. Ich habe im Polizeipräsidium einen V-Mann. Sie haben einen Hotelmeldezettel gefunden, in dem der Name Oskar Brockmann eingetragen ist. Er wohnt im *Hospiz im Zentrum Berlins* in der Holzgartenstraße. Das ist nahe am Bahnhof Friedrichstraße.«

»Ich weiß«, sagte Krause.

»Wir hätten noch Tage auf diese Auskunft warten können, die Herren Polizisten lieben uns wirklich von Herzen.« Gottlieb legte seine Hand auf die linke Brustseite. »Ich bin sofort ins Hotel und habe dem Empfangschef ein Bild von Werdin gezeigt und ihn gefragt, ob er diesen Mann kenne. Ja, hat er gesagt, es sei ein Herr namens Oskar Brockmann.«

Muss er mir das so umständlich berichten?, fragte sich Krause. Laut sagte er: »Das haben Sie gut gemacht.«

»Ich habe sofort eine Überwachung angeordnet rund um die Uhr. Unsere besten Leute sind im Einsatz. Heute Morgen haben sich drei Mann an Werdin gehängt. Er ist zu einem Fotogeschäft Unter den Linden gegangen. Kurz nachdem er den Laden betreten hat, wurde der geschlossen, obwohl er gerade erst aufgemacht hatte. Unsere Leute warten nun schon drei Stunden.«

»Haben Sie ständigen Kontakt mit den Männern?«

»Ja, ich habe ihnen einen Funkwagen zugeteilt, der parkt um die Ecke, in der Charlottenstraße.«

»Warum sind Sie hier und nicht dort?«

»Er wird hierher kommen. Da vorn wohnt Irma von Zacher.«

»Ja«, sagte Krause. Er ist mit dem Foto, das Schellenberg ihm hat schicken lassen, zum Fotografen gegangen. Er will herauskriegen, wo die Frau wohnt. Hätte Schellenberg den Umschlag mit dem Absender »Zacher« nicht entfernt, Werdin wäre wohl nicht gekommen. Hätten wir einen falschen Umschlag fabriziert, hätten die Amis irgendeinen von der Schweizer Botschaft nur ins Berliner Adressbuch gucken lassen müssen, um herauszukriegen, dass es eine Irma Mellenscheidt nicht gab in der Rummelsburger Straße 56, wohl aber eine Irma von Zacher. Schellenberg denkt an jeden Papierkrümel. Da ist er mir weit voraus. Schellenberg wusste, Werdin würde die Zacher entdecken. Während er suchte, haben wir ihn gefunden. Wir haben Glück gehabt, aber Glück hat im Leben der Geheimdienste nur der Kluge. Und Schellenberg ist der Klügste von allen. Am Ende passt alles zusammen. Wir kriegen den Pakt mit den Russen, den Verräter holen wir uns gleich. Es läuft wunderbar, im Großen wie im Kleinen. Wenn er sich nur klar werden könnte über Waltraud. Morgen würde er nach Wewelsburg fahren und Himmler mitteilen, wen er gefangen hatte. Schellenberg würde sich freuen wie ein Kind. Himmler würde ihn vielleicht befördern. Bestimmt hatte er sich mit Berija längst auf einen Vertrag geeinigt.

* * *

Es dauerte fast vier Stunden. Er hatte sich auf einen Stuhl im Laden gesetzt. Einmal hatte er den Vorhang zur Seite geschoben und nach der Toilette gefragt. Die Frau zeigte mit dem Finger die Richtung. Sie saß an einem Sichtgerät und betrachtete Negative. Inzwischen kannte Werdin das Angebot des Fotogeschäfts auswendig. Kameras von Leica und Zeiss, Filme von Agfa, Ferngläser, Lupen, Porträtaufnahmen für fünfzig Pfennig pro Stück.

Der Vorhang wurde zur Seite geschoben, die Frau trug in der Hand einen Negativstreifen und ein Formular. Werdin stand auf. »Irma von Zacher, Berlin-Friedrichsfelde, Rummelsburger Straße 56«, sagte die Frau.

Er fühlte kalten Schweiß auf der Stirn. Übelkeit erfasste ihn. »Das ist der Flieger?«, fragte er.

»Ja, jetzt erinnere ich mich«, sagte die Frau. »Mein Gott, sehen Sie blass aus. Geht es Ihnen nicht gut? Soll ich einen Arzt holen?«

Werdin winkte ab. Er bekam kein Wort heraus. Er fiel mehr in den Stuhl, als dass er sich setzte. Er starrte auf den Boden. Was sollte er tun? Irma hatte geheiratet. Offenbar diesen Flieger, der die Uranbombe über Minsk abgeworfen hatte. Aber warum schrieb sie ihm dann?

»Wissen Sie, wann Frau von Zacher geheiratet hat?«, fragte Werdin die Frau.

Die schaute ihn neugierig an. »Das müssten Sie doch wissen. Darüber hat sogar die Wochenschau berichtet.«

Werdin schüttelte den Kopf.

»Na, es war gleich nach dem Krieg.«

Sie hatte ihm geschrieben, als sie schon verheiratet war.

»Komisch, dass Sie das nicht mehr wissen. Ich sehe das

Bild noch vor mir. Helmut von Zacher mit seiner schönen blonden Braut. Sogar der Reichsführer war dabei.«

Eine Tote, die einen Kriegshelden heiratete, mit Himmler als Hochzeitsgast.

»Haben Sie einen Stadtplan?«

Die Frau ging in das Zimmer hinter dem Vorhang und gab ihm eine Karte, *Großer Silva-Stadtplan von Berlin*. Irma wohnte nur ein paar Straßen entfernt von Rettheim. Warum schrieb sie ihm, wenn sie einen anderen geheiratet hatte?

* * *

Im Fußboden ein Sonnenrad mit Sigrunenstrahlen. Es bildete den Mittelpunkt eines Kreises von durch Bögen miteinander verbundenen Säulen. Eine seltsame Mischung aus Klassizismus und Germanenkult, dachte Grujewitsch. Sie verließen die Säulenhalle. Dann wurden sie über den Hof durch das einzige Tor auf einem Weg außerhalb der Burgmauern zum großen Nordturm geführt. »Ich zeige Ihnen jetzt unser Heiligtum, es liegt direkt unter der Säulenhalle, in der wir gerade waren«, übersetzte der Dolmetscher Himmlers Worte. Sie stiegen eine Treppe hinunter, Himmler schritt voran. Er öffnete eine schwere, mit Runen beschlagene Tür. Es ging weiter hinunter. Dämmerlicht fiel durch Lichtschächte in einen dunklen, kreisrunden Raum. In der Mitte flackerte ein schwaches Feuer. Grujewitsch erkannte Podeste. Er schaute hoch und blickte in eine Kuppel, in deren Spitze ein Hakenkreuz war.

Grujewitsch fühlte sich schwer. Himmler flüsterte fast: »Sie sehen zwölf Sitzpodeste für unsere Obergruppenführer. Hier betrauern wir unsere Toten und sprechen uns Mut zu. Ich halte hier oft Zwiesprache mit Reinhard Heydrich.«

Grujewitsch war froh, als sie die Gruft verließen. Himmler zeigte seinen Gästen das Gelände der Burg. »Eigentlich wollten wir das Dorf Wewelsburg ein Stück versetzen, um unsere Burg mit einer mächtigen Wehranlage zu umgeben. Zurzeit ist das aber leider nicht möglich.« Himmler schaute traurig. Noch waren seiner Macht Grenzen gesetzt. Aber auch ohne den Ausbau beeindruckte die Burg Grujewitsch. Er hatte noch nie eine Dreiecksburg gesehen. »Die Einzige in Deutschland«, sagte Himmler. An den Mauern hatte er den Putz abschlagen lassen, damit das Gebäude mehr nach Mittelalter aussah. Nur ein Weg führte ins Innere der Burg. An der Außenmauer und an den Toren standen Wachtposten. Streifen mit Hunden patrouillierten über das Gelände.

Im Dreieckshof waren Tische, Stühle und Sonnenschirme aufgestellt. Die Stühle waren ledergepolstert, die Rückenlehnen zierten Doppelsigrunen. Auch das Besteck der Westfälischen Metallwaren-Manufaktur trug das stilisierte Doppel-S. Germanische Symbole auf Tellern, Schüsseln, Kannen. Der Pulk verteilte sich auf die Plätze. An einem eigenen Tisch, bei ihnen nur ein Dolmetscher, saßen Himmler und Berija. Beide waren sie klein und untersetzt, beide trugen Brillen mit runden Gläsern. Von der Ferne sehen sie fast aus wie Brüder, dachte Grujewitsch.

Schellenberg hatte sich neben ihn gesetzt.

»Eine kleine SS-Welt«, sagte Grujewitsch lächelnd.

Schellenberg nickte. »Unser Reichsführer legt großen Wert auf die Ausgestaltung der Burg. Wir sind tief verwurzelt in unserer Geschichte, im Deutschen Ritterorden, aber auch in Zeiten, die viel weiter zurückreichen. Himmler hat germanische Götter wieder entdeckt und die heidnischen Wurzeln christlicher Riten gefunden. Mit diesen Fragen beschäftigt sich eine Einrichtung mit dem Namen *Ahnenerbe*. Sie gibt uns Tiefe im Glauben …«

»Und das Gefühl der Überlegenheit über andere Rassen.« Grujewitsch bedauerte den Satz in dem Augenblick, als er ihm herausgerutscht war.

Aber Schellenberg lächelte nur. »Auch wir haben mit Übertreibungen angefangen.«

Grujewitsch wusste, die Übertreibungen waren längst nicht ausgemerzt. Der Germanenkult der SS war die religiöse Begründung ihres Rassismus. Niemals würde die SS den Slawen Gleichwertigkeit zubilligen. Für uns ist die Zusammenarbeit mit Himmler nur eine zeitweilige Beruhigung. So richtig der neue Vertrag mit den Deutschen ist, er ist der Auftakt einer neuen Auseinandersetzung irgendwann in der Zukunft, dachte Grujewitsch. Aber immerhin haben wir jetzt erst einmal ein paar Möglichkeiten mehr.

Es gab rheinischen Sauerbraten mit Kartoffelklößen. Davor eine Hühnerbrühe, danach einen Früchteteller. »Ein richtig deutsches Essen«, sagte Schellenberg.

»Vielleicht besuchen Sie uns bald einmal. Dann werden wir uns mit den Genüssen der russischen Küche revanchieren«, sagte Grujewitsch.

Schellenberg lachte. »Ich habe da schon einiges gehört, vor allem von den Getränken.«

»Sie haben ja noch ein bisschen Zeit zu üben«, erwiderte Grujewitsch.

Er beobachtete seinen Chef und den Reichsführer. Sie saßen über dem Papier, das Himmler Berija schon in Berlin gereicht hatte. Grujewitsch kannte es. Es war der Entwurf des Freundschaftspakts, gültig für zwanzig Jahre. Ihm sollte ein Wirtschaftsabkommen folgen. Außerdem wollte man bei einigen Rüstungsprojekten zusammenarbeiten. Die Grundlage für alles aber war der Freundschaftsvertrag. Der Entwurf war allgemein gehalten. Und doch war klar, wie er gemeint war. Er richtete sich gegen das Vormachtstreben der Vereinigten Staaten. Es ging um die Einflusszonen Washingtons in Asien, Afrika und Südamerika. »Wir werden die Großkotze weich kochen«, hatte Berija in Berlin gesagt. Deutschland und die Sowjetunion würden sich gemeinsam bemühen, den Einfluss der USA in der Welt zurückzudrängen. Zu diesem Zweck würden sie auch Operationen ihrer Streitkräfte aufeinander abstimmen. Russland besaß die stärkste konventionelle Streitmacht der Welt und rüstete mit Atomwaffen auf. Deutschland war die Nummer eins in der Raketentechnik und bei Atomsprengköpfen. In seinen Arsenalen lagerten zahlreiche Wasserstoffbomben, die neue Errungenschaft des Uranvereins um Carl Friedrich von Weizsäcker, der überall »Atompapst« genannt wurde, während sein Lehrmeister Heisenberg in Göttingen hochgeehrt den Ruhestand genoss. Die deutsche Luftwaffe flog die modernsten Bomber und Jäger. Nur auf dem Wasser waren die Sowjetunion und Deutschland den USA unterlegen. Grujewitsch zweifelte nicht, eine neue Zeit der Konfrontation stand bevor, weltweit.

Berija und Himmler steckten ihre Köpfe zusammen. Beide sahen froh aus. Sie lachten. Offenbar erzählten sie sich Witze. Der Entwurf des Pakts lag zwischen ihnen. Ab und zu kritzelte der Dolmetscher etwas auf das Papier.

»Die beiden verstehen sich gut«, sagte Schellenberg.

Grujewitsch nickte. Dann sah er, wie Berija in seine Richtung deutete. Ein kurzer Wink mit dem Zeigefinger. Grujewitsch sprang auf und näherte sich dem Tisch, an dem Berija und Himmler saßen.

»Kommen Sie nur«, sagte Berija.

Grujewitsch trat neben seinen Chef.

»Wir fliegen heute Abend noch nach Moskau. Ich berufe für morgen Nachmittag das Präsidium ein. Herr Himmler und ich haben einen großen Plan vereinbart. Bereiten Sie alles für die Reise vor.«

VI.

Er verließ das Fotogeschäft und ging zum Brandenburger Tor. Die Quadriga glänzte golden in der Nachmittagssonne. Werdin überquerte die Fahrbahn, die zum Pariser Platz führte. Nur wenige Meter entfernt von der Kreuzung mit der Wilhelmstraße stand das Gebäude des Reichsinnenministeriums. Nicht weit von hier hatte der Sicherheitsdienst seinen Sitz. Auf der Mittelpromenade setzte er sich auf eine Bank im Schatten einer Kastanie. Er schloss die Augen und dachte an Irma. Sie war verheiratet mit Zacher und schrieb ihm einen Brief. *Du sollst wissen, dass wir einen Sohn haben. Ich würde dich gerne wieder sehen.* Er erinnerte sich an jene Nacht im Bombenhagel. Sie war gekommen. Sie hatte sich für ihn entschieden, gleichgültig, welche Gefahr ihr drohte.

Als er die Augen wieder öffnete, sah er sie. Es waren drei. Zwei saßen auf einer Bank schräg gegenüber, einer von ihnen hielt eine Zeitung in den Händen, ein Dritter tat so, als wäre er Spaziergänger. Sie hätten sich als Clowns verkleiden können, Gestapofressen ließen sich nicht verstecken. Und schon gar nicht, wenn sie zu dritt auftraten. Die Gestapo war im SD aufgegangen, aber die Visagen blieben die gleichen. Im Geist sah er die drei in den lächerlichen Ledermänteln, die bei der Gestapo so beliebt gewesen waren. Die hier trugen leichte Anzüge, dunkel und billig. Sie verhafteten ihn nicht, also wollten sie herausfinden, wohin er ging. Werdin war sich sicher, als er Rettheim besuchte, hatte ihn niemand verfolgt. Wahrscheinlich fahndeten sie mit einem Foto nach ihm, vielleicht wegen des Mords in Rotterdam. Aber das war jetzt gleichgültig. In den Augen der SS hatte er genug verbrochen, es kam auf einen Mord nicht an. Landesverrat reichte für die Guillotine in Plötzensee.

Er musste sie abschütteln, er durfte sie nicht zu Irma führen. Wen immer er besuchte, der war in Todesgefahr. Er überlegte die nächsten Schritte. Friedrichsfelde oder Lichtenberg durfte er nicht nahe kommen. Er stand auf und ging zur U-Bahn-Station Unter den Linden. Als er die Fahrbahn überquerte, sah er im Augenwinkel die drei Gestalten. Sie hatten nicht bemerkt, dass er sie entdeckt hatte. Langsam stieg er die Treppen zum Gleis hinunter. Er nahm einen Zug Richtung Potsdamer Platz. Die drei Gestalten stellten sich in denselben Wagen, sie sicherten beide Türen. Angestrengt blickten sie nicht zu seinem Sitz herüber. In der Station Potsdamer Platz stieg Werdin aus, die drei folgten ihm in einigem Abstand wie Hunde an der langen Leine. Er nahm den Zug Richtung Uhlandstraße, die drei Gestapofressen im Schlepptau. Am Wittenbergplatz verließ Werdin gemächlich den Zug. Er entschied sich für den Treppenaufgang zur Tauentzienstraße, schlenderte zum *Kaufhaus des Westens*, betrat es durch den Haupteingang und fuhr mit der Rolltreppe in den dritten Stock. Äußerlich ruhig tat er so, als interessiere er sich für Herrenanzüge, für Mäntel und Hüte. Aus dem Augenwinkel beobachtete er seine Verfolger. Er wollte sie unaufmerksam machen. Er fuhr in den vierten Stock, dann in den ersten. Im Café aß er ein Stück

Schwarzwälder Kirschtorte und trank einen Kaffee. Er bekam ihm nicht, er war viel stärker als der amerikanische. Werdin bekämpfte die Übelkeit mit einem Cognac. Dann fuhr er in den fünften Stock. Er erkannte die Verwirrung seiner Verfolger. Was mochten sie denken? Dass er hier verabredet war mit einem Verbindungsmann? Im fünften Stock kaufte er ein Spielzeugauto, einen roten Volkswagen. Man konnte die Türen öffnen, und die Lenkung arbeitete auch. Im dritten Stock suchte er sich eine Einkaufstasche aus und steckte das Spielzeugauto hinein. Seine Verfolger kamen dichter, sie wurden nachlässig. Er wusste nun, wie er sie loswerden würde. Alles, was er brauchte, war ein bisschen Glück. Die Überraschung war seine Verbündete. Seine Verfolger waren zäh, aber ihre Aufmerksamkeit musste in den letzten Stunden gelitten haben. Es macht müde, eine Person stundenlang zu verfolgen, ohne von ihr gesehen werden zu dürfen. Noch bestimmte er, was passierte.

Er fuhr in die zweite Etage. Dort gab es Haushaltswaren. Ausgiebig betrachtete er Töpfe und Teller. In einer Ecke entdeckte er eine Tür mit der Aufschrift *Nur Personal*. Er bummelte einige Minuten durch die Auslagen und beobachtete die Tür. Ein Angestellter des Kaufhauses öffnete sie und verschwand dahinter. Die Tür war nicht abgeschlossen. Werdin drehte sich abrupt um. Er amüsierte sich über die Überraschung seiner Verfolger. Sie standen wie erstarrt und mühten sich, wie Kunden zu erscheinen. Einer griff sogar nach einem Topf und musterte ihn eingehend. Eiligen Schritts strebte Werdin auf die Rolltreppe nach unten zu. Die Gestapofressen sollten glauben, er würde nun rasch das KaDeWe verlassen, sie mussten den Abstand zu ihm verringern. Kurz vor der Rolltreppe blieb er stehen. Er stellte seine Einkaufstasche mit dem Spielzeugauto ab und beschäftigte sich mit einer Ausstellung von Küchengeschirr. Dann eilte er zur Rolltreppe, die Einkaufstasche ließ er stehen. Während er hinunterfuhr, beobachtete er vorsichtig, was hinter ihm geschah. Er sah, wie seine Verfolger einer nach dem anderen auf die Treppe stiegen. Plötzlich schlug er sich mit der flachen Hand auf die Stirn, mimte Erschrecken, drehte sich auf der Rolltreppe um und stürmte entgegen der Rollrichtung nach oben. Ohne sie zu beachten, lief er an den Gestapofressen vorbei. Sie standen wie erstarrt und fuhren weiter nach unten. Wenn sie ihm ent-gegen der Rollrichtung gefolgt wären, hätten sie sich selbst enttarnt. Werdin gewann einige Sekunden Vorsprung. Oben angekommen, schnappte er sich die vermeintlich vergessene Einkaufstasche und rannte zu der Tür mit der Aufschrift *Nur Personal*. Er riss sie auf und lief in einen schlecht beleuchteten Flur. Ein großer fetter Mann stand im Weg. Er trug eine schwere Hornbrille und hatte Schmisse in einem feisten Gesicht.

Mit gestreckten Armen kam er auf ihn zu. »Sie haben hier nichts zu suchen. Verschwinden Sie, sonst hole ich die Polizei!«

Werdin hielt ihm seinen SD-Ausweis unter die Nase und schaute ihn finster an.

»Das konnte ich nicht wissen«, sagte der Mann kleinlaut. Er wusste nicht, wohin mit seinen mächtigen Armen.

»Geheime Reichssache! Sie haben mich nicht gesehen!«, schnarrte Werdin im Befehlston.

»Jawoll!«, sagte der Mann. »Ich habe Sie nicht gesehen!«

»Gibt es hier einen Ausgang?«

Der Mann zeigte hinter sich.

»Wie heißen Sie?«

»Martin Obermüller.«

»Obermüller, egal, wer Sie fragt, Sie haben mich nicht gesehen!«, wiederholte Werdin. »Wenn Sie mich verraten, komme ich zurück und reiße Ihnen den Arsch auf.«

Die Hände des Manns begannen zu zittern.

Der Hintereingang führte Werdin in die Marburger Straße. Ohne zu rennen, eilte er zum Kurfürstendamm, ging zur Hardenberger Straße und verschwand im Bahnhof Zoo. Er setzte sich in eine U-Bahn nach Ruhleben. Niemand folgte ihm. Am Adolf-Hitler-Platz stieg er aus.

Werdin bummelte zwei Stunden um den Lietzensee und beobachtete, was in seinem Rücken vor sich ging. Niemand folgte ihm. Am Kaiserdamm winkte er nach einem Taxi, einem schwarzen Opel, und ließ sich zum Flughafen Tempelhof fahren. Falls der Taxifahrer vernommen werden sollte, würde er aussagen, sein Fahrgast sei im Flughafengebäude verschwunden. Er habe ihn nicht herauskommen sehen. Der SD würde sich fragen, ob Werdin mit falschen Papieren ins Ausland geflogen sei. Und wenn er eine Weile unentdeckt bliebe, vielleicht glaubten sie es dann sogar.

Werdin stand an einem Fenster im Flughafengebäude und beobachtete das Treiben vor dem Eingang. Der schwarze Opel hatte sich in die Reihe der wartenden Taxis gestellt. Der Fahrer war ausgestiegen und schwatzte mit einem Kollegen. Hin und wieder setzte er sich in seinen Wagen und fuhr ein Stück weiter vor. Werdin wollte kein Risiko eingehen und wartete, bis der Taxifahrer die Wagentür öffnete für eine alte Dame. Dann fuhr das Auto mit schwarz qualmendem Auspuff davon.

Werdin machte sich auf den Weg zur nahe gelegenen U-Bahn-Station Boddinstraße. Er staunte, wie schnell die Straßen und Orte zurück in sein Gedächtnis kamen. Manchmal schien es, als wäre er nie fort gewesen. Er hoffte, Rettheim würde bald das Gewehr besorgen und sie könnten beginnen, einen Attentatsplan auszuarbeiten. Ob er bei Rettheim schlafen sollte? Vermutlich würden die Fahnder mit seinem Foto durch die Hotels und Pensionen ziehen. Rettheim würde ihn aufnehmen, natürlich erst nach einigen Schimpfereien. Dann konnte Werdin vielleicht auch Rettheims Sauferei bremsen. Sie brauchten einen klaren Kopf, Rettheim nicht weniger als er. Er würde jetzt Irma besuchen und heute Nacht bei Rettheim schlafen. Sein Gepäck musste im Hotel bleiben. Irma schlief heute Nacht nur ein paar Straßen entfernt von ihm.

Er stieg um am Kottbusser Tor und in der Warschauer Straße. Wenn er Polizisten sah, drehte er sich weg. Im Bahnhof Neulichtenberg stieg er aus. Er ging die Leopoldstraße entlang, bog rechts ab in die Emanuelstraße, die nächste links war die Lückstraße. Den Stadtplan hatte er sich im Flughafengebäude eingeprägt. Die Lückstraße mündete in die Rummelsburger Straße. Als er in die Einmündung kam, sah er links ein Baufahrzeug stehen. Ein Zelt diente offenbar dazu, einen geöffneten Kanaldeckel gegen Regen zu schützen. Werdin blickte nach oben, keine Wolke am blauen Himmel. Er grinste. Die Deutschen waren immer noch gründlich, manchmal lachhaft gründlich.

* * *

Moskau lag unter blauschwarzen Regenwolken. Grujewitsch fühlte sich schlecht, der Flug war unruhig gewesen. Berijas Wagen wartete schon, der Chauffeur riss die Türen auf, als sie sich näherten. Berija machte der Flug offenbar nichts aus. Mit energischen Schritten stapfte er durch die Pfützen. Auf der rasenden Fahrt zum Kreml sagte er nicht viel. Nur: »Sie warten morgen Nachmittag ab zwei Uhr vor der Tür.« Die Präsidiumssitzung würde Stunden dauern, und die durfte Grujewitsch auf einem Stuhl vor dem Sitzungssaal verschwenden. So waren sie, die hohen Herren. Grujewitsch hatte länger als eine Woche nicht an seinem Schreibtisch gesessen, er ahnte, wie viel Arbeit dort auf ihn wartete. Aber was kratzte es Berija? Für ihn war Grujewitsch nun erster Adjutant, über einen Nachfolger als Leiter der Spionageabwehr hatte sich Berija bisher keine Gedanken gemacht. Aber er würde Grujewitsch verantwortlich machen, wenn bei der Abwehr etwas schief lief. Grujewitsch beruhigte sich, bisher war es immer gut gegangen. Auch diesmal würde es klappen. Mehr interessierte ihn, wie es Anna ging. Er würde sie heute Abend überraschen.

Berija hatte es eilig. »Seien Sie morgen pünktlich, Boris Michailowitsch«, sagte er und verschwand. Es klang bedrohlich. Berija spürte, seine große Chance kam. Da musste alles klappen. Wehe, irgendeiner seiner Helfer versagte, war nicht zur Stelle, wenn der Meister rief.

Grujewitsch wies den Fahrer an, vor dem Haus zu halten, in dem Anna wohnte. Es war fast Mitternacht. Er stieg die Treppen hoch, an seinem Schlüsselbund fand er den Schlüssel zu Annas Wohnung. Leise, um sie nicht zu erschrecken, öffnete er die Tür. Er legte den Mantel über Annas einzigen Sessel, den Koffer stellte er neben die Wohnungstür. Vorsichtig öffnete er die Tür zu dem Zimmer, in dem Anna arbeitete und schlief. Weißes Licht schien durch den Schlitz zwischen den beiden Vorhanghälften. Es stammte von einer Laterne im Hof. Er erkannte Annas schwarze Haare, sie schlief auf dem Bauch. Neben Anna entdeckte er eine Wölbung unter der Decke. Grujewitsch erstarrte. Dann ergriff ihn Wut. Er knipste das Licht an und riss die Decke vom Bett. Anna fuhr hoch. »Was machst du?«, schrie sie. Ihr Körper verdeckte den Blick aufs Bett. Er schob sie zur Seite. Auf dem Kopfkissen neben ihr lag ein großer brauner Teddybär. Anna begann zu weinen. »Du siehst schrecklich aus, Boris. Geh weg, du machst mir Angst.«

Scham verdrängte die Wut. Er hatte sich aufgeführt wie ein Irrer. Er bekam Angst. »Tut mir Leid«, stammelte er, »ich dachte …«

»Verschwinde«, sagte sie. »Ich will dich so nicht sehen, nie wieder. Du bist furchtbar. Wo warst du überhaupt? Seit mehr als einer Woche lässt du dich nicht blicken. Kein Wort habe ich gehört von dir. Und jetzt kommst du zurück und machst den Affen. Du bist verrückt.«

Sie wollte keine Antwort auf ihre Fragen. Sie war wütend. Grujewitsch wusste inzwischen, es war besser zu gehen und morgen oder übermorgen wiederzukommen. Dann hatte sie sich beruhigt und würde ihm verzeihen. Hoffentlich.

Er packte Mantel und Koffer. Auf der Treppe nach unten fluchte er, dass er den Fahrer weggeschickt hatte. Jetzt musste er mit der U-Bahn fahren.

Als er zu Hause ankam, war er erschöpft. Das Wohnzimmer roch nach Zigarettenrauch, süßem Parfüm und Alkohol. Er riss das Fenster auf. Die Wohnung widerte ihn an. Gawrina hatte sie eingerichtet, und die meiste Zeit wohnte sie allein hier. Er ekelte sich vor Gawrina. Als er ins Schlafzimmer kam, lag sie mit offenem Mund auf dem Rücken. Sie schnarchte. Er könnte ihr den Hals zudrücken, ohne dass sie aufwachte. Kurz zuckte es ihm in den Händen. Warum verließ er sie nicht gleich morgen? Warum ließ er sich nicht scheiden?

Er zog sich aus, wusch sich und legte sich neben Gawrina. Sie rührte sich nicht, schnarchte, es hörte sich mehr nach Röcheln an. Grujewitsch rief sich die Stationen seiner Deutschlandreise in Erinnerung: Schellenberg, Himmler, die Sphinx Goerdeler. Sie hatten einen großen Sieg errungen. Und er hatte in vorderster Front gekämpft. Morgen würde Berija die Schlacht zu Ende führen. Und dann warteten große Zeiten auf Boris Michailowitsch Grujewitsch.

* * *

»Da ist er«, sagte Gottlieb leise.

»Schön, schön, dann schauen wir mal, was er anstellt.« Krause nahm das Mikrofon des Funkgeräts vor den Mund und befahl den Einheiten der SD-Bereitschaft, das Haus der Zachers weiträumig zu umstellen. Die Beamten sollten vorsichtig sein und nicht auffallen. Die gesuchte Person sei sofort festzunehmen, wenn sie das Haus Nummer 56 wieder verlasse. »Wir brauchen ihn lebend«, hämmerte Krause seinen Leuten ein.

Krause und Gottlieb duckten sich im Fahrerhaus, als Werdin auf der anderen Straßenseite am Laster vorbeiging. Er warf nur einen flüchtigen Blick auf die Baustelle. Sie setzten sich wieder gerade hin und spähten durch ihre Ferngläser. Sie sahen, wie Werdin am Haus Nr. 56 hielt, er las das Klingelschild, zögerte und drückte auf die Klingel. Die Tür wurde geöffnet, Irma von Zacher war kurz zu sehen. Krause erkannte den Schrecken in ihrem Gesicht, dann winkte sie Werdin ins Haus und schloss die Tür von innen.

* * *

Sein Herz schlug schneller. Er fühlte das Pochen im Hals. Er blickte kurz zu dem Bauwagen auf der anderen Straßenseite, dann las er wieder die Hausnummern. 48, 50, 52, 52a, 54, 56. Es war ein bescheidenes zweistöckiges Haus, Regen und Sonne hatten die Fassade gebräunt. Am Gartentor las er das Klingelschild: *Helmut von Zacher*. Es war tatsächlich der Fliegerheld. Wir sind beide verstrickt in den Massenmord, wir lieben beide dieselbe Frau. Dialog mit einem Abwesenden. Er drückte einmal auf die Klingel, kräftig, um seine Unsicherheit zu verdrängen. Dann öffnete er das Gartentor und ging zur Haustür. Er stand auf der ersten Treppenstufe, als die Tür sich öffnete. Irma. Sie schlug die Hand vor den Mund, ihre Augen starrten ihn an. Sie wurde mit einem Mal wachsbleich. Einen Augenblick hatte er Angst, sie könnte ohnmächtig werden. Sie winkte ihn mit einer leichten Handbewegung hinein. Als er im Flur stand, schloss sie die Tür. Sie standen sich gegenüber und schauten sich an.

»Warum hast du mir geschrieben?«, fragte Werdin endlich.

Sie öffnete ihren Mund, aber es kam kein Laut.

»Warum?«

»Ich dachte, du wärst tot. Gestorben bei einem Autounfall.«

»Du hast mir geschrieben, weil du dachtest, ich sei tot?«

»Ja.«

Er ging auf sie zu und wollte sie umarmen. Sie ließ es zu, lehnte kurz ihren Kopf an seine Brust. Dann entwand sie sich ihm und sagte: »Nein.« Sie drehte sich weg und ging in die Küche. Werdin folgte ihr. Sie setzten sich an den Tisch, schauten sich an. Irmas Augen glänzten. Mit einem Taschentuch wischte sie eine Träne aus dem Augenwinkel.

»Du hast mir geschrieben, weil du geglaubt hast, ich sei tot?«

»Ja«, sagte Irma. »Sonst hätte ich dir nicht geschrieben. Wie kommst du hierher? Warum kommst du? Wenn die SS dich fasst, bringt sie dich um.«

»Ich komme, weil du mir geschrieben hast.«

»Dann stirbst du also nicht bei einem Unfall, sondern weil ich dir geschrieben habe«, sagte Irma. Es klang wie eine sachliche Feststellung.

»Ich habe nicht die Absicht zu sterben«, sagte Werdin. »Und jetzt schon gar nicht. Bisher habe ich nämlich dich für tot gehalten und gefürchtet, dein Brief sei eine Fälschung, mit der sie mich nach Deutschland locken wollten, um mich zu fangen.«

»Der Brief ist keine Fälschung und doch eine. Ich habe ihn geschrieben, weil ich sicher war, du würdest nicht kommen. Tote reisen nicht.« Sie erzählte ihm, wie sie überlebt hatte und warum sie ihm einen Brief schrieb.

»Schellenberg also«, sagte Werdin. Ihm war klar, sie würden Zachers Haus überwachen. Sie wollten, dass er kam. Er war gekommen. Und jetzt wollten sie ihn greifen.

Er stand auf und schaute aus dem Fenster. Die Küche ging zur Straße hinaus, links sah er das Baufahrzeug. Entweder sie hatten sich als Bauarbeiter getarnt, oder sie hatten ein Haus in der Nachbarschaft gemietet. Vielleicht auch beides. Er war verloren. Das Einzige, was ihn wunderte, war die Ruhe, die ihn im Moment der Erkenntnis erfasste. Als hätte er seine Erfüllung gefunden. So fand sein Leben einen Schluss, der Schluss war folgerichtig. Er hatte Irma wieder gesehen, er war nicht schuld an ihrem Tod, wenn auch nicht verantwortlich dafür, dass sie überlebt hatte. Er würde jetzt dafür sorgen, dass sie weiterlebte.

Im Flur Gelächter. Ein Junge kam in die Küche. Er sah erstaunt auf den Mann, der mit seiner Mutter in der Küche saß.

Werdin betrachtete den Jungen. Es war unmöglich, die Ähnlichkeit zu übersehen.

»Das ist Josef«, sagte Irma.

»Guten Tag, Josef«, sagte Werdin steif.

Josef guckte ihn kurz an und setzte sich dazu.

»Ich muss jetzt gehen«, sagte Werdin. Er wollte verhindern, dass die SS ihm ins Haus folgte. Es würde alle gefährden. Sie würden Irma ohnehin verhören, wenn sie ihn hatten. Das konnte er nicht verhindern. Er gab Josef die Hand und schaute ihm in die Augen. Dann drehte er sich weg, damit Irma und Josef seine Tränen nicht sahen. Irma nahm ihn in den Arm. Mit ihrem Taschentuch wischte sie ihm die Tränen aus den Augen. »Ich liebe dich, Knut«, sagte sie leise. »Ich werde dich immer lieben. Aber ich komme nicht mit dir. Ich darf meinen Mann nicht verlassen. Er hat mich gerettet.« Sie fühlte durch sein Jackett den Griff der Walther P 38 und erschrak. »Sie sind hinter dir her«, sagte sie ruhig.

»Ja.«

»Wissen sie, dass du bei mir bist.«

»Ja.«

»Sei vorsichtig«, sagte sie. »Geh hinten raus. Da kannst du durch die Gärten fliehen.«

»Dazu ist es zu spät. Sie haben bestimmt das Viertel abgesperrt. Ich werde vorne hinausgehen. Es ist in Ordnung so.« Er ging zur Haustür, drehte sich noch einmal um, schaute sie an und schloss die Tür von außen. Er näherte sich der Baustelle. Dann sah er sie. Sie waren zu dritt und als Straßenarbeiter verkleidet. Er musste über sich lachen. Er war auf einen dummen Trick hereingefallen. Hinter den drei Straßenarbeitern näherten sich zwei in feldgrauer Uniform. Werdin erkannte Gottlieb und Krause. Er drehte sich kurz um. Hinter ihm Uniformierte, Polizei und SS, vielleicht dreihundert Meter entfernt. Gewiss warteten in den Gärten der anliegenden Häuser Bewaffnete auf einen Fluchtversuch. Die Straßenarbeiter hielten an, Krause und Gottlieb gingen auf ihn zu, beide trugen Pistolen in der Hand. Krause rief: »Werdin, geben Sie auf! Sie haben keine Chance!« Krause hob seine Pistole und zielte auf Werdin. Werdin blieb stehen und wartete. Als sie auf etwa dreißig Meter heran waren, ließ er sich fallen. Im Fallen zog er seine Walther, spannte den Hahn und schoss drei Mal. Er sah Krauses Gesicht. Es zeigte Überraschung, dann Entsetzen. In der Mitte der Stirn ein kleines Loch, auf seiner linken Brustseite rote Flecken. Mit einem Grunzen sank Krause zu Boden. Bevor er lag, fiel seine Pistole auf die Straße. Ein Schuss. Werdin spürte einen Schlag gegen die Schulter. Gottlieb hatte ihn getroffen. Werdin sah seine Waffe über die Straße schliddern. Dann wurde ihm schwarz vor Augen.

* * *

»Hauptsache, wir haben ihn lebend«, sagte Schellenberg.

»Er wird durchkommen«, sagte Gottlieb. »Die Ärzte haben es mir versichert.«

»Wenn er gesund ist, werden wir ihn ausquetschen wie eine Zitrone. Er wird uns alles sagen, alles. Und dann werden wir wissen, was die Amerikaner wollten. Wollten sie wirklich Himmler töten? Mir sind Zweifel gekommen. Was treibt Werdin nach Friedrichsfelde, wo doch Himmler hier ist, auf der Wewelsburg?«

»Er wird es uns verraten. Im Verraten ist er ja ganz groß«, erwiderte Gottlieb.

Gottlieb hatte Schellenberg von Berlin aus angerufen, und der befahl ihn zur Wewelsburg. Noch in der Nacht hatte ein Flugzeug Gottlieb nach Paderborn gebracht. Auf dem Flugplatz sah er eine viermotorige Passagiermaschine mit Sowjetstern, einige Männer stiegen die Treppe hoch. »Das ist Berija, der Staatssicherheitsminister«, sagte der redselige Fahrer, der ihn in rasender Fahrt zur Wewelsburg brachte. »Er fliegt zurück nach Moskau. Ist bester Laune, der Herr Minister.« Gleich nach seiner Ankunft auf der Burg berichtete Gottlieb Schellenberg und Himmler stichwortartig, was vorgefallen war.

»Die Details besprechen Sie morgen mit Schellenberg«, sagte Himmler zu Gottlieb. »Und ich bekomme bis Ende der Woche einen umfassenden Bericht!«

»Jawohl, Reichsführer!«, sagte Gottlieb. Er wunderte sich, die Trauer über Krauses Tod hielt sich in Grenzen.

In der Nacht schlief er schlecht. Er hatte auf Werdin geschossen, ohne zu zielen. Selbst wenn er gezielt hätte, er wüsste nicht, ob er ihn getroffen hätte. Im Gegensatz zu seinem früheren Chef war er ein schlechter Schütze. Warum habe ich geschossen? Aus Angst, gestand er sich ein, aus Angst davor, nach Krause das nächste Opfer zu sein. Ihm fielen Episoden aus den Jahren ein, die er mit Werdin zusammengearbeitet hatte. Er war ein guter Chef gewesen, aber eben auch ein Verräter. Gottlieb konnte die Trauer nicht unterdrücken. Nicht für Krause, erstaunlicherweise, sondern wegen des Schicksals, das Schellenberg für Werdin vorbereitete.

Am folgenden Nachmittag versammelten sich die Offiziere der SS in der Gruft der Wewelsburg. Gottlieb wurde hinzubefohlen, es waren zwölf Sockel zu besetzen, und er füllte den letzten Platz. In der Mitte flackerte rot ein Feuer. Himmler hielt in beschwörendem Ton eine Ansprache. »Wenn alle untreu werden, so bleiben wir doch treu.« Die elf Zuhörer nickten ernst. Gottlieb fühlte sich unwohl. Er dachte an Krauses Tod und an Werdin, den er niedergeschossen hatte. Himmler strahlte Zuversicht aus, er hatte seinen Vertrag. Es fehlte nur noch die Zustimmung des Präsidiums der Kommunistischen Partei der Sowjetunion. »Wir haben nie gezweifelt, dieser Tag musste kommen. Manche von uns fürchteten, Gots Zeichen zu übersehen. Ich habe es erkannt. Got befiehlt seinem Orden, in die Schlacht zu ziehen. Wie der große Hermann an diesem Ort vor fast zweitausend Jahren die Eindringlinge besiegte, so werden wir unsere Feinde niederwerfen.« Gottlieb verstand, es waren die Feinde in Deutschland und im Ausland gemeint. Nun sollte Schluss sein mit den ewigen Kompromissen, mit Goerdeler, Erhard und allen, die Schuld waren am Tod unseres Führers. Himmler zerschlug den großen Kompromiss vom 21. Juli 1944, die *Nationale*

Versöhnung. An seine Stelle setzte er das *Unternehmen Thor*. Gottlieb fürchtete sich, es konnte einen Bürgerkrieg geben. Himmler fühlte sich stark, seit er sich mit den Russen zusammengetan hatte. Er glaubte offenbar, die Führung der Wehrmacht wenigstens neutralisieren zu können. Insgeheim aber schien er zu hoffen, sie auf seine Seite zu ziehen. Er hielt sie schon seit 1938 für Feiglinge, als die SS den Reichskriegsminister Blomberg und den Oberbefehlshaber des Heeres Fritsch durch Intrigen abserviert hatte. Und die Herren Generale haben sich geduckt. Nicht einmal am 20. Juli 1944 wollten sie mitmachen, jedenfalls nicht bevor die Putschisten gesiegt hatten mit Hilfe der SS. Gottlieb begriff, die Marschälle waren heute so feige wie gestern. Wenn es aber so war, wie sollte Goerdeler sich halten? Himmler würde ihn Stück für Stück verdrängen und dann zerquetschen.

Am Ende der Zusammenkunft zogen nachdenkliche SS-Offiziere, geleitet von ihrem Reichsführer, von der Gruft in den Innenhof der Burg. Nach einem gemütlichen Beisammensein wollte man zurückkehren nach Berlin und beginnen mit der Arbeit für ein neues Deutschland.

Als sie im Hof eingetroffen waren, deutete einer in den Himmel und rief: »Schauen Sie, dort!« Alle guckten nach oben. Ein vierstrahliges Flugzeug kreiste über ihnen. »Eine He 333!«, rief einer. »Unser neuester Bomber!«

»Großartig«, sagte Himmler. »Es ist, als wollte er uns Glück wünschen für unseren Kampf.«

Der Bomber schraubte sich tiefer.

»O Gott!«, rief Schellenberg. »O Gott!«

* * *

Zacher steuerte seinen Mercedes gemächlich in die Rummelsburger Straße. Er hatte im Luftfahrtministerium einige Gläser Cognac gekippt. Der neue Bomber war in Dienst gestellt worden. Die Heinkel He 333 hatte vier Turbinen und konnte viele Tonnen tragen. Sie war gepanzert, Kuppeln mit schweren Maschinengewehren schützten sie vor Angreifern. Die Heinkel war ein Monster aus Stahl, das trotz seines Gewichts fliegen konnte, und dies schneller als die meisten Jagdflugzeuge im letzten Krieg. Allerdings mussten die Start- und Landebahnen verlängert werden in den Flughäfen, wo der neue Typ stationiert werden sollte.

Zacher empfand keine Freude über das neue Flugzeug. Jeder Bomber, den er sah, erinnerte ihn an seinen Flug nach Minsk. Als er die He 333 zum ersten Mal gesehen hatte, sagte ihm eine innere Stimme, mit dieser Maschine hätte er die Bombe ohne Schleppflug ins Ziel befördert. Er wusste nicht, wie er sich dagegen wehren sollte, er dachte immer an diesen verdammten Flug, mit dem er Himmlers Vernichtungskrieg vollendet hatte.

Vor seinem Haus in der Rummelsburger Straße standen drei Personenwagen. Zacher fuhr den Mercedes in die Garage und stieg aus. Er wunderte sich, die Haustür stand offen. Drinnen erklangen Männerstimmen.

»Guten Tag!«, sagte Zacher laut. »Darf ich fragen, wer Sie sind?«

Ein hagerer Mann in einem ausgebeulten braunen Anzug kam aus der Küche. »Sie sind General von Zacher«, sagte er mit einem Blick auf Zachers Uniform.

Zacher nickte.

»Sicherheitsdienst, Oberführer Keller«, sagte der Mann.

Er zog ein Stück Papier aus der Innentasche seines Jacketts, faltete es auseinander und hielt es Zacher hin.

Zacher las die Überschrift: *Durchsuchungsbefehl.*

»Wo ist meine Frau? Wo ist mein Sohn?«

»Die werden verhört«, sagte Keller ruhig. »In der Prinz-Albrecht-Straße.«

Zacher schluckte, es tat weh. Dann fasste er sich wieder.

»Was geht hier vor?«, fragte er streng.

»Ihre Frau hat einem Staatsfeind Unterschlupf gewährt.«

Zacher starrte den SD-Offizier ungläubig an. »Sie behaupten, meine Frau hat hier einen Staatsfeind versteckt? Sie sind wahnsinnig!« Er wurde laut.

Als hätte er sie gerufen, kamen vier weitere Männer in den Flur. Zwei trugen SD-Uniformen. Einer hielt die Hand an seiner Pistolentasche.

»Ich will meine Frau sehen! Sofort!«, brüllte Zacher.

»Das geht nicht, Herr General. Vielleicht nächste Woche.«

»Ich will meinen Sohn sehen!«

»Das geht nicht, Herr General. Er ist möglicherweise Zeuge eines Staatsverbrechens.«

»Sie haben meinen Sohn verhaftet und in die Prinz-Albrecht-Straße gebracht?«

»Das war unsere Pflicht.« Keller war die Ruhe selbst.

»Sie wollen meine Frau anklagen?«

»Ich fürchte, wir müssen es. Sie hat Landesverrat begangen, vielleicht auch Hochverrat.«

»Und mein Sohn?«

»Ist vielleicht Zeuge des Verbrechens.«

»Er soll gegen seine Mutter aussagen.«

»Das wäre hilfreich.«

»Und wen soll sie versteckt haben?«

»Einen ehemaligen SS-Offizier namens Werdin.«

Zacher wurde selbst davon überrascht, er schlug Keller ansatzlos die Faust ins Gesicht. Keller stürzte zu Boden. Sofort fielen die SD-Leute über Zacher her. Er hatte keine Chance. Sie drehten ihm die Arme in den Rücken, Handschellen klickten. Keller stand auf, wischte sich mit einem schmutzigen Taschentuch Blut von Oberlippe und Nase und sagte ruhig zu seinen Leuten: »Nein, nein, Handschellen brauchen wir nicht. Der Herr General ist erregt, ich kann es verstehen. Ich bin sicher, Herr General, Sie werden bald einsehen, dass wir Recht haben. Sie haben doch nicht für unser Vaterland gekämpft, damit die eigene Frau es an den Feind verkauft. Herr General, wenn ich bitten darf.« Er führte Zacher in die Küche. »Hier sind wir schon fertig«, sagte er und setzte sich auf einen Stuhl. Er bedeutete Zacher, ebenfalls Platz zu nehmen. Mit einem Wink des Zeigefingers schickte er seine Leute weg. »Macht oben weiter«, sagte er. »Und beeilt euch.« Dann wandte er sich an Zacher. »Der Reichsführer persönlich hat mich schärfstens ermahnt, Ihnen keine überflüssigen Unannehmlichkeiten zu bereiten. Er hält große Stücke auf Sie. Ohne Ihren großartigen Flug nach Minsk wäre unser Vaterland untergegangen. Der Reichsführer ließ die Uranbombe bauen, und Sie brachten sie ins Ziel. So sollten SS und Luftwaffe immer zusammenarbeiten.«

Zacher hätte schreien können. Diese verdammte Ohnmacht. Seine Arme und Beine waren taub. Er hörte Kellers Gerede aus weiter Ferne. Er wusste nicht, wie lange die Schnüffler brauchten, um das obere Stockwerk des Hauses zu durchsuchen. Irgendwann sagte Keller: »Wir sind fertig, Herr General. Ich muss Sie leider bitten, recht bald in die Prinz-Albrecht-Straße zu kommen. Wir benötigen Ihre Aussage.«

»Darf ich dann meine Frau sehen?«, hörte Zacher sich fragen.

»Das wird leider nicht gehen.«

Keller stand auf und ging grußlos. Zacher hörte die Haustür zufallen. Gedanken schwirrten ihm im Kopf herum. Er sah sich wild herumschießen im Prinz-Albrecht-Palais. Er hatte seine Frau und seinen Sohn verloren an einen ehemaligen SS-Mann. So musste es sein. Mit diesem Mann, dem Vater seines Sohnes, wollte Irma damals fliehen. Und jetzt war er zurückgekehrt. Und Irma hatte sich wieder mit ihm eingelassen. Wäre sie sonst verhaftet worden? Hätte sich sonst die SS in sein Haus gewagt, in das Haus des Kriegshelden, dem seine Vorgesetzten nachsahen, dass er sich zu Tode soff wie einst Ernst Udet, Görings Generalluftzeugmeister, auch wenn der am Ende mit der Pistole nachgeholfen hatte? Zacher saß Stunden ohne Regung auf seinem Stuhl in der Küche und starrte an die Wand. Irgendwann in der Nacht drang eine Idee in sein Bewusstsein. Die Idee zog einen Schluss aus seiner Verzweiflung. Udets Weg war zu leise für den Mann, der Minsk ausgerottet hatte. Für den Mann, den Himmler als seinen Vollstrecker betrachtete.

Ungeduldig wartete Zacher auf den Sonnenaufgang. Er trank keinen Schluck. Jetzt, da er wusste, was er tun musste, fühlte er sich leicht. Nie hatte er solche Klarheit im Kopf verspürt. Als die Morgendämmerung die

Dunkelheit aus der Küche vertrieb, ging Zacher ins Badezimmer und wusch sich das Gesicht. Er kämmte sich die Haare und richtete seine Uniform. Er verließ das Haus, ohne abzuschließen, und setzte sich in seinen Dienstwagen. Er brauchte keine halbe Stunde zum Flugplatz bei Strausberg. Von weitem sah die He 333 aus wie ein Rieseninsekt. Die Soldaten der Wache salutierten. Zacher parkte den Mercedes vor dem Flughafengebäude. Er betrat den Kontrollraum.

»Achtung!«, brüllte der wachhabende Offizier.

»Weitermachen!«, befahl Zacher. Er begrüßte den Hauptmann mit Handschlag: »Wie ist das Wetter heute?«

»Ausgezeichnet, Herr General!«

»Na, dann wollen wir mal den Wundervogel testen«, sagte Zacher.

»Jawohl, Herr General!«

»Sorgen Sie dafür, dass die Maschine aufgetankt wird. Und beladen Sie sie mit Bomben. Mal ein bisschen Ernstfall spielen.«

Der Hauptmann grinste kurz, er kannte Zachers Kapriolen. Und er wusste, bei der Luftwaffenführung genoss der General Narrenfreiheit. »Jawohl, Herr General!«

Zacher verschwand im Umkleideraum. Er nahm die Fliegerkombi aus seinem Spind und zog sich um, dann verließ er das Gebäude und ging zum Flugzeug. Mehrere Soldaten machten sich an der Maschine zu schaffen. Als sie Zacher bemerkten, nahmen sie Haltung an, ein Unteroffizier meldete: »Maschine betankt, Bombenbeladen in einer Viertelstunde beendet.«

Zacher grüßte zurück und kletterte mit Schwung die Leiter hoch zur seitlichen Luke des Flugzeugs. Er verschloss die Luke von innen und setzte sich in den Pilotensitz. Dann schaltete er das Funkgerät ein und studierte intensiv die Armaturen der Heinkel. Er war vor einigen Monaten einmal auf dem Kopilotensitz in diesem Typ mitgeflogen. Normalerweise ließ man Piloten erst nach einem Lehrgang an den Steuerknüppel einer neuen Maschine. Aber wer sollte es auf dem Flugplatz wagen, ihn nach seiner Flugberechtigung zu fragen?

»Herr General, Flugzeug beladen«, sagte eine Stimme im Kopfhörer des Funkgeräts.

»Dann wollen wir mal«, sagte Zacher.

Die BMW-Turbinen sprangen sofort an. Er drückte den Schubhebel leicht nach vorn, die Triebwerke pfiffen und dröhnten. Der Riesenvogel zitterte, dann bewegte er sich. Zacher steuerte ihn vorsichtig zur Startbahn. Er spürte das ungeheure Gewicht der Maschine. Er brachte die Maschine in Startposition, dann drückte er den Schubhebel hart nach vorn. Das Pfeifen wurde laut, die Maschine beschleunigte, es drückte Zacher in seinen Sitz. Sie hob ab, er zog sie steil nach oben. Als er neuntausend Meter erreicht hatte, flog er in westlicher Richtung. Die Sicht war klar, kaum eine Wolke am Sommerhimmel. Unter ihm Brandenburg, Wolfsburg, dann Hannover. Er drehte die Heinkel nach Südwesten. Bald war er über Detmold. Er ließ den Bomber auf dreitausend Meter sinken und nahm Schub weg. Er erreichte Paderborn, zweitausend Meter. Er flog eine Schleife, dann sah er sein Ziel, Deutschlands einzige Dreiecksburg, sie war nicht zu verfehlen. Er kreiste über der Burg und ließ die Maschine sinken. Auf dem Hof der Burg erkannte er einen Pulk Menschen. Die Maschine verlor weiter an Höhe. Zacher sah einige Menschen winken. Sie trugen Uniformen. Vielleicht war sogar Himmler unter ihnen. Er zog noch eine Schleife. Mit der Sonne im Rücken begann er seinen Anflug. Die Maschine sank. Minsk fiel ihm ein, die Nacht über Minsk. Er dachte an Irma und Josef. Warum hatte Irma darauf bestanden, ihren Sohn Josef zu nennen? Unsinnige Gedanken. Die Burg kam näher. Er stellte die Steuerung fest, schnallte sich ab und eilte zum Zielgerät am Platz des Bombenschützen. Als der Hof auftauchte in der Optik, zog er den Abwurfhebel. Die Maschine vollführte einen Satz nach oben, als sie die schwere Last verlor. Zacher setzte sich wieder auf den Pilotensitz und flog eine weitere Schleife. Feuer und schwarzer Rauch, es blitzte, Staubwolken türmten sich über der Abwurfstelle. Zacher zog die Maschine hoch auf viertausend Meter und wendete. Als er unter sich wieder die qualmende Steinwüste sah, riss er den Steuerknüppel nach vorn. Die Maschine kippte nach unten. Sie wurde immer schneller. Zacher sah Feuer und Qualm vor sich. Dann schloss er die Augen.

* * *

Sie waren nervös, die Helden des Großen Vaterländischen Kriegs. Georgi Schukow, der Sieger von Moskau, Kursk und Stalingrad, Sowjetrusslands bester Marschall, trippelte unruhig über den Marmorboden. Marschall Rodion Malinowski, der die Deutschen aus Rumänien, Ungarn und der Tschechoslowakei vertrieben hatte, lehnte sich an eine Wand und schaute an die Decke, dann auf das Bild Lenins. Neben Grujewitsch auf der Bank saß Generaloberst Kyril Moskalenko, Oberbefehlshaber des Moskauer Militärbezirks. Das Präsidium der Partei diskutierte über militärische Fragen. Viele im Kreml wussten, es ging um die militärische Frage schlechthin, um den Pakt mit Deutschland. Zwei mit Kalaschnikows bewaffnete Wachtposten standen vor der Tür des Sitzungssaals.

Grujewitsch stellte sich vor, wie Berija im Präsidium auftrumpfte. Er allein hatte ein außenpolitisches Konzept, die Sowjetunion würde wieder auferstehen dank seines genialen Schachzugs. Die Historiker würden Berijas Deutschlandreise dereinst als einen Wendepunkt bezeichnen in der Geschichte der Sowjetunion. Er dachte an Anna, nachher gleich würde er in den Laden für ZK-Mitarbeiter gehen und ihr etwas Schönes kaufen.

Eine laute Stimme: »Ich habe eine dringende Botschaft für die Genossen des Präsidiums! Genossen, lassen Sie mich sofort hinein!«

Grujewitsch kannte den Mann. Er war Mitarbeiter des Sekretariats des Parteipräsidiums. Seine Stimme klang hysterisch, er wedelte mit einem Zettel in seiner Hand. Einer der beiden Wachtposten klopfte an die Tür. Sie wurde leise von innen geöffnet. Grujewitsch hörte einen Augenblick Berijas Stimme. Sie klang fast fröhlich. Der Sekretär reichte seinen Zettel in die Türspalte, wo eine Hand nach dem Papier griff. Dann schloss sich die Tür. Höchstens eine Minute später wurde die Tür wieder geöffnet und der aufgeregt zitternde Sekretär schlüpfte durch den Spalt.

Dann sah Grujewitsch die Soldaten. Sie kamen die Treppe hoch, angeführt von einem Major. Der baute sich vor Moskalenko auf und meldete militärisch. Moskalenko deutete mit einer kurzen Bewegung seines Kopfs in Grujewitschs Richtung. Der Major eilte zu Grujewitsch, nahm Haltung an und sagte mit strenger Stimme: »Boris Michailowitsch Grujewitsch, ich verhafte Sie im Auftrag des Präsidiums der KPdSU.«

Grujewitsch verstand nicht. Er sah, wie die Soldaten in den Sitzungsraum eindrangen. Wenige Minuten später führten sie Berija hinaus, in Handschellen. Zwei Mann mit angelegten Maschinenpistolen zwangen ihn die Treppe zum Ausgang hinunter. Berija schaute kurz zu Grujewitsch. Er sagte kein Wort. Entsetzen stand in seinem Gesicht.

Am selben Abend wurde Grujewitsch aus seiner Zelle im Keller der Lubjanka dem Untersuchungsrichter vorgeführt, einem kleinen Mann mit einem klugen Gesicht.

»Sie werden angeklagt der Konspiration gegen die verfassungsmäßige Ordnung der UdSSR«, sagte der Untersuchungsrichter. Er kritzelte etwas auf einen Block, den er vor sich auf dem Schreibtisch liegen hatte. Dann schaute er Grujewitsch kalt an.

Grujewitsch saß ihm auf einem Stuhl gegenüber und mühte sich, dem Blick standzuhalten. Es gelang ihm nicht. »Ich weiß nicht, was Sie meinen«, antwortete er.

»Das ist mir egal«, sagte der Untersuchungsrichter. »Sie werden beschuldigt, gemeinsam mit dem ehemaligen stellvertretenden Vorsitzenden des Ministerrats Berija Landes- und Hochverrat begangen zu haben. Sie haben mit der faschistischen SS und ihrem Reichsführer Himmler ein Komplott gegen die Führung der Kommunistischen Partei der Sowjetunion geplant. Dabei haben Sie eine zentrale Rolle gespielt, weil Sie das Zusammentreffen des Volksfeinds Berija mit Himmler vorbereitet haben. Berija behauptet sogar, Sie hätten ihn dazu überredet, ein Bündnis mit Deutschland zu schließen.« Der Untersuchungsrichter lächelte. »Aber das halte ich für eine Ausrede. Haben Sie zu diesen Vorwürfen etwas zu sagen?«

Grujewitsch beobachtete verwundert die Gleichgültigkeit, mit der er die Worte des Untersuchungsrichters aufnahm. Es ging um seinen Kopf, es ging all die Jahre um seinen Kopf. Tief in seinem Inneren hatte er immer gewusst, eines Tages würden sie ihn greifen. Nun hatten sie ihn gegriffen.

»Wollen Sie etwas sagen?«

Grujewitsch machte sich nichts vor. Sie würden ihn anklagen, in einem Geheimprozess zum Tod verurteilen und gleich danach erschießen. Berija würde das gleiche Schicksal erleiden.

»Grujewitsch, wollen Sie etwas sagen?«

Grujewitsch schüttelte den Kopf.

EPILOG

Vielleicht war er vor der Machtübertragung an die Nazis Sozialdemokrat gewesen. Der Mann ging gegen die Sechzig, wenige Jahre noch bis zur Pension. Von Anfang an behandelte er Werdin korrekt, seit etwa einem Jahr zeigte er sich geradezu freundlich. Sie stammten beide aus der politischen Arbeiterbewegung. Welchen Geruch immer diese Herkunft den Menschen verlieh, viele wurden ihn nicht mehr los. Zuerst signalisierten die Augen des Mannes Verständnis, wenn Werdin ihn ansprach. Dann nickte er manchmal leicht. Einmal sagte er: »Ja, vielleicht.« Das Schweigen war gebrochen. Einen Monat danach sagte der Mann ihm seinen Namen: Kaiser. Als Werdin ihn fragte, ob er schon vor 1933 Gefängniswärter gewesen sei, nickte Kaiser. Als er ihn fragte, ob er Sozialdemokrat gewesen sei, Untergebener der letzten gewählten preußischen Regierung, wiegte er seinen Kopf und grinste kurz. Werdin sagte ihm, er sei Kommunist gewesen und habe als solcher versucht, die SS auszuforschen. Kaiser schaute ihn neugierig an und sagte: »Verrückt.« Dann begann er ab und zu eine Zeitung in der Zelle zu vergessen. Werdin ließ sie im Klo verschwinden, nachdem er sie gelesen hatte. Meistens war es die *B. Z.*

Jedes Jahr zum Todestag erschienen Nachrufe auf Heinrich Himmler und Helmut von Zacher. Die gesamte Führungsspitze der SS war vierundzwanzig Stunden nach Werdins Verhaftung einem Flugzeugunglück zum Opfer gefallen. General von Zacher habe das Flugzeug gesteuert. So einen Zufall gibt es nicht, der Zacher hat sich mit seiner Maschine auf die Wewelsburg gestürzt, dachte Werdin. Die Schwarzen haben seine Frau und seinen Sohn verhaftet, und er hat sich gerächt. Er hätte besser versucht, seine Familie aus dem Gefängnis zu befreien. So dachte er, bis Irma ihm schrieb.

Eines Tages hatte Werdin Kaiser einen Brief gegeben an Irma von Zacher, Rummelsburger Straße 56, Berlin. Kaiser hatte große Augen gemacht, den Brief eingesteckt und war gegangen.

In seinem Brief schilderte Werdin, wie er niedergeschossen und verhaftet worden war. Er hatte erst damit gerechnet, gefoltert und schließlich ermordet zu werden. Sie würden ihn nicht einmal vor Gericht stellen, die Geschichte war zu peinlich für die SS. Aber er wurde nicht gequält, nicht der SD, sondern die Kriminalpolizei vernahm ihn, nachdem er im Gefängniskrankenhaus Moabit gesund gepflegt worden war. Ein Staatsanwalt befragte ihn nach Lebenslauf und Motiven. Er sagte ihm viel, weigerte sich aber, seine Auftraggeber zu nennen. Natürlich glaubten sie ihm nicht, dass allein sein Hass auf die SS ihn nach Deutschland getrieben hatte. Genauso wenig, dass niemand ihm geholfen habe, den Atlantik zu überqueren und die Grenzkontrollen zu überlisten. Er erzählte ihnen, er sei über Spanien und Frankreich nach Deutschland gereist. Im Badischen habe er die Grenze passiert.

Seit drei Jahren wartete Werdin, dass sie ihm den Prozess machten. Aber er hatte noch nicht einmal eine Anklageschrift gesehen. Offenbar war sich die Justiz unsicher, was sie mit ihm anstellen sollte.

Eine Woche nachdem er Irma geschrieben hatte, kam Kaiser und steckte ihm einen weißen Umschlag zu. Irma antwortete. Sie seien nur zwei Tag in Haft gewesen, schrieb sie.

> Helmut hat sich mit Absicht auf die Wewelsburg gestürzt, er hat mir in einem Abschiedsbrief geschrieben, dass er seinem Leben ein Ende setzen will, und ich finde, Du sollst das wissen. Er hasste die SS, aber nicht erst, seit der SD Josef und mich verhaftet hat. Er hat es nie verkraftet, dass er die Bombe auf Minsk geworfen hat. Er hasste vor allem Himmler, der die Bombe bauen ließ und auch einsetzte. Die hunderttausende von Toten in Minsk ließen ihm keine Ruhe, er schlief kaum, und wenn er schlief, schrie er im Traum. Er fing an zu trinken, wurde immer niedergeschlagener, redete kaum noch. Wenn er gewusst hätte, wen er alles mit in den Tod genommen hat, vielleicht wäre es eine Befreiung für ihn gewesen. Ich denke inzwischen manchmal, es war besser so, als sich langsam tot zu trinken.
>
> Für uns hat er gut gesorgt, hat all das Geld, mit dem sie ihn aus Dank für Minsk überschüttet haben, gut angelegt, wir brauchen uns keine Sorgen zu machen. So geht es mir besser als vielen Kriegerwitwen, die nicht wissen, wie sie ihre Kinder satt kriegen sollen. Josef ist jetzt fast groß. Er weiß, dass Du sein leiblicher Vater bist, und er hat einen Hass auf Dich, weil der, den er für seinen Vater hielt und bewun-

derte, sterben musste, nachdem Du hier aufgetaucht bist. So richtig wird er das alles erst begreifen, wenn er ganz erwachsen ist. Aber ich begreife es auch selbst immer noch nicht ganz, warum Du, den ich so geliebt habe, mir nur Unglück gebracht hast, ohne es zu wollen. Ich möchte das alles vergessen und versuche, ein neues Leben anzufangen.

Ich möchte Dich nie wieder sehen und bitte Dich, nicht wieder zu schreiben. Ich wünsche Dir von Herzen, dass Du bald nach Amerika zurückkehren kannst und dort Dein Glück findest.

Irma.

Er weinte, als er den Brief gelesen hatte. Sie hatte Recht. Es gab keinen Ausweg. In Werdins Augen war Zacher erst jetzt zum Helden geworden. Er hatte nicht nur den Reichsführer getötet, Zacher hatte die SS geköpft. Kaltenbrunner und Schellenberg waren ebenfalls tot und alle Obergruppenführer, die sich eine Chance auf die Nachfolge Himmlers ausgerechnet hatten. Goerdeler, Leber und die Wehrmachtführung nutzten die Chance, sie entrissen der SS die Polizei, lösten den SD auf und gründeten einen neuen Geheimdienst, der dem Reichskanzler unterstellt war. Die Einheiten der Waffen-SS wurden der Wehrmacht eingegliedert. Sie war nun wirklich der einzige Waffenträger des Reichs. Die SS wurde in einen Privatverein verwandelt. Das Tragen von Waffen war ihren Mitgliedern verboten. Viele verließen die Schutzstaffel, zuerst tausende von Polizisten. Bald war die SS zu einem Verein geschrumpft, der sich mit germanischen Göttern und nordischen Heldengeschlechtern beschäftigte. Manche Zeitungen begannen Witze zu reißen über den schwarzen Orden. Aber noch lebte die SS vom Verdienst Himmlers, die sicher geglaubte Niederlage im Krieg verhindert zu haben.

Eines Tages zeigte Kaisers Gesicht ein breites Grinsen. »Sie werden es nicht glauben, Herr Werdin. Die lassen Sie laufen. Aber von mir wissen Sie es nicht.«

Die Botschaft drang kaum in die Dumpfheit, in die Werdin seit Irmas Brief gefallen war. Dann erschien der Staatsanwalt. Er stand in der Tür, zog ein Dokument aus seiner Aktentasche und sagte freundlich: »Herr Werdin, wir verzichten auf eine Strafverfolgung.«

Werdin saß auf seinem Bett und blickte zu ihm hoch: »Warum?«

»Ich darf Ihnen nicht alles erzählen, aber so viel sollen Sie wissen: Erstens, wir tauschen Sie aus gegen einen deutschen Agenten, der vor zwei Monaten in den Vereinigten Staaten verhaftet worden ist. Das Klima zwischen unseren beiden Regierungen hat sich verbessert, Sie profitieren davon. Zweitens, gestatten Sie mir diese persönliche Bemerkung, Dankbarkeit ist vielleicht das falsche Wort, und doch habe ich den Eindruck, wir schulden Ihnen etwas. Was auch immer zu den Ihnen bekannten Ergebnissen geführt hat, Sie waren der Auslöser. Seit Himmler und seine SS-Generale tot sind, bereitet es einem wieder Freude, in der deutschen Justiz zu arbeiten.«

Der Austausch sollte im neutralen Genf stattfinden. Die Delegationen aus Washington und Berlin trafen sich in einer gesperrten Flughalle. Die Amerikaner begleiteten einen kleinen Mann mit einer großen Hakennase. Er sah aus wie die Nazikarikatur eines Juden. Der Mann saugte nervös an einer riesigen Zigarre. An seiner Seite stand Stan Carpati, Pomade im gut frisierten Haar. Seine Augen sicherten die Szenerie, als er Werdin erkannte, winkte er ihm zu.

Es war eine lächerliche Szene. Werdin und der deutsche Agent liefen auf Kommando gleichzeitig aneinander vorbei zur jeweils anderen Gruppe. Werdin sah die klugen Augen des kleinen Manns, als er ihn passierte. Er zeigte keine Regung. Carpati begrüßte Werdin mit Handschlag. »Unser Flugzeug startet in einer halben Stunde. Bald sind Sie daheim.«

Werdin schüttelte den Kopf. Nein, daheim würde er nie wieder sein.

»Crowford und Dulles erwarten Sie ungeduldig in Washington. Sie wollen hören, wie Sie das hingekriegt haben?«

»Was hingekriegt?«

Carpati schaute ihn verblüfft an. »Na ja, das mit Himmler und seiner Kamarilla.«

Werdin blickte ihn an, wollte etwas sagen. Es ging nicht. Der Zwang überwältigte ihn, er lachte aus vollem Hals.

Auf dem Rückflug erklärte er Carpati, er würde kein Wort wechseln mit Dulles und Crowford. Er bitte um Verständnis, es sei geschehen, was sie von ihm gefordert hatten. Und nun sollten sie ihn in Ruhe lassen. Carpati stutzte, dann lächelte er. Er nickte. »Wo wollen Sie hin?«

»Zurück nach Tierra del Sol«, erwiderte Werdin.

Carpati nickte. »Ich werde Sie in Miami in eine Maschine nach San Diego setzen. Den Krach mit Crowford und Dulles halte ich aus.« Er zog sein Portemonnaie und gab

Werdin fünfhundert Dollar. »Für den Anfang. Ihr Konto dürfte bald überlaufen. Wir haben die ganze Zeit weiter gezahlt. Ich lasse es verrechnen.«

In San Diego ließ sich Werdin von einem Taxi zu einem Gebrauchtwagenhändler fahren. Er kaufte einen uralten Pick-up. Dann fuhr er in Richtung Tierra del Sol. Von weitem schon sah er seinen *Hof* in der flimmernden Hitze. Er sah verrottet aus. Er würde viel arbeiten müssen, um das Haus wieder bewohnbar zu machen. Der Staub war das Geringste, die Wasserleitungen waren versandet, die Felder vertrocknet. Er würde das Dach reparieren müssen. Er parkte seinen Wagen vor der Haustür.

Er wischte den Sand von einem Küchenstuhl und setzte sich hin. Knarrend öffnete sich die Haustür, die er nicht verschlossen hatte. Heinrich setzte sich vor ihn hin und schaute ihm ins Gesicht.

DANK

Dr. Herbert Brehmer hat sich die Mühe gemacht, das Manuskript gegenzulesen. Er hat mir zahlreiche fachliche Hinweise gegeben. Gisela Gandras hat Fehler im Manuskript entdeckt, deren Beseitigung die psychologische Substanz des Buches verbessert hat; ihr verdankt der Leser auch Irmas Abschiedsbrief. York Ditfurth hat mir die Biochemie des Viehdungs erklärt. Wolfgang Glatzer hat mich über Details der Lokomotiventechnik unterrichtet. Allen sei herzlich gedankt. Verbliebene Fehler gehen auf mein Konto.

Christian v. Ditfurth

Christian v. Ditfurth

Die Mauer steht am Rhein

DEUTSCHLAND NACH DEM
SIEG DES SOZIALISMUS

Die deutsche Einheit, anders herum: In ganz Deutschland ist der Kapitalismus endlich überwunden. Die DDR übernimmt die Bundesrepublik, Egon Krenz, Karsten D. Voigt und Peter Boenisch regieren die »Demokratische Republik Deutschland« (DRD). Erstaunlich schnell arrangieren sich viele Politiker, andere fliehen ins Schweizer Exil. Die Medien machen es den roten Machthabern recht, und die Wirtschaft übt die Rolle rückwärts.
Wie konnte es bloß so weit kommen? Ein kleiner Webfehler im Mantel der Geschichte genügt: Die Stalinisten haben Gorbatschow 1988 gestürzt, die BRD wird unter Androhung eines Dritten Weltkriegs vom Osten einkassiert ...

»Eine atemberaubende Lektüre.« Die Zeit

»Gott sei Dank nur ein Alptraum. Aber was für einer!«
Der Spiegel

Knaur

René Appel

Rachsucht

ROMAN

Roy verdient sein Geld mit Autodiebstählen. Jede Nacht taucht er ab in die Halbwelt der Nutten und Kleinkriminellen von Amsterdam, ohne dass seine Freundin Manon etwas ahnt. Doch Roy hat keine glückliche Hand und verliert bei einem Überfall die Beute. Um an Geld zu kommen, begeht er in seiner Panik einen Mord – und kann ihn vor Manon nicht verheimlichen. Sie ringt sich dazu durch, bei der Polizei gegen ihn auszusagen. Als Roy unerwartet freikommt, muss Manon um ihr Leben fürchten …

»Suspense für Forgeschrittene« Neue Zürcher Zeitung

Knaur

Julie Parsons

Die Insektenforscherin

Insektenforscherin Anna aus Dublin vertraut sich nach dem plötzlichen Tod ihres Gatten Matthew Makepiece an, einem freundlichen jungen Mann. Zu spät erkennt sie, dass ihr neuer Partner ein psychopathischer Killer ist, der seine Verbrechen so akribisch plant und ausführt, wie er es in einem Lehrbuch über Insekten gelernt hat ...

»Ein Psychothriller in Reinkultur« Cosmopolitan

»Julie Parsons hat ein ungewöhnliches Gespür für das Böse, ein sublimes Talent, Angst aufzubauen.« Die Welt

Knaur

Patricia Melo

Wer lügt, gewinnt

ROMAN

Ein bitterböser Roman von Brasiliens scharfzüngigster Krimiautorin!
Fulvia ist Schlangenzüchterin und sonst ganz nett. Das jedenfalls findet Guber, ein mäßig erfolgreicher Autor von Krimi-Groschenromanen, der sie bei den Recherchen für eine seiner Pulp-Storys kennen lernt. Etwas möglichst Originelles sollte es sein, hatte der Verleger gemeint. Fulvias Charme ist, wie sich herausstellt, nicht völlig selbstlos. Sie interessiert sich nämlich neuerdings für Kriminalfälle, weil sie selbst ein kleines Problem hat: Seit einiger Zeit versucht sie, bisher erfolglos, ihren Mann umzubringen.

»Eine begnadete Sprachhexe« Der Spiegel

Knaur

Nicole Drawer

Allein mit deinem Mörder

ROMAN

Ein mörderisches Debut!
Ein Serienkiller geht um. Sein Opfer: attraktive, junge Frauen. Alarmstufe Rot bei der Hamburger SOKO, denn es gibt keine Zeugen, keine Beweise, und kein Motiv für die Morde. Erst als Psychologin Jahanna Jensen zu den Ermittlungen hinzugezogen wird, gibt es eine heiße Spur – bis ein Kollege spurlos verschwindet und ein makabres Lebenszeichen das Schlimmste befürchten lässt... Packend, abgründig, verstörend – Nicole Drawer, Oberkommissarin und verdeckte Ermittlerin bei der Hamburger Kriminalpolizei, weiß, wovon sie schreibt!

»Atemberaubende Spannung Made in Germany«

Knaur